逞娇

CHENG JIAO

蓬莱客 著

Ⅲ

九州出版社
JIUZHOUPRESS

图书在版编目（CIP）数据

逞骄. 3 / 蓬莱客著. —北京：九州出版社，
2023.6
ISBN 978-7-5225-1821-3

Ⅰ. ①逞… Ⅱ.①蓬… Ⅲ. ①长篇小说－中国－当代
Ⅳ.①I247.5

中国国家版本馆CIP数据核字（2023）第089976号

逞骄3

作　　者	蓬莱客　著	
责任编辑	王佶	
出版发行	九州出版社	
地　　址	北京市西城区阜外大街甲35号（100037）	
发行电话	（010）68992190/3/5/6	
网　　址	www.jiuzhoupress.com	
印　　刷	三河市中晟雅豪印务有限公司	
开　　本	700毫米×970毫米　16开	
印　　张	24	
字　　数	400千字	
版　　次	2023年6月第1版	
印　　次	2023年7月第1次印刷	
书　　号	ISBN 978-7-5225-1821-3	
定　　价	52.00元	

目录

第一章

南军指挥作战大本营的司令部坐落在离刘家口一百公里的虞城。

陆宏达是昨夜赶到这里的。

这一仗是他翻身的关键一战，也是最后一战，绝不能败。

陆宏达亲自来到前线，除了坐镇全局鼓舞士气之外，另外一个目的就是来对付贺汉渚。

他和贺汉渚不仅是这场战事中的敌人，也有私仇——他的发家是踩着贺家满门尸骨上去的。他和王孝坤、曹大总统哪怕现在打得难分难解，但只要时局一变，都有和解的可能。但是他和贺汉渚，注定你死我活。

对刘家口发动攻击后的第二天中午，陆宏达陆续收到战报。

刘家口那支由贺汉渚统帅的西路北军主力被陆宏达的炮火压制，几万人马全部龟缩阵地，而且已经开始撤退。与此同时，廖寿光的人马已经到位，他们的后路也已被堵。只要廖寿光突破防线，西路的北军将陷入前后夹击，彻底摧毁对方不过是早几天或者晚几天的事。

好消息不止这一个，东路和中路原本陷入被动的局面也发生了改变。

北军的东线司令范惠民和中线的段启年面临的战况形势大好，获悉南军为了准备和贺汉渚的西线死战从徐州调走了部分主力防军，两人同时将目光瞄准铁路枢纽徐州，但双方又各自打着算盘，想争夺功劳，在没有统筹好的情况下，前些天竟速向着徐州出兵。结果范惠民的部队在铜山遭遇狙击，段启年也在韩庄遇阻，两支人马准备不周，无法呼应，落败后各自狼狈撤退回德州一带。

西线已经不可能再得到支援，如同陷入了炮火海洋的孤岛，等待着贺汉渚的将会是覆没的命运。

"报——"陆宏达正和参谋以及手下的几名高级将领在谈论战报，通信兵再次送来了一个好消息。

就在片刻之前，西路被编入第三师的潘彪在组织撤退的时候，场面无序如鸟兽散，遭到追击之后，包括潘彪在内的第三师上下人等见无路可走，干脆全部缴械投降。现在士兵被扣，潘彪本人也被押了过来，此刻就在外头。

陆宏达对潘彪这支人马也是有所耳闻，打仗时身上挂两支枪，一支步枪，一支鸦片枪，有鸦片作战如狼似虎，没了鸦片一触即溃。

他大笑，看向蔡忠贵兄弟："是你们的老熟人了，见个面？"

蔡忠贵前次参与平定关西之乱提前走了，没亲历后来的事。蔡忠福当时被贺汉渚的副官用空枪吓得当众失禁，现在还被人引为笑柄，蔡忠福耿耿于怀，一听潘彪被俘，立刻让人带他进来。

潘彪身上军服不整，帽子没了，连绑腿也散了一只，绷带似的拖在脚上，被带进来的时候，跟在后头的士兵踩了一脚，他绊了一下，"哎哟"一声，当场跌了个狗啃泥。

指挥室众人见状哈哈大笑，蔡忠贵更是笑得前仰后合，连一向面色威严的陆宏达也忍不住，喷出了正在喝的茶水。

潘彪一张脸落满了炮灰，趴在地上，抬起头看见蔡忠福也在，他也顾不得狼狈了，忙从地上爬起来，转向陆宏达露出讨好的笑。只是他还没开口，蔡忠福身边的一个副官就劈手一个巴掌结结实实落到他的脸上。

潘彪"哎哟"一声捂住了脸，面露怒容刚要开骂，就见蔡家兄弟看着他，一个冷眼相对，一个满脸得意，他知道今天是落不了好了，一咬牙，干脆自己左右开弓，"啪啪啪啪"连着狠狠抽了自己好几个巴掌。

蔡忠福讥笑："怎么，前段时间不是很横吗？听说你还放话，要接管我这边的地盘？"

潘彪没理蔡忠福，只转向陆宏达，不住地躬身赔罪。

"是我有眼无珠，跟错了人。贺汉渚那小子之前说得好听，我信以为真，就带着兄弟跟他卖命，谁知道现在那什么大炮一到，他自己跑了，丢下我不管。陆大帅，我不是被俘，我是自愿投降！大帅你要是不嫌弃，往后我就跟定大帅你，为大帅效犬马之劳，万死不辞！"

陆宏达道："你跟我，我可没法像贺汉渚那小子一样，许你蔡师长的地盘。"

潘彪又狠狠抽了自己几个巴掌，连声道："不敢，我先前是被贺汉渚给骗了。陆大帅你本就英明神武，现在还有神炮助力，放眼天下谁能抵挡，别说一个贺汉渚了，就是挥师北上攻下京师也是迟早的事。只求大帅饶我一命，做牛做马我也心甘情愿！"

潘彪这厮，为了活命什么话都说得出来，陆宏达自然看不上眼，但也没必要杀他。留他下来，一是做个姿态给北军的其余人马看，自己不是赶尽杀绝之人，二来这帮人马反而好控制，认烟不认人。

等西线结束后还有另外两支人马要对付，有需要时扣下潘彪让他手下去打头阵，无论是试探敌情或者消耗火力都是个不错的选择。

等潘彪一走，蔡忠贵立刻道："大帅，潘彪不能用。这个人见风使舵，狡猾无比，万一阵前倒戈，反而是个麻烦。"

陆宏达笑道："放心。怎么用我有数。"

但蔡忠贵还是不放心，潘彪的人马要是抽足大烟，疯起来根本不怕死，他怕万一潘彪真的立下大功，日后就麻烦了，便叫人盯着他们。到了晚上，他得知消息，潘彪的人马被派去了后勤部。

现在打仗最缺的不是兵，而是民夫，一个士兵需要消耗的物资往往需要三个民夫支持。但士兵的军饷都没法足额按月发放，何况民夫。

蔡忠贵获悉了潘彪人马接下来要在后勤部的监视下干民夫的活，这才松了口气，也就丢下不管了。

后勤旅长崔兴发是陆宏达的表侄女婿，战时后勤这种位置看似不起眼，但油水多，最重要的是不能出纰漏，所以任用的都是绝对的亲信。

崔兴发这两天正为民夫不足的事发愁，他之前强行征来的人因为前段时间战事失利不断逃跑，现在根本凑不满人。而随着陆宏达亲自来此坐镇，物资源源不断地送到，全停在了距离刘家口一百多公里外的虞城火车站。崔兴发急得跳脚，忽然接收了这拨人马，如同解了燃眉之急，立刻下令让这些人和民夫一道干活，抓紧运送物资。

潘彪的部下往日连操练都松松垮垮，现在突然要干这种活，累死累活不算，边上还有端着枪的士兵盯着，不能偷懒，全都叫苦不迭。

当天晚上，好不容易轮到他们休息了，潘彪手下一个名叫蒋青的连长将一个看管的军官拉到一旁，道听口音和他是老乡，蒋青脱下脚上的一只破烂鞋子，抠出来两个银圆，让他帮忙去弄点大烟。

现在的军队里像潘彪部下那样几乎全员染烟固然少见，但也有人随身带些大烟——就算不是烟瘾，万一挂了彩也能止痛。

这军官名叫柯六，想着既是同乡，又有好处可拿，便去同伴那里弄了块大烟给他。

蒋青抽了两口，问他要不要。柯六摇头，蒋青就和他闲聊，问白天到的那节火车皮里装了什么，死沉死沉的。

那节火车里的物资全部用巨大的木头箱子装着，外面箍了铁皮，码放得整整齐齐，运送的时候崔兴发亲自监管，戒备森严。

柯六随口说了一句，正要走，忽然听到蒋青骂骂咧咧道："听说光这炮弹，一发就要五十个银圆！陆大帅可真是有钱！这一天打个几百发，那就是上万块钱！能买多少田地，娶多少婆姨！兄弟你替他卖命，想必钱是少不了的，不像我，就刚才那俩钱还是牙缝里攒下来的，真是晦气！"

柯六所在的后勤部队在军队的体系里地位最低，相应的军饷就低。打仗的时候，前线部队可以每月发十个银圆，如果打了胜仗还有额外奖赏，但他们每月只有七个银圆，而且拖欠军饷的问题也是后勤部队最严重。

柯六已经连着半年没拿够饷银了，此刻见蒋青羡慕，他看了眼远处车站方向的火车皮，气不打一处来，"呸"了一声："狗屁吃香喝辣！都半年没钱拿了！"说完，又想到蒋青说的炮弹价钱，一发就抵得上自己差不多一年的军饷，柯六心里愈发不满。

既是同乡，也就有了天然的亲近之感，柯六忍不住发了一通牢骚。

蒋青说这种炮弹十分紧俏，拿到黑市能以八成的价格出手，柯六就问他怎么知道的。

蒋青见左右无人，压低声道："我有个亲戚，以前在德州军工厂里管事，现在专门做这种买卖。我以前听他提过一句。今天到的炮弹不少，一口木箱估计装八发，今天搬了有四五百发吧？要是拿去卖，怎么也有一两万块钱了。"

蒋青咂嘴，摇头叹息："可惜搞不到。要不然，我联系我的亲戚，只要把东西运出去，一手交钱一手交货，别的什么都不用管，拿了钱就走人，回乡买屋婆妻，谁还要当什么大头兵！"

柯六没说话，转身走了。

一夜过去，天还没亮，崔兴发的一个副官就来催人，呼喝民夫和俘虏兵起来继续运送物资。

蒋青见柯六朝自己使眼色，跟了过去，问他有什么事。

"昨晚你说的，都是真的？"

蒋青点头，盯着柯六："怎么，你想干？"

柯六咬牙道："豁出去了！我有几个好兄弟都愿意干。只要你联系了人，趁着东西还在路上，我们今晚上就能动手，干完了立刻散伙走人！"

蒋青看了眼左右，附耳："等下你寻个空子，放我走，我去安排。"

柯六又迟疑了："我怎么知道你可靠？兄弟们可是提着脑袋干的，

万一要是被你放了鸽子，我们拿着这些铁疙瘩有什么用？"

蒋青不慌不忙脱下脚上那只露着拇指的破鞋，这回撕开鞋底，从里头掏出一张折叠起来的银票，递了过去，笑道："定金。"

柯六看得目瞪口呆，接过一看，是一张顺通银号的银票。

顺通银号是当地著名的票号，南北都开有分号，银票全国可通兑。这张银票的面额是两千银圆，印鉴清晰，不可能作假。

柯六眼睛发光，伸手要拿。

蒋青缩手："这是货款的十分之一，成事后，剩下的当场给付。但丑话说在前，要是干不成，你们自己办砸了，丢了命别怪我。"

柯六不是傻子，一想也就明白了。

蒋青竟随身携带如此巨款，绝不可能是事出偶然，显然他就是冲着这批炮弹来的。但这对柯六来说无关紧要，他在这里替人卖命，非但拿不到钱，上司还动辄打骂，现在有一个天上掉馅饼的机会，不抓住更待何时？

柯六目露狠戾之色，咬牙道："放心，事若不成，绝不怪你！"

蒋青将银票递了过去。

天亮后，柯六趁上头不备，私放蒋青。

民夫和俘虏兵的人数足有数千，少个把人除了负责看守的没人能留意到。

半夜，十几辆载着几百发炮弹的畜力车消失在夜色里。

次日，陆宏达对刘家口发动大规模炮火进攻的第三天，中午时分，主力已经撤退到了刘家口北的北军有了新的动向，全员继续北退。

与此同时，陆宏达收到另外一个消息。他安排廖寿光的人马在从侧路进攻的时候意外遭遇强力阻拦，计划受阻，迟迟没能形成夹击之势。

陆宏达担心贺汉渚完全放弃刘家口，休整好后再和另外两路人马呼应，卷土重来。那样无异于放虎归山，陆宏达不再等待，立刻命令部队往刘家口进发，依然是炮兵营打前阵，以炮火开道。

炮兵营新到的十架大炮狂轰滥炸，十公里内一片焦土。

北军火炮射程不够，抵抗有限，虽然也组织了几次地面反攻，但无一例外，全部失败。

下午三点，陆宏达收到最新战报，前锋部队已经推进到距离北军第二个据点不到三公里的地方，不但如此，路上还缴获了十几门对方撤退时来不及带走的大炮。

此外，据确切的消息，贺汉渚本人就在这个据点之中。

陆宏达兴奋无比，在骑兵营的保护下来到最前方的瞭望点，用望远镜观察着敌情。

他看见对面阵地上的士兵如蚂蚁一般移动，在己方猛烈的炮火攻击下完全失了章法，纷纷躲进战壕。此前几月因为战局不利而积聚的闷气一扫而空，他豪情万丈地下令进行最后一轮炮火的密集攻击，在彻底摧毁对方的阵地后发动由骑兵和步兵组成的联合野战进攻。

不料片刻后，炮兵营的营长跑了过来，说原本中午应该就能运到的最新一批炮弹现在还不见踪影，此前库存的炮弹已消耗殆尽，现在没法进行大规模的密集攻击。

陆宏达吃了一惊，立刻联系后勤部的崔兴发。

不多时，参谋脸色灰败地向他报告出事了。

昨夜，崔兴发因为担心运送不力延误战局，亲自监督运送。半夜的时候，后勤的一个低级军官伙同手下十几个人趁他睡觉杀了他和警卫人员，运走几百发炮弹，顺便毁掉了通信设备。

不但如此，剩余的民夫趁机抢了粮食逃跑，剩下的士兵见长官死了，干脆也加入了抢劫的行列。

副官是死里逃生，连夜骑马才来到这里报信的。

陆宏达大怒，问下一批炮弹什么时候能到。

"最快也要一天之后！"

新炮炮弹的库存不多，价钱昂贵没法大量购置是一个原因，但货源有限也是一个因素。陆宏达是靠着日本人的全力支持，这才搞到了一千发。现在没了炮弹，空有炮架能顶什么用？

陆宏达脸色开始发青，他敏锐地觉察到了一丝不祥的异样之感。

低级军官和普通士兵不可能凭空想到偷炮弹，这种炮弹不比普通枪支，没有人接应，就算偷出去了，运输以及销赃都是大问题。

他陡然想到了前天刚被俘降的潘彪，吼道："把潘彪给我叫过来！"

潘彪的部下都被发去充当民夫了，他本人则被扣在这里当作人质。

副官匆匆出去，过了一会儿跑回来报告，说潘彪刚才嚷着肚子痛，跑出去找地方蹲坑，看守的人嫌恶心没盯紧，现在人已经跑了。

陆宏达一脚踢翻了面前的凳子。

就在这时外面传来一道猛烈的炮弹落地之声，紧接着炮弹爆炸之声此起彼伏，不绝于耳。

前方跟随炮兵营的前锋三师师长很快也派人回来报信，发现对方阵地异动，哑了两天的大炮不但开始反击，且至少有三个师的人马连同骑兵部队在向着这边发动进攻。

很明显，贺汉渚已经掌握了自己这边的火力情况，利用这个时间差在发动反攻。

没有了新式大炮的火力加持，陆宏达这边很难有必胜的把握。

"大帅，这里危险！你不能再留！到后方指挥也是一样！"参谋立刻建议。

陆宏达脸上的肌肉在不停地抽搐，恨不得将贺汉渚生吞活剥。但理智还是迅速地占了上风，他在一个护卫营的保护之下匆匆撤退。

为防止引发官兵恐慌，陆宏达是以转换阵地为由离开的。但大帅突然后退，最前方炮兵营的新式火炮哑火，紧急调用在后面的常规大炮，与此同时对方开始攻击，炮火不绝，所有人都感受到一丝不祥的征兆。

当天傍晚，贺汉渚指挥马官生和冯国邦的两支人马夺回刘家口，第二天就开往虞城。

士气这种东西一旦受到打击便如堤坝决口，一泻千里。

南军在虞城的防线也被破掉了，炮兵营丢了十架新式大炮。两个师上下共计两万余人投降。

南军战略撤退回到徐州附近，准备在那里沿着铁路线组织反攻，远在热河的尚义鹏也宣布加入北军，火车载着士兵南下，正在开往徐州的路上。

战事已经持续了三个多月，伤亡不轻，南军想反败为胜的可能性微乎其微，陆宏达麾下来自地方的人马见状纷纷主动投降。

这个时候大总统向全国发布和平电报，敦促陆宏达投降，声称只要他接受裁军，自己出于维护和平和南北大局考虑，可以特赦他的战争罪行。

陆宏达秘密面见北军代表章益玖，最后接受了京师方面的和平建议，但提出一个条件，要求保证自己的人身安全。

七月十一日，陆宏达发表全国公开通电，承认战败，宣布投降。历时四个月的南北战事就此画下句号。

在报纸刊载陆宏达投降电文的那一天，贺汉渚在徐州医院。

王庭芝在前些天的刘家口一战中率部奋勇阻击，坚守一天一夜，立下大功，不但阻止了陆宏达合围的计划，还打死了廖寿光。但他自己也负了伤，腹部中弹，好在伤处不是要害，在初步处理后被紧急送到这里。

贺汉渚赶到的时候，他刚吃了止痛药睡了过去，护士说最好不要打扰。贺汉渚就没进去，站在病房的门外，隔着玻璃看。

王庭芝躺在病床上，头包着纱布，昏睡不醒。

贺汉渚默默地看了一会儿，将自己带来的水果交给护士，转身朝外慢慢走去，皮鞋落在水泥地面，发出沉凝的声音。

医院的大门之外停了几辆挂着军用牌号的汽车，周围站着几名卫兵，一个中年男子等在车外，一身笔挺军装，梳着大背头，正是章益玖。

他看见贺汉渚出来，大步迎上，亲热地握住了贺汉渚的手用力地晃了几下，笑道："一战成名天下知！烟桥，你有看这几天的报纸吧？全国各界对你是赞誉不绝。论和平缔造，首功归大总统，其次就是你了！这不，大总统派我特意来看你这个大功臣，晚上设宴替你庆功！我提早向你透露一个好消息，等你回去肩章可就要换了！有史以来最年轻的少将！怎么样，还满意吧？"

贺汉渚微微一笑，不予置评，只向他道谢，问他下榻何处，说不巧，自己正有事，等手头的事忙完就去看他。

章益玖将他引到一旁无人的地方，笑容消失，脸色转为凝重，低声说道："老弟，刚才是大总统要我带的话，现在是我的心里话。"他顿了一下，"大总统那样做，有他的立场，我也是奉命行事，没办法。我知道你的心情，看着仇人就在眼前，不能动手，这憋屈比死还难受。大总统也是怕你有想法，所以叫我和你说一声，君子报仇，十年不晚。望你能体谅他的难处。"

贺汉渚含笑道："章兄放心，大局为上，我自有轻重。"

章益玖端详着他，见他神色如常，这才吁了一口气，哈哈笑道："好，好，你能这么想，我就放心了。"

几天之后的深夜，贺汉渚在下榻的饭店里看着前两天收到的一份秘密电报，陷入沉思。

第二天是他北上回往京师的日子。诚如章益玖所言，贺汉渚作为全国瞩目的最大功臣，这一趟回去等待他的将会是无限的掌声和荣耀。

八点钟，章益玖和随行官员一行人来到饭店，准备接他一起去往火车站北上，到了饭店却迟迟不见他下来，几人找到他的房间，却发现空无一人，桌上留有一个便条，一列龙飞凤舞的草书——私事先行，后会有期。

七月十八日，距离陆宏达宣布投降过去了一周。

不过短短一周时间而已，栖身在日领事馆里的陆宏达看起来却仿佛苍老了十岁。战败对他造成的打击固然巨大——直系部队裁撤，往日附庸作鸟兽散，他的声望也直落谷底，但在他自己看来这远不是结束。

他相信，在这个乱世，只要耐心蛰伏，日后绝对还有东山再起的机会，何况他还有靠山。他早年毕业于日本陆军士官学校，人脉深广，当年的老师土肥将军现在已是日方在华的机要人物，而对方图谋深远，他们需要他，不会因为这一次的战败而放弃他。

但是，这所有的一切都要有个前提，就是他能好好地活着。

曹大总统虽然答应赦免他的战争罪行，承诺他的人身安全，但他依然不放心。

不放心的源头，就是贺汉渚。

这一周以来，虽然陆宏达躲在领事馆这个安全屋里，但他依然坐立不安，犹如惊弓之鸟，外面的任何一点动静都能叫他心惊肉跳。

好在这样的状态很快就能结束了，今晚他将以休养身体为名登上一艘军舰去往日本，一是去那里暂时躲下风头，二是寻找新的发展机会。

今天要和陆宏达一起走的是原参议院副院长陈公石，他的心腹谋士。

陈公石在年初和他一道遭到贺汉渚的陷害，以刺杀的罪名被军警逮捕，一直羁押到现在。

这回陆宏达与曹大总统达成和平协定，其中有个不公开的条件，就是释放陈公石。

陈公石是前天获释的，一得自由立刻秘密南下，今天才来到这里。

为避免引发不必要的注意，两人还没见面，今天只用电话联系过，约好下午六点在船上见面。

五点半，陆宏达准备出发，这边派去接陈公石的武官吉田也于十几分钟前出发了。

离开前，陆宏达让副官再次联系陈公石，确定行程无误，现在正在饭店房间里等着吉田，他也放了心，看看时间也差不多了，想到上了军舰后他还要和老师土肥见面，不敢耽搁，借着渐浓的暮色，乘车悄悄从领事馆的后门离开。

本城一间饭店的高级套房里，匿名入住的陈公石一身西装，身边是同样便服装扮的保镖兼副官，两人等着吉田的到来。

片刻后，门外响起叩门声。

陈公石脸色一松，让副官去开门，自己跟着站了起来，对镜整理仪容，随即拿了随身携带的简单行李，走出卧室。

陈公石脸上露出笑容，正要和来接他们的便衣武官打招呼，却冷不丁看见副官仰面倒在了门后的地上，他神色痛苦，嘴巴张着，却是徒劳无功，发不出任何声音，在他胸口的心脏部位赫然插着一把匕首，没柄而入。

　　门外站着的便衣男子身材高瘦，他抬了抬头上的礼帽，露出一张脸，朝着陈公石微微一笑。

　　"贺汉渚！"陈公石大吃一惊，双目圆睁，手一抖，箱子掉落在了脚下。

　　他反应了过来，转身要朝里奔去，却见乌洞洞的枪口已经对准了他，他顿时僵住。

　　贺汉渚走了进来，关上门，示意他将保镖拖进去。

　　陈公石无可奈何，只好将人拖进卧室，照贺汉渚的意思将保镖藏进床底。见贺汉渚拔出匕首，擦着上面的血，陈公石勉强定下神，道："你想干什么？你的仇人是陆宏达！我之前跟你虽非同道，但没深仇大恨！"

　　贺汉渚微笑道："是，所以我也不是来要你命的。我来，是想做你的副官，请你带我上舰。"

　　陈公石立刻猜到了他的意图，眼中露出不可置信，骇声道："你想追杀陆宏达？你知不知道那是什么地方？日本人的军舰！就算让你侥幸得手，你也不可能脱身！"

　　"那是我的事。我只要你带我上去。"

　　陈公石脸色发白，沉默不语。

　　贺汉渚知道他想拖延时间，脸色陡然发冷："听说你的太太和儿子现在在南洋的橡胶园里过得很是不错？"他报出了一个地址，"你岳父很有钱，是当地著名的富商。你应该也不想听到他们被劫杀的消息吧？"

　　陈公石出事后，家人为避祸回了南洋，藏身在一个偏僻的地方，现在竟然让贺汉渚知道了，他脸色大变："姓贺的，你敢！"

　　"祸不及妻小。但你要是惹了我，那就难说了。我可不是什么善男信女。"贺汉渚声音淡淡，目光却透着浓重的杀机。

　　陈公石立刻想到他活埋仇敌的传言，浑身一凛。

　　这时，门外再次传来了叩门声。

　　要接自己上舰的人到了！一瞬间，陈公石的心跳加快，口干舌燥，脑海里冒出了无数的念头，他想大喊救命，或者假意配合伺机反水，但当他看到对面的贺汉渚依然气定神闲，只两道目光冷冷地射向他，他顿时又心死如灰。

　　贺汉渚是什么人，他再清楚不过。

陈公石慢慢地吞咽了一口唾沫，垂头丧气地道："我知道了，我带你上去，但丑话说在前，我要去那边，所以我带的副官会说日语，他们也知道的。等下你要是自己露了馅，你别怪我……"

门外又传来敲门声，声音有点重，应该是吉田等得不耐烦了。

贺汉渚微微一笑："这个就不劳你记挂了。"

陈公石定了定神，正要去开门，却见贺汉渚取了一个布包，走到他刚掉落在地的箱子前，打开箱子，将东西放到了最底层，脸色微变，问："这是什么？"

贺汉渚没回答，只闭合箱盖，随即提了起来，稳稳地走出去，打开了门。

陈公石只好跟了出去。

门外站着一个五短身材蓄仁丹胡的日本人，正是领事馆武官吉田，他看了眼贺汉渚，又望向从他身后走出来的陈公石，用日语问："刚才怎么了，这么久才来开门？"

贺汉渚开口，说陈议长中午吃了海鲜，肚子痛，刚才人在盥洗室里，自己则忙着拿东西，第一次的拍门声没听见，所以耽搁了一下，请他见谅。

他的日语不但说得十分流利，而且还是现在被认为是高等的关西口音。

吉田便不作声了，又看向陈公石。

陈公石虽勉强打起精神，但脸色一时之间还是没完全恢复过来，倒和这个说法很是符合。

吉田从衣兜里掏出一张照片，对着西装革履的陈公石看了一下，核对无误，点了点头，对贺汉渚道："让陈先生走吧！车在下面等着了。"

六点钟，天黑时分，陆宏达上了那一条泊在海湾里的军舰。

脚踏上甲板的那一刻他终于松了口气，又获悉土肥已在舰上等着他，不敢怠慢，让副官替他接待陈公石，随即匆匆去见土肥。

十几分钟后，贺汉渚跟随陈公石穿过戒备森严的租界军港，来到了这条即将夜航的军舰之前。

登舰口的士兵没得到过特别吩咐，便照习惯要检查登舰人员的随身行李。

贺汉渚叱道："知不知道陈议长是什么人？竟敢这样无礼？难道刚才陆大帅上舰，你们也是这样羞辱他的？"

士兵一愣，看向吉田。

刚才陆宏达上来，以其身份自然不必接受这种检查。

吉田也了解陈公石的背景，不但地位不低，还是陆宏达的得力亲信，能量也是不小。

"八嘎！"吉田狠狠抽了士兵一巴掌，随即在士兵的躬身道歉声中将两人带上了舰。

来的路上陈公石又腹痛难忍，现在一登舰就受不住了，急着要上盥洗间。

吉田忙让水兵立刻带他去安置，自己前去复命。

人到齐，军舰慢慢离港，平缓地驶了出去。

陆宏达的副官很快来到陈公石休息的舱房，敲门。

片刻后，门打开一道缝，陈公石露脸。

副官和陈公石很熟，笑着告诉他，陆宏达现在正跟着土肥将军和舰上的几名高级人员在吃饭，问他是否要一道过去，可以将他引荐给将军。

"将军听大帅提了你的情况，对你颇感兴趣。"

陈公石问饭吃得怎么样了，餐后如何安排，他们要去哪里。

"快了，七点将军会和大帅到会客室谈事，他们以前是师生，应该有些私事，你也明白的，到时陈议长你应该不便同在。你要是想快点见将军的面，现在就跟我一起去。"

陈公石说自己身体还是不适，且刚吃过药，不如先休息，请他替自己向陆宏达及土肥致歉。

副官也知他现在过去太勉强，吃饭的时候若是发作，未免失礼，于是笑道："行，那你先休息，我代你说明情况。还有，你副官住的地方在下层，和我一个屋。你这边好了，让他自己下去。"他报了个房号。

陈公石向他道谢，等他转身走了，扭头看向站在门后的贺汉渚。

贺汉渚收了顶在他腰后的枪。

陈公石低声告饶："贺司令，你要我做的，我全都已经做了。这事过后，我的前途也完了，我只求活命……"

他话没说完，贺汉渚一个肘击，击在了他的太阳穴上。

陈公石只觉耳中"嗡"的一下，剧痛传来，眼前发黑，当场扑在地上，不省人事。

贺汉渚不会滥杀无辜，但也不是心慈手软之人。

这个陈公石和陆宏达穿一条裤子，现在又跟着他跑去日本，打的是什么主意不言而喻。

贺汉渚将昏过去的陈公石拖进舱室的盥洗室里，找出一根绳索将他手脚牢牢捆住，又往他嘴里塞满布团，便反锁了盥洗室的门，走了出去。他打开行李箱，取出之前放进去的布包。

他要感谢陆宏达前次安排的那次汽车定时炸弹刺杀行动。要不是那次经历，他还不了解有定时炸弹这种好东西。

司令部技术科的科长当时获得样本后拿回去研究了下，很快就上手了。

贺汉渚此前已多次练习，现在手法相当熟练。

布包里装着制作定时炸弹需要的所有材料，炸药、雷管、电线、电池等。按照他的计划，需要制作两颗，已经分开捆扎好。他将东西取了出来，很快制作完毕，最后只剩定时。

他看了眼腕表，将两颗炸弹的钟表都设定在了一个小时之后，全部完成后再次用布包好，小心翼翼地放回到行李箱。

现在他所处的位置在生活区，位于舰艇后部，这里是中高级军官居住的地方，门外是一道走廊，十分安静。

贺汉渚提着箱子往中部炮塔方向而去，先安装重要的那一颗。

舰艇之中各种功能分区位置固定，弹药库就在炮塔的下方。

现在正是晚饭时间，一路出去都没有遇到什么人。

贺汉渚顺着铁梯下舱，很快来到炮塔的正下方。

对面走廊的墙上有禁止闲人入内的警告标志。

"站住，什么人？"忽然传来一道喝问声。

贺汉渚转头，见一个卫兵端枪朝自己大步走了过来，知道是负责看守执勤的，他露出笑容，迎了上去，用流利的日语问路："我是今晚刚登舰的陈议长的副官，刚才被告知我住的地方在下层，但这里的路太复杂了，我迷了路，正想找个人问。请问房间在哪里？"

东瀛弹丸小国，从前更是东方附庸，明治后不过短短二三十年便后来居上，从一个贫弱小国崛起为亚洲首强。晚清以来，国人羡慕之余，朝廷内外，但凡心有家国之人无不心存效仿维新之念，大批的人陆续去往东瀛留学。

贺汉渚的祖父也是如此，他忧心国运，从小就给孙儿请了日语教习，打算等他长大后，若身体条件允许也送他去留学。后来计划不成，但贺汉渚学了多年日语，说得极好。

"在后头！这里是弹药舱！快出去！"卫兵厉声喝道。

贺汉渚道歉，假意要走。

"等一下！"卫兵又叫住了他，目光盯着他手里的箱子，"箱里是什么？"

"是我的随身行李，要带去房间。"

"打开！"

"土肥将军！"贺汉渚忽然看向他的身后，面色一正，恭敬喊道。

卫兵急忙回头，却见身后空荡荡的，哪有什么将军？他还没反应过来，后颈剧痛，如被人重重砍了一刀，当场扑地。

贺汉渚迅速放下箱子，跪地，一膝牢牢压住还没完全失去意识的卫兵的后背，双手左右端头，发力猛地一扭。伴着一道清脆的骨头断裂的"咔嚓"之声，卫兵颈骨断裂，身体痉挛了下，当场气绝。

贺汉渚看了眼左右，将尸体拖到近旁的一间储物室，塞进去后用杂物遮挡了下，随后出来，提着箱子快步入了走廊，停在了一扇门前。这扇门后就是弹药库，他没有钥匙，当然无法进去。但五十分钟后，这枚携带巨量炸药的定时炸弹足以将周围几十平方米范围内的一切都炸得稀烂，然后引爆弹药库。

今天晚上，这条刚出港不久的军舰将会因为不明原因的弹药库自爆而沉没在外海。这条舰上其余的人是生是死，就看各自的运气了。

贺汉渚将炸药安放在一个距离最近的排风洞的后面。这个地方十分隐蔽，平时也不会有人察看。除非特意搜索，否则绝不会被发现。

他迅速离开，回往上层，路过食堂附近的时候，几个舰上的水兵刚吃完晚饭，嘻嘻哈哈地出来，口里议论着这趟回家之后能待多久，几人忽然看见贺汉渚，纷纷望了过来，神色鄙夷。

贺汉渚若无其事地经过，回到生活区，再次看了眼时间，六点四十，距离爆炸还有四十分钟。

会客室应该就在军官生活区的附近。

贺汉渚找了一下，很快看到了一间钉有铭牌的房间。他隔着门仔细听了下里头的动静，没什么声音，又敲了敲，没有回应，随即慢慢推开虚掩的门，望了进去。

会客室是日式装修，陈列着榻榻米和一架用作装饰的四联浮世绘屏风，榻榻米上有张小桌，上面已经摆好了茶具，正静待来人。

此刻会客室空无一人，贺汉渚毫不犹豫地闪身而入，走向榻榻米。

贺汉渚取出另外一个家伙，蹲了下去，正准备用最快的速度将这东西安放在榻榻米下面，然后迅速离开，门外突然传来一阵脚步声。

没时间了。

贺汉渚迅速收起东西，几步跨到了浮世绘屏风之后。

他刚藏好就见门被人推开，伴着一阵说笑之声，门口来了一拨人。

走在前的是个身材矮胖身穿高级军官制服的日本人，正是土肥中将，日在华屯军司令。他这趟回国，是为了述职。

陆宏达跟在他的身后，脸上带笑。

土肥和陆宏达走了进来，包括副官在内的剩余所有人便都主动停在门外，将门关合。

周围安静了下来。

土肥带着陆宏达登上榻榻米，相对入座。

贺汉渚没有想到这两人的会面提前到来，按照他原本的计划，安好这枚炸弹后，他便离开，然后等待爆炸。

到时候，最好的结果便是陆宏达连同土肥中将一起被炸死在这里。

也有第二种可能，他们已经结束会面，离开了这里，躲过一劫。但二人要谈的事情必定很多，短短半个小时应该不够。

不过，即便他们真的提前离开也没关系。一旦上下两颗炸弹同时爆炸，尤其下面弹药库的爆炸，必会引发混乱，贺汉渚隐在暗处，有的是机会下手。

贺汉渚没想到他们会提前到来。原本二十分钟足够他装好东西安全离开，现在东西不但留在手上，自己也没法脱身。

心念电转之间，他做了一个决定，无声无息地将箱子放在了地上，看了眼腕表，摸了摸身上藏着的匕首，静静等待时机。

榻榻米上，陆宏达亲手为土肥倒茶。刚才饭桌上的陪客众多，很多话不便谈及，两人心照不宣，草草结束饭局，来了这里。

陆宏达开场仍是叙旧，说了些闲话，开始谈自己年轻时在东瀛士官学校学习的情景："将军您那时与我年纪相仿，不过略大几岁，却已有帝国杰出青年军官的荣誉。当日能成为您的弟子，是我三生有幸。"

土肥慢慢地喝了口茶，目光闪烁，没有说话。

陆宏达见他进来后，脸色就不比刚才在外时那样和煦，知道这次战败，土肥对他极是失望，刚才在外人面前若无其事，现在没了外人，自然不用给他好脸色了。

果然，土肥冷冷地道："你也知道，我刚上任不久。知道我为了帮你掌握京师，说了多少好话，争取了多少条件？这就是你对我的回报？这趟回去，你叫我怎么述职？"

陆宏达心里暗骂，东瀛人会有什么好心？他们打的什么主意他一清二楚。其实他也不愿彻底沦为对方的工具，这是千古骂名的大罪，任谁都要掂量一番的。

他原本计划，战胜控制京师，做了大总统后，和对方虚与委蛇，寻求其余各国制衡，走一步看一步，不到最后绝不轻易答应。

但现在，他已没有退路。陆宏达咬牙道："刘家口一战，我原本已经占据极大的上风。我没想到贺汉渚会狡诈到如此地步。怪我疏忽轻敌！如果还有下回，我绝对不会重蹈覆辙，将军放心！"

他口中自责，意思却很明显，这回战败全是因为自己疏忽，并非因为没有实力。

"贺汉渚？"土肥重复了一遍名字，"就是你的那个仇人？开战前你不是借了一名武器专家策划行动吗，为什么失败？"

"他太狡猾了！装在他车里的定时炸弹被他发现了。"说起这个，陆宏达就想到自己蒙冤被迫逃出京师，仓皇之间开战，准备不周，他恨得咬牙切齿。

土肥眯了眯眼，沉吟了片刻："需不需要我这边动手？"

陆宏达和东瀛人打交道已久，深知这个民族的人骨子里慕强，不但如此，对不如自己的弱者更是充满鄙视，根本不会平等看待。他虽然以对方为靠山，但他们也有求于他。他如果连个私仇之人都对付不了，需要对方出手解决，往后还怎么有底气和对方打交道？

"不，您的好意我心领。这件事我自己会尽快处理妥当！他也是我的心腹大患，我绝不会让他再久活于世！"陆宏达立刻婉拒。

土肥见他态度坚决，便点了点头，又想起一件事："据说天城的廖寿光这次也死于战事？"

陆宏达面露痛惜之色，口里称是，见土肥沉吟不语，似乎在想事，他也有所猜测。

廖家以前对傅氏有所钳制。廖寿霖死后，傅氏也由新的掌门人傅明城接手，那边的廖寿光就有点压制不住了。

现在好了，干脆连廖寿光也死了。

陆宏达便道："将军是在考虑傅氏往后的掌控问题？如果有困难，等我安稳下来，我会尽力为将军谋划。"

土肥淡淡道："这个就不用你操心了。我自有安排。"

"那就好。"陆宏达赔笑。

这一场战败，他搞得实在狼狈，现在这样跟着土肥去那边，他也脸上无光。

陆宏达想了一想，终于下定决心："将军，你可听说过从前翼王窖藏一事？"

土肥目光一动。

陆宏达见他仿佛有兴趣，精神大振，就将翼王窖藏的来历解释了一遍，最后道："这也是我和贺汉渚结下仇怨的起因。当年贺家抄家之后，虽然找不出半点东西，但我始终没有放弃。据可靠消息，当年那个郑大将有后人活了下来，如果窖藏之事是真的，那么东西极有可能就落在郑大将后人的手上。以我推测，那么大的一笔财富，不可能藏得很远，应该就在翼王最后几年活动的地区，而郑大将的后人作为窖藏的守护人，也绝不会走得太远。所以这些年，我派人一直在那一带查访郑大将的后人，现在终于有了一个线索。"

"谁？"土肥立刻追问。

陆宏达是想拿这个当作投名状，私下献给土肥，以便争取他的完全支持。否则，万一日后他另有可以扶持的人，自己绝对会被当成弃子抛弃。

"这要感谢姓贺的小子了。那人就是因为年初他去往关西平乱引起我的注意，当时帮了他一个大忙。无论是年龄、身份，或者从前的经历，我越想越觉得有可能……"

这个时候，对面的屏风后忽然发出"砰"的一声，仿佛有什么东西掉落，砸在了地板之上。

军舰正在航行之中本就不稳，杯中的茶水都在晃动。或许是刚才遇到大浪，墙上挂的东西被震落在地了。

土肥循声扭头看了一眼，皱了皱眉，示意陆宏达稍候，自己起身下榻，走到屏风之旁，探身看去。

贺汉渚藏身在屏风后，此刻迅猛如同猎豹，手起刀落，一刀便割断了刚伸进来头的土肥的咽喉。

土肥来不及发出半点声音，就感到自己喉头蓦然一痛，接着嗖地一下有空气未经他的口鼻直接灌进了他的肺腑。这个时候，他的眼睛里也终于跃入了一张清瘦而冷峻的青年脸孔。他猛地睁大眼睛，"嗬嗬"了两声，但还没来得及有任何的反应，紧接着胸口又是一凉，那把刚割了他喉咙的匕首又插入了他的心脏。

他看见那青年攥着匕首的柄，在自己的胸口上狠狠地绞了几下，最后拔了出来。

屏风的背面，刹那间喷满血迹。

土肥双目圆睁，死死地盯着眼前这个不知道从哪里冒出来的人，嘴巴像脱水的金鱼一样无声地一张一合，最后在那青年的扶持之下，身躯慢慢地倒了下去，趴在了对方的脚边。

陆宏达起先不以为意。刚才说了那么多话，他有些口渴，端起杯子喝了口茶，蓦然抬眼，却见土肥不知道怎么了，身体突然直挺挺地歪了过去，接着屏风后仿佛有什么巨大的吸引力，将他一下吸了进去。

陆宏达手里还端着茶杯，便眼睁睁地看着土肥那两只穿着白色棉布袜子的脚从屏风头里缩了进去，从自己的眼前消失。伴着仿佛管子漏风的古怪"嘀嘀"之声，有水喷溅到了屏风上，接着一切就都平静了下来，仿佛什么事都没发生一样。

整个过程，短短不过七八秒的时间而已。

陆宏达吃惊地叫了一声将军，没听到有回应，他立刻放下茶杯，跳下榻榻米，向屏风后冲去，却突然看见屏风下慢慢地渗出来一缕血。

他的瞳孔蓦然睁大，猛地掉头朝着门口的方向奔去。

"来——"

贺汉渚岂会容他逃出去叫人，宛如猛虎一般从屏风后跃出，将自己刚才抽出来的皮带从后套在了陆宏达的脖颈上，旋即收紧。

陆宏达被勒住脖颈，心知不妙，慌忙伸手一把攥住套在了自己脖颈上的皮带奋力拉扯，企图留出一点呼吸的空间。

贺汉渚倒拖着两腿踢动奋力挣扎着的陆宏达，拖了几步，令他倒地，用膝压着他，用自己身体的力量将他牢牢固定。

陆宏达的双手拼命地扯着收得越来越紧的皮带，脸孔涨得发紫。

他拼着最后一点力气，奋力摇头，含含糊糊地求饶："等一下……我有话……"

贺汉渚略略松了点手。

陆宏达张大嘴，拼命地喘着气，断断续续地说："我后悔了……你给我一个机会吧……当年是我向朝廷告发你祖父没错……但我也是被人利用，借刀杀人……怎么就那么巧，我正需要你祖父的罪名，当年郑大将手下那个叛徒的后人就找了上来提醒我……我其实也是被人利用了……我已经猜到是谁……你饶了我，我就告诉你……"

贺汉渚眼底猩红，双目如欲滴血。他手背的青筋猛地暴起，咬牙一个发力，再次勒紧皮带。

陆宏达双眼翻白，再也说不出话来，渐渐地停止挣扎，那两只抓着皮带的手也软了下去，一动不动了。

贺汉渚继续发力，又勒了一会儿，确定陆宏达气绝他才终于慢慢地松开了手。

他闭了闭自己那一双血红的眼，缓了缓才睁开眼看着脚下一动不动的仇人，从他的脖子上抽回皮带，系回到裤腰上。

这时，门口传来敲门声。

"将军？陆先生？你们怎么了？没事吧？"

贺汉渚辨出是武官吉田的声音。

刚才为了防止惊动外面的人，他没用枪。但勒死陆宏达的时候，他发出的蹬地声应当还是传了出去。

他迅速系好皮带，看了眼时间。

这里的这枚炸弹，刚才因为计划临时变动已被他解除。

但离下面的爆炸，只剩不到两分钟了。

他拖着地上陆宏达的尸体后退，连同土肥一起藏进屏风后，自己立在一旁。

土肥和陆宏达私谈，吉田和陆宏达的副官便守在外，刚才敲了一会儿门，始终没听见回应，两人相互看了一眼，觉着不对，强行破门，里面没有人，而那张榻榻米上的茶水依然冒着袅袅热气。

"将军！"

"陆大帅！"

两人各自叫了几声，环顾周围，吉田很快看见屏风的脚座下有血，吃了一惊，立刻掏枪，慢慢地走了过来。

就在这个时刻，伴着下面突然传来的一道沉闷而剧烈的爆炸之声，脚下的地板仿佛遇到地震，剧烈地颤抖了一下。

与此同时，贺汉渚开了一枪。

吉田额头中弹，被掀翻在了地上。

陆宏达的副官大吃一惊，知道不妙，转身要逃，后心也中了一枪，扑在门口。

"来人——"他挣扎着，朝外爬去，嘶声吼叫。

但是已经没有人能听见他的喊声了。连刚才的那两下枪声，也完全被吞没在了甲板下方传出的爆炸声里。

水兵全都被惊动，纷纷朝着舰艇中央的炮台方向跑去。

突然，"轰——"距离第一道爆炸声过去不过几十秒，仿佛有什么埋在下面的诅咒被唤醒，第二次爆炸接踵而来。

这一次的爆炸彻底掀翻了炮台上方的基座，附近的一根烟囱随之折倒，轰然坍塌，砸在甲板之上，来不及躲避的官兵当场就被压在下面，惨叫声此起彼伏。

"不好！弹药库爆炸！"终于有人回过神来，厉声大吼。

但是谁能阻止这种失控的力量？

紧接着，第三次爆炸又轰然而至。

这条庞然大物的动力舱位于尾部，现在还没有受到爆炸波及，依然在驱动着舰体前行，但船的中央部分已经扭曲，钢体断裂，火光熊熊，电力也突然中断，所有的舱室都陷入一片漆黑。

甲板上的火光是最后的照明，映出了水兵那一张张惊恐的脸。

每一个人都明白了，等待着这条军舰的命运只有沉没。

爆炸之初，舰长下令停船，接着他想到了土肥，立刻带人上去找他，但随着紧接而至的爆炸和电力的中断，军舰也开始快速下沉，全舰很快就陷入了无序的状态。

贺汉渚一枪打死趴在门口的副官，混在来回跑动的水兵的中间，奔到船尾甲板，从一个正准备跳水的水兵手里夺过救生衣套在自己身上，随即朝着海面纵身一跃。

这里虽然还是近海海域，但风浪已经不小，他一边保持身体的漂浮，一边奋力朝着和舰体相反的方向游去。

他必须要在舰体下沉之前到达一个安全的点，否则一旦被带进旋涡，想活着出来的可能性微乎其微。

附近，伴着不绝的扑通扑通之声，全是和他一样跳海求生的水兵。

突然，贺汉渚身后又爆发出了一声巨响。

这一次应该是弹药库里全部剩余弹药的爆炸，能量巨大得几乎要将舰体从中折为两截。船尾一根高达十余丈的巨大烟囱承受不住冲击，摇摇晃晃地倒了下来，"轰"的一声，这庞然大物平砸在了海面上，掀起的海浪犹如海啸，碎裂的管体和砖石更是四下飞溅，射向周围的海面。

附近的几个水兵直接被压在了下面，连声音都没有发出，当场没顶。

贺汉渚感到一股挟裹着巨大力量的浪墙朝着自己当头砸了下来，犹如重锤一般将他压到了海面之下。

不过是血肉之躯的凡人，如何能挡？

贺汉渚胸中气血猛烈翻涌，后脑一痛，眼前发黑，随即失去了意识。

他被一阵呛水的痛苦给唤醒，朦朦胧胧地，意识一丝丝地回到了他的身体里。他感觉自己正在往下沉去。身上穿的救生衣应该是刚才被大浪打脱了，他的周围全是水，不能呼吸，什么也看不见，胸口更是疼痛无比，犹如就要爆炸一般。

他想制止自己的下坠，但却是徒劳无功。后脑的受伤似乎令他手脚失了协调，他完全控制不住自己的身体，只感觉自己像是一只沉重的秤砣，越是挣扎越是下沉，不住地下沉。

渐渐地，他胸中那种空气稀薄无法呼吸的痛苦之感竟也消失了，最后只感到脑子晕晕沉沉，想睡觉。

就这样睡过去，睡过去吧……贺汉渚忽然觉得万分疲倦，在心里模模糊糊地想。

他闭着眼，停了想要浮上去的企图，悠悠荡荡地漂在水里，过去的这二十几年经历的一幕幕如电光石火一般在他的脑海里闪现。

童年的他，光阴寂寞，院墙高耸的贺家旧宅……

少年的他，受人恩惠，带着妹妹寄人篱下……

青年的他，为了复仇，不择手段，游走在黑暗边缘……

就在贺汉渚意识快要完全脱离他而去的时候，他脑海里的最后一幕定格在了一双凝视着他的眼眸之上。

那是一双女孩的眼，生得极是好看，眼尾微挑，清冷如雪，但在热情的时候，那双眼眸却又仿佛一泓春水，能将他完全溺毙……

就在这一刻，贺汉渚感到自己那颗原本因为窒息而缓息了下去的心脏猛地一跳，人也陡然清醒了过来。

还有她啊！

她在等着他回去！

虽然他将她推开了，但她却始终没有将那枚镌刻着他诺言的戒指还给他。

在他打仗的那段时间里，他曾一遍遍地想，她为什么没有在他离开之前，将戒指还给他？明明她是有机会的。是她根本不上心，完全忘记了他曾送她的那代表了他诺言的信物，还是她特意留下来的？

此前的每一次，贺汉渚最后都告诉自己，她只是根本没有上心罢了。他觉得自己不会有这样的幸运，她真的会等他回去向她履诺。

但是，就在这一刻，贺汉渚却推翻了自己之前曾有过的那一遍又一遍的念头。

她是要他好好地回去！

她在等他回去向她履诺，所以她才会留下那枚戒指，没有归还给他！

哪怕这样的可能性微乎其微，但只要还有一丝可能，她还在等着他回去，他就不能辜负她！

汉渚谨诺，这是他曾许给她的诺言。

他还不能死。要回去，一定要回去！

就在这一瞬间，贺汉渚仿佛复活了，脑子也清明了起来。

他闭住呼吸，借着胸腔里仅剩的最后一丝稀薄空气，放松身体，令皮肤上的每一个细胞都感知着浮力的方向。他开始踩水上浮，越来越快，越来越快，皮肤感觉到的水的压力也越来越轻，越来越轻。

终于，他猛地从海面上钻出了头，新鲜的空气再次涌进他的肺腑。

他长长地吸了一口气，在浪里稳住身体，睁眼看向火光的方向。

军舰快要沉没了，储放救生衣的仓库在爆炸中被摧毁，许多水兵没有救生衣，此刻全都挤在已陷落到海平面之上不过几尺高度的甲板上。

火光熊熊，照得周围海域红得像是一个熔炉。

贺汉渚看见附近漂着一件救生衣，一个水兵正奋力向它游去。他也游了过去，在那个水兵伸手堪堪够到之前，贺汉渚长臂探去，一把抓住救生衣拽了过来，随即踹开试图追抢的水兵，最后在对方绝望的目光之中掉头，用尽全部力气，借着头顶北极星的指引朝北游去，以远离即将到来的死亡旋涡。

在他出去几十丈后，身后突然发出一阵绝望的哀号之声。

火光在那一刻彻底熄灭，海面归于黑暗，平静了下去。

贺汉渚知道，军舰沉了下去。他没再回头看，借着救生衣的浮力继续朝北而去，再出去一段距离后，他停了下来，将一个贴身牢牢绑在腿上的长条物扯了下来，撕开外面的防水油纸，里面是支电筒。

他漂浮在海面上以节省体力，随后打开电筒，以摩斯密码的频率朝着夜空一开一关。伸手不见五指的海面之上，一道手电筒的光束如笔直的光剑射向夜空，刺破黑暗。

半个小时后，一条游弋在附近海域的小型炮舰终于赶到，豹子跳下海面，将贺汉渚托住，和上面的人一道将他从海里捞了上去。

第二章

七月初，一个晴朗的深夜，江湾月白，水平无波。

叙府的府城里一片安宁，人皆入梦。

下半夜，水会总堂附近的灯火也渐次熄灭。但总堂内外的暗处，旁人窥不见的角落里却依然有夜巡的人在警惕守夜，护卫着这个地方的安全。

水会虽是依傍江湖而生，但自郑龙王接掌后，多年来他执柄处势，整肃规矩，令行禁止，论组织严密和上命下从，说远胜许多军队也毫不为过。搜集消息和戒备安全本就是日常必不可缺的两项惯例，何况现在作为头领的郑龙王出了意外，这段时间以来一众水会之人更是不敢有半分松懈。

苏家少爷是六月下旬到的，在这里已经待了几天了。

昨天，在本城那位开诊所的刘医师的协助下，苏少爷为大当家做了一个特殊的治疗。

当时大当家突然又觉胸闷异常，呼吸困难，冷汗不止，面色发绀，几乎休克过去。根据苏少爷的说法，是心包炎的感染化脓引发的压塞症状，再不处置随时都有生命危险。唯一的办法就是用她携带过来的穿刺针试着进行穿刺引流，再往腔内注射药物，观察效果。

苏少爷说的那些关于大当家病情的解释，水会里的头领都听不大懂，但人人心知肚明，这个治疗如果不做，大当家应该撑不了多久了。

这是一个冒险的尝试，当时众人心情沉重，谁也不敢做主。最后还是大当家自己一锤定音，让苏少爷放心大胆地做。

昨天苏少爷为大当家做了那个治疗。当时大当家半坐着接受了局部麻醉，但显然整个过程他依然承受着极大的痛苦，好在苏少爷说过程算是顺利。众人还没来得及松口气，昨晚大当家忽然开始发烧，昏睡过去，一天都没醒来。王泥鳅等人怎放心得下，但见苏少爷神色凝重，一直守在大当家的身边，他们也不敢打扰。今夜众人分班轮流地在近旁值夜，盼着大当家能快些醒来。

此刻，在水会后堂的一间静室里，烛火通明，照亮四壁。

苏雪至从昨夜郑龙王昏睡过去后，到现在已经超过二十四小时没有片刻敢合眼。她一直守在郑龙王榻前，每半个小时检测一次他的心跳、血压、脉搏等体征。

她再一次检测过后，对比了数据。郑龙王的体征在慢慢向好，他虽还是昏睡不醒，但呼吸频率平稳，面色渐渐好转。

这个时候，苏雪至才感到了后怕。

现在见郑龙王的体征好转，她知道，穿刺应该算是成功的，注射入他体内的药物也起了功效。但苏雪至还是不敢离开，靠坐到摆在一旁的躺椅上，就着烛火翻阅这几天的药物剂量试用记录，评估她得到的这第一批青霉素的单位药剂含量和使用效果。现在情况特殊，她只能一边用药一边根据疗效调整剂量，这是非常宝贵的临床使用数据。

郑龙王苏醒了。在恢复意识的那一刻，这几个月以来，一直伴随着他的胸口仿佛压着巨石的不适之感消失了，不再胸闷、透不出气，他感到呼吸畅快，神清气明。他睁眼，发现自己还躺着，眼前烛火跳跃，耳边寂静无声，应该是深夜时分。

他环顾四周，目光忽然定住了。

那女孩儿竟也在他的身边。此刻，她就靠坐在自己床边的一张躺椅上，微微歪着头，闭着眼睛，沉沉地睡了过去，而她的手里还拿着一个本子，上面密密麻麻地写满了字，中间夹杂着许多蝌蚪一样的洋文。

郑龙王怔住了。女孩儿的面容上布满倦容，应当是在他昏睡过去后，她一直守在身边，困极了才会这样就睡着了。

郑龙王坐了起来，凝视着女孩的睡颜，心里涌出无比的爱怜疼惜之感，情不自禁伸手想抚摸一下她的头发，快碰到的时候他忽然又停了下来。

他慢慢地收回了手，下了榻，小心地抽走了她手里的本子放在一旁，拿了一条薄毯替她盖好，接着轻轻地开门走了出去。

王泥鳅就在一旁的一间大屋里，刚才打发了一道守夜的几个人让他们去休息，他说完却没人离去，众人依旧相对而坐，无不忧心忡忡。

王泥鳅正打算起身过去，再向苏少爷打听一下情况，他透过面前那扇半开的门忽然看见一道身影慢慢地走到了院中，停了下来后，仰头看了看头上的月。

王泥鳅简直不敢相信自己的眼睛。

是大当家！

他醒了！不但如此，他还下了地，自己走了出来！

"大当家！"王泥鳅的惊喜无法形容，猛地站了起来，一个箭步冲了出去，朝着院中树下的那道身影奔去。

郑龙王忽然转头，冲他和跟着他一道奔出来的几人做了个噤声的手势，随即指了指那屋的方向，低声道："她太困了，刚睡着，别吵醒她。"

王泥鳅和众人忙止了声。

郑龙王的步伐还是很迟缓，说话声音也带着些沙哑，但看得出来他的精神比之早前已经好了许多。

"大当家，你总算醒了……"王泥鳅还是控制不住自己的情绪，他的眼眶发热，压低声，哽咽着说了一句，接着他稳住情绪，迅速转头，吩咐身后的一个帮众，"去前头告诉大家，就说大当家醒了！让他们放心！"

那人"哎"了一声，拔腿就朝前头冲去。

王泥鳅上去，紧紧地攥住郑龙王的手。

大当家病危，今夜总堂之中谁能睡得着觉。不过片刻的工夫，那些没在近旁的人便都得知了这个好消息，喜出望外地全奔了过来。

郑龙王望向纷纷到来的喜笑颜开的众人，脸上露出笑意，微微点头："叫大家伙担心了。我没事了，请诸位兄弟安心。"

苏雪至没想到自己竟睡了这么久，她睁眼时发现天已大亮，明亮的朝阳从嵌着玻璃的木格窗户里透进来，微尘在光束里舞动，房间里静悄悄的。她身上盖着一张薄毯，昨夜看的笔记放在了一旁，而床上空荡荡的。

苏雪至的心一跳，猛地弹坐起来，掀开被子起身，站起来就朝外跑去，刚出去，迎面就见这些天照顾她起居的老妈子笑眯眯地走了过来："苏少爷，你醒了？"

苏雪至问郑龙王在哪儿。

老妈子说大当家去了前头。

苏雪至急忙朝前堂走去，一路出去，遇见的水会之人对她无不笑脸相迎，毕恭毕敬。

她快步到了前堂，穿过聚义厅，迈步下石阶的时候，脚步忽然停了下来。

夏天清晨的凉风习习拂面。她看见前方，郑龙王双手负后，立在总堂大门的后面仰头而望，看得十分入神。

他前方的头顶上是老槐树的一片浓密冠盖，此刻朝阳正射在繁茂的树丛之上，枝叶的缝隙之间，光芒点点，犹如碎金。几只小鸟跟着大鸟飞来飞去，发出轻快的叽叽喳喳声。

王泥鳅和老幺等人在一旁莫名其妙，又不敢出声打扰，忽见苏雪至来了，忙低声提醒了一句。

郑龙王回神，扭头看了一眼，见她就站在自己的身后的庭院之中，忙转身走了回来。

苏雪至迎了上去，问了几句他的体感。

郑龙王一一回答，仿佛知道她要说什么了，又大约是怕她不高兴，说道："我知道我需要休息。我这就回去！"

"大当家你知道就好。你身体才有些起色，确实要多休息，不要乱跑。"

郑龙王不住地点头，仿佛做错了事。

"我是这一辈子都没闲着，前些时候闷了太久，今天觉得精神头回来，能走路了，就出来溜达了下。"他又特意解释了一番。

"也不是叫你一天到晚都躺着不动。只是这几天你需要多休息，不要随意走动。过些天等再恢复了些，适当的走动也是有好处的。"

"好，好，我记住了，我听你的。"

苏雪至自然地伸手，扶住了郑龙王的胳膊，带着他慢慢地回往后院，笑道："大当家你要是实在躺不住，想下地，可以用个拐杖。"

郑龙王一愣，随即笑了："好。我老了，要服老！今天我就叫他们给我弄一根过来！"

苏雪至的本意是让他行路的时候多个支撑，忽然觉得自己好像说错了话，赶忙纠正："大当家你不要误会！我没有说你老！真的！能这么快就恢复过来，好些青年人可能都不如你！"

郑龙王哈哈大笑："无妨。我确实是老了，比不了当年。要是从前，这样的伤，怎么会熬不过来，还要累你替我奔波辛劳。"

他口里感叹自己老了，语气却充满了欣喜。

苏雪至一看不对，急忙又阻止："大当家你现在也不能这样笑！当心引发胸痛！"

郑龙王一吓，忙止了笑。

王泥鳅和老幺等人见前头的大当家和苏少爷相谈甚欢，不知道说了什么，竟还这样开怀大笑，对望一眼，诧异不已。

苏雪至扶郑龙王进去，让他靠坐，随即再次替他测量体征，做着记录。

郑龙王看着她忙碌的身影，心里一时百感交集，说道："辛苦你了。这回因为我，实在是为难你了。"

苏雪至一边写着诊疗记录，一边笑道："有什么可为难的。我是医师，治病救人是我的天职。大当家的身体早点好才最重要的。"

郑龙王犹豫了一番，问："雪至，你是听你母亲对你说过些什么吗？"他顿了一顿，又谨慎地说，"关于以前的一些事。"

郑龙王知道关于此事，以他身份实在不宜开口多问什么。但他是如此珍视来自这个女孩的善意，终于还是忍不住，小心地试探了一句。

苏雪至摇头："没有，"她扭头望向郑龙王，忽然好奇心起，歪过了头，"以前的什么事呀？大当家你知道的话，你和我说说？"

阳光透过玻璃照在女孩纤柔的脸上，耳垂边那如婴儿般细细的茸毛在光晕里纤悉可见，一双眼乌溜溜的，透着点撒娇似的俏皮神色。

郑龙王吓了一跳，老脸暗热，慌忙摆手："没有没有！我不知道！我就随便说说。"他又叹气，"老了老了，真不行了……我先休息下，雪至你也不要太累了……"

苏雪至见老龙王被自己给吓住，终于老老实实地闭目睡觉了，一阵暗笑，遂作罢，写完记录，轻手轻脚地走了出去。

傍晚，苏雪至给郑龙王再次检查了下身体，注射了一针药剂后，她在两名水会帮众的护送下，骑马去刘医师那里取了些短缺的药物。她见出来后时间还早，便打发其他人走了，打算自己再去一趟药铺找苏忠。

这些天苏忠也都留在府城，每天会往水会走一趟，看一下苏雪至。

前几天苏雪至收到了余博士发给她的一封电报，得知在她离开后没几天，实验室深夜失火。

她走之前，曾和余博士安排了一番，将菌种和相关的资料都另外收藏了起来，实验室里只剩下普通的血清。

联想起此前那一夜仿佛有人在自己进到实验室的时候跳窗匆忙离开，苏雪至就觉得这场火不大可能只是意外。所以虽然之前已经有所准备了，但她心里还是十分记挂，想早点回去。

苏雪至想叫苏忠帮自己带话给叶云锦，她再留几天，等郑龙王的身体情况稳定些，可以让刘医师照料，她便打算走了。

苏家的药铺位于府城最繁华的主街上，路却不宽，苏雪至再次骑马到达的时候，虽是傍晚了，但街上的人却不比白天少。行人、骡马车、人力抬的滑竿，全都匆匆忙忙，争着抢道，把一条街给挤得水泄不通。

她怕马冲撞到行人，便放缓速度慢慢前行，快到自家药铺的时候路过一间布庄，里头一个正在嗑瓜子的妇人看见她，眼睛一亮，喊住了她。

苏雪至扭头望去，是苏家的一个寡妇亲戚朝她使劲招手，她只好下了马，过去叫了声三奶奶。

三奶奶家里是开布庄的，和药铺很近。三奶奶将苏雪至请了进去，亲亲热热地说客气话，夸她越发利索："我远远地看着，心想这是哪里来的俊后生，再一看，哎哟，可不就是我的雪至吗！前几天我刚听你六婶说，你回了家，怎的都不来三奶奶这里坐坐？"

苏雪至还有事，哪来的耐性叙旧，就礼貌地问她什么事。

三奶奶从门里钻出脑袋，看了眼近旁的苏家药铺，又缩了回来。

"我怎么听说你学医回来，最近不但住在水会那边，还在替郑龙王看病？"她表情狐疑，又附耳过来，"雪至你难道忘了，你爹以前可是被你娘和郑龙王给活活气死的！你现在这样怎么对得起你死去的爹——"

三奶奶说话的唾沫星子都溅到了苏雪至的耳朵上，苏雪至嫌弃地偏了偏头，正要开口，忽然听到外面传来一个声音："三奶奶，拉着雪至在说什么呢，这么亲热，方不方便叫我也听听？"

三奶奶猛地扭头，见门口停了一辆马车，窗帘子掀着，里头扭过来一张脸，正盯着她，可不正是叶云锦。

三奶奶的门面铺子是苏家产业，她早先找叶云锦哭诉自己孤儿寡母做生意不容易，叶云锦怜她不易，给她家减免了租金。平常她在叶云锦的面前也是满口的奉承和好话，没想到现在被叶云锦给抓了个正着。幸好她刚才和苏家儿子咬着耳朵在说话，估计叶云锦也听不到。

三奶奶定了定神，换成笑脸，转身迈步正要出去招呼，冷不丁却听到苏雪至说："她刚才说我对不起我死了的爹。"

三奶奶大惊失色，没想到苏雪至竟这样直接地把她说的私密话都给讲了出来，急得跳脚，连声否认。

叶云锦面不改色，只淡淡道："手伸得挺长，连我们家的事也管。"她转向跟着马车的一个管事，"三奶奶生意做得不错，既然这样，房租不用免了，下月起该交多少交多少，少一分就叫她把东西搬走。"

管事应是。

三奶奶脸都绿了，赶紧跑了出来，追着叶云锦要解释，叶云锦已经放下车窗帘子，管事驱马车继续前行，停在了药铺门口。

"雪至！你可不能这么坑我！三奶奶以前对你最好了，你赶紧帮我向你娘解释一下！"三奶奶改而攥着苏雪至的胳膊告饶。

苏雪至一笑："六婶也说她对我好。你们到底谁对我最好，自己先辩辩清楚。"她挣开三奶奶，牵马到了自家的铺子门前，走了进去。

正是晚饭时间，苏雪至坐在桌边，等叶云锦出来一道用饭。

叶云锦刚从苏忠那里听到郑龙王苏醒的消息，这会儿还一个人待在房间里，没出来。

苏雪至知她应该是在平复心情，便耐心地等着。片刻后，脚步声传来，苏雪至扭头见叶云锦出来了，神色已经恢复平静，如果不是眼眶还有点发红，完全看不出她此刻心情如何。

母女相对，默默吃饭。

苏雪至很快吃完，说："娘，大当家过了这一关，接下来身体应该没大问题了。我再待两天，把事情转给刘医师，我就回去了。"

叶云锦一愣："这么快就走？"

苏雪至点头："是，那边还有要紧的事。"

叶云锦沉默了片刻，低声道："这回你真的帮了大忙，救了……"

她顿住。

苏雪至用餐巾抹了抹嘴，说："没事，我是学医的，这是本分。趁天还没黑，那我先回去了，晚上还要再观察下大当家的情况。"

她站了起来，起身要出去，忽然听到叶云锦道："等一下。"

苏雪至停步。

"你跟我来。"

苏雪至跟着叶云锦进到她的屋。

叶云锦吩咐苏忠在外头看着，随即关上了门，示意女儿坐下，自己也坐了下来。

苏雪至也没催问，只耐心地等着。

她低头沉吟了片刻，终于，仿佛最后下定了决心，她抬头道："雪至，你知道你的身世吗？"

苏雪至心一跳，摇头。

叶云锦道："以前你不是问过我和郑龙王的关系吗。我不敢告诉你，不是怕你会恨我。我本来就不是好女人，让你蒙受羞辱，你恨我是应该的。我以前是害怕你无法接受这样的事，伤害你自己。我也害怕你会因此更加恨他，所以我一直不承认。现在我觉得……"

她凝视着苏雪至："我或许应该告诉你的，"她顿了一下，"郑龙王他确实是你亲爹，但和他无关，一切全是我的过错。"

叶云锦既已决意不再隐瞒女儿，便将自己当初嫁来苏家不得丈夫欢心，抛头露面外出做生意，因偶然救了王泥鳅从而结识郑龙王，后来想求他带自己走却被拒的经过原原本本讲了一遍："自那之后，我便和他再无往来了。我嫁入苏家的第十年，苏明晟已经病入膏肓。他自己大概也知道没活头了，终于回了家，说什么很后悔，想和我好好过日子。还和我商量，要是实在没指望，就从族人那里领个儿子，好将来给他续个香火。"

"雪至，我就是个冷心冷肠的恶毒之人。他苏明晟是个什么东西！不过挂着丈夫的名头而已，从前想作践我就作践我，现在说一声后悔，拿夫妻情分压我，就想让我死心塌地做他苏家的节妇，养他苏家的侄儿？他想得美！苏家的产业也是我一手挣回来的，我凭什么白白送给那些白眼狼！我就去找了郑龙王，拿当年他欠我的人情逼迫他，就这样有了你。苏明晟废物，又死要面子，当然不肯让人知道我肚子里的孩子不是他的。本来他好好地认了或许还能多活些时日，是他自己作死，有天喝酒，借着那么几两黄汤的劲儿跑去找人闹事了。众目睽睽之下，自己掉进水里，还是郑龙王捞出他的，当时他已经吓得去了大半条命，回家没几天就没了。"

苏雪至听得目瞪口呆。

她听到叶云锦又继续道："苏明晟没了之后，我生了你，把你当儿子养，否则苏家那些人是不会死心的。雪至，确实是我太过自私，当时根本就没考虑你长大懂事后的想法。去年你和我争执跳河之后，我就后悔了。当时我对你说，如果你想做回女儿，我不会再强迫你。是真的！只要你自己想，现在你就可以换上你应该穿的漂亮衣裙！"

苏雪至摇头："谢谢娘。不过，我现在挺好的，我还没有改变的打算。"

"就算让他们知道我没儿子，现在想从我叶云锦的手里拿走产业，也没那么容易。你不用有任何的顾虑。"

苏雪至道："娘，你也不必有顾虑。我现在真的没改变的计划。等我哪天觉得有必要了，我自然会做回女人的。"

叶云锦看着她，迟疑了下，点头："好吧，随你。娘刚才和你说那些陈谷子烂芝麻的旧事，是想告诉你，一切都是我的过错，和姓郑的无关，我希望你不要因为我对苏明晟的不忠而轻看了他……"

"娘，你说一切全是你的过错，和龙王无关，你这样说，他会同意吗？"苏雪至忽然打断她。

叶云锦一怔。

"自己挣来的东西，当然不能平白给了别人。当年你能想到用这样的法子来保护自己，对错轮不到我来论断，但你很勇敢，很了不起，这一点，我很佩服你。"

叶云锦仿佛有些不敢相信自己的耳朵，定定地望着她。

苏雪至又道："至于龙王……您也放心，我如果对他心存芥蒂，这趟我就不会回来了。"

叶云锦的眼眶再次渐渐泛红，半晌，她扯出一块手帕，低头飞快地压了压眼睛，喃喃地道："雪至，谢谢你……娘谢谢你能这么想……"

苏雪至微笑道："娘，那我先去那边了。"她站了起来，张臂主动轻轻抱了抱叶云锦，随后朝外而去。

叶云锦眼中缓缓盈泪。她怔怔地望着女儿背影，忽然想起一件事，叫住了她："等一下！"

苏雪至停步，转头望着她。

叶云锦便将年初贺汉渚在平定关西之乱后曾来这里拜谢郑龙王的事讲了一遍："龙王以窖藏为赠，望他往后勿再扰你。当时他拒了窖藏，后来给龙王写来了复信，我也曾看过。"

叶云锦将信的内容复述了一遍。

"雪至，实话说，娘之前还是有点担心，怕你涉世未深，感情也是一时冲动所致。但现在，娘感觉你真的是长大了，事情该怎样做你自己心里有数。所以和他的事，你自己定吧。如果你真的看上了贺叹渚，愿意和他在一起，往后无论出什么事，龙王和我都会尽力帮助你们的。"

苏雪至忽见叶云锦一直望着自己，她回过神，微笑："我知道了，谢谢娘。等我考虑好了就告诉你。"

贺汉渚被送上了甲板，他浑身湿透，后脑被砸中的部位还在渗血，体力透支，被豹子和同船的人迅速送进舱室，随船医生予以紧急救助。

半夜时分，炮艇靠岸，上岸后，医生强烈建议贺汉渚进行休息，一行人便暂时落脚在一处安全屋。

豹子让手下用电台和丁春山取得了联系，了解京师的最新动向。

最大的新闻便是因战事而推延的选举再次回到了公众的视野里。曹大总统因为战事的胜利和最后为和平做出的努力，声望得到了空前的提高，连任是毫无疑问了。

不仅如此，这几天也开始有大批的人鼓吹曹大总统功劳比之周公伊尹丝毫不逊，他们认为现行制度脱离国情，民智未开，当效仿国外如英德日等先进诸国，即便不改制为君主立宪，也当为曹大总统提供更稳固有序的政坛环境。

这种说法背后的意思便是推行大总统的终身制。

豹子见贺汉渚半躺半靠在床头，闭着眼睛，脸色发白，透着疲倦，不大感兴趣似的，便跳了过去，看着最后一条消息说："司令，丁春山还回答了关于小苏的问题。说小苏现在已经离开叙府去往京师了，是鲁道夫将小苏叫过去的，说……"他辨认了下电文上的字迹，"说是……"

贺汉渚蓦然睁开眼睛，坐了起来，从他手里夺过电文，翻了一下。

鲁道夫因为记挂郑龙王的情况，得知苏雪至后来到了叙府，便向她询问治疗情况，获悉她发现了一种新药对炎症有很好的疗效，惊喜之余告诉她，他接诊了一位有败血症症状的重要病人，请她带着药物速去救人。

那人便是前陆军总长王孝坤的公子王庭芝。他此前在徐州医院，乘火车转移北上的路上因为护理不到位病情又出现反复，高烧不退，随后就被紧急送到了条件最好的京师医院，经诊断是败血症引发的高烧。

这种感染在战后的伤兵医院里比比皆是，无药可医，能不能熬过去就看伤员自己的运气了。

贺汉渚紧紧地捏着那几张薄薄的电文纸，眉头微蹙，下令："我没事了。你准备一下，明早尽快动身回去！"

傍晚时分，有辆汽车停在了京师中心医院的门口，一个身着常服、身形挺拔的瘦高青年从车中下来，迈步匆匆往里而去，径直来到一间医生办公室的门外。

门半开着，鲁道夫戴着眼镜坐在桌后写着东西，忽然听到叩门声，抬起头，看见那个站在门口的青年，脸上顿时露出惊喜的笑容。

"我的上帝！看看，是谁来了！"

他上去，张臂和来人热情拥抱，以表自己的欣喜之意。

这青年便是贺汉渚。

他面上含笑，和久未见面的老朋友拥抱，彼此问候了两句，便开口问："王庭芝怎么样了？"

他的目光之中带着掩饰不住的担忧。

鲁道夫说："放心吧！王先生在这里得到了最好的救治。简直是个奇迹！"他感叹，"他被送来的时候已经有了感染的迹象，后来还发了高烧，情况很是危险。三天前小苏赶来，我不知道他给王先生用了什么药，但你相信吗，真的，一针！一针下去，王先生当夜就有所好转，第二天，他退烧了！小苏告诉我，这是他在实验室里偶然发现的一种抗生素。奇迹！真的是上帝的奇迹！但是非常遗憾，他手头现在剩下的剂量只够用在王先生一个人身上了，王先生很快就能出院。而在伤兵医院里，还有许许多多像王先生一样的孩子们现在还没法得到有效的治疗。不过，这已经是个奇迹了，我只能这么说！我祈祷小苏的伟大试验能继续下去，快些取得突破进展，这样，在不久的将来……"

"小苏她现在还在这里吗？"贺汉渚出声打断了一说起这个就激动万分的老头子。

"哦，是的！他现在应该在王先生的病房里……"

"好，您继续忙吧，我先去看下他们。"贺汉渚走了出去。

王庭芝被送来后，随着情况的稳定，昨天转入一间接受特别护理的高级单人病房。此刻，他躺在病房的床上。

苏雪至和负责照顾他的一个年轻护士低声谈论了几句，记录着剂量使用和病人的反应情况。

护士取药，倒了杯温水，走到病床前，让王庭芝吃药。

王庭芝刚才一直在默默地看着苏雪至，听到护士叫他，他从那道专心致志的背影上慢吞吞地收回目光，坐了起来，正要接过药，忽然他的余光透过病房门上嵌着的那面四方玻璃瞥见门外正静静地立着一个人。

王庭芝下意识地露出一抹喜色，正要扭头打招呼，但下一秒，他发现门外那人的两道目光此刻正也落在病房里的那道白色身影上。

他面上的喜色迅速消失了，眼底掠过一缕阴影。

他闭了闭目，缩回了那只刚要接药的手，说："不吃了！"

护士一怔，忙解释："王先生，这是医生的吩咐……"

"什么药，太苦了！我说了，不吃！"

这个王家的公子之前一直很是配合，护士不知他怎么突然变得不讲理了，一时手足无措地看向苏雪至。

苏雪至扭头看了王庭芝一眼，放下本子走了过来："怎么了？"

王庭芝哼了声："药太苦了！"

苏雪至见他跟个小孩子似的忽然闹起了脾气，只得耐心道："吞下去就好了。之前不是都好好地在吃？怎么突然嫌苦？"

王庭芝说："那是我在忍。现在我不想忍了。除非……"他皱眉，"除非你喂我！要不，打死我我也不吃！"

苏雪至一怔，见他说完就张嘴，居然真的摆出一副等着自己投药的样子，不禁好气又好笑。她拿起药包，倒进他的嘴里，又从护士手里拿了水，递过去，示意他接。

"我手也痛……"他的嘴里含了苦药，脸当场就皱了起来，两手却一动不动，梗着脖子含含糊糊地哼了起来。

苏雪至摇了摇头，将水送到他的嘴边。

王庭芝这才就着杯口咕咚咕咚地喝了几口水，吞了药，随即冲着苏雪至粲然一笑："你对我真好。"

他长得本就俊秀，这么一笑便有几分阳光般的明朗英气。

苏雪至只觉王庭芝莫名其妙，看着他一时不知该说什么。

他却还没完，又指了指自己的脑袋："我这里本来就不灵光，你也知道的，前段时间又被炮弹片打伤，往后恐怕会更不好了。但是你的话，我一定听。你以后对我都这么好，行不行？"

护士忍不住了，开始偷偷地笑。

苏雪至还没反应过来，见他又伸手过来，扯住自己衣袖，轻轻地撒娇似的来回晃，嘴里央求着："你答应我，好不好……"

苏雪至这下真的怀疑王庭芝的脑袋是不是确实被炮弹打伤，留了后遗症。她挥开他扯着自己不放的手，后退了几步，蹙眉看了眼一旁的护士。

"行了，别闹了。吃了药就休息！"她的语气严肃了起来。

贺汉渚刚才终于找来了这里。他停在门外，隔着玻璃，一眼就看见了病房里的她和王庭芝。

得知王庭芝转危为安，他便放了心，他的目光情不自禁地投向了她，她低头正在记录着什么，神色专注。

就在看到她的那一刹那，贺汉渚只觉自己心跳加快。他想敲门引起她的注意，他的手堪堪抬了起来，就要碰到门的那一刻却又停了下来。

他终于亲手杀了仇人，也活着回来了，再一次地站到了她的面前。

然而，他真的还有资格履行他对她许下的诺言吗？

她还需要他的履诺吗？

这时，他便见到王庭芝不肯吃药，央她喂药。

贺汉渚有点无法形容自己的感觉——几分惊讶，几分类似于微酸的不适，也有几分恰巧的释然之感。

他当然明白，王庭芝只是在随意胡闹罢了。

而他也没想好见了她开口的第一句话应当说什么。

"我回来了。你还依然爱我，愿意接受我吗？"他可以这样说吗？

这一刻，贺汉渚却又迟疑彷徨了。王庭芝的举动给了他一个暂缓的机会，让他可以再想想，两人重逢之初，他应当对她说些什么才好。

就在他诧异、疑虑，犹豫不决之时，伴着一阵脚步声，他的身后忽然传来一道惊喜的声音。

"烟桥！你回来了？你是什么时候来的？"

贺汉渚醒过神来，转头见是王太太和几个王家管事走过来。

病房里的她听到了门外的声音，望了出来，两人一下便四目相对。

她仿佛一愣。

他的心脏狂跳。这时王太太已走到他的身旁了，他只能仓促地收回目光，转向王太太，脸上露出笑容，和她打了声招呼。

"是，今天刚到，过来看下庭芝。"

儿子参战一事，是丈夫点的头。在儿子出事后，王太太除了责备丈夫，心里一度也是埋怨贺汉渚的，怪他大意，令儿子置身险境。但那都已过去了，现在儿子转危为安，王太太自然也就不怪他了，现在又见他第一时间来医院探望，她的感动溢于言表。

"还是烟桥你心地好！你现在可是大人物了，一回来还记着庭芝。还站门口干什么，快进去！"王太太热情地推开病房的门。

贺汉渚再次望向苏雪至，她低头继续写着她的东西，没再看自己了。

王庭芝也不复片刻前的嬉皮笑脸，靠坐在了床头。

"小苏，你也在啊！"王太太看见苏雪至，忙打招呼。

根据鲁道夫医生的说法，是小苏带来的一种新药救了自己的儿子，王太太十分感激，对她自然很客气。

苏雪至笑了笑，点头回礼，写完了最后一点东西，收了笔记本。

"庭芝快看，谁来看你了！"王太太又冲着儿子嚷了一句。

王庭芝扭过脸，望着还站在门口附近的贺汉渚，脸上露出了笑容。

"四哥。"他叫了一声，要下地。

贺汉渚含笑快步走了进来，按住他的肩，让他靠回去，问他身体感觉如何了。

"挺好的。鲁道夫医生说我过几天就能出院了。谢谢四哥关心。"

"你没事就好，好好休息。这次你立了大功，上次在徐州医院，我有事先走了，没想到后来你又出了意外，幸好没出大事。"

王太太插话："烟桥，在你面前伯母也就不瞒着了。这回我真的是被吓坏了，幸好庭芝没事，要是他有个三长两短，我也不想活了。"

"娘，你说够了没？这话说过几遍了？你别待这里了，人太多会影响别的病人。东西我自己会吃，你赶紧回去！"王庭芝皱眉赶人。

"什么叫影响别人？这里就你一个，我影响谁了？我来给你送饭，正好你四哥也来了，我说两句话都不行吗！"王太太不满，却不敢和儿子再较劲，转向贺汉渚，"烟桥你看，他就这样，一句话都不让我说！"

贺汉渚道歉："全怪我，之前安排不周，令庭芝涉险受伤，让伯母担忧了。"

王太太叹气，摆了摆手："算了，也不能怪你，你也不想这样的。好在最后没事。"王太太忽然想起一件事，"对了，前些天我听说了一个事，陆宏达死了，你知道了吧？说他跟着日本人去东瀛，没想到当天晚上军舰刚出港，弹药库自爆，舰上死了大半的人，他也跟着什么将军一起炸死了！"

"是，我也看到消息了。"贺汉渚微笑道。

"我可真替你高兴，我还特意叫人念了报纸给我听！这可真是天理昭昭，报应不爽！死得好！跟着日本人混能有什么好下场！"

苏雪至悄悄地退了出去。

贺汉渚余光一直看着她，见她走了，他耐着性子陪王太太又说了几句话，也笑着告退："伯母你先陪庭芝，我另有事，出去一下。"

"行，行，你去吧。"

贺汉渚朝王庭芝点了点头，离开病房，追着她到了鲁道夫的办公室。

苏雪至和鲁道夫谈论了几句关于王庭芝的情况，说她明天就不来了。

鲁道夫问她接下来是否要继续实验室的工作。

贺汉渚默默地等在门口的侧旁，听着她和鲁道夫在里面的谈话，听到鲁道夫兴致勃勃地邀她晚上一起吃饭时，他迈出一步，抬手敲门。

"对不起，教授，我找她有点事。"贺汉渚面带歉意对鲁道夫说道。

鲁道夫面露遗憾之色，摊了摊手："好吧，那就下次了。"

贺汉渚向他道谢，随即望向苏雪至。

苏雪至和鲁道夫告辞，走了出来。

贺汉渚和她并肩同行，两人谁都没有说话。这个时间医院里人不多，走廊上空荡荡的，贺汉渚只听到自己和她发出的脚步声。

快到医院门口，苏雪至忽地停步。

贺汉渚跟着她，停了下来，他看见她转向自己，面上露出笑容。

"祝贺你凯旋，很高兴你回来了。"她顿了一下，"你找我有什么事？"

那双曾在他濒临死亡之际最后定格在他脑海里的明眸望了过来，望着他。

现在它是真实的、鲜活的，和他近在咫尺。

贺汉渚控制不住自己，手心微微出了一层汗。他沉默了几秒才道："你应该还没去看过新的实验场吧？丁春山也来了，现在就可以带你去。"

丁春山寻的新实验场地位于京师西郊。自然，这个地方是贺汉渚落实的。余博士带了一些人已经进驻了。

苏雪至刚赶来这里没几天，还没去过。她笑道："好，我正想去。而且，我也需要和你详细谈一下这件事。"

贺汉渚暗暗呼了一口气，点了点头，和她继续迈步向前。病房里，王太太端着食盒，坐到病床边，一边亲手喂儿子吃饭，一边念叨："庭芝我跟你说，陈家人真不是东西，我看他们就是想退婚，之所以没提是怕被人说道。前些时候，三天两头叫人找我，话里话外无非是想叫咱们先开口。我偏不理他们。不过，陈家小姐竟还算是可以的，今天竟偷偷跑来找我问你的情况，还说年初咱们走的时候，她想来送我的，是被她的兄嫂给关起来了。没想到陈家歹竹出好笋，以前是我错怪了她……"

王太太见儿子没半点反应，盯着天花板发呆，仿佛魂游太虚，急忙伸手摸他脑门："庭芝你怎么了？你不会又发烧了吧？"

王庭芝躲开母亲的手，从病床上一跃而下，穿上鞋匆匆奔了出去。他追到医院门口，看见苏雪至和贺汉渚上了辆车，两人一道离去了。他大病初愈，跑了段路就有些体力不支，此刻便一手扶着门框，微微喘气。

王太太追出来，扶住他："你怎么了？你这孩子，是不是撞了邪？"

王庭芝转身，一言不发地走了进去。

西郊场最初是前清的一名军机大臣亲自选址，为研究、仿造当时西方实行技术限制的一些先进武器而建。因为带着保密的性质，所以选址偏僻，且厂房屋舍都是经过精心规划建造而成的。

时局动荡，旧日皇朝早已灰飞烟灭，昔日大臣的雄心壮志也付诸流水，但这个地方却遗留了下来。因为交通不便，这些年被废弃，无人问津。

汽车开到西郊，走完了一段周围零星坐落着各色别墅的山麓，拐了个弯转上岔道，前方便出现了一条青石山路。

当年铺设的时候要求能通马车，所以眼前的这条路还算宽敞，但却依然无法供汽车行走。

丁春山停了车，说沿着这条路进去，走两三里路就能到了。

苏雪至便跟着贺汉渚下车，几人步行，朝里而去。

废弃多年之后，这条路杂草丛生，越往里路面越是崎岖。

走了大约一半的路程，前方遇到一条溪流，水上那座原本看着和路面平宽的石桥已经没了，只剩残基。

根据丁春山的说法，这是早几年间附近村民陆续拆走运回去修屋了，眼前只有一道用四五根圆木并排铺设起来的狭窄木桥，原始而简陋。

现在正是夏季，这个时间天还没黑透，黄昏余光漫射，溪流湍急，水声隆隆，桥面湿滑。

贺汉渚走在前，不时回头看一眼苏雪至。

她踩着中间的一根圆木稳稳地走了过去。

又继续前行了大约一里地，苏雪至隐隐听到发电机发出的隆隆响声，她知道目的地到了。

这里的场地极大，前后加起来占地五六百亩。现在根本用不到这么大地方，只需要开辟出实验室和一个试验性的小工厂，前段时间丁春山派了人手前来协助，工作区和居住区各自划分，都在改造之中。

除了余博士，另外多了三名成员。一位是姓段的化学家，是余博士早年留学认识的朋友，另外两位技师，一个姓黄，一个姓周，都是立志报效国家想做一番事业的年轻人。几人全部签了保密协议，并且丁春山也做了详细的身份调查，确保没有任何问题。

这个时间，余博士刚忙完白天的事，正准备和同伴去小食堂吃晚饭，忽然得知苏雪至来了这里，他十分高兴，立刻出来迎接。见面后两人各自说了些近况后，他向苏雪至介绍新到的人。

那几人早已从余博士的口中听说了苏雪至，知道她是这个研究项目的发起和主导人，也负责项目的资金来源，对她十分敬重。几人见了面，饭也不吃了，立刻带着苏雪至去看场地。

场地改造现在进入尾声，主实验室的设备基本到位，余博士和伙伴已经开始工作了。他现在十分振奋，尤其是他听到苏雪至告诉他，她带走的试验成品发挥功效，先后治愈两例患者，他激动不已，和同行的几名成员一道鼓掌。

苏雪至笑道："现在才刚起步，接下来肯定还会有更多的困难，而且这里的生活条件也不尽如人意，但我相信，一切都会好起来的。大家精诚合作，一定能做一番事业。"

技师小黄一边鼓掌，一边也笑着道："苏先生客气了！老实说，我能有机会参与这样的项目，是极大的幸运。您放心，我一定竭尽全力，不辜负您和余博士对我的信任！"

段先生和小周也各自表态。

苏雪至感觉到了来自这个新团队的蓬勃力量。

做事有一个好的团队将会事半功倍，她感到信心十足。

参观完场地后，她告诉余博士，她还要回一趟天城，将毕业事宜和另外一些杂事全部处理完后再来这里。

这个漫长的夏日白昼终于结束了，夕阳收起了它最后的一点余晖，天幕变成深蓝色，山里也渐渐黑了下去。

休息室里亮着一盏昏黄的白炽灯泡，贺汉渚刚才单独留在这里等她。

苏雪至走了进去，看见桌上放着两只饭盒。他则靠在窗前一动不动，仿佛正在眺望窗外夜色下的那片朦胧山影，又仿佛在出神。

她悄悄地停了脚步，望着他的背影，片刻后，抬起手轻轻叩了叩门框。

他回过头。

她嫣然一笑，走了进去。

他也立刻从窗边走了回来。

"饿了吗？"他指了指桌上的饭盒，"刚才丁春山拿来的，是这边的小食堂做的大锅饭菜，要是不合你胃口，我们现在就回城……"

"不必了，就在这里吃吧。等下我还有事要和你说。"

苏雪至坐了下去，拿了其中的一只饭盒，打开盖子。

贺汉渚见她说完就坐下，低头吃了起来，也跟着她坐了下去。

饭菜本来就偏干，她吃得快，一不小心噎住，抬头想找水，见他已递来水杯，她感激地接了过来，喝了两口，放下杯子向他道谢。

"你慢点吃。我又不和你抢。"他低声说道，语气一本正经，但又好像是在调侃她。

苏雪至看了他一眼，又拨了两口饭，说："你还记得以前有天晚上，你送我回校的路上，我曾对你提过一句，我有一个计划吗？"

她只是用这句话作引子而已，并没指望贺汉渚真的能记住。

但令她意外的是，他竟立刻接道："记得。当时我问你什么计划，你又不和我说。是那一次吗？"

苏雪至忍不住惊奇，再次抬头看了他一眼。

他的双眼黑黝黝的，也正望着她。

她不动声色地挪开视线，点了点头："对，当时我所说的计划，就是你现在知道的这件事，研制抗生素，具体说是其中的一种，青霉素。这是一种来自自然界的青霉菌，它杀死病菌的功效极其卓著，但对人体无害，你也亲眼见过的。它是一种广谱抗生素，对现在的许多绝症，败血症、心内膜炎、心包炎、脑膜炎等等，都具有显著疗效。如果用于外伤，则能极大地促进创口愈合，避免感染和恶化。这么说吧，这种药物对于战争，也同样具有极其重大的意义。"

他颔首："明白！"

苏雪至干脆推开饭盒，放下了筷子。

"上次在我去往叙府之前，我之所以托丁处长帮忙找这个地方，除了考虑场地扩大的实际需要之外，也是因为我发现了一个意外。"

苏雪至将那夜可能有人闯入实验室，遇到她入内，当场越窗逃走的经过说了一遍："我不放心，所以有所防备，将菌种和相关的实验数据都做了转移。在我走后没几天，实验楼半夜起火。余博士整理实验室的时候，发现少了一管血清培养皿。不排除是意外遗失，但更大的可能是被人趁乱偷走的。如果确实是被偷走的，这更加证明了我的担心——有人暗中刺探我的实验室。我不知道是什么人，但为了刺探，连放火的事都能干，这不是一般人。所以，我想请你再帮一个忙。"

贺汉渚靠在椅上，望着她："你说。"

"实验室需要高级别的安全保护。"

"没问题，"他颔首，"刚才我没事，在附近随便走了下，看了看地形。本来就想和你说的，让丁春山派一队士兵常驻，对这里进行二十四小时的守卫，保证你们人身和研究的安全。"

苏雪至点了点头："当然我也不能让你白白提供场所和保护。这种药物对于战争的意义，你刚才也知道了，将来等它能够量产，作为回报，优先供你调配使用。"

"非常感谢。我也很荣幸，能为你正在做的事尽上一点微薄的力量。就像鲁道夫说的那样，这是一项造福人类的伟大事业。"他的语气听起来无比的诚挚。

苏雪至顿时有种自己遇上了一个好听众的畅快之感。她实在忍不住，继续向他科普道："你知道吗，其实青霉素只是抗生素当中的一种，它虽然疗效卓著，但不是万能的，并且部分人对它有过敏反应无法使用。抗生素是一个大家族，除了青霉素，还有不少能够治疗其余病症的药物在等待问世。或许将来不是在我的实验室里先做出来的，但我现在正在做的事情为医学界的人士提供了一种新的思路。我相信，等青霉素广泛被人所知，更多的专业人士因此受到启发，投入研究，那么在不久的将来，抗生素这个家族里的其余成员将会很快陆续问世，这对增强人类治疗疾病的能力而言，将有无比的巨大意义……"

贺汉渚凝视着对面这位年轻的小姐，她正努力地在向自己解释着什么，表情认真，谈到将来她更是双眸明亮，神采飞扬，那动人的神态，那自信的目光，叫他无法不为她怦然心动。

她说了什么，他其实丝毫也没入脑，他心里只在想着，她怎么会这么动人，这么迷人。

他觉得，如果一辈子都和她这样相对而坐，一直听她讲话，即便听她讲这些他其实半点也不感兴趣的东西，他也不会感到厌倦。

"是，你说得很对！"他适时点头，微笑发声，鼓励她继续讲下去。

苏雪至却忽然惊觉，他在捧她的场。

她顿时感到有点羞赧——为自己那浅薄的卖弄和虚荣心。她也留意到了对面的男人正看着自己，目光里透着不加掩饰的欣赏和喜爱。

大约是白炽灯的灯光太过昏暗，他又这样看自己，傍晚在医院见面后两人之间的那种疏离之感仿佛被什么暧昧的东西取代了。

苏雪至被他看得浑身不适，心跳也有点不稳，话语忽然停了下来。

屋里便沉默了下去，一只夜蛾不知何时从纱窗的疏格里飞了进来，围着电灯不停地打转。

"回吧。"苏雪至忽然道了一句，站了起来，朝外走去。

贺汉渚默默跟在后，步行而去。

路上谁都没说话，耳里只有山间各种夜虫的咕哝声。

再次走到那座木桥前，两人一起停步，相互看了一眼。

苏雪至就先上了。借着月光照明，又有来的经验，她踩着圆木前行，起先顺顺利利，没想到快到对岸时，鞋底蹭到了一块潮湿的苔藓，打了下滑，身体一晃，下一刻，一只手便从后及时地抓住了她的手。

"当心！"

借着他的支撑，苏雪至立稳脚，下了桥。

他跟她下了桥，却没松指，依然握着她的手。

苏雪至试着挣脱，他却抓得很紧。

丁春山停在了对岸，扭过脸望着路旁的一团树影，仿佛那里有什么吸引他注意力的东西。

苏雪至压低声说："放手！"

几个月前，在她还陷入热恋的时候，他以为她好的名义，亲手将她从他的身边推开，他自己去复仇了。

她除了感动而友好地接受他的安排，好让他放心之外，还不能怪他半分。

因为他真的是为了她考虑，为她好。

现在，他回来了，又再次诱惑起她了。

"等下去别墅吧。我有话要和你说。"贺汉渚低低地说道。

苏雪至凝视着月光下这张男人的脸庞，片刻后她垂下眼眸，继续朝前走去。

丁春山远远跟在后面。几人回到汽车附近，上了车。

"去别墅。"贺汉渚简短地吩咐了一声。

汽车很快开到那座两人曾一起度过了几个日夜的别墅前，看门人鲁二见贺汉渚来了，欢喜地打开大门迎接。

贺汉渚下了车，站在大门口，笑着和鲁二闲谈。

苏雪至丢下他，径直朝里走去。她穿过庭院里的卵石甬道，来到厅门前，走了进去，伸手摸索着门墙边的电灯开关。

她摸索了一阵，指尖终于触到一只悬挂着的金属物件，正要拉下来，忽然一只指节修长掌心略糙的温暖的手伸了过来，无声无息地包住了她的手，阻止她开灯的动作。

她动作一顿，停住。

下一秒，身后那男人牵着她的手，带着她的身体，让她转了过来，令她面对着他。

她已开始适应黑暗，在朦朦胧胧的夜色里，她看见男人立在门后，带了几分小心似的用他的双臂将她慢慢地抱住，轻轻将她搂进怀里。

"我很想你。"在静静地拥抱了她片刻后，在周遭那静谧的一片黑暗里，她听到男人温柔的声音响起，低沉而压抑。

"你有想我吗？"

贺汉渚感到怀中的她仿佛突然被自己的问话给惊醒了似的。

苏雪至没有回答他，依然沉默着，却仓促地后退一步，随即再次伸手试图开灯。

贺汉渚再次抓住了她的手，这次没再放开她。接着他俯首，轻而易举地捕捉到了她的嘴。

起初，男人的吻是温柔的，带着试探的味道，唯恐再次惊到她似的。但很快，他觉察到她在退缩，他的吻便变得坚定了起来。

他用无言的亲吻来代替拙劣至极的言语，向她表达他在见不到她的那段时日里积聚的所有的想念。

在男人的臂弯里，在他温柔而坚定的亲吻之下，苏雪至停了挣扎。

她未发一声，黑夜却令男人的感官敏感到了极致，他清楚地捕捉到了怀中女孩的细微变化。她发软的身子，她越来越急促的呼吸，她变得热热的皮肤，还有她那一下一下的心跳律动。这一切来自她无言却诚实的回应，给了他以无比的鼓舞和莫大的勇气。

片刻后，当终于听到期待的一声细细的弱喘之声自她喉间溢出，一瞬间，他血脉偾张，呼的一下心火燃了起来。

他松开了她，喘着粗气把怀中已经软得不行的女孩打横抱了起来，朝楼上快步走去。他没看到楼梯扶手前的一团黑影，那是一个摆着瓷瓶的架子，他走得太急，一脚踢翻了瓶架，他浑然不顾稀里哗啦的瓷器碎裂声。

他抱她进了卧室，走向那模模糊糊的床影，将两只胳膊已绕在他脖颈上的女孩放到床上去。

楼下大厅座钟的时针从八点不疾不徐地走到了十一点，男人终于感到餍足了。臂弯里的女孩汗涔涔的，背对着他，面庞压着他的臂，蜷着身子不动，仿佛也睡着了。

他不敢弄醒她，爱怜地亲吻她汗湿的后背，摸索着找到了脱下的衣裳，抓了过来替她擦了汗，随即再次抱住她，让她的背贴入自己的怀中。

最后，他让她枕着自己的一只手臂，另一只手臂从后搂住了她的腰肢，拥着她和她同眠。

终于，她又回到了自己的怀里了，实实在在。

他闭上眼睛，一种心满意足过后的巨大的疲倦之感慢慢地朝他袭了过来。

这几个月以来，日日夜夜伴随着他的是炮火、枪声、焦土、血腥。战后他几乎没有休整，便又只身上了那艘军舰，踏上复仇路。

直到现在，这一刻他终于完全地松弛了下来。

他便如此抱着她，睡了过去。

苏雪至闭目，静静地听着身后男人那变得绵长的平稳呼吸之声，听了许久，她睁开眼睛，将他在睡梦里还搂着自己不放的手臂挪开，从他的怀里爬了出来。

　　他应是倦极了，睡得极沉，浑然不觉。

　　她替他盖好被子，穿回自己的衣裳，无声无息地走出了房间。

第三章

半夜了，上司和小苏进去已经三个多钟头，还不见出来。丁春山坐在车里，再次看向房子的方向。

他感觉今晚上上司和小苏应该不会再出来了，自己似乎也没必要再等下去。他不打算进去找空房睡觉，下半夜就和看门的鲁二凑个伴，随便对付着睡一下就好了。

他打定主意，终于从车里下来，但忍不住又扭头看了眼房子的方向，这时他意外地看见厅门开了，从里面走出来一道身影。

贺汉渚这一觉睡得极沉，当他终于醒来时他的意识还停留在昨夜睡着前的那一刻。他闭着目，手指微微动了一下，下意识地去摸身边的人。

触手却是空的。

他的手一顿，慢慢睁开眼睛，发现枕边是空的。

她不见了。

贺汉渚顿时彻底地醒了过来。他弹坐起身，发现天已大亮，窗帘也遮挡不住外头的光线，透了进来。

"雪至！"起先他以为她在盥洗室里，叫了一声。

没听到回应。他迅速地掀开被子，走到盥洗室前，推开门。

她不在。

他开始感到不安，但立刻又想，大约是她醒得早，见他还睡着，不想吵醒他，所以先下去了，在下面等他。

他这样想着，找到自己剩下的衣物匆匆穿好，奔出卧室，沿着楼梯疾步而下。

客厅里也空荡荡的，阳光透过朝南的大窗玻璃，映得满眼亮堂。

贺汉渚一个大步，跨过昨夜被他踢翻后碎了一地的瓷瓶碎片，又找了厨房和剩下的几个房间。

他的心开始发慌。

最后他大步出了客厅，在外头喊丁春山。

但是连丁春山也不见了，连同汽车全都消失了。

鲁二正在庭院那头忙着给树修枝。贺汉渚喊他，他耳朵背，没反应，贺汉渚到他身后，又喊了一声，鲁二这才扭头，擦了擦汗，笑道："贺先生你起来了？"

"小苏去哪儿了？"

"桃树不要了？"鲁二心疼，不解地望了眼自己辛勤养护的几株桃树，不安地辩道，"贺先生，桃树明年就能结果，现在砍了，可惜哇——"

贺汉渚郁闷，提高音量："我是问，小苏去哪儿了？不是桃树！昨晚和我一起来的小苏！还有丁春山！人呢！"

鲁二这才听清楚，"哦"了一声，放心了，说："小苏啊，昨晚半夜走了，是丁处长开车送的……"

这时客厅里传出电话铃声，贺汉渚丢下鲁二跑了回来，抓起话筒。

电话是丁春山打来的，说他昨晚送小苏回城后，没想到才出城汽车轮胎就坏了，当时车上没有备胎，他只能丢下车在城里过了一夜，今早他已经联系了修理厂的人，半个小时内他就能赶到。

"小苏昨夜几点走的？为什么突然走了？是有事吗？"贺汉渚打断丁春山的话，问道。

丁春山一怔，他以为上司昨晚是知道小苏离开的。他迟疑了下才道："大约半夜十一点多。我送他回到住的旅馆，在京师医院附近。至于为什么走，小苏没和我说，我也没问。"

"她现在人呢？"

"这个……我不大清楚……"

"昨晚她走的时候，你为什么不叫我？"

听上司的语气，是在责备自己？丁春山无语。

贺汉渚"啪"地挂了他的电话，打到医院找鲁道夫。

"小苏？早上他没来，不过很巧，早上我接到了他的电话，他说今天要回天城了，和我道别。"

贺汉渚再次挂了电话，等丁春山开车来接。

昨晚他以为她原谅了他，什么事都没有了。

现在他的直觉告诉他，情况似乎不是这样的。他感到焦躁而不安，在客厅里来回地踱步，又看了眼时间，再也按捺不住，大步走了出去。

他刚走到大门口，远远看见两辆汽车沿着道路疾驰而来，看样子似乎是往这边来的。

贺汉渚停步眺望，眉头微蹙。

汽车渐渐近了，他的神色也转为平淡。

两车停在大门之外，后车是辆警卫车。车里下来几名随从，奔到前车的近旁，为里面的人打开车门。

车里下来了两个人。一个是南北大战的第一路军司令范惠民，他也是大总统长子曹昭礼的大舅子。另一人是曹昭礼身边的机要秘书官。

贺汉渚迎了上去，和两人握手。

二人此行是来邀贺汉渚去将军府参加一个特别会议。

范惠民道："前些天大总统举办庆功会，你竟缺席。实话说，你这个真正的大功臣不在，我们这些人去了也没意思。我听说你昨天终于到了京师，到处找你。不在丁家花园，就猜你是不是来了这里散心，赶紧一大早来接你，果然被我猜中！此地风景如画，烟桥可真会享受！"

秘书官也笑道："贺司令，曹公子委派我代表他，请您去往将军府。有要事商议。"

曹昭礼现在已被举荐为将军府理事，日常负责消弭战事、统一制度、授颁荣誉等等事务。

贺汉渚脸上慢慢露出笑容，微微颔首，他转头吩咐了鲁二几句，随即回城。

将军府的所在是从前的盐政院，占地广阔，门禁森严。这个机构直属于大总统府，之前掌管将军府的人是上将军王孝坤。年初王孝坤下野之后，就由同样有着上将军头衔的方崇恩兼任，方崇恩荐曹昭礼做事务厅厅长，掌理府内的一切日常事务。

曹昭礼任职后，不辞辛劳，总理事务，尤其在刚结束的南北战事之中，他沟通内外，梳理关系，他的能力大家有目共睹。

事务厅里除了曹昭礼和段启年外，还有十几位在社会上颇有名望的学者和名流，也有各部要员、议会会长和理事，此外还有两个报纸记者。

曹昭礼意气风发，正和左右相谈甚欢，忽然听到秘书官报告贺汉渚到了，他眼睛一亮，立刻起身亲自去迎，近旁之人便随他一道同行。

贺汉渚在事务厅外笑着与曹昭礼等人寒暄，随即几人一道入内。落座后众人纷纷向贺汉渚道贺，说大总统对他的授勋令不日便要颁发。他以三十不到的年纪便能跻身将军府的将军名列之中，这是何等荣耀。

贺汉渚连连摆手，说自己并未收到这种消息，即便侥幸是真，以他微末之能也绝不敢受，免得有损将军府之威。

众人对他的话自然不会认同，竞相出言。

一名议员笑道："贺司令你过谦。其实若论消息是否属实，今日在座的人里，大约没有谁比曹公子更清楚了。"

议事厅里的众人便都望向曹昭礼。

曹昭礼对着贺汉渚笑道："烟桥不可妄自菲薄。这次的战事全是南军挑衅在先，家父迫于无奈，为大局考虑，这才应战。开战后战况委实凶险，民生更是遭受荼毒。没有你在西线立下奇功，一举击破南军，何来随后的和平局面？你的功劳，举国公认。不止家父，将军府的一众阁员对你也是激赏不已。"

他话音落下，众人纷纷点头附和。

范惠民和段启年有些尴尬，沉默不语。

曹昭礼目光环视一圈："原本消息尚未公布，不该我说，但今日在座的都是自己人，我不妨先透露一句，此事确实属实，授勋令不日就下达。"

众人再次恭喜贺汉渚。

贺汉渚也不再说套话了，只笑了笑，向众人道谢。

会议开始，原来议题是和下周要召开的议院大会有关。众人各抒己见，轮流发言，气氛热烈。

贺汉渚从头到尾未发一声，只是坐着喝茶。等他喝到不知第几盏，取代了陈公石之位的新议长说自己为下周的大会拟了一个议题，文件也已起草完毕，趁今天的机会给众人过目一番，请在座之人不吝指正。

这是一份关于要求修正大法，以支持大总统终身任职的建议陈情书，洋洋洒洒，长达数页。

众人相继草草浏览了一番，交头接耳过后，或沉默或点头称是。

有人带头称这场南北之战证明现行制度存在致命缺陷，险些将国家拖入泥潭四分五裂，在这样的特殊时期，这个建议来得非常适时。

众人越说越是激动。几个年纪大的遗老更是眼含热泪，言辞慷慨，俨然一副若不立刻实行，恐国将不国的样子。

曹昭礼等周围的议论声渐渐低了些，含笑望了眼拿出议题的议长。

对方起身，正色发言："议题并非我一家之言，草拟之前我也联络过诸多的社会达人以及要员，各界人士无不欣然赞成。诸位倘若也与我持相同看法，便请随我一道在陈情书上落下大名，以明诚心！"

他说完，从秘书官举来的托盘上取过笔墨，在正本文件的末页，郑重地写下自己的名字。

议事厅里静默了下来。众人相互对望。片刻后，不知哪个带的头，有人鼓掌，很快其余人加入，一时间掌声响成一片。

在满耳的热烈掌声中，文件被转到了议长身旁那人的手里。那人具名完毕，再传下去。

两个记者这时也开始工作，跟在一旁不停拍照。

众人大多是欣然提笔，也有面露难色之人，但众目睽睽之下，即便是心里不愿又能如何，最后全都写下大名，推给后面的人。

那份已落满签字的文件，终于传到了贺汉渚的面前。

秘书将笔双手递来，躬身："贺司令，请执笔。"

贺汉渚没接，就那么纹丝不动地坐着。

议事厅里的气氛一下变得诡异了起来。众人停止了说笑，坐在会议桌首座上的曹昭礼注视着贺汉渚，脸上的笑意渐渐消失，目光阴沉。

众人看看曹昭礼，又看向贺汉渚，皆屏声敛气，周围突然肃杀无声。

无数道目光紧紧地盯着贺汉渚，神色各异。

秘书官见状，忙快步走来，俯身对着贺汉渚低声道："贺司令，请签名。"

贺汉渚缓缓地站了起来，转向曹昭礼："曹公子，恐怕我要叫你失望了，"他看了眼摊在自己面前的文件，"这个提议，我不赞成。既然不赞成，自然无法签名。望恕罪。"

他语气平淡，说出的话却不啻在水中投下一个炸弹，掀起轩然大波。

在座的几十人无不变色。那两个跟着拍照的记者没料到现场会出这样的意外，停了下来，手足无措地看向曹昭礼。

范惠民见曹昭礼的脸色变得十分难看，忙打圆场："贺司令，你别这么冲动。这个议案是众望所归，你不如再考虑一下。"

"没有考虑的必要，我不会签的。打扰诸位的兴致了，诸位继续，我先告退。"他朝众人点了点头，转身走了出去。

他的身影消失了，议事厅里却也依然鸦雀无声，众人面面相觑，无人再敢说话。

秘书官请众人先去休息，里头最后只剩依然坐着的曹昭礼，范惠民上去，低声道："怎么办？他不签，这个请愿书还要不要登报？"

按照曹昭礼的计划，得到这份有着各界精英代表联合署名的文件之后，尽快安排在各大报纸同时登报，替大总统鼓舌造势。而贺汉渚的签名则是计划里的重点，他在刚结束的南北战事中一举成名，声望正高，国人皆知其名。有他带头赞成，足以引导舆论，堵住反对派的嘴。

曹昭礼冷冷道："先放着。"

范惠民也明白，没有贺汉渚的签名，宣传效果自然大打折扣。

"那贺汉渚那边怎么办？刚才听他口气好像很难再说动了。"

曹昭礼眯了眯眼："走着瞧吧。我们是说不动，但有人能帮我们说动他。"

丁春山早已开车赶了过来，此刻正等在将军府的大门之外，他自然不知里头刚才发生了什么事，原本有些担忧，但见上司神色平静，似乎没什么大事，他也就松了口气。

早上上司质问自己，显然是对自己办的事很不满意。丁春山有所醒悟，随后立刻打电话到小苏住的饭店找人。

为了将功补过，此刻他及时提醒："司令，小苏早上动身回天城了。"

丁春山猜测，上司应该也要去天城了。他等着上司开口安排行程，却见他沉默了下去，片刻后忽听贺汉渚道："你先回吧，替我带个口信给小苏，说我这边事情处理完了我就去找她。或者，让她方便的话，也尽快给我来个电话。"

丁春山应是，照吩咐将人送回到丁家花园，随即离去。

贺汉渚刚回到住所，客厅里的电话铃声就响了起来。

打电话的人是章益玖。

上午的特别会议章益玖不在，他也不在京师，据说是前些天他自告奋勇领命去了外地处理战后的一些事情，现在还没回来。

两人上次的见面，还是在徐州医院。

贺汉渚握着电话坐到了沙发上，见贺妈过来，拂手示意她回避一下，随即笑着和章益玖寒暄了几句，问他事情处理得如何，什么时候回京。

章益玖随口应了几句，随即语气变得凝重："烟桥，你要当心！"

贺汉渚脸上的笑容消失，没作声。

章益玖在电话里压低声说："早上将军府里的事，我已经知道了。上次日本军舰出港后莫名爆炸沉没，动静不小，我收到消息，日本领事私会大总统，要大总统配合调查此事……当然，我不是说这事和你有关。我只是有点担心，你现在公开反对大总统终身制，万一大总统因此记恨你，借这个向你发难，栽赃到你头上……"他顿了一下，"咱们也算是朋友吧，所以我提醒下你，你最好提早有个准备……"

"多谢章兄。"

章益玖打了个哈哈："客气了！不过，你既然不签，以你的处事，你自己大概也是想好了退路的。我也帮不上你什么实际的忙，你有防备就行。我还有事，先挂了。"

贺汉渚慢慢放下电话，沉思着，随手抽了支摆在客厅茶几上待客用的香烟，在手中把玩了几下，将烟贴到鼻下。

他闭目闻着烟草的气味，片刻后，他两指一捻猛地折断了香烟。烟草的细末从他指间纷纷坠落，他站了起来，朝着楼上的书房快步而去。

同一时间，佟国风再入京师，探望外甥。

病房里，王太太将闲人全都打发了出去，向兄弟抱怨，说虎落平阳被犬欺，儿子之前在天城饭店遭人殴打侮辱，那个坏胚子现在不但依然耀武扬威，自家拿他一点办法都没有，而且坏胚子的老子最近还升了官。

"我儿子去打仗，差点连命都没了！他们倒好，坐在家里抱住曹家大腿升官发财！这叫什么世道！"说到伤心恼恨之处，王太太气愤不已。

佟国风安慰了王太太几句，看了眼病床上的外甥，见他神色平静，目光冷淡，听他母亲唠叨这些于他而言可谓是奇耻大辱的事，他竟也丝毫不为所动。佟国风心里不禁纳罕，也感到欣慰，外甥经历了此番生死之劫，性子看着竟比从前沉稳了许多。看来当初送他上战场的决定是对的。

佟国风见王太太还在愤愤不平，一半是说给王太太，一半也是说给外甥听："别急，能屈能伸，方为丈夫。目光要长远些，别计较眼前得失。以前别人怎么欺我外甥，将来咱们十倍百倍地要回来。"

王太太疑惑地问："你什么意思？"

佟国风没再理会自己的姐姐，只转向慢慢扭头望过来的王庭芝，微笑道："庭芝，瞧着吧，好戏马上就要上场了。"

佟国风的话如同预言。

第二天，正当舆论双方还在为改制争辩得不可开交之时，一家对改制持反对言论的报纸突然毫无征兆地刊登了一篇和王孝坤有关的报道。

根据编者的说法，报道的内容来自年初王孝坤下台之后对他做的一个访问，但当时碍于种种原因报纸最后放弃了刊载。而现在碍于形势，编者宁愿冒着被封报的风险也要发声。

这篇报道的主题在为王孝坤鸣冤，称此前东亚药厂一案后台的罪名，他蒙受了冤屈。根据可靠的消息来源，药厂背后的真正靠山应当是某个声势煊赫的家族。

这篇口气含糊、似是而非的稿件虽然篇幅不长，见报之后却立刻引发了极大的关注。

报道没有明说到底是哪个家族，但字里行间的描述让明眼人一看很容易就能联想到所谓的"煊赫家族"指的到底是哪一家。

这下如同捅了马蜂窝。

大总统的声望虽因南北之战的胜利得到了空前的提高，但社会各界对于他谋求终身任职的意图本就反应不一，争论正当激烈的时候，突然冒出如此丑闻。

这可不是一般的丑闻，东亚药厂一案的性质非同小可，对全国造成的震动余波至今尚未完全平息。倘若真的坐实曹家才是药厂幕后的靠山，大总统一边禁烟一边借毒谋取私利，别说终身制了，即便他现在马上下台怕也是平息不了举国的汹涌之怒。

舆论迅速发酵，社会各界强烈关注，对大总统的质疑和要求他出面回应的诉求不绝于耳。

幸好，曹家蒙受的这个莫须有的罪名很快得到了洗刷。

没两天，药厂原厂主顾家有个族人站了出来，称不日前随日本军舰的爆炸而意外身亡的陆宏达便是药厂的后台。而之前顾家之所以顶着压力迟迟不敢指认，是担心陆宏达的报复。

为了证明这个说法，顾家提供了一些尚存的与陆宏达之间的往来信件。

随后，陆家迫于舆情也跟着站了出来，承认事情是真。陆宏达的一个儿子出面，代替他父亲向社会致歉，请求谅解，并保证将变卖家产捐助济孤堂，替陆家赎罪。

至此，东亚药厂一案的真相彻底大白。这股猜疑曹家的风波才算是勉强消了下去。

总统府后邸的西院。

曹昭礼这几天心惊肉跳，因为连续的整晚失眠他的脸都浮肿了一圈。

他草草地浏览完秘书官刚给他送来的十几份当天报纸，最后盯着陆家儿子的告罪书，悬着的心终于慢慢地放了下去。

借东亚药厂制毒获利，这是这几年曹昭礼利用身份做的一个秘密生意。这件事他做得极是隐秘，连自己的父亲也瞒着，没透半点的口风。

前几天，面对那个突如其来的替王孝坤喊冤、影射曹家的报道，大总统第一时间质问。他极力喊冤，称应是王孝坤不甘下野，现在想往曹家头上泼脏水，以达到搅乱局势浑水摸鱼的目的。

应付完大总统后，他火速着手应对，暗中安排一番，把罪名安在了死人陆宏达的头上，终于有惊无险地过关。大总统那里，这两天也没什么动静了。

他推开摊在面前的报纸，闭目在椅中靠坐了片刻，回想几天前刚在报上看到报道时的感觉，那种如坠冰窟的恐惧之感直到此刻仍未彻底消散。

在一阵心有余悸后，怒气便不可遏制地忽然冒了出来。

他猛地睁眼，指着案角厚厚一沓报纸，咬着牙从齿缝里挤出一句话："去年药厂事发，我不是吩咐过要把事情给我压死吗？现在怎么回事？是谁那里透出风声的？你们这些饭桶！废物！我养你们是干什么用！"

秘书官辩解："公子，去年药厂事发之后，第一时间就消除了全部的证据，该死的人也全都死了，绝不会出岔子的。应该就是咱们想的那样，王孝坤一直在背后盯着，现在玩空手套白狼的把戏，趁机想咬大总统和公子而已。"

这件事是王孝坤操纵的，这一点毫无疑问。

事情也应该就是如此。否则，王孝坤的手里如果有证据，怎么可能就这么算了？他一定会放出证据，不会给曹家，或者说给大总统任何的翻身的机会。

秘书官掏出手帕，擦了擦额头的冷汗："王孝坤那边没有证据，现在顾家和陆家也都承认了，事情板上钉钉，不会再有翻案的可能。这个麻烦已经解决，公子您放一百个心吧。"

"大总统那里有说什么吗？"

"没有。早上的这些报纸，他也都看过了。什么都没说。"

曹昭礼慢慢地吁了口气。

秘书官见他神色转好，小心地道："议会只剩三天了。请愿信怎么办？是放弃，还是不用再等贺汉渚，就那样直接登报？"

曹昭礼脸色阴沉，沉吟不语。

前几天药厂事发突然，他临时被打乱阵脚，一时顾不得这事。麻烦顺利解决了，当务之急自然又回到原来的计划上。

现在不但有依附曹家的势力在推动着这件事，连多名外国公使也都已表态，支持改制。箭在弦上，谁敢挡路，注定将被碾为齑粉。

曹昭礼眯了眯眼："贺汉渚这两天在干什么？"

"那天他离开将军府后，我就派人盯着。当天他先回了丁家花园，后来去了西郊别墅，这几天一直待在那里，半步也没出来过。"

曹昭礼哼了声："给他脸他不要，那我也没办法了。备车，我去会会他。"

这时，书房的门被人一把推开。

曹昭礼大怒，扭头正要叱骂，见闯入的是十二妹曹自华。

他和这个妹妹关系一向不错，喜她聪明伶俐，平日热衷的慈善事业也替曹家博得了不少赞誉。

他的脸色便缓了下来，只皱了皱眉："怎么了，进来也不先敲门。"

曹自华道："大哥，我刚才在门口听到了你们的话。还是让我去吧。我去劝他，务必让他签字。"

曹昭礼盯着妹妹，没开口。

曹自华又道："大哥身份非同一般，这种关键时刻，背后不知多少眼睛在盯着你的举动。你去见他，万一被别有用心的人知道了，拿去再大做文章，对伯父不利。"

曹家刚经历风波，确实不宜再出任何岔子。

曹昭礼终于点头："那我就卖十二妹一个面子，你替我去见他，叫他务必认清情势。"他露出一丝冷笑，"你告诉他，他真不签名也罢，于大总统实无大碍，但他自己这一辈子也别想好好再过日子了。"

深夜，西郊别墅的后园。

晚上十点了，贺汉渚仍未休息，还在这里忙碌着。

时令入夏，前些天雨水又多，白天太阳一晒，庭院里的草木便疯长。

鲁二白天除草的时候，手不小心被镰刀割伤，贺汉渚便让他休息，自己替他做剩下的活。但白天他嫌热，就在房子里睡觉，等太阳下山后才换了件旧衣出来，借着月光除草。

他打发鲁二去休息，一个人不紧不慢地劳作，终于除完整个庭院里的杂草，最后他放下工具，走到水龙头前，放水洗着沾满了泥巴的手。

水是从山上接下来的，触肤清凉。

干了一晚上的活，贺汉渚感到有点热，洗手后又用手接了一捧流水，低下头洗脸。

他的身后有人走了过来，脚步轻盈，伴着一阵丝绸衣料随着走动摩擦而发出的轻微窸窸窣窣之声。

他扭头，见鲁二领着一个女郎走进来。

月光下，那女郎戴着风帽，一袭长裙，裙影摇曳。

鲁二跑了过来，低声说曹小姐来了。

月光下，女郎摘下头上的风帽，露出一张姣好的脸庞。

"烟桥，许久不见了。你还好吗？"

贺汉渚抹了把脸上的水，直起身，颔首："我很好。曹小姐有事？"

曹自华环顾一圈，含笑道："这里确实适合避暑，难怪你经常来……"

贺汉渚没接话。

她打住，改口："我能不能进去？我找你确实有事。"

贺汉渚看了她一眼，转身进了开着灯的客厅，曹自华跟着入内，贺汉渚让她随便坐。

"抱歉，鲁二的手伤了，没法倒茶，怠慢你了。有事你请说。"他坐到了她对面的一张沙发上，语气平淡而礼貌。

曹自华沉默了片刻，很快道："我不拐弯抹角了。前几天我伯父受到的质疑，你应该有所了解。现在风波虽然过去了，但实话说，难保还是有些人用小人之心以己度人，流言不绝。现在议会即将召开，如果你也能在那份请愿书上一并签署大名，这对于我伯父的事业而言将有极大的帮助。我现在来找你，是希望你能帮这个忙。"

贺汉渚道："抱歉。这个忙我帮不了。"

"烟桥，你不要这样。你如此不配合的态度，无论对你，或者对我曹家而言，都没有好处。我不妨实话告诉你，日领事正在对军舰的爆炸意外进行调查，并要求我伯父予以充分的配合。你知道这个关口，你忤逆我伯父会有什么样的结果吗？还有我大哥。他认定的事不会改，并且他会毫不留情地扫除一切障碍，不择手段。我不是在恐吓你，本来今晚来的人是我大哥。但我不愿你和我伯父还有我大哥反目到那样的地步。真的，那对你没有半点好处。"

曹自华凝视着面前的男人，迟疑了下，再次开口："烟桥，我还是那句话，只要你愿意重新考虑我们以前的约定，我这里，完全没问题。这对你而言，也是最好的局面。"

贺汉渚笑了笑："很巧，就这一点而言，我和你的兄长倒是有点像，认定的事，不会改。"

曹自华猛地站了起来。

"烟桥，不管那条日本军舰是不是你炸的，只要我伯父想把你卖给日本人，他就有证据，随时可以指向你！而如果我的伯父开口了，即便现在没事，你的余生也将永远没法获得安宁！你现在已经被我的伯父牢牢地捏在手里了，你难道还不清楚这个事实吗？你有什么资格，可以和我伯父，和我曹家作对？"她的语气有些激动。

贺汉渚淡淡道："你的忠告我记下了，曹小姐，如果没别的事，你可以回了。"

曹自华脸色渐渐发白。

"贺汉渚，我一而再再而三地向你展现我对你的好意。就算你得罪我曹家到了这样的地步，我还是不忍看到对你不利的局面，所以今晚，我又来找你。而这，是你对我的唯一回报？"最后她咬着牙，几乎是一字一句地问道。

贺汉渚也从沙发上站了起来。

"曹小姐，"他的神色变得郑重，"我感谢你的好意，但这真的没必要。"

曹自华死死地盯着他，忽然嗓音尖锐道："贺汉渚，当初你原本已经答应和我结婚了，忽然却又改了主意。你是心里有了别的人，是不是？"

贺汉渚的眉微不可察地皱了下，神色随之恢复了淡漠。

"不早了，这里偏远，你回城吧。"

贺汉渚走到客厅的门口，打开了门。

"曹小姐，回去叫你兄长来吧，我或许可以和他谈一下——"

"我亲自来，够不够格和你谈？"门外的一片暗影里忽然传来一道带着几分寒意的声音。

贺汉渚抬眼，和那个立在暗影中的人对望了片刻，微微颔首，退到一旁。

"当然，请进。"

曹自华听到门外声音，一怔，回过神，疾步奔了出去，惊道："伯父！你怎么来了！"

大总统的脸色晦暗，目光闪烁，冷声道："十二，你给我回去，还嫌丢人不够吗。"

曹自华望向外面，隐隐看见大门外多了几辆停下的车，戒备森严，她脸色苍白，不敢出声，低头匆匆走了出去。

"您请到书房坐。"贺汉渚的态度相当恭敬。

大总统一言不发，沉着面，大步走了进去。

书房内，门窗紧闭，大总统入内，却并未立刻就座，而是立在门后，盯着等待自己入座的贺汉渚看了半晌，忽然他点了点头，冷笑："公然反对起我了！"他冷哼了一声，"姑且不论你的胆子如何，汉渚，我曹某人自问从未亏待过你，你为什么要这样打我的脸，公然和我作对？"

贺汉渚走到大总统的面前，朝他躬身，礼毕他直起身。

"我这几日，一直在等待大总统的召见。却没想到大总统会屈尊来这里见我。既然您大驾亲临，又开口问，我岂敢隐瞒。并非我故意要和大总统作对。而是道不同，不相为谋。我无法阻止大总统，便只能禁止自己。如此而已。"

"放屁！"大总统竟骤然暴怒，"汉渚，我以为你是青年才俊，你能识我苦心。我没想到，你竟也蠢到了如此地步！如今我民国照搬西洋的所谓最先进的制度，你不会以为那一套，真能救我泱泱中华？倘若如此，何至于多年政局不稳，又何至于有这场南北之战？我所谋求者，不过是最合乎我中华现状之最合理的体制，图长治久安，挽救中华！"

贺汉渚缓缓摇头："恕我直言，大总统，你所谋求者，并非全然如你所言那样，光明伟大。你真正谋求的，不过是能够满足你更高权力欲望的踏脚阶梯罢了。固然如大总统所言，现行体制水土不服，但大总统你搞的这一套，是想做天下之独夫而已。大总统你对我有诸多的抬举和恩泽，我可铭记在心，但我无法违心跟从。大总统，我不知你何来的信心，执意谋求改制。但我劝大总统一句，悬崖勒马，犹未迟也。"

大总统变得愤怒无比，他脸色铁青，双手背后，在书房里来回快步走了几趟，忽然停步。

"日领事向我施压，要我配合调查军舰爆炸一案，我以出港后便无关的理由给回绝了。你知道吗，我其实已经查明，就在爆炸发生的那天，有条隶属海关缉私队的炮艇私离港口，几天后才归队。只要追查下去，到底是谁用了，一清二楚。"他的眼中射出森森寒光，"我器重你，维护你到了如此地步，你就是这样回报我的？"

贺汉渚正色，再次向大总统躬身："我从计划之日便明白瞒不过大总统。我承认这事是我做的。我也感激大总统对我的器重和保护，所以，我也不是不知好歹的人。"

大总统冷冷道："你这是何意？"

贺汉渚迎上大总统的一双怒目，说道："王孝坤不是东亚药厂制毒的获利者，这一点，大总统您应该比谁都清楚。现在他不肯背负罪名了，有人慌了，就把帽子扣到了死人的头上。很好，死人是不会为自己辩解的，但活人曾经做过的事，多少却会留下些痕迹。我有一样东西，请大总统过目。"

贺汉渚走到书桌后，从抽屉里取出一只盒子，将里面的东西取出，摊开在桌上。

大总统盯着桌上那像是账本一样的东西，一步步走了过去，低头看了一眼。他的眼睛仿佛突然抽了筋，死死地盯着页面看了一会儿，伸手翻了翻后头的几页。

片刻后，他抬起头，咬牙："你哪里来的……"

"这个大总统无须过问。这上面的每一个账号都对应一个户头。户头人便是长公子。这些账号现在应该已经销了，但即便销了，也仍可以从银行的原始往来流水中得到查证。"

大总统方才那满脸的煞气，随着他的话消失了。他似是被人狠狠地击了一记闷棍，脸色灰败，慢慢坐到了椅中，再次开口时声音已带了些无力："你是什么时候知道的……"

"去年药厂案发不久之后，我便得了这样东西。"

大总统定定地看着贺汉渚。

"你一直留着，就是为了日后可以拿捏我？"

贺汉渚没有回答，只道："长公子做的事，就算并非出自大总统的授意，但几年下来，以大总统的精明，应当也是有所觉察。"他收起账本，"大总统，我人轻言微，即便今日我在曹公子拟的陈情书上署名，也改变不了历史大势。我还是那句话，你所图谋的，是在倒行逆施，即便现在能成，也决计无法长久。大总统，望你好自为之。"他说完，后退了一步，静立在旁。

大总统在椅中怔怔坐了良久，终于回过了神，扶着椅子缓缓地站了起来。

"可惜，你非我同心之人……"他口中喃喃地道了一句，迈着沉重的步伐，一步步地走了出去。

贺汉渚没有出来，他停在房间的窗前，看着那道身影在黑夜中缓缓移行，走出庭院，走到大门口。

几个等候在外的随行见他出来，立刻快步来迎。那具身躯忽然一晃，险些栽倒在地，被一个随从一把扶住，这才堪堪站稳了脚，定了定，随即出了大门，被簇拥着送上了车。

在黑夜的笼罩之下，车队如它来时那样无声无息地离去。

贺汉渚回到桌前，在灯下独坐片刻，长长地吐出了一口气，神色随之松弛了下来。

他又坐了片刻，目光望向电话，迟疑了下。

苏雪至走后的头两天，他往医学校里打过几次电话找她，但无一例外，每次在等待过后，接电话的人回来，回答都是没找到她。

她很忙。

所以接下来的两天，贺汉渚有点不敢再打过去了。

他看了电话片刻，拿了起来，打给丁春山。

电话很快接通，贺汉渚问他到底有没有将自己的口讯传给她。

"回来第一天就传了。我还请小苏有空给你打电话。"

"她怎么说？"

"什么都没说……"

丁春山觉得上司大概又会不满意，但他说的是实情。

当时他转了话，小苏确实什么都没说，就笑了笑。

"对了司令，明天就是毕业典礼……"

"啪"的一声，丁春山的话没说完，耳中又传来了一道挂电话的粗暴声音。

贺汉渚起身，在书房里走了几个来回，瞄了瞄时间，很快做了决定。

他走出书房，沿着楼梯快步而下，驾着车疾驰而去。

八月十二日，今天是军医学校全体应届本科学生毕业典礼的日子。

其实按照往年的惯例，学生七月就已毕业。今年之所以推迟，是和不久前刚结束的那场南北战事有关。战事爆发之后不久，学生的毕业实习也随之到来，顺理成章，实习就被安排在了北军的几个临时伤兵医院里。

医院在后方，倒无多少人身方面的危险，但受伤士兵的人数很多，军医人手不够，实习生自然不能立刻返回，就这样又耽误了一阵子。

战事结束，大家平安归来了，在学校的小礼堂里，和校长带领校方领导和毕业生们齐聚一堂，共同庆贺这个值得庆祝的日子。

今天应邀从京师过来观礼的嘉宾除了军医司的几个官员之外，还有教育部专员宗先生，另外一位嘉宾则是傅明城。

虽然他在学校任教时间不长，但因其教学方式以及敦和儒雅的风度深得学生的喜爱和敬重，后来他又资助校方，和学校关系深厚。今天这样的日子，邀他前来观礼理所当然，他本也欣然答应。但在典礼开始前，校方却接到了他秘书打来的一个电话，说他临时有事无法出席，所以今天也没有现身。

九点钟，毕业典礼开始，和校长致辞，向毕业生表达祝贺并送上寄语，之后便是毕业生的代表发言。

这个荣誉校方原本打算给苏雪至，但她以自己因私事没能在战事爆发后为国效力为由推辞，机会便顺理成章落到了第二名高平生的头上。

没想到高平生也出了点意外，就在几天之前，他忽然以家中出事为由匆匆离开，至今未归。

今天毕业发言的荣誉，落在了苏雪至的前室友韩备的头上。

韩备代表毕业生上台说完话后，校长逐一亲手向每一位成绩合格的到场毕业生颁发毕业证书。最后仪式在热烈的掌声当中结束，学生们来到操场合影留念。

全体照拍完，大家想到往后就此各奔东西，心里都是不舍，那些平时关系要好的学生便聚在一起私下告别。

苏雪至和她的七位前室友再次合影留念。

韩备获得本校研究生科的入学资格，将继续深造求学；蒋仲怀和游思进在军医司下的一个直属部门谋到了一个职员的位子；李同胜进了附属医院。其余几人也是各有归宿，算是皆大欢喜。

"听说前段时间你把实验室搬到了京师？太好了，这样往后咱们还能经常见面！你要打拳，记得来找我！"蒋仲怀乐呵呵地说道。

苏雪至笑着应好，和室友们各道珍重，依依不舍地分开，又与校长和宗先生等人合影。

苏雪至向校长深深鞠躬，感谢他对自己的栽培和照顾。

接着她转向宗先生，同样致谢。

宗先生道："我听校长说，你一心致力于实验室的工作。可惜了，原本我还希望，你也能来帮我的忙。"

这件事苏雪至知道的，由宗先生牵头，经校长与其余全国各地的诸多医学方面的有识之士再三联合上言之后，当局终于应允，成立一个正式、独立的卫生部门，以统管和规范全国的卫生事业，促进国民卫生水平的建设和提高。

宗先生叹息："当局一心争权，养兵百万，对这种关系到民生的实事却是视而不见，口头是答应了，却以国库空虚经费紧张为由一拖再拖。我等徒呼奈何，也只能尽心而为，能做几分是几分了。"

苏雪至前几天回来后，就从校长那里听说了一件事。大总统的公子曹昭礼私下派人和宗先生接触，以尽快拨出经费建部为由，请宗先生发声支持所谓的终身制。宗先生不应，事情就没了下文，难怪他此刻发出这样的感叹。

她本来就是之前成立的华医会会员，对这样的事自然不会推辞，一口答应："我没任何问题！只要有需要，我随时可以听用！"

宗先生很是欣慰："好，等事情有了眉目，我立刻通知你来帮忙。不过，现在只能再继续等，等这阵子的选举闹腾过去，看情况，我再继续争取！"

苏雪至辞别宗先生和校长，最后看了一眼这个留下过自己许多回忆的操场，转身要走的时候，脚步一顿。

远远地，她看见一道身影立在操场入口附近的一个角落里，看着好像来了有些时候了。

是贺汉渚。

她继续朝前走去。

他很快也迈步迎了上来。

两人终于相遇，近在眼前。

她停步，仿佛什么都没发生过，若无其事地朝他点了点头："什么时候来的？"

听到她主动打招呼，贺汉渚的心微微一跳，下意识地想说自己刚来没一会儿，微微张口，又改口说了实话："昨晚京师那边的事一结束，我就连夜开车赶了过来。我刚才就在小礼堂的后头，看见你上去领毕业证书了。"

他看着对面女孩阳光照耀下的脸庞。

"恭喜你，今天顺利毕业了！"

苏雪至面上含笑："谢谢你。你辛苦了，连夜开车应该很累吧？其实只是一个普通的仪式罢了，你完全没必要这样特意连夜赶过来的。"

她的话，令贺汉渚忽然想起去年的除夕夜。那个晚上，她也是只身开车，从天城赶到京师，来到了他的身边。

这一刻，她面带笑容，言语体贴，但体贴中的那种礼貌，却令贺汉渚感到了些微的尴尬。总觉得，她好像不是真的在欢迎自己的到来。

"没事……我一点都不累……应该的……"他微微咳了下，又放低声，"我前几天往你这里打过几次电话，都没找到你，我想你应该很忙，我怕打扰到你，后来就没再打了。"

苏雪至点头："是，这几天快毕业，杂事很多，确实有点忙。抱歉，没及时回你电话。"

贺汉渚忙说没事，他看了眼左右，问道："你现在打算去哪里？"

"好久没去马场了……"

趁着天气好，又有空，她想去看下那匹脾气倔强的大公马。

贺汉渚眼睛一亮，立刻接话："真巧，我也想到了你的马，想着你今天会不会去看它。我陪你一起去。"

苏雪至一笑："可以。"

贺汉渚心情轻松许多，和她走出校门，开车载她来到马场。

战事刚结束不久，原本驻在这里的人马还没完全归营，但马夫一直都在守着马场，得知两人来到，出来迎接，领着他们去往马厩。

"苏少爷，您放一百个心，您没来的这些时日，我也把它照顾得妥妥当当的。喂料、洗马、遛马，一样也不少！"

多时不见，大公马膘肥体壮。它仿佛认出了苏雪至，等她捧着豆子喂了它几口，就开始撒起欢，抬蹄甩尾，显得十分快活。

苏雪至接过马夫送来的马鞍，放到马背上，牵它出来，翻身跨了上去，纵马出了围场，骑向野地。

贺汉渚也挑了匹马，很快就追了上来。

野外草绿，到处都是野花，今日天气又好，大公马很快就兴奋了起来，扬蹄疾奔。

苏雪至也找回了骑马的感觉。伴着耳边呼呼作响的大风，她纵情驰骋，也不拘方向，只任由大公马奔跑。跑了段路，她发现它似乎记得路，又奔向了上次它曾因跑得兴起最后收不住势一举飞跨过去的那片坡地附近。

这回苏雪至可不敢再让它发疯，等它奔到坡前，便提早放缓速度，待爬上了坡，便停下了。她坐在马背上，迎着坡上的四面来风，深深地吸了一口气，又擦了擦有点出汗的额，随即扭头，看了一眼身后。

贺汉渚刚才就跟在她的后面，距离不远也不近，现在却不见了人，只剩一匹马停在坡下。

不知道他什么时候下的马。

苏雪至在坡上等，等了好一会儿，还是不见他现身，喊了一声他的名字。

什么回应也没有。

苏雪至有点不放心了，急忙驱马下坡，沿着原路找了回去，绕过坡下附近的一个高过人顶的土丘，终于看见了他。

他侧躺在一片草丛里，看着像是从马背上摔下去的样子，苏雪至心里一紧，又叫了一声，见他没半点反应，她急忙下马，跑了过去。

"贺汉渚！你怎么了——"

苏雪至跑到他身后，蹲下去，要察看究竟，他突然睁开眼睛，一把抓住了她伸出去的手腕，用力一拽。

苏雪至整个人便扑向了他。

他迅速地翻身，改为仰躺，张臂一下将她接住，接着他收拢双臂，登时将她抱了个结结实实。接着他就翻身，将她压在了身下。

苏雪至使劲挣扎。

他轻轻地按住了她。

身下的野地长满茂盛野草，软绵绵的，像是躺在一块毯子上。

男人的唇角流露出了一缕不经意的淡淡笑意。

苏雪至停了下来。

他凝视着身下女孩那双倒映着头顶天空的眼睛，质问："那天晚上，你为什么丢下我，一个人走了？"

"不想过夜，所以走了。"

他沉默了片刻，目光又落到了她嫣红的唇上，俯面朝她压了下来，似要亲她。

苏雪至转过脸："抱歉，现在真的没兴致。"

他顿住，看着她扭过去的侧脸，片刻后慢慢地松开了她。

苏雪至将他从自己身上推了下去，起身，低头拣着身上刚才粘上的几片草屑。

"走了，回去了。"

他没反应。

她转头，见他双臂枕在脑后，闭着眼，依然那样仰面躺着不动。

苏雪至不再理会他了。

"我走了。回去还要收拾东西——"

"雪至，陆宏达死了。"她忽然听到他低低地道了一句。

苏雪至转过脸。

他睁眼，望向了她。

她和他四目相对，片刻后，她点头，道："我知道。我看见报纸上登的关于军舰爆炸的消息了。是你亲自动的手吗？"

"是。"

"过程应该很不容易吧？"

"还行……"他顿了一下才道。

苏雪至点头。

"那就好。恭喜你大仇得报。"

她站了起来，朝大公马走去。

大公马撒开蹄子奔来，到了近前，用脑袋顶了一下她的胸口。

她笑了起来，躲开和自己亲热的大公马，随即抚了抚它的脑袋，正要上马，身后传来一道呼唤之声。

"雪至！"

她停下来，扭头见他从地上站了起来，朝自己走来。

"我回来了，"他停在了她的面前，凝视着她问道，"我想问你一声，你还能给我机会，让我向你履诺吗？"

野地静悄悄的，耳边只有风声和马匹呼哧呼哧的呼吸声。

"在我回答你之前，请你先回答我。你现在复仇了，那么你的余生是否就此平坦，往后再无生死风险的考验了？"片刻后，她忽然反问了他一句。

男人的喉结微微动了动，最后却没说出话来。

苏雪至等了片刻，没有等到回答。

"你没回答。我想大概是你无法回答这个问题。因为你也不敢肯定。我们活在世上的人，谁都不敢肯定自己的余生将会如何，这没什么。我只请你再回答我另一个问题，下一次，我是说，如果有下一次，面临生死的考验，你是不是又会为我考虑，让我再一次地离开你？"

男人犹疑不决，眼里的光仿佛也一下熄灭了。

他彻底地沉默了下去。

"我让你失望了。你不喜欢我了，是不是？"最后，他低低地说道。

苏雪至凝视着他，摇了摇头："你那么出色，是我见过的最出色的男人。我喜欢你，怎么可能不喜欢。若是不喜欢你，我之前怎么会一次次地为你掉头，还一个人连夜开车，就是为了赶上我们之间的约定？"

他望着她，欲言又止。

她继续说道："在我看来，人这一辈子，可以听从内心的冲动，想做什么就做什么，但是，只能允许有一次。第一次没关系，无论干了什么，哪怕再盲目，再冲动，都没问题。但是如此还有第二次，那就是愚蠢。"

她直视着贺汉渚。

"你刚才说得没错，你确实令我失望了。"

"雪至，我——"他面露焦急之色。

苏雪至打断了他："我完全理解你当时的处境和你的心情。我也已经知道，你在上次回来见我之前，还曾和郑龙王有过会面。我的母亲都告诉我了。他曾阻止你和我在一起。从你的立场来说，你确实没半点错。但是，贺汉渚，你就是让我失望了。"

他显得有些吃惊，望着她。

"固然，郑龙王和你的谈话影响了你，但他那些话对你的影响真的有那么大吗？没有！他只是戳中了你自己心里本来就一直存在着的想法而已！贺汉渚，你除了向我告白的那个晚上——大概是吃错了药，主动了一回。问问你自己，剩下的时间里，哪怕是去年除夕我开车去找你的那个晚上，你有直面过你喜欢我的这件事吗？有过无论如何，你也要坚持和我在一起的这样的想法吗？"

贺汉渚微微地动了下唇。

她摇头："你没有！当时我们是在一起了，但你的心从没真正为我打开过。你一直在犹豫，你从一开始就以为我考虑的理由，在我和你的中间划定了一道线，随时准备和我割裂。你觉得你是大男人，苦难和危险需要你一个人承担，你需要保护我，像保护你妹妹一样地保护我。"

"你后来给郑龙王的那封回复信，我母亲也告诉我了。你的回复令我母亲颇是动容，甚至还有郑龙王，他大约也改了主意，没打算再阻止我们了。但是实话说，在我这里，你的信，它没有打动我。贺汉渚，我以前很喜欢你，现在应该也还是喜欢你的。但也仅此而已。我大概没法再像从前那样和你相处下去了。"她说完，牵马要走。

"等一下！"男人突然间回过神。

她扭脸，看着他。

"雪至，你真不再给我机会了吗？要是这样……前几天……你为什么不阻止我，又和我一起……你知道的，你要是真的拒绝，我是不会勉强你的……"他的嗓音无比凝涩，终于极其艰难地问出了这一句话。

她笑了笑。风吹着她利落的短发。

"你是说几天前的晚上，我又和你睡觉的那件事吗？你刚回来，大约经历了九死一生，想和我睡觉。我也说了，我现在又不是讨厌你，气氛不错，很自然就发生了。有什么可奇怪的。"

贺汉渚一僵，脸色变得有点难看了，他仿佛想起什么，宛如抓到了救命稻草："雪至，你其实是在生我的气，所以故意这么说的，是不是？戒指呢！你要是真这么想，我走之前，你为什么不把我送你的戒指还我？你明明可以还我的。"

"我之所以没在你走之前还你，是因为我理解你当时的决定。我能和你共情，我也清楚你接下来要做的事很危险，你不能分心，我更不能令你在走的时候，带着任何来自我或者和我有关的负面情绪。我需要让你放心地出发，不带任何杂念地去做你的事。否则万一你出事，我将无法原谅我自己。所以我没还你。就是这个原因。"

贺汉渚整个人终于彻底地僵住。

他定定地望着她，一时之间，什么话都说不出来了。

"走吧。回了。"

她不再停留，翻身上马，挥鞭轻轻抽了下大公马的背脊。

大公马朝前奔去。

贺汉渚盯着她丢下自己纵马离去的背影，忽然咬牙也跟着上了马背，疾驰追逐，他很快追上她，提着缰绳，一个横马，直接挡住了她的去路。

苏雪至急忙停马。

她轻轻皱了皱眉。

"你疯了？这样很危险，知不知道？"她卷着马鞭，指了指自己身下这匹因为被挡道而开始不悦刨蹄的大公马。

"它脾气不好，万一直接冲撞上去……"

"苏雪至，你不能就这样一脚踢开我！"他打断了她的责备。

"你怪我没有坚持的决心，令你失望了，但是问问你自己，你真的有像你刚才说的那样在乎我，想过和我过一辈子吗？"他紧紧地盯着她，眼里隐隐仿佛有火星子在跳跃，语气之中更是带着前所未有的浓烈质问。

她端详着他，良久，才说道："是因为除夕的那个晚上，我对你说，我的明天不需要你负责。是因为接着我又对你的妹妹说，将来如果发现不合适，两人也可以分开。所以我令你感觉我很随意，我没正视过我们之间的感情，我是个没有心的人，是吗？"

他不说话，依然那样盯着她，神色不善。

苏雪至摇了摇头："贺汉渚，那天晚上，我如果对你说，我喜欢你，喜欢得完全不像是我自己了。我竟会为一个男人带着枪深夜独自开车，从一座城赶到另一座城，就是为了赴我和他的约定。我想和他在一起，希望我的这段前所未有的心动能开花结果，将来和他共此一生，那一定会是件非常美好的事情。我那样说，你会接受我，和我在一起吗？确实，我也对兰雪说了那样的话。但我问你，我们当时对彼此的了解有多少？别说那时候，就算是现在，你又对我了解多少，你知道我想的是什么？同样，问问你自己，你还有多少事瞒着我不让我知道？当时我们在一起才几天？不过是凭着对彼此的喜欢，顺从内心的指引在一起了。我那样说，有错吗？"

野风劲吹，将男人眼底的那几簇火星子吹散了。

"那么你告诉我，你到底是怎么想的……"他的声音变得有些无力了。

苏雪至沉默了片刻，回答："你留过洋，一定也听说过西式婚礼上男女双方的誓词。无论是顺境逆境，健康还是疾病，彼此承诺，相守一生。"

"这就是我的想法。我期待一个人对另外一个人说，我爱你，除了死亡之外，什么都不能叫我们分开。"她看向贺汉渚一字一句地说道。

"知道我为什么轻易不说出来吗？因为这太难了。要怎样的幸运，才能有这样的相遇？你看，我们已经算是经历过生死考验了，我等到你平安回来，你也来找我了，说你想要履行你的诺言。然而就在刚才，我再次问你，如果将来你又面临危险，你会不会再次将我推开。你没说话，但我在你的眼睛里分明看到了犹豫。所以你指望我怎样？再一次毫无芥蒂地全心投入你的怀抱，然后等着下次，你再以保护我的名义让我离开你？"

她忽然抬手，从自己脖颈的衣领下，扯出了一根细细的红色丝绳。

丝绳的下面挂着一枚素金的指环，那指环本贴着她的肌肤，一直静静地藏卧在她的胸口。

她用力一拽，丝绳断了。

她俯身靠了过来，像当初他抓住她的手时那样，抓住了他的手，将戒指放回到了他的掌心里。

"现在可以放心地交还给你了。让道吧。"

他定定地握着掌心里还带着她体温的戒指，坐在马背上，纹丝不动。

她微微挑了挑眉，忽然冲他一笑，说："怎么，贺司令你还不让道，是想继续和我保持以前的关系？"她打量了他一眼，"往后我们不但是合作的伙伴，你要真觉得有必要继续保持以前的关系，我也可以考虑。"

她说完，调转马头，足跟轻轻踢了下大公马的马腹。

早已等得不耐烦的大公马"哕哕"了两声，立刻撒开蹄子，撇下那个男人，疾驰而去。

贺汉渚扭头望着她纵马疾驰背影渐渐远去，心头弥漫着一阵无力的沮丧和迷乱。

他是个不该心动，更不能放纵感情的人。

但就是这样的他心动了，放纵了自己的感情，和她走到了一起。那么保护她，尽他所能，这难道不是他应当的担当和本分吗？

她说她理解他。既然理解，她应当感动，为他的平安归来而欣喜。

她刚才却说他令她失望了。

她还说，她期待他对她说，他爱她，除了死亡之外，什么都不能叫他们分开。

他承认，这句话极是动人，极是美好。

但是于他而言，这句话却又是如此的缥缈和遥远。

他立于泥潭，所以他需要将亲人和他爱的人用自己的双臂高高地托住。

然而现在，要剥去他作为男人的伟岸盔甲，向她袒露他从不愿为人所知的软弱和胆怯的那一面，再将她彻底地从岸上拖下来，令她和他一道去承担一切肮脏和龌龊，甚至是死亡的威胁？

一片乌云从野地的地平线上起来，在风的推动之下迅速地翻涌、扩展，太阳消隐了它的光辉。

一阵狂风大作，卷着地上的草叶飞舞。胯下的坐骑仿佛也感觉到了什么，不安地抬着马蹄。

很快，一点雨滴随风，重重砸在了贺汉渚的眉头之上。

他的眼睫微微颤抖了一下，慢慢低头，盯着她刚才放回在自己手心里的那枚指环。

他回到马场的时候，大公马已经归厩，她却不见了踪影。

马夫告诉他，就在他们骑马出去后没多久，王家的一个管事便找到了这里，一直在等着她，刚才她一回来就跟着王家人匆匆走了。

"出了什么事？"他压下心中那如塞垒石的烦乱之感，问道。

"是王太太找苏少爷的，说王公子的情况又不大好了，请来看的医师束手无策。苏少爷就先走了，叫我和你说一声……"

不待马夫说完，贺汉渚已疾步而去。

🌸 第四章

苏雪至乘着汽车到了王家。王太太正在客厅的门口焦急地张望着，听人喊她到了，急忙出来，嚷道："小苏你可来了！快帮我去看看！庭芝他怎么了！好好的，早上忽然说头晕难受，请的几个医师都没法子……"

苏雪至跟着王太太匆匆进了房间。

王庭芝躺在床上，眼睛半睁半闭，神态散漫，视线落在对面的一扇窗上，似在看着窗外的什么风景，扭头看见她的身影便闭上了眼睛。

房间里除了几个丫头和老妈子还有一名西医，他神色凝重，忽然看到苏雪至来了，仿佛松了口气，迎上来低声说："苏医师，我检查过，王公子的体温、心跳、血压都在正常的范围之内，我一时也查不出什么原因。听说你之前就给他看过，所以最好还是请你来一下。"

苏雪至接过这个医生递来的病历翻了翻，随即自己亲自检查了下。

确实如这医生所言，王庭芝的各项体征看着都很正常。

"具体怎么不舒服？"苏雪至问道。

王庭芝刚才一直闭着眼睛，此刻慢慢睁开，低声说道："说不上来……就是难受，不舒服，透不出气……"他指了指自己心脏的部位，"好像被刀子扎了的感觉。"他的声音十分沉闷。

苏雪至再次仔细听他心音，还是没什么异常。

王太太眼睛泛红，捏着手帕压了压眼角，哽咽道："小苏，我听那个德国医生提过什么头部受伤的后遗症，是不是上次没看好，庭芝得了后遗症啊！要不怎么好好的突然又不舒服了……你一定要好好看看，求求你了！"

王庭芝透过半垂的眼睫，看着苏雪至将听诊器按在自己胸前正在仔细听心音，忽道："妈，我现在舒服多了。"

王太太急忙走到床边："真的？庭芝你真的舒服了？头还疼不疼？气能透得出来了？"

○六九 ⚓

王庭芝"嗯"了一声。

王太太松了口气，"哎哟"一声，双手合十，拜了两拜。

苏雪至收了听诊器，她一时也无法确定王庭芝的情况是怎么回事，正思索着。

真是他此前头部受伤留下的神经后遗症？或者，是战后创伤压力综合征而导致的身体不适？又或者，是实验室提取出来的这第一批次的青霉素存在着自己不知道的问题，从而引发了他现在的情况？

"太太！贺司令来了！"王家的一个管事在外头忽然说道。

苏雪至被打断了思绪，转头见贺汉渚的身影出现在门外。

王太太忙出去迎他。

贺汉渚在门外低声和王太太交谈了几句，得知王庭芝现在好了一些，他松了口气，跟着王太太走了进来。

"庭芝，你四哥来看你了！"

贺汉渚停在床前，和王庭芝闲谈了几句，便望向苏雪至。

她站了起来，对王太太道："王公子的情况我回去后再想想。现在让他多休息，注意不要有太大的情绪波动。"

"好，好。"王太太连声答应。

"那么我先走了，有事的话再叫我。"

她退了出去，贺汉渚便也一并告辞。

王太太送两人到了客厅外，被劝留步。她心里记挂儿子，也就不再客气，让两人走好，自己转身刚要进去，看见一个丫头慌慌张张地跑了出来，她正要呵斥，丫头嚷道："太太，不好了！公子他刚才又不舒服了！"

王太太"啊"了一声，提裙就要往里跑，跑了两步，忽然想了起来，转头要喊苏雪至。

不待她开口，苏雪至已经掉头了，再次回到王庭芝的房间里，又重复了下刚才的检查。

还是那样。体征正常。

"实在抱歉……我没大事……现在好像又舒服了些……你和四哥有事的话，你们先去吧，不用管我。"王庭芝看了眼也一起回来的贺汉渚，低声说道。

苏雪至转向王太太："或者送他去医院吧，住院观察——"

"我不去！我死不了！"王庭芝一口拒绝，"我讨厌医院的味道！我已经受够了那种地方！"

他说完，闭上眼睛。

王太太惶恐不安，左右为难，看着苏雪至，心想别的医生束手无策，他过来儿子的情况便好转。何况之前，就是他给儿子用的药。王太太看了眼闭目休息的儿子，将苏雪至请了出去。

"小苏，你今天毕业了是不是？你没要紧事了吧？庭芝这个样子，我实在是放心不下。你看这天也要下雨了，你干脆别走了，能不能暂时先留在我家？你帮个忙好不好？我求求你了！"

王太太打定主意，无论如何也要先把这唯一有希望治好儿子病的医生给留下来，住在自己家里，方便随时看病。

"小苏你一定要帮忙。之前就是你给庭芝看的病，刚才那个医生也说了，最好就是你接着看。你要是不管，万一我儿子再……"王太太紧紧地攥住苏雪至的手，连声恳求，她忽然想到他和贺汉渚的关系，赶紧又转向跟了出来的贺汉渚，"烟桥你说是不是？你帮我问下小苏，他需要什么，我马上叫人帮他去取过来！对了，还有诊金！多少都可以的！"

贺汉渚扭头望了眼房间里看着已睡过去的王庭芝，再望向苏雪至，示意她随自己来。

苏雪至跟着他走了几步。

"庭芝的情况到底怎么样了？"他低声问道。

苏雪至说："初步检查基本指标正常。至于具体原因，我一时也没法确定。"

贺汉渚迟疑了下，声音放得更轻了："庭芝之前打的一仗，战况很是惨烈。他应该是受了不小的刺激，现在不想去医院，情有可原，他真不是故意和你在作对，你别见怪……"

苏雪至看着他顾虑王庭芝又费心地替他在自己面前解释的样子，忽然心软了下去。

"我知道。你放心。我先留下来观察处理。如果出现更严重的情况，再送去医院。"

他感激地道："这样可以。辛苦你了。"

"应该的。"

他走向等在一旁的王太太，转述了她刚才的决定。

"伯母你放心吧，其实无须我说，小苏她自己知道该怎么处理。她是个非常负责的专业医生，怎样对庭芝更好，她有数的。"

"好，好，好。"王太太十分感激，连声应好。

"我这就叫人去给小苏收拾休息的地方！"

王太太叫来老妈子吩咐，又问苏雪至需要什么东西。

贺汉渚等在一旁，默默地看着她和王太太说话，等她们说完，他请王太太不必管自己，等王太太匆匆走了，他才迈步慢慢到了她的面前。

"那么……我该走了。"

苏雪至"嗯"了一声。

"这几天我会在这边的。你有事打我电话，司令部或者公馆都可以。也可以找丁春山。"

苏雪至再次"嗯"了一声。

然而他并没有走。

两人都沉默了下去。

贺汉渚能猜到她此刻在想什么，他猜她应该也知道他在想着什么，他的一只手插在裤兜里，指尖无声地触碰着一样坚硬的东西。

城里的阵雨比城外来得晚，这个时候才终于落下。雨点撒豆般地由远及近扑了过来，最后在耳边哗哗作声，响个不停。

"今天的事……你的话……我会想的……"终于，在密集的雨声里，他低低地对她说道。

身后仿佛多了个人，贺汉渚猝然扭头，见王庭芝不知何时出来了。

他懒洋洋地靠在门框边，脸侧过来，双目正静静地望着这边，微笑："四哥，我听管事说，他去找苏医师的时候，你们去了马场，是有事吧？"他自责，"怪我，打扰了你们的事……"。

"没关系。你身体要紧，"贺汉渚立刻安慰他，"好好休息。记得要听苏医师的话。"

"四哥放心。她的话，我会听的。"王庭芝瞥了苏雪至一眼，微笑着应道。

贺汉渚含笑点头，他转过脸，深深地望了眼沉默着的苏雪至，从一个丫头的手里接过伞，踏着地上的雨水走了出去。

他回到公馆，来到书房，坐下，在椅中靠着，桌上响起一阵尖锐的电话铃声。

"烟桥，你开罪曹家的事，我已知道。我是想告诉你一声，你现在不必有任何的顾虑，也不必做任何的事。安心等着就是。我想用不了多久，我就能回来了。"王孝坤不疾不徐的声音在他的耳边响了起来。

西斋书房之中，曹昭礼被他父亲的秘书拦在外，已等候许久。

等着要见大总统的人不止他一个，此刻全都等候在前面的偏厅里。

但曹昭礼和外头那些等着的人不一样。他们的事可以拖，反正每天都有议不完的例行公事亟待大总统批示解决，实则也就是那么一回事。

但曹昭礼却是真的有急事，说是火烧眉毛也不为过。

他一手建立并操控的以国会活动为主要目标的工作委员会正在等着他的下一步指示，但他的父亲昨夜从外头回来之后却一直闭门不出。而距离那场重要的国会召开，只剩不到两天了。

"我父亲到底在里头干什么？不行，我现在马上就要见他！"曹昭礼终于忍无可忍，猛地站了起来，朝书房的那扇大门大步走去。

"公子公子！您少安毋躁！大总统有话，谁也不见——"秘书赶忙追上去阻挡。

"你给我走开！我有重要急事，耽搁了，你担待得起？"

曹昭礼一把推开秘书，冲到了书房门前，抬手正要拍门，那扇紧闭的门忽然从里慢慢地开启了。

大总统现身在了门后，他脸色发暗，眼睛里布着血丝，看着像是一夜没睡的样子。

"父亲！您可算出来了！"曹昭礼喊。

秘书忙朝着门里的人躬身："大总统，公子他……"

大总统摆了摆手，转身又走了进去，慢慢地回到座椅之前，坐了下去。

曹昭礼疾步走到桌前，焦急地道："父亲，您是怎么了？我怎么听说，您就这样放过了贺汉渚？他那天在将军府公然作对，打乱我的计划不说，更是丝毫也不考虑您的脸面！您为什么怕他？为什么不用现成的日本人向他施压？别管军舰那件事是不是他干的，只要我们说是，那就是！"

大总统一言不发地盯着他。

曹昭礼终于觉得气氛有点不对劲，迟疑了下："父亲，您这么看我做什么？"

大总统面无表情，嘴里吐出三个字："你过来。"

曹昭礼过去。

"再过来些。"

曹昭礼不解，但还是照着吩咐，又靠过去些，停在了大总统的身旁。

"父亲，您到底是什么意思——"他弯腰再问。

"啪"的响亮一声。

他的话音未落，大总统挥手，狠狠地抽了他一记耳光。

曹昭礼一时被打蒙了，捂住自己疼痛的脸。

"父亲，您为什么打我？"他骇怒不已。

"为什么打你？"大总统的手掌用力拍案，跟着站了起来，"我问你，去年闹得举国皆知的东亚药厂制毒案，顾家的后台，真的是你？"

曹昭礼一怔，目光里闪过几分慌乱，但很快就镇定下来，说："父亲，您听我说，我一开始真以为是普通的投资，我也是被蒙蔽的，后来知道不对我就退出了，事情和我无干……"

"狡辩！现在还在狡辩！是不是你，你给我回答！"大总统怒喝，脸色铁青。

曹昭礼迟疑了下，改口："是，是我，但父亲放心，去年出事后，一切尾巴我都扫干净了，这件事绝不会牵连到父亲身上……"

"你这个自以为是的蠢货！"大总统的手指到了曹昭礼的鼻子上，"若要人不知，除非己莫为！药厂和你的秘密资金往来账册落在了贺汉渚的手里！你刚不是问我为什么不敢动他吗，你倒是给我说说，我现在怎么动？你干的好事！他手头的记录要是扔了出去，天下人人都知道我的儿子竟然是药厂的后台，你叫我怎么交代？我怎么撇清干系？我怕是要走不出这个总统府的大门，只能吊死在这个地方！"

曹昭礼的脸色蓦然大变，又惊又惧："不可能！他手上怎么可能会有那种账册！本来就是私账，当时出事后，我又第一时间善后，知情人全部封口，账册全部烧光，顾家人绝不敢瞒着我留副本的……"

"做你的大梦去吧！昨天我亲自去见贺汉渚，他把东西拿出来，我看得清清楚楚！现在你知道他为什么有底气杀陆宏达，还不签字了吧？他根本就是早有准备！成事不足，败事有余，说的就是你这种蠢货！鼠目寸光！为了那么点钱，你差点害了我，你知不知道！"

大总统怒不可遏，又操起桌上的一个铜制印台，朝着曹昭礼掷了过去。

曹昭礼的额头被印台击中，顿时头破血流。他疼痛难忍，一时也是咽不下气，白着脸辩："父亲，您责备我责备得是，这件事我确实险些捅了娄子，我没想到贺汉渚还有这样一手。但我也是没办法！办事就要用人，用人就要用钱，没有钱，我怎么替父亲做事？"

大总统冷哼："好啊，你这是把罪都推到我的头上了？强词夺理！"

曹昭礼见父亲怒气仿佛消了些，自己便也慢慢镇定了下来，掏出手帕擦了擦还在渗血的额头。

"再说了，药厂这件事，我不信父亲一点儿也不知道。您之前明明怀疑过我，却没深究下去，我知道父亲是有苦衷的！这个民国，它从根子里就烂透了，凭父亲的一己之力，怎么可能禁得了毒？要怪就怪那些和父亲作对的人！药厂的钱我不拿也会被别人拿走的！事情已出，现在就是打死我，也无济于事。您冷静些，贺汉渚既然把东西给您看了，他应该不至于和咱们鱼死网破，现在放一放，日后再说。最要紧的，是后天的国会！咱们准备了这么久，终于把王孝坤陆宏达之流全都赶走了，就等着这一天！我是想问一下父亲，声明书要不今天就发？再不发就赶不上了！"

"不要发了！"大总统出声打断。

曹昭礼一怔："为什么？虽然没有贺汉渚的签名手印，但上头还有不少别的社会各界名流，总比不发要好……"

大总统眉头紧皱："之前外头都在看着宗奉洗和贺汉渚。现在这两个人，一个不发声，一个不签名。你搞的这个东西，没有足够分量的署名，不如不发！发出去了，如同闹剧，徒给攻击我的人增添笑料罢了！"

曹昭礼迟疑了下，点头："好，就照父亲的意思办。那就盯紧后天的议会。您放心，里外我都打点好了，得三分之二的票数，没问题！"

大总统的脸色凝重，目光游移不定，迟迟没有发声。

曹昭礼急了："父亲，您在想什么？现在国内支持您的人大有人在，诸多友邦也都同意了！现在您可不能有任何的犹豫！"

大总统走到窗前，伫立良久，慢慢地抬起一臂，拂了拂手："去吧。立刻把文件销毁，免得日后落人口实。"

曹昭礼松了口气，躬身应是，正要退出去时门口传来一阵急促的敲门声。曹昭礼过去开门，秘书手里拿着一份报纸匆匆进来。

"大总统！曹公子！不好了，出事了！"

曹昭礼急忙接过秘书递来的报纸，扫了一眼，顿时僵住。

这是一家发行量不算很大的中等规模报纸，所以今早曹昭礼没有留意。

报纸刊出一篇报道，称根据知情人的披露，曹家长公子为了替其父谋求终身任期，以各种手段，或贿赂，或威胁，不但操纵内阁和国会议员暗中交易，且于前日在将军府召开秘密会议，要求多人在一份所谓的自发支持陈情书上联合签名。

报道又称，参会的某一著名少壮派代表当场拒绝，拂袖而去。虽未指名道姓，但从描述看，不难猜出是贺汉渚。

不但如此，这家报纸竟还附上了陈情书的具体原文，一字不缺。

大总统接过报纸，看完脸色大变："怎么回事？文件怎么会见报的？"

曹昭礼反应了过来，又惊又怒："是谁泄露出去的？是谁？"

秘书神色惊惶："我也不知道！"

"叫范惠民！立刻把他给我叫过来！"

片刻后，范惠民匆匆赶到，他看着冲着自己咆哮的曹昭礼，定下心神，解释道："不可能啊！这份文件只有一个正本！那天将军府会议过后，我就收了起来，现在怎么可能泄露出去？"

"难道是贺汉渚？是他透露出去的？"

"不会是他！文件不短，那天就那么传了一圈，每个人只草草看了一眼，他没翻完就推开了，我看得清清楚楚。不会是他！"

"不是他还有谁？我们中间经手过文件的人里难道出了内奸？是谁？会是谁？"

范惠民突然想了起来："章益玖？难道是他？起草这份文件的时候，我和他商量过！我还给他看过！除了他，我想不出来还有谁！"

曹昭礼恍然大悟，扭头看向大总统，说道："难怪，这次这么重要的国会，他不参加！前段时间以解决战后未善事宜为名，自己跑了出去！一定是他！这个吃里爬外的东西！他成了王孝坤的狗！"

大总统双目圆睁，指着电话："给我……给我要他的电话……"

秘书拿起电话打了出去，线路终于接通，说了两句，慢慢回头："大总统，那边说，章参谋长前些时日辛劳过度，体力不支病倒，这几天养病去了，他们也联系不到人……"

大总统的手微微发抖。

"好啊，好啊！一个一个，全都背叛我……"半晌，他从齿缝里挤着说出了这一句话，突然眼睛上翻，直挺挺地往后倒了下去。

"父亲！"

"大总统！"

众人冲了上去，书房里乱成一团。

这篇报道引发的舆论如同海啸，国民唾弃，不但令当日那些曾在文件上署名的当事人纷纷闭门不敢外出，原定在两天后举行的国会也推迟了，但这远不是结束。一封出自佟国风口吻的代前总长王孝坤致全体国民的公开信，才将这一场因国会而起的风波掀至了最高潮。

王孝坤称他此前为顾全大局，本已决意老于乡野，不问世事，但没想到时至今日，大总统倒行逆施，他无法坐视不理，故甘愿冒天下之大不韪，毅然发声，公开反对。

这封公开信发表的时候，苏雪至在王家已经住了几天了。

王庭芝这几天很安静，接受苏雪至对他做的一切检查，也没再嚷哪里不舒服，苏雪至放心了，就去找王太太告辞。

王太太虽然还是不大乐意放人，但儿子这几天确实好了，自己也就没理由再强留，只好答应。

苏雪至便向王太太交代注意事项，正说着话，一个丫头又跑了过来，说王庭芝再次发病，这回比之前更严重，人都晕了过去。

王太太吓得差点跳了起来，一把抓住苏雪至的胳膊："苏医师！你可不能走！你快去看看吧！"

苏雪至急忙赶回到王庭芝的房间。

果然见王庭芝躺在了床上，双目紧闭，一动不动。

苏雪至再次检查他的身体，检查完，翻了翻他的眼皮子，她沉吟了下，转向神色紧张的王太太，让她带着人先出去。

王太太和一堆老妈子丫头围在床前，紧张万分，但见苏雪至神色严肃，不敢违逆她的意思，只好退了出去。

苏雪至看着床上依然闭目一动不动的王庭芝，冷冷地道："装够了没？再不起来，是要我锯开你的脑袋，看看你到底想搞什么名堂？"

话音落下，王庭芝就睁开了眼睛。

难怪他的毛病说来就来，说没就没。既然他没事，也不是自己的药出了问题，苏雪至彻底松气之余，心里难免涌出被愚弄的恼怒之感。

"王庭芝你到底在干什么？你当你还是三岁小孩？装病耍人，很有意思？"苏雪至质问他，语带怒气。

王庭芝一声不吭，坐了起来。

苏雪至因他之前负伤一事而对他生出的改观和好感一下全都没了。他就是吃饱了撑的，脑子里灌浆糊？

见他不说话，苏雪至也不想再和他掰扯了。

"好自为之。"

她丢下他转身要走，王庭芝突然从床上跳了下来，抓住她的胳膊。

"你是要回京师吗？你现在还不能回去！"

苏雪至停步转头，看了眼他拽着自己胳膊的那只手。

王庭芝松开了手，问道："你有看这几天的报纸吗？知道京师那边现在怎么样了？"

曹家又出这样的丑闻，甚嚣尘上，这回还是铁板钉钉的实锤，京师这几天的情况，苏雪至当然知道些大概。

舆论方面，外界对曹家口诛笔伐；对外方面，据报纸称，"友邦"开始分化，有依然支持大总统的，也有开始转向王孝坤的；而军队方面，气氛也开始紧张，据说大总统的亲信在各种场合扬言誓死追随。

"昨晚出了件大事。"

王庭芝走到桌前，拿了张报纸，回来递给她。

苏雪至接过，见是今天的早报，刊登了一则最新的消息。昨夜，刚被撤职的京师步军统领手下心怀不满，获悉曹昭礼在他位于杨树胡同的私宅里密会友僚，于是聚众冲击曹宅。京师警察厅和警备司令部获悉消息，当即出动人马，双方混战，曹昭礼趁乱骑马逃脱，遇到围堵，意外坠马，头部受伤。截至发稿之前，他还在医院里，昏迷不醒。

王庭芝解释："和京师安保相关的部门有三个，警察厅、警备司令部，还有一个步军衙门，前两者是军警，步军衙门是军队，平时各司其职，互不干涉。但这个步军衙门的统领是章益玖的人，曹昭礼撤人，改换他自己的亲信，那些人不干，昨晚就搞了这么一出。现在京畿一带风声鹤唳，昨晚下半夜京师严厉宵禁，今天连城门也都还关着，警察满大街在抓人。你现在不要过去！"

苏雪至看完报纸，放了下去，问道："你为什么装病？"

"我……我开个玩笑……"王庭芝看着她的脸色，吞吞吐吐，见她眉头皱了起来，忙改口，"我错了！我向你道歉！我就是……医生要我继续休养，我一个人这样待着，太无聊了。你也知道，我之前的那些朋友自从我父亲出事后，一个一个全都变了脸，对我避之不及。我就是想你能陪着我……"

苏雪至一时也不知道该说什么了，她顿了一下，道："王公子，你心情我可以理解，但你这样的做法，太过荒唐了。"

"是，是，我错了，我错了，我再也不会了……"王庭芝诚惶诚恐，嘴里不停赔罪，点头如同捣蒜。

苏雪至摇了摇头："算了，没事最好，"她想了下，"京师现在既然局势紧张，那我先回家了。"

王庭芝不敢再留她，忙道："我送你。"

"不用！"

苏雪至打开门，等在外的王太太就问儿子的情况。

"您自己问他吧。我先回了。"

王太太抬眼，见儿子已跟了出来，没事人一样，一把抓住了儿子的手："庭芝你没事了？你好了？你到底是怎么了？你可吓死我了！"

王庭芝含含糊糊地搪塞了两句，这时王家的一个丫头过来叫苏雪至，说有电话找她。

苏雪至去接电话。

电话是丁春山打来的，告诉她一个事，贺汉渚有急事，今天去了京师，让她先安心地在这边再待几天，等方便了丁春山就送她过去。

"这个时候他为什么突然去京师？出了什么事？"苏雪至立刻追问。

丁春山摇头："具体我也不知道，贺司令没和我说，就是叫我告诉你一声，他没大事，但京师这几天动荡，所以让你先不要过去。"

苏雪至说了声知道了，慢慢放下电话，她出神之际，身后蓦然传来一道声音："你在担心我四哥？"

苏雪至回头，见王庭芝不知何时跟了过来，站在门槛上盯着自己。

她没应声，经过王庭芝的身旁走了出去。

"我要是猜得没错，大总统现在四面楚歌，应该是快要顶不住了，想找四哥做中间人，和我父亲谈条件。"

她转过头。

"所以，你倒也不必担心。他不会有事的。"王庭芝看着她，慢吞吞地说道。

贺汉渚抵达京师，秘密入了总统府。

这一次，大总统将在他日常办公的正厅之中接见他。

礼官带领着他穿过一道两旁肃立着持枪警卫的幽静长廊，走到了那座高大的嵌着铜条的双扇门前。

贺汉渚走进这间气派而堂皇的巨大房间，看见大总统站在那张他独自所有的椅子旁，背对着门微微仰头，仿佛在出神地看着什么。

在他的头顶之上悬有一块牌匾，匾上手书"天下为公"四个大字。

他慢慢地转过身来，手扶着椅背，缓缓落座，随即指了指已经摆在桌子对面的一张椅子。

贺汉渚躬身行礼后随即端坐，等待对面之人说话。

大总统的目光落在他沉静的脸上，注目良久终于开口："烟桥，知道我今天召你来为了什么吗？"

他的脸色灰败，说话也没有往日的中气。

"请大总统明示。"

"你跟我说说，你进城的时候，外头是怎样的光景？"他顿了一顿，"我已经几天没有出去了。"

"城门关闭，街市萧条，军警戒严，马队巡逻。"

"如果我和王孝坤打，你觉得最后谁会赢？"

"大总统想听我的真话吗？"

"说。"

"即便最后大总统获得了军事上的胜利，也做不了赢家，你能得到的是更大的骂名。更何况，在我看来，你获胜的可能性不大。"

大总统呵呵了两声："我边上的人，要么效仿章益玖，望风转向王孝坤，要么不说话，两边骑墙。还有一些人，现在也是各有所想。"他仿佛是在笑，面色却是灰败无比。

"树倒猢狲散，本就是寻常事。"

大总统从椅中站了起来，手掌抚摩着椅子的把手，绕着椅背慢慢走了几步，双手抓着椅背，撑住身体，望向对面也跟着自己站了起来的贺汉渚。

"我可以离开，把这把椅子让给王孝坤或者他属意的人，但我有一个条件。"

"大总统请讲。"

"我有一份名单，王孝坤必须保证两年之内，不对他们进行裁军，保留之前的所有待遇。"他一顿，"那些都是跟了我多年的人，现在无不主张力战到底。到时候，就算打不赢，他们也可以趁乱各凭本事浑水摸鱼，到底不算落得一场空。现在如果因为我的这个决定令他们直接一无所有，他们不会放了我的。我就是想退，也退不了。"

贺汉渚颔首："息战为上。我必代大总统转达。"

"王孝坤那里，我就这么一条要求。另外，我有一项出于私心的要求，事在于你。"

贺汉渚神色平静地等待着下文。

大总统闭目立了片刻，缓缓睁开眼睛，说道："昨夜发生的事，想必你已经知道。药厂之事就此彻底结束，往后再不会再生变数，"他凝视着贺汉渚，"我就这两个条件，只要满足，我这里，一切可谈。"

贺汉渚沉默了片刻，道："我已知悉。"

大总统点了点头，慢慢地呼出了一口气，说："烟桥，你还记得上次阅兵之时，我和你说我欲归乡种田吗，没想到，一语成谶。我和王孝坤斗了半辈子，最后败在了他的手里。"

他自嘲似的苦笑了声，转过身，望着头顶匾额上的那几个字。

"我年轻的时候，投身官场，专攻洋务，不敢讲为生民立命，为万世开太平，但那时我是真的想干一番事业。后来官场入得越深，从政时间越久，便越是身不由己。你不干，有人干。你不走，别人会架着你走，你没法停下步子，否则……"大总统猝然停下，一动不动，半晌才缓缓地拂了拂手，"你走吧。"

贺汉渚朝着即将谢幕的萧瑟背影微微躬身，随即转身退了出去。

苏雪至回到住的地方，收拾好自己的东西，天黑时终于等到叶贤齐回来了。

他的手里拿了几本书，进屋后放下书，咕咚咕咚喝了两口水，听到苏雪至叫他吃饭，乐颠颠地跑了过来。

兄妹坐下吃饭，苏雪至问他这几天有没有收到舅舅的回复。

她已经毕业，接下来的主要事情会放在实验室的工作上，叶贤齐就计划追随已经出国的贺兰雪，打算重新留学，不但已经报名参加了教育部组织的秋考，前些天他也给家里拍了个电报，说了想法。

"昨天收到了回复。"

"舅舅怎么说？"

"就四个字，要钱没有。"

苏雪至一怔，忍不住笑了出来。

"舅舅这是对你有多绝望，这才这么回复。"

她取笑完，见叶贤齐面露恼羞之色，便又安慰他："舅舅大概是怕你又三分钟热度，所以不信你。正好我这两天有空，要不我给舅舅写封信，帮你说明一下情况……"

叶贤齐摆手："不用不用！他不认我，我也不稀罕他的钱！我靠自己，我要考取公费留学！今天起，我就一边做事，一边温习功课！雪至你等着瞧！不是我吹，以前我的功课很是不错的，就是我不想学医罢了！"

他既然下了这么大的决心，苏雪至当然予以鼓励。当天晚上，兄妹在一盏灯下，各自看书做事。

就这样过了三天，丁春山找了过来。他告诉苏雪至，她现在可以回京了。

苏雪至有一种感觉，或许已经发生了什么大事，只是目前像她这样的普通人还不知道而已。

在耽搁了这些天后，终于可以回到实验场，她已经迫不及待了。

苏雪至和表哥道别，随即带着早已收拾好的行李，回了京师。

抵达后她没入城，直奔西郊实验场。

由于实验规模扩大，现在的工作量骤然增加许多。苏雪至考虑到余博士原本身体就不大好，怕他太累撑不住，两个年轻人小黄和小周又刚开始接触这方面的事，不是很熟练，她就主动揽事，刚到的这一周异常繁忙，几乎天天工作到深夜才休息。

这天傍晚，结束了白天的工作，她和余博士还有老段坐在一起，一边吃饭，一边讨论着白天得到的实验数据。

小黄和小周很是关心最近的时事，两人凑在一块，看着今天委托伙夫外出采购食材时顺便带回的一份当日报纸。

没一会儿，小黄嚷了起来："你们快看！有大新闻！新的大总统要就任了！"

几天前，京师里发生了一件大事。

原曹大总统体恙，退位让贤，请回年初蒙冤下野的王孝坤，希望他能接替自己担任大总统之位。但王孝坤以德不配位为由，坚决推辞，并举荐原副总统方崇恩上位，国会顺利通过。就这样，方崇恩接替曹大总统，王孝坤则官复原职，仍旧担任他此前的陆军总长之职。

老段也来了兴趣，接过报纸，和余博士一起看新闻。

一旁小周说："王总长高风亮节！以前我看报纸不是说他和方大总统有嫌隙吗？现在竟主动让贤！"

苏雪至没说话，一边吃饭，一边继续看着摊在桌上的实验数据。这时，外头一个干粗活的工人一溜烟地跑了进来，高声喊道："苏先生！苏先生！外头有人来找你！"

苏雪至问是谁，工人摇头说不认识，只比画着手："穿得很气派，说是大总统府的人！"

饭堂里的众人都停了下来，看向苏雪至。

苏雪至走了出去，见一个身穿礼服的人带着一队卫兵正等在大门之外，见她出来，那人恭敬地问："请问，您就是苏雪至苏先生？"

苏雪至戒备地打量了对方一眼，点头。

"鄙人姓胡，大总统府秘书室一等秘书，今天是奉上命，特意来此，为苏先生送来请帖，邀苏先生以贵宾身份出席明日的大总统就职典礼。"

这个胡秘书说完，双手捧出一封烫金请帖，呈了过来。

苏雪至惊讶。她虽然之前在医学大会上曾出过一点风头，但依然只是一个小人物，凭什么让这个新上任的方大总统对自己这样礼遇？

她的第一反应是和贺汉渚有关。

但很快，她否定了这个猜测。

这样的场合，他知道她不会感兴趣的。再说就算真的是他想让她出席这个典礼，他也不至于这么迂回，要通过大总统出面送请帖。

胡秘书大约看出她的犹疑，笑着解释："不知苏先生是否记得去年的阅兵式上，你救过一位营长？那便是大总统的侄儿。方府上下，至今仍记苏先生的救命之恩。所以大总统派我送来请帖，请苏先生明日前去观礼。"

苏雪至终于想了起来。她还是觉着有些奇怪。新上任的大总统日理万机，竟会记得这么一件小事，还特意派一等秘书送来了请帖？

她接过，躬身道谢。

胡秘书摆了摆手，道是职责所在，笑着告辞。

余博士几人刚才也都跟了出来，得知是大总统府来了人，特意邀她出席明日举行的就职典礼，无不诧异。

苏雪至稍作解释，说自己去年机缘巧合，偶然救过方家的侄儿，应当就是这个缘故，所以今日收到了请帖。

大家恍然，又热烈谈论了一番，这才各自散去。

苏雪至回到宿舍里，看了半晌的请帖，又去了办公室。

苏雪至想找贺汉渚。她知道他在京师，也猜他接下来的职务会有所调整，极有可能往后他也会落脚在京师。但目前为止，她还不知道他具体的办公场所，便照着之前的约定，往丁家花园打了个电话。

他不在家，在苏雪至的意料之中，她给贺妈留言后挂了电话。

在一处和大总统府隔了南北两条纵向大街的胡同里，有座面积很大的四方衙署。大门面阔五间，悬山大脊顶，进门可见一座巨大的影壁，绕过影壁，入目却是西式的建筑楼群。天子脚下，寸土寸金。这座衙署却占地广阔，中西合璧，在京师的诸多衙门里独树一帜，气派无人能及，这里就是陆军部的办公地点。

傍晚，贺汉渚正在总长办公室里。他对面的人，便是刚被请回京师再次坐镇此地的老总长王孝坤。

方崇恩从万年老二得以上位，赖于王孝坤的举荐。而为了请回这位老总长，方大总统也可谓尽心尽力。现在京师局面终于得以平稳过渡，恢复秩序，上下都在盛赞这二人的雅量，但明眼人却都门清，方大总统就算称不上傀儡人，但想有所作为恐怕不大现实。

这间办公室，才是京师真正的策令发源之地。

王孝坤将一道用牛皮信封装的卷宗推到贺汉渚的面前，示意他打开。

卷宗封面显示文件出自大总统府，抄送本部。

贺汉渚抽出卷宗，看了一眼。

这是一道关于裁撤原步军衙门和警备司令部，合并成立京畿卫戍司令部的命令。从现在开始，原本负责京师安全的三方部门变成一厅一部。警察厅照旧，其余权责全部归于即将成立的卫戍司令部。

"那两个部门早就该合并了！往后警察厅不变，依然侧重治安，但军警和驻军合并后由你统一掌令，办公场所设在原来的步军都统衙门里，那里地方宽敞，和我这里也不远。这个安排你可还满意？"

其实几天前这个消息就已在京师疯狂传开了。新设的部门论头衔并不响亮，但权重且位置关键，如同从前的九门提督，众人暗中推测最有可能的人选就是贺汉渚。

"多谢总长的信任和提拔。"他起立，恭敬地道。

王孝坤笑着摆手："你我情同父子。这次我能回来，你也助我良多，还说什么感谢的见外话。无论从资历还是能力来说，这个职位也是非你莫属。"

"烟桥啊，虽然名头一样，但这可不是天城的小衙门能比得了的。你现在是真正的手握重兵，京师的安全全部系在你的身上。你身居要职，须时刻谨记，权力越大，责任越大！"王孝坤语重心长地道。

"总长放心，我必全力以赴，不敢有半分的懈怠。"

"好！往后有你和我同心协力，我再无后顾之忧！"王孝坤今天的心情难得的好，脸上笑容不断，"明天老方那边是大场面，听说一并安排授勋仪式。可谓双喜临门，伯父提前恭喜你了。"

贺汉渚向他道谢，两人又闲话了几句。王孝坤叫他晚上去家中吃饭。贺汉渚知道这几天王家门庭若市，宾客往来，自然不会去凑这个热闹，婉拒后告辞退了出去，王孝坤亲自将他送到走廊外。

上车后，贺汉渚脸上的笑容消失，吩咐司机直接回丁家花园。

这时暮色浓重，贺妈正在厨房里忙活。他径直上楼进了书房，摘下帽子，扯开外套领口处紧紧系着的几颗衣扣，又松了松衬衫衣领，坐在椅子上靠了片刻，伸手打开了书桌的一格抽屉。

一片黯淡的暮光正从他身后的窗口处无力地透入。

抽屉里，一枚挂着根断绳的戒指静静卧在一封带些火烧痕迹的信上。

贺汉渚低着头出神地望了片刻，又抬头看向桌上的那架电话，最后他终于伸出手，握住了话筒，临提却又停了下来，握着话筒犹疑不决。

这时，门外传来脚步声。贺妈见书房里没开灯，探头进来，看了一眼，"哎哟"一声："孙少爷你在这里啊！该吃饭了！这天都黑了，你怎么不开灯？吓我一跳！我以为你不在里头呢！"

贺汉渚撒手放开电话，又随手关了抽屉，起身开灯，回头笑道："贺妈，以后不用特意做我的饭，我应该没多少时间可以回来吃晚饭的。要是回来吃，我会提前打电话和你说。"

贺妈不禁失望地咕哝："这样啊？往后你在这边做事了，我本来还以为你能常回来吃饭呢。对了！"她拍了下脑袋，"看我这记性！傍晚我接了个苏少爷的电话，他让我等你回来后，和你说一声，他有点事找你，请你方便的话，打个电话回去。"

贺汉渚已经走到书房门口了，立刻回身。

苏雪至就坐在电话旁，就着头顶的灯，一边看着资料一边等着电话。听到铃声响起，她立刻接了起来。

"是我，"他熟悉的声音传入耳中，"我刚回来。贺妈说你找我？"

苏雪至有点意外，他居然这么早就回了丁家花园。

"其实也不算什么大事。"她把傍晚收到总统府请帖的事讲了一遍，"那位秘书说，因为去年我救过大总统的侄儿，所以现在送来了请帖。我想问下你，是你让那边给我送的请帖吗？"

"不是我。我正想问你有没有兴趣。要是想来，我就带你一起过去。"

苏雪至沉吟了一下，道："不是你，那你知道那边为什么对我这么礼遇吗？请我去就算了，那个来送请帖的人姓胡，还是位一等秘书。虽然我对总统府的内务职位不大清楚，但让一个一等秘书来给我送请帖有点不合常理。"

贺汉渚安慰她："去年你救的那个营长是那户人家的独子，方崇恩大概对你很是感激，一直记着，现在客气些也不算什么，你不必多虑。"

苏雪至听他这么说，也就作罢了："好吧，随它去吧。"

贺汉渚立刻道："那么明天我来接你？"

苏雪至答应，向他道了声谢。

"没事。"贺汉渚挂了电话，站在桌前沉吟着。

贺妈再次喊他吃饭，见他没反应，进来又喊了一声，接着说道："孙少爷，苏少爷以后是不是也在这边做事了？小姐走了，可以让他来这里住，我给他做饭吃，照顾他……"

贺汉渚回神，让贺妈先下去，说自己等下就去吃饭。打发走人，他再次拨了个号码，打到总统府的秘书室，让人去叫胡秘书。

明天就是新一任大总统的就职典礼，胡秘书这个时间还在安排着各种事情，正忙得不可开交，听手下人说贺汉渚打来电话找他，忙过去接。

"哎呀，真的是贺司令您啊！您可是大忙人，这会儿怎么有空，想到给我打电话？"胡秘书十分亲热。

贺汉渚笑着和对方寒暄了两句，通完话他慢慢地放下电话，眉头微蹙，心里涌出一阵怪异至极的感觉。

他在书房里踱躅，心事重重，贺妈再次噔噔噔地上了楼，告诉他王庭芝来了。

"丁零零——"桌上的电话铃声忽然大作。

贺汉渚示意贺妈先去招呼王庭芝，自己拿起电话。

"司令，是我。木村今天从外地回到天城了。就在刚才，傅明城应该也是收到了消息，出城去找他了。"豹子的声音传入了贺汉渚的耳中。

同一时刻，在天城的城南郊外，木村宅邸。

木村到了家，洗去旅途的风尘，换了身衣物，便坐在后舍的书房里静静等待。

天黑之后，那个村民打扮的送柴人来了。

和以前一样，来人放好柴火，进了后舍，跪坐到了木村的对面，向木村禀告前段时间他不在的时候发生的事情。当听到医学校里那个听命做事的学生已被顺利除掉，木村微微点了点头。

他们口里的学生，便是高平生。

高平生家境清贫，来到天城这种花花世界之后，他受到的冲击可想而知。他自尊心又高，平日生活有困难也不愿向人求助。两年前，他得知清和医院招募人员献血可获得报酬，于是悄悄前去报名，由此进入木村视线。木村安排手下接触对方，利用金钱和留学的诱惑，顺利地将高平生控制，变成间谍。

木村起初发展高平生，只是出于广撒网的考虑，并没有特定的目的。为长远考虑，他手下像这样的间谍远不止这一个。后来，苏雪至出现，引起了木村的注意，他开始指使高平生刺探苏雪至的情况。在火灾事件过后，苏雪至的实验室就搬迁了，木村费尽心机获得的样本最终也被证明只是普通的血清。经过这件事后，木村担心对方起疑，于是除掉了高平生以除后患。

村民看着木村的脸色，迟疑了下，又继续禀告："还有一件事，但不是好消息……"

"说！"木村见手下吞吞吐吐，眉头微皱。

村民知道隐瞒不了，据实交代："医学校毕业典礼的那天，傅明城照计划，原本应该到场，但他却没来。我不放心，派人查了下，果然出了事。我们安排在他身边监视他的一个秘书行事不慎，被他觉察了。您没回来的这些天，我一直在打听消息，但始终没有后续，我担心已经供出了您……"

"蠢货！"木村大怒，"你们是怎么做事的？竟会如此不慎？"

"非常抱歉！我派去的人可以说是我手下当中非常能干的一位，在傅氏也做了多年的事，所有人都以为他就是中国人……"

木村的面色阴沉无比。

他极其关注的那个实验室的刺探工作现在已经陷入停顿。而且不久之前又发生了一件意外——和木村私交密切的土肥将军回国述职搭乘的军舰发生爆炸。将军的意外身亡不但于本国是个巨大的损失，对于木村个人而言，也是痛失挚友，他的悲恸可想而知。这些天木村离开天城就是去和接替土肥将军的人秘密见面。

村民再次重重叩首谢罪："是我无能！请您原谅！"

这时庭院的前方发出一阵动静，仿佛有人来了。

村民起身，推开门探身出去，听了下声音，转头道："傅君来了！他一定是来向您发难的。怎么办？"

"来了也好，我也正想和我的挚友见个面。"木村的神色已经恢复平静，淡淡说道。

第五章

贺汉渚和豹子打完电话，快步出去。

王庭芝正坐在客厅的沙发上翻着报纸，见他现身，站了起来。

贺汉渚笑着问他怎么突然过来了。

王庭芝笑道："没什么事，我是没地方吃饭，来四哥这里看看能不能蹭饭吃。"

贺妈和王庭芝很熟，一听就乐了："王公子你开玩笑吧？你会没地方吃饭？"

王庭芝笑嘻嘻地道："我说的是真的。我家里现在一天到晚全是人，我实在受不了，就来四哥这里了。"他转向贺汉渚，"就是不知道四哥欢迎不？"

贺汉渚笑了："欢迎之至！你来得正好，我一个人正好没胃口。"

贺妈也高兴得很："王公子你快来，我这就去给你添副碗筷！"

贺汉渚带着王庭芝进了餐厅，招呼他落座，两人一起吃饭。

王庭芝看起来似乎真的很饿，连连称赞饭菜好吃。

吃完饭，贺妈乐呵呵地去准备茶水，贺汉渚领着王庭芝出来，回到客厅落座闲聊，问他身体恢复得怎么样，往后有什么打算。

王庭芝说身体已经差不多了，至于往后做什么还在考虑。

贺汉渚点头："不急，先养好身体，事情等想好了再定。"

贺妈过来倒茶，王庭芝喝了一口，又夸她的茶泡得好，贺妈更是高兴。

贺汉渚就坐在一旁耐心地等着王庭芝和老妈子说笑完，才起身道："庭芝，你跟我来一下书房，有个小事。"

王庭芝"哦"了一声，慢吞吞地站了起来，跟着他上了楼，不待贺汉渚开口，他忽然抢先道："四哥，其实我来，也是有件事想和你说。"

贺汉渚看了他一眼，示意他坐，自己也坐了下去。

"什么事？"

王庭芝却不坐，走到了他的面前。

"我喜欢上了一个女孩子，我想追求她，是认真的！我希望四哥能支持我。"

贺汉渚一怔，随即笑了，挑了挑眉："你先说一下，你和陈家小姐的婚事怎样了？"

"退婚了。陈家之前不是一直想悔婚吗，还叫人拿生辰八字说事，我母亲今天叫人和陈家谈好了。"他又解释了一番，语气坚定。

贺汉渚颔首："事情解决了，就没问题。"他放松地靠在了椅背上，望着王庭芝，"那么说说吧，你看上了哪家小姐？怎么想到要我的支持？"

王庭芝微笑道："我喜欢的那位小姐，她是这个世界上最漂亮，最有风度，也最聪明的一个女孩……"他一顿，想了下。

"四哥，你知道莎士比亚有出戏剧叫作罗密欧和朱丽叶吧。罗密欧是这样赞美他的心上人的，'要是她的眼睛变成了天上的星，天上的星变成了她的眼睛，那便怎样呢？她脸上的光辉会掩盖了星星的明亮，正像灯光在朝阳下黯然失色一样'，在我眼中，我喜欢的那位小姐，她的美丽和动人远胜罗密欧眼中的心上人。"

贺汉渚哈哈而笑："庭芝，你是勾出了我的好奇心了。到底哪家的小姐，能把你迷成这个样子？"

"她姓苏。"

"苏小姐？京师有哪位苏小姐有这样的魅力？"贺汉渚想了下，摇了摇头，"是四哥孤陋寡闻了，或者不是京师里的人家？"

"她名叫雪至。苏雪至。"王庭芝凝视着贺汉渚，微笑着道。

贺汉渚的身形一定，看着王庭芝，脸上的笑容僵住。

"四哥，我不知道你知不知道这件事，小苏他其实是个女孩子。一直以来，她都在女扮男装而已！她大约至今也没告诉你这件事，但我，确实是知道了。"

贺汉渚终于回过神，迟疑了下："你怎么知道的？什么时候的事？"

"机缘巧合吧，恕我不便说明，但我可以肯定，她就是女孩子！"

贺汉渚沉默了片刻，忽道："她身份的事，除了你，别人还有谁知道？"

"四哥放心，这一点，我可以用人头向你保证，除了现在告诉你之外，我没有向任何人透露过。"

书房里安静了下去，片刻前的轻松气氛消失，空气仿佛也凝重了起来。

王庭芝再次开口："四哥，你还记得我以前就告诉过你，我喜欢她吗？那时候，我很矛盾，很痛苦，那时候，四哥当然也不知道雪至她是女孩子，你叫我放弃，所以，我听了四哥的劝告！"

王庭芝注视着如同失了声的贺汉渚。

"我做梦都不敢想，她原来是女孩子……不对，我好像也曾告诉过四哥，其实我梦见过她是女孩子。我记得四哥当时还笑话我。原来她竟真的像我梦到的一样，是个女孩！四哥，你难道不该恭喜我吗？"

贺汉渚的肩膀动了下，微微扯了扯嘴角。

王庭芝仿佛半点也没觉察他这笑容的勉强，继续说道："四哥，我真的喜欢她，我做梦都在想她。你无法想象，当我知道她其实是个女孩子后，我当时的心情是怎样的！"他的神色激动，顿了一顿，"四哥，你知道我为什么要上战场吗？因为我想改变自己，我想做一番事业。我没敢指望能像四哥这样出色，但我也想好好做事，真的。我想让她知道，也让四哥知道，我不是只会混日子的人，需要的时候我也能做正事！现在、将来，我都可以的！"

"四哥刚才不是问我，为什么想要求得你的支持吗？你们是亲戚，苏家家世清白，她又这么出色，我父亲本来对她印象也很好。现在我如果能追求到她，我的父亲绝对不会反对的。这就是我想要求得你支持的原因。有四哥的允许，允许我去追求她，我才能跨出第一步。"

"四哥，我知道你一定在为我高兴，你会支持我的，对吧？"王庭芝盯着贺汉渚如此问道。

贺汉渚没立刻说话，抬手揉了揉额头，慢慢地站了起来，走到窗前推开窗户，面向窗外立了一会儿，终于转身，开口："大总统府的胡秘书亲自给她送了请帖。听说是你找过方大总统？"

"是。"王庭芝承认。

"别人不配，但她配得上这样的礼遇！这是她该得的！她救过方家侄儿，也救过我，不过是让胡秘书去送个请帖罢了，算得了什么？"

贺汉渚再次沉默了下去。

"四哥，我也没有忘记你上次告诫我的那句话，你说我和她不是同道人。我那时候没想明白，现在我想告诉你，她是女孩子，那么不管是不是同道，如果我能追求到她，将来无论遇到什么困难，我必竭尽所能地克服！不同道又怎样？没有什么能阻止我想和她在一起的决心！这是我的决心！四哥，你会支持我的决心，至少不会反对我去追求她，对吧？"王庭芝语调铿锵，盯着前方的缄默之人一字一句地问道。

王庭芝等了片刻，面上露出欣然之色："四哥不反对，那我就当你同意了。她现在做事的地方，我也知道，进城很不方便。既然四哥已经知道她收到请帖了，不知道有没有和她约好去接她？四哥的事情多，明天还是由我代劳吧，请四哥给我这个机会，也请放心，我保证顺利接送！谢谢四哥请我吃饭，我没别的事了，您忙吧，我不打扰了。"

王庭芝笑着，微微躬身告辞。

走廊里离去的脚步声十分轻快，渐渐远去，终于彻底地消失在了耳畔。

贺汉渚依然那样立着，一动不动。

他明白了为什么那天王庭芝一反常态地央求她喂药、喂水。

他也终于明白了自己当时的感受——那是醋意。他那会儿是在嫉妒，他不想看到她对别人有那样的亲近对待，哪怕那个人是王庭芝。

就在刚才，话已不知几次地涌到了他的喉头。他想打断王庭芝的叙述，想对他说，那个叫苏雪至的女孩是自己的人。然而，就是如此简单的一句话，他却说不出口。而到了后来，他感到吃惊乃至羡慕王庭芝的决心和他发出的那关于决心的铿锵宣言。

无畏而无惧，炙热得如同一团熊熊燃烧的火焰。面对这样的表白和决心，这个世上，应该没有哪个女孩能做到完全无动于衷吧？

村民迅速离去。

木村整了整衣裳，端坐凝神，听着外面传来的一阵由远及近的脚步声。

很快，脚步声停在了门外，接着移门开启，傅明城出现在了门口。他没立刻进来，停在门外，看向坐在榻榻米上的木村。

木村抬起头，脸上带笑，起身下榻迎接。

"明城！你的消息可真灵通，我才回来，刚坐下，一壶茶还没泡好你就来了！来得正好，快坐下！我记得你以前在日本的时候，喜欢喝我们的青茶，我这趟出去，带回了顶级的宇治茶叶，正想请你来品评……"

"有劳记挂。"傅明城冷冷地道，"木村先生，看来你对我真的极其用心，出去了，不但替我记着茶叶，还不忘在我的身边留下你的人。你是在帮我办事？"

木村神色自若，脸上依旧带着笑容，走到傅明城的身前，作势邀请："来了，何不入座？有话慢慢说。"

傅明城盯了他一眼，压住心头的怒气，上榻入座。

木村回到位置上，一边煎茶一边笑着闲聊："明城，你在日本游学多年，想必知道，日本青茶以玉露为绝。现在我煎的就是最上品的玉露，据说它最早是天宝六年京都的一座茶园里采摘得来的茶叶，烘焙出来形状如露珠圆润，于是得名玉露。冲泡不能用高温沸水，遇到沸水茶叶的苦涩会被激发，破坏它的甘甜……"

"木村先生，我怕是无福消受你的玉露了。你在我的身边安插耳目，你怀了什么目的？"傅明城面带着隐忍的怒色，语气生硬，打断了木村的侃侃而谈。

木村收了脸上的笑容，低头，神色严肃，作诚恳道歉状："对不起，我承认，我确实在你身边安排了我的人。请你接受我的道歉，见谅！"

"你，我的老师、忘年交、挚友、良医、我一直以来无比尊敬的学者！我想请你告诉我，除了我所知道的这些身份之外，你到底还会是个什么样的人？"他盯着对面的木村，咬着牙几乎是一个字一个字地问出了这句话。

木村道完歉，便又恢复神色自若，在傅明城的目光逼视之中继续不紧不慢地泡着茶，最后倒了一杯，双手端着，奉到傅明城的面前："来，尝一尝。"

傅明城纹丝不动。

木村慢慢地放下茶杯，和傅明城对望了片刻，开口道："你不接受我的道歉，我深感遗憾。我这么安排没有别的目的，只是出于对你的帮助。"

傅明城冷笑："木村先生，我在贵国生活学习多年，对贵国之人有一感觉，那就是表面有礼，实则恬不知耻，并且往往毫无自知，视无耻为正常。从前我以为你是个例外，现在我才知道，你是有过之无不及。"

木村面不改色："我们相交多年，很遗憾今天从你口中听到这样的话。用你们中国人的话来讲，你是要和我割席分坐了？你能有今天的地位，难道一点儿不记我的情？"

傅明城皱眉："你什么意思？"

"杀了你兄长的那位护士江小姐，她也是我的人。"

傅明城一震，目光蓦地定在了木村的脸上。

木村显然对他的反应十分满意，给自己斟了一杯茶，送到鼻下嗅了嗅茶香，喝了一口，这才道："没有我的精心安排和助力，你能这么顺利地从傅太太和你的兄长手中夺得傅氏的一切？"

傅明城的眼皮子跳动，手掌在桌下紧紧地捏成了拳。他死死地盯着面前的木村："你！到底想干什么？"

木村不慌不忙地继续说道："去年你的兄长身亡，最后查明是护士江小姐和你妹妹合谋杀的人，与你无关。就这样，你不但洗刷罪名，还成为这件谋杀案的最大得利者，顺利地继承了你父亲的遗产，但是——"木村一顿，起身走到一个柜子前，取出一个信封，放到傅明城的面前，"你先看看，这是什么。"

傅明城取出里面的信，只扫了一眼便僵住，猛地抬起头。

木村一笑，从他手里拿回了信件："江小姐在畏罪自杀前曾留了信，承认自己是凶手，并解释了杀人动机。但是你大概不知道，她在自杀前还在我这里留了这另外的一封遗书。明城，如你所见，她在遗书里说，她其实是受了你的暗中指使谋划杀死你的兄长，而她最后的自杀认罪也全是被你所迫……"

"荒唐！无耻！一派胡言！"

傅明城勃然大怒，站了起来，将面前的矮桌一下掀翻，茶具和桌上的杂物稀里哗啦地落到地上，一片狼藉。

木村神色不动，看着对面愤怒的傅明城，扬了扬手里的信说："倘若现在，这样的一封遗书再次公开，明城，你觉得你可以洗脱干净，让所有人都相信你是无辜的吗？"

"木村，你到底居心何在？你来中国开办医院，救死扶伤，周小玉的村民到现在还把你当成救命菩萨看待！我万万没有想到，你伪善的外皮之下，内里却是这样的阴险！你想威胁我？我这就揭开你的面具，让所有的人都知道你的真实面目！"

木村摇了摇头："明城，你现在的情绪太过激动，头脑一时失控，考虑事情不周，还是我来提醒你吧。你和你的父亲感情深厚，他是被你的长兄气得中风而倒下的，最后医治无效才去世。不但如此，你的长兄和傅太太一族还对你进行无情的打压。一旦傅氏被你的兄长接管，你将会被扫地出门。论杀人的动机，谁会比你强烈？你现在可以不承认，将关于我的真相公布于众。固然，我将从此失去立足之地，但你呢？你以为别人会相信你？这封信公开的唯一结果，就是你会变成一个自己躲在后面，操纵情妇和妹妹来杀死兄长从而达到争夺财产目的的凶手！到了那个时候，你以为现在苟活的傅太太和她的族人会毫无反应？到时候，你不但位置不保，还将身败名裂！问问你自己，你承担得起这样的后果？"

傅明城目眦欲裂，手在微微发抖，却再也说不出一句话了。最后，他无力地慢慢跌坐了回去，低下头，双手撑住额头，手指深深地插入了头发之中。

"你是间谍,身份不低的间谍。"良久,他缓缓地抬起面色苍白的脸,盯着木村,用嘶哑的嗓音说道。

木村凝视着傅明城:"你可以给我冠上这样的身份,虽然在我自己看来,我绝不是你眼中的那种人。我对你友情如故,并且,倘若我没有仁慈和同情心,我也不会从医的。我对病人,对周小玉那样的孩子的关爱,完全是出于我的真心实意。我们两国是近邻,一衣带水,你们中国的现状相信你应该清楚。你们如同一个病入膏肓倒地不起的巨人,我们现在要做的事是帮助你们,扶持你们,最后达到友好共荣的目的……"

傅明城呵呵冷笑了一声:"说吧,你隐藏得这么深,处心积虑和我交往,到底图谋什么?"

木村做了个遗憾的表情:"现在,我只想请你帮我一个小忙。"

傅明城冷冷地看着他。

"苏雪至前段时间回了趟叙府,给一个在当地很有身份的江湖帮派头领治病。据我所知,德国医生鲁道夫教授也去过,但他束手无策,这是一种绝症。但在苏雪至去了之后,那个帮派头领竟然痊愈了!不但这样,苏雪至接着又治好了王庭芝的血液感染症!我有充分的理由怀疑他的手里有一种只有他自己掌握的新药!"

木村说到这里,双目闪闪发亮,脸上更是控制不住露出了激动的神色:"明城,你也是学医的,你应当清楚,如果苏雪至的实验室里制造出了一种能够治愈败血症这类绝症的新药,那么这对于医学而言意味着何等震撼的重大意义!但他十分谨慎,防备很严,现在连实验室也搬迁到了京师的西郊,那里还有士兵驻守,外人没法靠近,但你却不一样!你是实验室的最大资助人,你完全有理由出入。你尽快替我弄清楚他实验室工作的内容,他之前用来治病救人的到底是一种什么样的药物!"

他刚才提到苏雪至的时候,傅明城的脸色就再次变了,等听完他禁不住再次发怒:"我明白了!之前实验楼的那场火灾就是你动的手脚!"

木村不言,只看着他。

傅明城深深地呼吸了一口气,闭目了片刻,睁眼。

"如果我不答应呢?"他咬牙从齿缝里挤出这一句话。

"你放心,我们是相交多年的朋友,你实在不想帮我,我也不会怎么样。至于苏雪至,我也相当欣赏这个年轻人,这一点你知道的,我当然不会为难他。但是——"他语调一转,"别人,比如我的某些同僚,万一他们知道消息，会不会做出什么出格的事，我就不敢担保了……"

"木村！"傅明城脸色再变，厉声喝道，"我警告你，你要是敢动她一根头发，我不惜代价也不会放过你的！"

"所以，我才诚恳地希望你能出面，帮我解决这个问题。明城，我是你的朋友，我也是你父亲的老朋友。我的为人你多少也是知道的，我绝不是个嗜杀的人。只要你能帮我拿到他实验室的样品或者相关资料，我保证，他做他的事，我做我的事，我绝不会打扰他的研究和工作。拜托了！"木村向僵坐着一动不动的傅明城行了一礼，语气无比诚恳。

关于大总统就职庆典的安排分为两部分。

第一部分是公开的庆典，大总统将在京师的中央公园面向国民和来宾发表公开就职演说。第二部分则安排在大总统府。当天晚上，非受邀者不能入内，集齐各国公使、领事、京师各部门的首官、要员，政坛军界的新老人物，以及各界名流和著名富商。

苏雪至今天依然在西郊的实验场里，工作了大半天后，看看时间差不多了，和余博士等人交代了一声，便出来换了身衣裳，收拾了下自己。

她算好时间走出来，经过大门，和负责守卫的一名卫兵打了声招呼，出去走了没多远，看见前方的路旁立着一个青年男子，西装革履风度翩翩，看着是在等人的样子。

王庭芝？

苏雪至有点意外，停下了脚步。

王庭芝早就看到了她，冲她挥了挥手，喊了声"雪至"，随即快步迎了上来，解释："我和四哥说好了，改成我来接你。我其实早就到了，怕进去打扰你工作，就在这里等你。"

苏雪至信以为真："劳烦你了。其实他要是有事，说一声，我自己也可以进城的，不必麻烦你。"

"能来接你才是我的荣幸。我们走吧，车已经停在外面了。"他显得十分愉快，笑容满面地说道。

苏雪至见他这么说，也就不再虚礼客套了，点头，和他同行，来到路口。

王庭芝抢着替她开了车门，等她上了车，自己跟入，坐定，面上含笑，吩咐司机道："进城！"

中央公园本是皇家的社稷坛，属于紫禁城的一部分。这样的一个园林对于平民百姓而言原本是个禁地，但现在继开放变为公园之后，新任大总统也开了一个先河，为表大总统府的公开和亲民，今天选择在这个地方做他的公开就职演讲活动。

自然了，虽号称公开，也不可能让所有人都自由进出。除了官员和嘉宾之外，剩下的与会者也都是特定的人群，譬如京师里的诸多中高级学校里的学生、公务人员以及有在册登记的正当商人等等。

即便这样，当天的公园附近还是人山人海。京师警察厅为了维持秩序保证安全，出动了几千人马在各处设岗巡逻，防患于未然。新成立的京畿卫戍司令部则派出便衣，负责重点区域和人员的安全。

方大总统在做完讲演之后，大约是受到了现场热烈情绪的感染，没有按照原计划立刻返回，而是留了下来和民众继续互动。

现场发出的鼓掌和欢呼声传了出去，外面陆续竟有不下数十人妄想借着各种偏门偷溜进去，无一例外全部被警察当场逮捕。不但如此，又不断地有人跑去找公园大门口的执勤警察报案求助，或说身上钱财被小偷顺走了，或说小孩走丢了，还有蠢闲之人为了挤占位置相互口角，乃至叉脖子、打架。总之，里头热闹，外面也跟着闹腾。

这个时候，贺汉渚就在公园的活动中心里。

贺汉渚看着周遭的一切，神色淡漠，仿佛置身事外。

新上任的京师警察厅总监吴大用将他请到一边，擦了擦因为紧张和忙碌而憋出的满头大汗，低声道："贺司令，我人微言轻，能不能劳烦你，请大总统尽快结束这边的公开活动？人实在是太多了！万一出个什么意外，我怎么向王总长交代？再说了，本来也没这样的活动安排！"

王总长本人没来参加中央公园里的这场公开活动。

贺汉渚便叫手下把大总统府负责今天现场事务的总理官叫来。总理官听完吴大用的请求，看了眼贺汉渚，连声答应，接着奋力挤进人群，附耳到大总统的耳边，低声说了几句。

大总统远远地望了一眼贺汉渚，收回目光，和对面的民众挥了挥手。总理官便高声宣布活动结束。现场一片惋惜之声。伴着热烈的欢送掌声，大总统在一众护卫人员的簇拥之下，离开公园回往大总统府。

丁春山也在现场，自然明白这是怎么一回事。

方大总统甫上任，向王孝坤发起的一个小小的叫板而已。

不过，大总统和王总长之间的微妙关系和自己毫不相干，他现在更关心另外一件事。他看了眼时间，中午十二点半了，下午和晚上的总统府庆典才是今天的重点内容。

庆典开始的时间，定在下午三点。

照本来的安排，大总统将会在中午十二点前结束活动，然后他的上司也会脱离大队，亲自去西郊，接小苏进城。

现在已经超时了。丁春山起初以为这是起因于大总统的延迟。但现在大总统都走了，上司却依然只字不提，好似忘了这件事。

丁春山上去说："司令，不是说要去接小苏吗？要是你没时间，我可以替你去。那边路有点远，再不出发，怕要来不及了。"

他说完，见上司扭头，仿佛在眺望西郊的某个地方。

"不用了。庭芝已经去了。"片刻后，他闷声说了一句，掉头走了。

原来如此，丁春山放了心，便跟着离去。

苏雪至和王庭芝抵达了大总统府。

快三点钟了，这座宏伟堂皇的府邸里差不多已经集齐京师所有最有地位和权势的人了。

昨天给她送请帖的胡秘书亲自给两人带路。一路进去，遇见的所有人都和王庭芝热情招呼，无一例外，奉承之意表露无遗。

胡秘书将两人引到了前面的座位旁，笑道："二位公子，你们的位置！"

王庭芝在周围投来的目光的注视下，漫不经心地坐了下去。

苏雪至停住了。

礼堂这前几排的椅上皆用红色铭牌标注了就座人的身份。后面的位置则没有这样的限定，嘉宾可随意就座。

这个位置太靠前了，且居于中心。隔着不远的前头就是大总统、王孝坤等人的位置，她还看见了贺汉渚的铭牌。

这个地方，王庭芝或许可坐，她却不适合。

"你费心了。我到后头坐也是一样。"

苏雪至朝胡秘书道了声谢，转身离去。

王庭芝扭头看着她的背影，跟着便站了起来。

"那我也坐后头去。"

在众人的注目之下，他神色自若地跟着苏雪至来到后头，捡了个空位坐了下去。

三点钟，在这个礼堂之中，顺利地进行了一场盛大而隆重的特别活动。大总统为在不久前结束的那场南北战事里立下了功勋的人员授勋。王孝坤也亲自来到现场，全程观礼。总共有十几人获得了各种不等的殊荣，其中最引人关注的自然就是贺汉渚了。

他的战功无须多说，获得这样的荣誉是众望所归。他也是今天压轴接受嘉奖的功臣。方崇恩替他授勋后，王孝坤笑容满面，在台下一边点头，一边起立。在他的带动下，最后全场起立，掌声雷动。

仪式结束，大总统府的总理官宣布招待会开始，请诸贵宾移步西厅的清晏堂。

王孝坤一向不参加这种非正式的招待活动，人尽皆知。他鼓完掌，和方崇恩说笑了两句，祝贺他的就职，随即辞别。

方崇恩送他，走了几步，笑道："今天的有功之臣，其实还少一位。庭芝在刘家口一战中立下的功劳有目共睹。烟桥为人公私分明，人尽皆知。庭芝在战中是烟桥的部下，他都不止一次地替庭芝上报申功，总长却再三推拒，致令庭芝最后竟无寸功在身。老实说，总长对庭芝要求太高了，于他而言，未免不公。"

跟从在旁的众人附和，有称赞王公子的，也有替他抱不平的。

王孝坤便笑着摆手。说话间，早有人将王庭芝叫到了跟前。王孝坤教训儿子："是不是你跑到你四哥还有大总统跟前叫屈的？就这么点微末之功，有什么资格邀功？"

王庭芝垂手肃立，恭声道："父亲教训得是。往后再不敢了。"

方崇恩道："总长你冤屈庭芝了！他昨日来见我，半句没提这个。他是关心好友，就是烟桥的那位表外甥小苏，希望他今天也能来。"

他边说，边望向贺汉渚："本来小苏就是我总统府的座上宾，何况庭芝又找了我。说起来，这个小苏和我也是渊源不浅。去年他救了我的一位族侄，我那位婶母今天就是为了见他特意来的，现在就在隔壁清晏堂里等着。"

王孝坤微微动容，转向一直没说话的贺汉渚："烟桥，小苏人呢？"

贺汉渚早就看见她和王庭芝坐在一块儿，刚才王庭芝被人叫住，她就先出去了。

他正要开口，王庭芝抢先说："她来了。我刚才就是和她坐一处的。"

早又有人追了出去叫住苏雪至，说大总统和王总长要见她。

苏雪至只好走了回来，立在众人面前，微微躬身，行了一礼。

王孝坤当众夸了她一番，说她妙手仁心，最后转向王庭芝："近朱者赤，要想真正成器，像小苏这样的青年才俊，庭芝你要多多交往。"

王庭芝笑着走到了苏雪至的身旁："儿子谨记在心，请父亲放心。"

王孝坤微微点头，又对贺汉渚笑道："你外甥极好，他还不止一次救了庭芝，这也算是缘分吧。庭芝往后若能和他成为好友，我就放心了。"

贺汉渚看了眼对面并肩而立的两个人，默不作声。

一旁有人凑趣赞叹："好啊，一个是救死扶伤，一个是知恩图报，古之伯牙子期，高山流水，也不过如此嘛。"

大家便全都笑了起来，又有人奉承："桐花万里丹山路，雏凤清于老凤声。王总长，令郎骨脉不凡，日后必有大成！"

王孝坤口里自谦，说着犬子尚不成器，脸上终究还是露出了些许笑意，看着苏雪至的目光也更和蔼了，嘱咐她日后常来家里坐，这才和人说笑着继续朝外走去。

贺汉渚经过苏雪至身边出了礼堂，等送走王孝坤，撇下众人正要折回来，却听到身后有人叫自己，只好停步。

章益玖追上了他，亲热地笑道："烟桥你走这么急干什么？"

贺汉渚心不在焉，随口笑道："恭喜你了，荣升高位。"

光看章益玖现在的职位，还没以前高，但其实他是明降暗升。他以前挂着参谋长的头衔，看着风光，实则手下无人，不过是大总统府的一名家臣而已。现在他是陆军部的政务次长，王孝坤下面的一个实打实的重要位子，掌握实权。

章益玖的心里却有个疙瘩。他和贺汉渚不一样，他本来就是王孝坤的人，亲若子侄，但他的脑门上却一贯顶着曹家心腹的帽子。

他将贺汉渚拉到一个无人角落，说道："烟桥，你就别取笑我了。我知道现在有人在背后议论我，你是不是也觉着我做得不厚道？我是有苦难言啊！老曹他一意孤行不听劝。他搞的那一套，除了他那个做梦都想继承皇位的儿子和那一帮捧臭脚的，谁能真心赞同？何况曹昭礼早就看我不顺眼了，处处针对我。我是没路可走了，蒙王总长不弃，我才决意效力明主。别人怎么想我无所谓——管他们心里怎么想，见了我，面上还不得客客气气？都是混在这个名利场里的，谁比谁白，谁又比谁黑？五十步笑百步罢了。烟桥，我是真的拿你当兄弟看，要是你也和我见外，那我就伤心了！真的伤心！"

贺汉渚终于回过了魂儿，正色解释："章兄你误会了。往后咱们继续共事，我是求之不得。上次得你及时出言提醒，你的心意，我很是感激，还没向你致谢。改天我请你吃饭！"

章益玖观他神色不像是在敷衍，语气也颇是真诚，这才松了口气，哈哈笑道："那我就记下这顿饭了，我等着！还有啊，我要恭喜你才是，你才是真正的高升，论王总长的心腹重臣之位，无人能与你比肩，没看他把身家都交你手上了。往后老哥哥我还是要靠你提携，咱们一道，齐心协力为王总长做事。走了，进去了。"

两人便朝清晏堂走去。

章益玖心情变好，就滔滔不绝："前两天佟国风和我提了句，说想把王公子安排到我的部门里做事。不瞒你说，我是压力不小，又不好推脱。这位小爷，也就你能压得住，我怕伺候不好。"

他停了下来，面露无奈之色。

贺汉渚笑道："庭芝没你想得那么不好相处。有事你直接吩咐他做就行了，不必有任何的顾忌。"

"有你这句话，那我就有底了。日后万一不小心得罪了他，王太太找我兴师问罪，我就说是你教的。"他玩笑了一句，"不过说真的，这位小爷最近真叫人刮目相看。他立的那个功劳着实不小，更难得竟身先士卒，差点把命都丢了。你也知道了吧，卫生司就要成立。听说他为此事奔走，出力颇多。看来他和小苏的交情是真的不浅，不但为了发送请帖这种小事特意去找老方，竟突然热心起了和他八竿子打不着的事。"

贺汉渚知道这个。

关于设立专门卫生医疗事业部门的建议，此前就有相关人士多次呼吁陈情，但一直拖延着，没有提上日程。新总统上位后，将这件事列入亟待解决的重要事务之一，许诺尽快落实。

"还有，我昨天在内政部办公室那边听说了一个事。"章益玖忽然想了起来，"这个卫生司挂牌挂在哪里是个问题，他们正想不出辙，王公子就帮忙解决了。不但有了地方，而且还是京师里位置最好的一个地方。"

这个贺汉渚还不知道，便望向章益玖。

章益玖笑道："萧王府！地方大，房子好，位于城中心，门脸还气派。本来是海军部孙家的产业，孙家听说王公子想找地方挂牌卫生司，自己就找了上来，一定要把房子贡献出来。王公子也是有肚量，只字不提旧事，收了房，把孙家感激得不行。"

孙公子年初曾在天城饭店聚众殴打羞辱王庭芝，孙家人现在很是惶恐，不久前托人赔罪，说要绑儿子负荆请罪。王孝坤只道小儿不懂事，相互之间的打闹而已，叫不必记挂在心。王孝坤的宽宏大量被引为美谈，孙家却还是不放心，正好得知王庭芝在找地方，便送上产业刻意讨好。

"哎，烟桥你有没有在听？怎么一句话都没有？"章益玖聊得兴起，见贺汉渚一言不发，忍不住问了一句。

"在听……挺好的，空着也是空着……"

章益玖看了他一眼，目露关切之色："烟桥你是不是最近事情太多，累了？我看你精神不大好的样子。要是累，不妨早点回去休息。反正这种场合于你而言，来不来也无所谓。"

"我有吗？"贺汉渚丢下章益玖进了清晏堂，一进去便寻起了人。

招待会是西式的，餐点酒水自由取用，里头宾客如云，人头攒动。贺汉渚第一眼就看见了苏雪至，她正和宗先生等人在一起。方崇恩也在，边上还有王庭芝，附近围了一圈的人正在恭听处于圈子中心的大总统讲话。

方崇恩的意思是独立成部短期内有实际困难，但关乎国民医疗和卫生健康，他极其重视，所以拟先成立卫生司作为过渡，越快越好。他指示一旁的内政总长督办此事。

总长便提议由宗先生兼任司长，具体的建司事项也由宗先生负责。

大总统问宗先生愿不愿拨冗屈就，担负这个重任。

宗先生来这里就是为了跟进这个事。虽然知道接下来困难必然不少，但终于见到希望，他岂会推辞？

大总统带头举杯庆祝，众人碰杯共饮，再谈几句舞会就开始了，大总统被人请走，苏雪至便随着宗先生等一众志同道合之人找了个角落，坐下谈论接下来的建司事项。大家各抒己见一番后，最后初步议定，设立总务、医政、保健、防疫等几个处，各掌相关的具体事务，负责人待拟，再招录具有相关资格的专业人员，入司共事。

众人展望未来，虽知做事必定不易，但总算是个好的开始，无不振奋。

这时，座中有人说道："立司首先要有办事之地，不知道这个问题，内政那边是怎么打算的？"

京师地方就这么大，大小衙门林立，不少次要的部门都是挤在一起办公。卫生司既无大权，也没油水可言，名声清贵，却也是清水衙门一个，办公地点的安排注定会是一个难题。

宗先生道："我会盯紧，让他们早点落实。我们做事要紧，只要有地方，挤挤无妨。免得他们以此为借口，推来推去，最后又是不了了之。"

众人对官场的这种风气无不了然于心，点头称是。

这时，刚才一直坐在一旁静听发言的王庭芝微微咳了一声，出声道：

"宗先生，诸位先生，这个问题你们不必担忧，我已解决。"

大家都看着他，面带诧色。

王庭芝便把孙家自愿将萧王府贡献出来给卫生司当办公衙署的事说了一遍。众人惊喜不已，相互议论。

宗先生也很是欣喜："我听说这回事情能这么快就得以推进，王公子也是出了大力的。我代表一众同仁，深表谢意。"

王庭芝十分谦虚，起身还礼，微笑道："区区小事，不足挂齿。这个办公衙署，我也是借花献佛而已。能为这件事出力，是我的荣幸。接下来若还有事，你们尽管吩咐，我听凭驱用。"

宗先生点头，又称赞了他一番。

整个晚上贺汉渚一直在角落里站着，手里端了杯酒，一边和人有一句没一句地搭着话，一边远远地看着那边聊得热火朝天。

到了晚上九点钟，大总统先行退场，王庭芝也去送行。贺汉渚立着没动，片刻后看见苏雪至和宗先生等人起身要走，便放下酒杯跟了出去。他落在后面，看着她和宗先生等人告辞，其余人陆续离开，剩下了她一个人。

她没有立刻走，静静地独自立在总统府门口附近的一根雕花廊柱旁，似乎在等着什么人似的。

也是从下午开始，直到现在，她的身边终于没了旁人。

贺汉渚朝着背影走去，靠近些，试探着轻轻地叫了一声她的名字。

"雪至。"

她转过头。

近旁的灯光辉煌而灿烂，映照着她的回眸。

贺汉渚忽然有一种感觉——她停在这里，就是在等自己。

他只觉心头一暖，这个原本糟糕到极点的一天，因为她的这个回眸突然变得没那么令人疲乏和厌倦了。

他加快脚步，朝着伊人走去。

"要走吗？我送你吧。"贺汉渚停在了她的身畔，望着她说道。

他等着她的回应，心情有些微的忐忑，竟有点像是一个第一次向心仪的女孩提出约会请求的不够自信的少年人。

她看着他。

"可以。"很快，她便答应了。

贺汉渚暗暗呼出一口气，瞬间心里涌出一阵喜悦之感。

"那么你在这里稍等，我叫人……不，我马上就去取车……"

他匆匆迈步要走。

"四哥！"忽然传来了一道声音。

贺汉渚的脚步一顿。

王庭芝笑着，从里面快步走了上来。

"四哥，我们昨天不是说好了的，我负责接送吗？我的司机已经去开车了，马上就来。哦，已经来了。"

一辆汽车从侧旁的停车场位置里开了出来，停在了大门口的路边。

"四哥放心吧。这种事，交给我就行了。"

王庭芝走到了苏雪至的面前，笑着做了个请的手势："我们走吧。"

苏雪至看着贺汉渚。

他沉默了下去。

苏雪至收回目光，转头上了车。

王庭芝朝贺汉渚摇手道别，跟她上了车。

路上，苏雪至闭着眼睛，靠在座位椅背上假寐。王庭芝也没打扰她，安静相随。

一路无言，汽车出城后开到了山麓处的车道尽头。

苏雪至睁眼，从王庭芝给自己打开的车门下来。

从这里到西场，还有几里的步道。

王庭芝陪她走路。他的心情很是愉快，甚至随手摘了一片树叶，断断续续地吹着不知名的哨曲，又问她好不好听。

苏雪至笑了笑，说好听。

月光下，他的面容带笑，眼睛闪闪发亮，像个抢到了心爱玩具的得意孩子。

"只要你觉得好听，我可以一直吹给你听。"他说。

过了那条窄桥就到西场了，苏雪至停在大门外，让他早些回去休息："就不请你进去坐了。"

王庭芝掏出怀表看了一眼，晚上十点，他点头："宗先生晚上不是说想请你帮着做事吗，你这里出入不便，以后你的出行全交给我了。"

"谢谢，不过，真的没这个必要，太麻烦你……"

"我乐意至极！你不止一次地救了我的命，这么久我却什么都不能为你做，这点小事算得了什么。不早了，不打扰你休息，你快进去吧！"他催促她，脸上带着笑容，目送她入内，看着她的身影消失在了门后。

王庭芝独自走在返程的月光小道上，脑海里浮现着今晚自己当面将她接走的那一幕。他回味着，慢慢地晃回到了停车的地方。

他看见了一个人，那人静静地立在前方的路口等着他。

王庭芝停下了脚步，看着他的四哥——贺汉渚迈步朝着自己走了过来，说："庭芝，能和你谈谈吗？"

王庭芝和他的四哥对望了片刻，唇角勾了一下："怎么，四哥就这么不放心我吗，不过送人而已，你还亲自跟了过来？"

"可以谈一下吗。"贺汉渚没有接话，只重复了一遍他的话。

王庭芝耸了耸肩："当然可以。"

苏雪至想着心事，走了进去。

这个时间，余博士他们应当已经结束了一天的工作，各自去休息了，但她却看见会客室里仍有灯光透出来。值夜的卫兵告诉她，晚上来了一位访客，是余博士接待的，现在那人就在会客室里。

苏雪至问是谁。

"是傅先生。"

苏雪至一怔。

今天大总统府的庆典上来了不少著名的商界人士。天城距离京师不算远，傅明城不可能不在受邀之列，但他没现身。

苏雪至以为他另外有事，却没想到他会在这里。

她压下自己的心事，立刻来到会客室。

余博士正在陪着傅明城说话。

"傅先生！你怎么来了？"苏雪至叫了他一声。

傅明城站了起来，脸上露出笑容。

余博士便告辞离开。

"很抱歉，我做了一回不速之客。这么晚了还打扰你。"。

"没有打扰，很高兴看到你能来。"苏雪至笑着请他坐。她说的是真心话。毕业典礼那天他也没现身，苏雪至以为他应该很忙。但今晚这样的活动，以他的身份再忙也不该不出席，苏雪至感觉到一些不对劲。

傅明城慢慢地坐了回去。苏雪至要去给他续茶，被他阻拦了。

苏雪至也就不再客套，和他谈了几句今天总统府活动的事，告诉他卫生司即将挂牌成立的消息。

傅明城再次露出笑容，说是很好的事，接着他便沉默下去。

头顶是昏黄的电灯，茶盏里的茶汤凉了，他的视线落在对面的窗户上，目光却是游离的，仿佛陷入了自己的思绪。

"傅先生？"苏雪至叫了他一声。

他忽然站了起来，匆匆朝外走去。

"抱歉，很晚了，你大概也累了，你休息吧，我先走了。"

"傅先生，如果你有事，不妨直接和我说，不必有任何的顾虑。"

苏雪至跟着站了起来。

傅明城停步。

"你不去参加大总统府的庆典，却在这里等我回来。你肯定有事。"她望着他的背影说道。

傅明城转过头。

她朝他露出笑容，走了过去。

"傅先生，我们是朋友，这是你以前说的话。"

傅明城望了她片刻，收回目光，依然是背对着她，立了良久，终于慢慢转身，看着她低声说道："没事，就是想来看下你。我先走了。"

他打开门，走了出去。

"等一下！"苏雪至追了出去，打量着他，"你真的没事吗？"

傅明城朝她点了点头，转身离去，很快消失在了夜色之中。

他今晚来得莫名，走得也是莫名，如一阵风般去了。苏雪至想了下，去敲余博士的门，问刚才接待的情况。余博士说他来了后，便坐在会客室里等她，看着仿佛有心事的样子。

"他没说什么事吗？"

"没说。"

苏雪至向余博士道谢，回来反复地想着傅明城的反常之处，眼前浮现着他说话的神情，她感到心绪不安，直觉告诉她傅明城一定是出了什么事，或许还和她有关。

她很快就想到了贺汉渚，她想问问他知不知道傅明城最近怎么了。

他是她最信任的人，不管他们之间现在到底是什么关系——情人或者离了心的人，对他的信任无论什么时候都不会改变。有了自己一个人无法解决的事，她第一时间就会想到他，想和他商议，听听他的意见。

她没有犹豫，拿起电话往丁家花园打了过去。

这个时间，倘若没有意外他应该已经到家了。

是贺妈接的电话，却说他还没回。

苏雪至留言，挂了电话，坐在一旁等了片刻。

她的耐心一向是不错的，但现在她却有点坐不住的感觉。

自己被王庭芝接走后，他又去了哪里？她忍不住再次拿起电话，打到了京畿卫戍司令部——他在京师新的办公所在。

没人接电话。

找他的想法本来也不算特别强烈，傅明城留给她的疑团算不上火烧眉头，但是现在苏雪至却有点按捺不住了。

再一次放下电话后，对于他去向的疑虑已经压过了片刻前因为傅明城的造访而带给她的蹊跷之感。

苏雪至出神了片刻，脑袋里忽然冒出一个想法。

她再次拿起电话，打到西郊别墅。

原本她不过是想碰运气罢了，没想到电话竟真的接通了。

丁春山在那里，接起了电话，告诉她晚上她走了后，贺汉渚来了这里，随后让自己不用同行，他独自往实验场去了。

"我以为司令是去找你了。他没有吗？"他的口气显然十分诧异。

苏雪至再次放下了电话。

原来如此，晚上在她乘了王庭芝的车离开后，他也跟了过来。

但对他的这种举动，她却感到了一丝恼意，甚至是失望。

那天他对她说，他会考虑她的话。

他没有表示期限。她不想催他，也不会催他。

但她知道，今天晚上在大总统府里，他一直在留意着她。因为她也一样。虽然她一个晚上都和宗先生他们在一起，但她时不时地在留意他。结束后她出来，一个人等在那里，就是在等他。

王庭芝打断了他。当时他的反应就已经令她不解，甚至是不满了。

现在看看，他到底又做了什么？继续躲在后面。

那么，他现在到底在哪里，干什么？

他一个人徘徊在她的附近，自怨自艾？或者他还在犹豫着要不要继续来找她？

苏雪至不想催他做出任何非他本心的决定。但她现在忽然觉得他真的可怜——既可怜又可恨，简直令她开始瞧不起他了。

或许这个叫贺汉渚的男人，他可以做她最信任的人，但他不适合成为爱人——连情人他都不够资格。

苏雪至在房间里坐了片刻，再也忍不住了，走了出去。

不找到他，当面让他知道自己对他所作所为的鄙视，再赶走他，她今天晚上别想睡觉了。

月光如银，王庭芝随贺汉渚行在通往别墅的山麓道上。

贺汉渚显得心事重重，没立刻开口。

王庭芝的心情却仿佛愈发的好，还吹起了口哨。

贺汉渚停了下来，指着路旁的一座石亭问："这里可以吗。"

王庭芝不置可否，走了过去。

"四哥，有事您请讲。"他倚着石亭里的一根柱子，环顾四周，笑着说，"今晚月白风清，我的心情也很好，什么事都可以谈。只一样，四哥要是再想说关于苏雪至的事，那就不要讲了。"

"对不起，庭芝，我想说的就是关于她的事。"贺汉渚下定了决心，凝视着王庭芝的眼沉声说道。

王庭芝脸上的笑容慢慢消失了，扭过脸看着贺汉渚，忽然说道："容我先猜一下，你是不是想告诉我，她已经是你的人了，你想叫我不再接近她，对不对？抱歉，如果是这样，四哥不必开口。因为这是不可能的。"

"你误会了。我是想向你道歉，"贺汉渚走到了他的面前，"庭芝，我需要向你道歉。从前在你告诉我你喜欢她的时候，我对你说，你和她不是同道人，我阻止你去追求她，但我自己后来却做了曾经不允许你做的事。这一点，我必须向你道歉。"他缓缓地，郑重地说道。

王庭芝没说话，半晌，他咬着牙一字一句地道："四哥，你其实早就知道了她是女孩子，在我像傻子一样地告诉你我想追求她想和她一起却被你用大道理教训的时候，你就已经知道了，是不是？"

"是。"

王庭芝呵呵冷笑："你终于承认了！你那时候就知道她是女孩子了，你不告诉我，不允许我去追求她就算了，后来你却自己去追求她！你敢承认，你当时就没有半点私心？"

"对不起，庭芝，我承认，当时我确实已经觉察到她对我有着特殊的吸引力，我对此深感不安，所以在知道你的想法后，我对你说的那些话，固然是我的真实想法，因为我不认为你适合她，与此同时，那些话其实也是说给我自己听的，如同自诫。不管你信不信，当时我是真的没想要和她在一起的。后来我打破了我自己的话，我欺骗了你。你无论怎样怪我，都是应该的……"

"别再在我跟前说这些没用的了！"王庭芝神色激动，打断了他，"说吧，你现在到底想做什么？你救过我的命，现在向我道个歉，我当然必须接受，然后你再像以前一样，拿我和她不是同道人的理由不允许我去追求她，是不是？"

"不是。今晚上我找你说这些，不是不允许你追求她。她是自由的，从前是，现在也是。我只是想让你知道实情，关于我和她，以及我曾阻止你去追求她而我自己却破了诚言的举动。这于你是欺骗，我知道你的心情。所以我恳求你的谅解……"

"道貌岸然，说一套，做一套！这就是你，我一向敬重的四哥？你就是这么对我的？"王庭芝蓦然打断了他的话，五指紧紧地握拳。

他盯着贺汉渚，片刻后慢慢地放下了手，说："想我原谅你，可以，你放弃她，以后别靠近她，我才能相信你的诚意。"

"对不起庭芝，这一点，我没法答应。哪怕是到了现在，我也依然认为我们都不是她的同道人，但是我也已经改了想法，这一点我需要感谢你。"

"你那天说，你喜欢她，将来无论遇到什么困难，你必竭尽所能地克服。庭芝，坦白说，我羡慕，甚至有些嫉妒你的这种决心和自信。或许我到现在也还是没有像你这样的自信，但有一点我也很清楚——"他停了一停，注视着王庭芝，"我不想就这样放弃她。今晚我下定决心找你，除了希望你能原谅之外，也是想让你知道，如果哪天，她真的也喜欢你了，我绝对不会再像从前那样阻拦你。但是，我确实没法就这样放弃她，哪怕我对你抱着极大的歉意。我唯一能做的，就是努力去做一个能配得上她感情的人。当然，最后的选择在她那里。庭芝，这就是我今天晚上想对你说的全部的话。"

夜风穿亭，山麓间松涛阵阵。

王庭芝一动不动。

"砰"的一声，他突然挥拳重重地打在了贺汉渚的面上。

这一拳着实不轻，贺汉渚没有防备，他的下颌结结实实地吃了一拳，身体晃了一下。他退了一步，很快站直身体，低声说："要是打我几拳，你觉得心里会舒服些，你尽管打。"

王庭芝挥拳的胳膊还悬在空中，五指紧紧地握拳。他盯着贺汉渚，喘息着，突然一把推开他，下了石亭大步而去，身影很快消失在了山麓道上。

贺汉渚望着他离去的背影，嘴角有血在慢慢地渗出。他怔立了片刻，低下头，抬手擦了下血痕。

　　这时，他的背后传来一道声音："我还以为，有人今晚继续要当缩头乌龟呢。"

　　贺汉渚的心猛地一跳，倏然回头，只见那条山麓道中央盈盈立了一道倩影。

　　月光如水，她双眸若水，看着他，神色似笑非笑，语气里充满了不加掩饰的嘲笑之意。

　　他定住，望着她，双足一时竟无法挪动半分。

　　苏雪至等了一会儿，见他不来，转身作势要走。

　　贺汉渚陡然回过神，心里只觉又爱又恨，几步并作一步追了上去，从后一把将她抱住，令她转身。他咬着牙，不再容她离开，低头重重地吻住了她。

　　丁春山挂了电话后，放心不下，也走了出来，他抄小路沿着山麓往西场去，快走到路边的一个凉亭时，他被眼前那一幕惊呆了。突然，他见上司仿佛感觉到了什么，停了下来，猛地回头看了眼自己的方向，随即拉着苏雪至闪到道旁的树后，两人的身影很快就消失不见。

第六章

浓密树冠遮住了月光，如海的夜色包围了他们。

苏雪至还没有完全从那个戛然而止的拥吻里回神，微微仰头。

"怎么了。"她带着些许的困惑问道。

他没答话，比刚才更加激烈的吻是他给她的所有回答。片刻后，大约是觉得不够，他又将她抱高，双臂如箍，紧紧地圈住了她的腰，然后亲吻她的眉、眼皮、鼻尖、面颊、耳垂，吻遍她面庞上的每一寸肌肤。

"雪至……"

当听到他用压抑而低哑的嗓音含含糊糊地唤了声她，苏雪至顿时便失了矜持，对他的最后一缕不满也烟消云散了。

她搂住了他的脖颈，手指深深地插入他浓密而刺硬的短发里，紧紧地攥住他的发根，迫令他仰起了头。然后，她低头主动地亲他。

她在放纵他，喂养他的大胆。他再无顾忌，渴望更多。他一边承着她居高而下的接吻，一边开始尝试将那片恼人的束带往上推。

苏雪至感到嘴里慢慢地尝到了一缕甜腥的味道。

她想了起来，轻喘着，抓住了他的那只手。

他便以为她在欲拒还迎，低低笑她一声，索性将她抱得更高，完全地抵在了近旁的树干上，轻轻地咬了她一口。

苏雪至的身子战栗了一下。她咬牙忍下喉间溢出的闷声，再次抬手推他的脸，说："放下我。"

"怎么了……"男人松了口，喃喃地向她求证，声音带着浓浓的压抑之感。

"你受伤了。先回吧，我看看……"

贺汉渚不想结束。

"不疼。"他依然紧紧地抱着她不放手。

"晚上我不走了。我们可以到天亮的……"苏雪至在他耳边低语。

"好吧。"他终于松手，放她站回地上。

丁春山停在路口，出神仰望着头顶的星空，忽然听到前方传来窸窸窣窣的脚步声。他立刻起身，退到他们看不见的犄角旮旯里，眼观鼻鼻观心地等待，等着他们走了过去，他再远远地跟随在后。

回到别墅，两人上楼，苏雪至看了眼他还渗着血丝的嘴角，找来之前留在这里的医箱，取消毒棉花蘸了药水替他清洁着伤处。

他轻轻地吸了口气，应该是刺激到伤口了。她便想起今夜无意撞见的那一幕，忽然有点气恼："你傻吗？我都听出来了，王庭芝是故意在报复你，你不知道？你还让他打？"

他笑了笑，不说话。

他的这个反应让她更加恼了。看着面前破了相的英俊脸孔，她一边继续替他擦拭着脸上的伤，一边数落："你老实说，你是不是到了现在还是有点后悔，当初怎么就没定力，一不小心着了我的道，背叛了你的好兄弟？"

她扔掉药棉，"哼"了一声，丢下他自顾往浴室去了。

他立刻跟着站了起来，追上了她。

"没有。"他笑着在她耳边自辩了一句，便拥住了她。

两人一个挣扎，一个不放，最后还是一起进了浴室。

水哗哗而落。

苏雪至被他抱住亲热，很快便投降了。

他将她抱着送回到了床上，意犹未尽地继续亲吻着她。苏雪至却没忘记王庭芝最后离去的那一幕，她越想越不放心，命令他放开自己："你跟王庭芝到底是怎么一回事？你给我解释清楚。"

贺汉渚长长呼出一口气，放开了她，仰面躺在枕上，指了指自己身旁的位置。

苏雪至裹住被子爬了过去，他曲臂将她搂住，抱着她静静闭目了片刻，终于开口说道："晚上你应该也听到了，我以前阻止过庭芝去追求你。当时他还问我，如果换作是我，我会怎么做……"

苏雪至仰起头看他。

"当时，我毫不犹豫地告诉他，我不会喜欢上你，更不可能会去追求你……"他也看向了怀中的她，"后来如你所知，我食言了。"

苏雪至一时无语，只好伸手抚了抚他的脸以表安慰。

"我最早感觉到庭芝的不对劲，是在京师医院里，"他继续道，"那天在病房里，我看到庭芝忽然央求你给他喂药喂水——我知道他一直喜欢你，但这样的举止真不像是他会做出来的，所以我没往别处想。接着有天他明确地告诉我他知道你是女孩子，要追求你，希望我能支持他。再后来，他在追求你的同时，处处阻止我接近你。显然，他对我们的关系耿耿于怀，我也确实负了他的信任。你刚才问我，有没有后悔，其实我真的有。"

苏雪至瞥了他一眼，握拳作势要捶他。

他的心情显得很好，低低地笑了两声，握住了她朝着自己抢来的拳，牵到嘴边轻轻吻了一下。

"我后悔当初高看了我自己，说了不该说的话。庭芝他……"他面上的笑意慢慢消失，"雪至，你还记得我们第一次相遇时在船上发生的意外吧？庭芝落水，我明知会有危险还是下去救他。我知道如果当时是我落水，即便需要庭芝以身犯险，他也一定会想尽法子救我的。所以我需要给他一个交代，即便他不接受我，甚至决意要和我对立到底，我会感到遗憾，但在我这里这件事它过去了。"

他看着她，说道："上次我对你说，我会考虑你对我讲的那些话。我想我已经考虑好了。"

"我不知道该怎么表达我的想法。一直以来，或许是我太过自我了，我习惯一个人承担我的事，我也习惯为我在乎的人安排一切，并且理所当然地觉得这是为了他们的好。从我十几岁开始，这就是我的生活方式，坦白说一时很难改变。但是以后，如果有一个人，她可以和我一起分担我的心事，在我疲倦的时候，我可以靠着她休息，在我冲锋陷阵的时候，她为我摇旗呐喊，这种感觉应该也会很是不错……"他望着怀中女孩的清澈双眸，"我想，我可以学着去改变我自己。"最后他慢慢地说道。

"你真的想好了？"苏雪至爬了起来，裹着被子跪坐他身边，和他郑重地确认。

他看着她，微微一笑："我在你的眼里，真就毫无信任可言了吗？"

苏雪至端详着他，仿佛在评估他这话的可信度。

贺汉渚扶了扶额，叹了口气："上次我上了日本人的军舰，爆炸的时候，我本来在海里了，但运气不好，我的头……"他指了指自己的后脑，"恰好被一片烟囱碎块击中了。我沉了下去，没法控制身体。快要死的时候，我忽然想到了你，我舍不得就那样死去，以后再也见不到你了。是真的，不管你信不信，反正最后我浮了上去。"

"这么说吧，我现在的这条命差不多也是你给的。我再骗你，我还是人吗？"他凝视着她，唇角带笑地说道。

苏雪至一阵后怕，钻进他的怀里紧紧抱住他。

贺汉渚拉高被子，和她一起蒙在了被下。

良久，苏雪至伸出手摸索着，摸到他的后脑勺抚了下，果然触手有微微的凸起，那是骨皮愈合后留下的疤痕。

她低声问他现在还痛不痛。

"痛……"

苏雪至一顿，缩回手，狠狠拧了下他的腰。

"现在呢？"

贺汉渚皮肉吃痛，翻身便将她压住，对她施加惩戒……

夜已经很深了，苏雪至闭着眼睛，懒洋洋地卧在他的身边，听着他胸膛里发出的强劲有力的那一下下的心跳之声，渐渐犯困，但却又有一种感觉，他好像还没睡意。她睁开有些黏腻的眼皮子，果然见他半靠在床头，眼睛望着前方，正在想着什么心事似的。

她清醒了过来，说道："你不累？你在想什么？是在担心王庭芝会对我们不利吗？我没关系。就是你那边，要是和王庭芝真的起了龃龉，王家人……"

"不是。"贺汉渚靠了过来，替她拉了拉被子，"庭芝或者王家那边，现在不会出什么大问题，你别担心。我刚才是在想另一件事，是关于傅明城的。"

他迟疑了下，说道："雪至，傅明城这两天有没有和你联系过？豹子说他也来了京师，但今天却没见到他露面。要是我没猜错，或许他会和你联系。"

苏雪至顿时想起了今晚自己找贺汉渚的原因。这一番折腾，竟把这事给忘了。

"是。晚上他来找过我。"她立刻应道。

苏雪至把傅明城来找自己，见面却什么都没说就走了的事讲了一遍。

"我感觉他心思很重的样子，他走了后，我越想越是不对，晚上找你本来是想问一下，你知不知道他出了什么事？"

"苏小姐，看来你对傅先生真的是充满关怀。要不是他，苏小姐你晚上大约也不会来找我，是不是？"他看着她，笑吟吟地应。

这话怎么听着有点阴阳怪气的？

"你什么意思？你给我说清楚！"

贺汉渚做出求饶的姿态："我大概是上回脑袋被砸了，现在还没好，说的胡话，你当我没说吧。"

苏雪至盯着他。

他轻轻地咳了一声，不再和她玩笑了，神色郑重道："雪至，其实我最近一直想找机会提醒你，对傅明城也要小心些……"他沉吟了一下，"他极有可能，和傅家去年发生的那桩命案有关。"

苏雪至一怔。

"如果说，这一点只是我的猜测，或许是冤枉了他，但另外一件事，我可以肯定地告诉你。和他交好的木村有问题，那个杀了傅健生的江护士身份可疑，极有可能是木村的人。"

如果说刚才提到傅明城，苏雪至只是觉得意外的话，听到这样的话，她大吃一惊："木村？清和医院的木村先生？"

贺汉渚点头："对，就是那个开办医院德高望重的木村，他有双重身份。傅健生的死，应该就是他在幕后的安排。"

苏雪至感到匪夷所思。木村的儒雅和仁心令她印象深刻，当初他为了救周小玉过度输血以至于当场休克的那一幕，至今她仍觉敬佩。

贺汉渚仿佛看出了她的想法，解释道："雪至，来中国定居的日本侨民，基本可以分为两大类，一类是贫民。维新后，日本国力大涨，相对应的人口也大增，岛内有限的土地和资源无法养活他们，这些人被迫离乡背土来中国谋生。这类人没什么危险。譬如那间浴场的老板娘菊子太太，原始背景相对清白，来了后靠着手腕攀附关系，经营不错，算是这类人里的佼佼者了。"

苏雪至一愣，他连那个她早就忘了的浴室老板娘都调查过？

"另外一类，就是各种身负特殊任务的人。"他继续说道，"他们可以是各种身份，你想象不到的身份。日本有一名学者医生，姓横川，在清末以游学为名来到中国，过着苦行僧的生活。他以常人无法想象的毅力，花了将近三十年的时间，徒步旅行，一边给人治病，一边走遍中国的中西部和北方。几年前他回了国，将旅行笔记整理出来，内容无所不有，涵盖各地人口、风土、资源、要塞、河流。在他绘出的地图上，某些重要的战略之地，连某乡某村哪里有桥哪里有小路都可以标得一清二楚，比我们自己的军事地图还要详尽准确。现在那个横川在岛国极受尊重，是天皇的座上客。不久前他再次秘密到了中国。当然，这回他不再做苦行僧了，他被军方聘为中国事务总顾问，地位超然，是个具有极大威胁的人物，说他一个人顶一个精锐军团，都是轻看了他。这个木村，就是横川的学生，也是横川最器重的一个弟子，现在则是他的部下。"

他望向苏雪至："明白了吗？"

苏雪至很快定下了神，想到这个邻国的狼子野心和做过的禽兽行径，她就完全能够理解了。她立刻点头，什么困意都没了，爬了起来，随手抓了件他的皱巴巴的衬衫穿上，跪坐在了他的身边。她看着靠在床头的贺汉渚，好奇地追问："你是怎么想到木村有问题的？"

"一开始我并没有想到木村。只是去年那件案子结了后，我当时觉得太过巧合了，处处如同榫接，我感觉不是很对，就让豹子去查证江小姐的身份。结果真的查到了一些东西。江小姐的身份乍看没有问题。她全名江雪琴，根据天城警察局的户籍登记资料显示，她早年在京师一间最早由洋人开办的医学堂里读护士学，毕业后受聘于清和医院。因为业务出色，做了护士长，后来专门照顾船王，从而进入傅家。但是在豹子去往江小姐的原籍查访后，却获悉真正的江小姐其实早就已经死了。江小姐出身原本尚可，但后来父母双亡，只能靠在当地行医的族叔的接济而生活。因为读过几年书，她不愿胡乱嫁人，她的族叔听说京师有家护士学校招收女子，毕业后就能自立，为了打发她安排她去就读。但很不幸，她在去京师的路上病死了，是被一个偶遇的好心人给殓葬的，并将消息通知了她的族人。在她的族人那里，她的人生结束了。他们不知道有人却冒充江小姐去读书，占用了她的身份。"

"明白了！接着你就想到了木村？"

贺汉渚点头："对。既然江小姐的身份是假的，那么安排她进入傅家的木村自然脱不开干系。刚开始调查并不顺利，木村作为学者兼医院院长的身份，找不到任何的破绽。直到不久前，我发现他暗中和东野会社有所往来，从东野会社入手，调查这才取得了突破，顺藤摸瓜发现了他和横川的关系。"

"东野会社？那个日本公司？"苏雪至当然知道这个名字，来自这家日本商贸公司的舶来品现在满街都是。

"是。但这家会社不仅仅是普通的公司，它是日本最大的经济集团之一。东野家族不但是著名的门阀贵族，而且有军方背景。这家会社很多年前就随着日本的军队进入了中国，利用各种不平等条约经营业务，分社遍布各地，业务涉及矿山铁路、电力交通、粮食盐铁，无所不包。我们的这个东邻，狼子野心，早有蓄谋。他们的目的是全面控制我们的经济命脉，掠夺资源，用经济的侵略配合军事上的侵略……"

"我明白了！"苏雪至顿悟，激动地嚷了一声，"木村接近傅明城就是看上了傅家产业，想把傅氏变为他们进一步掌控经济的侵略工具！"

贺汉渚赞许地看了她一眼，点头："不错。所以他千方百计和傅家交好，获得了傅明城的信任，然后杀死傅健生，推动傅明城顺利执掌了傅氏。"

苏雪至以前从傅明城那里听他提及他和木村的友谊始于多年前他留学日本。多年设局，耐心等待，最后出击，实施计划，顺利得手。苏雪至不禁对木村生出了一种不寒而栗之感，除去他的伪装不说，如此深沉的心思，如此厚远的耐心，实在非常人能及。

再一想，木村的那个老师兼上司，能耗费三十年的时间去做一件事，更是有过之而无不及。这是一群极其可怕的敌人。

以傅家的经济体量和影响力，傅明城如果真的和木村暗通款曲，或者被控制，这样的后果对于本就艰难的民族产业来说不啻是灭顶之灾。

她想起今晚傅明城的样子，不禁焦急担心了起来。

贺汉渚大约是体察到了她的心情，张臂将她抱住，拖到自己的怀里搂住了她。

"你先别过于担心。根据目前的调查结果，不排除傅明城和木村联手的可能，但这只是一个可能而已。这件事也可以先放放，我现在顾虑的是他们或许盯上了你的实验室。以木村的身份和他的专业，不可能不对你的实验室产生刺探的念头。医学院的失火和你那个同学的失踪，十有八九就是他做的。晚上傅明城来找你，我觉得应该也和这个有关。但从你的描述看，他的态度模棱不定……"

他停了下来，冒出些胡茬头的下巴抵着怀中女孩的脑袋，亲昵地来回轻轻蹭着她光洁的额。苏雪至感到被他下巴蹭得又痒又刺，但知他在想事，又不敢阻挠，只好忍着乖乖让他抱着自己蹭。

过了好一会儿，她终于听到他再次开口："明天起，西场那边我会再派些人，暗中加强守卫，保证西场，还有余博士他们的安全。你去哪里，也都要和我说一声，明天起我再把丁春山派给你，他专门保护你。至于傅明城……"

苏雪至仰头，看着他。

他垂目瞥了她一眼。

"你放心，他交给我吧。明天我去找他谈一下，先探探他的底。"

他已经安排得非常周到了，她点头："好吧。但你千万不要先入为主，认定傅明城已经和木村联手了。我感觉，他应该不是那样的人……"

他一声不吭，盯着她看。

她的声音变得越来越小，最后消失了，挣脱开他的怀抱，再次坐了起来。

"你这么看我干什么？上次你不在，我急着制药要救龙王，他帮了我的大忙。我希望他好，有什么不对吗？"

"没有……没有不对……很对，苏小姐你说的，都对……"

贺汉渚的眼睛往下瞟，手搭在了她露在衬衫下摆外的腿上，他便索性扑了过来，将她压在了身下。

灯熄了，房间里又起了好一阵子的动静。

最后贺汉渚搂着她，睡了过去。

他醒来的时候发现天已亮了，早晨六七点钟的样子。

枕边空荡荡的，她竟又不见了！

他的心猛然一跳，掀开被子就从床上跳了下去，正要跑下去，扭头见她还在。

白色的窗纱随着清早的凉风轻轻摇曳，她顶着一头乱蓬蓬的短发，身上套了件他的衣服，盘膝赤脚缩坐在露台的一张椅子里，面向着东方朝阳的方向，好像正在凝神想着什么。

贺汉渚松了口气，一把拉上窗帘，抱起了她送回床上。

虽然是夏天，但太阳升起来前郊外的空气还是带了些凉意。他摸了摸她的手脚，感觉有点凉，责备起她："干什么又一个人跑出去坐在那里？你在想什么？"

苏雪至仰躺在枕上，看着他正要说话，忽然卧室门外传来了敲门声。

那声音好像带了几分犹疑，敲了几下就停了。

贺汉渚回头看了眼门的方向，拉过被子，完全地盖住了苏雪至，自己穿好衣服，走过去打开了门。

丁春山站在距离门有足足五六步远的走廊里，微微侧着身，看了他一眼，视线便飞快地从他那还垂在裤腰外的衣服下摆上挪开，用平静的声音说："司令，刚才傅明城打了个电话，说想尽快约您见个面，问什么时候方便。"

两人很快起身，日出前贺汉渚便将苏雪至送回到了西场，他临走前又吩咐了丁春山一番。他自然无不应是，随后递上车钥匙："司令您慢走。"

贺汉渚叫他不必送，丁春山便停在了原地，目送上司离去，见他走到了车旁，打开车门，却又忽然想起什么似的停了下来，慢慢地转头。

丁春山心咯噔一跳，看着上司又走了回来，停在他的面前，状若闲闲地望了眼左右，随即看向自己，微笑道："昨晚的月色还是不错的。你是不是看到了什么？"

他的言语颇是和气，好像无事闲聊。

丁春山顿时心跳加快，紧张无比，面上却若无其事，立得笔直，肃然应道："卑职什么都没看见。"

贺汉渚的目光在他脸上停了几秒，随即再次走向了车子，临上车前忽又回头说："我先前不在的时日，你的事情办得不错，辛苦了。我记得以前听豹子说，你在老家好像还有个从小定了亲的小媳妇？再过些时日，等这边得了空，发你一千块钱，你回家看看去。"他补了一句，"我也穷，别嫌少。"

丁春山一愣，反应了过来，急忙摆手："没有没有！不少了！不是！我是说我没有什么小媳妇！我不回……"

贺汉渚抬手，拍了拍他胳膊，看着他一笑，上车自己去了。

中午时分，天气晴好，什刹海上凉风习习，游人如织，水上漂了不少舫船。当中一条画舫，舱里摆了一桌，桌上酒菜齐备。

贺汉渚一袭青布长衫，礼帽放在桌角，端坐一头，静静等了片刻，水上有只小船划近，客人被接了上来。

伴着船头甲板上发出的一阵脚步声，帘子被掀开一角，傅明城到了，他也是作普通长衫的装扮。

贺汉渚含笑起立相迎，做了个请的手势。

傅明城看了他一眼，走了过来，立在桌前。

贺汉渚便替他斟了一杯酒，笑道："我是空忙营生，傅老板也是神龙见首不见尾，许久没得叙旧，今天难得有这样的机会，请坐，今日我做东，先敬你一杯。"

傅明城坐下，端起酒盅，和他隔空相互敬了一下，慢慢喝完。

贺汉渚又招呼他吃菜，笑道："这家厨子的手艺算是能入口的，我记得去年我来过一二回，边上也清净，正合友聚。"

傅明城默然坐着，贺汉渚便也没再开口，自顾举箸。片刻后，傅明城道："贺司令，今天请你见面，是有一事相告。"

　　贺汉渚落箸，靠在了椅上，望了过去，见他沉声说道："苏雪至实验室的工作引起了某些势力的关注，千方百计刺探。那些人势力庞大，做事不择手段。我知道你们的关系不错，你对她应该也很关心，所以将事情告诉你，望你护她周全。"

　　贺汉渚注视了他片刻，问道："是你的好友木村？"

　　傅明城微怔，看了他一眼，顿了一顿才道："既然你已知道，那就再好不过，也不必我多说了，那么我也没别的事，多谢款待，我先去了。"

　　他站了起来。

　　"傅老板留步，"贺汉渚叫住了他，"恕我冒犯，斗胆猜一下，木村是否要你利用身份去刺探实验室？你现在却没照办。刚才你自己都说了，他们势力庞大，做事不择手段。小苏视你为朋友，对你很是关心，我代她问你一句，你打算怎么应对？"

　　傅明城看着他，沉默了片刻，面上最后露出一缕淡淡笑意："劳你替我转告她，不必为我担心，这于我不是什么大事，我自可应对。"

　　他说完，朝贺汉渚点了点头，转身朝着舱外走去。

　　贺汉渚注视着他的背影，又道："日本人野心昭然，今天只是要你刺探一个实验室，明天未必就是这么简单了。将来一旦生变，你必定首当其冲。"

　　傅明城停下了脚步。

　　"去年在天城，你还欠我一事，你应当没有忘记吧？"

　　傅明城缓缓转过了头。

　　"不要站错了位置。这就是我要你做的事。"贺汉渚站了起来，盯着他的眼睛，一字一句地说道。

　　傅明城和他对望了片刻，一言不发，转身掀开门帘去了。

　　贺汉渚站在船舱的窗前，望着他上了那条来时乘的小船，出神了良久。

　　苏雪至回到西场后，丁春山当天也穿便衣跟了过来，以特别助理的身份住了下来。余博士等人之前也见过他，对此自然不会多问。

　　现在的工作正在稳步推进当中。今天，之前订购的两台大锅炉终于送到了，安装好后当天就试用了下，过程顺利。大家一直忙碌到了晚上七八点，天黑了下来才终于结束工作。吃饭的时候，几人意犹未尽，谈论着用

100摄氏度以上的高温蒸汽对整套发酵设备进行灭菌以利于纯种青霉菌发酵的话题。

贺汉渚和苏雪至约好晚上一起吃饭，她便没和余博士他们一起，回到宿舍洗漱后换了身干净衣服，在天边一轮初升弯月的伴随下去往别墅。

丁春山和她同行，沉默地跟在几步之远的身后。

路上她想着傅明城的事，不知道今天贺汉渚和他的见面如何了。

贺汉渚比她早到了，不但如此，还见到了已经许久不见的豹子。

苏雪至高兴地和他招呼。丁春山看见豹子，眼睛也是一亮。

豹子依然还是老样子，对着苏雪至的时候态度十分客气，微微躬身，笑道："司令已经来了，在里头等您。"

苏雪至点头，推开虚掩的门，看了进去。

客厅里灯火通明，不见贺汉渚，空荡荡的。

她以为他在楼上，不以为意，走了进去。忽然身后却伸来一双手，蒙住了她的眼睛。

熟悉的触感，是他的手掌。

她下意识要回头，听到耳畔传来一道声音："别动。"

她就停住了。

"闭眼。"耳畔的声音继续说道。

她忍不住噗地笑了起来："你搞什么？"

"听话。"

"你到底要干什么？我都看不见了！"她试图拉开他的手。

"叫你闭眼你就闭眼，哪来那么多的话？"他的语气好像不高兴了。

苏雪至一边笑，一边闭上了眼睛："好了好了，听你的。我闭眼了。"

他松开了手。

"睁开吧。"

苏雪至睁开眼，见他西装笔挺地站在了自己的面前，梳着整齐的大背头，连脚上的皮鞋也擦得光可鉴人。不但如此，他的手里还有一束玫瑰花。

"送你的。"他递了过来。

苏雪至可真是做梦都没想过，贺汉渚有一天竟也会做这么浪漫的事，她简直有点反应不过来了。

见她不动，没半点的反应，贺汉渚挑了挑眉："你不喜欢？不喜欢我就扔了——"

他作势要丢。

世上大概没有哪个女人会不喜欢花，何况还是这么英俊的男人送的。

"喜欢！不许扔！"苏雪至"啊"了一声，反应了过来，急忙从他的手里抢过，低头闻了闻。

玫瑰的馥郁芬芳，沁人心脾。

"嗳，你怎么会突然想到给我送花？"她抬起头，欢喜地问。

他笑而不言，朝她伸出一只手。

苏雪至立刻挽住了他的胳膊，欢喜得就差蹦蹦跳跳地跟他朝里去了，来到餐厅，她停在了门口。

明亮的灯光，餐桌铺着漂亮的雪白桌巾，上面摆了晚餐。她还看见一只冰桶，里头插着一瓶香槟。

苏雪至从碎冰里拔出香槟，看了一眼。难怪刚才觉得眼熟。这不就是从前他请她吃西餐的时候她点的五十年份的香槟吗？

"你今天这是怎么了，到底做什么？"她感到不解，但又有点约会般的小小的兴奋之感，转头问他。

"你不喜欢吗？"他又反问了一句。

今晚的意外可真是一个连着一个。早上他走之前，不过是约好晚上一起吃饭碰头罢了，苏雪至搞不清楚他怎么这么郑重其事，不但穿得这么正式，打扮得这么英俊，又送花，又准备了香槟。

他斜倚在桌边，看着她，低声地笑。

苏雪至又望了眼香槟，再看一眼他，忽然间想起一件事，自己也想笑了。

"你在笑什么？"他问。

她开始不说，架不住他的逼问，就指着香槟说道："去年我刚到天城你请我吃饭的那个晚上，我去了趟盥洗室，你跟了进来……"

贺汉渚一怔，随即大约也是记起了当时的那一幕，笑容登时没了，面无表情地看着她。

苏雪至见他这个样子，笑得越发厉害，最后人都要趴在了桌上。

这时耳边响起了他的耳语声："这么好笑吗？你那会儿都看见了什么，和我老实说。"

苏雪至急忙憋住笑，否认："我可什么都没看见……"

她的腰身被人从后掐住了，按在桌边。她想站起来却直不起身了，扭过脸要抗议，正对上了男人俯视着自己的一双眼睛。

他俯身朝她贴了过来，凑到了她的耳边道："撒谎。要不要我背一下你写给我的那封信？苏小姐，你这个满口谎言的骗子，不惩罚你是不会说老实话的……"

豹子打发丁春山和另一个手下去吃饭，说完就坐到庭院里的一盏电灯旁，掏出随身的枪，拆解开擦拭着配件，抬头见丁春山还站在一旁看着自己，便催促："怎么不去吃饭？"

丁春山说肚子不饿，说完扭头看了眼庭院甬道尽头的房子。

"哥，你什么时候跟司令说我在老家定了亲？多久前的事了！早就没了！"他的语气带了点微微的抱怨。

豹子一愣："我有吗？"思索片刻他终于想了起来，点头道，"好像是，好几年前了，刚把你调进护卫营的时候提了一句。怎么了？"

"也没什么……"丁春山又扭头，看了眼房子那紧闭的窗户里透出的灯火，迟疑了下，声音压得更低，"哥，你是司令的本家人。你看司令和小苏，是不是关系很好？"

"是啊，"豹子举高枪，就着电灯的光继续仔细地擦着，"司令对小苏很关心。不过这也是应该的。小苏这么能干，又是自家人。"

"不是你说的这种好！"丁春山实在是憋不住了，再靠过去些，"是那种好！哥你真没感觉？"

豹子停了下来："什么叫那种好？关系好就好，还分什么这种那种？"

看来他是不知道的，满肚子的话已经到了嘴边，憋得嘴里都要生疔疮的丁春山忽然想起上司早上临走前那意味深长的一笑，又把话吞了回去："没什么……我吃饭去了。"

算了。丁春山安慰自己。本来这些年，豹子毫无疑问是上司身边最信任、关系也最亲近的人。现在，小苏排第一位了，自己看来是第二位，连豹子也要排在自己的后头了，这样一想，丁春山心里舒服了，顿时觉得这件事接受起来也没那么难了，再回忆昨夜自己无意撞见他们在月下拥吻的那一幕，竟觉得上司和小苏有点相配……

"站住。"身后忽然传来豹子的声音。

丁春山扭头，见他朝着自己走了过来。

"怎么了哥？"

豹子望了眼亮着灯火的房子，神色严肃："司令不是叫你保护小苏吗，给我打起精神，边上也盯紧点！要是外头传出半点对司令不好的传言，我拿你是问！"

丁春山一凛，明白了过来，正色应是。

餐厅里，香槟的玻璃瓶身上因为冷气慢慢地凝结出了一层水珠，晚餐也放凉了。两人终于感到肚子饿，回来吃了饭。贺汉渚带她回到了楼上的房间里，打开留声机，伴着一阵悠扬的曲调，笑着走过来请她跳舞。

苏雪至抱着他的腰，和他脸贴着脸，闭着眼睛，慢慢地跳了一会儿的舞，说："晚上你其实是有话要和我说，所以这么费心思哄我高兴，是不是？"

贺汉渚沉默了片刻，"唔"了一声。

"是和傅明城有关吗？"

他再次"唔"了一声。

"你说吧，我准备好了。"

贺汉渚停了下来，放开她，看了她片刻，终于说道："雪至，今天我和傅明城见了面。他是来提醒我，木村想要刺探你的实验室，让我保护你的安全。就我的感觉，他似乎不愿我插手这件事，并且也没有下决心要和木村划清界限。我是想告诉你，我会继续关注。我希望他能认清立场。但如果，我是说如果，他日后真的替日本人做事了，不管他是出于什么考虑，以傅氏的体量都将是一件影响极大的事，我不会坐视不管。必要的时候，宁可杀了他，毁掉傅氏，也不能任由傅氏落入日本人的手里，沦为他们的工具。"

他说出这话的时候声音平静，话语下却透着一股寒意。

苏雪至慢慢走到窗边，倚了片刻。

贺汉渚跟了过去，停在她的身后，迟疑了下，放缓了声道："我知道你和傅明城很早就认识了，你们的关系一直很是不错。我说的话可能会让你一时难以接受……"

苏雪至忽然转身道："早上你不是问我，那么早起来，一个人在想什么吗？我是在想船王的死。"

贺汉渚一怔。

"我是受了你的启发。你当时觉得傅健生的案子破得太过榫合，去查了江小姐。我在想，既然木村有问题，那么大胆猜测，作为家庭医生，你不觉得船王的死，或许也有可疑？"

贺汉渚微微动容："你怀疑船王之死也是木村下的手？"

"没有证据，但或许是他在其中推动。假如你是木村，想控制傅氏，你觉得和老船王打交道容易，还是和交往多年的傅明城打交道容易？"

这个答案不言而喻。

苏雪至微微蹙眉："我始终觉得，傅明城不是没有底线的人，或许他有苦衷。如果真能证明船王之死和木村有关，不用多说什么，他绝对会和木村势不两立。"

贺汉渚望着她，眼底暗波涌动，颔首："那就去查！"

船王的去世，最早起于他和长子傅健生的争执，他在争执过程中突然晕厥。

苏雪至记得很清楚，去年的那个晚上她原本和傅明城约好一道对罗金虎施行二次解剖，后来他失约就是因为出了这事。

不难推断，船王是在和长子的争执中因为情绪过于激动，引发脑血管破裂，继而导致脑出血，也就是中风。

中风分两种情况，血栓性脑梗死和出血性脑出血，船王属于后者，他去世后的遗体解剖也证明了这一点。

在他首次中风倒下后，经过精心的治疗和护理病情也曾一度得到改善，但随后再次恶化了下去，最后遗憾离世。

重新梳理了这个过程后，关于船王最初中风倒下这一点，苏雪至觉得基本可以排除疑点，大概率就是一个偶然性质的突发意外。而假定自己的猜测也成立的话，应该就是木村抓住这个机会，利用医生的身份在接下来的治疗中做了手脚，如愿后，他再指使江小姐杀了傅健生，顺利地将傅明城送上了新船王的位置，计划得以完美实现。

所以要想查证木村到底是不是船王去世的推手，必须，也只能从船王中风倒下后的治疗着手。

苏雪至很容易就想起了去年在医学校建的那座船王纪念室。那里保存着船王这个医学案例的所有相关医疗档案。

为免引来木村方面的注意，档案不便取来，只能自己前去查看，而且最好有一个正当理由。恰好再过些天，医学院本学年又将开学了，苏雪至也收到过校长发来的邀请，正是个好机会。

几天后，苏雪至乘火车独自回了天城，参加过开学典礼后，借着和新生一起参观船王展览室的机会，她寻了个空到档案室借来资料，从头开始仔细地浏览了一遍。依然没有什么有价值的线索。从船王发病到最后的去世，病历清清楚楚地记录了整个治疗过程，包括用药记录都找不出半点问题。

失望在所难免，不过苏雪至对这份医疗档案原本就不抱太大的希望。假如船王的离世真和木村有关，他是不可能如实记录病历的。

晚上，她和表哥应邀一起到校长家吃了晚饭，又去了趟周家庄看望周小玉，回来后，表哥去警棚，苏雪至回到住的地方。

贺汉渚已在她的房间里等她了。关了门窗，她将结果告诉他。

"我对医学不了解，这方面无法向你提供建议。原本你可以和傅明城接触下，或许会有什么新的发现。但是木村必定已经对他进行了严密的监控，加上傅明城个人到底是怎么想的，也不得而知……"

苏雪至看了他一眼："你好像对他有偏见？"

贺汉渚当即否认："哪里，你误会了。我就事论事而已。"

说这话的时候，他的心里其实有点吃味。

她在天城落脚的这所房子就是傅明城安排的，贺汉渚很早前就知道了，只不过一直没告诉她而已。那段时间就是自己在"考验"她，导致她住进了集体寝室。后来他自己每每想起来，都会觉得懊恼。

"当然，你如果对他十分信任，觉得没任何问题，你和我说，我也可以替你安排，尽快和他见个面。这件事，我完全听从你的意见。"他立刻就转了话题，望着坐在桌前的她正色说道。

苏雪至低头沉思了良久，忽然，她想到了另一个人。

她迅速抬头望向他："傅太太现在人在哪里，你知道吗？"

鉴于她当时急于为亲儿子争夺继承权的状态，她对于船王的治疗情况，必定也是时刻紧密关注。假如木村真的有问题，对傅明城必是严加防范，从傅太太入手，说不定反而会有什么有价值的发现。

"去年船王葬礼过后不久，傅太太身体不大好，据说是被送回到了老家，休养身体。"

"尽快帮我安排下，我想找她了解下情况。"苏雪至立刻说道。

一周之后，苏雪至在贺汉渚的陪同下，两人作普通装扮，在夜色的掩护下秘密来到了傅太太现在居住的地方。

这是一处十分偏僻的乡下，伺候傅太太的老妈子姓张，她告诉苏雪至："太太现在不大好，病在床上了，起不来，又整晚整晚地睡不着觉，一会儿哭，一会儿笑，一会儿很害怕的样子，说见了鬼了，不许我走，说怕鬼会找她，一会儿又恶狠狠地诅咒……"

她絮絮叨叨地念着，说到这里不安地看了眼苏雪至，领她进了一个天井，指着一扇透出昏暗烛火的门说："太太就在里头。"

　　苏雪至接过老妈子端的茶壶，走了进去，快到的时候，大约是脚步声惊动了里头的人，门里突然发出骂声："老张，叫你送个茶水你也磨磨蹭蹭！你也和那些没良心的人一样，看我死了儿子，又被关在这里，这辈子是不能再出头了是不是？你给我瞧着吧，傅明城这个丧尽天良的杂种，他害了我的儿子，他会不得好死的！等他死了，我娘家人就会再接我回去……"

　　苏雪至推开门。

　　傅太太坐在床上，披头散发，冲着门的方向正骂着，忽然看见苏雪至站在门口，她停住，露出了诧异的表情。

　　"是你！"她很快认出了人，手猛地抓住床沿，半边身子探了出来，"你来干什么？你这个害人精！"傅太太瞪大了眼，手掌愤怒地拍着床沿。

　　眼前的傅太太和苏雪至印象里的样子相比，模样变得厉害。不到一年的时间，她没了半点贵太太的样子，现在看起来好像一具被抽干了水的壳子，消瘦而憔悴，一双眼睛红彤彤的，闪着恶狠狠的光。她咬牙切齿，状如噬人。

　　苏雪至走了进去，放下茶壶，看着傅太太，没立刻开口说话。

　　傅太太和她对峙了片刻，突然脸色大变："是傅明城让你来杀我的？他不让我活了是不是？"

　　她的眼睛里露出恐惧的神色，猛地掀开被子，连滚带爬地下了床，连鞋也没穿，见了鬼似的朝外跌跌撞撞地跑去，声嘶力竭地喊："老张！老张！救我！他们要杀我了——"

　　"我是来帮你的，"苏雪至说道，"我来，是为了帮你查谁是真正害了你儿子的凶手。"

　　傅太太猛地停下脚步，回头瞪着苏雪至。

　　"傅太太，我重新调查令郎死因，找你是想向你了解情况。"

　　傅太太定了片刻，反应了过来，猛地朝着苏雪至扑了过去，死死地揪住了她的手臂，攥得苏雪至胳膊都发疼了。

　　"真的？你说的是真的？是傅明城现在倒霉了，你们要重新调查他杀了我儿子的事？"她追问着，嗓音尖利。

　　站在外的贺汉渚看见，皱了皱眉，苏雪至朝他摇了摇头，示意他不要打扰，自己忍着疼，一动不动地任傅太太抓着，安抚道："是，他得罪了大人物。所以需要你的配合。你要把你知道的事，全都告诉我。"

傅太太激动得浑身发抖，喃喃地念着"显灵了显灵了"，念叨了七八声，一把撒开了苏雪至，两手捂住了脸。片刻后，她喘着气，光着脚来回不停地走，走了几圈又猛地停下，望着苏雪至，用讨好的声音说："苏先生，我知道你是好人，你最公平不过了。你想知道什么，你尽管问！"

苏雪至扶着她坐下去，给她倒了杯水，问了她一些傅家的日常之事。

死了儿子，接着又被送到了这个偏僻的地方如同等死，傅太太早已经没了昔日的心气，变成一个终日活在臆想里充满了恐惧和怨气的人。现在听到苏雪至这么说，傅太太如同抓到一根救命稻草，苏雪至问什么，她无所不应。

"船王发病后，傅太太你一直都在旁照顾？"

傅太太点头，随即又摇头，说丈夫不愿她接近，对她很是戒备，基本是由那个江小姐看护的。

提及江小姐，傅太太的牙齿又咬得咯咯作响："坏女人！杀千刀下油锅的坏女人！就是傅明城利用她控制他的父亲，又指使她杀了我儿子！傅明城他自己躲在后头，最后什么事都没有！"接着她又诅咒起了傅明城，恶言不绝。

苏雪至打断她："傅太太，你说傅明城利用江小姐控制船王，那么你回想一下，从船王发病倒下到他去世前的那段时间，你有没有发现木村先生或者江小姐有什么反常的情况？"

傅太太回想了下，一时却也想不出什么反常情况，又怕这么说了小苏会打消对傅明城的怀疑，便拼命地想。

"不能捏造事实。如果你撒了谎，影响查案，反而是在帮助傅明城，证明他的无辜。"苏雪至正色警告。

傅太太本正想着怎么捏造点事出来，对上了苏雪至投来的冷峻目光，心神一凛，慌忙道："是，是，我知道，我不会的……"

苏雪至点头，声音也缓和了："你别急，慢慢来。尤其是在船王病情有所好转后的那段时间，他每天吃的药，和木村医生的见面，你仔细想一下有没出过意外？无论大小，只要和平时不一样，你要是有印象就告诉我。"

傅太太冥思苦想了半晌，痛苦地用拳头狠狠地敲自己的头，绝望地嚷道："有的！一定有的！就是我一时想不起来了！全怪傅明城！他把我关在这里，我现在的记性也毁了！他恨我，他就是想我死！小苏你先别走，你留下来，容我慢慢想，我总能想出来的！"

苏雪至再次压下心中的失望，正想答应她自己在这里过个夜，忽然傅太太抬头："我想起来一件事。就是不知道有没有用。"

"你说。再小的事也可以。"苏雪至立刻鼓励她。

傅太太喝了口水，回忆道："那天我去看老爷，我走进房间，江小姐正在配着老爷要吃的药，连我进来也没听到。我走到她的身后叫了她一声，她好像吓了一跳，把手里的药瓶子都打翻了，药片撒到了地上。我当时不高兴，责备了她几句，她连声向我赔罪，说是做事太过认真，没听到我的声音。"傅太太激动地比画着，"我现在越想越觉得可疑。那个江小姐分明就是做贼心虚！否则我就只是进去叫了她一声，她怎么就吓了一跳？她是死了，可还有傅明城！你一定要好好查一下！"

苏雪至追问道："撒了的药片是什么，你知道吗？"

傅太太摇头："这个我就不知道了。我只记得是白色的，圆圆的……"

很多药都是这个样子，包括船王病历上当时吃的几种药。

苏雪至想了下，问她还有没有别的回忆。傅太太又使劲想了一会儿，实在是想不出来了。

苏雪至知道傅太太应该确实没别的线索了，起身告辞。

当夜，苏雪至在贺汉渚的陪伴下踏上了归途。循着来时的路，先乘船再坐火车北上。车厢里，她靠在贺汉渚的肩上，闭目假寐。

她回忆着自己和木村的往来，从认识到跟着傅明城去他的家中做客，再到后来的周小玉的事情……

突然，她打住了。她想起了一件当时也令她感到了意外的旧事，但那事在当时看来没什么特殊的意义，现在回头再想……

她的心跳蓦然加快，再次仔细回忆当时的经过，越想越觉得自己的猜测是有道理的，甚至结论几乎呼之欲出了。但是……

证据！在得出最后的结论之前，她仍需要最后的证据！

令人疲乏的漫长的旅途终于结束，火车缓缓入站。

贺汉渚以为她睡着了，低头看了她一眼，轻轻叫了她一声，却见她蓦然睁开眼睛，抬头望向自己，目光闪亮无比。

"我需要船王病发那段时间里清和医院阿司匹林的入库和使用记录。你能尽快帮我搞过来吗？"

又一个夜幕降临。

天城南郊，在木村的家中，傅明城见到了那位大名鼎鼎的学者横川。这位老者的面容清癯，目光温和而有神，一头花白的头发，中国话说得极其地道，学者风范显露无遗。倘若不是知道对方身份，任谁见到如此一位风度高雅的老者，都不会将他和军方顾问的身份联系起来。

根据木村的说法，是横川知道傅明城后对他很有兴趣，也十分赏识，所以不辞劳苦，特意秘密来到这里，为的就是想要见这个后辈。

西屋静室，焚香煮茶。

傅明城到得最迟，他神色阴郁，入座后除了向对面的横川微微顿首以表初次见面的礼节外便沉默无言，并未表现出任何的尊敬或者谦恭之意。

木村神色略显不悦。

横川却丝毫不以为忤，注目片刻，对木村微笑道："眉目温煦，人中深阔。这是生命宽厚、寿福绵长的象征。"

木村恭敬地道："老师您说得对。"

傅明城知道横川在讲自己，却依然沉默着。

木村转向他道："明城，当年你来日本留学的时候，老师刚结束他在中国的三十年苦行，回国闭关，潜心著述，所以你没见过老师。但我很早就在老师面前谈起过你，老师对你并不陌生，他还看过你的毕业论文，十分赞赏，将你视作他的一脉子弟。"

要知道，现在在岛国多少人钻破脑袋想和横川搭上关系却苦于没有门路。学术界不用说，军方、政界乃至商界之人，也无不以能与横川交往为荣。但横川却概不受礼，将无数的人拒之门外。现在他将傅明城认作是自己的一脉子弟，这在岛国绝对是无数人梦寐以求的无上荣耀。

傅明城的神色没有多大的变化，向对面的横川微微颔首："承您谬赞。我自知驽钝，不敢辱先生的门宗。"

木村再次不悦地微微皱眉。

横川却依然含笑看了眼傅明城，说："年轻人有自己的想法，我很赞赏。我年轻的时候决意放弃一切游历中国，我的师友获悉我的决定，无不劝阻。假如那个时候我没有坚持，也就不会有今天的著书。"

"老师的功绩无人能及，您隐忍的心性，无私的奉献，更是令我高山仰止。"

横川微微摆手："游历中国的三十年，你们知道什么事令我印象最为深刻吗？"

傅明城依然沉默着。

木村也不知道，自然不敢乱说，垂首道："请老师明示。"

"这三十年来，我的身边只有一名随从，旅途多次遇险，至于无饭可吃无水可饮的困境，更是如同家常便饭。如果不是屡屡有乡民救助，我恐怕早就已经死在路上了。中国民众的善良令我印象深刻，终生不忘。"

木村动容："老师也是一路行医救命无数，您是我的楷模。"

"学医出身，这是本分之事，没什么可说的。但正是这三十年的游历，令我对中国民众的苦难有了切肤之痛。我经过的很多地方，饿殍千里，哀鸿遍地。世界本当大同，此生如能看到中国民众脱离困苦，与我日本共荣，那么我这三十年的时间也就没有白费。"

"老师您放心！"木村神色坚毅，"我们现在做的正是这件事，帮助中国脱离落后，改善民生——"木村转向傅明城，"明城，今天叫你来，也是有件事需要你的加入。在我们日本牛痘疫苗的接种已经十分普遍，尤其孩童更是如此。但在中国，迄今为止接受过牛痘疫苗的孩童却是寥寥无几。去年老师著述再版，他将稿酬所得折合共计大约五千银圆悉数奉出，叫我为中国孩童开展牛痘疫苗的接种。你也是医生，这件事的好处你应当知道。但我现在除了医院还有别的事务缠身，所以将你也叫来，希望搭一把手，和我一道共同促进这个计划的推进，以免辜负了老师的良苦用心。"

傅明城开口："多谢横川先生的心意。这件事我愿意加入。"

横川微笑点头："交给你们了。"

木村太太躬身来请三人前去用饭，说晚餐准备好了。

饭毕，趁着微微酒兴，木村将横川请入书房鉴赏字画，又对傅明城解释道："老师生平唯一爱好便是书法，我如今的这么一点志趣也来自老师的影响。老师尤推王铎草书，认为他是继王右军之后的又一书圣，他的《拟山园帖》，堪称神笔，甚至犹在王右军之上。"他转向横川，"知道老师要来，我收了一幅据说是王铎真迹的草书，但我自己不是很确定，想请老师鉴定一番。"

横川流露出兴味。

木村净手后，取出一幅泛黄的卷轴，放在桌上缓缓摊开。

横川上前仔细鉴赏了一番，微微激动地赞叹道："笔法纵逸，龙蛇舞动，气韵流畅，自成一派，应是真迹无疑。"

木村笑道："那就借花献佛，请老师带回去慢慢赏评。我知道老师一向不收礼物。这是机缘之下收来的，权当学生的一番心意，请老师不要推辞。假如老师肯挥毫留书一幅，学生更是无比荣幸。"

横川显然十分喜爱这幅字，今晚的兴致也是不错，于是答应。他来到书案之前，提笔蘸墨，沉吟片刻，挥毫写下了几个字。

傅明城看去，见是"适彼乐国"四个大字，笔墨丰厚，直扑眼帘。

横川写完后，在木村不绝于口的盛赞中看了他一眼。

当晚，横川尽兴，在便衣护卫的保护下先行离去。

傅明城随后也告辞。

木村送他出来，边走边谈笑："明城，你当也知道王铎。明末名流，有感于明室腐朽，哀民生艰难，于是在顺治元年，毅然入清为官，先后得授礼部尚书、弘文院学士，太子少保，到顺治九年逝世，不但尽享荣华，得谥号文安，他的身后之名和他的书法一样，历几百年而不衰，到了现在，依然备受推崇。"他停在了门口，"明城，我为什么要帮你，而不是去扶持你的那个兄长？原因只有一个，我也曾不止一次对你讲过，我非常欣赏你。你有着超越你们绝大部分中国人的头脑和能力，我又认识你多年，你宽厚而温良，这更是我所激赏的优点。如果你能理解并支持我的良苦用心，和我全力合作，这无论对于你我，或者两国而言，都是莫大的好事。"

他的言语真挚，掏心置腹。

傅明城依然沉默着。

木村脸上也还是带笑，目光却开始透出寒意，语调微变："我大日本扶助你们中国，是希望你们能够和我们一道发展，享受先进政治制度和经济制度带来的利益，这是大势所趋，谁也无法阻挡。不只是民间，我们在你们政府的内部也拥有着广泛的支持。明城，你有实业兴国之心，你也有这个能力。是不自量力螳臂挡车，还是知机识世，做大丈夫投身洪流，为你的国，你们苦难深重的民众做真正有用的实事，全在于你的抉择。我的老师对你也是寄予厚望。他最后手书四字，个中深意，你回去可以慢慢体会——"

傅明城正在出神，这时远处有人骑了辆自行车，匆匆忙忙地沿着村道拼命地朝着这边蹬了过来，正是清和医院主管行政的副院长，他看见木村站在门口灯笼下的身影，喊道："院长，不好了，医院出事了！"

木村皱了皱眉，那人这才留意到了一旁的傅明城，急忙闭口，骑到近前，丢下车不停地擦汗。

"出什么事了？"木村问。

对方忙上前，说晚上警察局突然来人闯入医院，声称又有人告发清和医院打着治病救人的幌子，行盗尸挖心、吞吃孩童等罪恶之事，且声称证据确凿。苦主也来了，在医院门口哭诉，至少有几百人包围住了医院，警察则封了前后门，把当班的医生护士都给赶了出来，说是要搜查证据。

清和医院当初选址的时候，出于亲民的考虑特意建在老城一带，所以从行政管理来说归属天城警局。

木村的脸色难看了起来："包围医院的都是什么人？"

"那些人看着都是百姓，但其中几个带头闹事的却是四方会的小混混！之前圣玛丽医院就雇他们发放广告单子，一天到晚在我们医院门口拉人去那边看病！今晚的事应该就是圣玛丽医院买通小混混们故意找事，又恶意散播谣言，破坏我们医院的正常经营！"

天城今年新开了一家法国人的医院，双方难免就有竞争。虽然清和医院一再忍让，但刚来的法国医院却将清和医院视为对手。

木村沉吟着。

傅明城便问是否需要自己出面去找市长。

木村想了下，摇头："还是由我去找领事馆，让领事馆出面解决，这样更方便些，以绝后患！"

傅明城也就不再插手，告辞离开。

木村有事，也不再留他，吩咐了副院长几句，随即分头行事，自己去找领事，那个副院长则先赶回医院。

第七章

　　虽然已快半夜，但在清和医院大门的附近却还是挤得水泄不通。医院门口被警察守住，不许出入；当班的医生护士站在外头；几个穿着花花绿绿褂子一看就是小混混模样的人则跳着脚，领着身后的人怒骂，指责医院丧尽天良；地上躺了个撒泼的女人，长一声短一声地哭嚎："我的亲男人哎，可怜你死了都不得安生，要被他们开膛剖腹掏心挖肺……"剩下那些看热闹的百姓则议论纷纷，说什么的都有。

　　"不会吧，又来了！上次都这样说，最后不是澄清了吗！木村院长是个大好人！活菩萨转世！上次就帮我老娘看好了病！"

　　"知人知面不知心！表面一套，背后一套多了去了！"

　　"就是就是！听说清和医院拉死人去开膛剖腹。日本人还喜欢拿芥末蘸着小孩的心吃！"

　　副院长奋力推开人群挤了进去，叫守在门口的警察传话，过了半晌，里头终于出来了一个人，正是今晚领人来搜医院的侯长清——警察局局长孙孟先的幕僚兼副手。

　　副院长将侯长清请到医院门内的一个角落，解释说清和医院确实会解剖尸体，但那是正常的流程。医院的病床分三等，会有几个最低等的号留给那些没有钱看病的人，免费救治。但在入住前会先和家属签订合同，约定如果不治而亡自愿将遗体捐给医院用作科学研究。

　　"长官，不只我们医院这样，就是京师的医院也有这样的做法，你们完全可以去求证！门外那个女人纯粹是受人挑唆跑来讹诈！我们有她之前摁过手印的合同！至于挖心那更是无稽之谈，是有心人在恶意抹黑我们医院！"

　　侯长清的脸色好了些："不早说？有这种操作，为什么不去备案？看看，现在造成了多坏的影响！我们也是没办法，照章办事。"

　　木村是让副院长回来，先尽快恢复秩序的。他心里骂着这些人，敲骨吸髓，吃人不吐骨头，手里却塞了一筒银圆过去，笑道："既然误会澄清，兄弟们也辛苦，劳烦您撤队，带大家伙吃个消夜，我们医院也好尽快恢复秩序。里头的住院病人受不得惊吓。"

侯长清掂了掂钱，这才叫了手下过来，吩咐收队，临走前让他们尽快去备案，免得再有这样的误会，说完带着人走了。

他们走了，四方会的小混混自然也溜了，看热闹的人也陆陆续续地散去。闹腾了半个晚上的清和医院终于又恢复了平静。

副院长带着医生和护士进去。

住院区的病人倒是没受什么打扰，但办公室却遭了大殃，如蝗虫过境，狼藉一片，不但翻箱倒柜，锁都被撬开了，满地全是乱丢的各种散乱文件，最后经过查点，竟还丢了些财物，连他办公桌上的一只黄铜镇纸都不见了。

副院长一边指挥人收拾，一边叹气。

傅明城这一夜回去后，失眠到了天亮。第二天，他得知消息，昨夜清和医院那边果然是法国医院雇了人去闹出来的事。

日本领事找法国领事，一开始法国佬拒不承认，两边差点翻脸，后来医院顶不住了，承认确实和他们有关，但解释说他们也没想到事情会闹得这么大。周市长就去问警察局长。孙孟先叫屈，称自己不过是派人过去走走场而已，当夜就收了兵。一通和稀泥后，那家法国医院承诺以后不再针对清和医院，四方会说要清除害群之马，这事也就如同一个小插曲不了了之。

傅明城心事重重，自然也不会关注这些事情。傍晚他独自坐在傅氏大楼的办公室里，神思恍惚之际，桌上的电话响了起来。

他接起电话，一道熟悉的声音传入耳中。

电话是苏雪至打来的，告诉他她的西场实验室现在遇到了一个新的问题，需要和他商量后续，希望能和他尽快见个面。

她已经知道木村要自己刺探她工作的事了，现在却还主动约他见面。傅明城的直觉告诉他，事情不会这么简单。

日本人无孔不入，或许自己这条正在通话的电话线也不安全。她应该也知道这一点，电话里她的语气很是寻常。

傅明城几乎想都没想，一口就答应了下来。

"我去你那里吧。晚上见。"

两城车距四五个小时，他傍晚便出发，在深夜的时候抵达。

他将车停在路边，沿着山麓小道步行到了西场的大门之外。

她亲自出来迎他。

"后头有尾巴。"他低低地说了一句。

苏雪至望了眼他来的那条黑漆漆的小路，微微一笑，也低声道："我是研究项目的资金遇到了困难，急需得到你这位财神爷的继续资助。"

傅明城自然明白这是她为他准备应对木村的见面理由。他也隐隐有了猜想，她想见自己的目的大约是和贺汉渚那天在船上和他说的话差不多。她希望用委婉的方式来提醒他，不要站错位置。

他的心情压抑而低落，而且带了几分不合时宜地想起了她刚来天城的那段时间，那个时候她仿佛脱茧而出，光芒四射。而她和贺汉渚的关系也还远远没有发展到如现在这样……

他的心里涌出了一团酸涩的感觉。带了些恍惚的神思，他随她来到一排实验室模样的平房前，走进最靠里的一扇门，里面亮着灯，没有人。

"你前些天约见贺汉渚，他把事情告诉我了。谢谢你，非常感谢。"灯下，她望着他说道。

明亮的灯光令人无所遁形。

傅明城很快驱散心里的杂念，打起精神，迎着她投来的目光道："其实不必我的提醒，我想你自己大约也是有所防备了。不必和我客气。"

"现在关于我这里的事，你还可以应对。日后，木村要是紧逼不放，你真没问题？"她望着他，目光里带着关切。

那天在船上的时候，贺汉渚也问过同样的问题。但是那天他不想多说半个字。

而她却不同。相同的话从她的口中说出来，便令他感到了些暖意。

"不用担心，"他解释，"其实，就算我现在直接告诉木村，我不会替他做这种事，他也不敢对我怎么样。他处心积虑和我往来了这么多年，他是另有所图。你的实验室于他而言，只是一个意外。孰轻孰重，他清楚得很。我先拖着，免得他另外对付你，别的，将来再说吧——"

他不想再谈这个话题了，主动发问："你找我，什么事？"

苏雪至从办公桌的抽屉里拿出一瓶药，展示给他看。

是阿司匹林。

傅明城将目光从药瓶子上挪开，望向她："这药怎么了？"

"阿司匹林解热镇痛。但这种药除了这个功效，你知道它还有什么别

一三五

的特性吗？"她问他。

傅明城微微一怔。

这是一种正式面世时间还不算长的西药，因为它具备的卓越的解热镇痛的功效，上市不久就获得了广泛的认可，不过因为在国外有专利保护的限制，产量供不应求，国内货源有限，价格还曾一度涨得奇高。

"这个问题我没研究，我无法回答。"傅明城据实以告。

"这种药除了解热镇痛还有另一个特性，它具有抗血小板凝集的作用。如你所知，我们的伤口之所以能止血，是血管收缩，血小板血栓形成，最后血液凝固这么一个过程。如果血小板功能缺失，血很难止住。关于阿司匹林和出血的关系，我准备了个简单而直观的试验，你可以来看。"

苏雪至带着傅明城进入了里面的实验室。她穿上白大衣，戴了手套，从一笼实验鼠取出其中一只带有标签，奄奄一息的老鼠，麻醉后解剖。结果显示，鼠的肠胃管壁和内脏等部位有不正常的出血现象。

她再次解剖了一只带着相同标签的鼠。结果一样。

苏雪至脱了手套和外衣，洗手后，带着傅明城出来，解释道："这些带着标签的实验鼠摄入了相对于它们体重而言的大剂量的阿司匹林，所以无一例外，出现了这样的出血现象。"

傅明城看着她，凝神听她说话，眼睛一眨不眨。

"现在我们对于心脑血管疾病的研究才刚起步，但你肯定也知道，中风分为两种，一种是缺血性的脑梗死，另外一种则是脑出血……"

当她说到这里的时候，他的面容忽然掠过了一缕黯然之色。

苏雪至顿了一下："抱歉，我知道提及这个，对你来说不是什么好的回忆……"

"不，没关系。你讲这个一定有你的道理，你继续。"他很快恢复如常。

苏雪至点头："对患有缺血性心脑血管疾病的病人来说，使用这种药，通过拮抗血小板的凝集改善血液循环，可以起到一定的预防和治疗作用。但是这就像是一把双刃剑。你还记得去年我们曾一起探讨过的关于周小玉的病例吗？像她这样的血友病患者，是不能使用阿司匹林的。阿司匹林会令她的伤口流血加剧，甚至导致体内大出血，危及生命。"

傅明城听到这里的时候看向苏雪至，似乎想说什么又忍住了。

"我知道你的疑虑。我之所以了解这一点，就是因为我之前凑巧做过这方面的研究。"苏雪至解释了一句，"这并不重要。我将你请来，其实是想和你说一件事，我可以肯定地告诉你，木村他也知道阿司匹林的另外一种功效。在你不知道，全世界绝大部分医师和药学家也都不知道的时候，他就已经知道了。之前你不是告诉过我，木村是血液方面的专家吗？我猜测，应该就是他在试验的过程中无意发现了阿司匹林的这种功效。"

"你为什么肯定他也知道阿司匹林的这种功效？"他插了一句。

她将去年周小玉出院后，她担心出意外打电话到医院提醒不能给周小玉用阿司匹林，护士却告诉她木村院长已经提前吩咐过的事讲了一遍。

"当时我只是敬佩木村对药物的过人认知，但是现在我却想到了另外一件事——"她看着傅明城，加重了语气，"既然木村知道周小玉不能使用阿司匹林，那么他必然也十分清楚，患过脑出血的病人在康复期间绝对不能服用阿司匹林。否则，治病的良药就会变成谋杀的毒药！"

傅明城脸色剧变，猛地站了起来。

"你是说，木村在我父亲脑出血后，还给他服用了阿司匹林？！"

苏雪至点头："是。"

她再将自己前些天去找傅太太，从她口中听到的关于江小姐的反常也讲了一遍。

"不止如此。我也查到了证据，可以从侧面证明我的这个猜想。"

"什么证据？"傅明城牙关紧咬，一只手紧紧地抓住桌角，手背青筋迸突。

"昨晚清和医院出的事，你应该也有所耳闻。是我托贺汉渚帮的忙。警察封住医院前后门的时候，几个精通统计的专业人员也进去了，找出了去年你父亲病倒后那两个月医院的阿司匹林入库和出库记录并当场做了统计。库存统计结果显示，那段时间，清和医院阿司匹林的入库量和发放量存在缺口，发放登记少了两瓶，共计一百片。因为账册不方便拿走，将相关的页面全部拍了照，今天赶着洗出来了。你可以自己看一下。"

苏雪至又取出了一只文件袋。

"药物出了库，却没有用在医院的正常科室里，那两瓶凭空消失的药去了哪里？我合理推断就是用在了你父亲这里。是阿司匹林的摄入才导致令尊本已有所好转的病情发生了恶化，加剧了脑出血，最后不幸去世。我的结论是木村在令尊出意外后利用了他对药物可谓超时代的认知，蓄谋杀死了你的父亲。"

苏雪至说完将手中那只装了照片的牛皮纸袋放到桌上，朝着傅明城推了过去。

傅明城却恍若未闻。他的双目紧闭，仰面向天，僵立在桌旁一动不动。

良久，他终于睁开了眼睛，那双仿佛透着血的眼慢慢地转向了苏雪至。

他用嘶哑得近乎刺耳的声，一字一句地道："贺汉渚呢，他也来了吧。你请他来，我有话和他说。"

贺汉渚今晚确实也在这里，只是应苏雪至的要求暂时避开了。

她在附近的一处空场角落里看到了他。他背对着这边，双手插兜而立，背影望去，似在凝望夜影中的远山。听到了她靠近的脚步声，他转过头，很快走了过来。

傅明城坐在椅中。他的身体前倾，深深地弯下了腰，双肘撑在膝上，手指插入了他的头发，乍看一动不动，但仔细再看，就会发现他的肩膀在微微地颤抖着。

苏雪至不敢贸然打扰，她停在了门外悄然等待。片刻后，见他抬起头，慢慢坐直身体，她才走了进去。

傅明城的目光又落到了随她而入的贺汉渚的身上。起初二人都没开口，一坐一立，寂然无声。

苏雪至迟疑了下："或者你们谈吧，我先出去。"

"你不用走，没什么是你不能听的。"傅明城开口，阻拦了她。

"这个仇，我会报。我必手刃木村，告慰父亲在天之灵。"他切齿道，说完闭目，深深地吸了一口气，再次睁眼时他的神色恢复了些，站了起来。

"没有你们两位抽丝剥茧追查至今，我大约永远也不会知道家父的真正死因，我也会被木村蒙在鼓里，被他玩弄在股掌之上。我要谢谢你们。"

他躬身。

贺汉渚迈步朝他走去，问道："你是不是有难言之隐？"

"事到如今，也没什么可隐瞒。我承认，在我兄长之死的这件事上，我放任了我的私心。我对他没有感情，或者说我对他有的只是厌恶的消极感情，尤其在我父亲因为他的缘故倒下之后，我的心里只剩下了恨意。我开始不能容忍父亲一生的心血就这样被他夺走。我和木村往来了多年，此前他隐藏起了他的凶残，只向我展露了他作为学者和医生救死扶伤，以仁心博爱自居的一面。那个时候，我想不到江小姐会是他的棋子。在事发之前，我确曾怀疑过江小姐和我妹妹的私下关系以及企图，但我最后选择了忽略。从道德审判的角度来说，我无异于同犯，没去阻止我本可以阻止的一场杀人行为。也正是因为我的这种私心和冷酷，令我落入了木村的圈套。他现在一边拿我长兄之死拿捏我，一边怀柔政策劝我投向他。"他一口气说完，望向贺汉渚，"贺司令，那天船上你对我的告诫，我收下了。将来哪怕自毁傅氏，我也不会做日本人的工具。你放心吧。"

"那么，你打算怎样报仇？"

"我固然曾被木村蒙蔽，但交往多年，此人的性情我多少也是有些了解。就像雪至刚才说的，他利用了他超时代的医学知识谋杀了我的父亲。从前我之所以尊敬他，和他在医学上确实是个天才型的学者也有一定的关系。他的性格谨慎，但在他的身上却又带着这种天才型学者所特有的自负。在他设计谋杀我父亲的时候，他大概从头到尾都没想到过他的马脚会被雪至识破，谋算功亏一篑。他的地位不低，我没法立刻动手。回去后我会继续和他周旋，等有机会，我必除他，绝不容他多活！"

傅明城眼底犹带红丝，但说出这话的时候却是毫不犹豫，目光中透出了一股刻骨的仇恨和冷意。

贺汉渚继续说道："有个姓横川的大人物，原本的身份是医生和学者，曾花费三十年的时间游历中国，现在被军方聘为中国事务总顾问，不久前来到中国。这个人你知道吗？"

傅明城点头："很巧，昨晚木村那里，你说的这位横川也在。木村就是他的学生。"

贺汉渚再次道："傅老板，据我所知横川现在在岛国的地位很高，而且十分特殊。出于他们野心的需要，说横川被神化、锻造成了一尊精神偶像也不为过。这种级别的人突然来到中国，你有没想过这背后的目的是什么。"

傅明城对上了贺汉渚深沉而冷静的目光，他一怔，很快意会："我明白了。杀木村，不过去一人而已……"他停下，沉吟了片刻，冷冷地道，"既然木村煞费苦心要我为他做事，我想我可以试一试的。"

他看着贺汉渚："我会盯着他们的。"

贺汉渚提醒："这是一群凶残而狡猾的对手。你量力而为，以自己的安全为上。"

"我会小心的。我先走了，有消息通知你。"

他朝贺汉渚点了点头，又望了眼苏雪至，随即离开。

"等一下。"贺汉渚忽然叫住了他，看向刚才一直都在静听着两人说话，此刻仿佛有些走神的苏雪至。

"雪至，木村想必是出于他职业的关系，所以对你的实验室紧盯不放。上次你又治好了两例难症，瞒不过他的。他现在要傅先生利用身份便利来刺探，如果总是一无所获，一来难保他不会对傅先生起疑，二来，你在明他在暗，增加了你的危险。有没有可能给木村提供什么假的信息能骗过他，这样傅先生可以博得木村的信任，你这边也相对安全些，省得被贼日夜惦记。"

"当然，"他紧接着又说，"我是个外行，对医学这方面所知不多，也不知道这个建议是否可行，仅供你们参考。"

苏雪至望向贺汉渚和傅明城。

"很巧，我也正想到这一点。"她露出一抹笑意，随即看着傅明城，"明城，你知道安替比林吧？它刚被造出来的时候，和更早些的阿司匹林一样，因为具有解热退烧的功效都曾一度被寄予厚望，希望可以治愈因为败血感染等原因而引起的人体发热。当然，最后证明无论是阿司匹林还是更新的安替比林对于人体因为细菌感染而引起的发烧都束手无策。"

傅明城知道这应该只是她的引语，便没打断。

苏雪至接着道："你可以去告诉木村先生，我的实验室始终没有放弃对安替比林的研究。现在正在以这种药物为基础引入了一种新的物质，称为二甲氨基，合成新药后姑且命名为氨基比林。然后在氨基比林的基础上，我们又在研制新的衍生物，其基本结构是苯胺侧链延长的一种环状化合物，可以命名为吡唑酮。这类药物除了解热镇痛，还具有消炎的作用。我治愈的那两例病例，就是使用了这类试验性的消炎药物。但因为合成过程很不稳定，所以我们还在继续研发稳定的合成方法。等我这两天有空，我会尽快给你做一份相关的实验资料，再过些时候，你自己看情况，有必要的话可以透露给木村先生。"

"木村先生如果对这个结果还不满足，你再接着告诉他，我们还计划继续研究，在氨基比林的甲基结构中，继续试着引入一种叫亚甲基磺酸钠的物质。如果运气好，就有可能得到一种水溶性增大的、可制成注射剂的新药，姑且叫作安乃近吧，其解热镇痛的作用迅速、强大，且毒性大大地被降低了，尤其针对难以控制的高热，非常有效！"她说着，唇边露出带着促狭的笑意。

贺汉渚听得是一脸蒙，完全不知所云，也不想自曝其短，索性闭口。

傅明城能够理解她的意思，但说实话他也不能完全跟得上。但他有一种感觉，她说出来的这些绝对不是信口开河，而是能够取信木村的东西。

傅明城颔首："这样最好不过，辛苦你了。"

苏雪至亲自将傅明城送走，转身进来，她一边走路，一边想着这个主意，忍不住又想笑。

　　"你到底在笑什么？"贺汉渚见她一个人突然又在发笑的样子，便扭脸看她，不解地发问。

　　木村确实算个医学天才了，又有日本的军方背景作加持，他要是真的能带领团队提早研制出这些新药，令解热退烧药物家族扩增成员，也算是对人类的健康和当代的医药进步做出了杰出的贡献。

　　可惜这个就算自己说了，贺汉渚也不懂，真是遗憾。

　　苏雪至便挽住他的胳膊，低声地笑："你别管！晚上算是暂时解决了明城的问题，我心里高兴都不行吗。"

　　到了门口，她松开了他的胳膊，在他耳边低语着和他道别。

　　"我进去了。你也回吧，早点睡觉。"

　　"嗯。"他只低低地应了一声，算是对她赶他走的回应。

　　苏雪至看了眼左右。

　　近旁房间里的灯都已熄了，周围光线昏暗，她飞快地亲了一下他的脸。

　　"快回吧。"亲完了人，她又哄了他一下，接着和他摇了摇手，轻声道晚安，随即推门进了房间，拉上窗帘，顺手锁上了门。

　　她开了灯，正要洗漱准备休息，脑海里忽然冒出了一点关于做资料报告的火花。夜深人静，耳边没有半点杂音，她感到自己思维敏捷，一坐下就进入状态。十几分钟眨眼过去。她看了眼表，打算再工作半个小时就去休息，继续伏案，这时耳边忽然传来一道轻微的叩门之声。她的思路被打断了，抬头看了一眼反锁的门，心里忽然生出一种感觉，立刻放下笔，过去开门。

　　果然如她所想，是贺汉渚。他还没走，立在门外的一片夜色里。

　　门开了一半，房间里的灯光透过去，投到他的脸上，映得脸容轮廓一半明，一半暗。

　　"你怎么还没走……"她惊讶地压低声问，话还没说完他便伸手握住了她开门后还搭在门把上的那只手用力拽了一下。

　　苏雪至扑进他的怀里。他将她困在了门口的墙边，低下头温柔地吻了吻她的额，接着，唇沿着她的面庞游移到了她的耳畔，低低地质问着她："几天没一起了？你自己数数。"

　　这些天她寸步没出西场大门，两人上次在一起过夜差不多是一周前的事了。

几分无奈，还有点甜蜜之感。她不放心地又看了眼左右的隔壁，再次和他耳语："我这里不行……"

"去我那里。"他的语气斩钉截铁。

苏雪至终于还是被他带到了别墅里。

他们又在一起洗澡。他带了点惩罚似的咬她，牙齿锋利，一点怜惜也无。她吃了痛，"哎哟"一声，抬手揪住了他浓密的乌黑头发，他置若罔闻。她真的恼了，伸手打他，水花被她拍得四溅。他英俊的脸溅满水，连乌黑的眼睫上也沾着晶莹的水滴。她不满的强烈反抗非但没有起到阻止他的作用，反而令他更加兴致勃勃。

他慢慢地停了下来，最后紧紧地抱住了她，却不动了。

"怎么了？去拿啊，快点……"

那玩意儿在房间床头柜的抽屉里。

他停了下来，她自己倒被他勾得气息不定了，反而催促起他。

"上次已经用完了……"他垂下脑袋，下巴压在了她单薄而圆滑的肩上，在她的耳边闷闷地说了一句。

苏雪至被他提醒，终于也想了起来。

虽然没看到他的脸，但也能想象他此刻的表情。

她再次扭回她那张湿漉漉的脸，洁白的小尖齿咬着嫣红的唇，轻笑："没有那东西，你别想碰我。"

她在幸灾乐祸，半点儿也不同情他。

贺汉渚抬臂，一下扯来了大毛巾，一言不发地擦干两人身体，再将她抱了出来，放到床上，先替她套上了衣服，然后让她躺在自己的怀里，他则靠在床头，一臂枕在脑后，静静地看着卧在自己胸膛上的女孩。

晚上她叫他明城了，贺汉渚微微眯着眼，回忆着这个令他感到不快的称谓，想着他们的关系什么时候已经熟悉到了这样的地步。她从一开始就护着对方，认为他不会做不该做的事。

他知道，自己的气量已狭隘到了连他自己都鄙视的地步，但他真的很难完全做到释然。

有时候，贺汉渚有一种冲动，他恨不得立刻向满世界的所有人都宣告她是女孩，是他贺汉渚的女人。他想正大光明地请她和自己一起跳一支舞，想和穿着美丽衣裙的她去最好的饭店吃饭，想牵她的手去公园里散步，不必躲避任何人的注目。当别人看到他们的时候，他可以微笑着介绍她是他的女朋友。将来如果他足够幸运的话，她应该会是他的太太，甚至，会是他的女儿或者儿子的母亲……

"你在想什么？"他的异常安静终于令苏雪至也感到有点奇怪了。

刚才在浴室里他分明是那么的急切。现在回到床上了，她还以为他不会甘心就这么结束，却没想到他安静如斯。

"晚上你叫傅明城什么？"

苏雪至一怔，想了下："明城？"

他的脸上带着微笑，手抚着她光滑如剥壳的鸡蛋的肌肤，仿佛和她在聊天："你都这么叫他了，那你怎么叫我的？"

她眨了下眼睛。

"贺汉渚。"

他的笑意消失。

她改口："汉渚。"

他面无表情。

"烟桥……"

他依然没什么好脸色。

最后她咬了咬唇，水汪汪的眼睛看着他，表情可怜巴巴："表舅呢，行不行……"

"皮痒了，故意找事，是不是？"他盯着她，咬牙切齿。

苏雪至终于忍不住吃吃地笑着，坐了起来，伸出两只胳膊，攀住他的脖颈，将自己的红唇贴到了他的耳边："你是我的先生，独一无二的先生。世界上我最喜欢的人。我的男人。我将来的丈夫。如果我有孩子，你就是他们的父亲。这样，你满意了吗？"

贺汉渚靠在床头上，怔怔地凝视着面前笑吟吟的脸，一动不动。

苏雪至扬了扬下巴，"哼"了一声："我都这样说了，你还不满意？你也太小气了……"

她话音未落，便又低低地惊呼了一声。

贺汉渚一个翻身将她压在了枕上，低头狠狠地吻住了她。

苏雪至意乱情迷，不知道过了多久，她抱着这个浑身灼热的男人，只觉再也无法拒绝他。她知道他将会因此而得到极大的愉悦和满足。这应该也是他一直就想要的，之前他就不止一次半是说笑半是认真地向她抱怨嫌那玩意碍事。

她一定是疯了，就在今夜此刻，忽然就想允了他。

"你要是真的想要，也是可以的……"她闭着眼，在他耳边轻轻地喘着气，"今天是我的安全期。再说了……"她略一迟疑，"真要有了，那就有吧，另做打算，也不是不可能的……"

她的睫毛微微颤抖，等着他的到来。但男人却停了下来。

她慢慢地睁开眼睛，对上了男人那一双正俯视着自己的眼。

他的额上带着一层薄薄的热汗，眸底也还隐隐染着几分激情，但他的神色却深沉如渊，苏雪至一时有点不知道他在想什么。只见他凝视着自己良久，长长地呼出了一口气，从她身上翻了下去，将她揽进怀里，吻了下她。

"还是下次吧。其实这样抱着你睡觉，也是很好的。"他微笑着说道。

"睡吧，明天你还要早起做事的。"他的声音既温柔，又似命令般的口吻。

苏雪至有点意外，却又感到了某种类似于安心的满足之感。她"嗯"了一声，安静地靠在了他的怀里，闭上眼睛慢慢睡了过去。

第二天的早上，贺汉渚将苏雪至送回西场。

他站在大门之外，目送她的身影消失在了门里，转身出来，远远看见豹子站在路边等着自己。

他这么一大早就赶来，贺汉渚意识到应该是有消息了。

果然，豹子告诉他，郑龙王那边找到了人，昨晚连夜将人送了过来。

这事说来话长，和当年将郑大将出卖给清廷的那个部下有关。那人姓于，正是因其叛变，才导致了后来的围城以及郑大将和贺家祖父见面谈判等一系列的事。在郑大将自尽，事情过去后，姓于的被清廷封了个官，后来有一天却突然消失，此后便销声匿迹，直到十几年前出了窖藏一案，贺家出事。

因为事关祖父当年的案子，这几年贺汉渚一直都在暗中查访此人下落，但因为事发年代久远，查找起来并不顺利。不过，事件的另外一方当事人郑龙王这些年来也一直没有放弃，始终在找当年的叛徒。

贺汉渚目光微动，询问详情，被告知人是由王泥鳅亲自送来的，现在他们就在城外，他立刻驱车赶了过去。

郊外一片旷野，天才亮，路人绝迹，道旁停了辆四面封闭的骡车，王泥鳅风尘仆仆，带了几个和他一样作短打装扮的手下正等在路边，看见远处疾驰来了一辆汽车，车里下来一个身形高瘦的人，他立刻迎了上去。

"贺司令！"王泥鳅躬身作揖，态度十分恭敬。

贺汉渚疾步上前，扶住他的胳膊，为他带人连夜赶路道辛苦。

王泥鳅不以为意，笑道："我们天生就是走江湖的，不过赶两天路而已，算什么辛苦！贺司令客气。"

贺汉渚又问郑龙王的近况。

王泥鳅道："托您还有苏少爷的福，大当家身体不错，一切安好。找到了人，怕耽误事，立刻就给您送过来了。"

他看了眼骡车，接着告诉贺汉渚，经过他们的初步审讯，害了郑将爷的那个叛徒早在二十年前就老死了，现在抓到的，是他的儿子。

"背叛将主，天诛地灭，便宜那条老狗了，不过，好在狗崽子抓到了！这也不是什么好崽，贺老太爷当年的案子，就是这条狗崽子使的坏！他倒藏得好，这些年又开了个镖局，本来老老实实说不定也就找不着了，人心不足蛇吞象，还在想着发财，拿出镖当幌子，带了几个人到处踩点，刨什么窖藏，这不是自找死路吗？"

他的手下打开车门，里面有一条麻袋，解开了袋口，露出一个五花大绑嘴里塞着口塞的中年人；那人吊梢眉，三角眼，看着面容本是不善，但此刻脸色灰败，犹如惊弓之鸟，一对上贺汉渚投来的两道目光，他便目露惊惧之色。

"人就交给贺司令了，我和兄弟们先行告辞，回去还要向龙王交差。"

王泥鳅婉拒了贺汉渚留他小歇的邀约，临走前却又仿佛想到了什么，看着贺汉渚欲言又止，一副有话却又说不出口的样子。

贺汉渚有所领悟，便低声道："劳烦三当家回去也告诉龙王一声，苏少爷在这边一切安好，她正忙着在做事……"他顿了一下，"我也会照顾好她的。请龙王不用记挂。"

郑龙王自然没有要王泥鳅去打听这个，但王泥鳅看着粗豪，心思却颇细腻，见苏家少爷走了后，龙王叫人把她住过的那间屋留下来不许再作别用，有事没事地常去门口转悠下，便知他是记挂。他刚才想了起来，只是不知怎么开口才好，听了贺汉渚的话正中下怀，他哈哈一笑，朝贺汉渚拱了拱手，带着人上马呼啸而去。

贺汉渚目送一行人马消失在了道路尽头，吩咐豹子将人带回去。

当天，在司令部的一间阴暗的地牢里，贺汉渚亲自审讯这个名叫于一春的人。

此人刚落入王泥鳅的手里时还不承认身份，后来吃了酷刑，经受不住，终于承认身份，现在知道又转落到了当年贺家后人的手里，为求活命哪里还敢隐瞒，贺汉渚问什么他便说什么，极是配合。

根据于一春的说法，他的父亲在郑大将自尽后只被清廷封了个芝麻小官，他见根本没有当初想象中的荣华富贵，又知围城里的人没被赶尽杀绝，担心日后遭到追杀和复仇，不久便辞官逃走，找了个地方躲起来。等到风头渐渐过去，潜回到了当年随翼王活动的那一带，改头换面，娶妻生子，表面上老实巴交过日子，实则是另有打算。

人心大多逃不过一个贪字。这接下来的几十年里，他靠着武艺表面经营起了一家小武馆，收了几个门徒，替人走镖过营生，暗中一直寻找窖藏，可惜一无所获，后来病重老死，临死前就把窖藏的秘密告诉了儿子。

于一春也是个贪婪之人，自然继续寻找窖藏，但始终一无所获。到了十几年前，武馆忽然吃了一桩官司，手下人作鸟兽散。正当他一筹莫展陷入绝境之时，忽然来了一个陌生之人，给他指了一条明路。

"那人告诉我说，陆宏达是个大官，现在有个姓贺的死对头，他想除掉对方，但苦于一时找不到证据。他还说，姓贺的当年和郑大将有私交，还知道窖藏的秘密，让我去把这个事情告诉陆宏达，再以知情人的身份做个证人，就能得到一大笔的赏钱。"于一春说到这里，看了眼对面这个神色阴沉的贺家后人，不安地吞了口唾沫，"我当时走投无路，就抱着试一试的念头找了过去，没想到陆宏达竟真的见了我。我就做了证，从陆宏达那里拿了一笔赏钱，留下来给他做事。几个月后，之前那个找过我的人突然又来了，说有事让我出城商量。当时我也听说了贺家被朝廷抄了家的事，越想越害怕，担心那人对我不利，就借口上茅房逃走了……"

"这个找你的人是谁？"贺汉渚打断了叙述，径直问道。

于一春摇头："那人之前我从没见过，但很奇怪，他好像对我和我父亲的一切都了如指掌，我就是想到了这个才逃走的。我也不知道他当初怎么会找上我的，后来我再也没有见过这人了。"

于一春"扑通"一声跪在了地上，不住地叩头，喊着饶命："饶了我吧，我当时吃了官司，真的是走投无路，是那人让我去找陆宏达的，我上了那个人的当……"

贺汉渚拿出一张照片让他认。上面是个容貌威严目光深沉的老者。

于一春摇头，说不像。

贺汉渚又取了另一张照片，于一春看了一眼，立刻指着上面的人喊："对的，就是这个人！圆脸，短脖子！我见过两次，不会认错！"

照片上的不是别人，正是佟国风，王太太的兄弟。

一旁的豹子迅速看向贺汉渚，见他已转身，大步走了出去。

豹子随后跟了出来，停在了办公室那扇紧闭着的门外，犹豫了一下。

他是贺家人。确切地说，他的父亲当年是老太爷身边的扈从官，他也从十六岁开始就跟在一旁做事。这是个亲信的位置，内外不避，所以有些事他也是知道的。

做官一生，老太爷自然也少不了门生和旧部。王孝坤的父亲，便是老太爷门下一个跟从时间最长，也因能力出众而受到了最多提拔和举荐的副手。

在贺家出事前的那一年，因为老太爷的举荐，王孝坤的父亲担任了新军总兵的官职。这是一个实权职位，加上朝廷当时正在大练新军，前途无限。但没想到随后却出了一个意外。

王孝坤的父亲被人告到了老太爷的面前，举证他利用职权贪污军费为己所用，证据确凿。

水至清则无鱼。老太爷严于律己，一生清廉，但也知道这个道理。加上官场习气如此，朝廷现在急需人才，有些事能过则过，但涉及的数目太过庞大，触怒了老太爷，他失望而愤怒。王父闻讯也很快赶到，痛哭流涕表示懊悔，又再三请罪，恳求饶恕，希望能给他一个改过的机会。

老太爷严厉斥责过后，终究念了旧情，没有深究，只限期命他补足贪墨了的银两，下不为例。王父当时一口答应，感激离去。

天有不测风云。就在这桩意外发生之后不久，贺家就出了事，命运一夕之间天翻地覆。

豹子在门外立定，想叩门入内，手举了起来，却又停在半空，最后慢慢地放了下去。

流离之际，蒙受庇护，自少年起便以父执礼敬之人最终被证明正是贺家当年抄家案的源头。恩将仇报，借刀杀人。少年所经历的一切的苦和痛，原都脱不开人心凶险四个字。

隔着一扇门，此刻他的上司会是怎样的心情，豹子可以想象。

豹子正犹豫不决，忽然听到门里传出一道声音："进来。"

他推开门，见贺汉渚端坐桌后，除了神色略带些僵冷外，看起来倒没有自己片刻前想象中的那样情绪失控。豹子这才暗暗松了口气，立刻也整理好自己的心情，迈步走了进去，向他做一个很重要的情况补充说明。

王泥鳅对他说过，他们追查于一春的时候，察觉有另外一拨人也在活动，疑似目标相同。对方行动谨慎，不知道是什么身份来历，因不如他们熟悉当地，最后被他们先行得手，抓到了人。那一拨人什么来历，王泥鳅他们不知道，但豹子却是立刻就联想到了什么。

"会不会是……"他看了眼贺汉渚，打住了。

佟国风匆匆走进总长办公室，屏退秘书等人，又谨慎地关门。

王孝坤看了他一眼，问道："出什么事了，看你这个样子。"

佟国风走到他的身边，定了定神，说："上次我不是告诉过您，当年那个姓于的惦记着窖藏，憋不住了，在那一带又冒了出来吗？"

"人跑了？"

"比这个更……"佟国风神色不安，吞吞吐吐。

"到底怎么了？"王孝坤皱了皱眉。

佟国风压低声道："手下人回报，说他们迟了一步，被另外一拨人给截了。"

王孝坤放下了手里的文件，慢慢靠坐在了椅背上，神色变得凝重了起来："什么来头知道吗？"

"不知道，但怀疑和水会的郑龙王有关。当地除了他们，别人没有这样的能力。姐夫，这个郑龙王和苏家也有关系，就那个苏雪至，上次他回叙府，就是帮郑龙王治病。所以，有理由怀疑……"他看着王孝坤的脸色，吞吞吐吐，"我怀疑，郑龙王会不会和贺司令也有往来，而且……"

这句话他有点不敢说出口，但迟疑了下，最后还是咬牙道："最坏的可能，他或许知道了以前的事？"

王孝坤一言不发，摸出烟斗开始抽烟。

佟国风等了片刻，实在按捺不住："姐夫，贺汉渚一向心狠手辣睚眦必报，何况是这种事。他要是真的知道了，一定会对你不利。姐夫你千万防备，不能掉以轻心，必要的时候……"他的眼底闪过一道厉色，"姐夫，你不方便，事情交给我……"

王孝坤手执烟斗，在桌边磕了磕："不要轻举妄动。"

佟国风一怔："先下手为强！窖藏的事可以慢慢来，我看贺汉渚未必就知道，否则这么多年，他能忍得住，竟没有半点的动静？倒是那个郑龙王，来历十分复杂，我让人好好再去摸下底子！"

王孝坤"哼"了一声："我当年收留贺汉渚，栽培他，你以为我只是为了窖藏？当年的事，老爷子做得绝了，我本来就不赞成的。"

佟国风急了："姐夫，你可不能有妇人之仁！老爷子和你有区别吗？不管怎样，贺汉渚他要是知道了，不找你找谁？"

王孝坤面色一沉，打断了他的话："当年要不是你没看住人，何至于有今天这样的麻烦。"

佟国风讪讪地张了张嘴。

王孝坤不再说话，沉默地抽着烟，片刻后淡淡道："何况，他知道了当年的事，你觉得他不会防备，这么好对付？除非一击能成，否则后患无穷。反过来，他现在想动我也没那么容易。现在是个衡局。这件事你给我稳住，别轻举妄动，打破局面。先看看他的反应，不急。"

佟国风不敢再说别的了，应是。

"至于那个郑龙王……"王孝坤眯了眯眼，"你加派人手，尽快去查一下底子。"

半个月后，傅明城约见木村。

"我虽然是实验室的主要投资人，但苏雪至显然对她的工作抱了极大的谨慎，对外保密，对我也是一样。上次她见了我，称经费不足，希望我能继续资助，即便这样，面对我的询问，她也没有详细提交关于试验内容的报告，只说是在改进研制一种具有消炎功效的新药，称如果研制成功，将能攻克包括血液感染等在内的许多绝症。她信誓旦旦，表示现在已经取得初步进展，还拿之前她治愈过的两个例子来说服我，但又声称试验所得极不稳定，所以需要加大投入和研究，希望我能追加资助。"

他拿起随身携带的公文包，在木村的盯视下掏出一只牛皮纸文件袋，递了过去，继续道："别说国内了，国外也有不少的医学实验室也都在打着名目繁多的各种所谓新项目新发现的旗帜吸引投资。但鱼目混珠，良莠不齐，少不了夸大其词的，这一点你比我更清楚。老实说我对她的项目持有怀疑，她描述的前景太过乐观。为了说服我，她终于答应给我看了部分的关于她现在的试验项目的资料，并回答了一些我提出的问题。你看到的，就是我自己凭着记忆整理出来的。"

木村立刻从文件袋里取出资料，睁大眼睛，飞快地浏览了一番，随即抬起头："你确定，不会有错？"

傅明城怫然变色，冷冷地道："我告诉你，资料内容是不全的，但我写下来的，就是原本的样子！你要不相信我的头脑，大可以还给我！"

木村知他对自己拿傅健生之死要挟他的举动很是不满，恐怕到了现在对自己还是怀有怨气，立刻哈哈一笑，安抚道："明城言重了，论到你的出色，还有谁比我更了解？这件事你做得很好，资料我收下了。你辛苦了！"

傅明城的脸色这才稍缓，顿了一顿，说："既然已经这样了，我不妨和你直言，并不是我惧怕你，而是敬慕横川先生的品格，我被他的高尚所动，完全看在先生的面子上，这才考虑……"

他沉默了片刻，继续道："我是中国人，自然盼望华夏兴盛，人民安居乐业。但现在，中国内外交困，我完全看不到任何的希望。或许你们的建议是对的，只有全盘照搬你们先进的政经制度，让你们来帮助我们，中国才能看到进步的希望……"他说到这里，神色沉痛，停了下来。

木村从榻上起身，走到傅明城的身边，握住他的手，用恳切的语气说："明城，就算你不信我，你也应当信任横川老师。他是不世出的当代伟人，我们大和民族的骄傲。你知道的，老师对你极是看重，寄予厚望。你在日本学习生活了多年，我们的先进你是亲身体会的。将来共荣之日，我们必会对你委以重任，到时候不但你的民族，你的家族也将获得无限荣光。我相信，到了那一天，你父亲的在天之灵也会为你感到骄傲！"

傅明城凝视着木村，片刻后唇边慢慢地露出一缕笑意。

"我的父亲，他一定会的。"他一字一句地说道。

"好！往后我们真就成自己人了。我们可以时常一起去拜访老师，聆听他的教诲，我相信，假以时日，你一定会更多地感受到来自老师的人格魅力以及他卓越的远见和智慧！"

傅明城颔首："我很期待。"

木村送走傅明城后，立刻回来，一页一页地展开他送来的资料，仔细研读了一番，最后他思索了一番，加上自己的批注后，将文件重新归档，随即传来手下，命以最快的渠道送回国内，组织最好的医学实验室和专家，对这份医学资料进行谨慎的审核和研究。

"这件事非常重要，必须以最快的速度进行，一有消息，就立刻告诉我。"他命令道。

晚上，大总统府里，伏案看着公文的方崇恩收到一个消息。

白天，在医院，一直昏迷着的曹昭礼躺了这许久后，虽经医生的全力救治，终还是因脑部受伤过重死了。

曹大总统已归乡，大约是抑郁所致，据说他的身体现在也是日益坏了下去，现在又收到曹昭礼的死讯，怕没多长时间了。方崇恩再联想到自己的境况，虽名为大总统，却处处受到那边的挟制，连前些天在大总统府招待各国使节为了面子好看而超出标准的那部分经费，都要他自己掏私人腰包去补。

老实说，方崇恩闻讯忽有一种兔死狐悲之感。

他便命人替自己走一趟，对家属表示一下慰问和哀悼之意。

这时秘书传话，曹家的十二小姐来了，谢他之前对兄长的关照之情。

方崇恩略觉意外。曹昭礼先前在医院接受救治的时候，自己无论出于哪方面的考虑，自然都要表示一下。其实除了他，连王孝坤也曾派人去探望过。当然了，都是表面做派罢了。这个曹家小姐现在却上门表谢？他觉得事情没这么简单，想了下，叫人将曹小姐带进来。

曹小姐和她堂兄曹昭礼的关系亲厚，曹昭礼出事后，她四处奔走，联系中外名医，不惜重金救人，可惜回天乏术。

她穿行在这座建筑里，走过一道道门，看到的一切都是那么熟悉，即便是此刻的浓重夜色也不能掩盖周围的富丽堂皇。

物是人非，曾经她自由穿行如同家一样的地方已然易主，曹家也是树倒猢狲散，随着伯父病重，再看不到东山再起的希望，曹家昔日的亲信和部下也是人心离散，境况不复往昔。

方崇恩是在私人书房里见她的。从前曹小姐和他的关系很亲近，总是亲热地叫他方伯父。他端详了下被秘书带进来的曹小姐，听到她先是叫了自己一声大总统，躬身行礼，态度十分恭敬，随后又笑着补叫了一声伯父，他的脸上便露出亲切的笑容，让她坐。

曹小姐道谢，坐了下去。

她外出的妆容一向都是精致而得体的，这回也不例外。除了人比从前消瘦了些，眼睛下方带着些遮不住的黑眼圈，精神状态看着和从前倒没什么大的分别，落座后她开口向方崇恩道谢，说这段时间蒙他费心，十分感激。

方崇恩叹气，褒扬了一番曹昭礼生前的美德和功劳，最后说："你节哀，自己身体也要注意，不要累垮了。你伯父那里，我正拟着电报，明日就发，望他养好身体，万勿过于伤痛。"

曹小姐从进来后脸上便一直带着笑意，听到这里眼圈泛红，低头从随身的一只小挎包里取出手帕，擦拭了下眼睛，随后抬头再次道谢。方崇恩便问她接下来有何打算。

曹小姐收了手帕，慢慢地攥紧在了手心里，道："今非昔比，哪里还有地方能容得下我，尤其京师里的人，哪个不是踩低就高。等我把以前的杂事处理好，我便也回去专心侍奉伯父和家中长辈。"

　　方崇恩颔首："难得你有这样的孝心。要是有什么难处，你只管说，"他顿了一下，"伯父我看着风光，实则如同坐在火堆上，你应当也是知道的。但只要能帮，一定不会推拒。"

　　"多谢伯父，不过，侄女晚上过来求见，是为了别的事。"

　　"哦？"方崇恩这下感到有点意外了，示意她说下去。

　　曹小姐问："伯父，王孝坤现在的肱股心腹都有谁？"

　　方崇恩看了她一眼，报了几个名字，最后道："当然，还有贺汉渚。西北军和他交情不浅，有他在，王孝坤就不用担心西北那块了。"

　　曹小姐目光微动："伯父你有没想过，搞臭贺汉渚，毁掉他。"

　　方崇恩惊讶："你这是什么意思？"

　　"伯父，我知道他的一件事，不可告人的事。"

　　"什么事？"

　　"他和苏雪至有着不可告人的关系。"

　　方崇恩诧异万分，站了起来："什么？你说苏雪至？他和那个苏雪至！他们……"

　　曹小姐点头："是，就是他！伯父你也没听错。两人早就有了不正当的关系！"

　　方崇恩终于回过神，惊疑不定地看着曹小姐："你怎么知道的？"

　　"之前他不是和我议过婚吗？后来他突然悔婚，我多方留意，终于叫我查到了他不可告人的秘密。"曹小姐的唇边露出一缕淡淡冷笑。

　　"姓苏的毕业后就搬到了西郊工作，贺汉渚在那里的别墅就是他们见面的地方。他经常于入夜后出城，和姓苏的秘密幽会在那里，第二天早上，两人分开，他再回城！"

　　方崇恩慢慢地坐回到了椅中，眉头紧皱。

　　"这个苏雪至，他可是代表华医出席过世界医学大会还做过演讲的人！我听说现在，他还受聘进了新成立的卫生司就任职位？一个是大名鼎鼎的英雄，一个是被视为学术界新的明星的天才式人物，连宗奉洗都替他站台，这样的两个人苟合在了一起，伯父你想这会造成多大的震惊和轰动！我敢担保，只要消息放出去，再适当加以推动，贺汉渚从前的威信有多高，以后的名声就会有多臭！他无论走到哪里，所有人都会对他侧目，提起他的名字，就是人口里的笑话！"

曹小姐双目发亮，仿佛已经看到了将来的这一件件事，她定了定神，继续说道："我一介女流，不懂什么国家大事，班门弄斧妄论一下，如有不对，请伯父指教。"

"国内现如今的势力，不外乎这么几股，王孝坤的直属亲信军队、西北军、东北军，还有一些势力是以陆宏达和我伯父从前的旧部为主。这些势力表面看全都归向了王孝坤，但这局势下有暗流，随时可能生变。现在把这件事给捅出去，大造声势，请人做文章加以鞭挞，将贺汉渚的名声搞臭，他将决计不能再立足京师。就算不能彻底斩掉王孝坤的这只有力臂膀，他也如同废了大半。"

她冷笑了一声："他们口口声声称我伯父妄图做独夫，但王孝坤难道不是这样？只不过他的手段隐蔽，将您推出来挡着，他自己躲在后头而已。我相信您应该也是不甘的。"

"陆宏达的旧部迫于形势，如今表面屈服于王孝坤罢了。我伯父的旧部也是一样。如果有需要，我愿意为您做往来交通，我可以向您保证我必能说服他们。群龙无首，正需要一名新的领袖，这位领袖不是别人，正是伯父您。您只要借这个机会站出来，加以整合，他们一定会跟从在您身后，等待时机，将来彻底扳倒王孝坤，到了那时候，伯父您就是名副其实的大总统了！"曹小姐说完了自己的游说之辞，神色还有些激动。她望向对面一言不发的方崇恩，等待着他的回应。

她对自己的这一番说辞颇有信心。搞臭贺汉渚继而削弱王孝坤，这件事对于方崇恩来说是没有半点坏处的，他没有理由不同意。

方崇恩站了起来，背着手，踱步到了窗户前，站了片刻，忽然回头问道："这件事，除了我，你还告诉过谁？"

他的神色异常凝重。

曹小姐道："方伯父您是第一个。"

方崇恩点了点头，道："这件事，就此打住，往后你不要再提！"

曹小姐的神色转为错愕："伯父您说什么？您是不信？我怕打草惊蛇，之前不敢有举动，如果需要证据，可以派人潜伏在贺汉渚的别墅附近，我可以保证，一定能拍到他们在一起的照片……"

"你搞错我的意思了！"方崇恩道，"我的意思是，这件事就此打住！你不要再和别人提，更不能出去乱说，泄露给任何的第三者！"

"但是方伯父，这样的好机会……"曹小姐不敢置信，又极是不甘，还要再争辩。

方崇恩的脸色忽然转冷，语气也变得严厉了起来："十二小姐！实话说吧，我不信你所谓的贺汉渚和苏雪至的这种事。你大概是连番遭受打击，情绪不稳，所以疑神疑鬼，多心所致。退一万步说，就算真的是这样，你以为你出来胡乱嚷了一通，别人就都会信？何况，你别忘了，他身后还有个王孝坤。他会任由这种针对贺汉渚的攻击发展下去而不采取措施？"他看着脸色渐渐变了的曹小姐，语气又变得缓和了起来，"你既然叫我伯父，我也就把你当侄女，和你说清楚关于此事的利害。奉劝你不要误入歧途。假如你一意孤行，出了事我怕也是爱莫能助。"

这已经是警告了。

曹小姐自然不是蠢人，怎么不明白其中的利害。

像贺汉渚和苏雪至的这种事可大可小。往大了做文章就能捅破天，但若遮掩住，不过就是私德方面的亏欠罢了。

她正是担心自己搅不动风云，贸然出手，只怕非但达不到目的，反而自噬，所以才来找方崇恩。倘若方崇恩有整合反对势力对抗王孝坤的野心，她将毫不犹豫参与其中，以图将来东山再起。

她没有想到，方崇恩会是这样的反应。

如同兜头浇下了一盆冷水，曹小姐的脸色变了。她怔怔立了片刻，忽然对上方崇恩投来的两道意味深长的目光，她不禁打了个寒战。

她沮丧万分，垂下了眼睛，不敢再多说什么，只低低地应了声是。

方崇恩的神色又变得慈和了起来，走过来宽慰了她几句，说自己会派人帮着处理曹昭礼的后事，再送她回乡。

曹小姐走后，方崇恩立刻叫来一个亲信，命他看着曹小姐，等曹家的后事完了，务必直接送她回乡。

亲信出去后，方崇恩一个人在书房里又来回踱步了良久，终于拿起电话打了出去，接通贺汉渚。

第八章

　　隔日，大总统府召开了一个日常会议，通知在京各部前来参会，大总统亲自主持，讨论下半年度各部的工作要点。

　　像这样走流程的常规会议，王孝坤自然不会费时亲自参与，派了次长章益玖做他的代表。但其余各部的要人毕竟不是王孝坤，无论如何还是给大总统这个面子的，悉数到来，其中便包括贺汉渚。

　　开了一天又长又臭的会，傍晚才结束，礼官说大总统留饭招待众人。

　　谁不知道前段时间方崇恩宴请各国公使结果经费超标不得不自掏腰包的事。众人疑心大总统大约是为了挽回上次那个事的尊严，他们本当配合，但已经坐了一天了，晚上大多已有了安排或者应酬，纷纷婉言推辞。

　　章益玖正低声和贺汉渚谈笑着，见礼官望了过来，忙抢着笑道："不知道大总统要请吃饭，晚上我已是佳人有约。不过，烟桥不一样，他是一定要留的，免得辜负了婶母的好意。"

　　他最近正在追求那位著名的唐小姐，据说不辞劳苦，经常往来在天城和京都之间。至于贺汉渚，方家婶母见他至今单身，年轻俊才，张罗替他做媒，这也不是什么新鲜事了。

　　众人都笑了起来，纷纷看向贺汉渚，起哄要他留下。

　　礼官也笑："章次长你不留就算，不能坏了你的好事。不过，婶母确实来了，刚才还特意叮嘱我，务必留下烟桥。"

　　众人再次哄堂大笑。

　　章益玖笑得最大声，推了推贺汉渚。唐小姐颇难到手，他追求已经有段时间了，却至今还没什么实质进展，现在心里记挂约会，说笑了两句，随即立刻就和众人一道走了。

　　贺汉渚便留了下来。礼官将他请到大总统府的后宅，方崇恩笑容满面迎了出来。果然方家婶母也在，吃饭的时候热心地替贺汉渚做媒。贺汉渚随口应付了一番，饭毕，方崇恩先让人送走婶母，随后自己再送贺汉渚，让人不要跟着，领着贺汉渚散步，走了出去，边走边谈笑，自嘲："放眼寰球，总统做到我这个地步，大约也是空前绝后，再无第二人了。"

贺汉渚说："大总统过谦了。大总统整躬率物，案无留牍，为国事殚精竭虑日夜操劳，这是有目共睹的，令人敬佩。"

方崇恩对文牍的批答可谓神速。据说有时候，礼官那里赍呈各部门送上的公文，各部送公文的人才回，公文就已批好送了回来。

他摆手："提线木偶罢了，也就这么点用处。本就无用了，要再懒怠，那就真不如回家卖红薯了。"

他前夜特意打电话让自己今天会后留下吃饭，贺汉渚知他有话，现在只剩两人，客套了两句，便不再多说，等着方崇恩开口。

方崇恩也不再绕弯："烟桥，曹昭礼几天前死在医院，你应当知道吧？"

人走茶凉，都知曹家起复无望，曹昭礼的讣告也只在报纸上占了一个不起眼的角落，简单的几句话，被周围各色的一堆广告给淹没了。

"就在当天晚上，曹家十二过来见我。"方崇恩停在了道旁的一座桥头，"你知道她来见我的目的的为何？"

贺汉渚跟着停了步。

方崇恩压低声："她声称，你和你的那位小苏过从甚密，容易惹来非议。"

他没有卖任何的关子，直接说了出来，只不过换了个委婉的说法。

贺汉渚眼底眸光微闪了一下，神色却是自若，继续望着他，等着他的后续。

照方崇恩的设想，贺汉渚听了，大约是惊讶，恼羞，乃至当场否认。毕竟这种事，私底下怎样无妨，但真的拿出来公之于众，对他二人的名誉将会产生不可估量的负面影响。

所以方崇恩刚才说完话，便暗暗留神，观察对方，却见他没什么大的反应，似乎也完全没有想要辩解否认的意思，不禁有点惊讶，他顿了一顿，接道："曹十二希冀以此大做文章，对你二人实行污名攻击，以达到将你逼出京师，从而削弱那边的目的。"

"她却是想错了。不错，我固然受制于人，你又是那边的肱股心腹，你面临不利，对我自然没有坏处。但我这个人恩怨是非向来分明。他是他，你贺烟桥是贺烟桥，莫说这完全只是曹十二的捕风捉影，即便是真，那也是你的私事，与人何干，我岂是以下三烂的手段来为自己谋利的人？

何况……"他皱了皱眉，"小苏曾对我方家有恩。我绝不会同意曹家十二这样胡闹！她被我当场严厉申斥，我也已叫人盯着她，尽快将她送走，绝不容她再生事端！另外，我考虑过后，想着最好还是和你说一声，好叫你心里有个数，免得日后万一还有什么蠢闲之人拿这种无稽之谈，来对你实行毁谤。"

他说完，好似这真的只是他随口提醒的话，继续朝前走去，又送了段路，这才停步，含笑道："我止步于此，不送了。你走好。"

贺汉渚微微颔首。

方崇恩望着他离去的背影，忽道："烟桥，你这个朋友，我是很愿意交的。方某虽是无能之人，但也算混了半辈子，还是有几个相熟的人的。往后若有用得着的地方，你尽管开口。"

贺汉渚停步，转头看了方崇恩一眼，继续迈步，朝着大门方向而去。

方崇恩目送这道夜色中离去的背影，心情舒畅。

西北军两股，一是马官生，二是冯国邦，这两支部队在去年的乱子之后，各自相安无事，且和贺汉渚的关系很不错。可以这么说，贺汉渚就是他们在中枢的利益代表。但在不久之前，王孝坤以安定地方有功为名，封冯国邦为荣威将军，并下拨军费。马官生那边却没动静。

方崇恩看了出来，王孝坤这是忌惮西北军，玩分化的那一套。

而两边如果为此内讧，甚至开战，这显然又不是贺汉渚愿意看到的局面。

方崇恩对个中的缘由看得还不是很明白，但嗅出了点味道。原来王孝坤和他的得力爱将之间，也不尽然就是铁板一块。所以，这才有了今晚的这一番推心置腹。

贺汉渚迈步出了总统府，看见汽车已经停在前方的路边，送他来的豹子正等在车旁，替他打开后座车门，随即低声道歉，说他等下有点私事要去处理，不能再开车，刚才他另外叫了个手下来，代替自己送他回。

贺汉渚随意瞟了眼前座，隔着车窗玻璃，朦朦胧胧瞥见位置上已经坐了个司机，头戴一顶鸭舌帽，双手搭在方向盘上，背影正襟危坐，看着已是做好准备，就等出发了。

豹子自己有事要走，那么派来代替的人，应该也是他的心腹。他解释的时候，神色显得有点别扭，又瞥了眼司机的方向。但贺汉渚却没细看，自然不会多问，收回目光，点了点头，坐了进去。

豹子替他关上了车门。

"去公馆吧。"贺汉渚吩咐了一声，头微微后仰，靠在椅背上，闭上了眼睛。

司机没说话，但立刻稳稳启动了汽车，随即驾车朝前开去。

贺汉渚心事重重，虽闭着眼睛，眉头也是微皱。他一动不动，仿佛睡了过去。快到公馆的时候，终究还是压不下心里那股想去见她的念头。

他知道这种时候，自己不该再和她有过多的私下往来。

但是他想见她，忽然极想见她。

想将她抱在怀里，就算什么都不做也是好的。

他终究只是一个凡人，没法永远都做出最正确的举动。

"去西郊别墅吧！"他没睁眼，忽然吩咐了一声。

司机还是没说话，继续开着车。

贺汉渚又闭目靠了片刻，觉得不大对劲。

他睁眼看向车窗外的街景，果然不是去往西郊的路。

他皱了皱眉，终于留意到了前头那个正开着车的司机。

他望着前头的司机，不悦地屈指敲了敲前头的座椅："去西郊别墅！"

司机还是没回头，只大剌剌地问了一句："你去那里做什么？约会？"

贺汉渚一愣，定睛再看一眼"司机"，忍俊不禁，低低地笑出了声："怎么是你？"

苏雪至转过戴着鸭舌帽的脑袋，瞥了他一眼："你好几天没来找我了。我问了下丁春山，他说你大概是忙。晚上我正好有空，所以进城看看你到底在忙什么，是不是在相亲。"

贺汉渚微微咳了一声，又看了眼街道："这是去哪里？"

苏雪至莞尔一笑："我的大司令，你坐着就好了，别问。到了我叫你。"

车往城中心一带的街区而去，陆续穿过几道内城门，最后停在了一处空地上。

贺汉渚看了下四周，附近就是中央公园。

这地本属禁苑，繁花似锦，树木成荫，且位置居中，自从开放成为公园后一年四季游人如织，到了夏天更是成了民众纳凉消暑的首选之地。现在天虽黑了，但这一带却变得比白天还要热闹。路边的夜市掌起了灯，公园大门的附近到处都是茶摊子和棋摊，微风扇凉，品茗赌棋，好不热闹。

苏雪至下车，替贺汉渚打开车门："到了，司令您请下。"竟礼数周全，将司机的本分做了个全套。

贺汉渚本带着抑郁的心情也变得轻松了，见她弯腰朝着自己，顺手扯了扯她头上的帽檐，帽檐便垂了下来，遮住苏雪至的眼。

她忙抬高帽子，戴正了，对他的举止很是不满："放尊重些！你平时就这样对待你的司机？"

贺汉渚笑而不语，下了车，环顾一圈四周。

"来这做什么？"

"请你看电影。"

中央公园隔壁去年开了一间电影院，设施高级，里有软座。相较于普罗大众的收入来说，票价不菲，但却受到了京师里的新潮人物的追捧，每逢周末这里往往一票难求，生意很是红火。

贺汉渚未免诧异。印象中的她勤勤恳恳，一天到晚泡在实验室里埋头工作，对西洋的时髦东西好像不大感兴趣。之前他就曾提议带她来看电影，被她拒了，怎么现在突然转了性子，竟主动请他？

她好像猜到了他的心思，挑了挑眉："这么看我干什么？我又不是机器。今晚是周末，明天也不忙，请你来看电影放松下，有问题吗？"

贺汉渚哑然失笑："没问题。当然没问题了。"

苏雪至也笑了，看了眼电影院的方向，说："走吧，昨天我就让丁春山帮我买好了票。"

苏雪至买的是晚上的第二场。前场刚散，两人特意在附近等到电影开场了，苏雪至先进去，片刻后贺汉渚趁黑跟了进来，两人终于胜利会师，一起坐在了中间的位置。

银幕上演着一部法国滑稽片，逗得满场观众频频大笑。

贺汉渚静静地坐着。再有趣的东西也吸引不住他的注意力，他时不时地微微转头看一眼坐在自己身边的她。

和他相反，她的目光一直落在银幕上，十分投入，跟着前后左右的观众一起笑。

她比电影好看百倍。就这样看她笑，一辈子也不会腻。他看着身旁不时地被光和影勾勒出明暗线条的侧颜，心不在焉地想着。这些天积在他心底的所有忧悒和心事彻底地消散了。

忽然，黑暗中，伸来了一只手，抓住他的手，一根一根地扳开了他的指，然后指尖在他的手心里一笔一笔地横竖划拉，开始写字。

不、许、看、我。

贺汉渚再次看她。

她的视线依旧落在前面那块闪动着光影的幕布上，仿佛还在看着电影。但是她的手却悄悄地抓住了他的手，表达着她对他分心的不满。

贺汉渚感到掌心的皮肤上留下了她指尖划出的道道纵横交错的路线，又酥又痒。他有点耳热，心跳仿佛也加快了，他屏住呼吸，飞快地观察了下左右。银幕上恰正又演到滑稽的一幕，他左边的人和她右边的人都笑得前仰后合，连座椅都被带得微微颤抖了。在黑暗的掩护下，他的右手不动声色地捉住了她写完字就想缩走的手，将它压着，学她的样，一根根地摊平她的指，在她的掌心里，一笔一画地写出了另外几个字。

你、也、看、我。

苏雪至回他：没有。

他坚持：否则你怎知我看你。

她仿佛有点不高兴了，在座位下，偷偷地踢了他一脚，再在他的手心里写字：就是没有。

停了一停，她又添道：电影比你好看。

他的唇角无声地勾了勾，在她的手心里写：你比电影好看。

周围光线昏暗。她停住了，转头正对上他的幽幽目光。贺汉渚看见她抿了抿嘴，不再试图收回她的那只手了，任他一直握着，在光影投不到的暗处，和他暗暗地十指相扣，一起看完了这一场电影。

散场了，二人也是一前一后走了出去。

苏雪至的身边有个艳丽的年轻女郎和同行的一个公子哥说说笑笑，说到兴奋处时她裸着的一节胳膊擦到了苏雪至的臂，她扭过头，顿时面露嫌恶之色："哪里来的！挤在我边上想做什么？"

她说完又向男伴诉苦："这个做工的，刚才非礼我！"

苏雪至晚上要做司机，便穿短衫戴鸭舌帽，确实不是斯文人的打扮。

多一事不如少一事，她退开一步，随即礼貌地解释："对不起，不是故意的。不过，刚才不是我碰您，是您自己不小心碰了下我。"

女郎愈发不满，躲到公子身后，作委屈害怕嘤嘤欲泣状。那公子顿时生出英雄救美的豪壮之气，又见电影院里竟也进了工人，实在是拉低了自己的身份，安慰女郎两句，随即上来骂道："哪来的兔崽子！眼睛瞎了！爷今天教训一下你，叫你知道厉害……"一边骂着，一边抬手。不料手才举起来，横里忽然伸来了另一只手，一下便牢牢攥住了他的腕。

这公子顿觉手腕如被铁钳钳住了，定睛望去，见是一个高瘦男子，眉眼间不怒自威，一看就是不好相与的，他顿时生出惧怕，慌忙挣扎，一时却哪里挣脱得开。又见周围的人纷纷看了过来，身后还有新交的女伴，他又痛又恼，看见前面恰有夜间巡逻的警察路过，如见救星一般扯着嗓门高声嚷了起来："来人！这里有人非礼，同伙还打人！我叔叔是警察讲习所的副所长！你们快抓人！"

苏雪至转头见那两个警察朝着这边跑了过来，忙叫贺汉渚撒手快走。

贺汉渚皱了皱眉，但也知大庭广众不宜多事，便照她意思松了手。

苏雪至正要和他离开，又见那个什么警察讲习所副所长的侄儿一边抱着吃痛的手腕，一边口里还在嚷着什么"非礼""打人"，着实面目可憎，她气不过，索性狠狠地踢了他一脚，随即低声道："快跑！"

贺汉渚一愣，见她说完丢下自己掉头就跑，这才反应了过来，忙撇下身后那个被她踢得跳脚不已的公子，推开了看热闹的人朝外跑去。

两人很快跑到街上，那个公子带着警察也追了出来，东张西望。

贺汉渚便拉她躲进了公园的一道石牌坊后，等人从前面追了过去，两人相互看了一眼，想起刚才的一幕，忍不住一齐笑了出来。

笑着笑着，贺汉渚将她抱住了，借着石牌坊的掩护吻她。终于结束了这个亲吻，她细细地喘息着，附唇到他耳边说："我们回去了。"

贺汉渚带她回到车上，开车出城，回到别墅。

半夜，耳畔静谧一片，苏雪至爬了起来，趴在他的身边，就着床头灯的光，托腮看着闭目躺在枕上的男人。

他的眼睫微微动了下，睁眼对上了她的目光，便顺手将她揽进怀里，摸了摸她还透着红晕的热烘烘的面颊，低声道："累吗？"

男人的声音，带着几分激情尚未褪尽般的沙哑之感。

苏雪至点头，又摇头，见他一笑，翻了个身，又要将自己压在他的身下，急忙挣扎，奋力推他。

"不要了！晚上我找你，其实是有件事，要和你说。"

"什么事？"他低着头继续亲她，口里含含糊糊地问。

"我那边的事情现在进展算是顺利，所以需要提早考察，敲定合适的药厂，做好准备，以便将来合作还有试生产……这事很重要……"

贺汉渚可算是停住了，问她："你有想法了吗？"

"刚开始还是以稳妥为上。之前我和舅舅通信的时候，他告诉我，他知道有家药厂，是一位当地的爱国民族资本家投资建的，生产西药，但经营不善面临倒闭，我想回去看看。虽然交通不便，但局面相对稳定，不像外面。大城市虽然有大城市的优势，却不知道什么时候会有战乱……"

贺汉渚放开了她，躺了回去，闭目想了下，道："你打算什么时候回去？我陪你。我正好也要回去一趟。"

苏雪至说："等这边的事情告一段落，我就回。另外，晚上我其实还有一件事……我也想知道，你这几天是怎么了？我感觉你有心事。"

贺汉渚望着她。

"我昨天问丁春山，你这几天怎么没来，他吞吞吐吐，最后和我说大概是因为你在相亲……"苏雪至见他脸色一僵，笑了，"当然这是不可能的。所以，你到底是怎么了？"

他和苏雪至四目相望了片刻。

"这是件不怎么有意思的陈年事。"他躺了回去。

"只要和你有关，什么我都想听。"她立刻靠向他。

贺汉渚微微一笑，抬手摸了摸她凑过来的脑袋，便将前些天郑龙王查找到了当年那个叛徒后人的事讲了一遍。

苏雪至知道人心惟危，但竟可怖至此，她不禁有些悚栗。

他闭着目，下颌线条紧绷，应是咬牙所致，心情之惨淡可见一斑。

他对王家肯定是有感情的，他大约是最不希望事实如此的一个人。

她想说点什么，一时却又不知道该说什么才好。最后她再靠过去些，伸出胳膊抱住了他。

他将她反抱住，两人静静地相互拥抱了片刻，他再次开口。

"王孝坤的父亲随我祖父几十年，两家往来亲近，祖父是真的将王家视为亲族，将其子弟视如己出。尤其王孝坤，祖父对他非常赏识，王家也向来以忠心耿耿示人。我小时身体不好，五六岁时家里曾寻来一个名医替我开了副方子。那副方子指定要一种名叫'红柴枝'的花干为药引，还限定了五百年以上的树龄。祖父一时找不到，加上他自己也略通医道，认为所谓的名医方子故弄玄虚，便放弃了。但王家却十分用心，打听到这种树长在南方，瞒着祖父派人南下寻找。当时王家并无多少家资，王孝坤有匹爱马，有人看中，曾出过高价，他一直不舍得卖，那回他把马卖了，用换来的钱让人去寻药引。次年王家人终于在南方的深山里寻到东西，带了回来。我喝了药并不见效，但祖父因此事而深受感动。我想这大约也是后来他不忍直接惩治王家的缘故。祖父念旧情，却不知对方富贵加身，人心早已不是从前……"他停了下来，眼角微红，声音更是沉闷无比。

苏雪至将他抱得更紧了。

他沉默了片刻，继续道："家中那年出了事，颠沛了大约半年后，我和妹妹得到了王家的庇护。我自己倒也罢了，但兰雪终于不用再跟着我四处流离。那个时候我没有想过，王家也参与其中。他们收留了我和我的妹妹，如同雪中送炭。这些年我存着报恩之念，也是为了积攒能向陆宏达复仇的资格，我替王孝坤做了不少他自己不便出面的事。也是到了这两年，随着搜集的消息越来越多，我开始联想到了王家。但我心里还是在希望这一切只是我的多虑，现在……"

现在，温情的面纱彻底地被撕扯开来，露出了内里的沾着血的獠牙和太阳照不到的人心的阴暗面。

"你刚才说想回去一趟，是和这件事有关吗？"苏雪至问他。

他睁眼看她，点头："是。"

"王孝坤算无遗策，我渐渐防着他，他一定早就有所觉察。他可以重用我，让我入将军府，抬举我做司令，表面看荣宠至极，手握大权，但他是绝不会让我的手里获得真正的兵权的。我永远只是他掌握下的一个工具而已，不必杀我，我也翻不出他的手心。所以他上台后，先对付起了西北军。他们和我有渊源，若再次内讧，王孝坤不但能削弱异己，于我也是一个重大打击。"

苏雪至想了下："那你能走得掉吗？"

"你问得很对。正好有个机会。"

贺汉渚告诉她，上周保定的士官学校出了一个事故。有位教官痛批只知效忠个人的奴才式教育，主张化私为公，以内除国贼外御强邻的精神教育，却被上级疑为对当局的讽刺和不满，撤销教职，不料引发学生不满，爆发冲突。混乱中教官被枪杀，学生群情激动，持械占领学校，要求严惩凶手。凶手恰是王家亲戚，逃来京师求助。军部安抚学生，派人前去谈判，但学生愤怒不平，提出要见贺汉渚，非他亲来，否则绝不干休。

"这件事的乱子闹得不小，王孝坤也想早些把事端平息掉，会同意让我去的。等解决了，我不回京，找个借口，先斩后奏，直接上路。"

"那我们一起走吗？我的事差不多了，随时可以出发。"

"你先走，路上会合。"

两人又商量了具体的出京计划，直到夜深倦极，一起睡去。

几日后，西场实验室的事情交代完，丁春山依旧留下驻守，苏雪至带着简单的行装，在贺汉渚派的人随同下乘火车出京南下，路过保定后她在一个叫清风店的小站下车，找了个地方住了下来。

她在这里等了三天。第三天的晚上，贺汉渚如约而至，两人会合，乘当夜路过这里的最后一班火车继续南下。

在火车上，贺汉渚告诉她，军校的事已解决。他是在自己人的掩护下秘密离开潜来这里的。王孝坤派来同行也负责监视他的其余人现在应该还不知道他已经走了。即便知道，现在也追不上了。半个小时后，他们在下一站的定州下车，那里已安排了接应，会合后众人连夜离开。明天他会给王孝坤发一份电报，告诉他自己身体不适，临时请假三个月，望他予以准假。等到了地方，那就是天高皇帝远，他自己说了算。

为了避免引人注目，他们乘的是一节普通车厢，坐在最角落的一个位置里。已是半夜，车厢里灯光昏暗，空气闷热，乘客东倒西歪，皆是昏昏欲睡，各种杂乱的声音交织在一起。

贺汉渚看了眼腕表，低下头，轻声对她说道："困吗？还有半个小时，可以休息一下，到了我叫你。"

苏雪至点头。

贺汉渚就将礼帽扣在了她的头上，替她遮挡车厢里的灯光。

苏雪至半张脸隐在帽下，靠在他的肩上闭目假寐。很快，火车慢了下来，她知道快要到站，拿下帽子，正对上他俯视着自己的目光。

"要下车了。"他微微一笑，低声道。

苏雪至转头看了眼窗外，外面是大片大片的旷野，黑漆漆的。

车厢里本昏睡着的乘客也开始骚动，一名睡眼惺忪的列车员从车厢的入口处探头进来，打着哈欠嚷道："到站了！定州的下车！睡死了错过，下站下车要补九角钱！可别赖我没喊话！"

站台上聚集的下车乘客很快陆续散去，苏雪至跟着贺汉渚走了出去，停在门口，举目正找来接的人，忽见车站大门口的空地上站了几人，当中一人回头看了这边一眼，立刻掷了香烟，露出笑容，大步走来。

这是个中年男子，身穿军装，器宇轩昂，正是老熟人章益玖。

贺汉渚停了步。

章益玖很快走到面前，伸出双手，握住了贺汉渚的一只手用力地摇晃，笑容满面，就好像两人已经许久没有见面了一样。

"烟桥！可算在这里找到你了！赶紧的，快跟我回去。我跟你讲，又出事了！火烧眉毛！王总长叫我把你请回，让你过去帮忙！"

他告诉贺汉渚，现在还占着中部和南方多地的几拨人同意和北京谈判解决之前悬而未决的一些问题，已经派了代表北上，不日便抵达。

"都是老熟人，没你在，谈判恐怕会有问题。事关和平，总长说了，调你入海陆军大元帅办事处，你务必尽快回去，共商大事！"他正色传完令，又笑了起来，靠了过来，亲热地击了下贺汉渚的胳膊，"烟桥，总长对你真是万分看重，什么事都离不开你！实话跟你说，要不是咱俩关系好，我说不定还真会眼红！"

他说话的工夫，站长和章益玖的几名副官也上来了。

那个站长显然不知个中内情，对着贺汉渚点头哈腰，满脸的奉承之色。几名副官则立正行礼，礼毕后退几步，神色肃然，站成队列。

贺汉渚扫了眼副官们腰上佩的枪套，慢慢放下了行李箱，示意后头的手下接过去，看了眼苏雪至，道："你先回吧。我事情办完了再回。"

章益玖也转向她，笑呵呵地道："小苏，你既有事，听你表舅的话，要去哪自己去吧。至于你表舅嘛，没办法，他是能人多劳，分身乏术，我奉命来请，就先和他一道回京了。"

贺汉渚见苏雪至沉默不言，将她领到一旁，低声道："既然被截住，我先回了。"

她面露忧色。

他露出笑容，安慰道："没大事，回去了受到更多的监视而已，他真想动我也没那么容易。何况，现在也还不是他和我翻脸的时候，他只是想将我扣在京师。我会想法子再找个机会脱身的。你不用替我担心，去做你自己的事。"

他招手让手下过来，吩咐了几句，最后朝她点了点头，随即走向章益玖，微笑道："那就回吧。要你大半夜地守在这里，我也是过意不去。"

章益玖暗暗松了口气，哈哈地笑着，立刻让手下去开车。

几辆汽车穿破夜色鱼贯而来，一字排开停在了路边。

贺汉渚回头拂了拂手示意她去，随即弯腰上了车。

汽车离去后，布在车站出入口的不下两个排的当地驻防士兵这才收了队，戒严解除。

在附近的豹子刚才无法靠近，但知道应该是出了事，这时匆匆过来，就见苏雪至一个人立在候车室外的空地上。

同行的那名手下见他到了，奔来将刚才发生的事说了一遍。

豹子眉头紧皱，但并没有犹豫，望了眼苏雪至，快步上前道："小苏，这里不便久留，走吧！"

他说完，扭头吩咐手下，原定计划不变，集合人手，即刻上路。

苏雪至却没有动，视线终于从汽车北去的那片夜空收回，望向他，问："他会怎么样？"

豹子知她担心，低声解释："小苏你不用过虑，四爷不会有性命危险。王孝坤的目的是拖住他，让西北拱火——"他一顿，也不再隐瞒，"王孝坤盯得很紧，走之前四爷就担心或许会被拦截，所以有过安排。我会带他亲笔书信先过去转圜，避免事态进一步恶化，四爷会想法子尽快脱身。"

苏雪至望着他神色凝重的脸，说道："但是这次走不成，下次他想再脱身，势必更加困难，对不对？"

豹子没回答。这是默认了。

"还有，时间也不能耽误过久，是不是？"

西北军就是贺汉渚手中的刀和剑。王孝坤不日前又派密使去往冯国邦那里，许诺给他的部队配备最先进的武器和装备。虽然马、冯二人从前有些交情，但谁也不敢保证面对诱惑会不会起变。打时间差，这便是王孝坤现在用尽一切手段也要阻止贺汉渚出京的原因。

"我会尽力转圜，联合自己人借势维持局面，然后看四爷的情况再定后续。"豹子迟疑了下说道。

苏雪至慢慢地摇头："这事非常重要，最好他亲自去。他们最快也要明天才能返京，现在还在路上，你们为什么不趁这个机会试一试？"

豹子耐心地解释："这里距保定府用不了一个小时，章益玖就可以在那里上火车直达京师。极有可能还会是一趟从那里出发的北上专列，路上不作停留。而且，途中火车会穿过一段山坳，汽车必须绕道，我们很难追得上。章益玖不会给我们留空子的。"

"换个思路。如果不是我们去追火车，而是让火车不得不停下呢？"苏雪至思索了下。

豹子一怔："你的意思是？"

"你跟我来！"

苏雪至匆匆来到站长室，说要借用火车线路图。

站长送走几尊大佛正要去睡觉，见她来了，认出她是刚才和贺汉渚一起来的，又见同行的大汉不大好惹的样子，他也不敢不应。

苏雪至请站长出去，将线路图摊在桌上，手指落到图上，从脚下所在的定州站往北沿着铁路线往上，在豹子刚才提到的下个大站保定府那里顿了一顿，继续往北数过去，到京师前门火车站中间总共十一个站点。

"现在单线铁路的火车运行控制采用的是路签电气锁闭。火车到站后，要凭下一站闭塞机的路签发放才能出站。有没有哪个地方，你能让人以最快的速度赶去，在火车到达之前控制车站，阻止路签放进闭塞机，这样，前站取不到路签，知道是专列，车上乘客特殊，站长肯定不敢随意放行，势必拦下……"

豹子眼睛一亮，飞快靠近，紧紧盯着地图，手指在地图上游走，很快戳在了中间的一个叫定兴县的站点上，重重敲了一下。

"这里！当然，不是调用司令部的人，否则会被他们察觉，而且时间也来不及了。但四方会在这里有个分会，半个小时内就能赶到车站！我现在立刻联系陈英，让他派人以最快的速度过去，控制车站，再切断电话线。如果顺利，火车就会停在固城站。这两个地方相距很近，不过几十里路，他再派一拨人马同时去固城站就可以了，速战速决，接了人，立刻就能走。章益玖他再精明，也不会想到我们还有这个法子，一定不会防备！"豹子目露兴奋之色。

他匆匆拿起桌上的一架电话，用从前约好的紧急方法联系陈英。

豹子和他交代完毕，挂了电话，看了眼时间，道："我现在就带人赶去固城……"

他匆匆迈步要走，忽然记起了什么似的硬生生停住脚步，看向苏雪至，迟疑了下，道："小苏，如果计划成功，四爷那边得以脱身，他应该直接离开，不能再来和你会合了。当然我会派人送你，但章益玖要是追不上四爷，我估计他为了交差，不会轻易让你走的。这里靠近京畿，他们的人手无所不在，你要做好准备……"

苏雪至自然明白他的意思。

"不让我走我就回去好了，我本也是要回去的。何况，我是一个医生，他们能对我怎样？"

她想了下，拿起桌上的笔，又取了张信笺，匆匆写了几句话，找了个信封装进去，递给豹子，道："见了面，帮我交给他。"

豹子几乎是用感激的目光看着她，郑重接过，放进怀里收好，低声道："多谢你了，小苏。"

章益玖下令车队连夜北上，没做片刻的停留，不到一个小时就抵达保定府，直接进入了火车站。

车站已重兵把守，进去后便见站台的铁轨上停了一列朝北的火车正在静静等着乘客到来。

火车开动之后，章益玖一路绷着的紧张神经这才放松了下来，亲自到车头叮嘱了火车司机一番，又带人检查了下车厢，见佟国风派来的副官还带着一个排的卫兵持枪守在包厢口的走道上严阵以待，他想了想，拂手命人退开。副官显然不愿，但又碍于尊卑，见章益玖面露不满之色，只好勉强退开了些。

"狗仗人势。"章益玖心里暗骂了一句，推门走了进去。

贺汉渚坐在窗边的位置，视线落在窗外的漆黑旷野上，神色平静。

章益玖放下手中刚端来的咖啡壶，替他倒了杯咖啡。

贺汉渚接了，道了声谢。

章益玖又递了支香烟。

贺汉渚摆了摆手，让他自己抽。

章益玖便放下香烟，顺势坐到他的对面，松了松衣领，搭讪："烟桥，以前你可不是这样的啊，你怎么真的连香烟都戒了？我试了几回，最后还是戒不掉。你什么秘诀，别藏着掖着，和我说说。"

贺汉渚笑道："什么秘诀？我是惜命了，想多活几年罢了。"

要是平日这话自然没错，但现在章益玖总疑心贺汉渚是在责备自己，干笑了两声："看来烟桥你是心有所念了，好，这也是福气。不像我，赤条条无牵无挂，早死晚死也没什么区别。你也知道，我对唐小姐倾慕已久，这娘儿们居然还看不上我！算了，我不戒了。"

贺汉渚笑而不语，只端起咖啡喝了一口。

章益玖看了他一眼，见他沉默了下去，略一迟疑，收了笑，叹气低声道："我也是奉命行事，没办法，你莫怪。"

贺汉渚道："我知道，没怪你。"

他越这样说章益玖越觉心虚，心里对王孝坤也是生出了些不满之意——这样得罪人的事非派自己来，还派了个人在旁盯着。

当然，王孝坤这么做除了是逼自己和贺汉渚划清界限之外，也未必不是把他划入心腹阵营的表示。但章益玖心里的疑虑终究难消，见贺汉渚喝了两口放下咖啡，朝自己做了个自便的手势，便后仰靠在椅上闭目假寐，他实在忍不住，试探道："烟桥，我斗胆问一句，你和王总长是怎么回事？"

贺汉渚睁目看了他一眼，微笑道："下站应该是固城站吧？过去还有七八站才能到，好几个小时，不如你也休息一下，今天应该累了。"

见他不说，章益玖只好压下心中的疑虑和好奇，道："好，好，你也累了吧，你休息，我出去了，就在隔壁，我也去躺躺。"

贺汉渚含笑目送。

章益玖出来，站在车厢连接处，推开窗户抽烟，皱眉冥思之际，忽觉火车速度缓了下来。他知道前面就是固城站，但这是一趟特批的专列，中途不作任何停留，直接开到京师的。火车越来越慢，最后竟似要停在这个不起眼的小站里，他忙叫来副官，命他带人守在这里，自己奔向车头，迎面看见车长匆匆走来。

"怎么回事？为什么停下？"章益玖厉声质问。

车长慌忙鞠躬："刚才快进站的时候看见信号灯是红色的，说明前站还没将路签放回到闭塞机里，应该是调度出了问题。诸位都是贵人，谨慎起见，只能照规矩，先在本站停靠，联系一下前站。无事再继续前行。"

章益玖恼怒不已，眼看火车已经进了站，催促："快点！马上问清楚怎么回事！要是出了意外，小心你们的项上人头！"

"是，是，您稍等，我马上联系！"火车还没停稳，车长便打开车门，往站长调度室奔去。

很快，车长带着一名身穿制服的人匆匆跑了过来。这人就是固城站的站长，因为临时获悉今夜这个时间点会有一趟北上的直达专列路过，需紧急拦截原本要路过的普通火车，他特意赶来车站亲自盯着，却没想到运气这么不好，居然真的卡在了自己这里。

他见章益玖神色不悦，很是紧张，急忙解释："长官息怒，不是我敢拦停专列，而是下站一直没有发放路签，我这边取不出来，也不知道前头具体是什么情况，所以不敢放行。"

"打电话！为什么不打电话问！"

"电话打不通。那边总是接不过去，好像是线路出了问题。我这边一直都在打！只要接通了，马上就来报告！"

章益玖跳下车，站在月台上，眺望着前头，眉头紧皱。

两根铁轨往北延伸，尽头之处除了漆黑一片的夜，什么都看不见。

他和贺汉渚是因利益勾连而开始交往的，后来慢慢熟悉，虽然说不上知交，但在今天这倒霉任务落到他头上之前，称是好友问题也不大。他看人颇有心得，贺汉渚这个人表面狠戾，实则很讲道义。他不觉得贺汉渚有理由要对父执般的王孝坤不利。所以他很不明白，王孝坤为什么防他到这样的地步。明知他和西北军的渊源不浅，还来这一手。这不就是在拔虎牙吗？

他眺望片刻，心里忽然生出一丝不安之感。

这样的特殊时刻，一个巧合也就罢了，两个巧合同时发生，将专列阻在这里……

他再多想，为防万一，立刻掉头，正要回到火车上，突然，候车室的方向传来了一阵喧闹声。

章益玖循声抬头，见对面的候车室里涌进来了一大群人。

灯光昏暗，稍远些就看不大清，但目测至少有上百人，看着全是男人，以青壮居多，打扮像是农人。

他一惊："怎么回事？干什么的？"

车长也愣住了。

几个在外的车站值班人员根本拦不住这么多的人，很快那些人都挤到了站台上，肩披麻袋，摩拳擦掌，东张西望，口里嚷着"货物在哪"，本没几个人的冷清站台变得拥挤了起来。

值班人员气急败坏地报告，说这些都是附近村里的村民，刚才一个自称是车站的人进村说连夜到了一大批货物急需卸载，让他们来帮忙，搬完之后每人可以发一个银圆，全村青壮出动，连老头子也跟了过来。

车长莫名其妙，慌忙挥手大喊："没这样的事！你们被人骗了！都散了散了，赶紧的，立刻回去！"

虽然距离不远，但大半夜爬出来，现在钱又没了，村民自然不乐意，吵嚷了起来。突然间不知道从哪里撒出许多银圆，落雨一般叮叮当当地掉在地上，满地乱滚。又不知是谁喊了一声捡钱，村民反应了过来，争着捡钱，站台上顿时乱成一团。

章益玖丢下这里，扭头正要冲上火车，忽然后颈一痛，被什么给重重击了一下，顿时眼前发黑，伴着耳中嗡的一声，人便栽倒在了地上。

他悠悠苏醒的时候，感到脑袋还是阵阵发疼，吃力地睁开眼睛，发现自己已经躺在了一张硬板床上，周围一大圈的人都在紧张地看着他。发现他睁开眼睛，站长松了口气，喊道："醒了醒了！章次长醒了！"

章益玖呻吟了一声，摸了摸肿胀的后脑，挣扎着坐起来。

站长急忙和人一道将他扶起，讨好道："章次长您没事吧？可把我吓坏了。我已经叫人去请郎中了，您再休息一下。"说完，催人给他倒水。

章益玖终于看清楚了，自己就躺在站长的调度室里。脑袋的疼痛让他想起了自己晕过去前的那一幕，整个人一凛，弹了起来，迅速朝外望了一眼。

火车还停着，但半个人也不见了。昏暗的灯光下，站台上冷冷清清。

"人呢？"他吼道。

站长忙说村民都已经散了。

"副官呢！"

站长指了指外面。

章益玖扭头看去，见副官就站在门外，一副垂头丧气的样子。

看这模样，不用问章益玖也能猜到情况。

果然，贺汉渚已经走了。当时站台上很乱，副官带着人把守包厢，不料突然冲上来一拨全副武装的人，他们还没反应过来，副官就被缴了械。脑袋上顶住枪，剩下的人也不敢再反抗，贺汉渚就这么顺利地走了。

章益玖命站长和其余一干人全都出去，将副官叫进来。

副官入内，目光躲躲闪闪，神色惶恐地低下头，大气也不敢透。

章益玖看似脸色阴沉，实则心里直呼庆幸，反倒有些感激那个把自己打晕了的人。

那样的境况之下，自己要是没被打晕，不放人就是和贺汉渚彻底撕破了脸，把事情做绝了。但若放人，就是自己的责任，他同样不好交代。

章益玖冷冷道："说是你下令放行的？"

副官早已没了先前的气势，沮丧无比地辩解道："我也是没办法。车厢里就那么大的一点地方，人又多，敌我难分，真开枪打了起来，咱们兄弟自己人也会伤到。再说了……姓贺的平时就能收拢人心。我看他们根本就不想动手，就我一个人，能有什么用？我不放，还能怎样？"

章益玖不再说话。

副官见他脸色好了些，现在人走掉了，他和自己终究还是一条绳上的蚂蚱，他也没法完全撇清干系，心终于稍宽，便带了点讨好地商量："章次长，现在怎么办？要不要再调人去追？我全任你差遣！"

章益玖斜睨了对方一眼，冷哼了一声："贺汉渚是什么人你不知道？我们停在这么个鸟不拉屎的破地方，老子的头被人打破了，叫个郎中现在还没到！追个屁，能追得上吗？"

副官应了两声，又小心地道："那怎么办？回去如何交代？恳请次长赐教。"

章益玖早就已经想到对策，他眯着眼道："还没过去多久，苏雪至肯定走不远的，打电话，设路卡！不惜代价，一定把人给拦下来！"

大鱼走了，那么带只虾米回去也好，好歹算是个同伙，总比两手空空要强。副官忙应是，匆匆拿起电话，先打到定州火车站问情况。

郎中这时终于赶到了，章益玖坐下去，让郎中给自己包扎。

副官接通了电话，和那边说了几句，停了下来，转过头，望向正在龇牙咧嘴的章益玖。

"看我干什么！不会连怎么抓人都要我来布置吧！"章益玖心情恶劣得很，没好气地叱了一句。

副官忙道："次长您误会了。刚才那边说，那个苏雪至根本就没走，现在还坐在火车站里。"

章益玖一愣："你带人，马上过去！"

副官应了声是，放下电话，匆匆离去。

章益玖迟疑了下，又道："等下！我自己去！"

副官讨好地道："次长负了伤，您好好休息。我去，这回不会叫人再走脱了！"

章益玖没理会，匆匆出去。

凌晨四点钟，折腾了一夜的章益玖终于赶回到了出发的火车站。透过候车室的那扇肮脏的破旧木门，他看见苏雪至坐在候车室的一个角落里，借着头顶昏暗的灯光静静地看着摊于膝上的一本书。

章益玖命人全都留在外，自己走了进去，见他大约是听到了脚步声，抬起头望了过来。

这个苏雪至不但是贺汉渚的表外甥，其人凭医术本身和京师里的不少大人物也有往来，章益玖自然也不想和他闹翻，笑眯眯地轻声叫了声小苏。

苏雪至道："章次长是来抓我的？"

章益玖一怔，略微不自然地咳了一声："哪里哪里，你误会了。前路怕有凶险，我是来接你回京的。望你配合，莫叫我过于为难。"

苏雪至一笑，将书合拢，放回到了一旁的箱子里，提了起来道："走吧，我跟你回去。"

天明时分，火车缓缓开进京师前门火车站。章益玖带着苏雪至下了火车，径直回了他在军部的办公厅，将苏雪至"请"进一间专门用来关押特殊犯人的屋。这是个防空洞改造的地下室，里头布置还算齐全。他命人牢牢看守门，看了眼反锁紧闭的门，压低声道："再说一遍，看好了，没我的命令，不许人进去，也不许放出来！除了这个，他有什么要求，尽量予以满足……"

正说着，一个秘书匆匆走了过来，说佟国风在催他了。

章益玖没好气地说了声知道，赶了过去。

佟国风几乎是在事发的第一时间获悉了消息，一大早就来了这里，见到章益玖，开口便问具体情况，失望之色溢于言表："章次长，你也算是老人了，这回怎么大意至此？"

章益玖和佟国风平级，平日关系本就不算好，刚才见他表情，心里就有些不痛快了，现在又听到他这么发话，憋不住火气了。

"你什么意思？谁会想到他们还有这么一招？你要是想到了，你倒是早点提醒我啊！"他指着自己包着纱布的头，冷哼，"我是蠢，活该差点被人打得半个脑袋都要没了。但你派的人要不是孬种，人能这么轻松走掉？再说了，我是不是第一时间通知你了？你别跟我说你没调派人手拦追！这种事你要论第二，那没人敢说第一，你追上了没？反正我是把苏雪至给带回来了。"

佟国风一顿："你怎么这么说话？我是这个意思吗？"

"那你倒是说说，你什么意思？别以为我不知道你怎么想。不就说我故意徇私，放走了人？话都说到这地步了，我也不怕你告到总长跟前，索性和你直说。我是不想接这活，但接了，该怎么样，我有数，用不着你教我！"章益玖一把撸了头上用来遮挡纱布的帽子，甩在了桌上，"你要不满意，大可以叫总长撤了我，大不了我不干了。干脆枪毙我好了！"

佟国风脸色发青："章益玖，你这是威胁我——"

这时，身后传来一道威严的声音打断了两人的争执。

"干什么？一个是主任，一个是次长，一大早的，这么直眉瞪眼吵起来，叫下面人知道了怎么想？"

章益玖扭头，王孝坤就站在门口，眉头微蹙地看了过来，他一愣，忙拿回刚才甩掉的帽子，戴了回去，又正了正站姿，向王孝坤问好。

佟国风也收了脸色，等王孝坤走进来，坐下去，他关了门道："总长，您这么早就来了？本来想等下再去向您汇报情况。"

章益玖见王孝坤看向了自己，面露愧色，低下头："卑职无能，没能完成总长交代的任务，请总长降罪！"

王孝坤倒是和颜悦色，问他伤情。

一七三

章益玖忙说无大碍，又道："经过卑职奋力追赶，昨夜终于将同行的那个小苏拦了下来。现在人就在关在卑职的办公所在，严加看守。"

他一顿，又补充了一番："昨夜带回来的路上，卑职已初步审讯过了。这个小苏好像什么都不知道，这趟回去本是要考察一个药厂的。卑职察言观色，倒不像是在撒谎。当然，也有可能是他对卑职有所隐瞒，总长可随时提人再次审问。"

王孝坤"嗯"了一声："你也负了伤，去医院再看看，休息一下。"

章益玖应了声是，向王孝坤敬了个礼，退了出去。

他一走，佟国风便面露焦急之色，上前道："章益玖此人不可靠，他说的话，姐夫你不可全听。"

王孝坤淡淡道："何谓可靠？曹从前何等的八面威风人心归拢，放眼左右，哪个不是故交旧部，最后还不是各找各娘？台子撑得住，仇人也能用，撑不住，亲儿子也会背叛。章益玖有能力而贪利，知轻重，只要我不倒台，我谅他也不敢背着我搞动作。"他看向佟国风，"你这边追得怎么样了？"

佟国风不敢隐瞒，说事发地过去不远就是漕河，水路通达，不知道贺汉渚昨夜到底走了哪条路，或是在迂回，自己虽调遣了大量人马全力追索，但目前为止还是没有消息。

"不过姐夫你放心，不抓到人，不会罢休。一有消息，我就立刻向你报告。"

王孝坤拂了拂手，佟国风退了出去。他是一心想要拦住贺汉渚，匆匆回到自己的办公室，隔空又追加人手，安排事情。接下来的几天，日夜不宁，电话响个不停。转眼三天过去，却没有任何进展。

第四天的早上，他再向王孝坤报告情况，本意是想再增派人员扩大搜索，没想到王孝坤沉吟了片刻，说："撤了吧。"

佟国风这几天的眼睛也熬得通红，力争："为什么？他是铁了心要和姐夫你做对了！这一走，恐怕就是放虎归山，后患无穷！姐夫你放心，这事我会盯着，掘地三尺，我也要把他挖出来！"

"都三天了还没半点消息，他十有八九已是出了直隶。以他的本事，在直隶你都截不住，出去了你还能拦住他？况且动静太大，影响不好！"

佟国风哑然，想了下又道："不是还有那个姓苏的小子吗？把人交给我，我再试试！"

王孝坤摇了摇头："也放了。贺汉渚都走了，这个小苏还能问出什么名堂来？何况，无缘无故扣下来也会是个麻烦。放了吧，留意一下他的动静，日后要是发现再有异常的意向和举动，及时报告就行了。"

话音刚落，有人敲门，是王孝坤的秘书，说刚才宗奉冼打来电话，问苏雪至是不是被扣在了军部，请求和总长通电话。

佟国风皱眉道："说总长不在！"

秘书小心地应："已经这么说了，但他很是固执，说总长要是不接电话，他就过来，求见总长。还说外交部正在准备卫生出国考察交流活动，对方知道那个小苏，指明邀他参团……"

王孝坤插道："替我回个话，就说是场误会，人马上就能回去了。"

秘书退去。

王孝坤见佟国风神色依然不忿，道："照我的意思办。烟桥这边能拦就拦，拦不住了，就先对付南面吧！一个一个来。"

佟国风应是，又想起了一件事："姐夫，上次提到的那个郑龙王，我已有把握，应该就是从前的翼王大将后裔。窖藏八九也在这个郑龙王的手里。那边太远，我们不便插手，依我之见，不如把消息放给省长。这笔钱可不是小数目，宁可给了别人，也绝不能落到贺汉渚的手里！"

王孝坤神色凝重，慢慢闭目，没有说话。

佟国风知他这是默许了，躬了躬身，出来。

苏雪至捧着书，面对着墙上露出的一扇焊着铁栅栏的小窗。

地下室里光照不良，就只有早上太阳光会从这扇小窗里短暂地照进来，大概半个小时。她低头看书。阳光从铁栅格子的中间斜射进来，落在地上，慢慢地挪到了她的脚边，有灰尘在光束里舞动。很快，半个小时过去了，房间里的自然光又暗了下去。

她站了起来，正要打开电灯，听到门外响起了开锁的声音。

门被人打开了，一个卫兵走进来说："出来吧，可以走了。"

苏雪至提起箱子，走了出去。

在地下室里关了三天，乍出竟觉早上的阳光也刺目得厉害。她闭了闭眼，偏过脸躲避着光照，等眼睛稍微适应了光线，忽然远远地瞥见王庭芝站在对面一道走廊的尽头正望着这边。

前次那夜他和贺汉渚冲突过后，她就一直没再遇到过他了。不过，她知道王庭芝现在就在章益玖的手下做事。

她略一迟疑，停了脚步，朝着王庭芝点了点头，见他没反应，很快转过头快步走了，她收回目光继续前行，走出了这个地方。

苏雪至被带到外面的一处大院，竟见到了宗先生和校长。章益玖正陪他二人在说话，扭头道："您二位瞧，人这不出来了吗？"

校长丢下了章益玖，快步走了过来，问道："小苏你怎么样，你没事吧？他们有没虐待你？"

宗先生也跟上来问她这几天的情况，说校长听到她被关进了这里，急得不行，昨晚连夜坐火车赶了过来。

章益玖略微尴尬地打哈哈："您这话说得，好像章某人这里是什么龙潭虎穴，我成大恶人了？先生放一百个心，我刚不是解释了吗，能有什么事？只是有个误会，就把小苏接来这里，好吃好喝待了两天而已。"

校长显然不大信他的话，打量着苏雪至，没说话，神情犹带几分焦虑和担忧之色。

苏雪至既意外又感动，忙说真的没事，一切安好，向亲自来接自己的两位师长深深鞠躬道谢。又见章益玖站在两人后头看着自己，她顿了一顿，顺着他的口吻，称确实是个误会，这几天并没受到什么不好的对待。

"章次长对我颇是照顾，有所需便予以回应。"

章益玖笑道："二位听到了吧？我章某人确实没骗你们。"

校长这才松了口气，宛如迎接自己孩子一般张臂抱了抱苏雪至，说了声走了，随即弯下腰去。苏雪至见他竟是要帮自己提箱子，哪敢这么托大，急忙争抢，说自己来。

章益玖朝副官使了个眼色，副官上前一步夺了过来。章益玖又作慈蔼貌，安慰起了苏雪至："小苏，这几天吓到你了吧？别怕，误会已经彻底消除，赶紧的，跟两位大先生回去吧。"

苏雪至盯了他一眼，点了点头，道了句谢，收回目光，在两位师长的陪伴下离去。

出了大门，上了宗先生的马车，校长就问她是怎么了。

"上周你打电话来，不是说要回趟叙府老家吗，怎么变成这样？要不是宗先生告诉我，我还完全不知道你出了事！"

最出色也最器重的学生竟被关进了这种吃人不吐骨头的地方，这叫校长怎能不担心？

"对了，贺汉渚呢，他怎么不管你了？"校长又问了一句。

贺汉渚和王孝坤的事现在并不适合广而告之，苏雪至撒了个谎，说贺汉渚有事去了外地，至于自己问题不大，有人举报实验室行违法之事，可能正撞了什么风口，就被拦下带了回来配合调查。

两位大先生十分恼怒，骂这世道小人当道。

苏雪至搪塞过去，转了话题，问宗先生是怎么知道自己的事。

宗奉冼说昨晚他接到一个不知道谁人打来的电话，告诉他她被关在这里，说完就挂了电话。他十分焦急，今天一早就打电话向王孝坤要人。

"或是你表舅的什么朋友吧，安然出来了就好。"宗先生又安慰了几句，说今天去他那里一起吃顿饭替她压惊，消消晦气。

苏雪至感谢不已，跟去不提。

第九章

佟国风回到办公室，越想越不放心，把一个心腹秘书叫了进来，亲自口授电报，命立刻再拍出去。

秘书记录完毕，佟国风迟疑了下，咬着牙关又改口："改一下，答应他的条件，我再让一成就是了。告诉薛道福，只要成事，二八也可！我二他八！要他务必力以赴，速战速决，窖藏绝不能落到别人的手里！"

秘书去了，佟国风又琢磨了下早上宗奉冼打来电话的事，传信另一个手下去查消息是怎么走漏的。

"是不是章益玖那边有内奸？或者，就是他本人授意……"

话音未落，办公室的门被人推开，一个声音说道："不必查了，是我打的电话！"

佟国风抬头见是王庭芝来了，他一愣，打发走了手下，皱眉教训："庭芝你怎么搞的？你这不是拆台吗？宗奉冼这些人看着无害，较真起来也是个大麻烦！幸好总长本也没打算再扣人了，否则你这不是在给总长找麻烦吗？"

王庭芝快步走了进来，盯着佟国风："舅舅，到底是怎么一回事？"

佟国风看了一眼他，神色缓了下来："算了，一个误会，现在没事了，人也放了，你别管了。我知道你和这个苏雪至有往来，但私交归私交，往后千万不要再这样了。这回没大事，下次未必就会这么……"

"不是苏雪至！"王庭芝双手压到桌上，倾身，"我问的是贺汉渚！保定军校的事已经解决了，他怎么还没回来？他去了哪儿？还有，爹为什么要动西北军？"

佟国风一顿："你胡思乱想什么？贺汉渚没回来，自然是有事在身。至于西北军，那是正常的陟罚臧否……"

王庭芝打断了佟国风的解释："舅舅当我是三岁小孩？苏雪至一个医生，整天在实验室里，好端端的你们会大动干戈用专列把她给弄到这里来？吃饱了撑的？贺汉渚去了哪里？爹是不是要对付他了？为什么？"

他整个人都俯了过来，紧紧地盯着佟国风。

佟国风沉默了片刻，从椅子上站了起来，走到王庭芝的身边，低声道："其实舅舅也正想着哪天有空，找你聊两句的。庭芝，舅舅知道你和贺汉渚交好，你将他视为兄长，但现在开始你要防着他些，保持距离，不要再像以前那样，什么都听他信他……"

"为什么？到底怎么了！"

"贺汉渚以前大仇未报，知道自己一个人势单力薄，别说和陆宏达斗，怕是连命能不能保住都难讲，所以投靠我们王家，替你爹做事，和你交好。现在他报完了仇，野心起来了，和西北军暗通款曲。这是干什么？拉大旗，立山头！日后准备逼老曹一样逼走你爹——"

"不可能！"王庭芝面露怒色，"我认识他有十几年了！他不是这样的人！"

佟国风哼了声："既然你说了，舅舅也不瞒你。不错，贺汉渚是趁着这回军校的事跑了！他要是心底坦荡，他跑什么？你爹是不讲道理的人？当年他和兰雪落难，是你爹不顾被牵连的危险将他们接了过来，栽培他十几年，对他比对你这个亲儿子还要好，对他寄予厚望。现在他有什么要求，不能摊开和你爹讲？你爹难道真会为难他？他是怎么做的？跑了！我就不说忘恩负义和背叛了，这不是心里有鬼是什么？还有，你把他视为兄长，但你以为你真了解他？他这个人有几分本事，自然也就野心勃勃，心机深沉。你信任他，但他会把什么都告诉你？"

王庭芝渐渐沉默了下去。

佟国风见外甥双目凝定，仿佛有些走神，拍了拍他的胳膊说："庭芝，你阅历不多，容易感情用事，被人的表象欺瞒。贺汉渚他真的很危险。你听舅舅的，以后对他，要多留个心眼……"

王庭芝蓦然回过神来，微微咬紧牙根。

"怎么做，我清楚。"他转身，走了过去。

十来天后，入夜，一行四五人登上了汉口的江岸。

是夜，在这里休息过后，明早一行人将改道取捷径往西北。

这便是贺汉渚一行人。

这里远离京师，天高皇帝远，中枢的直接影响力几乎可以不计了。他们要考虑的是如何尽快抵达此行的目的地——太平厅。

落脚下来后，豹子请贺汉渚去休息，自己带着几个手下轮值守夜。

贺汉渚和衣卧在一张床上。他虽感到疲倦，但却久久无法入眠。倒不是因为房间破旧，条件比这更恶劣的地方他也睡过。辗转良久，至凌晨三点多，他索性起身走了出来，让守着下夜的豹子去休息。

豹子正在抽烟提神，推辞。

贺汉渚微笑道："去吧。我累了自己会休息。"

豹子不再推辞，抓紧这天亮前的最后一点时间进去补觉。

贺汉渚在窗边坐了下去，摸到了豹子留下的香烟盒，便随手拿了支烟，划了根火柴点着，吸了一口。

这是豹子惯抽的一种用土烟叶切碎后卷的烈烟。

贺汉渚久不抽烟了，被呛了一下。他低头闷闷地咳了两声，极力压下后，便掐了烟，背靠着轻微咯吱作响的板壁，举目看了眼头顶的夜空。

夜色深沉如海，仿佛永远见不到尽头。在这片无边的黑暗里，星子却如棋布，闪烁着点点光辉。

他凝视片刻，下意识地抬手摸了摸身上长衫，在怀里指尖触到了一封贴身收着的信，她让豹子转给他的信。

信很短，三句话，字迹也很潦草，显然是匆忙间写下的。

贺汉渚却不知看了多少遍了。

"我亲爱的，去做你该做的事。"

"真正地拥有和王孝坤之流对抗乃至打倒他们的实力，这就是你对我的最大的保护。"

"还有，我想让你看我穿裙子的模样。待你回时，下次见面，但愿不致让你失望。"

贺汉渚微微仰头，慢慢地闭上眼睛，仿佛睡了过去。

天渐渐亮了。

旅人再次风尘仆仆地踏上了前路。

彼时，身后恰晨光熹微，晓星启明。

川地省城，叶汝川正等着外甥女回来一起去看药厂，不料事情却又起了变化。上周他忽然收到她发来的电报，说那边临时有事，让舅父先替她把个关，等有空了她再回来，具体的时间看情况。

亲外甥女拜托的事，叶汝川就算再忙也要摆在第一位的。前几天他便放下了别的活，一直在跑这个。里里外外看得差不多了，今天就和那个姓白的药厂老板一道来了省城最有名的一间老字号酒楼吃饭。

那个白老板正愁药厂要破产，忽然有人看上了，还是本地有头有脸的药材行会会长，他知道这事靠谱了，饭桌上带着人对叶汝川极尽奉承。

叶汝川多喝了几杯，出来解手。经过走廊附近的一个雅间，那门没关严实，他听到一道笑声从里头飘了出来。

这声音又沙又粗，一钻进叶汝川的耳朵，他就打了个激灵，刚因酒水下腹而生的那点醉意也顿时没了。

苟大寿？之前那个为了抢占会长位置勾结土匪差点要了自己命的人！

去年那事之后，苟大寿应是知道了他家和贺汉渚的亲戚关系，收敛气焰，龟缩不出。再后来，陆宏达死了，苟大寿在省城里的后台，那个倚仗陆宏达势力的高官也跟着倒了台，苟大寿便彻底销声匿迹。

叶汝川顿时觉得不对劲，停了步子，小心地透过门缝朝里看了一眼，瞥见斜对面的主座上坐了个留着两撇胡子的干瘦中年人。

他因兼着行会会长这个头衔的缘故，一年当中也会进出几趟省政府的门，恰认得这个人，省税捐局局长林能文的亲弟弟，林能武。

薛道福为了养军，当了省长后在自己实际掌控的地盘上巧立名目，横征暴敛，这个税捐局就是他用来敛财的工具。林能文这个税捐局局长唯一要干的事就是设法替薛道福搞钱，弟弟林能武就是他的得力干将。

苟大寿什么时候竟又搭上了这个人？

"多谢您的举荐，您老就是我的再生父母……"

苟大寿的马屁不绝，这时一个穿着黑绸大褂保镖模样的大汉系着裤子从解手的地方晃了回来。

叶汝川不敢再留，立刻低头走了过去，但凭直觉不大妙，内急也先放一放了，抬头见走廊的尽头站个伙计，忙走了过去。

他是这里的常客，伙计和他很熟，立刻跟了过来，躬身笑道："叶老爷有吩咐？"

叶汝川叫他靠过去些，帮自己听下那个包厢里的客人在说什么话。

伙计不认得林能武，但认得苟大寿，知道不是善茬，面露为难之色，叶汝川从身上摸出两个大洋放到了伙计手里。

"要是听到有用的，我再加两个！"

重赏之下，必有勇夫。伙计眼睛发亮，收了钱，点头要去。

叶汝川拉住："当心点，别被抓住。"

"您老放心，这活我最懂了！"伙计端了盘瓜子和糕点，笑嘻嘻走到那个守在门口的大汉旁，说他辛苦了，递上去后，又说自己以前学过点相面，见他面相不凡，日后必有大成，让他将来发达了多带着兄弟来这里照顾生意。

大晚上的，别人都在吃喝，就自己饥肠辘辘地在外头看门，保镖正一肚皮不满，见这伙计识相，又这么吹捧自己，顿时乐了。伙计端来凳子请他坐，笑嘻嘻地弯腰陪在一边，低声说再给他看个手相，保镖便伸出手。

林能武找上荀大寿，是给他带来了一封委任状，委任他为省政府的地方捐税巡查特派员。

荀大寿说了一通表忠心的话后，当听到林能武说派他去的地方是叙府，顿时面露为难之色："这……您也知道，那边就是郑龙王的地头，去叙府要加税，我怕有点难……"

林能武冷哼："薛省长大还是郑龙王大？实话和你说，这一趟就是要搞掉这个郑龙王的！你不干，有人干。"说完收起桌上的委任状，起身要走。

荀大寿最大的后台已经倒了，只能看着叶汝川在自己头上蹦跶，没想到现在突然有了转机，要是错过，往后恐怕再无翻身的可能。

他拉住林能武，改口："您放心，等去了叙府，就算它地皮是铁打的，我也非得把它掀个底朝天不可！"

林能武的脸上这才露了笑意，坐了回去。两人商量行动。荀大寿建议收买这些年被郑龙王制住不敢动的对手，找那个性子最急躁的水会老幺的事，搞出人命，借机把那个分会的骨干给抓了，以此来胁迫郑龙王。林能武称好。

但郑龙王的威望就摆在那里，荀大寿心里终究有点打鼓。

"我就是有点担心，据说他手下光是帮众就有上万，如同民团，更不用说水户了，对他无不奉若神明，万一事情搞大，局面会不会不好收拾……"

林能武冷笑："薛省长的目标是统一全川，叙府凭什么成法外之地，要跟一个江湖人的号令走？这就是第一个要拿下的地方，杀鸡儆猴，策源之地！你当薛省长的十万兵马是吃素的吗？他们敢煽动民乱，正好出兵围剿，杀他个人头滚滚，看什么龙王厉害，还是薛省长手里的十万条枪厉害！！"

"好！我必全力以赴，舍命效力！"

伙计跑了回来，将等着的叶汝川从雅间里叫了出来，到了个私密处把刚才陆续听到的谈话内容转了过去。

叶汝川大惊失色，转头要走，忽然想了起来，又停步，伸手到腰间去掏钱袋。

伙计知道他和水会有生意往来，推开他的手："您老是要去报信吧？赶紧的！我也不要赏钱了！我婆姨娘家就是叙府的，靠水为生，这些年全仰仗郑龙王，日子才算过得下去。我再要您的钱，我还是人吗？"

叶汝川"哎哎"了两声，拔腿回来，饭也不吃了，寻了个由头和药厂老板道别。套了辆两匹马拉的车，连夜出发去往叙府，一路紧赶慢赶，终于在第三天的晚上赶到了府城，找到水会的所在。

叶汝川说有急事要找三当家，很快王泥鳅走了出来，听叶汝川说了他那天在酒楼里听到的事，向他道了谢，随即请他进来歇息。

叶汝川知他这是客套，立刻摆手："不用不用，三当家你赶紧忙你的去，我就是来传个话。晚上在这里过个夜，明天我就去我妹妹那里。"

王泥鳅知他在府城有住处，便也不再客气，转身匆匆进去。

这么晚了，借了盏煤油灯的光照，郑龙王还在伏案写着什么东西。

他上次大难不死，但好了之后身体终究受损，没以前那么硬朗了，常会咳嗽，现在还在调养。

倘若是平时，这么晚了，王泥鳅肯定是要劝他休息的，但现在也顾不得这个了，立刻将刚才收到的消息说了一遍。

郑龙王慢慢地放下了手中的毛笔，站了起来，推开一扇窗户，立在了窗前望着外头，神色凝重。

王泥鳅知他在想事，不敢打扰，便屏声敛气站在一旁等着。

半个月前他们抓到了一个形迹可疑的探子，审讯后探子供出上家，再经过一番顺藤摸瓜的追查，就在几天前查到最后的关系落到了佟国风的头上。

王泥鳅这几天一直忧心忡忡，总觉得还会有后续。

片刻后，郑龙王转头，让他立刻派人通知老幺。

"去告诉他，最近收紧人，无论遇到什么挑衅都不要做出格的事，有事即刻告诉我。再派人手盯紧那些人，尽量避免冲突。"

王泥鳅应是，顿了一顿，咬牙道："现在那个薛道福是存心冲着我们来，我们躲得了初一，躲不了十五。何况下面的帮众平日都有营生，要养一家老小，十天半月还好，时间长了，不能不出来。要我说，我们这些年，不是也买了些家伙，帮众也都有操练，干脆就……"

郑龙王咳嗽了起来，面露微微痛楚之色。

王泥鳅忙闭口，改问他晚上喝了药没。

郑龙王没作声，只走回到那张布满划痕的旧桌前，坐了回去，提笔蘸了蘸墨，继续写着东西。

王泥鳅看着昏暗灯光里的这道挺直背影，不敢再打扰了，只好先退出去，匆匆安排事情。

叶汝川报完消息，当夜在府城过了一晚上，也没睡着，天没亮就爬了起来，接着去往县城。他当天赶到保宁县，见到了叶云锦，一口茶也没来得及喝，进了屋立刻就把消息讲了一遍。

叶云锦听得心头突突地跳，坐在椅子上没开腔。

叶汝川愁眉不展："我这几天来的路上，就在琢磨这个事。这么多年都相安无事，不但这样，这个薛省长还要卖郑龙王几分面子，怎么突然这么硬气起来？这就是要人命的架势，他就不怕闹出大乱子？背后是不是出了什么事……"他一顿，"对了，贺汉渚！只顾赶路，怎么把他给忘了！我再给雪至发个电报，让她帮着问问。"叶汝川拍了下自己的脑门，站了起来，又一阵风似的出去了。

叶云锦叫来苏忠，让他即刻赶去府城待在那里，有什么动静派人捎消息回来。

叶汝川到县城唯一的邮局拍完电报，感到之前伤了的那条腿又隐隐作痛起来，被人扶着上了马车，回到叶云锦那里，说自己再去府城打听消息。

叶云锦按捺住心中的担忧，叫他歇下来别再跑了，去了也没用，她已派苏忠过去守着，叶汝川这才作罢。

按说，外甥女隔天就能收到他的电报。这么急的事，她不至于拖延，来回最慢一周之内，自己就能收到回讯了。

叶汝川当然不知道，他发给外甥女的电报根本就没送到她手中，直接就被拦截了。他在这边翘着脖子等，天天打发下人跑去问，七八天过去，外甥女那里始终没回音。府城那边，苏忠倒先回了消息，是个坏消息。

叶汝川担心不已："怎么了？水会的幺爷出了事？"

小厮是一路小跑进来的，停下来喘着气："不是！不是水会的事！但又有关系……"

叶汝川急了，把人一把按在了凳子上："到底什么事？快说！"

小厮喝了口水，捋直了舌头，终于讲了一遍。

昨天早上，叙府税捐局毫无征兆地贴出了一个公告，称本府从前的各种捐税定得过低，十分不合理，拟提高各个税种的税额，以便与全省水平持平。经过充分调查和核算，现在先从水道征收，将相关的人头税和车船税全部提高三成，从年初就开始计，限定所有的相关之人在发布通告的三天之内自行前去缴足税款，否则除了加计滞纳息，还将受到惩罚。

通告发出来后，府城民众怨声载道。本来各种苛捐杂税便层出不穷，且当中很多都令人摸不着头脑。家里几道门槛的门槛捐、不从业的懒捐、商户的开业捐，还有什么灯笼捐——大门口挂两个灯笼也要交钱，荒唐至极。百姓本就不满了，尤其那些靠着水道为生的人家更是炸了锅，无数人从四面八方涌去官府要求给个说法。叙府的那位驻防官兼税官胡正道自然没有露面，只调军警封锁街口，双方最后发生冲突，被抓进去了几十人，民众又改去水会寻求帮助。

"听说郑龙王已经约见府官了。"

"怎么样？结果呢？"

"还不知道！忠叔怕你们等得急，让我先回来报告这个消息！"

叶汝川顿了顿脚："这什么半拉子消息！还不如不说！是想急死我吗？算了，我自己过去等着！"说完就要出门，却被叶云锦阻拦了。

说也奇怪，从前一向是妹妹的性子急，这回叶汝川见她竟沉得住气，就说："云锦，他们就是冲着郑龙王来的。他要是出了事，水会散了，叙府的天怕就要塌一半，连带着咱们往后也没好日子过！我去找王泥鳅王三爷！跟郑龙王是说不上话，但在那个三爷那里我还是能说几句的！"

"消息苏忠会打听，你腿脚不大好，再去，折磨身体不说，除了给他们添乱，还能有什么用？该怎么做，水会，郑龙王，有数。咱们等着就是了。"她的目中暗藏无尽的忧虑，扭头望着府城的方向慢慢地说道。

这天晚上，十点多了，依然还有数百名水户聚在水会外头等着消息。一旁是些三天前被抓的人的家属，其中一个穿着粗布补丁衣衫的女人搂着怀里睡过去的孩子，低头默默擦着眼泪。

众人已经不像前几天那样激动了，取而代之的是沉默。每一个人的眼里都带着近乎绝望的愤怒，这愤怒如同炭火，随时就能燃爆开来。

水会的会堂里灯火通明，闻讯赶到的当家和几十名水户代表聚在这里商讨事情，有大骂薛道福和胡正道的，有商量怎么救人的。

一个白发苍苍的老翁咬牙切齿地控诉："前几个月，我们那儿修了一座桥。泥木材料是天德行的女掌柜和另外几个大户出的钱，活是我们帮着做的，桥修好了竟要我们两岸住户缴纳乐税。我们问什么是乐税，竟说桥修好了，大家伙高兴，这不就是乐税？天下怎么会有这么无耻的官府！现在又要加三成税，三天内就要我们交齐，我们去说理就打我们，还把我儿子给抓进去了！明天期限又到了，我们哪里有钱再去交税？这是不给我们活路了啊！龙王，求求你了，一定要帮帮我们！"

老翁说着眼泪流了出来，带着身后那几十人要朝郑龙王下跪。

郑龙王从座上起身，扶起老翁。

"大当家，他们这是冲着我们来的！他们有枪，我们也有！大不了豁出去命不要，占了府衙，反了算了！"老幺猛地站了起来，大声吼道。

"反了！反了！"众人纷纷跟着呐喊。那几十个水户也激动万分。

"大当家，诸位当家！只要大当家一声令下，我们回去立刻召集人！我第一个上！"

"我有三个儿子，我让他们全跟着大当家！"

"我也是！"

会堂里，群情激动，喧声鼎沸。

王泥鳅看了眼郑龙王，他眺望着门口的方向，似在等着什么，对周遭的这一切喧沸都没觉察，便抬手压下众人的声，大声道："水会多谢诸位父老兄弟襄助，但此事不是小事，龙王自有计较。虽然那个胡正道现在拖着不露面，但牢房里我们已经打点好了，抓去的人没有大碍，诸位稍安，从长计议。"

这时一个帮众匆匆跑进来喊道："大当家，外头来了一个人自称荀大寿，说是什么省主席的代表，要见大当家。还有警察局长一起来了！"

会堂里安静了下来，众人望向郑龙王。

郑龙王神色平静，示意将人放进来。

很快，荀大寿大摇大摆地走了进来，身后一个同行之人正是本地的警察局长。那人平日和水会的人很熟，称兄道弟。现在跟在荀大寿后头，脸上挂笑，心里却不停骂着荀大寿的娘。又要逞能，又怕进去了出不来，指定自己和他同行。官大一级压死人，他虽然满心不愿，却也只能从命。

荀大寿从前并没见过郑龙王，现在被委以重任，自觉一步登天，对那个传说里的郑龙王也就存了轻慢之心。走进大堂，迎面却见座上一人神色端肃，目光如电，不怒自威，他知道这应当就是那位郑龙王了，不禁一凛。荀大寿想摆架子出来，瞥了眼身后的警察局长，却见他半点也没想替自己撑腰的意思，只好干笑两声，朝着座上的人拱了拱手："不才苟大寿，薛主席亲自委派的专员，巡视地方，扶持民生……"

他说完，见周围那些百姓打扮的人全对着自己怒目而视，几个壮汉更是神色狰狞，恨不得生啖己肉的架势，毕竟心虚，就停了下来。

水会老幺骂了声娘，推开人，上来一把抓住他的衣领举了起来，登时就将他拎得两脚离地。

"是不是你这个混账出的主意？还敢上门？老子先一拳捶死你！"

苟大寿大惊，一边拼命挣扎，嚷着"你敢"，一边扭头找警察局长。

局长忙上来劝，王泥鳅也来拉。老幺却还是不肯放。直到座上的郑龙王喝了声住手，声若绽雷，他这才松了拳。

苟大寿两脚终于落地，却没站稳，差点摔倒，狼狈不堪。

郑龙王开口道："手下人粗鲁，冒犯了专员。专员今晚大驾光临，有何贵干？"

苟大寿恼恨万分，但想到自己的任务又不敢发作，狠狠瞪了一眼那个水会的老幺，整理了下衣服，脸上露出笑容："我身负省长嘱托的重任，不敢懈怠，所以特意前来，想和龙王好好谈谈。有误会就尽快消除，这样大家都好。"

郑龙王拂了拂手，王泥鳅等人便明白了他的意思，坐着的人也起了身，带着场中人悉数退了出去。

苟大寿稳住了神，让充当保镖的警察局长也出去。待只剩下自己和郑龙王，他脸上的倨傲之色便消失了，改成笑脸，上前再次拱手，说久仰大名，今日终于得见，三生有幸。

郑龙王淡淡笑了笑："专员客气了，虚名而已，老朽不敢应承。你有什么事，直说便是。"

苟大寿便从怀里取出一封打着火漆的信，双手递送上去，道："这是薛省长的亲笔手书密信，什么事我自然不知，但省长这么郑重其事，望龙王千万不要以等闲视之。身为特派专员，我还有一话转告，只要龙王投效薛省长，别说那几个关进去的人了，往后不但这条水道你还是龙王，更高的官也任由你选！省长说了，只要龙王点个头，不用劳动龙王一步，省长亲自过来拜会。怎么样，这样的殊荣，别说叙府了，就是放眼全川，恐怕也是头一份吧？当然——"

他语气一转："龙王要是固执己见，那明天过后，水道怎样，谁也难讲。鄙人最近哪里也不去，就在这里等龙王的消息。"

他笑嘻嘻地冲着郑龙王又躬了躬身，退了出去。

人走后，郑龙王拆开信，看了一眼，慢慢地放了下去。

深夜，等在外的王泥鳅看着窗后的灯影，忧心忡忡，忽见门开，郑龙王站在门后，忙走了进去。

"大当家，信中说什么？"他问道。

郑龙王示意他自己看。

王泥鳅立刻拿起信，看完他的眼中射出怒光，抬头却见郑龙王的神色依然十分平静，他极力压下怒火问："现在怎么办？"

"世上没有不透风的墙，现在才来，已经比我预想得晚了。薛道福这是有了上头撑腰，所以才会这么肆无忌惮。我已经想好了，顺了他的意思吧，也不用他来了，何妨我自己走一趟……"

"大当家！"王泥鳅立刻便明白了他的意思，焦声阻止，"你不能去！大不了，我们就像兄弟们说的那样——"他咬牙，神色陡然转为狠戾，目中射出两道凶光。

郑龙王咳嗽了一声，微笑着喟叹："我已经老了，十年前或还可考虑。这种大事，关乎万千兄弟和他们身后无数老小的生计，没有把握不能冒险，更不可做无谓的牺牲。还是把水会的人留给更适合的人吧！"

"我们可以再拖延，我这就立刻再派人联系贺司令，不，我亲自去——"

"他现在也身陷麻烦，何况远水解不了近渴。你看不出来吗，薛道福这是得了授意，根本不给我们拖延的机会。明天就是最后期限了，如果不答应，必有一场血雨腥风。薛道福要东西，我亲自带他去便是。"

"大当家！"王泥鳅眼眶泛红，声音颤抖。

"人固有一死，我已多活了这几十年，够本了。"

郑龙王走了过去，从一个抽屉里取出一封密封起来的厚厚的东西，递了过去。

"老三，劳烦你，帮我把这个送去，务必亲手交给女掌柜。"他注视着并肩同行了大半辈子的生死兄弟，微笑道。

叶汝川腿疼，叶云锦叫了胡郎中替兄长拔火罐辅疗。他架着一条腿，和上了年纪喜欢饶舌的郎中有一句没一句地搭话。叶云锦坐在一旁陪着。

"叶老爷，不是我说您，您也太托大了。上了年纪最怕伤到骨头，去年好不容易算是养好了，现在您又这么跑！说您三两天就从省城赶来了这里？别说老伤腿了，就是没毛病，那也吃不消啊！您当您还是小后生？"

"是，是……"叶汝川心不在焉地应着，看了眼妹妹，见她半晌了还是刚开始的姿势，目光凝定，不知道在想什么，劝道："你去休息吧，不用陪我。这么晚还没消息，看来府城那边今天应该是没什么事的。"

叶云锦回神，朝兄长点了点头，让他治完腿也去歇了。

胡郎中说："女掌柜是为税捐的事犯愁吗？我今天也听说了，说叙府这边的税都要提了。要是真的，咱们天德行怕不是个小数目吧？我在外头听见满大街都是骂的。可除了骂两句，又有什么办法？他说提，你不交，他就拿枪指着，要抓你进去，谁顶得过……"

叶云锦沉默地从旁走了过去，这时家中一个小厮跑了进来，喊着说苏管事回来了。

叶云锦眼睫一颤，脚停在了门槛上，一时竟没勇气跨出去。

"回来了？"叶汝川扭过头，"哎呀"了一声，缩回腿就跳了起来。

"舅老爷，火罐，火罐！"郎中喊道。

叶汝川一把拔下还吸在腿上的火罐，卷起的裤腿都来不及放下，朝外跑去。

苏忠急匆匆地走进堂屋，迎面见叶汝川小跑着出来。

"怎么样了？今天出了什么事？"叶汝川迫不及待地问。

苏忠抬头，见女掌柜从后堂跟了出来，目光望向自己，心里忽然难受，嘴张了张，竟有些不敢讲出口的感觉。

苏雪至上次回来替郑龙王治病的那段时间，对郑龙王的态度大变，两人关系很是亲近。看起来她已经完全不介意女掌柜和郑龙王之间的传言了，甚至苏忠有一种感觉，就算现在他二人相好，苏雪至也不会反对的。

所以在她走后，苏忠本以为这二人没了最大的顾虑，应该会经常见面了。但令苏忠意外的是，女掌柜和郑龙王竟连一次私见都没有。二人应该还是顾忌他们往来万一被人知道，势必影响苏雪至的名声。

所以此刻，面对着女掌柜，苏忠实在是不忍让她知道这个消息。

"到底怎么了？是水会出了事？"叶汝川催问。

"水会没大事。"苏忠终于说道。

"那是什么事？今天很多人交不出税，又被抓了？"

苏忠再次摇头："水会没事。前几天被抓的人，也都放了出来。"

叶汝川才松了口气，却见苏忠又道："但是郑龙王……他去了省城，据说是要面见薛省长……"

叶汝川一怔。

苏忠望向女掌柜，道："外面的人都很高兴，说亲眼看着他被省城下来的人恭迎过去，这趟去了是要和那个薛省长说道理，说不定等郑龙王回来加税就会取消，以前怎么样日后还怎么样。但是……"

他迟疑了下接着说："但是我赶去水会找三当家，那里却是大门紧闭。我也没见着三当家，倒是正好看见幺爷手里拿了把枪冲出来，说要追大当家，死也要死在大当家的前头，被好些人拦了……"

叶云锦忽然晃了一下。

"女掌柜！"苏忠喊了一声。

叶汝川扭头，见妹妹看着不大对劲，慌忙伸手扶住。

"云锦你怎么了！"

正好郎中没走，叶汝川赶忙让人去叫。

叶云锦说没事，闭目等那阵晕眩感过去，低声让兄长扶自己进去，坐了下去。

叶汝川让人送来红糖水，让妹妹喝，随即打发掉闲人，眉头紧锁，道："这是什么意思？"

苏忠神色沉重："具体我也不知道。我后来听说昨晚水会的人商议的时候来了一个薛道福的专员，就是那个荀大寿，龙王单独见了人。然后今天早上，三当家他们就送走了郑龙王，说幺爷不答应，被打晕了，醒过来又要去，正好被我撞见了……"

他的声音低了下去，最后停住，屋里一片死寂。

叶汝川愣怔了片刻，看了眼妹妹，见她闭目靠在椅背上，仿佛入了定，就让苏忠先出去。

等屋里只剩自己和妹妹二人，他正要上去劝她去休息，叶云锦突然睁开眼睛，一言不发，朝外快步走去，把叶汝川吓了一跳，急忙拦住。

"这么晚了，你要去哪里？"

叶云锦咬牙道："你别管！"说完一把推开了叶汝川。

"你给我回来！"叶汝川使劲扯住了妹妹的手，"你不会要去追人？"

"难道那个事是真的？"叶汝川只觉心跳得厉害，他盯着叶云锦那张褪尽血色的脸，压低声小心翼翼地问。

见她慢慢抬起眼皮看着自己，无半点否认的意思。

叶汝川一时心绪纷乱，也不知道是什么感觉，定了定神："那雪至……"

"雪至是郑龙王的。"叶云锦打断了兄长的问话，眼里现出一丝怒意，"他当了一辈子的龙王，庇护惯了人，现在要替他的那些手下和水户去担事，就算去死，我也不会拦，我也没那个资格。我就是不甘心！他太狠心了！我要问他一声，至少，雪至是他的骨肉，他决意不回，怎么连半句交代也无……"

"你疯了？"叶汝川死命拽住妹妹冰冷的手，"你要真的追去了，别人知道了怎么办？苏家族人会放过天德行这块大肉？还有，你不为自己名声，也要为雪至考虑。"

叶云锦流泪不言，叶汝川觉妹妹的手渐软，终消了力道，吁气，正要再劝她几句，听到拍门声，过去打开门，见苏忠转了回来，说水会的三当家来了，求见女掌柜。

叶云锦一怔，拭了下脸，转回头，见王泥鳅站在门外了。叶汝川将人请人，看了妹妹一眼，自己退了出去，关了门守在外头。

王泥鳅面容沉凝，向叶云锦抱拳行礼后，从怀中取出一只信封递了上去。

"这是大当家昨夜叫我务必亲手转给女掌柜的。请女掌柜查收。"

叶云锦站着，没接，只问："那些人是知道了窖藏的事？"

王泥鳅将带着火漆的信封放到桌上，慢慢站直身体，低声应是，接着不等叶云锦再问，又道："当年的那笔窖藏就在深山的一处隐秘洞穴中，多为黄金。这几年，大当家也是怕有意外，蒙他的信任，由我经手，已秘密起出了其中的大部分。我通过可靠的人兑换成美元，分存在了几家不同的洋人银行里，总数折合银圆大约两千万元。信封里的东西，便是所有的账户资料和印鉴。大当家说，请女掌柜将这个转给贺司令。水会的人，也留给他。如他有需，我必带着弟兄，唯命是从。"

叶云锦抬起微微颤抖的手，触了下那个牛皮纸的信封，问道："他呢，有什么计划？应该可以全身而退吧……"

王泥鳅沉默着。

叶云锦慢慢呼出了一口气，盯着他，再次开口时声音已平稳下来："是好是歹，你告诉我便是。"

"当初为防万一，我照大当家的吩咐，在洞里埋了大量炸药。大当家会带着薛道福进去，然后……"他停住了，一双眼充血，微微发红。

叶云锦慢慢地背过了身去。

片刻后，王泥鳅继续道："昨晚我求大当家，我替他去，他拒了。他说他这辈子活到现在，已经赚了，他如果不亲自出马，姓薛的恐怕不会同行。薛道福祸害川地多年，他早想除掉他。姓薛的死了，也方便贺司令行事……"

叶云锦哑声道："没别的话了吗？"

王泥鳅摇头："没了。"

叶云锦握住了桌上的信封，手指缓缓攥紧，攥得指节发白。

"王泥鳅，当年我救了你，认识了你的这个结义兄长。他这一辈子，都是在为别人活……"她忽然喃喃地道了一句。

王泥鳅怔怔地望着女掌柜的背影，沉默着。

"我知道了。我会照他吩咐，把东西原封不动地转过去的。"她没回头，过了半晌，又一字一句地说道。

出叙府往西北，过嘉府，入雅府，在一名叫灵关的所在附近有一小土司，经过土司地盘，就是大片的无名老山，窖藏就在这座深山之中。

翼王当年把位置选在这里也是经过深思熟虑的。他在入川后，除对攻克之地要求服从征税之外，从不骚扰民众，很受拥戴。经过这一带的时候，有受了救助的土人告诫他不要进去，说深山当中藏有恶啸之鬼，专门噬人，闯入者有去无回。翼王一生铁血，自然不信怪力乱神之说，派了一个能力高强的心腹入山探查，最后发现声音来自一道深谷，因风起啸，早晚风力最大之时，能将近旁之人吸入谷中，由此造成了鬼山的传说。这名手下还偶然发现了一条或因古早地震而自然形成的下行裂道，入口隐秘，谷底是个巨大的洞穴。翼王当时正独立苦撑局面，心有隐忧，受到启发，遂将窖藏分批秘密放在了这个偶然所得的绝佳之所。

当年那位入山探查发现此地的翼王心腹，便是郑龙王的父亲郑大将。

薛道福自然听闻过翼王窖藏的传言，垂涎不已，可惜年代久远，线索全无，他这些年也派人找过，但却毫无头绪，渐渐也就死了这条心，却没想到前段时间突然收到了来自佟国风的消息。

郑龙王和贺汉渚有交情他是知道的，不但如此，郑龙王本身也绝不是好对付的人物，薛道福本有些顾忌，但很快他就琢磨明白了佟国风这道指令背后的意思。不难推断，王孝坤和贺汉渚之间已经有了裂痕。

既然如此，薛道福怎还按捺得住。虽不直接对付水会，但那样的手段，也和威逼郑龙王无二了。果然，郑龙王脉门被他掐住，答应亲自带人去往窖藏的埋藏地，条件就是释放被抓的水户以及恢复原本的税捐。

狂喜之余，薛道福担心手下人见利忘义，又担心消息扩散，引来川地旁系势力的争夺，便悄悄带了几百护卫营的亲兵赶了过来，和郑龙王在半道会合，随即一并上路。

从两拨人会合的地方到灵关其实也不算远，但这一带到处都是崇山峻岭，大小水系网布，行路受阻，尤其是在接近灵关之后，环境更加恶劣，加上薛道福带的人又多，还有辎重，有时一天只能前进一二十里路。

平地几天就能走完的路程竟足足费了半个多月，好不容易，这一天终于进入了那座鬼山外的土司寨内，当晚驻扎休整，预备明天进山。

这个小寨地方闭塞，平日只和周遭土寨通婚往来，人口总共也不到一千，整个寨子只有十来杆土枪，老土司又年迈体弱，见自称是省长的大官来了，带着几百荷枪实弹的虎狼士兵，哪敢多问，把自己的居所让了出来。

薛道福带出来的这帮人都是他身边的亲兵，平日在省城也作威作福惯了，现在跋山涉水大半个月，个个叫苦不迭。今天晚上能好好休息，加上巨额财富就在前头的刺激，当晚土司寨里遭了大殃，鸡鸭被追得满地乱跑，家家户户酒缸涓滴不剩，士兵大喝大嚼，狂欢不已。

薛道福这一路上对郑龙王倒是毕恭毕敬，不但不敢有半点怠慢，还怕他累倒，路上不便骑马的地方，就叫手下砍来木头和竹子，扎山轿抬他过去。

西天取经，就差最后一步，今晚当然也要让他休息好。

郑龙王单独住在寨民腾出来的一个屋里，距薛道福的住处不远。天黑后，他独坐在屋中的火塘旁，闭目之时，隐隐听到薛道福那屋的方向传来一阵女人的哭喊声。

郑龙王睁眼，站了起来，朝外走去，被门口的两个看守横枪挡住。郑龙王推开指着自己的枪，大步出屋。看守不敢阻拦，只好紧紧跟着。

郑龙王到了薛道福的屋外。苟大寿和两名负责守卫的亲兵正在侧耳偷听门里女子发出的仓皇哭声，神情猥琐，忽见郑龙王走来，忙回身举枪阻拦。郑龙王面露怒色，双手快如闪电，还没看清是怎么出的手，便同时钳住了左右两个士兵的手腕，一个弯折，那两个士兵便惨叫出声，枪掉落在地，抱臂蹲在地上。苟大寿本也想阻拦，见状立刻闭口。

屋中声音随之停了下来。

"怎么回事？"薛道福吼道。

郑龙王一脚便踹开了门。

"不过一个山野粗妇，薛省长是没见过女人？薛省长你不怕，我却怕有损阴德。你们是我带来的，还请发个仁慈，放了这一寨的妇人。"

他立在门口，目露寒光，神威慑人。

薛道福酒醒了些，面红耳赤，心里羞恨不已，但想到窖藏还没到手，不敢开罪，便讪讪解释说晚上多喝了两杯，手下送来人，自己刚才糊里糊涂，并非本意。说着上去，狠狠抽了苟大寿两个耳光。

那女子是土司的孙女，胡乱套了衣服，流泪朝郑龙王跪了一跪，用土语道了声谢，逃了出去，奔向被挡在外头的祖父和寨人们。

薛道福又命人叫来副官，传话立刻放了抓来的全部寨中妇女，完了赔笑：“这样可满意？龙王放心吧，早些去休息，明日咱们早早进山！”

郑龙王不言，转身离去，是夜，他在火塘之畔坐至天明。

天亮后，他出屋，见薛道福已集合手下等在屋外了。

山中草木荟郁，荆棘遍地，薛道福抓了十几个土司寨的寨民，在前用砍刀开路，艰难前行。走了大半天，风力骤然狂猛，呜呜声作怪不停，寨民恐惧，跪在地上朝风声磕头，鞭抽也全然不顾，死活不再前行半步。

薛道福的副官大怒，拔枪就要毙人。

郑龙王道：“放了这些人。”

副官看向薛道福，见他没作声，只好收枪，叫手下继续开路。就这样，几百人作长蛇状，在郑龙王的带领下，于深山间迤逦缓慢前行，天黑后，就地过了一夜，第二天起早，又走了半日，终于到达入口的附近。

郑龙王观察了下地形，命他们砍开一大片疯长的蒺藜和野藤。清理过后，只见一条侵满苍苔的用铁索和老木顺着岩壁修成的梯道盘旋向下，深不见底，一股幽冷凉气透骨而生。

“这是当年翼王根据地势秘密修筑而成的通道。记得当时，我还不到十岁吧，这里修成后，没过两年翼王便仙游了。所有的东西都在下面。”他的语气充满苍凉和萧瑟。

薛道福探身紧紧盯着下面，紧张而兴奋。

倘若说，这一路过来他始终还怀着几分疑虑的话，现在亲眼看到这条人工通道，他再无任何的怀疑。

“快点！下去！”

薛道福将人分成两拨，一小队十来个人守在这里，剩下的为防万一全部跟着自己下去。

郑龙王哂然一笑，当先迈步，踩着滑溜的梯道，领着身后之人下去。越往下光线越暗，薛道福命人点起携带的火把，紧紧跟随。几百人陆续慢慢下了谷底，抬起头便见前方有个天然洞口，却被石门挡住。

郑龙王指挥人扒开石门旁的一堆石头，露出了一个尺径的圆洞，又命人从近旁抬来一根做过防腐处理的巨木，插进洞口后，发力朝里顶去。

伴着一道沉闷的咔咔作响之声，那道石门缓缓开裂，一股浓重的霉味伴着冷风倏然涌了出来。

几百人挤在洞口，伸长脖颈努力看着洞内的光景。

薛道福命郑龙王带头进去。

郑龙王手举火把，领人进了山洞。

洞内铺着石灰，火把的光亮如白昼，照着嶙峋山壁。

沿入口通道走了不过十来米，豁然开朗，出现一个洞穴，只见地上堆满了铜钱，积叠如山，钱堆里还有许多坨块，从地上一直堆到山洞顶部，因了年久日深颜色发黑，但依然可以辨认应当就是银元宝。

士兵睁大眼睛，环顾四周，纷纷停住脚步。有人反应过来，冲上去提起一串钱，不料那串绳早已腐烂如泥，一动便烂碎，满串的铜钱掉落，叮当声中满地乱滚。

"发财了！发财了！"那士兵激动地扑跪在了钱堆里，哗啦一声，离他最近的那座银山塌了下来，将他埋在下面，只剩下两条腿。

那人惨叫，拼命蹬腿挣扎，呼号救命。但他同伴的目光却已全被中间露出的那些尚未氧化的银元宝吸引了注意力。靠得最近的几个士兵冲上去，突然，"砰"一道枪响，惊醒了众人，见薛道福的副官朝那个仍被压在钱山下挣扎的士兵的腿开了一枪，目光阴沉地道："这里的东西，全是薛省长的。谁敢私取一分，这就是下场！"

众人噤若寒蝉。

薛道福开口："你们都是我的亲信，弟兄们辛苦，我当然知道。等运出去了，事成后，每个人都有份！"

他看了眼里面，又问道："就这些？"

郑龙王微笑道："薛省长，这算什么？不过只是些零碎罢了。黄金和贵重物，还在里头。"说完，他继续朝里走去。

薛道福压下激动之情，命人等在外，自己带了几个心腹跟人，赫然只见里头是个更大的山洞，地上排列着箍扎起来的木桶，密密麻麻粗估数量近千。再往里，是一口一口木箱，也是从下开始往上堆叠。

郑龙王从副官手里拿过匕首，走到最外的几只木桶前，一一割断箍筋，掀开桶盖，登时一片片黄澄澄的光从桶里射出，映着火把，刺痛人眼。

"桶里是黄金，箱子里——"他指着最里，"古玩字画，不一而足。"

饶是薛道福见多识广，也被眼前这绚烂的一幕震慑住了。他恍若游魂，慢慢走到木桶前，拿起了一块金砖，咬了一口，双眼放光，哈哈狂笑："有了！有了！全是我薛某人的了！快！把人全都叫进来，给我搬！"

副官激动地应是，跑了出去。

薛道福自己也拿了把匕首，迫不及待地撬开了中间的一只木桶，待掀了盖，却见到一层刚才没有的防潮油纸，他扒拉开，迟疑了下，转头指着木桶，冲着郑龙王喝道："这是什么？怎么回事？"

郑龙王气定神闲，淡淡道："薛省长戎马半生，难道连这都认不出来？"

薛道福脸色大变，心知不妙，又接连撬开附近的几只木桶，无一例外，全是黑漆漆的液体。他心惊肉跳，又极是不甘，望向内里的木箱，待冲过去再看究竟，郑龙王已经缓缓走到木桶前立定，随即神色转冷："箱子里的东西，我倒没动过。不过，我实话告诉你吧，你取了，今天也没命出去。这个地方的桶里，大部分黄金都已被起出，填进去的是炸药和火油。"

"只是可惜了，木箱里的东西，今日也要毁了。"他说着，掀开了手边一个木桶的盖子，发力一推，木桶倒地，流出满地黑油，再从怀中取了一个火折，拔盖一晃，火苗便蹿了出来。

副官领着士兵已进来，见状惊呆。一个士兵举枪，瞄准郑龙王就要射击，副官脸色大变，一把打掉士兵的枪，吼："你是猪吗！想找死！"

"薛省长快跑！"副官又大叫一声，随即转身不顾一切地朝外逃去。剩下的士兵也回过神来，仓皇往外逃命。

刚才挤满了人的内洞转眼空荡荡了，只剩下士兵仓皇逃走时来不及带走的几支枪，以及硫黄和火油刺鼻的味道。

郑龙王站在流满火油的地上，手里举着火折，火光映着他被岁月刀削斧凿的脸。他的神色平静，宛如归乡。

这里的地势如一口深挖下来的狭井。很快，巨大的爆炸将引发整个山洞连同那条外出通道的塌陷。就算还有侥幸没炸死的人，这个谷底也将成为一座被千钧岩石封顶的墓，绝无逃生之可能了。

郑龙王慢慢转头凝望了一眼某处遥远的，看不见的远方。

那是他唯一的牵挂，或是遗憾。

如有来世，再行弥补。

他抬手正要投下手中火折，忽然外面传来一阵枪支交火之声，根据距离判断，应该是在山洞的入口之处。

难道还有一拨人下来了？

郑龙王眉头微皱，手停了一下。

薛道福被几个亲信护着朝外夺路狂奔，十来个跑得最快的士兵已抢先登着崖梯往上去了，其余的也都争先恐后不顾一切地朝前挤去。

洞口外的谷地状如井底，空间本就不大，一下塞了几百人，水泄不通，落在后的一时根本无法前行。

薛道福嘶声大吼："让开！"

若是平日，这些人对他自是唯命是从，但此刻落到了这样的境地，谁还顾得了谁，众人充耳不闻，依旧奋力朝前挤去。

薛道福知郑龙王不是在唬人，他的面孔因为恐惧和不甘，狰狞变形，毫不犹豫地抄起了一杆不知谁丢掉的枪，端了起来，正要朝前扫射开道。突然头顶率先传来了一排密集的枪声，刚逃得最快的已登上崖梯的一群士兵又蜂拥着，仓皇掉头下来，紧接着，几具中枪的尸体如巨石般从天掉落，砸在了下面人的头上。

"不好了！水会的人来了！好多人！"逃下来的士兵胡乱大声喊着。

薛道福在上路前也安排了重兵去盯着水会的人，他不明白他们怎么脱离控制，追到这里。他下意识抬头，忽然间顿悟，非但不怒，反而狂喜。

"快回去！抓郑龙王作人质！"

副官的脑子也转得极快，明白这是求生的唯一希望，立刻带着人掉头朝里冲去，怕郑龙王听不到，命人大喊。

"郑龙王，你的人也来了！你敢点火，他们也会一起炸死——"

一拨人回到内洞口小心张望，见地上火油并没点燃，郑龙王已熄了火折，独自静立。

众人松了口气，一窝蜂地冲了进来，将人团团围住，随即夺走火折。

薛道福获悉内里平安，便命士兵死守在外洞口，朝外喊话，郑龙王落入己手，警告水会的人退后，自己随后入内。

他怕火星子引燃火油和炸药，不敢带入，只叫人远远地在洞口举着照明，恨恨地道："姓郑的，出去！叫你的人退开，给老子让条道，否则，老子放你的血！"

郑龙王看都没看他一眼，盘膝缓缓坐到石地之上，闭上眼睛。

薛道福又气又急，却又不敢用强。

别说这里堆了一桶桶的炸药，流了满地的火油，一个不慎随时就要被炸得粉身碎骨，便是没有这些，自己的身家性命此刻也都系在对方身上。

见郑龙王死生不计全然蔑视自己的模样，一时无计可施，所幸外头的枪声这时也停了下来，想必是水会的人怕伤了郑龙王，停了火。

薛道福定了定神，正想着怎么应对，突然一个士兵慌慌张张地奔进来喊道："贺汉渚也来了！刚传了话，要咱们立刻把郑龙王送上去！"

贺汉渚本就有名，祖籍又在本地，他的名字在场的这些人哪个不是如雷贯耳。薛道福的手下讶异低声议论着，山洞里窃窃私语声一片。

薛道福能有今天的地位，占有大半川地，也绝非平庸之辈。但此刻，他的脑门沁满冷汗，脸上肌肉不停抽搐，想了想，压下心中恨意，命人退开，亲自上去，劝道："龙王，咱们往日无冤无仇，我实话和你说了吧，这回我也是受了王孝坤的逼迫，出于无奈，这才冒犯了你。事到如今，你也不必硬撑了，咱们各退一步，如何？我认栽了，东西我一分不要，还是归你所有，回去后，以前怎么样，往后还是怎么样，你我井水不犯河水，我可对天发下毒誓！如何？"

他说着，又走到最靠里的那一堆木箱前，撬开其中一只，掀开箱盖，玉翠玛瑙，葳蕤生辉。他抄起一只玉狮子，对着洞口的火把光照了一下玉色。

"不打不相识，咱们也算是有了交情。这种好货不愁销路，龙王你要是信得过，出去后我还可以替你介绍可靠的路子，往后你不愁钱粮，只要有心，足以称霸一方，何必和我耗在这里……"

"无耻！"郑龙王猛地睁目，满面怒容，"薛道福，你身居高位，不思为民谋福就算了，贪得无厌，搜刮民脂，敲骨吸髓，恶比豺狼！你出去问问，你治下的百姓哪个不在骂你薛家祖宗十八代？你还有脸和我谈交情？"

刚才那些相互私语的士兵顿时安静了下来，洞内鸦雀无声。

薛道福脸一阵红一阵白，面子挂不住，再次转怒，从一个背刀的手下背上抽出砍刀，咬牙切齿地架在了郑龙王的脖颈之侧："姓郑的，你到底想怎样？敬酒不吃吃罚酒！别以为我真的怕你——"

他话音未落，就见那刀已到了郑龙王的手上，伴着惨呼之声，一道血柱喷射而出！

周围的人还没看清是怎么回事，便见薛道福双手捂住他的脖颈，血却还不停地从他指缝里往外冒。他歪歪扭扭地后退了两步，喉咙里发出古怪的"嗬嗬"声，身体慢慢歪向一侧，倒在了地上。

全场大骇，都被这突然发生的一幕给惊呆了。那个副官盯着在地上痛苦地痉挛着的薛道福，大叫一声"薛省长"，下意识拔枪要射郑龙王，陡然又清醒了过来，高呼手下一起上去，将郑龙王制住。

郑龙王猛地回首。

洞口火光映着他的脸容，他手握砍刀，面上溅血，神情狠厉，目光更是鹰视狼顾，充满煞气，竟将那十几个正冲上来的士兵镇住，纷纷停了下来。

郑龙王眯了眯眼，接着手起刀落，随即提起那颗血淋淋犹带着惊怒痛苦之色的人头，朝着对面掷了过去。

人头从空中落地，恰投入一个士兵怀中，那士兵头皮发麻，"妈呀"一声大叫，一把丢了人头，转身撒腿就跑。

"我郑道先当年大杀清兵之时，你们这些人还没出世！死在我手里的人不计其数！今天我倒要看看，你们谁再上！"他神威凛凛，声如撞钟，余音还在洞内回荡，他横着血淋淋的砍刀，目光扫视了一圈，朝前迈步。

满洞的人惊骇不已，纷纷后退。副官自己哪里敢上，便催逼手下。但谁敢上？正这时，外面一个士兵又满头大汗地跑了进来，还不知洞内已生大变，张皇地嚷："薛省长！贺汉渚说出口已被包围，命令咱们立刻将人送出去，否则就要强攻，一个也不留——"

他突然看见地上那颗人头，双目圆睁，嘴巴张着，声音戛然而止。

郑龙王目光扫视了周遭一圈："把昨晚参与强抢寨中妇女的人杀了，剩下的人，既往不咎！我带你们出去，往后改过自新，留尔性命！"

"不要听他的！把他抓住，有他在手上，我们就能出去——"副官还在那里叫嚷，后头一个士兵一声不响地上来，从后一刀捅死了副官。剩下那几个昨夜抢过女人的头目见状不对，急忙夺路而逃，早被近旁的手下挡住去路，很快那几人也跟着气绝身亡。

郑龙王忽觉一阵眩晕，身体微微晃了一下，缓缓放刀，撑住精神后，让人出去通报。士兵呼啦啦地涌了出去。

贺汉渚和王泥鳅带着人下来，见那些士兵纷纷站在两旁，双手举枪高过头顶，却唯独不见郑龙王，心里焦急不已，径直冲了进去，到了内洞，见一道灰衣身影独自立着，正是龙王。

他以刀尖点地，撑着身体，大约是听到了脚步声，慢慢地抬起头，和贺汉渚四目相对，朝他点了点头，随即仿佛耗尽了体力，一晃，人倒了下去。

"大当家！"跟着奔进来的王泥鳅将手里的火把丢给身后的人，自己冲了进去，扶起郑龙王，见他精神不济，正要背起来，被侧旁伸来的一只手挡了。

王泥鳅抬头，见是贺汉渚。

"三当家，我年轻，我来吧。"他说完蹲了下去，将郑龙王托上自己的背，随即负起了人，稳稳地站了起来，朝外走去。

郑龙王前次遇刺，最后虽幸运地得以痊愈，但毕竟上了点岁数，身体还没恢复到受伤前的状态，加上肩承重担，思虑重重，日夜不得安宁，近来一直是在强撑着主事，以安稳人心。这回遇了如此大变，本抱定玉石俱焚同归于尽的决绝之念，却没想到柳暗花明。当看到贺汉渚的那一刻，他绷着的那根弦似突然松了下去，以至于一口气提不上来，一时撑不住，竟倒了下去。

贺汉渚负他而行，快步登上崖梯，出来后，郑龙王也恢复了意识。

帮众围了上来，见他没有大碍，无不欢喜，高声欢呼了起来。那些刚投降的士兵也早将山轿抬来，争相要给郑龙王抬轿。

贺汉渚扶他坐上去。

在水会众人的眼里，郑龙王从里到外，从意志到身体都是坚忍而强悍的。即便是前次遇刺，他命悬一线也没在帮众面前显露过半分弱态，坦然论死。但今天他却一反常态，并未拒绝，当着众人的面坐了上去，含笑向周围的人拱手致谢，先行离去。

这里剩下的事交给了王泥鳅处置，贺汉渚亲自护着郑龙王同行，出山后，先在土司寨中落脚休息。

寨里的人认得队伍里那些投降的士兵，起先又恨又怕，随后发现情况有变，就派了个勉强能说几句官话的寨民前来交流，获悉那个大官已被郑龙王砍了脑袋，现在已经换了主事人，见贺汉渚英武而不失温和，很讲道理，全寨上下无不欣喜若狂。

土司本就对郑龙王那天的救助感恩不已，现在更是将他视为神人，不但带着全寨的人出来迎接，还将自己的房子让出——这回是心甘情愿的，定要郑龙王住。不但如此，还命人起出了前几天藏起来的酒酿，杀了两口当时赶到附近山里圈起来的大年猪。晚上，寨中空地起了火塘，架上大锅，咕嘟咕嘟炖肉，说是感谢郑龙王那天救他孙女的恩情。

寨中本就热闹了，当听到贺汉渚说，走之前会送他们一些枪弹，以表对招待的谢意，到处更是欢腾一片，如过年般喜庆。

众人吃饱喝足，陆续散去休息。那些投降过来又不愿走的士兵现在跟着贺汉渚，也就一改之前的强盗无赖作风，不敢有半点逾矩。

郑龙王已久不沾酒，但见土司热情，便饮了几杯，加上本就疲乏，散了后，听从贺汉渚的劝也去歇了。

夜渐深，贺汉渚却了无睡意，辗转难眠，最后从屋中踱步而出。

土司寨中人口不过数千，但地方却大，周围空阔无人。

他查看了下降员的情况，负责放哨的人请他放心休息，说自己会盯紧。贺汉渚看着那堆尚未燃尽的余火，渐渐出神之际，忽听身后有了脚步声，转头见是郑龙王也出来了，忙迎过去，问怎么还不休息。

郑龙王道："我其实还好，也不累。回去了睡不着，见你在这里，就出来了。"

贺汉渚扶他坐到了近旁的一张木凳上。

郑龙王示意他也来坐，却见他停在面前，朝自己行了一个郑重的拜谢之礼，便笑问："这是何意？"

"您走之前留在女掌柜那里的东西，三当家在路上和我说了。晚辈何德何能，实在惭愧，更是无以为报……"

郑龙王哂然一笑："不过是些身外之物罢了，我留下何用？何况我本就是个看守人罢了。不瞒你说，前几年我还有些犯愁，想我一天老似一天，不知哪天就到了头。万一归乡，这些东西该当如何？倘因看护不周落入恶人之手，那我便是死了，也无颜去见翼王和先父。说起来，反而是我要谢你才对，叫我终于能够卸下重担，再不用为这些劳什子的东西费神了。你非普通之人，位高，担责也重。只要你能用好那笔钱，为国为民，尽到你的能力，窖藏便也算是归于其所，不枉我守它一辈子。"

他如此说，贺汉渚若再推却便是忸怩作态了，郑重地道："贺汉渚在此对着皇天后土发誓，我必尽我所能，绝不辜负龙王毕生守护。"

郑龙王含笑点头，再次示意他坐，随即问他："我从陈英那里收到消息，你前次出京后就没再露面了，结合西北局势，猜测你极有可能是赶去处理要务。怎又来了这里？还有，你和那个王孝坤是怎么回事？"

对着郑龙王，贺汉渚自然不会隐瞒。

郑龙王恍然："想必王孝坤也知道你已查证，他自然要防备你的复仇。人心似海，深不可测。只可惜了，你的祖父顾念旧情，竟因此而惹来灭门之祸。好在贺家出了你这样的孙儿，足以告慰令祖在天之灵了。"

贺汉渚沉默了片刻，接着道："窖藏这件旧事虽已过去半个百年，但余波始终未散。陆宏达生前一直在暗中找您的下落，在他死之前的那段时间，其实已怀疑龙王的身份。作为当年事件相关的另一方，王家人必定也是一样。所以我担心他们同时也会对您不利，出京后，我让豹子照计划去西北，吸引他们的注意力，我则改道赶去叙府，就是为防万一。"

贺汉渚赶到叙府的时候，发现事情确实如他顾虑的那样。

王泥鳅正按着郑龙王的安排，提前关闭各地堂会，同时暂时遣散帮众。见他竟如从天而降，上下无不振奋，皆听号令，组织人马，取出了水会从前暗中陆续购置的枪械军火，在贺汉渚的指挥下，以迅雷不及掩耳之势连夜攻占下了叙府府城。随后，留部分人马守城，贺汉渚和王泥鳅便日夜兼程追赶上来，终于救下了本已决意一死的郑龙王。

郑龙王听完这番经过，叹息："烟桥，你就没想过，万一西北那边控制不住，你岂不是如同自损，让王孝坤谋算得逞？"

"西北军失了，可以再次整合。我贺汉渚也曾一无所有，大不了，我从头再来，输得起。但龙王要有失，再无弥补之可能。孰轻孰重，何须考虑？"他的语气平静，神色也如寻常。

郑龙王一时百感交集，举目望着远处的一片漆黑夜空，凝神了片刻，长长地吁了口气，低声说："当年先父和令祖会面之时，他们绝不会想到，纵然他们那些先人已是身故，腐骨化土，但半世纪后，两家的娃娃，却还有今日这样的缘分……"

他看向贺汉渚。

"你很好。雪至交与你，我很放心。"郑龙王一字一句，说道。

贺汉渚今夜无法入眠，便是想到了她，又想到自己的前路，故思绪万千。此刻听郑龙王这么开口，心中愈发愧疚。

"我负了龙王的信任，实在是对不住您。当初那夜在江湾的船中，我初见龙王，您的教诲至今仍句句在耳。现在她人被羁在京师，恐怕不得自由。雪至……终究还是受了我的牵累……"

郑龙王默然，转头北望了片刻，缓缓地抬手拍了拍贺汉渚的肩，道："不必多想了。她是个有主意的人，既然自己认定了你，牵不牵累，也是她自己说了算的。你放开手脚，做你该做的就是了。"

"怎么样，往后有什么打算，你想过吗？"他又问道。

贺汉渚对上了郑龙王投向自己的两道炯炯目光，不敢懈怠，驱散杂念，振奋精神道："我诚然有个想法，正想向龙王请教。只是今晚已不早了，还是请龙王先去休息，明天…"

"我说了不累！你这个小年轻，就是这点不好，啰嗦！走吧，进屋详谈！"郑龙王不悦地打断了他的话，随即起身，双手背后，迈步就走。

贺汉渚望着他的背影，苦笑了下，追了上去。

这一夜，屋内一老一少，两人执枝，在地上画图，秉烛长谈，时间过得飞快，窗外东方渐渐拂晓，两人却是浑然不觉，直到听到窗外传来一阵鸡打鸣的声音，这才惊觉竟已天明。

这一夜，该谈的也都谈得差不多了。

郑龙王不愧是在当地盘踞多年的人物，对地势、人脉和各股势力的分布，了解之深远，分析之透彻，令贺汉渚深感不如。此刻见龙王的眼睛熬得发红，忙起身请他休息。

结束了夜话，贺汉渚走了出来。前些天他一直在日夜兼程地赶路，昨晚又一夜没睡，此刻他也感到有些疲乏了，但精神却依然很是兴奋。独自站在土司寨的一片高地上，在晨风中遥望着泛出鱼肚白的东方，凝神想事。忽然，他看见一队人马从鬼山的方向行来，入了寨子，认出领头的是王泥鳅，便出去迎接。

王泥鳅见到贺汉渚十分高兴，将他请到一旁，单独向他汇报后续。

谷底山洞位置已经暴露，剩下的东西自然不能再放那里了。他已清点并封箱完毕，剩余黄金四桶，白银约二百万两，宝箱共计二十口。

因这趟来得匆忙，事先没时间计划周详，这么多东西，现在同行的话，目标太大，也不安全，所以先行封存，留下可靠的自己人守着，等赶回去后，安排大队人马全部运出去。

"这是其中的一口箱，据说装的是最好的一批东西，一直就在那里，也没开过箱，不知道是什么，我带出来了，先交给贺司令您吧。"

王泥鳅叫人将带出来的一口箱子送到了贺汉渚住的地方。

贺汉渚道辛苦，让他们也抓紧时间休息。

一众人在土司寨中又整修半日，于当天午后马不停蹄地回往叙府。

第十章

　　苏雪至这天从傅明城那里获悉了一个应当称得上是好消息的消息，木村对他的监视有所放松了，他前次交去的那份"实验室秘密资料"起了作用。据说木村拿到手后，立刻就送去了本国最好的一个医学实验室。

　　那个医学实验室近些年已经成了隶属军方的机构，当中集合了日本最好的生物和医学人士。傅明城告诉她，实验室组织专家经过初步审核，判定资料非常具有价值，决定投入研究，木村因此深信不疑，对他放松了戒备，大约是为了更进一步地笼络他，最近还经常邀他同去拜会横川。

　　最后他说，关于横川现在来中国的目的，在几次见面之后，他隐隐有所猜疑，但还不敢确定，电话里不方便多讲，正好下周军医学校有个活动，她如果可以来，见面和她详谈。

　　这个消息让苏雪至倍感振奋。正好她也收到了校长的邀请，又得知宗先生也会去，便约定下周一起出发。

　　到了出发的那天，她进城和宗先生等人会合后，一道到了火车站。

　　他们乘的是上午十点的火车，还有另外几位同仁同行。顺利上了车后，苏雪至坐在自己的位置上，等着火车出发。

　　很快，到了预定的十点钟，火车却没有动。一开始苏雪至也没在意，等了十来分钟后还是没动静，车厢里的乘客就有点坐不住了。一起走的一位同仁是个急性子，正要下车去问个究竟，就看见站长穿过月台匆匆走来，径直来到这节车厢，对着苏雪至道："不好意思，苏先生，您的票有点问题，暂时不能坐车，请您下来。"

　　宗先生有些惊讶："小苏的票是和我们一起买的，会有什么问题？"

　　站长忙朝他躬身行了一礼："宗先生，这个对不住，我不方便解释。总之，这位苏先生他现在不能走，还是请他下车为好。只要他下来，火车马上就能开，否则，恐怕不能启动，要耽误大家的事情……"

　　车厢里的乘客纷纷转头。

宗先生皱眉："这是什么意思？你说清楚！身为公民，他一没作奸犯科，二是正当出行，凭了什么莫须有的理由要将人驱下火车？你不说清楚，我去找你上面投诉！"

几位同仁也面露不满，纷纷发声支援。

站长连连躬身："对不住宗先生，对不住各位先生，这真不是我一个小小站长能做主的事。实话说吧，就是上头的意思。这位苏先生要是不下来，今天火车就不能走……"

宗先生生气："是谁的意思？又是那个章益玖？"

站长不说话，车厢里的其余乘客看着苏雪至，交头接耳，表情已经带出了些不满。

宗先生站了起来："岂有此理！我打电话找他——"

苏雪至立刻跟着站了起来，说："宗先生，诸位先生，不用了，我还是下车吧，也不是什么非去不可的事，耽误大家行程不好。"

这段时间，京师里陆续有一些和贺汉渚出京有关的传言流传开来。宗先生虽不热衷政治，但多少也知道些情况，猜测苏雪至行动被限，应该和贺汉渚有关。如果真是这样，就是去找那个章益玖，恐怕也没大用。这一刻，连他也是深深地感到了无力和无奈。

苏雪至说完便提了自己随身的箱子，从位置上出来，笑着道别。

"劳烦先生们到了那边，替我向校长问声好。"

宗先生看了眼同车厢的乘客，只能作罢，安慰道："他们要是再对你不利，务必及时告知我。就算没有大用，奔走呼号我还是能发个声的。"

苏雪至向宗先生等人躬身道谢，下了车。

她刚下去，站台的信号灯就变成绿色，火车车门关闭，缓缓启动。

苏雪至和透过车窗看着自己的宗先生等人挥手，目送火车出站远去，消失在视线之中，迈步出站。

她走出车站的大门，看见一辆汽车停在出口附近，车旁站着一个便衣模样的人。那人打开了车门，快步走到她的面前，躬身道："苏先生，您请上车。"

透过半落的车窗玻璃，苏雪至已看见车内司机位置上的人了，正是王庭芝。他的双手搭在方向盘上，看着前方，表情冷淡。

苏雪至便上了车，王庭芝随即发动汽车离去。

汽车往西开往郊外，是西场的方向。路上王庭芝沉默地开着车，一言不发，苏雪至便也没发声，安静乘车。最后走完车道，汽车停在路边。

"无论如何，还是谢谢你。"苏雪至拿了箱子，转头就要下车。

"苏雪至，你虽然在这里，但我四哥最近在外头的那些动静，我想你应该也是有所知晓吧？"王庭芝忽然开口了。

苏雪至转过头，见他已经望了过来，面无表情地看着自己。

她没回话，推开了车门要下去，却听王庭芝又道："莫非你还不知道？据说薛道福死了，他收编了薛道福的部队，那些旁系也纷纷投靠。听闻西北军在他的斡旋下，应也是要和解了。也就是说……"他一顿，"现在，我的四哥，他会成为那块儿的实际掌控人，就只差一个正式的委任而已。"

苏雪至望着他，笑了笑："对此我似乎应该表示遗憾，他影响到了令尊的中枢稳定。但不好意思，我实在无法和你们共情。"

她推开车门，走上了那条去往西场的步道。

王庭芝扭着头，盯着她的背影，眯了眯眼，猛地推开门，追了上来，拦住了她的去路，说道："是我先喜欢你的，他明知道我对你的感情，却欺骗我，自己追求你。我的父亲，也算救助过他，他却将我父亲视为假想之敌。他变了，根本不是我从小认识的四哥！"

"你！真就这么喜欢他？"最后，他几乎是咬着牙问出了这一句话。

苏雪至停步，望着对面王庭芝那双冒着怒意的眼，神色依然平静。

"之前没机会说，现在你既然又提这个事了，我不妨和你说清楚吧。"她放下了手里的箱子，说道，"王庭芝，我对你没有那种可以转为喜欢的感觉。这和贺汉渚有没有就我身份之事瞒过你完全没有关系。就算他那时候告诉你真相了，你追求我，我也不会喜欢你，更不会接受你的。"

"为什么？是我不够好，没有我四哥完美？"他盯着她一字一句地问。

苏雪至摇头："不是因为你不够完美。你的那位四哥称得上是个完美的人？他也有很多的缺点。但我对他有感觉。他的身上有某种天然吸引着我的特质，会让我将我的注意力分到他的身上。而你没有，我对你没有感觉。就算你再完美，我也不会产生感情。就这么简单，你明白吗？"

王庭芝冷冷嗤了一声："你这是借口。"

"不是借口。你应该记得我们第一次相遇，在出川的那条船上你四哥遇刺，当时我恰在现场。他和我非亲非故，自顾不暇，看见我的时候却立刻上来试图带我一道脱离险境。虽然最后他为了救你又放弃了我，但这并不影响我对他的观感。我相信当时无论被无辜卷入的人是谁，他都会那样做的。他的名声不好，杀过很多的人，但在那一刻，他下意识的反应是保护比他弱小的人。他的血带着侠性，我想就是那一刻，我对这个人有了新的认识。"她注视着神色渐渐变得僵硬的王庭芝，微笑道，"我和你四哥的初次打交道，当然谈不上一见钟情。但他确实是吸引了我的注意力。就算我自己当时还没意识到这一点，在我的潜意识里，我也愿意去接近他。无论是谁，都不曾令我生出过这样的感觉。现在，你明白了吗？"

王庭芝的神色依然生硬，没再开口说话。

苏雪至没有回避他的目光，想了下，道："王公子，我很荣幸我能获得你宝贵的感情，但说实话，从认识到现在，我不认为我们之间的交往，能支撑得起你所表现出来的对我的深刻和执着。"

"或许你之前是有些喜欢我，但现在如果你肯用理性去思量，问问你自己，当中是否也掺杂了些别的什么，以至于令你判断失误。"她停了一下，注视着他的眼睛，"在我看来，你其实未必有你自己以为的那么喜欢我。比起你对我的喜欢，或许现在，你更无法接受的，是你自己认定的四哥对你的所谓背叛和不可避免的分道。"

王庭芝的眼皮跳了一下。

苏雪至提起箱子转身继续朝前走去，走了几步，又停下来转头道："至于你四哥为什么要防备你的父亲，你最好还是回去弄清楚，你们王家在贺家当年抄家一案中到底扮演过什么样的角色。"

王庭芝望着她的身影消失在了道路尽头的林木之中，半晌，慢慢转身回到了车上，闭目头后仰在座位上，片刻后慢慢睁眼，驾车回城。

天快黑了，他还坐在办公室里，也没开灯。章益玖探头进来，玩笑道："咱们部门要是评选最优，我必将庭芝你推举上去。王太太刚打电话问我呢，说你这里电话也打不通，是你这边线路坏了……"

王庭芝没说话，掐了烟，从椅子上站了起来，拿了外套走出去。

章益玖看了眼桌上那架被扯了线的电话，摇了摇头。

这位王公子，办事能力是没得说，勤勉程度也是他未曾想到的。只是家家有本难念的经，他似乎对重新提上日程的婚事很是冷淡。

佟家今晚有客上门，十分热闹。

王家和陈家的婚事，在经过来回几次的兜兜转转之后，两家已彻底消除了龃龉，决定如约继续做儿女亲家。鉴于已经订过婚，今晚陈家长辈会去佟家吃饭，王太太也去，两家在那里商议具体的婚期等事项。

王太太心里对陈家还是不满，但也明白正如佟国风劝她的那样，这是个最好的选择。陈家人脉对政府财政这一块的掌控不可忽视。现在两家再续婚约，不但实际有利于王家，也能挣来一个宽容大气的名声，何乐不为。

王太太计划把儿子也带过去。眼看天都黑了儿子还不回来，只好自己去，正要坐上汽车出发，忽见儿子开车回了，急忙上去拉住王庭芝，责备了几句，随即催促他立刻去换衣服，说自己在门口等他。

"庭芝，娘看那个陈小姐倒也算是可以，样貌也算出挑，你委屈一下……"

"要去你自己去。我累了，想睡觉！"王庭芝头也没回地走了进去。

针对苏雪至的监视行动是由章益玖直接负责的，但佟国风对此并不放心。尤其是最近接二连三收到关于贺汉渚的各种消息之后，凭他的直觉，这个苏雪至不是一盏省油的灯。为防万一，他派心腹加入监视。

那天在火车站将人拦下后，接下来的这一个多月里，每天关于此人的活动全部记录在案。目前为止，看起来是完全正常的。

十月二十五日，他在西场，没有出来过。

二十七日，为方便日后添加设备而弄的道路填拓完成，汽车现在可以直接通到实验场的大门之外。当天，苏雪至开了贺汉渚之前留在别墅里的一辆汽车，去往卫生司做事，天黑后归来。

二十九日，他再次驾车往返在两处之间。

十一月一日，日程和三天前相同。苏雪至上午独自入城，在卫生司做事一天，当晚天黑之后，也是一个人驾车回到西场，随后再没有出来过。

佟国风草草翻了一遍上周的报告，皱了皱眉，问："在西场和卫生司里的活动呢？"

"西场有岗哨，没法混进去察看，但前后门的附近有二十四小时监控，没发现特殊情况。卫生司里有自己人，报告是正常的工作，也没有任何的异动。"

佟国风沉吟了下，说："贺汉渚现在是总长的巨大隐患，上次离开他是和苏雪至一起走的，可见对他的重视程度。把这人扣在京师，日后会有用的，现在绝不能让他走掉。明晚是庭芝的婚礼，总长太太出于礼节，给他也发了张请柬。京师大饭店人多口杂，他如果去了，你们一定要给我盯死，不能出任何的情况！"

"是，您放心！到了那边，就算他去如厕，我的人也会跟进去的！除非他是孙悟空，能七十二变飞走！否则，绝不会逃过我们的眼睛！"

次日，是王、陈两家举办婚礼的大喜日子，全城瞩目。

傍晚，苏雪至准备完毕，将请柬收好，朝西场大门的方向走去。来到汽车旁，打开车门的时候，最后回头看了一眼这个她工作生活了大半年的地方，随即驾车离去。

半路，她透过车外的后视镜瞥了眼远远跟在后头的那辆汽车，继续前行，入城后径直来到京师大饭店。

这座豪华饭店就是今晚王庭芝和陈家小姐举行婚礼的主会场。暮色尚轻，饭店附近几条街道上的弧光路灯就提早亮了，饭店内外更是张灯结彩灯火辉煌。汽车和各种样式的豪华马车一辆接一辆驶来，身着各色华服的贵宾出入大门，言笑晏晏。

苏雪至停好了车，走到饭店的门前。

今晚这里将集齐全城包括大总统在内的所有高官显贵和各国使节，安保自然不能忽略，来宾请帖一对一发放，没有请帖无法入内。

陈家西化，家族中人多有留学旅洋的经历，为彰显思想新潮，王家最后也同意婚礼仪式采纳西式。时间定在晚上六点开始。

婚厅里布置豪华，处处鲜花。离六点只剩不到一刻钟，宾客差不多都到场了，珠光宝气，人头攒动。

苏雪至一进去就看见章益玖和大总统方崇恩等人站在一起谈笑，但他仿佛又有点心不在焉，东张西望，像在找什么人似的。

她没上去，正要找个位置坐下来，章益玖忽然看见了她，略微迟疑了下，主动走了过来，笑吟吟地和她打了声招呼，开口问她最近过得怎么样。

苏雪至应付了一句。

"你表舅，他最近在外头动静有点大啊……"他看了下四周，"他最近应该有和你联系吧？"他的脸容还是笑嘻嘻的，低声问了一句。

"有没联系，你们的人没有报告吗？"苏雪至也笑着应。

章益玖面不改色，依旧是笑嘻嘻的模样："见谅见谅。我也是职责所在，相信小苏你能理解的。"

苏雪至笑了笑，这时耳边响起一阵热烈的掌声。

今晚的主家进场了，王孝坤和王太太一身喜服，同亲家陈家一道，几人踏着铺在中间地上的锦毯进来了，一边走一边和两旁的来宾点头致意，笑容满面，喜气洋洋。

"小苏你自便，难得出来，玩得开心点。我先去了！"章益玖见状，忙告了声罪，转身走了。

很快，在热烈的掌声和恭贺声中，主家落座，婚礼开始。王庭芝站在红毯一头，新娘站在另一头。

当新人出现在众人面前时，全场再次掌声雷动，人人都赞金童玉女，天生一对。

王庭芝本就一表人才，今晚穿了身崭新而笔挺的军装礼服，衬得他愈发形容英挺，年少英俊。

陈小姐是名门闺秀，美貌动人，在洁白婚纱的掩映下宛如童话中的公主。她的脸上带着含羞的笑意，挽着父亲的臂，被送到了新郎的面前，一起接受牧师祝福。

主持婚礼的司仪是内务部的一位官员，长袖善舞，妙语如珠。在他的带动下，婚礼现场的气氛极是活络，欢声笑语不断。

苏雪至在人群后默默观礼了片刻，悄悄退了出来，去往盥洗室。刚走进男厕，身后有个戴着黑帽子的人跟了进来，停在对面，装作吸烟。

苏雪至若无其事进了一扇门，冲了水，出来洗手，随后走出盥洗室。

黑帽子立刻跟了出来，紧紧尾随。

丁春山把饭店的平面图给她看过。她对饭店各门和楼梯的位置了如指掌。她朝大厅走了回去，快要到的时候突然拐了个弯，不见了。

跟踪她的人立刻追了上来，拐过去，发现是道专供饭店员工上下的小楼梯，急忙冲了上去。等对方冲上小楼梯，刚才躲在楼梯下方角落里的苏雪至立刻走了出来，反向回来，乘电梯到六层，出来后改走楼梯。

饭店共八层，几百个房间被包下供参加婚礼的客人住宿。这个时间，楼道里静悄悄，空无一人。

苏雪至沿大楼梯登到顶层，敲了敲走廊靠左手边第二间房间的门。

门立刻应声而开，她进去。

唐小姐看了眼走廊左右，关门反锁，随即将她领进去，低声道："东西我都带来了，放在里面。"

苏雪至走进内室，迅速脱了自己原来的衣服，从里到外换上了一套女装。长及脚踝的美丽的紫色丝绒长裙，高跟鞋，长卷发，用羽毛装饰的覆着半面蕾丝纱的女士礼帽。

穿戴好后，她从包里取出一支唇膏。金色的管子，细长而精致，上面印着一朵深红色的玫瑰。

她对镜涂满红唇，抿了抿，随即立刻从内室里走了出来。

唐小姐目不转睛地注视着她。

虽然已经知道她是女人了，但此刻亲眼见到面前这女孩的女装打扮，唐小姐的眼中还是露出了强烈的惊艳之色。

"苏小姐，在认识你之前，倘若有人和我说，我们女子也能做到你曾做的那些事，我不会相信。现在我信了。同为女人，我也感到骄傲。难怪贺司令会爱上你，我要是男人，我也会为你倾倒。"她由衷道。

苏雪至微微一笑："你也一样，你是一位非凡得足以令人敬佩的女士。唐小姐，谢谢你的帮助，我要走了。"

唐小姐回过神来，知道这里不宜久留，忙点头，送她出来。两人走到门后，她正要开门，忽然外头响起敲门声。

唐小姐的脚步一顿，和苏雪至对望了一眼。

"谁？"她问。

"是我。你身体怎么样了？"门外传来章益玖的声音。

他追求唐小姐有段时间了，却一直没有得手。这回王庭芝大婚，章益玖借机再献殷勤，早早地邀请唐小姐以自己女伴的身份来参加婚礼。

唐小姐大约认为这种场合对她身份的提升有所帮助，答应了。她是今早到的，住进这里，没想到好事多磨，到了后就不舒服。章益玖请了个西医给她看病，说有轻微的食物中毒迹象，大约是在火车上吃了不干净的东西。白天她就在房间里休息。

晚上，章益玖在婚礼上没见她下来，有点不放心，刚才觑了个空，偷偷跑了出来找她。

唐小姐回头看了眼苏雪至。

苏雪至立刻明白了她的意思，走了进去，看了下左右，藏身到一幅落地窗帘之后。

唐小姐打开了门。

章益玖走了进来，见唐小姐还披头散发，脸色苍白，也没涂唇膏，气色不大好，比平常显得娇弱了许多，但看着倒更讨人怜惜。

他听到她说大约还没全好，让她继续休息。

唐小姐拢了拢长发："难得有这样的大场面，来都来了，不去岂不是白走一趟？可惜了。"

二一一

章益玖目不转睛地看着她："有什么可惜的，身体要紧。"

唐小姐却不依："我刚才正想下去。你随意坐，我进去换个衣服，梳个头。"说完莞尔一笑，转身进了盥洗室，反锁了门。

章益玖耸了耸肩，环顾了一圈四周，正要抽根烟打发时间，忽然盥洗室发出唐小姐的惊叫。

章益玖一跃而起，冲了过去，敲门问怎么回事。

"刚才有只老鼠蹿了出来！害我滑倒了！我起不来……"隔着门，唐小姐压抑的声音传了出来。

章益玖一脚踹开门，果然见唐小姐摔在了地上，裙角上翻，露出一段雪白的腿，腿上是道摔倒擦出的伤痕，渗出些血丝。

他忙蹲了下去，要替她检查伤腿。

"老鼠！我最怕老鼠了！讨厌的东西！"

唐小姐却不顾伤腿，花容失色，伸手紧紧攥住了章益玖的胳膊。

她靠得极近，整个人几乎都缩到了男人的怀里，一股幽幽暗香钻入肺腑。章益玖心神一荡，立刻伸手将女人搂住，轻轻拍她后背，低声安慰。

苏雪至从窗帘后走了出来，悄无声息地打开门，闪身而出，压下帽子，用面纱遮住半张脸，露出红唇，如寻常女客那样乘电梯下去。

刚下到底层，电梯工打开门，就见那个跟踪自己的黑帽子带着几个人冲了过来，描述她刚才的装扮，问电梯工有没看到过人。

电梯工点头："看到了！"

"去了哪层？"

"六层！"

黑帽子立刻叫人守住楼梯口，带着剩下的人进了电梯。

苏雪至长裙摇曳，踩着高跟鞋，姿态优雅地从电梯里走了出去。

余博士他们已经分几次被她用汽车送了出去，现在他们已踏上了去往新地的路途。

而此刻，在饭店后门的一条巷子里，丁春山也在等着她。

丁春山还告诉她说，贺汉渚亲自回来接她了。今晚，他就在火车站里等着她。

电梯的栏门在她的身后关闭，伴着一阵铰链发出的噪声，上升而去。

苏雪至继续朝着后门走去。

饭店前面正在进行婚礼，与含羞带笑不时悄悄看一眼身边人的新娘相比，新郎今夜的表现却颇有些惹人猜疑的反常之处。

从婚礼开始出场后，王庭芝的脸上就看不出半点喜色，沉默寡言，目光淡漠，像个神魂游离的提线木偶。到了后来，那些坐得远些的人甚至当场就在筵席上交头接耳。

陈家人自然也看出了王庭芝情绪不佳，众目睽睽之下，脸面未免有些挂不住。

既然做了亲家，王太太自然也不希望再出什么闲言碎语，几次用眼神暗示儿子，见儿子却毫无反应，她不由得暗暗心焦，发现丈夫似乎也有所觉察，王太太知道丈夫不悦了，忙扭头冲着佟国风使了个眼色。

佟国风会意，趁着中间歇场带着新郎暂时退场休息。一出来，他将王庭芝拉到一间休息室，关了门，半含责备半是劝："庭芝你又怎么了？之前不是挺好的？你爹对你的表现也很是欣慰。大喜的日子，这么多人，你怎么又犯浑？有你这样做新郎的吗？就算不给陈家脸面，也要考虑下你爹。注意影响！不要惹来无谓的猜疑，惹你爹不高兴！"

王庭芝的眼底布着层淡淡的血丝，拉了拉脖上紧紧扎着的领带，呼吸了一口气，随即看向自己的舅舅。

"订婚，退婚，现在又结婚了。我不是为我自己结，我是替你们娶回来那个陈家小姐。这样，你们还不满意？"

一旁的桌上放着瓶洋酒，他上去拔掉木塞，直接举起酒瓶，仰脖灌了几口。

喝得太猛，一下呛住，他剧烈地咳嗽了起来。佟国风忙上去拍他背。

王庭芝咳了几下，拂开佟国风的手，慢慢直起身体，再次看向自己的舅父，扯了扯嘴角，做出一个笑的模样："是要我这样吗？舅舅你看个清楚，等下我就照做，免得你们又不满意。"

佟国风见他眼睛发红，皮笑肉不笑的样子，知道外甥的脾气，忙夺了他手里的酒瓶，再劝，这回改了语气，几乎是央求了。

王庭芝面露疲倦之色，不再说话，揉了揉额，绕过挡住自己路的佟国风，转身朝外走去。

苏雪至顺利地经过了饭店的前堂，刚将喧嚣和热闹抛在身后，迎面就遇见刚从盥洗室里出来的卫生司副司。

平日常见面的同事再熟悉不过了，副司却对正走来的苏雪至视而不见。今晚上的这座豪华饭店里，到处都是这样打扮得精致而隆重的女人。

走得近了，苏雪至听见他和同行一个朋友的谈话声。

"听说新郎官对婚事不满？刚才我边上的人都在说。你有没什么内幕？"他的朋友低声发问。

"莫管闲事，莫管闲事！这也不是咱们该管的……"

这里离饭店的后门不远了。再走个几十米的样子，经过这段走廊，向右拐就到了。

为免惹人注意，苏雪至也不敢走得太快，只微微加紧脚步，不料就在这时，斜对面，距她不过十来米的地方，一间休息室的门忽然从里打开，又出来了一个人。

苏雪至心蓦地一跳。

竟是王庭芝！他双手插兜，从门里踱了出来，朝着前头走去。

"等一下，你的领带！"佟国风追了出来，亲自替外甥整理领带。

王庭芝停步，神色几分漫不经心，几分不耐烦。他扭过脸，等着整理结束的时候，视线里出现了一个作卷发洋装打扮的女子。

应该是个很年轻的小姐，一袭紫裙，精心做过的卷发用一顶和衣裙相配的雪青色羽纱帽压住，身段凹凸有致，腰身却又盈盈一握。她穿着高跟鞋，步伐不紧也不慢，轻盈而优雅，姿态高贵，随着鞋跟落地发出的有韵律的轻微声音，在走廊头顶灯光的映照下，裙摆如水波般微动，仿佛盛开了一朵花。

京师豪门众多，不乏像这种看起来优雅而高贵的摩登小姐。王庭芝早司空见惯。他目光冷漠，随意扫了一眼便从对方身上收回目光，见佟国风还在搞自己的领带，不耐烦地自己弄了弄，随即迈步和对方擦肩而过。

走了几步，王庭芝的心里忽然掠过了一种异样的感觉，他迟疑地停步，转头见刚才那女子已走完了这道长廊，转了个弯。

紫色裙摆晃了一下，人影消失在了他的视线里。

佟国风催促："走吧，别耽搁了！庭芝你再忍忍吧……"

刚才那种恍惚之感散了，王庭芝转回头，继续迈步。

拐过弯后，苏雪至顺利来到了饭店的后门。

今晚执行的是严进宽出，客人出去不受限制。苏雪至压低帽檐，在后门的两名便衣的目光注视下如常走了出去，接着走进了附近的一条巷子。

她和丁春山约定，晚上七点前她会脱身出来上车。如果超过这个点，她还没露面，说明遇到了麻烦，让他不用等，立刻离开。

现在距离七点，只剩不到五分钟了。

苏雪至提起长裙，加快脚步，迅速走完了这条长度大约百米的暗巷。

巷子的尽头就是一条马路。因为今晚来宾众多，饭店前头的停车位不够，后门附近的街道也就被临时征为停车地。

苏雪至望去。对着巷口往左数过去，第五棵梧桐树的旁边，车就停在那个位置。

苏雪至快步走到树旁，见侧方果然停了辆汽车。她靠得近些，看了下车牌号，脚步一顿。竟不是约定的那辆车！车里也没有人！

车呢？丁春山呢？怎么回事？

如果遇到意外，他临时改变计划，应当也会安排好接应。

苏雪至告诉自己不要紧张。她稳住心神，立刻转头四顾。

这一带是繁华的商业区，车水马龙，十分热闹。街道两旁的店铺不知是得到授意，还是主动加入庆贺行列，今夜门口全都高高地挑着大红灯笼，令得喜庆气氛更是浓厚，远远望去好像一片笼罩着红雾的夜海。

苏雪至看了一圈附近，没发现丁春山。

她又找他可能留下来接应自己的人。

对面是间布庄，一个胖女人站在门口和几个带着小孩的邻妇高谈阔论着晚上的这场婚礼；旁边一间书肆，门半开着，伙计一边整理着书，一边打着哈欠；再过去是间古玩铺，应该是上门了一个有钱的主顾，掌柜带着伙计正在卖力地介绍着什么东西。

全都不是。

苏雪至不再找了，她立刻做了决定，先行离开。

距她十几步外的一株梧桐树后，暗影之下站着一个高瘦的男人。他穿了件普通的大衣，戴着帽子，衣领竖起来挡风。走在街上，谁也不会多看一眼。他在这里已经等了有一会儿了。再一次地低头，借着对面铺子门口映来的朦胧红光看了眼腕表。

离约好的七点，只差不到五分钟了，她却还没出来。

男人眉头微锁，抬头眺望了一眼隔巷那灯火璀璨的饭店，当再次转过脸，瞥向前方不远处的巷口时，他的目光忽然定住，落在了出现在那里的一道紫色身影上。

他的脚步也随之落地生根一般，一时间再也无法挪动半分。

苏雪至匆匆到了马路边，正要叫住一辆经过的东瀛车，这时在她的身后，随着晚风传来一道轻声唤她名字的声音。

"雪至？"语气听着似乎带着点迟疑，但这声音却是如此的熟悉。

入耳的那刻，苏雪至一呆，随即反应了过来，猛地转过头。

梧桐树的暗影之后慢慢地转出来一个男人。他高高瘦瘦，头上压了顶帽子，数月没见，面上蓄了一把乱蓬蓬的短须，也不知有多久没打理了。

他从树后走了出来，却停下脚步望着她，没有继续向她走来。

苏雪至的心刹那间便狂跳了起来。

是贺汉渚！他来了！竟是他自己来了！

苏雪至整个人瞬间被一阵突如其来的狂喜之情给攫住。

他们分开其实也算不得有多长久。但她感觉和他已是分离了很久，久到他用这样的方式出现的时候，她竟有了一种梦境般的不真实感。

她定了定神，在对面那男人投来的两道凝视目光中快步走向他，最后停在他的面前，极力忍着才没有立刻就扑进他的怀里。

夜风吹着她的裙裾。

男人深深地，近乎贪婪地凝视着她的模样。

是他想象中的模样，却又远远胜过想象。

他的面容被帽檐投下的阴影遮住了，两道目光却闪烁着暗芒。终于，他仿佛确认了什么似的，伸出手轻轻地搭在了她的胳膊上，随即坚定地握住，将她带回到了树影下。

"你不是在车站等我吗？怎么会来这里？丁春山呢？"

苏雪至压低声，几乎是连珠炮地发问。

"我不放心，怕万一出意外，所以自己来了。这里离饭店近，路窄，晚上又来了很多看热闹的闲人，我怕路会堵，叫丁春山先开出去，在下个街口等。"他忍下想将她揽入怀中狠狠亲吻的念头，解释道。

苏雪至松了口气，担心立刻随之而来，轻声责备："你不该来这里的！太危险了！"

他微微一笑，没应，只抬起头看了眼左右。

对面的远处，晃来了两个负责维持秩序的警察。

"这里不能停留，我们马上走吧。"他的目光已经转为锐利，说完看了眼她身上的长裙，脱了自己的大衣，套在她的身上，随即带着她，在夜色和周遭那片灯笼光晕的掩映下迅速离去。

黑帽子带人直奔六楼，将这一层的走道和属于公共空间的杂物间等处全部搜了一遍，不见踪迹，又将人手分开，一队往上，一队往下，再次逐一搜查，全部看过，还是没有线索。

根据前后门岗哨的回复，苏雪至并没有出去过。现在最大的可能，他藏在了饭店的某间客房里。

今晚入住的客人都是前来参加婚礼的外地来宾，非富则贵，没有获得许可，黑帽子自己不敢擅自做主，于是立刻来到前堂，将佟国风请了出来，向他报告刚才发生的意外。

佟国风惊怒，黑帽子慌忙请罪，说自己无能，又提了个弥补的法子。

"趁婚礼还没结束，那些人都没回房，拿来钥匙抓紧时间立刻搜查，免得万一被他钻到什么空子，混进房间藏了起来。"

也只能这样了，佟国风吩咐再调些人手过来。

顶层的一个房间里，章益玖终于安抚住了受到惊吓的唐小姐，扶着她从浴室的地上站了起来，说要给她再叫个医生来，看下刚摔了的腿。

唐小姐手扶盥洗台靠立，向他道谢，随即婉拒。

"实在抱歉，倒是叫你扫了兴。你应当还有应酬，不必管我了。放心吧，你赶紧回去吧。"唐小姐含笑轻声催促。

难得有这样的好机会，章益玖怎么舍得走，笑道："那我也不下去了。晚上的新郎官是王公子，又不是我章某人，我有什么应酬。"

他看了眼盥洗室的地面，皱眉："号称京师最好的饭店，居然连地衣也不铺，害你滑倒！等下我非要找他们不可！"说着看向一旁的储物柜，"我找找有没地巾，赶紧铺上，免得晚上万一你不小心又摔了——"

苏雪至刚才换下的衣物就存在柜里。本来按照计划，等她走后，唐小姐立刻把衣物藏进包里，带下去丢到下面没有人的角落里。为此她还特意携了个较大的挽手挎包。却没想到章益玖突然上来，那套男装此刻还没来得及收好，眼见他的手够过去，唐小姐"哎"了一声，弯腰下去。

"怎么了？"章益玖停住，转头忙问，神色关切。

"腿有点疼——"唐小姐提着裙裾，低头看着伤腿，柳眉微蹙。

"你太犟了，我说替你叫个医生，你又不肯……"章益玖摇头，颇是绅士地搀扶着唐小姐的胳膊坐到床沿边上，又叫她稍等，随即出去喊来侍者，命送医药箱，亲自替她清洁包扎伤腿。

他的动作很轻，还怜惜地问她疼不疼。

唐小姐说不疼了，又开口催他下去，说怕耽误他的正事。

章益玖忽然想起她之前和贺汉渚相好了，如今却不接受自己的追求，用玩笑的语气说："我知道，烟桥比我年轻个几岁，长得也讨女人喜欢，你看上他很正常。不过，男人大几岁，也有大几岁的好，会体贴人，试试你就知道了。"他一顿，"唐小姐，你不会现在还在等烟桥吧？你是个聪明人，他

二二七

那会儿其实是不想娶曹小姐，又不好公然得罪，拿你当幌子呢。"

唐小姐心里记挂衣物，索性借着他的话变了脸色，一下抽回了腿，盖上裙裾，面上笑容也随之消失："章次长，你这话是什么意思？"

章益玖话一出口就知失言，见唐小姐果然恼了，忙要哄。

唐小姐却自顾躺了下去，侧身朝里，身子蜷缩，恹恹地道："罢了，我有自知之明，男人哪个靠得住，又何劳你提醒，这趟本就不该来的。我累了，晚上多谢你，我想休息了。"

章益玖心里懊悔不已，见她已闭目，一脸的疲倦之色，只好讪讪道："也好……那你先休息，我下去了，有事你尽管找我……"

他拿过自己刚脱下的外套，又看眼歪在床上的美人，见她背对着，一动不动，并无留自己的意思，无奈转身正要走，这时竟听到外间门上有钥匙插入的声音，接着门被人打开，有人冲进来。

章益玖一惊，立刻出去。

那几人突然看见他从卧室出来，硬生生地刹在门口。

章益玖本就心情郁闷，这下火冒三丈，怒喝："你们干什么的？竟私开房门！无法无天了这是！"

今晚能订到顶层的客人身份都不一般，黑帽子亲自带着人来。看过今晚的住客登记，知道这间屋子是章益玖的，记得他就在下面的礼堂里，所以也没敲门，直接就开锁进了，却没想到他竟就在里头。他见状急忙上来，躬身赔罪过后，用有飞贼闯入的理由说要看下房间。

"实在对不住，上头有令，所有房间都不能例外，这也是为了章次长您的安全考虑。飞贼十分狡猾，万一趁着您不在的时候潜进来，藏在了里头，对您也是不好。我们看一下就走。请章次长多多见谅！"

别说自己房间里不可能有什么飞贼，就算有，现在当着卧室里的唐小姐的面，要是让他们进去搜查了，他章益玖的脸面往哪儿搁？

"站住！"章益玖厉声喝止。

"别以为搬出佟国风我就怕了。怎么进的，给我怎么滚出去！再敢走一步，我的枪子可不认人！"他掏出一把手枪，冷冷地说道。

黑帽子见他怒气不浅，还说出这样的话，也就不敢再强行进去了，诺诺两声，示意手下先退出来，让剩下的人抓紧继续搜查别的房间，自己下去将情况报告给了佟国风。

章益玖关了门，反锁掉，收枪再次进来，见唐小姐已经从床上爬坐了起来，神色有点苍白，担心她是吓到了，忙靠过去，柔声安慰了起来。

他的心里也是狐疑，不知道佟国风在搞什么鬼，他不放心，就想去看看。又安慰唐小姐两句，道："下面可能出了什么事，要么我去看看。等下我再来看你。"说完站了起来，正要走，想起刚才那事。

佟国风做事颇有王孝坤之风，不会无的放矢。出动人手弄这么大的动静，可能真的出了意外。看刚才的架势是在搜人，万一那个什么危险人物躲在这里，唐小姐一个人……

"你刚才也听到了吧？我先帮你看看，没事我再走。这年头，什么乱子都有。不怕一万，就怕万一。"

他俯身看了眼床底，又看了下窗帘后头，再打开衣柜，晃了一眼，最后还剩盥洗室。

他继续走了过去，推开门，忽然身后伸来两只柔若无骨的胳膊，从后环抱，轻轻搂住了他的腰。

章益玖身形一定。

"章次长，你为什么对我这么好？"唐小姐的轻音跟着传入耳中。

章益玖慢慢转头，见她仰脸望着自己，眼眶微红，我见犹怜，心不禁一跳。

"男人向我献殷勤，我见多了，但我感觉你和那些人不大一样，我却又不敢相信……我何德何能，当得起章次长你的错爱。何况刚遭人抛弃，真的，现在不敢再接受了。我更怕，我会耽误你……"唐小姐慢慢地说。

章益玖哪里还忍得住。脑子一热，低头便亲住了她的唇。发现她似乎没怎么反抗，一把抱起唐小姐软绵绵的身子，送到床上，自己也跟着压了上去，一边亲她，一边含含糊糊地道："有什么可耽误的，我本来这辈子就没打算娶妻。我实是仰慕你已久……"

唐小姐被男人压在了枕上，任他为所欲为。她睁着眼眸，唇角含笑，目光却十分冷淡，看着头顶的天花板。片刻后，觉他开始脱自己衣裳，便闭目，抬起胳膊搂住了男人的脖颈。

章益玖感觉到了唐小姐的柔顺，愈发神魂颠倒，刚才要下去办的事也给抛到了脑后，正紧要关头，这时听到外间竟又传来了动静。

这回是敲门声。

章益玖被打断了亲热，怒不可遏，朝着外面吼了一声："老子在休息！给我滚！"

"章次长，是我！"听着好似是佟国风。

章益玖心里直骂晦气，无可奈何，只好停了下来，扯过被子盖住唐小姐，吩咐她等着，自己下了床，匆匆穿回衣服，走了出去，打开门，见果然是佟国风来了。

"晚上喝醉了，有点头疼，在休息。你什么事？"他不耐烦地道。

佟国风刚才已从饭店侍者的口中获悉，这个房间里住进来了唐小姐，瞥了眼他身上那件还没扣齐扣子的衬衫，装作没看见，只将人叫出来，说苏雪至刚才人不见了，问他有没什么线索可以提供。

"什么！苏雪至跑了？"章益玖吃了一惊，回过神来，"我能有什么线索？晚上不都是你的人在盯吗？你问他们去，找我干什么！"

"章次长，你别忘了，监视苏雪至是你的事！"

章益玖心里正为这个憋着气，冷笑："你也知道是我的事？知道还把手伸得这么长？事情都叫你给包圆了，我还干什么干？现在人被你们放跑，你又来找我要？怎么，是推卸责任，兴师问罪？"

佟国风这事确实是越权，现在那个苏雪至却在自己人的眼皮子底下凭空消失，自知理亏，忍气道："罢了，是我一时心急，确实做得不当。我向你赔罪。咱们都是总长的人，往后当齐心协力才是，你说对吧？"

章益玖语气也缓了些下来："饭店的门不是有你的便衣盯着吗？怎么可能连大活人出去都看不到？是不是还在饭店里头，只是一时没找到？"

佟国风道："想来只能是这样。其余地方我的人全部搜索过了，不见人。就剩下你这里……"

章益玖皱了皱眉："有女眷，不方便。里头没人，我刚才看过了！"

佟国风目光闪烁，没有应答。

章益玖见状再次发恼："佟国风你什么意思？你丢了人，就认定是我包庇苏雪至了？"

"我没事。让他们进来看吧。"身后忽然传来一道女子声音。

章益玖转头，见唐小姐已经套上了一件曳地绸缎睡袍，腰系带子，披着头发，现身在卧室门口。

她靠在门上，身段袅娜，艳光四射，简直叫人不敢直视。

见众人都看了过来，她伸出一只纤纤玉手，主动地打开了卧室的门，示意人进来。

黑帽子反应了过来，从唐小姐身上收回目光，忙带着手下进去，朝唐小姐躬了躬身，快步入内，仔细检查了各个可能藏人的地方，打开全部柜门看过，最后连窗户都开了，探头出去检查。检查完毕后，出来说没有。

那个苏雪至没有出去过，别的地方又找不到人，佟国风想到的最大可能，就是章益玖借着今晚的机会将人藏匿，然后伺机送走。所以刚才特意亲自过来。现在见没人，忙打着哈哈，说自己绝对没那个意思，带着人立刻退了出去。

章益玖忍住怒气，骂了声娘，关门快步走到唐小姐的面前，低声向她道歉。

唐小姐摇头笑道："没事。看一下而已，有什么打紧。你不让，他们要是泼你脏水，那就是我的过错了。"

章益玖心里感激她的识大体，抱她回到卧室，再次放到了床上。章益玖猜疑苏雪至到底在哪里，温言抚慰了唐小姐一番，道自己先下去看一下情况，让她先休息，说完匆匆离去。

饭店的底层，婚宴还在进行当中。

出了这么大的事，佟国风知道瞒不过去，寻了个机会，将正与宾客谈笑的王孝坤叫了出来，向他报告情况，不住自责，说自己没用。

"我刚已下令，城门设卡，也派人通知火车站了，严加盘查，人手也赶了过去。总长放心，只要人还没出京师，便插翅难逃！"章益玖信誓旦旦地说道。

佟国风神色沮丧，一言不发。

王孝坤眯着眼，目中精光闪烁，沉吟了片刻。

"天要下雨，娘要嫁人——"他忽然喃喃地自言自语般说了一句，转身走了。

章益玖莫名其妙，不知道这是什么意思。但反正看样子只能这样了，死马权且当成活马医。拦不拦得住，听天由命。虽然凭他的直觉，贺汉渚有了上次的教训，这次挟势安排接人，无论如何也不会再失手的。

他也不知道自己到底是盼着那个小苏走了好，还是被抓回来好，出神之时，忽然看见新郎官从礼堂里冲了出来，朝着饭店后门奔去。

他叫了一声，见王庭芝充耳不闻，不放心，便追上去。

她走了！竟甩开了盯着她的人，神不知鬼不觉地走了！

当听到这个消息的时候，王庭芝一阵茫然，茫然过后，他的脑海里忽然浮现出今夜在休息室外的走廊上曾遇见过的那个紫衣女郎。

是她！一定是她！

王庭芝一口气冲到了后门，冲了出去。

周围灯火璀璨，灯笼的红色光晕在夜色里漾动，如烟似雾，却哪里还有那道紫色情影的痕迹？

他额头不停冒汗，大口大口地喘息，心脏几乎撞破胸膛。

"庭芝！你怎么了？"章益玖见他模样不对劲，关切发问。

佟国风也闻讯追了出来，问他怎么了，是不是哪里不舒服。

王庭芝闭目立了片刻，慢慢睁眼。

"我没事。"他咬着牙，低低地道了一句，转头走了进去。

饭店顶层的那个房间里，唐小姐独自靠坐在床头，望了眼挂在衣帽架上的那只刚刚清空了的包，陷入了沉思。

就在刚才，章益玖出去和佟国风对话的时候，她抓住机会将衣物从盥洗室里取出，卷裹好藏进包里，然后开门让搜。

大活人自然是不可能躲进皮包的。待章益玖走后，她带着包出来，伺机扔掉了东西。

唐小姐回忆着自己和苏小姐认识后的事。忽然想起那次贺汉渚带着她来要自己给她治"病"的经历。想必那时，连贺汉渚也还不知道她是女儿身。唐小姐心情虽有些低落，却还是忍不住微微翘了翘，红唇唇角。

想必此刻，她应当已经安全离开了。愿上苍保佑。

虽自己这辈子已是身陷泥沼，但知这个肮脏的世界里，有人可以有情人终成眷属的，那也是一件很美好的事，不是吗？

第十一章

一辆汽车停在街角，丁春山坐在车中等待。他再一次看了下时间。

七点已经过了五分。

他略感焦急，看完时间抬起头，再次望向饭店后门那条街的方向，忽然视线中出现了上司的身影。和他同行的是个作戴帽卷发装扮的年轻女郎——虽然有点距离，加上他们是背着路灯来的，看不见脸容，但丁春山知道小苏今晚的脱身计划，就是扮作女人。

上司接到了小苏！丁春山松了口气，立刻发动汽车，这时贺汉渚也带着苏雪至到了近前，替她拉开车门。他看了下四周，自己跟着上了车。

汽车朝前滑动，很快融入夜色，消失在了一片交织着灯火和繁星的黑色之中。

汽车往火车站的方向而去，在经过数个街口后，拐进了一条小路，停了下来，对面赶来了一辆外观看起来极其普通的骡车，车上跳下来一个人，从丁春山手中接过汽车，迅速驾车离去。贺汉渚带着苏雪至上了骡车，丁春山则和车夫一道坐在前面，压低帽檐。车夫甩了下鞭，驱着骡车要出这段小路，再继续往车站去。

苏雪至立刻就明白了。虽然是京师之地，但汽车依然扎眼，加上火车站附近这个时间道路拥堵，改乘这种到处可见的灵便的交通工具，不但有利于遮掩，行路也更方便。

贺汉渚稳稳地关好车门，坐到了她的身边，随即低声告诉她，等下他们将乘上火车，二十分钟后出京，第二站下车，豹子会在那里接应，会合之后，他将带着她上路。

"你放心，也不用怕。这一次，绝对不会再出任何岔子了。"或许是想到了上次的意外，他用低沉却异常郑重的语气向她保证。

苏雪至没有任何的担忧。就在刚才，在见到他的那一分钟开始，她的心就彻底地安稳了下来。

"我不怕。"她轻声，亦坚定地应道。

这种骡车车厢狭小，堪堪容纳三两个人而已。车厢的顶上悬了盏罩着玻璃的旧油灯，光线昏暗，又被布毡蒙得密不透风，他个子又高，一上来车厢里便全是他随着骡车前行而微微晃动的影，空间显得愈发局促。

他们已经有些时候没见面了。刚才在汽车里，是有丁春山夹着，有所不便，现在，只剩他们两个人而已……

苏雪至却发现他向自己交代完接下来的行程后便没话了，只慢慢地摘了他头上的帽子，接着默默看了她一眼，又看了她一眼。

起先她装作不知，等他看自己看了好几眼，却依然还是不说话，再也忍不住了，偏过脸，轻声问："你看什么？是我这样子很奇怪吗？"

从前她就留短发，因为平常学习和工作忙，穿衣习惯也偏向于衬衫之类的线条硬朗容易打理的中性服装，像这样隆重的装扮确实有点不习惯，此刻见他又这样看自己，更是浑身不适。说着她就要取下帽子，他忽然抬手，朝她伸来，接着轻轻握住了她的胳膊，阻止她的动作。

"不，很美。比我能想象到的样子，还要美上一百倍，一千倍——"他低低地说道。

"你什么时候也学会了哄人。"她抿了抿嘴，应了一句。

贺汉渚摇了摇头："不是哄你，真的。其实刚才你出来的时候，我第一眼就看见了，但我不敢认……"

苏雪至心里泛出了丝丝缕缕的甜蜜之意："你的眼力呢，害我虚惊了一场！"

他笑了起来，目光熠熠生辉。

她借着头顶油灯发出的昏光看他，这才留意到了他现在的样子。

"你这段时间很累吧？"

她有点心疼，情不自禁地抬起手，摸了摸他蓄着胡茬的脸庞。

他摇头，握住了她的手，牵到唇边轻轻亲了下她的手背。

"我不累。各方进展比我想象得顺利，就是有一点……"他顿了一下，"我很想你。每天都会想到你。"

苏雪至凝视着身畔的这个男人，轻轻地道："我也想你，贺汉渚。"她说完，靠过去，亲了亲他的唇。

贺汉渚再也控制不住自己的感情了。他将她的身子揽入怀中，紧紧地抱住。

苏雪至柔顺地靠在了身边男人那坚实的肩膀上，微微闭上眼睛。

车转出了窄街，车夫挥鞭，青骡撒蹄，朝火车站的方向急急而去。

今晚精神一直高度紧绷着的丁春山此刻终于稍稍放松了些。一放松，他实在忍不住开始揣测此刻身后的车厢里，上司和小苏在做着什么。

不是他满脑子的杂念，而是小苏打扮成这个样子……

难怪饭店守门的人也成了睁眼瞎，就这么放走了人。

他摇了摇头，也知现在不是自己可以胡思乱想的时候，很快驱散心中杂念，再次集中精神赶路。

就在这时，身后隐隐传来一阵急促的脚步声，仿佛有人正追赶上来。

丁春山很快觉察异样，回头看了一眼，发现只有一个人，便吩咐车夫继续掌车前行。

他摸了摸身上暗藏的一把匕首，正要跳下车去看个究竟，忽听那人吹了声呼哨。

这哨音是四方会的暗号。

他一怔，今晚安排的计划里，并没有四方会参与。

贺汉渚也觉察到了情况，屈指叩了叩车壁。

骡车停在了路边。

丁春山纵身跃下骡车，朝那人疾奔而去，会合后说了几句，立刻将人带了过来。

陈英有重要消息来报。

贺汉渚上次离开之前，曾将他在这里的紧急联络人给了陈英，告诉他，日后如果有重要的紧急事，可以去找天城警局的侯长清。

陈英的消息来源是傅明城。他接到的时间，是差不多一个小时之前。

最近，傅明城渐渐靠近以横川为中心的圈子。与此同时，他也在观察对方，很快发现，这些日本人也并非铁板一块，当牵涉到部门或者个人利益的时候，钩心斗角的事情也是层出不穷。

他留意到了行动处一个叫松阪的高级军官，此人一向和木村不大相投。随着横川到来，木村的地位扶摇而上，木村所在部门获得的经费也远超行动处。碍于横川的关系，松阪表面不敢表露，心底对此却很是不满。

傅明城便向他示好。这个松阪当然知道他的来历，加上他现在又是横川面前的红人，怎会视而不见，两人私下便有所往来，傅明城投其所好，悄悄送了他一些贵重之物，一来二去有了些交情。

就在今天的下午，傅明城又去拜会横川，他出来的时候遇见了松阪。傅明城顺便请他去小酌，松阪欣然答应，两人来到一家日本人经营的酒馆，喝了几瓶酒后，松阪略醉，开始抱怨木村，说他仗着和横川的特殊关系，地位凌驾自己之上，认为这不公平。傅明城自然顺着他的口风说话，称自己也被木村隐瞒了多年，现在才知道他的真实身份，而哪怕是到了现在，木村也依然没有将自己视为真正的朋友，未免令人失望。

松阪安慰了他几句，随即称，接下来他真正的舞台很快就会到来，他作为军人的地位和重要性也将得到空前提高，暗示傅明城以后可以投靠自己，将来不会亏待他。

傅明城接近松阪就是想从这个高级军官这里套取信息。他立刻就听出了对方话里有话，故意激他，说自己被木村控制得很紧，哪怕是和他的正常交往，也担心木村知道后会加以阻止。果然，喝酒喝上头了的松阪禁不住激，卖弄般地透露了一个原本被列为绝密的行动。

他告诉傅明城，木村策划利用今晚王庭芝结婚的机会，在婚礼上刺杀王孝坤。接着又说，这是经过横川首肯的一个秘密行动。

横川经过多年的亲自考察，认为中国人自清开始，民族血性丧失殆尽，有家无国，犹如一盘散沙，他们可以为了区区私利而争斗得你死我活。现在王孝坤如果死了，对他们日本来说，是件好事。

傅明城镇定下来后，继续套话，表示对这个计划可行性的质疑，说王公子的婚礼请柬他也收到了，因为没兴趣，找了个借口没去。但据他所知，今晚贵宾如云，安保极其严格，没有持贴的外来之人是无法混进去的。

松阪得意地告诉他，在获悉王家决定将婚礼放在京师大饭店举行后，他们提前半个月就将一个杀手以侍者的身份安插进了饭店，命令当晚伺机行动。并且，刺杀行动分成两个部分，另有后手，就是为了确保万无一失。

当傅明城又迂回打听剩下的内容时，松阪虽然有些醉了，但毕竟是军人，意识到自己泄密，立刻停止对话。他大概有些懊悔，接下来连傅明城去解手都跟了过去，亲自等在外面。傅明城提出回去时，他借口还没尽兴，拉着傅明城又要去别的地方喝酒，寸步不离。

傅明城知道松阪想盯着自己坐等今晚过去，以杜绝消息泄露的可能。他若无其事，提议说天气转凉，不如一道去城南的一间日本浴汤里泡澡，那里的老板是个日本女人。松阪不疑有他，欣然答应，一起到了那里。他怎知道，傅明城早就买通了一个在此地干粗活的国人替他办事，以备不时之需。

刚才在酒馆的厕所里，他已用随身携带的水笔在厕纸上写下了今晚无意获悉的消息。到了后，趁菊子太太上来招呼松阪的机会，将卷起来的纸条递给了自己人，让他火速去找陈英，说是自己派的。

陈英很快收到消息，知道此事非同小可，不敢做主，便按他之前留的联络方式立刻找到了侯长清，问怎么处置。

侯长清也不敢定夺。他正是这次接应行动的幕后安排人，他告诉陈英，贺汉渚现在恰好就在京师。今晚七点左右，他身边的亲信会准时出现在此地，没剩多少时间了，让陈英马上派人赶过去。

四方会在京师自然也有人，陈英不敢耽搁，当即电话联系心腹，终于这消息绕了一圈，送达到了贺汉渚的面前。

那人讲完，丁春山吃惊不已，望向贺汉渚："司令，怎么办？"

贺汉渚目光微动，几乎是不假思索，转向陈英手下说："你知道京师大饭店吧？劳烦你以最快的速度赶过去，找一个叫章益玖的人，告诉他，日本人今晚要刺杀王孝坤。"

"不必透露身份，报告完就离开。"他又补了一句。

那人应是，朝贺汉渚躬了一下身，立刻朝着饭店的方向狂奔而去，身影迅捷无比，转眼就消失在了夜色里。

那人走后，丁春山的心情有些复杂，见上司没有立刻上车，依然站在原地，仿佛眺望着饭店的方向，也不敢催促。片刻后，他想起要赶的火车，正要看时间，贺汉渚猝然回头，一言不发地上了车。

丁春山急忙也跳上前座，车夫再次发车，继续朝着火车站而去。

苏雪至人在车厢里，但刚才外头的低语之声她都已听到。见贺汉渚这么决定了，上车后，神色凝重，眉头微蹙，似乎还在凝神想着什么，便没贸然开口打扰，只静静坐着。片刻后，忽然见他转向自己："雪至，你是不是在想，我为什么不趁机结果了王孝坤？"

苏雪至轻声道："你肯定有你的考虑。"

他苦笑了下，再次看向她，声音无比低沉："是，王家确实是我贺家的仇人，是我贺家蒙难的始作俑者。每当我想到我的祖父，想到那座被掘地三尺的老宅，我就满心是恨，我恨不得能立刻手刃仇人。但是现在，我还不能——"

他的额角微微迸起了青筋。他停住，闭目。

苏雪至立刻握住了他的手。

他一动不动，长长地呼吸了一口气，随后慢慢睁开眼睛，等情绪平复了些，继续说道："日本现今国内社会矛盾日益加剧，寄希望发动对外战争，以获取财富，转移矛盾。这不但是上层的强烈愿望，就是许多日本的平民也是如此，渴望对外扩张。据说许多村庄的村民，都以将男丁送入军队发往中国为荣，出发的时候，全村人欢送！一个冷血、媚强，不知人性道德为何的狭隘民族！"

他的语气转冷："日本人狼子野心，制定计划正式侵略是迟早的事。我相信那个横川现在来中国，应该就是这个目的。知道为什么要保王孝坤吗？他们想让他死，是因为他们也看得很清楚，现如今，国内只有王孝坤能勉强平衡住各方势力，掌控一个相对稳定的中枢。他如果遇刺身亡，他手下的不同派系必会为了争权而分化，刚刚议和的南方也会再次动乱。一个国家，失去稳定中枢，群龙无首，再次陷入分裂，掌兵的人忙于相互打仗，对谁有利？"

答案不言而喻。

"没猜错的话，如果今晚他们能够成功刺杀，侵略很快就会提上日程。我不能因我个人的家族仇恨而放任不管——"他猝然停了下来。

苏雪至将他那只微凉的手握得更紧，片刻后，轻声道："你是对的。我以你为荣。我相信，祖父在天有灵，也一定会理解你的做法。"

他没说话，只将她揽入怀中，随即再次闭目。

骡车继续前行，苏雪至感觉他仿佛在想着什么，便也没再出声打扰，靠在他的怀里，静静地陪着他。

车外嘈杂声渐起，车速也慢了下来。到了火车站，丁春山下车，等着护送上司和小苏入站，却没见人下来。

贺汉渚突然间睁眸："雪至，我刚才一直在想傅明城提及的他们的后手会是什么。廖寿光之前曾在我的汽车里安装定时炸弹。日本人在武器方面的研究比我们先进了许多。你说，他们会不会故技重施……"

他放开苏雪至，坐直身体。

"假设今晚上的婚礼现场刺杀失手，那王孝坤接下来会做什么？"

"肯定会立刻离开……"

"对！所以，如果我是木村，为确保万无一失，我肯定会利用汽车停在停车场的那段时间派人潜进去，对汽车做手脚。只是还有一点，我无法确定……"他皱了皱眉，"如果还是安装定时炸弹，木村怎么能确保炸弹爆炸的时候王孝坤正好在车里？从理论上说，婚礼现场杀手选择什么样的时机，木村是无法精准预判的……"

苏雪至立刻就想到了一种可能，说："我知道还有一种炸弹，原理和定时炸弹类似，只是引爆机制不同。汽车有电路，钥匙转动，就接通了电路，只要把炸弹的电路和汽车电路接在一起，当车钥匙转动，电路一通，如同定时到点，炸弹就会当场引爆！"

贺汉渚如醍醐灌顶，猛地站了起来，弯腰就要下车，突然他仿佛想到什么，迟疑了下，转头望向苏雪至，面带歉意，欲言又止。

苏雪至立刻就明白了，说："只要你保证你能安全回来，你尽管去，不用担心我。我在外面等你！"

贺汉渚将她搂在怀里，重重地抱了一抱，用喑哑的声音一字一句地道："雪至，对不起，不能亲自送你出去。但你不用担心，我很快回来。"

苏雪至笑着点头。

他亲了她一下，随即放开她，纵身跃下车去，向丁春山匆匆交代了一番，最后吩咐他先照原计划送苏雪至离开。

"司令，我去吧！"丁春山道。

"不，这种炸弹我之前专门研究过，我比你熟悉。另外，我有很重要的话需要和王孝坤讲清楚。你只要照我的安排行事，我就不会有事！"

他拍了拍丁春山的肩，示意苏雪至入站，随即转身，奔向附近一辆正开来的汽车，张开双臂挡了下来。

车主是个有名的京师富商，没认出贺汉渚，见是一个戴着帽子满脸胡茬的人拦车，正要打发司机下去对付，没想到那人疾步走了过来，一把拉开车门，手里握着一把枪，摇了摇，命人全部下来。

那司机兼着保镖，身边也带枪，见状悄悄要摸，还没碰到，手腕一痛，还没反应过来便被那人给扭脱臼，疼得冷汗直冒，再也动弹不得。

火车站外竟遇公然打劫，富商震惊之余，见这人形貌可怖，下手凶悍，不敢不从，急忙下车。

贺汉渚上去，立刻调转车头，驾车朝着来的方向疾驰而去。

大饭店里，事情安排她，人手也全部出发了，章益玖想起了还在顶层房间里的唐小姐，便拦下了一个饭店侍者，吩咐给唐小姐送个夜宵，让她今晚上不必再下来了，锁好门好好休息。

章益玖转身正要回礼堂，看见安排在大门外的一个迎宾匆匆进来，叫住自己，说外头有人找，称有极重要的紧急消息要向他报告。

章益玖的第一反应是有人来报告关于苏雪至的下落了，他的心咯噔一下，没想到这么快就有消息。

饭店大门外的台阶下等着一个工人打扮的人。

他让手下不要跟，自己下去，还没开口，就见对方大步奔了上来道："章次长，日本人谋划在今晚的婚礼现场刺杀王总长！杀手应当是半个月前混进来的侍者！请务必上心！"说完不待章益玖发问，转身匆匆离去。

章益玖既意外又吃惊，什么都没来得及问，眼看那人似长了两条飞毛腿，转眼融入夜色不见了，他赶紧冲进礼堂，见王孝坤已回到他的位置上，正和方崇恩以及陈家人等坐在一张大圆桌旁谈笑风生，并没什么事。

章益玖观察了下四周来回活动的饭店侍者，看不出有什么异常，刚想上去，迟疑了下，又转身出来，叫来几个自己的人，悄悄靠近王孝坤，在原本的便衣随从基础上加强保护，但注意不要做得引人注目，随即叫来饭店经理，询问半个月前有没新雇过人。

他是怕万一消息来源不准，倘直接告诉王孝坤，坏了今晚的大喜事，结果却被证明无事，那就是自己的罪过了。

"有没有，你给我想清楚了！这事非常重要！"

经理听他语气严厉，不敢怠慢，急忙努力回忆，很快点头，说半个月前确实招过新人。一个在这里干了几年的老招待有天突然不来了，只好临时紧急招了一个介绍来的新人。

章益玖心咯噔一跳："那个人呢！"

"晚上礼堂里全是大贵人，我怕那人万一出岔子，不让他去前头，人就在后面干杂活……"

章益玖立刻又叫来另几个人跟着经理去找，必要之时予以击毙，自己奔回礼堂，紧张地观察着周围。很快，手下回来，说那个人不见了。

大事当头，章益玖也顾不得平日和佟国风之间的龃龉了，当即叫来了人，把自己刚才收到的消息和查证飞快地说了一遍。

佟国风正盯着手下人出去追拦苏雪至的事，没想到横生意外，大惊，随即话脱口而出："确定是日本人？会不会是贺汉渚？"

章益玖怒道："放你的狗屁！贺汉渚就算搞事，也绝不会挑今天这种日子！"

佟国风镇定了下来，两人很快议定，让王孝坤马上中断活动，悄悄离开。为免惊动客人，上车后直接从停车场的小门离开。

商量好后，佟国风疾步到了王孝坤的身边，俯身凑到他耳畔，低声说了几句话。

"为防万一，姐夫你必须马上离开这里！"

王孝坤的眼皮子跳了一下，眼底掠过一缕惊怒，面上却不动声色，看向两旁。

佟国风直起身，朝着望过来的众人解释："大总统，诸位贵人，总长有点事，须先缺席片刻。"

王孝坤缓缓地站了起来，含笑向众人点头致歉，随即朝外走去。

佟国风带着手下紧紧跟随，亦步亦趋。

章益玖带着人早等在礼堂外了，见他出来，正要上来接，这时，饭店经理突然大喊一声："看见了！人在那里！"

章益玖猛地回过头，见一侍者打扮的男子突然从楼梯方向冲了过来。几乎是在一个眨眼的瞬间，那人便从衣下掏出枪，"砰砰砰砰"朝王孝坤连开数枪。

木村为求行动万无一失，隐瞒了后手，只强调必须完成任务，所以杀手行动极其谨慎。因王孝坤的身边伴着便衣保镖，他躲在暗中窥伺过后，决定在退场时动手，没想到目标中途离场，不得已只能立刻下手。

"保护总长！"佟国风大吼。

周围那些保镖全神贯注，当即奋不顾身地堵在了王孝坤的身前，将他扑倒。一人要害中弹，当场倒地，另一人受了伤。剩下的人开枪还击，十几把枪子弹连发，杀手被射成蜂窝，气绝身亡。

今晚这样的大好日子，贵宾云集，便是王孝坤本人也不想惊动客人，拟悄然迅速撤离，不料场面还是失控。礼堂外的连发枪声惊动了里面的人，众人闻声而出，见喋血之状，惊慌叫喊。

王孝坤倒是没有慌乱，吩咐佟国风留下来替自己送客，随即在章益玖等人的保护下继续匆匆朝外走去。

他的座驾停在距离饭店大门最近的位置上。司机疾冲在前，其余人则前后围成一个严密的保护圈，簇拥着中间的王孝坤匆匆过去。

饭店的大门也开始陆续有客人涌出来，四散奔逃，一片混乱。

王庭芝分开人，追了出来，问章益玖是怎么回事。

章益玖来不及细说，跟在王孝坤之后，简单解释了两句，随即安慰王庭芝，让他放心。

"这边交给我，庭芝你赶紧进去，帮你舅舅送客……"他正说着，饭店大门对着的马路上疾驰来了一辆汽车，到了近前竟硬生生地拐了个近乎直角的弯，飘着似的冲上马路牙子，朝饭店大门继续开来。

章益玖大惊，以为是杀手同伙，一边后退以躲避可能到来的冲撞，一边掏枪，正要喊人，又见那辆汽车猛地刹住了。

伴着一道轮胎擦过地面的刺耳之声，车戛然停住，接着车门打开，下来了一个人，疾奔而来，喊："不要上车！车上或有危险！"

这一声随风传来，竟隐隐有压下周遭一切嘈杂之势，许多人都听到了，纷纷停步，转头望向声音的源头方向，见来人戴帽，看不清脸容。

但在这声音入耳之后，章益玖就辨了出来。他脸色微变，回头飞快看了眼身后，见王庭芝也停了步，扭头望着对面那道正疾步奔来的身影，神色略带茫然。

他急忙冲了上去，挡住对方，随即压低声质问："你在干什么？你来这里？还不赶紧走——"

贺汉渚恍若未闻，脱了帽子一把掷开，继续大步走来。

"日本人不止安排了一个杀手，王孝坤的车可能也被动了手脚，他不能上车！"

章益玖悚然，猛地扭头，大吼："拦住王总长！不能上车！千万不能上车！"

王孝坤被人护着已走到了座驾旁。

有人认出了贺汉渚，飞奔着追上来报告。

就在片刻之前，王孝坤也隐隐听到了传自身后的那一道禁止之声，那声音似曾相识。

司机打开车门，众人簇拥着他上车。

他迟疑了下，停在车旁，慢慢地转头，看着章益玖和那道高瘦的身影朝着这边疾奔而来，目光闪烁，神色惊疑不定。

护送他的一个亲信焦急不已，一边呼喝手下拦截贺汉渚，一边命司机先启动汽车，随时准备离开。

司机上了车，正要插入钥匙。

贺汉渚已到近前，厉声喝道："住手！"

司机一愣。

章益玖冲了上去，一把打掉司机的手，夺下钥匙。

佟国风也闻讯赶到，看见贺汉渚，大吃一惊，奔了上来，戒备地盯了他一眼，对着王孝坤低声道："姐夫，这可能就是他的把戏！他要对你不利！章益玖和他一个鼻孔出气！你快走吧，别信他！"

"王总长，车上或有危险，你还是离远些为好。"贺汉渚扫了眼对面正指向自己的一排乌洞洞的枪口，望向王孝坤说道。

王孝坤一言不发，和他对望了片刻，眯了眯眼，忽然抬手阻止了还在身旁不停劝说的佟国风，随即迈步离开。

贺汉渚拨开了挡着他的枪，走到汽车旁，叫人取来工具箱后，命所有的人都退开，自己先用电筒照了下车门的锁孔，随即咬着电筒照明，用螺杆等工具慢慢地拆开了操控面板，最后小心地打开，看了一眼，随即抬起头示意司机上来。

"炸弹！有炸弹！"司机看了一眼，登时色变，失声高呼。

这个时候，今晚的许多宾客也已闻讯赶了过来，其中就有方崇恩等人。当听到有炸弹的时候，全场哗然，纷纷后退。

贺汉渚问司机刚才去了哪里。司机冷汗直流，知是瞒不过去了，承认他刚才看见附近有人在赌博，经不过诱惑，过去赌了几把。

贺汉渚道："有人趁机开锁上了车，在这个位置安装炸弹，将炸弹的电路和汽车电路相连，一旦汽车点火，炸弹便会随之爆炸。"

佟国风心惊肉跳，咬牙切齿地上去，狠狠地抽了司机一个耳光，命人押走后，又看向贺汉渚，迟疑了下，脸上终于露出了笑意："烟桥你什么时候回的京，怎么不声不响，也不打个招呼。今天是庭芝的大喜之日，本来就想请你来喝喜酒的……"

贺汉渚看了眼沉默立在一旁的王庭芝，笑了笑，没接话，只叫佟国风立刻封锁这里，调技术人员来拆除炸弹。

方崇恩笑着走了过来，说道："烟桥你真不愧是福将！今晚上你送给王总长的这份大礼，说重如泰山也不为过啊！王总长，你说是不是？"

在周围无数双目光的注视之下，王孝坤快步走到了贺汉渚的面前，抬起双臂，紧紧地握住了他的手。

"烟桥你能回来，我很高兴！今晚上，你哪里也不用去，就住我家！咱们秉烛夜谈，伯父有话和你讲。"

贺汉渚道："我来，也是有话要和王总长讲。"他看了眼身旁的饭店，"不如就在这里吧。总长意下如何？"

王孝坤一怔，随即又笑容满面："好，好，哪里都行！伯父听你的！"

他拍了拍贺汉渚的胳膊，随即转身朝着饭店走去。

今晚的婚宴早就中断了，好在仪式已经完毕，宾客也无心再留。

王孝坤和贺汉渚来到饭店的一间休息室，他命所有人都退出去，待室内只剩下二人，他再次紧紧地握住了贺汉渚的手用力地握了握。

"烟桥！今晚多亏有你！伯父的感激之情无以言表，伯父欠你一个天大的人情！只是伯父想不明白，之前你为什么不告而别。你也知道，我的手下并非人人和我一样，对你是无条件的信任。身在我的位置，很多事情我也必须考虑别人的意见。你那样的做法引发了很多不该有的误会，不少人对你极是不满，这令我非常为难。或许，你是有什么误会……"

"王总长，现在这里没有外人，何必还是这样遮遮掩掩？"贺汉渚忽然打断了王孝坤，"我全都知道了。你也知道我知道了。今晚我其实完全不必自己过来的，但我还是来了。我来，难道就是为了听你说这些？"他注视着王孝坤，平静地说道。

王孝坤面上笑容凝固，最后缓缓消失。

"为什么救我？"他盯着贺汉渚，半晌再次开口。

"我相信你一定听说过横川这个人。"

王孝坤皱了皱眉："是那个早年在中国有过长期苦行僧式游历生活的日本人？据说这几年在那边被奉为精神偶像，不久之前来了中国。"

"他也是军方特别事务的最高顾问，地位超然。今晚这场针对王总长你的行动，应该就是出自此人授意。"贺汉渚接道。

王孝坤的眼皮微微跳了一下。

贺汉渚继续说道："他头顶学者的光环，实则是个老间谍，现在再来中国，自然也是为他们的军国利益而服务。你是现如今可维持国内各方势力平衡的唯一之人，一旦你出事，中枢必将分裂，国内刚刚获得的稳定局面也将不复。这对他们有什么好处，王总长你应该比我更清楚！"

王孝坤迟疑了下才道："你是说，他们真的计划要公然入侵了？这不可能吧！他们未必真就有这么大的胆子去冒险，须知这不是简单的两国之事，除了他们，还有英美法等国也在，事关世界之秩序，日本会受掣肘，这些国家不会坐视不管……"

"醒醒吧，王总长！"贺汉渚毫不客气地打断了王孝坤的话，"不要低估了日本人的无耻和疯狂！也不要再对列强抱什么幻想了！过去半个多世纪以来的种种屈辱和教训，难道还不够国人警醒？你眼中的所谓'世界秩序维护者'，维护的是他们自己的秩序！到时候，他们除了口头谴责两声之外，不会对我们有任何的实质帮助！甚至可能就连那几声谴责也需要我们花新的代价去换！我奉劝王总长，抛弃对列强的幻想！与其将精力用在内耗之上，不如多看看这满目疮痍的国土，多看看这落后艰难的民生，警戒不日或就入侵的外族强盗，千万勿成将来史书之上的蒙羞之人！"

随着他的话音落下，休息室里陷入了死一般的静默。

王孝坤的眼皮不停地微微颤抖，唇紧紧抿着，没有说话。

贺汉渚缓缓地呼吸了一口气，再次开口时神色已然平静。

这是一种克制下的平静，如无风的海面，其下却是多少看不见的汹涌暗涛。

"王总长，还需我解释为什么要救你吗？我要救的，不是你，是中枢，是这个刚从不停争斗和流血中好不容易结出的相对稳定的局面。王总长，你不必再时刻地提防着我。贺家的灭家之恨，固然不共戴天，我亦不过凡人，但外敌当前，私仇退后，这样的道理，但凡是个国人便不难做到——"他盯着对面的人，语气突然转为冷肃，"但是，倘若有朝一日，叫我知道你大节亦是折损，做下不该有的勾当，到了那时，便是粉身碎骨，我也必锄奸到底。言尽于此，这就是我特意回来要和你讲清的话。告辞了。"他说完，不再停留，转身而去。

"烟桥你先留步！我还有话说！"就在贺汉渚走到门口的时候，身后忽然传来王孝坤的声音。

他停了下来，慢慢转头，见王孝坤抬足要朝自己走来，才迈步，却又仿佛迟疑了下，停住了。

"当年你祖父的事，我深感愧疚。我知道我现在说什么都没用，但当时我确实是不赞同的，只恨我没能阻止到底，最后铸下大错，令尊祖大人蒙冤，不幸离世。这些年我心中一直十分愧疚，后来之所以找到你兄妹二人，收留你们，尽力栽培，未尝不是想借这种方式来略尽弥补之意。我承认前些时日，我对你有些忌惮，做了些不当的事。没想到今晚你竟会救我。你之坦荡愈显我之狭隘，感激之余，令我无地自容。"

"烟桥！"王孝坤的声音微微颤抖，情绪显得有些激动，"你放心，在其位，谋其政。内事归内事，一旦涉及外犯，该当如何，我王孝坤心中有数！除此之外，我也希望能借此机会，你我两家真正笑泯恩仇，需我王家做什么，你尽管开口！"

他说完，面上露出诚挚笑意，用饱含期待的目光望着贺汉渚。

贺汉渚沉默了片刻，道："记住你自己的话便可。且请好自为之。"

他说完不再停留，转回了头，打开门，走了出去。

佟国风亲自带了心腹守着通往休息室的走廊，神色紧张，如临大敌，突然看见那扇门打开，贺汉渚从里出来，他的几个手下下意识便要举枪，忽然大概又觉不妥，停了下来，扭头看向佟国风。

佟国风瞥了眼门里的方向，静悄悄的，迟疑了下，示意不要动，待贺汉渚迈步从走廊经过，立刻匆匆走了进去，低声道："姐夫，就这么让他走了？这可是千载难逢的机会！当然，这里是不方便的，但我可以安排人跟出去，这回盯牢，找机会……"

王孝坤走到临着饭店正门方向的一面窗前，一把拉开窗帘，望了出去。

"你来。"他冲着佟国风招了招手。

佟国风跟上去，看见贺汉渚已经走出饭店的大门。那里聚了不少的记者——今晚原本只有经过挑选的寥寥几家报纸记者得到允许，前来参与婚礼，但现在饭店外却忽然多了不少记者，应该都是临时闻讯紧急赶过来的。

众人见贺汉渚出来了，一阵骚动，纷纷围上去争相拍照提问。

"看见了？"佟国风听到耳边响起一道冷冷的声音。

他一愣，扭头见王孝坤转向了自己，话音刚落，突然就咆哮了起来："还跟出去？去干什么？你折腾了这么久，除了接连的失败，你还有什么能提的？现在还妄想着除人？别说你能不能办得到，就算这回叫你侥幸得手，今晚上的事，那么多人都看见了，他要是现在出了事，你是嫌我丢人丢得不够，还想让我再被对手群起围攻，骂我王孝坤忘恩负义，容不下他一个贺汉渚？！"

佟国风从没被王孝坤如此声色俱厉地呵斥过，起先一愣，很快面如土色，慌忙低头，不住地认错。

"现在不但不能动他，我告诉你，你还要巴不得他平安无事！否则，我就别想有好日子过！"

"是，是。我这就让章益玖把派去火车站的人都撤了！"佟国风急忙说道。

王孝坤不再开口，看着饭店大门口外正在发生的那一幕，微微喘息。

佟国风擦了擦汗，转身急忙出去。

贺汉渚没作停留，也没回答记者的任何提问，下了台阶，直接穿过人群，继续大步朝前走去。

忽然这时，他听到身后传来章益玖的呼唤之声。

章益玖追了上来，让手下人将记者隔开，上前握住他的手，道："一路顺风！往后保重！"说完，靠过去些，附耳低声道，"追出去的人全都撤了。对不起了兄弟，莫怪。"

贺汉渚面露笑容，和他握了握手："后会有期！你也保重！"

章益玖哈哈地笑，心知这一别，待下次再见面时也不知会是何时了，竟觉有些不舍，重重地再次和他握手，这才撒开。

贺汉渚含笑，目光依次掠过还停在附近的方崇恩等人，一一点头致意，作暂时的告别。

他环顾完一圈，正待离去，忽然瞥见了一人，那人凝立在饭店门前的台阶上，被来自后面的一道背光勾勒出沉默的身影，仿佛看着这边。

是王庭芝。

贺汉渚一顿，冲着那个方向远远地颔首，随即掉头迈步，在身后无数道目光的注视之下离去，身影渐渐消失在了夜色之中。

正如今夜来时，他亦是独自一人。

他回到了火车站。

广场上的弧光灯发着冷冷的寂光，照着前方的暗夜。

夜车的乘车高峰过去了，熙熙攘攘的人流也散了，在灯色之下，广阔的广场上只剩了零星几个乘客。

一阵带着寒意的夜风刮过，吹得满地枯叶瑟瑟翻转。

贺汉渚踩了过去。他知她此刻应该已经在约好的下一站等自己了。他低下头看了下时间，快要晚上十一点了，逼近深夜了。

想象着此刻，她正在下一站等待，是如何的心焦和担忧，他忽然涌出了迫切之感。眼前浮现出那道紫色的倩影，贺汉渚感到自己的心在这一刻好像已经随着灵魂一起出了壳，迫不及待飞到了她所在的地方。

他加快脚步，匆匆走到了车站的门前，正要进去，忽然听到侧旁有人轻轻地唤了声自己，是连名带姓的方式。

"贺汉渚。"

从没有人用这样的语气连名带姓地称呼过他。

在他小的时候，不苟言笑的祖父会叫他的名，汉渚。后来，身边的人为表亲近，总是叫他烟桥。

自然了，也不是没人这样连名带姓地叫过他。但那些都是他的敌人。怎么可能会是这种语气。

只有一个人。

只有她，会用这直白的，在传统里会被视为冒犯和不敬的方式，连名带姓地叫他。但当听到自己完整的姓名从她口中被叫出来的时候，他却只感觉到了亲昵，这亲昵之感令他的心为之悸动，前所未有。

他猛地刹步，慢慢地转过头，循声望去。

他看见车站大门旁的钟楼暗影里走出了一道身影。

周围，弧光灯的灯光是白色的，在深夜渐渐弥漫着寒雾的空气里扩散，慢慢地落在了钟楼前的广场空地上，如雪，如雾，如烟。

片刻前他曾幻想过的那道紫色的倩影，这一刻就站在了钟楼下的这片空地上，静静地望着他。

贺汉渚反应了过来，一阵狂喜，立刻朝她疾步而去，迅速奔到了近前。

"对不起，这一次，我没听你的话。我到了下一站，我问豹子，你会有危险吗。他说你会没事的。所以我忍不住跑了回来。对不起，我知道我任性了，但我真的想在第一时间接到你……"

贺汉渚一言不发，靠过去，将她搂入了一旁钟楼的暗影里，伴着加重的呼吸，他低下头狠狠地吻住了那张还在不停解释和道歉的嘴。

丁春山就等在近旁不远的一个角落里，看得清清楚楚。

虽然不是头回撞见这一幕了，但他还是忍不住面红耳热，目瞪口呆，立在原地，大气也不敢透一口。突然，后脑壳被人重重地敲了一下，生疼生疼。他扭头，撞见了豹子那双在黑暗中冷冷发光的眼睛。

豹子示意他跟着自己走到一旁，面无表情地问："还没看够？想要站到什么时候？"

丁春山忍着痛，喃喃地嘀咕着："小苏要真是女人就好了，晚上你也看见了，简直比女人还要女人，我都不敢相信，他这是扮出来的……"

豹子用同情的目光盯了他一眼："小丁，往后想再往上升一升吗？"

丁春山心微微一跳，升官啊，谁不想。

他略微不自在："这个……你突然提这个干什么……老大有在你面前说要升我的职……"

豹子觑了他一眼，慢吞吞地点了支烟，吸了一口。

"没有。"

丁春山"哦"了一声，略微失望。

"你现在的职位确实不低了，想要再上去没那么容易。我劝你一句，除了办好事之外，有些事该转弯就该及时转弯，别轴着整天一惊一乍。一条道走到黑，是没有前途的。"他意味深长地看着面前的年轻人。

"什么意思？"丁春山还是没反应过来。

豹子实在受不了了："你自己不都说了，小苏比女人还女人！都这样了，你还看不出来吗？"

丁春山一愣，终于回过味来，猛地转头，又看了眼身后不远之外那两道朦朦胧胧的身影。

“什么！你是说，小苏他……他本来就是女人？这……这怎么可能！”

豹子摇了摇头，懒得再理他，丢下风中凌乱的丁春山，背过身去，开始算起接下来的行程。

钟楼脚下的那条暗巷里，一双人紧紧地相拥着，忽然头顶之上传来了一阵浑厚而深沉的"铛——铛——"的钟鸣之声。

两人不约而同地抬起头，仰望着上面那道高耸的尖顶。

贺汉渚忽然想起了去年这个时候，那一天，也是在这里，在钟声之中，他看到了她回来找自己的身影。

他低下头，凝视着她也正望了过来的眼睛，慢慢地握住了她的手，低声道："走吧，我们回去了。这一次，是真的，我发誓。"

同一时间，在日租界的一座被花园环抱的别墅里，横川与木村相对而坐，品茗论茶。

横川穿了身洗得微微发白的素麻常服。他如今虽地位超凡，但依旧还是保持着多年以来的朴素生活习惯，平常唯一爱好就是茶道。

今晚他心情应该很是不错，亲手演示茶道。

木村恭恭敬敬地低头，双手接过，细细地饮了一口茶，赞不绝口，随即环顾了一下四周："老师住在这里，可还习惯？"

横川说："比起住这种豪华的房子，每天进出有人在后跟随，我其实更向往中国道家所追求的隐居，心无旁骛，即便一箪食，一瓢饮，身居陋巷，也胜过现如今这样身不由己，为名所累。"

木村郑重道："老师年轻时放弃名誉和地位，来中国苦行几十年，现在又不辞辛劳，肩负重担，您为大和民族奉献一生，是我们这些后辈敬仰和效仿的榜样。这些待遇都是您应得的，不必有任何负担和顾虑！"

两人今夜聚在一起，就是在等待消息。

木村说完，见横川看了眼时间，立刻道："应该差不多了，好消息很快就会传来。老师您不必担心。"

横川道："我是在想，今夜我们又将牺牲一位忠贞的武士。他在家乡，或许有老母，有妻儿，盼望他的归来。对此，我感到很是遗憾。"

木村立刻也做出一副沉痛的神色，说了几句为大和民族牺牲是个人荣耀之类的话，随即转了话题："今晚过后，咱们等着看好戏，中国人打中国人，咱们做好准备，随时开进！说起来，虽然我来中国也算有些年头，但论对中国人人性的了解，和老师您相比，望尘莫及！这次计划如能成功，老师您当记首功！"

横川清瘦的脸上露出微笑："中国人极重私利。他们有句出自佛经的古话，人不为己，天诛地灭，本意是劝人要提升修为，但中国人却将这句话变成了为谋求私利而辩护的借口。地大人多，却是一盘散沙，追求利己，根本无法团结。不像我们大和民族，以大义为先……"

他话音未落，门外传来一道通传，说屯军司令部打来了电话。

今晚的行动是由横川牵头，屯军司令部那边去执行的。原本木村是想争取过来，由自己这边去做。事成之后，毫无疑问是大功一件。但横川却出于平衡各方的目的，建议木村不要和屯军司令部去争。

木村正要一跃而起，却见横川神色如常，不禁暗自惭愧，忙按捺下来，等着横川从容起了身，这才随着过去，等在一旁，看着横川接电话，不料还没说两句，就见他脸色微变，面上笑意消失，一言不发。

"老师，怎么了？"木村见状，心里涌出一阵不祥的预兆。

横川慢慢地放下了电话，僵硬地转过头，说："计划失败了！推测应该是有内奸，消息泄露了出去。"

木村震惊，很快反应了过来，咬牙道："知道这个计划的人有限！到底哪里出了问题，我这就连夜彻查！"

深夜，傅明城未眠，独坐家中书房，望着对面墙上悬着的父亲遗照，陷入沉思。

桌上的电话忽然响了起来。万籁俱寂，这声音听起来便分外刺耳。

他看着电话，没立刻接，任它响了十来声，断了，紧接着又响了起来，这才不紧不慢地拿起听筒，喂了一声。

果然不出所料。这个深夜还会打来电话找自己的，正是昨天傍晚一起喝过酒又泡过澡的松阪。

松阪电话里的声音刻意压低了，但很明显他气急败坏了。

"为什么不接电话？"他质问傅明城。

傅明城不紧不慢地靠在椅背上，淡淡道："松阪君，也不看看是几点钟，我不需要休息吗？你什么事，这么晚还打电话来？"

松阪嗓音压得更低了："今晚是不是你把情报泄露出去的？你是中国人的内奸！"

傅明城笑了："我不明白你是什么意思，你能说清楚点吗？在法庭上，法官宣判一个人有罪，也是需要罗列证据的。"

"别装了！这件事只有横川先生、木村，以及我的上司三方知道！他们怎么可能外泄？而我和你提过这件事！你知道我刚经历了什么？我被传过去接受调查！"

"是吗？既然你认定是我，大可以把我说出去，何必自己打电话来质问？"傅明城不紧不慢地道。

松阪一顿，咬牙切齿："你敢和我玩手段？我绝不会放过你的……"

"松阪君！"傅明城的语气突然转冷，"你要是怀疑我，就请把你昨晚失口泄密的事直接上报！想威胁我？我不吃你这一套！"他沉吟了下，"算了，多亏你提醒我。事关重大，还是我自己找木村吧，交代一下，免得日后被你们怀疑……"

"不必了！"那头的松阪立刻打断，语气随之放缓，"我并非那个意思。我是希望你好自为之……"

"该好自为之的是你！"傅明城不客气地直接挂了电话。

他继续静静坐在书房之中。大约半个小时后，电话再次响了起来，还是松阪打来的，但这回他的语气已截然不同，一开口就不住地道歉。

他告诉傅明城，刚才接到报告，木村手下的一名高级事务联络人今晚联系不到，找到住的地方发现人去屋空。此人之前曾和一个中国女人相好，木村怕他因此而动摇信念，逼他杀了那个女人。怀疑就是因为这个原因，他不知道什么时候被收买，泄露消息，继而畏罪潜逃。

电话里松阪的语气已掩饰不住他此刻的兴高采烈了。他再三地向傅明城赔罪，说这些天等这事的风头过去，自己再请他喝酒，最后恳求傅明城千万不要向任何人提及自己失言的事。

傅明城挂了电话。

那个替死鬼，现在应该已被陈英抛尸在了不知何处的暗夜深处。

他慢慢地抬起头，环顾了一圈。

灯影空寂，他正独坐此间，她呢？

此刻，那世上最幸运的男人应当就伴在她的身边，和她一道踏上归途了吧？

这个漫漫长夜，傅明城注定不眠。

而新婚之夜的王庭芝，他所经历的内心波澜也绝不比傅明城要少半分。

王家的庭院，东面灯火通明，人来人往，各个神色凝重步伐匆匆。另一面，红烛高照，静燃无声，这里是王庭芝的新房所在。

陈家小姐漂亮而温柔，是王太太唯一一个提起来勉强不皱眉的陈家人。这一切，王庭芝都知道。但是这个新婚之夜，即便没有饭店里的意外，大约也是什么都不会发生。

王庭芝和陈家小姐在房中默然对坐良久，见她微微一动，慢慢抬头悄悄望向自己，他忽然站了起来，道了句你先休息，随即转身走出新房。他一个人漫无目地在庭院中游荡，如一只鬼魂，不想回去，又不知道自己还能去哪里。他的眼前总是不停地出现贺汉渚今晚最后离开前，望向自己的微微颔首。

这么多年，如友更是如兄的一个人，就这样和自己彻底分道了。他只觉胸中充满悲伤和沮丧，还有几分无名的愤懑，他几乎无法顺畅地呼吸。

下半夜，东边渐渐安静了下来，最后他胡乱睡在了书房里。

第二天早上他起来，像往常那样去上班，他需要找点事情做。却被佟国风拦下，说放他几日婚假，让他好好陪着新娘。

他在书房里发呆的时候，一个下人进来，说有人找他。他出去，见是一个面生人，问什么事，那人指了指身旁的方向。

王庭芝望去，见远处的街角立着一个脸被帽子遮住了的小姐。那小姐抬起帽子，竟是已经走了的曹小姐，不知她何时又回来了。

曹小姐先是恭喜他新婚，然后说有一件重要的事要和他讲。

王庭芝和曹小姐来到附近的一个无人之处，问什么事。

曹小姐说："王公子，我想告诉你一件和贺汉渚有关的事。"

王庭芝微微皱了皱眉。

曹小姐观察着他的神色，她捕捉到了王庭芝此刻的细微表情，这令她备感振奋。

"贺汉渚和他的表外甥苏雪至之间，有不正当的特殊关系。"她望着王庭芝说道。

王庭芝眼皮子跳了一下："你说什么？"

曹小姐重复了一遍，接着道："这一点，我敢用我的性命来担保！"她面上带着微笑，"王公子，他已公然和你父亲作对，至于昨晚的事，我也知道了……我了解这个人，工于心计，他之所以救王总长，是别有用心。沽名钓誉之外，挟恩图谋更多好处而已，王公子你千万不要被他蒙蔽……"

"曹小姐，这里不方便说话，你来。"王庭芝忽然打断她的话，将她带到附近的一条无人后巷里。

曹小姐跟着走了过来，见王庭芝停步，慢慢转头，盯着自己，表情古怪，心里忽然掠过一丝不安之感。

"王公子……"她迟疑了下，继续说道，"我今天告诉你的这件事，你不要轻看了。这不是小事，只要你们能够善加利用……"

"我去你的善加利用！"王庭芝在这瞬间变脸，突然伸手一把攥住她的衣领，像拎小鸡一般将她拽到墙边，随即掐住了她的脖颈。

曹小姐猝不及防，嘴巴张着，发出含含糊糊的声音，两手拼命拍打王庭芝，想要挣脱出来。

王庭芝眼睛发红，脸色狰狞，狠狠地掐着曹小姐，往死里掐，直到曹小姐彻底透不出气，脸色渐渐发青，眼白开始上翻，挣扎着的双手也无力地挂了下去，这才厌恶地一把甩开，掷在了地上。

曹小姐细长雪白的脖颈上留了一圈瘀痕的手印，她脚上的鞋蹬掉了，她倒在地上，半晌才艰难地透回来气，痛苦地咳嗽了起来，终于回过来魂，她惊恐地睁眼，看见王庭芝站在一旁，低着头盯着自己。

"姓曹的，你要不是个女人，我刚才已经一枪崩了你！立刻给我滚，有多远滚多远！永远地给我消失！再让我看见你，别怪我对付女人！你知道的，我多的是叫你求生不能求死不得的手段！"

曹小姐亦是个可怜的，从小到大耳濡目染，她只相信利益决定了一切。她万万没有想到，王庭芝现在竟还会是这样的反应。他不是在恐吓自己，那话中透出的阴冷令她感到恐惧无比。她打着寒战，忍着喉咙传来的那火辣辣的如刀割的痛，流着眼泪，却不敢再停留，挣扎着从地上爬了起来，光着脚，狼狈万分，深一脚浅一脚地逃离了这个地方。

王庭芝厌恶地盯着曹小姐离去的背影，长长地透出了一口气。

就在当天晚上，这个消息传到了佟国风的耳中。

"你确定？"佟国风诧异万分，问道。

"是。您不是担心公子，让我盯着点吗？我看见公子出去了，就悄悄跟了过去，无意听到了这个。"

佟国风沉吟了片刻，眯了眯眼，脸上露出一缕笑意，将人叫到跟前，低声吩咐了一番，最后说："把这个消息散播出去，散得越广越好，动静尽量搞大。除了京师，还要确保给我传到那边去，要让人人都知道。"

第十二章

　　两天之后，天城，和校长如往常那样早早到了学校。正是早饭时间，许多学生却挤在公告墙前议论纷纷。

　　校长不记得今天学校有新通告要发布，于是走了过去。

　　学生发现了他，纷纷转身行礼，等听到他问在看什么，大家的神色便古怪了起来，面面相觑，竟无一人应答。

　　和校长心中狐疑，分开学生，自己走到墙前，抬头望去，发现上面歪七竖八地贴了十来张手写的大字报，等看清内容，顿时心头怒起，指着问："是谁贴上去的？"

　　学生们慌忙摇头，其中一个说是他早上最早经过这里发现的，当时就已经有了，应该是昨夜不知道谁偷偷贴上去的。

　　校长抬手就撕了面前的几张大字报，近旁的几个学生也上来帮忙。他命令就地解散。大家见他发了火，大气也不敢喘，立刻四散走掉。

　　校长进了办公室，看着那几张刚被他揉皱的大字报，正要叫助理去把教务长叫来调查到底是谁干的，却见助理欲言又止，便问什么事。

　　助理知苏雪至是他最得意也最为喜欢的一个学生，虽然已经毕业了，但常有消息往来，迟疑了下，便递了今日份的早报，吞吞吐吐地说他无意看见报纸上也有了和这个有关的一点消息。

　　校长一惊，接过报纸翻了翻，副版有篇陌生署名的文章，标题为"论政府公信力之提高"，内容罗列了如今政府机关诸多部门里的种种弊端，呼吁整肃风纪。举例称某人位高权重，却罔顾体面，和另一卫生司的公务人员长期保持非正当关系，此举伤风败俗，对社会造成极大的恶劣影响。虽然没指名道姓，但身份描述的指向却极其清楚，平常只要稍微留意点时事，就不难猜到两人的身份。

　　和校长猛地将报纸拍到桌上："岂有此理！堂堂公开发行的大报，竟也发这样的文章！含沙射影，肮脏至极！这是受了谁的指使？简直是耻辱！莫大的耻辱！"

两天前的夜晚在王家婚礼上发生的那个意外，后来出于各种考虑被压了下去，所以校长还不知道贺汉渚曾露过面，以为他依然在外，更不知道苏雪至也已离京。

他愤怒过后很快冷静了下来。那些人为了打击贺汉渚、毁他名誉和威望，无所不用其极。既然大字报都贴到这边了，小苏那边肯定也受了波及。校长第一时间就担心起了自己的学生，正想打个电话联系她，一个教职人员匆匆找来，说外头聚了好些个自称记者的人，鬼头鬼脑似乎想溜进来采访学生，刚被门岗阻拦了，却跟苍蝇一样就是不走，问怎么办。

一波接一波，令人应接不暇。和校长愈发肯定这事背后有人操纵，忍怒命人紧闭大门，不许放一个人进来，随即立刻打西场的电话，却打不通，又改打宗先生的电话，线路也一直占着。正焦急着，助理匆匆奔了进来，扬着手中的一封信，喊道："校长，刚刚有人送来一封信，说受小苏委托，请校长您亲启！"

校长一愣，忙接过，迫不及待地打开。

这封信是苏雪至早就写好，于两日前发出的。

她在开头说，当校长看到这封信的时候，自己应当已经离开京师，并且短期内不会回来了。她回忆了来到医学校后从校长这里得到过种种教导和关怀，表达了她由衷的尊敬和感激之情，对于不告而别十分歉疚，希望校长能够谅解。她也向卫生司递了辞呈，但没有告诉宗先生自己要离开京师的事，劳烦校长日后代她向宗先生也转达她的感激和歉疚之意。

除了辞别，苏雪至在信中向校长交待了另外一件事，关于她的真实身份。她告诉校长，因为家族原因所致，自己从小就以男子身份示人，所以两年前在家中遭遇意外之后，她继续以男人的身份来到这里求学，隐瞒身份至今。她知这有违校规，校长对她爱护愈重，她愈觉隐瞒之愧，现在就要走了，无论如何也不能再继续隐瞒下去，出于敬重之心，她决定如实相告，恳切盼望校长能再次谅解她的欺瞒。

她也提到了她和贺汉渚。她告诉校长，贺汉渚当初做介绍人的时候，也并非有意欺瞒校方。他最初也不知道她的真实身份，后来随着二人接触增多，他才于无意之中发现了她的真实身份。

最后她对校长说，她和贺汉渚在共同经历了许多事情之后，逐渐相互了解，彼此有了好感。现在，他们也一致有了想和对方结成伴侣并共度一生的共同认识。她盼望，他们的结合能得到他们所尊敬的师长的祝福。

校长低头看信，助理在旁等着，见他眼睛一眨不眨，紧紧盯着手里的信纸，俄而意外，俄而震惊，不过短短片刻神色几度变化，也不知这信里到底说了什么，正忐忑着，忽然电话响了起来。

助理见校长还在盯着信看，一动不动，便接起电话，说了两句，转头道："校长，宗先生打来的，他找您有事要说……"

和校长这才仿佛如梦初醒，接过话筒。

卫生司那边今早的情况并不比学校这边要好多少，不但一大早外头也被人贴了大字报，大门口也堵着小报记者打听苏雪至的消息。刚才校长之所以打不通电话，就是宗先生在应付人，此刻好不容易得了空，立刻联系校长，问到底是怎么回事。

和校长听着，又看了眼手里的信，突然毫无预警地开口了。

"小苏她是女子！小苏她是女子！小苏她，是一个女子！你相信吗？我告诉你，这是真的！千真万确！"

和校长冲着话筒连着说了三遍，说完仰面哈哈大笑，笑声畅快无比，一扫今早的所有担忧和怒气。

宗先生惊呆了："什么，小苏她是女子？这怎么可能！"

"是！我告诉你，千真万确！"校长点头，"所以，对于小人恶意散布的流言，你完全不必在意！"他说完，由衷高兴。

宗先生片刻后，终于从巨大的震惊中反应了过来："你是什么时候知道的？"

校长看了眼手里的信，正要开口，顿了一下，做了个决定。

他先将苏雪至在信中提到的关于她从小女扮男装的特殊情况说了，随后告诉宗先生，她与贺汉渚情投意合，数日前离京，并委托自己代她向宗先生致歉。至于不告别的原因，无须多说，两人自然心知肚明。

最后校长说道："其实刚入学时，小苏便已私下就她身份一事对我据实相告。当时是我见她人才难得，考虑她从小就以男子身份示人，所以破格同意让她留下求学的。日后外界如对她以男子身份入学之事有任何质疑，我一力承担。和小苏无关！"

宗先生责备："好啊！没想到你竟也把我瞒得死死！"随后又感叹不已，"万万没有想到，小苏一个年轻女子，不但在医学上表现如此出众，更难得的是，心性坚忍，超越常人，观她所做之事，便是自诩须眉的诸多男子，恐怕都是望尘莫及。本来早上我是心急火燎，现在好了，有了你给的这个定心丸，我就放心了。看它小人流言还能猖獗几时！"

两人长长地松了口气，在电话里不约而同地笑了起来。

这一日，在长江北的汉口江岸火车站附近人头攒动，来自附近的各路当权人物和缙绅在当地一名要人的带领下来了这里，预备迎接一行人的到来。

这位即将到来的人，便是贺汉渚。

此地是北方通往西南的铁路最后一站。贺汉渚在这里下火车后，便改走水道，继续沿着长江入川。

以他今日的影响力和在地方的实际地位，今天路过这里，众人从前又多是和他认识的，做东前来接风也是理所当然。

中午时分，伴着一阵由远及近的汽笛长鸣之声，火车准时入站，缓缓停在了站台边上。位于火车前部的一节包厢车门打开，几个卫兵下车，接着贺汉渚身穿军装现了身，脸上带笑，从车上走了下来。

众人纷纷上前寒暄，当地报纸的记者也挤了上来，抢占位置拍照。却见贺汉渚没有立刻离开，而是停在车厢门口的站台上，伸手去扶还立在车门口的一个人。

在场众人这才发现，和他同行的还有一位女子。

这是一位年轻而美丽的女子，她穿着深蓝色的日常长裙洋装，头戴一顶灰色的呢帽，肩上则披了条同色的保暖围巾。她留着利落的短发，面上施了淡淡的脂粉，装扮并不华丽，但却自有一种大方和高雅的气质。

贺汉渚扶着年轻女子，等她也下了火车，便和她并肩而立，见众人纷纷望了过来，神色各异，目光落到身边女子的身上，微笑道："她便是我将要求娶的太太，苏雪至，苏小姐。"

贺汉渚言毕，四周陷入沉寂。

今天的场面看着盛大，气氛一派祥和，其实私底下却因为前些天已散播到这里的一个关于贺汉渚在某方面的传言早就变了味道。

和贺汉渚有关系的那位，底子也早被人扒得清清楚楚了。姓苏名雪至，叙府有名的天德行苏家少爷，和贺汉渚是远亲。在医学方面极有天分，如今在京师也很有名气，平日的往来之人都是有头有脸的人物。

现在流言蜚语散得广为人知，据说在京师关于他的这个事近日还惹来了不少卫道士的关注，并加以猛烈抨击。所以前几天获悉他就要路过这里，众人预备做东之余，未免也存了点看笑话的心理。

苏雪至神情自若，对着面前的众人微微点了点头。

一个当地的记者早几天前就从京师的同行那里收了钱，答应今天会来，再写篇稿子大做文章，却没想到出现了这样的一幕，他从人群后奋力挤了上来，看着苏雪至，险些没有跳脚："苏先生，我去年在京师任职！我在万国医学大会上亲眼见过你的！你那会儿还是军医学校的学生！你怎么可能是女子？"

　　苏雪至看了眼贺汉渚。

　　贺汉渚依然保持着风度，继续微笑道："苏小姐为行事方便，从小就以男装示人。她也立志去到更高的学府学医。但正如诸位所知，当今的高等教育，除了极少数专为女子而设的女子大学之外并未开放大门。仅仅因为性别的区分，女子就被剥夺了接受更高教育的权利，这是绝对的歧视和不公正的对待。苏小姐为了实现心愿，迫不得已，之前继续以男子身份外出求学，如此而已。"

　　周围一阵骚动，那个记者瞠目结舌："这……这怎么可能！"

　　贺汉渚面上笑意消失，神色转冷："你是什么人？事事都要向你报备？"

　　他话音落下，同行的卫兵便上前将这个挡了道的记者一把推开。其余人反应了过来，纷纷上前和贺汉渚握手，又称呼苏雪至为苏小姐，恭维她为当世之花木兰，自然也不忘称赞二人佳偶天成。

　　这一路行来，贺汉渚原本极是低调，唯独在这最后一站不但高调亮相，当天还应邀作了停留，和苏雪至一道四处游玩。

　　此地自古被誉为楚中第一繁盛处，至晚清更是以"东方芝加哥"之名而驰声于海内外。他二人外貌昳丽，风度非凡，排场又大，前呼后拥，每到一地必引发路人围观，说造成轰动的效果也毫不夸张。

　　当天晚上，二人还出席了市长为他们举办的一场晚宴。宴会上，贺汉渚邀请苏雪至跳舞，二人联袂起舞，舞毕引来掌声阵阵。直到深夜，这一天的应酬方告终。

　　他们住在当地最著名的一间高级饭店里，请相送的人留步后，贺汉渚进了房间，人还在门后，便抱住了苏雪至，一路吻着进了卧室，再进盥洗间，洗了澡，相拥着一起倒在了床上。

　　"嗳，你猜，京师的那些人，看到今天的消息，会是什么反应？"片刻后，苏雪至挣脱了他的亲吻问他。

　　贺汉渚自然知道她口中的"那些人"指的是谁。

　　"气死最好。"他随口道。

　　苏雪至嗤地笑了出来："我也是这么想的。否则，这么累，还被人当猴子一样地围观了一天，我太亏了。"

贺汉渚大笑，让她趴过来，他替她揉肩，放松身体。

床边的灯光照了过来，房间里安谧极了。

苏雪至舒舒服服地趴在他的胸膛上，一边享受着来自他双手的服侍，一边歪着脑袋，看他那张英俊的脸，越看越觉好看。

片刻后，见他靠着床头，望着自己，手上的动作渐渐慢了下来，似乎走起了神。

"你在想什么？"她忍不住好奇，笑着发问。

"我在想……"他却又顿了一下，忽然也觉得好笑似的先笑了起来，又看了她一眼，随即摇了摇头，改口，"没什么。"说完，他继续替她揉肩。

他越是这样，苏雪至越是好奇，逼他立刻交代。见他就是不说，恼了，也不要他揉了，推开他的手，作势要从他身上下来。他伸臂，将她揽回来，再次搂了。

"好了好了，我说。"他哄她，语气带了几分无奈，以及那暗暗的却无处不在的宠溺。

"快说！"她催促。

"我刚才在想，我们将来的孩子，应该会是什么样的……"他看着她，终于慢吞吞地说了出来。

苏雪至一怔。

坦白说，她从没想过这个问题。她之前只想着怎么才能避免意外，现在忽然听他这么说，慢慢地心里生出了一种陌生的异样之感。

虽然她还没有做好心理上的准备，但是想到那将是一个属于她和贺汉渚共同所有的孩子，她忽然又觉得好像也不是不能接受……

贺汉渚见她安静了下来，靠过来温柔地亲了下她的额头，安慰她："别担心，我不是催你。其实我对小孩没半点兴趣，我也不喜欢。"他脸上露出了一种疑似嫌弃的表情，"章益玖的侄儿周岁，喊我吃酒。我去了，抱了他的侄儿，他竟朝我吐着口水泡泡！你说脏不脏，当着主家的面又不好说，现在想起来我还难受。不用担心，以后就算你想生，我也是坚决不要的。"

最后，他搂着怀里的女孩，信誓旦旦地再次安慰她。

苏雪至抿了抿嘴，瞥他一眼，"哼"了一声："知道了，我的贺司令。赶紧睡吧，明早还要早起。"

第二天早上，为避免送行的冗繁，天才亮，贺汉渚和苏雪至一行人便离开了昨晚住的饭店，自行去往大码头。

在那里，他们将登上火轮，沿着那年他们一道出来的那条江道，回往他们出发的地方。

因还早，码头附近的人并不多，与地平线相接的天空里，轻云泛着霞光，预示着这是一个晴好的天气。

到了，两人刚下车，却见对面疾步来了一行十几人，个个精壮，肤色黝黑，当先的那位竟是王泥鳅。

贺汉渚一怔，和苏雪至对望了一眼，立刻也走了过去。

"三当家！你们怎么会在这里？"苏雪至一看见王泥鳅，心里便生出了亲切之感，如同见到自家人一样高兴地问。

她想起了郑龙王，母亲叶云锦，还有舅舅叶汝川。距离上次她回去，一眨眼又过去了这么久，此刻见到王泥鳅，她发现自己真的有点想他们了。

王泥鳅带着人，先是一本正经恭恭敬敬地向贺汉渚和苏雪至行礼，见两人还礼，忙避开，摆手说不敢应承，见完了面，解释道："其实我昨天就带着弟兄们来了这里，就是来接司令和苏小姐的。只是见人多，就没凑热闹，今早等在这里，迎接二位。"

贺汉渚向他道谢："三当家有心了，也谢谢诸位弟兄们，辛苦了。"

王泥鳅说不敢当，他身后的人也都附和。

苏雪至听贺汉渚和他扯来扯去全是客套，没完没了，忍不住插话："三当家，大当家现在怎么样，他身体好吗？"

她想起了上次在水会居住时和郑龙王相处的点点滴滴，心里涌出一阵暖意。

王泥鳅一直都知道苏家少爷其实是女孩儿，见到她这装扮，干脆直接就改口称她为苏小姐了。此刻听她发问，先又郑重地朝她躬身，单独行了一个礼，这才笑嘻嘻地说："苏小姐放心，大当家身体没事，一切都好。知道小姐你就要和贺司令一起回了，我看他高兴得很。"

苏雪至笑道："那就好。等回去了，我再去看望龙王，顺便也替他再检查一下身体。"

"那是求之不得！我就先替大当家谢过小姐！"

王泥鳅笑着带人让开了一条道，随即高声喝道："遇风抬船，遇水开滩！请贺司令和苏小姐登船，平安顺遂，早日归家！"

王泥鳅外表看着粗豪，实则颇是识情知趣。路上顺利无事，他怕打扰到贺汉渚和苏雪至，上船后便如同神隐，连日见不着人，直到船入了叙府，方带人又现了身，准备上岸事宜。

对于苏雪至来说，已经没必要继续以男人身份生活，加上迟早也是要和贺汉渚结婚的，回归本身是必然。考虑到家中的方方面面，所以苏雪至原本是打算先到家，等见到了叶云锦再商议。却没想到还在半路就起了那么一场风波，事关贺汉渚的名誉，自然是越早澄清越好，索性直接高调亮相，公开了身份。

但她恢复身份的事还没知照过叶云锦，为免再给她引来没必要的侧目，贺汉渚后面的行程便又恢复了原本的低调。

贺汉渚已经计划好了，下船之后他先就近和苏雪至一道去看郑龙王，然后立刻就送她回县城的苏家，再然后……

自然就是请求叶云锦当面许婚，将女儿嫁给自己。

论到婚期，他可以充分尊重叶云锦或者苏雪至的意思，等多久都行。但名分是一定要先定下来的，越快越好。

他吩咐王泥鳅，勿通知水会或者任何的其他人到码头去接。

王泥鳅笑道："还真被贺司令说中了。我动身前，各路人马派了人天天往水会跑，都在打听你回来的日子。你放心，没你点头，我哪敢随便说。"

火轮还没靠岸，乘客们便纷纷从船舱里出来，挤在走道和甲板上。等火轮一触岸，全都迫不及待地争相上岸，匆匆去往自己的目的地。

贺汉渚和苏雪至等到船上的其余乘客走得差不多了才动身下船。

苏雪至今天穿了衬衫、裤子，外面套了件保暖的格子呢大衣。都是她以前的衣服——她还是不习惯穿裙装。

贺汉渚喜欢看她穿裙。裙装的她，能满足他作为男人的虚荣感和保护欲。但她这样的打扮，他也百看不厌——她不再束胸了，即便是从前作男子装扮的衣物，现在穿她身上也显得别有一番韵味。

上岸的时候，他留意到脚下有块踏板松动，下意识地扶托住了她的一只胳膊。她抬头看着前面，还用胳膊肘顶了顶他，好像想甩开他。他抓得更紧，脸也朝她靠过去些，提醒："当心脚下。"

苏雪至轻轻咳了一声，贺汉渚这才觉得她有点不对劲，循着她所望的方向看去，一下就看到了叶汝川。

叶汝川正在前方不远处一角落的马车里，叶大在外头踮着脚往人流的方向左顾右盼。叶汝川探了半个脑袋出来，有点遮遮掩掩的味道，像在找人。忽然叶大眼睛一亮，指着前方嚷了一声，叶汝川循声望去，一顿，随即推开车门，也不用叶大扶，他自己抓着车杆就溜下马车，那条受过伤的腿竟变得利索无比，人还没站稳，就朝码头匆匆走了过来。

贺汉渚一个定睛之间，苏雪至已脱开了他的手，叫了声舅舅，随即跳上岸，快步朝着叶汝川走去。

"舅舅！您特意来接我的吗？辛苦您了！您怎么知道我会这个时间到？"苏雪至挽住叶汝川问。

你老舅是怎么知道的？是这几天天天来这里盯，又怕被熟人看到来问话，躲躲闪闪跟做贼一样！一把年纪了，我容易吗？叶汝川心里嘀咕。

但终于接到外甥女他还是挺高兴的，见她眼眸亮晶晶，面颊鲜润，气色绝佳，显然心情不错，并没有受到前段时日风言风语的影响，叶汝川一直悬着的心放下了大半。这段时日积攒下来的满肚子话，一时竟不知该从哪儿说起，这时见贺汉渚也跟着外甥女往这边走了过来。

他看着贺汉渚停在面前，不等他开口，就朝着贺汉渚点了点头，还是像以前一样笑着客客气气地叫了他一声贺司令。

贺汉渚本来正在想现在该怎么称呼叶汝川合适，是不是可以马上跟着苏雪至喊他舅舅以表亲近之情，但又担心唐突。正犹豫着，忽见叶汝川对自己这么客气，他也敏感地觉察到那一声招呼里好似还多了点疏远的味道，他不禁一怔。

叶汝川却若无其事，又和一旁的王泥鳅打了声招呼，随即紧紧攥住外甥女的手，仿佛怕她跑了似的。又立刻命叶大将外甥女的行李都搬上马车，随后客客气气地笑道："贺司令，三当家，你们都是大忙人，应当还有事，我不打扰了。我就是来接雪至的，现在接到了，我先送她回家。"

说完他朝着两人拱了拱手，也不等回答，拽着苏雪至就往马车那边走去，说："你母亲很是记挂你，赶紧的，先跟舅舅回家，好让她放心。"

苏雪至被拽着无可奈何地跟了几步，扭头看了一眼，见他立在原地，凝视着自己，使劲挣脱开舅舅，朝他奔了回去，说："那我先跟舅舅回家，把事情解决掉。你放心吧，你可以先去看龙王，等我这边的好消息。"

贺汉渚何等聪明，自然感觉得到这位"老表哥"这回对自己应该很是不满。这个时候强行跟去，确实不妥。

他凝视着她，低声道："我明白。我等你消息。"

苏雪至见舅舅停在一旁，斜眼看着贺汉渚，表情戒备，又显然在竖着耳朵听自己和他说话，便朝贺汉渚一笑，这才转身跟着叶汝川上了马车。

王泥鳅见贺汉渚立在原地，一直目送马车远去，心中暗笑，年轻人就是卿卿我我，蜜里调油，片刻也舍不得分开，面上却愈发严肃了，轻轻咳了声，提醒道："贺司令，小苏回家了，要不您先去水会落脚？"

贺汉渚回神，掩饰般地笑了笑，点头应可，跟着王泥鳅去了。

"你这丫头！娘亲舅大，这么大的事，竟连你亲舅舅也瞒得这么紧！"想到最近这段时日的风波，叶汝川现在还是心有余悸，"就前些天，我都不知道是哪儿起的头，省城里忽然到处传开了你和贺汉渚的事，那些话说得简直没法听！还有那个庄阚申——他竟也不心疼钱，一天里连着给我拍来了好几封电报，全在向我打听你们的事！我这才知道，连京师那边都出了事，当时把我吓得一晚上都没睡觉。我心想这到底是怎么回事，你跟他什么时候好上的，怎么我一点儿都不知道？"

叶汝川当时全无准备，云里雾里，震惊之余甚至还犯起了嘀咕，心想贺汉渚到底知不知道自己外甥女的身份？说外甥女和他好，到底是真的还是谣言？

"我第二天就来找你母亲。平常外头那些消息，省城里知道了，要到县里怎么也要个十来天，可这事就那么一两天的工夫，县城里也是风言风语满天飞了。我人还没到呢，在半路遇到个熟人，就跟我说这事。还说一天到晚好些人聚在你们家药店的外头指指点点，生意都没法做了。我心急火燎，到了后趁着天黑悄悄进去，见着了你母亲。我在路上替她着急，急得嘴里都起了燎泡，她倒好，竟心宽得很，还叫我不用担心，说你们自己肯定会解决的。她这是早就知道了！"

叶汝川说得口干舌燥的，摸起来一只携着的小茶壶，就着壶嘴咕咚咕咚地喝了几口茶水，喘了口气，正要继续说下去，他忽然想到了一个事，放下茶壶，盯着苏雪至："雪至，舅舅刚忽然想了起来。话说，你和贺汉渚，郑龙王他不会也已经知道吧？"

苏雪至略觉尴尬，点了点头："是……龙王之前已经知道了……"

叶汝川愈发胸闷了："好啊！你母亲知道就算了，原来连郑龙王也早就知道了！合着就是瞒我一个人！有做娘舅做成我这样的吗？"

苏雪至讨好地替他又捧来茶壶，双手奉上："舅舅您刚才话说得多，再喝几口。"

叶汝川气哼哼地说："你舅舅又不是水缸子！不喝了！"

苏雪至忙解释，并非故意瞒他，只是之前两人的关系还没定，不好把话说满。而且也不是自己或者贺汉渚告诉郑龙王的，是郑龙王自己猜出了他们两人的关系。

叶汝川的脸色这才好了起来，瞥了外甥女一眼，接过了她递的茶壶。

苏雪至抿了抿嘴角，知舅舅已经消气了，急忙追问后头的事："苏家族人知道我是女子，有没找母亲的麻烦？"

"县城里这几天街头巷尾全在说你的事，反倒是苏家族人一反常态，现在什么事都还没有，静悄悄的。你那个六叔，家里的大门这些天都没开过。但我听说他们背地里碰过头，还有闲汉怂恿去闹事，不过，倒也不用太担心——"叶汝川顿了一下，终于说到了今天的主题，"你和贺汉渚到底是怎么回事？什么时候好上的？难怪那次我去天城看你，他竟对我那么客气……"

"等一下！"叶汝川顿悟，"雪至，不会那个时候他就已经想打你的主意了？但那会儿你过去天城才多久？真是看不出来啊！我当时半点都没往那上头去想，还以为你舅舅我的脸面不小，才会对我如此礼遇——"

叶汝川老脸暗暗一阵发热，猝然闭口，不再说话。

家中没有因为自己的事而出乱子，苏雪至也就放下了心，观舅舅的言语和表情，似乎对自己和贺汉渚瞒着他这件事还是有点耿耿于怀，急忙替心上人遮掩："舅舅别误会，和他无关。"

叶汝川哼了声，不以为然："和他无关？难不成还是你招惹的他？"

"舅舅说对了，"苏雪至点头，"确实是我先看上了他，要和他好，他没办法，这才和我好了的。"

叶汝川一愣。

苏雪至靠过去些，替他轻轻捶着那条受过伤的腿，笑着又说："舅舅您别不信。你想，他那样的人，我若错过，以后再去哪里找？"

叶汝川端详了外甥女片刻，指着苏雪至，摇头叹气："你这个丫头，怎么就……"

终于，他也端不住了，笑了起来。

"舅舅不生气了？"苏雪至笑问。

叶汝川否认："我什么时候生气了？"

"您没生气，为什么刚才话都不让我说完，拉着我就走？"

叶汝川直叹气："你个傻丫头，女孩子家怎的一点儿都不知道矜持？

咱们乡里，那些疼女儿的人家，就算对男家再满意，他们打发人来求亲的时候，也是要端一端架子，推一推的。不为别的，就是为了叫男家知道自家舍不得嫁女儿，好叫女儿将来过了门，能高看一眼。你那么急吼吼做什么！还怕他跑了不成？你们之前怎么样我不清楚，但现在搞出了这么大的动静，你们的事也还没过明面，舅舅不亲自过来把你接回家去，怎么放心？"

这时，坐在前头正赶着车的叶大忽然扯了一嗓子："表少爷……不对，表小姐！你还不知道吧，老爷这几天什么事都没干，天天就在码头守着那几条要到的火轮，就怕错过了接不上你。他又怕遇见熟人问你的事，饭都没好好吃，中午就在车里就着茶水，吃了几口早上带出来的干粮……"

叶汝川骂叶大多嘴，叶大闭口。

苏雪至十分感动："舅舅，您对我真好！这些天因为我的事，让舅舅担惊受累了！"

刚才听了外甥女的一番解释，叶汝川之前心里的疙瘩和顾虑没了，只剩欣慰，更是为外甥女和妹妹叶云锦感到高兴，笑道："你舅舅奔波了大半辈子，图什么？不就盼着你和你表哥出息。现在你这么好，舅舅高兴还来不及，有什么累，别听叶大胡说！"

车厢里气氛温馨，叶大一路赶着马车，顺利地在天黑之前，将叶汝川和苏雪至送到了县城。

傍晚正是一天当中最为空闲的时候，马车入了县城惹来了不知道多少注目。叶汝川也不再像之前那样躲躲闪闪，马车抵达苏家的时候，他护着苏雪至，在身后无数道偷窥目光中，昂首挺胸走进大门。

叶云锦亲自出来接女儿。家里的人也都跟着女主人一道，跑到门口列队欢迎。但当见到苏雪至现身，依然是男子的装扮，众人瞪大眼睛张着嘴，鸦雀无声。

红莲心里暗暗叹气，明明已经教过他们了，就是教不会。

她伸手，戳了下身旁的小翠。

"小姐！咱们家小姐回来了！"小翠如梦初醒，突然嚷了一声，剩下的人这才纷纷跟着嚷了起来，气氛顿时变得喜气洋洋了。

苏雪至笑着，抱了抱朝自己奔来的红莲，又和苏忠等人打招呼，最后望向叶云锦，见她静静地站在门后，凝视着自己，便朝她走了过去，主动伸手挽住了她的胳膊，微笑道："母亲，我回来了。"

叶云锦轻轻眨了下眼睛，轻声道："进去吧。肚子饿了吧，可以吃饭了。"

天黑了，叶云锦将兄长请到上座，让红莲也上了桌，一家人坐在一起，正吃着饭，一个下人进来，说苏家的六爷夫妇来了。

苏家的宗族之人里，论威望和地位皆以这位六爷为首。

红莲停了说笑，望向叶云锦。

叶云锦放下筷子，让兄长和女儿继续吃饭，道："我去看看他们要说什么。"

六爷和六太太走的不是前头的大门，而是小侧门。

"他们来的时候，自己走的就是小门，看着有点偷偷摸摸的，好像怕被人看见似的，也不知道想做什么……"

叶云锦听着，一路没说话，进了客堂。六爷夫妇在里头坐着，正低声说着话，见她迈步进来，对视一眼，立刻停住。

叶云锦问他们什么事，又说："雪至傍晚到了家，你们想必也听说了，刚还在吃饭呢，你们就来了。要是不嫌弃，一起过去？"

六爷坐着不动，神色端着。

六太太的脸上带着笑，站了起来，亲亲热热地挽住了她的手，先是夸她气色好，接着说："我们俩在家吃过了。过来是有几句话想说，没承想打扰你们一家子了，别见怪。"

叶云锦露出微笑："六弟妹客气了，什么话请讲。"

"咱们都是自家人，就不遮遮掩掩了，实不相瞒，我们俩晚上来，就是为了雪至……"她停下来，觑着叶云锦，却见她还那样含笑看着自己，无奈地接着道，"雪至她分明是个女娃，嫂子却把她从小当成小子养，这些天县城里的人都在说这个事，沸沸扬扬。连我们这些亲族也被你蒙在了鼓里。这个事，不是我托大说你，嫂子你当初考虑确实欠周，也怨不得现在宗族里的人意见大……"六太太观察着叶云锦的神色，"昨天晚上，长辈们都去了三伯爷家，开了个宗族会。大家都很不满，说你家的这个事，现在成了全县的大笑话，丢你自家的脸不说，连我们这些族人出去了也被人指指点点。嫂子你办的这个事，往轻里说，触犯族规，扰乱宗谱，往重里说，更了不得，那是坏了阴阳伦常！这要较真起来，那可是大罪！"

叶云锦点了点头："那不知昨晚上商量出来什么没？打算要怎么着？是把我们这一支从族谱里剔掉呢，还是送官查办？我见识少，却好像没听过，从古到今有哪条王法规定，家里的女儿不能当小子养。"

六爷端起茶盏喝了一口。

六太太看了眼丈夫，忙道："你不知道，昨晚上，三伯爷气得差点晕倒了，剩下的几房也一个赛一个地激愤，全都在说你的不是，提出按照族规严办，清理门户，大家接管你们家的生意——"

叶云锦也看向六爷："原来老六晚上来，就是为了接管天德行？"

六太太立刻叫屈："嫂子，天大的冤枉！我跟雪至六叔来，可不是为了这个，相反，我们是为了你们好。实话说了吧，昨晚吵到最后，是雪至她六叔站了出来，坚决反对，说不能这么对你们。想当年，雪至爹没了，你一个年少寡妇，要撑门户实在是不容易，弄出这法子也是迫不得已。虽说坏了族规，却是情有可原。何况这些年，每次族里有事公摊，哪回不是你派得最多，你功不可没。"

一直没说话的六爷这时清了清嗓，终于慢慢地站了起来，踱着庄严方步走了过来，脸上也露出了温和的笑意："就是这个意思。你放心，有我在，往后谁再敢拿这个为难你们，你尽管来找我。我们晚上来，就是想再提醒你一下而已。"

苏家族人昨晚齐聚三伯爷家开会，叶云锦早就知道了。前半部分，倒确实像这夫妇俩说的那样，众人轮番上阵，对她进行批判和痛骂，一致认定应当将她驱逐，由宗族接管天德行的生意。但后头说到由谁出面去做这个事的时候，场面一下冷了。论理三伯爷是族长，该他出面，他儿子却说他如今身体不好，路都不能走了。众人就都看向六爷。这么巧，当时就来了人，六太太在家发了急病，打发人叫六爷回家。六爷赶紧走了。剩下的人面面相觑，一个接一个地告辞，族会就这么不了了之，最后散了。

叶云锦心里一清二楚，这对夫妇睁着眼睛说瞎话所图为何。她自忖没有贺汉渚的话，女儿恢复身份一事自己也能应对，但这些恨不得将自己扒皮抽筋再吃肉喝血的族人不会这么容易就偃旗息鼓。

她心中感叹，更是憎厌对面这些人的嘴脸，面上却是如常，笑着道了声谢，随即说，女儿还在等着她，就不留他们了。

六爷夫妇今晚本是想赚到叶云锦的感激，见她就这样的反应未免失望，却也只好起身往外去。叶云锦请他们走大门，六太太忙说走侧门方便。

叶云锦自然不勉强，便送了出去，停在门里，笑道："雪至还在等着我吃饭，就不送了，二位走好。"

六太太不甘心，正要趁机再打听苏雪至和贺家孙少爷的婚事，抬起头，却看见几人就站在外头，正盯着这边。她一眼便认出是三伯爷的儿子和另几个平日与他交好的族人，都是昨晚一起碰过头的。

夫妇俩吓了一跳，想躲却是来不及了，只好硬着头皮停下脚步。

　　这拨人自然也不傻，知道贺汉渚的身份，今晚上都和六爷夫妇存了一样的心思，想与叶云锦这一房套近乎、拉关系，又怕被人看见讥笑，于是趁天黑，偷偷摸摸地走侧门，却冷不防竟在门口这样遇到了。

　　两边隔着门槛，你看着我，我看着你，最后一边说过来有事，另一边说恰好路过，心照不宣地和叶云锦打着哈哈道了声别，匆匆走了。

　　叶云锦站在门里，冷眼看着苏家这些宗族之人渐渐去了的背影。

　　这场始于二十年前的暗斗，现在终于彻底结束了。她赢了这帮虎视眈眈的人。

　　就在这一刻，她觉得自己何其幸运，老天爷还是眷顾她的，否则，怎会做出如此安排。她本非善人，既无德，也无能，最后却让她得到了一个如此出色又贴心的女儿。不但如此，她的女儿机缘巧合，又遇到了贺汉渚。

　　叶云锦的视线投向远处府城的那片夜空，望了片刻，收了眼底流露而出的一抹温存，转身进去了。

　　贺汉渚并没有让叶云锦等待多久，不过几天之后，他就来了。

　　和他一起来的是个贺家的宗亲，省城里的一位极有名望的大儒。

　　老先生领他拜望女掌柜，并以贺家长辈的身份郑重地提亲。

　　女掌柜没有半点推脱，笑吟吟地答应了下来。

　　整个县城为之轰动，通往苏家大门的那条街道上挤得水泄不通，街头巷尾到处都在议论这件喜事。县民们用敬畏又热烈的口气谈论着关于苏家准女婿的事、他带来的那支驻扎在城外的威武雄壮的士兵队伍，还说起了关于天德行女掌柜的种种掌故。

　　当晚苏家大摆宴席，叶云锦言笑晏晏，招待各路贵宾。

　　而贺汉渚和苏雪至一起，在夜色深沉之际入了府城，来到了那座位于江湾畔的四方堡屋。

　　西窗幽闼，烛火独明，郑龙王端坐屋中。他凝视着站在面前的这个年轻人，脸上带着笑容，让他起身，不必行此大礼。

　　贺汉渚坚持，毕恭毕敬地道："今天是我和雪至订婚的日子。我给您行礼，原是本分。"

　　郑龙王神色微动，看了眼站在身边的苏雪至，不再推辞。

　　他看着贺汉渚循旧制，向自己行完拜礼，忽然说道："雪至，你跟烟桥去看望祖父的时候，记得替我敬上一炷香。人生固然无常，但当年如若不是祖父侠肝义胆，一诺千金，我是断然活不到今日的。那时我还是个十多岁的狠勇少年，怎知冥冥半生，四五十载竟就这样一晃而过了。我这未了的心愿，雪至，你来替我完成吧。"

成婚的日子，定在半年之后。

这么择日的第一个原因，是贺家老宅的修缮需要时间。

他们的婚礼将在贺家的老宅里举行，并且婚后两人也将住在那里。这是苏雪至自己提的。

那座老宅荒废多年，贺汉渚知她生活习惯更偏西化，怕委屈了她，本拟盘下省城里的一座现成的洋房。但最后却被她一口否决，她说更愿意住贺家的老宅，因为"那是他从小长大的家"。贺汉渚很是感动，为了让她住得能更舒服些，他请了个建筑师，按她的生活习惯对主屋的内部进行改造。

除了"硬件"方面的准备，另外一个原因则是他需要先做亟待他做的事。他现在虽掌控了地方，但还需要尽快理顺下面几股势力之间的关系。此外，整编军队，改组省府，将预备实施的各种新政尽快提上日程，军政两手缺一不可，事务千头万绪，半年其实相当紧张。

不过，他忙，苏雪至其实也并不比他闲多少。

回来后，她便投入了她心系着的药厂。

舅父牵线找的药厂很合她的心意，场地稍加改造便可，许多原本的设备也能继续使用。她和之前到来安置下来的余博士等人一道规划场地、补充人员、扩充设备，忙得把结婚的事都丢在了脑后。

药厂在省城外头，原本她还住在舅舅家里，后来干脆搬了过去，日夜泡在实验室里。

转眼冬去春来，燕归花开，婚期如约而至了。

他们循旧制，举的是传统的中式婚礼。

日子选在本月的十八日，是个极好的吉日。

照原定的计划，苏雪至须至少提前一周回家，准备待嫁事项，然后坐等贺汉渚前来迎亲，将她接去省城完婚。

上月，贺家老宅的改造进入了最后的阶段。贺汉渚放下事来找她，想带她一起过去看，如有不满意的地方，还能做最后的调整——当然了，这是借口，实情是他好些天没和她见面了，甚是想念。

谁知她却说事忙，出不去，想赶在结婚前把手头的事做完，她也完全相信他，让他自己看着办，就这么打发走了人。

这事是红莲讲的。那天她恰带着裁缝赶了过去给苏雪至试婚服，目睹了这一幕，回来就告诉了叶云锦。

现在离婚期就剩三天了，本该人在家中待嫁的苏雪至却不见人影——一周前，她为了找一个能制造大批量发酵罐的工厂跑去了外地。

红莲在家里左等右等，急得不行，追着叶云锦催促，要她再拍个电报过去，再不回怕就要赶不上婚期了。姑爷要是知道了会怎么想？

"上次姑爷特意找来，要带她去看房子，她说忙，丢下姑爷就进去了。当时姑爷没说什么，还笑着和我聊了一会儿，但我瞧他分明是有点失望的。这也没几天了，她还在外头跑，再让姑爷知道，怕是有些不妥……"

女儿的婚期逼近，叶云锦这几天也忙坏了，此刻在外头的铺子里。

苏雪至虽然口头答应会赶回来的，但现在还不见人，她本也有点着急，又被红莲这么一说，心里打鼓，正要去找兄长，让他催促女儿立刻回来，这时一个下人兴冲冲地找了过来，嚷道："女掌柜，小姐刚回了！忠叔打发我来告诉您一声，让您赶紧回呐！"

红莲高兴得不行，立刻和主母一道回了苏家。

叶云锦去找女儿，到了她的房间外，透过门缝见她连在外的衣服都还没来得及换掉，地上放着只行李箱，正坐在桌前埋头写着什么东西。

人回来了就好。她停在门外悄悄地看了女儿片刻，转头示意红莲噤声，不要去打扰她，自己也悄悄地退了出来。

转眼三天过去了，次日就是成婚的日子。

贺汉渚那边派人传话，他已到了，明日准时前来迎亲。

女儿觅得如此良婿，叶云锦心中只觉欣慰无比。但和这天下所有做母亲的人一样，这一夜，她也有些伤感。

她和苏忠等人最后核对了一遍种种事情，确定全都安排妥当才放下了心。这个深夜，她毫无睡意，独坐房中，怔忪之时忽听门口传来轻轻叩门之声，她过去开门，见是女儿来了，手中托着一盏烛台，静静站在门外。

"雪至？这么晚了，你怎么还不休息？"叶云锦惊讶，"明天是你的大喜日子，你要休息好，要不然人没精神就不好看了。"

"没关系，他不嫌弃。"苏雪至一笑，跨进门槛走了进来。

叶云锦也笑了，关了门。

苏雪至放下烛台，向她道谢："你们为了我，辛苦了。"

确实，为了她的婚礼，全家上下都忙得不可开交，苏雪至自己倒像个局外人，叶云锦、红莲还有舅舅他们替她包揽了所有事务，她只要坐等日子到来就行。

　　叶云锦笑道："和我也这么见外。我就你一个女儿，你要成亲了，一辈子就这一次，我有什么辛苦？我高兴还来不及。"

　　苏雪至没说话，凝视着她。

　　叶云锦被她看得有点不自在起来，迟疑了下，说："你怎么了？这么看我？"

　　苏雪至轻声道："娘，龙王前几天将水会大当家的位置传给了三当家。他就要走了，您知道了吧？"

　　叶云锦眼睫微微一动："怎么突然说这个？他劳累了一辈子，过的都是打打杀杀刀头舔血的日子，现在能卸下担子，是件好事。"

　　"你们往后……真的没有什么打算？"苏雪至迟疑了下，终于还是问了出来，接着又道，"娘，你们真的不必有任何的顾虑。这不只是我的想法，烟桥他也完全赞同！晚上我找您，就是想和您说明这一点。"

　　叶云锦点头："你们的心意，我明白。你们都很好。不过，我们已经这个年纪了，年轻的时候都过来了，现在还能有什么想法？"

　　她说完，见苏雪至默默望着自己，眸光含着不忍之意，她笑了，走到女孩的面前，抬手温柔地替她将了将渐渐长长的头发，柔声道："你们不必操心这个了。往后你们安好，于我而言，这辈子就无憾了——"

　　"我料他……应当也是如此。"她顿了一下，说道。

　　"娘！"苏雪至愈发不忍，还想再劝。

　　"雪至，做人不能贪心太过。真的，往后他无事，我也一样，就这样，已经很好了。"叶云锦摇头，打断了她的话，仿佛是在向苏雪至作进一步的解释，也仿佛是说给自己听。

　　苏雪至没再说什么了。

　　叶云锦不只是年轻时和水会大当家有过情愫和纠葛的那个女人，她还是天德行的女掌柜。就如同两条相交的线，错过了，延伸得太远，想再回头已是羁绊重重。年轻时的那种不顾一切只想心上人带自己走的血勇，不会那么容易便能再来一次。

　　人生大约就是如此。遗憾，才是永恒的命题。

　　就在这一刻，苏雪至愈发觉得自己是如此的幸运。

　　她伸臂轻轻抱住了面前的妇人，说："娘，晚上我想睡你这里，可以吗？"

叶云锦一怔，随即用力地点头。

"好。"她眼眶微微泛红，轻声说道。

这一夜，苏雪至和叶云锦同床共枕。她们都是不擅表达感情的人，话也不多，叶云锦只搂着女儿，就好像她还是个孩子。苏雪至更是生平第一次有了一种母亲在旁的安心之感。她静静地依在叶云锦的身边，闭上眼睛，沉沉地入了梦。

第二天，贺汉渚带着一支队伍前来迎亲，接她去往省城。排场之盛大，场面之隆重自不必赘述。当天晚上，他们停留在叙府过夜，全城为之轰动，烟花绚烂，倒映江面，水影融融，花月似梦。

江湾的大码头畔，水面漆黑一片。今晚半个城的人都跑去看热闹了，便显得这里异常安静，甚至透着几分寂寥。

一人立在江边，灰衣布鞋。他双手负于身后微微仰头，眺望着远处那不断冲上夜空的满天烟花，看得仿佛入了神。

王泥鳅带着一群人肃立在那人身后。片刻后，见他回头朝着自己招手，急忙快步走了过去。

郑龙王的眼底映着对面夜空之上的点点绚丽烟火，脸上含着淡淡笑意，道："我该走了。后会有期。"

王泥鳅心中满是不舍，还是没有彻底死心，又劝："大当家，我真的当不起这样的重任……"

郑龙王摆了摆手："我身体大不如前，早有托付你的想法。你不必自谦，我对你很是放心。你更不必过虑，往后真若有事不决，找烟桥商议就是。"

他面容带笑，笑容之中却透着威严。

王泥鳅一顿，颔首："往后我必带着兄弟们誓死效命贺司令，大当家放心。但我还是不明白，斗胆问一句……大当家，你金盆洗手便罢，为什么一定要走？"

郑龙王面上依旧带着微笑，平静地道："老三，我这一生，杀人无数，我已厌倦，也乏了。我早有心愿，想着将来倘若我侥幸能留残命，我便回往芦山，回到夹门关。我的父亲，还有许多当年死去的叔伯弟兄，他们全都长眠在了彼地。我愿回去，做个守陵之人。"

王泥鳅一愣，随即下意识地回头，飞快地望了一眼那座县城的方向，欲言又止。

郑龙王面上笑意渐渐消失。他转头凝视那方向片刻，又望了眼前方的满天烟花，那张被岁月之刀雕满坚硬的脸也变得柔和了起来。

"老三，现在这样，已经是最好。上天待我不薄了。"他低低地道，仿佛说给王泥鳅听，又仿佛在和自己说话。接着，他又望向王泥鳅，语气一转，笑道："倒是你，还有大把年华，往后若有好女人遇上了，记得收收心，好生待人，别再混下去了。"

王泥鳅面红耳赤，忙称是。

郑龙王含笑点了点头，最后深深望了一眼那个女人所在的方向，不再停留，掉头，迈步踏上了一条停泊在江边的小船。

船头的暗黑之处，一个光头大汉直起身，冲着岸上的王泥鳅等人拱了拱手，随即驾船离岸。

王泥鳅领着身后之人，于江边跪拜恭送。

郑龙王立在船头，笑了笑，拂手示意他们归去。

月影照江，在远处那隐隐传来的满城礼花声中，小舟随波渐渐远去。

苏叶两家在当地根深叶茂，亲友众多，婚礼当日座无虚席，贺汉渚那边也是高朋满座，冯国邦、马官生等人悉数赶到。

贺家老宅的大门外，只见车马如流宾客不绝。

暮色降临，灯火愈显辉煌。

一个白发苍苍的耄耋老翁也颤巍巍地出了门，拄杖坐在路口摆着的一张条凳上，一边瞧着热闹，一边用掉了牙漏着口风的嘴和围拢在近旁的人眉飞色舞地讲着当年贺家老太爷还在时的掌故。

众人也随之感叹，七嘴八舌开始议论。有说积善之家，必有余庆，贺家敦善，老太爷就是有名的乐善好施。也有说三岁看老，自己当年早就料到贺家后人非池中之物。

正欢声笑语，忽然一队人马从街口转了过来。领头之人坐在一匹高头大马之上，蓄着两撇精神的八字须，肩上罩着军呢披风，形貌颇有威势。

贺家大宅的正堂修葺一新，张灯结彩，摆着喜宴。

贺汉渚身着崭新的军装礼服，又人逢喜事，愈发显得剑眉星目，英气逼人。他被冯国邦等人拉住，众人起哄要他喝酒，正热闹着，忽然堂外传来一道声音："烟桥！咱们往日也是称兄道弟，今日你逢大喜，却不通知我一声，你这是瞧不起人了？"

这喝声如雷一般，登时将满堂的欢声笑语给压了下去。

众人全都停了下来，只见堂外大步走进来一个人，站定后，微微侧目望向贺汉渚，一脸的不快，颇有点善者不来的味道。

在座的不少人都是地方的头面人物，对这位不速之客自然不会陌生，正是王孝坤的得力干将章益玖。对于王孝坤和贺汉渚的关系，他们多多少少知道今非昔比，颇是微妙。见章益玖赶在这个时间到了，无不意外。

堂中霎时鸦雀无声。

贺汉渚循声转头望去，看见来人，起先微微一怔，很快他的脸上露出笑意，分开众人，大步流星地走过去迎接，笑道："不知章次长大驾光临，蓬荜生辉，没能远迎，还望恕罪。并非我怠慢，而是身处偏地，远离京师，你是大贵人，不敢打扰到你。"

章益玖转嗔为喜，哈哈大笑，走了过来，张臂和贺汉渚亲热地抱了抱，这才放开了他，上下打量了他几眼："你越发精神了！果然是要做新郎官的人，就是不一样！恭喜恭喜，实在叫我羡慕不已！"

寒暄完毕，章益玖又道："实不相瞒，我这趟赶来，除了向老弟你恭贺道喜，另外，也是带着一桩特殊的任务。"

叶汝川今晚高坐首席，刚才和特意赶回来参加喜宴的老友庄阒申在说话。他不认得章益玖，正有些紧张，忽见情势大变，原来误会一场，又听庄阒申介绍了下章益玖，说他和贺汉渚以前就是朋友，彻底松了口气，便走了过来，劝客入座。

章益玖听到他是叶家的舅父，毕恭毕敬地问好。

叶汝川红光满面，热情招呼："事情不急，难得你远道而来，又是烟桥老友，赶紧先坐。"说着让人安排入席。

章益玖笑道："舅舅，别的事可以暂缓，但这事却不能。我带来了大总统的贺礼。"

他从一个随从那里取来一只信封，双手递给贺汉渚："烟桥，这是大总统命我颁发给你的委任状。"

他话声落下，刚才起了笑声的喜堂里再次安静了下去，众人屏声敛气，全都看着贺汉渚。

贺汉渚看着章益玖递来的那只信封。他立了片刻，终于慢慢抬手，接了过来。

"多谢大总统的委任。汉渚必竭尽全力，为国为民，竭尽所能，不负重托。"

"另外，王总长也特意托我传话，恭贺你和苏小姐新婚，祝你们白头偕老，子孙满堂！"章益玖环顾一圈宾客，又笑着说道。

贺汉渚目光微动，脸上露出一缕微笑："也劳烦章兄，回去了代我和内子向王总长道谢。"

章益玖连声应好，随即转向叶汝川："舅舅，刚不是说请我喝酒吗？酒呢？我好不容易赶到，总算没有错过，今晚定要一醉方休！"

这是贺汉渚的地位得到了京师的认可，所以派了这个章益玖下来颁发委任状。虽说有无并不影响贺汉渚的实际地位，但有了这道委任书，名正言顺，锦上添花，自然更好。

叶汝川喜笑颜开，当即拉着章益玖入了座。其余宾客也纷纷上来，争相向贺汉渚道喜。

房间里，苏雪至在等着贺汉渚。为打发时间，她拿了自己正在写的论文稿纸，低头边看边修，正入神之际忽然听到门口传来一阵脚步声，知是贺汉渚来了，回过神，正要收拾资料，瞥见门口人影一晃，已经来不及收了，她顺手就把论文藏在了枕头下。

"你回来了？"她作势起身，要去迎他。

他视若无睹，径直过来，看了她一眼，随即俯身，手朝着枕头伸了过去。

苏雪至一急，扑了上去，死死地压住枕头，不让他看。

贺汉渚低低地笑出了声，从后一抱，将她抱住，顺势再将她压倒在床上。

"不许动。让我瞧瞧，你背着我，偷偷摸摸在干什么……"

他的唇贴过来耳语，又仗着身体的优势压制着她，随即伸出一臂，不顾她的反对，从枕头下摸出了她刚藏起来的稿纸。他看了一眼，带着她翻了个身，让她趴在自己的胸膛上，随即不满地抖了几下稿纸，挑眉："好啊，苏小姐！你不陪我看新房就算了，你在我去迎亲的三天前才回的家我也忍了，不和你计较。但今晚新婚之夜，你竟还抱着这个不放？"

"还我！"

苏雪至要从他怀里起来夺稿纸，他不给，虚晃了一下避开她的手，另一只臂一压，又将她按回在了自己的胸膛上。

"说，你将我置于何地？"他的语气充满了威胁的味道。

苏雪至有点心虚。自然了，她要是不心虚，也不会下意识地做出藏稿纸的举动，急忙解释："我对你全然信任，再说了，只要是你的家，就算跟着你住草屋，我也没有半点意见。还有，虽然我是在你迎亲前的第三天才回的家，但我耽误你迎亲了吗？"

贺汉渚一时语塞。他慢慢地放下了手臂，松开了手中的稿纸，任它们如蝴蝶一般散落在了床前的地上。

"哎，贺汉渚，你敢！我的论文！我的论文啊……"苏雪至急了，推开他，下床去捡。

他却笑个不停，拖住她，就是不放，说："明天我再帮你整理回来。"

"你故意的！"苏雪至真的有点生气了。

他看着她，笑而不语。

打是打不过，骂也没有用，苏雪至被他弄得简直没了脾气。

"我的夫人，你听好了，我不管你的工作有多重要，反正今晚，我要你补偿我……"

他凝视着她，振臂一扯，帐子应声而落。

下半夜，苏雪至闭目，静静地卧在身边男人的怀中。

"你还不累？不睡觉？在想什么？"他低下头爱怜地亲吻了下她的额头，柔声问道。

苏雪至闭目，回想着几天前的那个晚上，在府城，她和贺汉渚到的时候，舟已去了，唯有满江长波依然如旧。

"我想龙王了。"她低低地道，"龙王他是为了我们才走的……还有我的母亲，我不信她是那种为了世人的眼光和评价而活的人。他们经历了那么多，本是可以相伴终老的……"

贺汉渚沉默了下去。

苏雪至很快自己收拾心情，转而宽慰起他："怪我，害你心情也不好了。我其实也不难过，只是忽然有些感慨。从今往后，我们要好好的，比以前更好，我们永远在一起，不负他们的所愿。你说，好不好？"

贺汉渚将她慢慢地抱紧。

"好。"他用短促而有力的一个字，沉声应道。

第十三章

　　这是一个寻常的傍晚，贺汉渚提早从公务里抽身，揣着白天刚收到的一封电报，来到了卫生局的所在。

　　这里距他办公的督府只隔一条街，部门的设立是新府改善民生的举措之一，苏雪至在其中起了很大的推动作用，只是她现在的主要精力还在药厂，所以没有接受推举，而是担任了一个顾问的职位。每年入夏，是各种传染病肆虐的时候，今天卫生局安排防疫事务十分重要，她也来了。早上就是他送她来的，只不过为了避免引人注目，应她的要求，他没有送她到大门口。

　　现在他来接她，也是停在街口，让卫兵替他去找人了。等了一会儿，卫兵匆匆回来，说今天工作进行顺利，夫人下午就提早走了。

　　"知不知道去了哪里？"

　　"夫人没说。"

　　贺汉渚略觉失落，不过很快就驱散了这种感觉。

　　早上分开前，她说今天这里应该会很忙，可能要待一整天，让他不必管她，忙完了她自己回去。

　　她已成了他的太太，别人口中的夫人。不过，和从前相比，她的日常并没有因为身份或者称呼的改变而发生太大的变化。除了少数需要夫妇一道出席的公开场合，以及她全力推进的废除缠足、普及各种流行病预防知识等举措外，能吸引她的注意力的依然是她这几年来一直在做的青霉素。

　　实话说，贺汉渚有时有点嫉妒能和她一道共事的人。

　　早在去年有迁址打算的时候她便从国外订购的两台两千千瓦发电机组，经过漫长的辗转运输上个月终于抵达了。这些天，药厂那边非常忙。这边既然提早结束工作，以她的勤勉……

　　贺汉渚摸了摸兜里的纸，沉吟了下，改道而去。

　　他到了药厂后，发现依然失算，余博士说她今天没有来过。

贺汉渚只好再次折返。

等他回到家中，天色已经黑透了。

他觉得自己今天应该替她高兴的，但实话说，他的情绪有些低落。唯一的安慰，就是到家的时候，门房告诉他，她在家了。

"夫人今天回得可早了！"大约是少见的缘故，门房还特意提了一句。

贺汉渚精神一振，走了进去，在门厅处遇到红莲。

他们婚后红莲要求过来照顾她，她推辞不了。

红莲来迎他，见他眼睛望向后头，笑眯眯地说，她今天回得早，在等着他回来吃饭。

结婚也有半年了，但因两人都忙，能在一起坐下好好吃顿晚餐的机会寥寥可数。

贺汉渚心情又好了些，连日来笼罩在他心底的阴霾也暂时消散了。

他快步来到了起居之所。

门虚掩着，他推开。

桌上摆着用精美瓷盘盛着的菜肴，对面插在花瓶里的鲜花显然是刚精心修剪过，房间角落的唱机里放着乐曲，房间里的灯光温暖而明亮。

他感到意外，一怔，随即环顾一周，却不见她，正要叫她。忽然，直觉告诉他，身后的门边藏了个人。

他心念微微一动，却停在原地不动。果然，身后传来一声轻笑，接着有人从后出来，跳着一下抱住了他的后背。

贺汉渚的鼻息里扑入了一股幽幽的香气。

她应该是刚沐浴出来的，但却打扮整齐，穿着长裙，略施脂粉，笑得十分开心。而平日，如果不是有必要，她是极少作这样的漂亮装扮的，嫌浪费时间，还影响工作。

他扭过头，望着她，眼睛一眨不眨。

"惊喜吗？"她松开了搂着他的胳膊，在他面前站定，笑盈盈地问。

他点头。

她抱怨："没劲。你装的！"

贺汉渚低声笑了起来，顺势将她搂入怀中。他用自己的下巴蹭了蹭她香喷喷的蓬松而柔软的头发，深深地嗅了一口散自她发间的香味，随即转头，又看了眼身后的布置，迟疑了下，忍不住问："今天是什么特殊的日子吗？"

他刚才在心里已经飞快地想了一遍。不是他的生日，也不是她的。好像什么日子都不是。

"不是特殊日子就不行吗？"

贺汉渚一顿。

老实说，他知道她最近药厂的工作进行到了关键的时候，按理说，她是绝不会浪费时间的。但今天她竟早早回了，等他一起吃晚饭，他颇有点受宠若惊般的不适应感。他很快反应了过来，正想说点什么，以补救被自己破坏了的好气氛，她已笑盈盈地接道："你非要理由的话，理由也多的是。今天我们相遇两年九个月零一天，总计一千零一天的纪念日，是不是独一无二，值得庆祝？"

"今天也是我们成婚六个月差十五天，总计一百六十五天纪念日，是不是独一无二，值得庆祝？"

"或者，我告诉你，药厂攻克了技术和设备的难关，成功地批量生产出了第一批药剂，用在医院的病人身上，取得了很好的疗效，并且没有明显不良副作用的报告。这是不是值得庆祝？"

她说一句，贺汉渚就笑着点一下头。

她起先边说边笑，但渐渐地停了下来。

"怎么了？"贺汉渚略微不解，忽然若有所悟，拍了下自己的额，"怪我，搅了夫人的好心情。"他半是玩笑半是认真地说，正要道歉，却见她摇了摇头。

"你最近有心事吧，饭应该也没好好吃过。今天我正好有空，就提早回来了。其实今天什么日子都不是。只是忽然想到我们好久没一起吃晚饭了，我想和你一起吃个晚饭。就这么简单。"她用轻松的语气笑道。

贺汉渚望着她，沉默了。

他以为她忙得将他丢在了脑后，却没有想到她的心里一直装着他。就好像他的心里，也无时无刻总装着她一样。他感到胸腔里仿佛慢慢地涌出了一股脉脉的细流，如泉涌一般，无声无息地漫过他周身的每一寸所在，带走了他最近这些时日的所有疲倦和忧虑。

"你怎么了？"现在轮到她问他了。

贺汉渚回过神来，摇头，随即指了指自己的腹："我饿了。"

他脱了外套，解开衬衫领口的扣子，坐了下去，刚拿起筷子，被她阻止了："说了多少次了，老是不长记性！去洗手！"

他看了看自己的双手，一笑，放下筷子转身要走，下一刻她却又追了上来，手灵巧地钻进他的臂弯，就像只考拉紧紧地攀住了他的胳膊。

他低头不解地看她。

她冲他甜蜜一笑："我陪你去。"

苏雪至是真的只想陪他洗手而已。

但是男人好像有所误解。等洗完了手，她要带他出去吃饭了，却发现盥洗室的门被他带上了。

他背靠着门，堵住路，然后抱住她索吻。

"不是说饿吗。"她哭笑不得。

"现在不怎么饿了……先让我亲一下你……"他的嗓音沉而哑，带着浓浓的诱惑之意。

她惦记着外面一桌的菜——过了一会儿，她觉察到了他的最终意图，气喘吁吁地阻止。他却不听了，质问起她对自己的冷落："我们多久没在一起了，嗯？"

她抱着他的腰，脸靠在他的胸膛里，闭目回想。

好像上次还是十来天前？

"我是为你好。你那么忙，回来很累的，你需要休息。"她为自己的体贴做着辩护。

"胡说！"他冷声反驳，"是你累！每天晚上一上床，你就喊困！昨晚，我跟你说话，还没说几句，你就自己睡着了！"

苏雪至又回想了下。好像确实是她的问题。

但问题是，她真的累啊，又怎么能怪她呢……

"明明是你！就是你累！"但她才不承认是自己冷落了他，干脆在他怀里要赖。

"好，好，是我累。现在我不累了……"

贺汉渚看见了盥洗台。

她如果坐上去，他站着，高度应当也是很匹配的……

他忽然生出了想试一试的冲动。于是抱起了她，将她放坐到了台面上。

她没防备，双脚悬空，一只高跟鞋脱落，掉在了地上。

她一愣，随即很快便领悟了。

"不可以……我们该出去了……要不然红姨会怀疑的……她会怎么想……"

她的面庞浮上了浅晕，自己踢掉了另一只碍事的皮鞋，两只胳膊也很快主动地搂上了他的颈，好让他更方便行事，口里却还在坚持拒绝着他。

他看着她，目光变得暗沉了起来。

"她什么都不会想的……"他和她耳鬓厮磨着，耐心地哄着她，好让她完全地顺服于自己。

他的气息和来自他手掌的抚触令她很快便兴奋了起来。周围的这个私密的小空间更是助长了意乱情迷。感到她放弃了反对，甚至开始主动地胡乱替自己解起了衣物和皮带，贺汉渚更被撩得不能自控了。

他气息渐重，收臂，用力地抱住了她，忽然她的声音又在他的耳边响了起来："唔……你的兜里是什么？信么……"

她的指尖，无意碰到了他放在兜里的东西。

她依然闭着目，头靠在他的胸膛里，不过是随口问了他一句，他却停了下来。

片刻后，苏雪至等不到他，含含糊糊地问："怎么了……"

她在他的怀里，半歪着脑袋，眼波含媚，气息紊乱，长长的裙摆也被他撩了上去，白皙的长腿便毫无遮挡地曲在他的视线里，张扬而勾人。

这样的她，怎不叫人为之热血偾张。贺汉渚却忽然兴致低落了下去。不想破坏这难得的好气氛，听她催促，正要继续，她的敏感却令她觉察到了他此刻那微妙的情绪变化。

她阻止了他。

"你怎么了？"她仰起脸，困惑地问他。

"有事就说。"她补了一句，缩回了自己原本盘着他的腿，放下裙裾。

他的神色里露出几分懊恼似的自责，慢慢地吁了口气，一手依旧搂着她，另一只手从裤兜里摸出了她刚碰到的纸，递了上去。

"今天刚收到的。一个好消息。"

电报是京师那边发来的，请他转告苏雪至，今年将要在瑞士举行的世界医学大会将她列为特邀嘉宾，发函外交部，请她随团前去参会，并做一个交流访问的学术活动，时间大约需要半年。邀请人就是那位前年来参加过万国医学大会的怀特教授。

"大会的时间是下半年。考虑到路上的时间，如果你去的话，最近一两个月就可以做动身的准备了。"他侧过脸，注视着她。

"药厂已经进入正轨了，你不必再亲自跟着。还有，我妹妹之前写信回来，说她想我们了，你不也说你很想她吗？"他含笑说道，语气轻松，目光诚挚而恳切。

苏雪至看了他一眼，低头翻着手里的电文，没发声。

"你想去的话，尽管放心去。不必顾虑我。"

苏雪至再抬头，狐疑地盯着他："我怎么觉着你想我走？"

他一怔，随即失笑："怎么可能？"搂着她的手臂紧了紧，"我就是觉着……"他顿了一下，"这对你来说，是个很好的能充分展示你的能力的机会。不去可惜了。"

"相信我，我以你为荣，全力支持你的事业！"他又用强调的语气，信誓旦旦地说道。

她"唔"了一声，放下手里的纸，翘了翘自己裙下的光脚，随即探身找鞋。

他立刻弯腰，捡起她刚踢掉的鞋，再替她穿了回去。

"饿了，先吃饭吧。"见他直起身，再次望向自己，她笑说了一句，随即提着长裙，也不用他扶，自己从台面上轻快地跳了下去，丢下他开门走了出去。

几天之后，贺汉渚在家中接待了一位访客。

苏雪至回来的时候，天色已经黑了，他仍和客人在书房里密谈。她脱着外套，问红莲："来的是什么人，知道吗？"

红莲接过外套，摇头说不知。

"不过，看样子是远道从外头来的，应该是有什么重要的事。下午姑爷就带着人来了，不让打扰，我做好了吃的东西，也不敢送进去。"

苏雪至看了眼书房的方向，沉吟了下，没过去，继续往里去。

红莲叫住她，说给她炖了补身体的点心，让她去吃，先填填肚子。

苏雪至说下午在药厂吃过一点东西了，现在不饿，等贺汉渚和客人谈完事，再吃晚饭。

她进到卧室，洗了把脸和手，来到工作台前。坐下没一会儿，红莲就端着一碗小点心进来了，非要她吃几口不可。苏雪至没办法，只好放下笔接过，舀了碗里的糖水，还没吃两口，见她又瞥向自己的肚子，小声问她这个月的月事来了没，是不是有了。

"有什么？"苏雪至有点心事，神思略恍惚，随口接了一句。

"还有什么？就是有身子了啊！"

苏雪至差点没呛住，咳嗽了起来。

红莲忙走过来，替她拍背。

苏雪至止住咳，咽下嘴里的东西。见她一脸期待地看着自己，想她从来了后，好像一直盯着自己的肚子，天天忙着给自己和贺汉渚做各种补品，声称要补身体。苏雪至决定掐灭她这个不切实际的幻想，于是收了心事，放下吃的，站起来走到床前，拉开床头柜的抽屉，翻出里头的私密之物，示意她来看。

"这是……"

红莲之前没见过，不认得。

苏雪至告诉她，这是洋人造的避孕设施。

"红姨，我很忙，所以至少最近几年内，是不可能怀孕的。你以后不要盯这个了！"

红莲大失所望，更是不甘，反驳道："做事归做事，怎么就不能生娃娃了？又不用你自己养，你生下来就好了，有我们呀！还有贺姑爷呢，哪有不想做父亲的呀，何况贺家就他一个男丁，祖宗们都在等着呢！他是不是心里不乐意，就是拿你没办法？不是我多嘴啊，这么好的姑爷，打着灯笼也难找……"

"红姨，你想多了。"苏雪至听她越扯越没边，赶紧打断她的话，"他没半点意见！不但没意见，他其实也不想要，是他自己亲口说的。你以后不要老是再盯着我的肚子了！"

红莲"啊"了一声，愣了一下，反应了过来："这是什么道理？没理由呀……你和姑爷这么好，不趁年轻赶紧生，多可惜哇……"

苏雪至不堪其扰，打量她圆滚滚的身子，"唔"了一声："红姨你老说我瘦，我看是你瘦了才对。这段时间你费心了，不如我让人送你回去，你还是在家好好休息吧。"

红莲急忙改口说自己不管了，端起碗盏让她再吃。

苏雪至也就作罢。

这时，女佣匆匆跑了过来，说药厂刚打来了一个电话，有急事找她。

电话是小黄打来的，说刚才余博士带着工人在培养室做巡查记录数据的时候，亲自察看放置在最高层的发酵罐，人忽然发晕，摔了下来，头磕在了发酵罐上，流了血。醒来后，他自己说没事，简单处理了下伤口，就不肯去医院，问她有没有关系。

苏雪至立刻吩咐小黄，强制余博士躺下不要走动，说自己立刻过去。她让红莲等贺汉渚事毕出来和他说一声，随即带着医药箱匆匆出了门。

药厂和城里有段距离，贺汉渚替她准备了一辆汽车，每天由专人负责接送。她赶到的时候，余博士的头上包了块纱布，被小黄盯着，待在房间里，但却没有休息，还坐在桌前埋头整理着笔记。

"夫人，博士他不肯躺下，说这一批发酵正当关键，怕出问题，我也没办法。"小黄无可奈何地解释。

余博士责备他："不是让你们不要说的吗？又没什么大事，就是老毛病而已，加上这几天没睡好觉，这才晕了下，没站稳，就摔了下来。现在已经好了！"

他催苏雪至回去："我手头就剩一点今天的事了，很快就好！小苏你本来不用回来的。今天你都忙了整整一天了！"

苏雪至担心有脑震荡，或者更糟糕的——看不见的脑内出血。她替余博士仔细地检查了身体。虽然没发现异常，但还是不放心。

在她的坚持下，余博士停了工作，躺了下去。

苏雪至没有立刻离开，一边帮余博士做剩下的事，一边观察等待。到了晚上十点多，两三个钟头后，余博士没有异常，也没有出现头晕或者恶心呕吐的情况，她才稍稍放下心。

自己年轻，除了累一点也没什么，余博士的身体底子却一直不大好，跟随搬迁到了这里后始终在大强度地工作着。只不过之前他半句累也没喊过，自己竟就忽略了他的情况。苏雪至感到十分内疚，让余博士今晚无论如何不要再做事了，好好休息。

"小苏，我以前也和你说过的，蹉跎了大半辈子，我空有报效国家之心，却处处碰壁，无施展技能之地，以为自己成了一块石头，埋在土里，烂也就烂了，没想到遇到你，我这块石头变成了煤，能有一个发光发热的机会了，我不觉得累。倒是小苏你——"

余博士看着她，笑了起来："你和贺司令结婚还没多久，新婚燕尔，天天这样丢下他，见我们的时间比见他还要多。我恐司令心里是要怪罪我们这些人的。"

屋中其余的人都笑了起来，催她赶紧回去。

苏雪至莞尔。看了看时间，也不早，快要晚上十一点了，便不打扰他休息，起身告辞而去。

她走到药厂的大门前，丁春山手下人出身的一名警卫看见了，远远就朝她敬了个礼，随即立刻跑了过去开门。

汽车也停在一旁。司机已替她打开车门，在等着她了。

苏雪至弯腰坐进车里，这才感到这一天的疲乏都袭了过来。

警卫立得笔直，再次敬礼，目送汽车开出大门。

"贺夫人，请问，您是要回家吗？"前面忽然传来一道慢吞吞的问话之声。

这熟悉的，温醇的，带了几分磁性般的嗓音……

苏雪至倏然睁开眼睛，看了过去。

那人还在开着车，并没回头，背影一本正经。

苏雪至惊喜而开心，实在忍不住，伸手轻轻打了一下他的肩："居然骗我！"

贺汉渚笑了起来。他一边稳稳地继续为她开着车，一边用轻松的口吻说："礼尚往来。你替我做过司机，我效仿而已。"

苏雪至想了起来。那个晚上，她扮作他的司机，在大总统府的门外接到了他，还请他看了一场电影，打了一场小小的架，最后为了躲避警察，两人还躲藏在了中央公园里……

现在想起来，旧事依然清晰，便如昨日一般，历历在目。

她也笑了，笑着笑着，又慢慢地停了下来。最后她用双肘撑着身体靠过去，趴在前面的椅背上，注视着前面那道正专心替自己开着车的挺拔背影，轻声问道："今天的访客是谁派来的？要出大事了吧？"

贺汉渚没应，也没回头，他的一手继续握着方向盘，另一只手朝后探了过来，揉了揉她的脑袋，哄道："回家慢慢说。你也累了吧，靠回去先休息一下。我车开得慢些。"

苏雪至摇头："我不累。我告诉你，我已经想好了，我不出去了。"

贺汉渚一顿，车速慢了下来。最后，他停了车，靠在路边，回头说："多可惜啊，这么难得的大好机会。我重申一遍，我真的完全支持……"

苏雪至打断了他的话："没什么可惜的，学术交流将来有的是机会。其实你不说我也知道，外面的形势越来越不好了，对吧？所以现在，我最大的任务，是尽快造出尽可能多的青霉素，以挽救那些将要在捍卫国土的战争中不可避免流血受伤的勇士们的生命！"

去年日本人针对王孝坤的那次行动遭到意外挫败之后，本已提上日程的战争计划被迫搁置。不过，在其决策层的内部，关于是否应当无条件地尽快发动战争的争论其实一直都没有停歇。

现在局面有变，以横川为代表的一派相对保守，对立刻发动战争的观点持谨慎态度，认为时机没到，贸然开战，恐怕己方也要付出极大代价。

但另一派却无比狂热，叫嚣根本无须有任何顾虑，应当马上出兵。这种观点极受追捧，岛国上下全陷入了一种狂热的渴望对外战争的疯狂情绪里。

只是在最高层，由于横川一派的反对，这才迟迟没有得以决定。

战争计划在搁置了一年多后，去年岛国粮食歉收，矛盾变得愈发尖锐，激进派由此彻底占了上风，横川等人迫于情势压力也不再阻拦。

日军便利用此前已占领的半岛殖民地作跳板，制定了先行占领东北，再占领全中国的全面战争计划。

就在上月，日军用保护侨民为借口，炮击边境，开入军队。

面对日军的挑衅，地方以不敢自作主张为由，一边消极应对，一边寻求中枢之援。

王孝坤紧急召开军事会议，商讨应对。有人主张凝举国之力抵抗自卫，但不少人也声称以当下之国力决计无法战胜日军，切勿正面对抗，以免引发全面战争。

最后王孝坤指示地方军队，以大局为重，尽力周旋，竭力御敌于国门之外，却没有具体的措施，更不谈实质的支援。

其实这就是变相的放弃抵抗，是计划妥协，用那片国土来换取日军止步，只是没有明确指示而已。

不过短短一个月的时间，"周旋御敌"的结果就是丢掉大半领地。

热河的尚义鹏首当其冲，面临异常严峻的边防压力。尚义鹏激愤不已，不愿放弃抵抗，又担忧仅凭自己无法撑住压力和局面。今日的访客，就是他紧急遣来的密使。他请求贺汉渚出面，共商战事。

苏雪至听他讲完经过，凝视着他，轻声问道："所以，你是要走了吗？"

贺汉渚沉默了片刻。

"是。事态紧急，我已答应，明天就动身去往京师，无论如何，必须要让王孝坤做实质的抵抗措施。"他的声音不重，却隐含着一种坚定的意味，见苏雪至没应声，他顿了一下，"雪至，你听我说，我之所以这么决定，除了我和尚义鹏有私交之外，更是出于我作为一个中国人的底线。日军入侵之地，土地富饶，盛产粮食和木材，煤炭矿石这些战略物资也是取之不尽。如果不战便拱手相让，被日军所取，无异于以肉饲狼，将来必会引发更大的灾难。只要有一线可能，现在就必须要将日军赶出国门，没有任何可退让的余地。"

他说完，见苏雪至依然没开口，恐她在担心，于是又安慰："我相信国人多热血之辈，何况还有当地十万将士。上命未必就是他们所想。谁会坐看家园被占而无动于衷，只要还有几分血性，就会知道该当如何……"

"我明白，"苏雪至点头，望着他沉静而坚毅的面容，"你去好了，做你该做的事，我将以你为荣。"

贺汉渚深深地凝望着她，片刻后忽道："能陪我再去一个地方吗？"

苏雪至陪着他来到了贺家祖茔的所在。

这是位于距省城几十里远的一处乡野，贺家先祖在做官之前世代耕读于此。贺家在这里有一座老宅，是早年祭祖时用来暂居的住所。鲁二从京师跟来这里后，自己要求住了过来，看守祖茔。

苏雪至曾随贺汉渚来过这里一回，她替郑龙王为祖父敬了香。

通往祖茔的野径狭窄，汽车无法通行。贺汉渚将车停在路口，随即带着苏雪至，在月光的照明下，两人步行再次来到了祖父的墓碑前。

鲁二将周围收拾得干干净净，不见半根杂草。

苏雪至站在一旁，看着贺汉渚在墓碑前立着，月下身影静默。她没有发声，片刻后，见他转头朝着自己走了过来。

"走吧，回了。"他微笑道，朝她伸来手。

苏雪至却没有伸手给他，而是自己走到他刚才站的地方，说："祖父，我和烟桥下回再一起来看您，我们一言为定，您等着我们！"

她说完，朝墓碑恭敬地躬了个身，这才转过身拉起他的手。

"好了，走吧。"

贺汉渚凝视着面前女孩那张比月光还要皎洁的面庞，没说话，片刻后，慢慢地握紧了她的手，带着她沿着原路而回。

走了一会儿，他忽然停步说："累了吧？我背你。"

苏雪至摇头："不累。我自己走，可以的。"

他坚持："你累了。我来背你。"

"真的不用，我不累——"苏雪至笑着摇头，笑到一半，却见他已矮身下去，接着回头，示意她上他的背。

"听话，快上来。"他哄她。

"不累也没关系。我想背你。"他又解释了一句，语气温柔。

苏雪至看着月光下那转过来的半张含笑的英俊侧颜，脑海里忽然又闪现出了她第一次和这个男人相遇的情景。

也是这般的深夜，在一条游弋于古老江上的船中，如宿命一般，她和他相遇。

她的心在这一刻漏跳了一拍，想到明天他就要走了，极有可能他将直接去往战场，她再也忍不住了，整个人突如其来地微微战栗。

"好。但我可沉了，你要当心！"她笑得却很快活，话音未落，人便攀上了他的后背，两只胳膊也紧紧地环住了他的脖颈。

他低低地笑了起来，双手随即托住了她，稳稳地站了起来，背着她迈步沿着白色月光下的杳无人影的野径继续朝前走去。

他没再说话了，她也一样。

她的脸贴在他坚实的背脊之上，闭着眼睛，直到他停了下来，回到了停车的地方。

回城的路很远，离天亮也没几个钟头了。

他为她打开了后座的车门，等她坐进去。

月光如霜，她的半边身子还懒洋洋地靠在车门之畔，他便俯身朝她探臂，想将她扶正。下一刻，一根柔软的小指将他的指勾住了。

他一怔。

她轻轻地晃了晃他的手，什么都没说，贺汉渚便身不由己，弯腰跟她钻进了车里。

她将他压靠在座椅的背上，自己爬上他的腿，跨坐着，捧住他的脸，吻他的嘴。

车里黑漆漆的，男人仰着脸，被动地被她压靠在椅背上，动弹不得。他便低声笑，含含糊糊地说："怎么了，突然这么亲我……"

"我就是想亲你，不行吗？"她的话带着几分孩子气般的执拗。

她的唇瓣温暖而柔滑，仿佛一朵含着香气的玫瑰花瓣。

有谁能抵挡这样的吻？

贺汉渚不再说话了，在黑暗中闭目，靠在了椅背上，任她亲着自己。最后他慢慢地伸臂，将她紧紧地抱住，和怀中的人一道等待着天明。

战争炮火，隆隆不绝。

贺汉渚走后不久，局势开始变化。面对来自内外的施压，中枢终于有所行动，调遣各方出兵北上协同作战。

但日本人侵蓄谋已久，为达短期制胜的目的，不但投入巨大军力，当中多为精锐部队，武器配备更是精良。

抵抗作战异常艰难。面对惨重伤亡，不少奉命北上的军队为了各自考虑收缩不前。不少人宣扬双方实力悬殊，获胜可能微乎其微。

就在一片悲观和观望的氛围之中，以贺汉渚为首的西北和西南军奔赴前线，终于给这场出师便遭不利的卫国之战带来了希望的曙光。

他们联合作战，不惧牺牲，经过顽强的阻击，几次击退了来势汹汹的敌军。他们不但阻挡了日军南下推进的脚步，而且在不久前刚结束的一场会战中夺回一个被占的重要据点。那一战，日军投入的两个精锐师损失殆尽，一名素有战名、军中极有威望的少壮派功勋少将在指挥作战时被炮火击中。剩余部队被迫回撤，重整军力，保证补给。

这场胜利给了全国以莫大的鼓舞，社会各界纷纷以各自的方式进行支援。报章报道前线军队的英勇事迹，学生投笔从戎，市民捐金捐物，轰轰烈烈，声势浩大。

日军此战伤亡空前，加上天气炎热，普通的伤口也极有可能恶化，许多伤兵就是因为感染伤情扩大一批批地死亡，剩下的也如罹患绝症，只能躺在拥挤的伤兵医院里苟延残喘。

最后那名少将也在劫难逃。虽然医生已经竭尽全力，木村为了救人，甚至冒着炮火亲自赶到了前线医院，但面对病人反复不退的高烧，他同样束手无策，最后只能眼睁睁地看着眼前这位立下过巨大功勋的少将在昏迷中惊厥抽搐，最后痛苦地死去。

通常而言，武器不对等的前提下，战斗越是惨烈劣势一方的伤亡势必更加惨重。就在日军用一命换中国人两命的口号来激励士兵巩固胜念的时候，情报部门收到消息，中国军队的许多伤兵却能得到有效的救治，不但死亡率远远低于己方，负伤士兵重回战场的比率和速度也将己方远远地抛在了身后。他们当中的许多人甚至在几天后，伤情就得到了控制，完全有能力重回战场。这个发现，令日方的相关人员极其震惊，起初某些自负之人甚至不肯相信，认为绝对是情报有误。

他们还不知道，这就是青霉素所发挥的作用。

一箱箱的药物在保护之下被源源不断地送了出去。尽管已尽力扩大产能，但相比前线的需要还是远远不够。为了能救治更多的伤员，苏雪至和她的同伴以及工人们不分昼夜地工作。

战局终于发生了扭转。日方推进受阻，战初侵占的领土被一寸寸地夺回，加上人员伤亡之大、经济负担之重远超预期，岛国内不满情绪浓重，批评之声不绝于耳。

这种情况之下，原本并不赞同开战的横川也改了态度。骑虎难下，这场战争动员之大、耗费之巨可谓是举全国之力，已不能轻言后退。现在他能做的就是竭尽全力出谋划策，以扭转局面。他以最高顾问的身份，建议军方宁可暂时放弃已经占领的地方，也要收缩战线，集中兵力先全力打掉贺汉渚。

"他是最具实力，也最有威望的主战派将领之一，说是他导致了中国军队的全面联合对抗也不为过。很多和我们作战的军队的最高指挥人，他们之间是相互防备的。即便是他们的首脑王孝坤，我很确定他也远不如他所表现出来的那么坚决。但贺汉渚不一样，他是极其危险的敌人。如同一群豺狼围着一头猛虎，他们不敢直面，但当其中的一匹头狼咬了老虎一口，剩下的为了争食也会跟着上来。现在我们面临的，就是这样的局面。但是，同样的道理，如果这匹敢于上前的头狼被老虎反噬，那么剩下的因为猜忌或者别的各种原因，谁也不会再轻易出头领战，以免自己步其后尘。将贺汉渚的主力消灭掉，局面就有好转的可能。但是，如果你们再一次地失败，那么趁着现在还没到山穷水尽的地步，哪怕付出极大代价，也必须考虑回撤，为日后再做长远准备。"这是横川的原话。

军方采纳了他的意见，表面撤退，暗中却迅速地集合军力，拟对贺汉渚的主力发动一场规模空前的围攻战，以达到毁灭性打击的战略目标。

日军的战力不可小觑。军方的医学实验室利用早期研究麻黄得到的副产品造了一种能够令人致幻的兴奋药剂，称之为神药，据说有些特殊部队为了让士兵在战中冲锋，战前让士兵服用。

贺汉渚是见识过对手战斗力的，往往为了争夺一个据点可以反复拉锯，悍不畏死。现在战局还没到不可挽救的地步，根据其余各军战报，对方却接连撤防，十分可疑，早就有所准备。

血战持续了很久，在尚义鹏等部的支援下，最后终于取得胜利。

反击战的胜利不但令日军的翻盘计划破产，也直接导致了军方高层主战派的垮台，以横川为首的发声终于再次占了上风。日军被迫开始有计划地撤军，并与王孝坤接触，传达求和意图。

消息通过电台广播和报纸传开，举国欢庆，就连日子照常在过的省府民众也十分兴奋，谈及贺汉渚和他带出去的子弟兵们，无人不为之骄傲。许多人甚至在街上敲锣打鼓，涌到贺家和苏家开在省城的药店外放鞭炮，如过年一样热闹。

这一天，苏雪至原本和平常一样，在药厂忙碌。

这个消息她早几天前就已经提前收到了，但当她看到工人们自发地聚在一起，听着小黄给他们念报纸上的消息，欢声笑语之声传入耳中，她还是停下了手中的事远远望着，眼眶不禁微微发热。

这时药厂的人过来，说王泥鳅到了。

一直以来，青霉素的运送就是由他和陈英联合负责的，走的是一条秘密路径，力求快速之外更要保证安全。

青霉素的量产，除了电力需要保证之外，原料和试剂也是关键。现有条件下的最富效率的培养基是玉米浆。这期间是在傅明城的帮助下，尽量多地从南洋运来了他能搞到手的所需原料。

今天有批刚赶制出来的成品药，五千瓶，这是最后一批原料能生产的极限了。库存已消耗完，而下一批原料什么时候能到谁也没有数。

为了打破限制，苏雪至已经和余博士等人在研究是否能用别的容易得到的原料来取代玉米浆，但还远没到能正式投入生产的阶段。

现在，这最后一批弥足珍贵的救命药都已打包完毕，就在仓库之中，今天约好让王泥鳅来取。

苏雪至匆匆赶了过去。

王泥鳅正等在那里，见她来了，快步上前，朝她躬身问好，和平常一样，恭恭敬敬地叫她夫人。

苏雪至多次让他不必如此拘束，但他不听，苏雪至也就由他了。

五千瓶药体积不大，里外层层打包，几口大箱就能装下。王泥鳅带着人，很快接收完毕，随即告诉苏雪至，这一趟要是路上不出问题，大约半个月内就能送到前线，他会尽量加快速度。

苏雪至笑道："有劳了。"

王泥鳅忙说不敢。

正面的大战虽然结束了，但前线的医院必还急需药品。

接收完，苏雪至见他却没立刻上路，而是看着自己欲言又止，便问他有什么事。

王泥鳅迟疑了下，终于告诉她，他也是前几天听陈英提了一句，说贺司令受了点伤。

苏雪至的心仿佛被什么揪了一下，猛地看向他。

王泥鳅忙道："夫人不必担心。只是小伤，问题应该不大。"

接着，他告诉苏雪至，贺汉渚在不久前刚结束的最后一战中，腿部被爆炸后飞来的一块炮弹碎片插中，伤了皮肉。

前线的青霉素使用一直都十分紧张。在此之前，本常有几十支留存以防万一，供师级以上的高级军官使用。剩下的士兵为节省药物，如果不是伤重者，就用沾过青霉素的绷带包扎伤口，往往也能见效。但这事被贺汉渚知道后，下令不准截留，将药全部留给最需要的伤员。军医处只能照办。当时只剩最后几支，战地医生替他处置完伤后，拿出要给他用时，恰送来一个腹部重伤流肠的士兵，那还只是个少年，不过十六七岁，贺汉渚便拒绝了，让军医把药全部用在那个小兵的身上。

他本只是皮肉轻伤，也无大碍，但接着因为一场暴雨，在回撤途中被阻在一处山坳里，又遭遇了大股对他恨之入骨的断后日军发动疯狂反扑。可能是连日行军，加上雨水浸泡，据说他受伤的腿脚有些发肿，伤口一时难以愈合，而针对这种情况的有效药物青霉素却已没了。

陈英每次都会亲自过问药物运送的最后一程，从医生那里获悉消息，就发电报给王泥鳅，催促他这一趟务必加紧速度，不能耽搁。

"我想着，这事还是要告诉夫人您一声。"王泥鳅看着苏雪至小声说道，很快又向她保证，"您不用担心，贺司令肯定没事。我们水会的人也用人头担保，尽快将药送到！"

王泥鳅离去之后，余博士带着红莲来了。

这段时间，她吃睡都在药厂，红莲没办法，只能经常自己过来，给她送些吃食。一来二去，和余博士渐渐也有些熟了起来。

红莲见苏雪至独自站着，眼睛一亮，急忙撇下余博士飞快地跑了上来，让她跟自己回去。

余博士也上来劝道："小苏，我们的最后一批药顺利赶了出来，刚在发愁后续怎么办，就传来了这样天大的好消息，真是个大喜讯。现在原料短缺，新的又在试验当中，也不可能一蹴而就。你好久没回去了，还是和这位红太太回去，先好好休息。养好精神，才能继续工作。"

红莲眼巴巴看着苏雪至。

晚上，苏雪至被红莲接回家中。

她洗过澡，换了身舒适的家常衣裳，上了床，却睡不着觉，辗转良久。

她仿佛回到了那一夜，他们分开前的时刻。

他说，等驱走日寇他就回来，到时候再和她一起来看祖父。

"这里路远，不过你不用担心。你要是走累了，我就再背你，背到将来我老了，背不动你为止。"那个男人含笑在她的耳边低声说道。

苏雪至猛地从睡梦中惊醒，坐了起来，感到自己的心脏在扑通扑通地跳。

她环视一圈四周，认出这里是自己和贺汉渚的房间。她闭目长长地吐出一口浊气，随即睁眼一把掀开被子，从床上跳了下去。

苏雪至决定同去。

这个念头来得十分突然。大约是那梦境太过真实了，真实得令她心生不安。也或者，是王泥鳅转述的话引发了她源于职业习惯的顾虑。又或者，其实只是她想念他，这恰好给了她一个可以同行的理由罢了。

她上了那艘货船。在这条横贯中国东西的大江之上每天都来回穿梭着无数条这样的船，运载布匹、粮食、药材、沙、铁……

用这条不起眼的运茶叶的船送东西最是便利不过。

起先一段行程顺利无事。这段水路本就为水会所掌，能出什么意外？唯一需要重视的是正赶上丰水季，不少险段江水湍急，稍不慎便有倾覆危险。不过船夫无一不是精选出来的水会老手，在沿途的至险江段两岸也早有纤夫等待助力。就这样，顺风顺水，渐渐靠近两省的交界之地。

傍晚，船停靠在沿江的一处联络点过夜。再两日，货便上岸，改走陆路，交给陈英的人运送北上。

苏雪至落脚在江边的一处简易屋中。天黑后，她正要休息，王泥鳅匆匆找了过来，告诉她陈英的一名亲信刚刚赶到这里，传达了一则他从傅明城那里得知的消息。

木村一直关注着之前开始的那个医学研究项目，但实验室投入大量成本所得的研究成果却远不如他的预期。他们在所得的数据基础上得到一种新的药物，其功效类似阿司匹林，就效果而言更加卓著。但他渴望的是能够杀死引发败血症心肌炎等等绝症的病毒的药物。

开战后，己方和中方伤兵医院两者情况的对比，也令木村愈发肯定，造成这种巨大差异必定是出于某种之前从未有过的药物，而很显然苏雪至那边已完全掌握这种药物并投入了生产，为此他焦心如焚。

就在不久之前，他和横川亲自去视察一所设在中国的秘密实验室，督促该项目的进一步研究，不料出了意外。现场的一个研究员由于过于紧张，不慎打破一只培养病菌的试管，玻璃碎片恰划破了横川的皮肤。尽管当场已经做了能做的全部处置，但横川还是受到试管里培养着的葡萄球菌的感染，回去后身体便出现了症状，情况有些不妙。

"夫人！"那人走了过来，朝苏雪至行礼。

他作行脚商人的打扮，面带尘色，显然路上赶得很急。苏雪至立刻将他和王泥鳅让了进来，问道："傅先生还有说什么吗？"

对方颔首说，木村现在应该已经掌握了这条运送药品的路线，水路他无法插足，但极有可能在后半程下手，不计一切代价夺走这批救命药。

陈英紧急改换备用路线。原本和王泥鳅约好的交接点作废，派他来传消息，让他们推迟上岸，过江口有个联络点，他在那里接应他们。

苏雪至知道谈话中提及的江口距离这里大约还有四五天的水路。

王泥鳅沉吟了下，让苏雪至不必担心行程拖延，道："我们加速，三天内一定能够赶到！"

第二天，天光微亮，船就出发，水手齐心协力，在水上行船如飞，经过原本约好的上岸点不作停留，继续前行。

第三天，果然如王泥鳅所言，在第三天的傍晚船靠近了江口。

那里是几条支流的交汇之处，江面宽阔，枯水季宽也达十余丈，现在江水更是暴涨，江面比平常宽了一倍还不止，加上两岸险峰，江心处浪涛汹涌，上游又随着雨水冲下大量的泥沙，江水混浊，远远望去声势惊人。

离天黑还有一两个时辰，过江口不远，沿岸就有一个老镇，历来就是船家停泊过夜补充给养的地方。但此刻却一反常态，前方的许多船只停了下来，首尾相衔泊在两岸的水缓之处，已成堵塞之势。

王泥鳅命水手停船，派了个人过去打听。

很快，手下人带着几个船老大沿着江岸奔了回来，报告说前方江口的江心之上来了一条炮艇，封锁住了江口。

"炮艇是昨天开过来的，据说是上头的命令，不许任何船只过去。"

这几个船老大都是长年在江上讨生活的人，自然认得王泥鳅，见到他如见救星，纷纷上来诉苦。

昨天炮艇刚到的时候，有条船因为急着行路，试着要过，没想到炮艇竟悍然向着民船开炮，当场就把船给炸翻了。

"我们在这里已经被堵了一天一夜了！也不知道什么时候能放行。这叫什么世道！说封就封，还下这样的狠手！三当家，你想想办法！我们的船耽搁不起啊！晚一天，就要赔一天的钱！"

几人愁眉苦脸，向王泥鳅诉苦恳求。

王泥鳅眉头紧皱，站在岸边乱石之上，眺望了一眼前方远处那条隐隐可见的正游弋在宽阔江面上的炮艇的影，随即上船将情况告知苏雪至。

"这里已经出省，不过老九的人在这一带活动，我这就联络他，查下是怎么回事。"

天擦黑的时候，消息就传了回来。

炮艇隶属于地方军政府，是以前旧水军的内河艇，前两年加以改造，装了两门大炮，目的是为了控制水道。但就在昨天，炮艇被一群来历不明的人劫持，现在艇上还有一个地位不低的当地官员。

"怕伤了那个官，不敢靠近，也没办法对付，就这么任由炮艇在这里封江。"

气氛一下凝重了起来。

苏雪至望向王泥鳅："有没有可能劫持炮艇的就是日本人？"

王泥鳅点头："我也是这么想的。他们应该是想逼我们上岸，利于他们动手。货物紧急，陈英还在后头等着，这里不能耽搁太久，我和弟兄们已经商量过了，用龙王炮炸了它。"

这是现在唯一的法子。否则，就只能带着货上岸，到时候还不知道会有怎样的周折和危险。

龙王炮是一种传统的炸药，炮艇船体是厚实的钢板，将船底炸穿的可能性不大，目标是毁坏舵叶，令炮艇失去动力。以现在的水流冲击力，炮艇没了动力如同折断翅膀的鸟，很快会被江流冲走。

但是这个行动的难度非常大。龙王炮需人工控制，它以木箱作壳，内填火药，击发引火的装置是用一条长绳控制。惯常的做法是将绳索拉到岸上，用铁锚将水底雷系留水中，当目标船只接近时，岸上潜伏的人牵拉长绳，从而击发引火装置引爆火药将船炸毁。

但这个地方江口宽阔，无法远距离操控，必须有人下水在水下直接触发。而且，这片水域水底暗流湍急，江水浑浊，能见度又低。炮艇上的人一直在用望远镜监视对面，为防万一，要求行动人必须一口气鳧水数十丈来到炮艇之下，还要带着木箱，在转动的螺旋桨附近装好龙王炮。

水会之人虽个个精通水性，但能够在这样暗流涌动的水下一口气潜行这么远距离也并非人人能够做得到。王泥鳅从自告奋勇的手下当中挑了两名水性最好的，连同他自己一共三人，决定明天炸船。

当天晚上，龙王炮就弄到了。三人休息了一夜，等到第二天的上午，太阳光直射，水下能见度勉强堪用时开始行动。

苏雪至准备好了急救所需的一应之物，随后看着王泥鳅三人从船头跃下水，沉没在了水流湍急的江面之下，开始了紧张的等待。

王泥鳅下水前对她说，如果行动顺利，半个小时内炮艇就会被炸。

苏雪至不时看一眼怀表，又眺望远处的那条炮艇。她隐隐看见甲板上有人在用望远镜窥着这边。两只架着的钢铁大炮也对准这边的方向。

漫长而又短暂的半个小时过去了，炮艇依然在江心来回游弋，耀武扬威，王泥鳅几人也没见回来。苏雪至和同船一同等待着的水会之人都紧张了起来。几人正商议下水过去接应，忽然近旁的江面上冒出一个人头，是王泥鳅。很快，剩下的两个人也现了身。众人忙将他们接上船。

几人脸色都有些发白，大口大口地喘息，休息了片刻后，说水下的能见度比预想的还要低，又遇到一股暗流，体力消耗极大，只能放弃这一次的尝试，先行回来。

苏雪至见王泥鳅似乎有些羞惭，立刻安慰，不行的话，放弃这个计划，通知陈英一起另外想个稳妥的办法。

"不行，这是备用的唯一一条能保证后续安全的路线了。日本人连这样的事都干得出来，明显是发疯了。现在上了岸，被盯上的话，他们什么事都干得出来。夫人不用为我们担心，刚才只是去探了一下水下的情况，等熟悉了，一定能成功！"他的语气极其坚决。

苏雪至无奈，要替他们检查身体情况，几人都说没事，围在一起，低声商议了起来。

正午时分，日头直射最强烈的时候，王泥鳅和两名手下再次下水。但是依然无功而返。

这一次，他们协同合作，成功地追上了炮艇，并且将龙王炮挂到了桨叶上，但却出了情况，一人被桨叶带动的涡流卷了过去，幸好王泥鳅见机将人拖了回来，但他的手臂还是被打到了。随后几人潜开到安全的距离之外，拉索但却没成功，龙王炮也从桨叶上脱落，几人那时体力也是不支了，只能再次铩羽而归。

苏雪至立刻替那位手臂受伤的水会帮众处理伤口。幸而没有伤到骨，但皮肉也被割开了一道长长的口子，失血过量，苏雪至为他缝合了伤口，包扎好后，那人沉沉睡去。

两次尝试都失败，这一回还伤了人，这个计划比苏雪至想象中的难度还要大。周围的水会之人都沉默着，气氛压抑。

她从舱中出来，见王泥鳅一个人站在船头，走了过去正要开口，却见他转头朝自己摆了摆手，随即仰头眯眼看了眼日头。

"今天的日头不够用了，再拖延一天，事不过三。等明天正午，我再试一次，要是还不成我就听夫人的，咱们再另外想个办法。"

深夜，舱中闷热，苏雪至心事重重地从舱中出来，看见前方江口岸边的乱石上有道人影，是王泥鳅。他注视着远处那条深夜还在江面游荡的炮艇的影子，背影一动不动。

第二天的正午，日头高照。

昨天受伤者的位置，已被另一个昨晚连夜赶到的人所代替。王泥鳅带着两人准备妥当，他的两个手下先行下了水。他正要跟着下去，忽然转过头，对着苏雪至笑道："夫人，下回你要是见到了大当家，劳烦帮我带句话，就说，他交给我的担子，我尽力了。就是我没用，往后没法再替他分担事了，让他保重。还有，我还是觉着以前那样好，想干什么就干什么，自在！十八年后，要是还有机会再来，叫大当家别再把这么大的摊子交给我啦！"

苏雪至一怔，见他说完就快步走到船头了。她蓦然反应了过来，吃了一惊，下意识地追了上去："三当家，你——"

王泥鳅仿佛迟疑了下，忽然又回头，打断了苏雪至的话："对了，还有一个事，劳烦夫人了。说起来，也怪不好意思的……"他面露忸怩之色，看了眼岸上的那些手下之人，压低了声，"大概十几年前吧，我有个相好的，有天找了过来，说有了我的孩子，要我娶她。我给她钱，让去打掉，说就没打算过娶她，她打了我一耳光，也没拿钱就跑了。后来我后悔了，去找她，才知道她已经走了。再后来，等我找到人，她已经嫁了个小生意人，但死了男人，成了寡妇，还带了个儿子。我觉着对不住她，就说我再娶她，帮她养儿子得了，她拿刀子砍我让我滚，我就没再去了。往后劳烦夫人，逢年过节，帮我送点东西给她。"

他报了个地址，说完迅速转身，纵身一跃，身影便被江流吞没，消失不见。

苏雪至什么都明白了过来。

他这一趟，是抱着必死之心下去的。

昨天的第二次行动，是考虑到了人的安全距离，却因为水的阻力遗憾未能成功引爆龙王炮。这一次临下水前，他忽然给自己留了这样的话，分明是他的遗言。

她甚至都没有阻止的余地。

他一定是打算最后自己留在螺旋桨的附近，近距离引爆龙王炮，好打破封锁，将这一批能拯救很多人生命的救命药及时地送出去。

她冲到了船头，望着王泥鳅消失的那片江涛，眼眶发热。

苏雪至猜得没错，王泥鳅正是做了这样的打算，抱着一定要把炮艇炸掉的念头下了水。起先他和两名手下持着龙王炮，在水下朝着炮艇所在的江心方向潜游而过。

虽然顺流，昨天也已来回了两次，但江底礁峰林立，加上水体混浊，周遭看似平静，实则深流涌荡，不知什么时候就有暗波和旋涡扑来，方向也没有定准。一旦被扯进去，即便能够在这光线昏暗的泥沙水里再找回方向挣脱出来，体力也将大耗。

三人当中，以王泥鳅的水性最佳。事实上，整个水会里，除了年轻时候的郑龙王也没有谁的水性能比他更好了。

下水后，他的两名手下在他的引领下，于视线几尺之外便只见一片混沌的江水里前行，到了距那条炮艇还有二三十丈远时，为防被觉察，待先吸足了气，便完全地潜下了水面，闭气而行。

正午烈日当头，也算是上天助力，炮艇恰停了下来。

凭着万里挑一的水性和丰富的经验，三人终于带着龙王炮，成功凫到了炮艇的附近，朝着船底深潜而下。

比起前面路程中的危险，这才是真正的考验，稍有不慎，人与钢铁的船体发生擦碰，伤筋断骨便在所难免。终于有惊无险，成功地将木箱拖到了船尾。这里是炮艇的视线死角，也是直到此刻三人才终于能够得以借着艇身的掩护，上浮露头，换过气后，再次下潜。

桨叶匀速转动着，周围暗浪涌动。好在有了前两次的经验，这一回那两名手下配合王泥鳅的指令，试过几次之后，终于将连着木箱的钩子挂在了桨叶上方的舵柄之上。

万事俱备，只剩最后绳索牵引爆炸的一步了。那两名手下照下水前商议好的步骤，掉头迅速离了船底，潜出去后感觉不对，转头看去，见王泥鳅没有跟上，依然停在船底附近。

水会之人的水下活动是家常便饭，无论是打捞或者御敌都需相互配合，为便于交流，自有一套自己才懂的手语。两人停住，隔着数尺之距，隐隐见他做了个手势，示意他们马上离开，说自己再检查一下装置。昨天就是这最后一环出了纰漏，前功尽弃。二人知他心思缜密，此举应是为了确保万无一失，不疑有他。

为了确保能够达到目的，箱中所填的火药是平日的数倍。一旦成功击发引线，爆炸势必惊人，若是不在安全距离之外，即便没有被碎片炸到，以人在水中的游动速度，也躲不过因巨大水压而导致的内脏破碎或是昏厥。于是两人遵照指示，奋力朝着前方潜去。

王泥鳅看着两名手下的身影消失在了混沌的江水之中，再等待片刻，估计他们已经脱离危险圈，随即攥住牵引绳，转身潜出不到一丈的距离便停下，在水中稳住了身体。

他根据昨天的经验反复推算，知这个距离是在水下能控制的最远的点了。再出去些，就会和昨天一样无法成功引爆。

他也十分清楚，在这个点操控引绳爆炸，自己生还的可能性极小，几乎可以说是没有。但他别无选择。

他停稳身体，仰头看了眼头顶上的那尊炮艇，影子黑漆漆，犹如巨山压顶。他在心里骂娘，再不多想，心一横，正要拉索，忽然水下意外地传来了一道击打耳鼓的沉闷的嗡嗡之声，这声音震得他脑壳发晕，他勉强定神，发现不远之外，原本匀速转动着的桨叶突然加速，迅速旋转，带得挂在舵柱上的用锚球停稳的龙王炮箱体猛地在水中甩了起来，那根连接着挂钩和箱体的五股麻绳也搅了进去，瞬间就被高速飞转的桨叶给打断了，箱体失了牵拉的平衡之力，晃晃悠悠地朝着江面上浮而去。

"不好！"

王泥鳅打了个激灵。

龙王炮一旦浮出水面被发现，也就宣告计划的彻底失败。

他经历过大风大浪，很快稳住心神，双足一蹬，朝着脱离了位置的龙王炮追逐而去。

舰体微微晃动，开始移动，周围的水体被快速转动的桨叶搅得犹如一个沸腾了的无底旋涡，暗浪翻涌，望之生怖。

王泥鳅凭着超人的水性，借江面折射入水的微弱之光，在水下奋力劈波追逐，终于追了上去，伸出手猛地一抓，准确地抓住了那根在水中动如游蛇的麻绳。他把心一宽，正要拖着箱体下潜，不料斜侧一股暗流又朝他涌来，一下将他冲开，待他再次稳住身体想追已是来不及了。模模糊糊地，他看见那口木箱晃晃荡荡，在他头顶之上，就要浮出水面了。

王泥鳅心中一阵绝望，身体便随之失控，几乎就要呛水岔气。然而宛如奇迹一般，那只将要出水的木箱仿佛又受了什么力量的阻止，瞬间被压住，接着竟缓缓下沉。

他精神一振，脑子迅速清醒了过来，紧跟着控制住了身体，随即再次定睛望去，见混沌翻涌的江水之中，多了一道模模糊糊的人影。正是那人及时到来，出手助了自己一臂之力。

王泥鳅的第一反应是自己的手下去而复返了。

但很快，他就隐隐地辨了出来。

这道身影，他太熟悉了。那就是和他同舟共济，带着他行走了几十年

二八九

水道的结义长兄，郑龙王！

王泥鳅简直不敢相信自己的眼睛。

龙王离开后，王泥鳅每当感到重责压肩全凭咬牙方能勉力支撑下来之时，就会情不自禁想到郑龙王的一生，想到他对自己的嘱托，想不知何日再和他会面，此生是否还有可能？这个时候，他没在那埋葬了他少年时代的旧地守着群山和魂灵，竟出现在了这里？

正当王泥鳅震惊之时，见那道正在水中控制着木箱的身影回过头，朝他招了招手。

确定无疑了！

龙王来了！他的结义长兄！大当家！他终于回来了！

刹那间，王泥鳅热血激荡，胸中的那口气几乎再次失控。他极力定下神，潜凫靠近助他，很快稳住了那口危险的箱体。

王泥鳅这才睁大眼睛望向郑龙王，见他近在咫尺，朝自己微微颔首，随即做了个手势。

他明白了，龙王让他耐心等待，等时机到来，再次行动。

王泥鳅忽然觉得自己又有了主心骨。

一个能将水下的一切悉数掌控在手的人，一位坐镇着古老王国的王。他回来了，所有的压力也全都消失了。

他按下心中的兴奋之情，回复明白。

王泥鳅抓住机会迅速换气之后，再次龟息闭气，静静停在水中。

炮艇在江心来回又游弋了几趟，终于再次停下。两人合力推着木箱靠近，再次潜到船尾底下，熟练地配合，顺利将断了的绳索接回在了仍留在舵柄上的挂钩上。

王泥鳅随即转头望向郑龙王，想让他离开，却见他已抓住引索，迅速缠了几圈，牢牢地缠在了他的手腕之上，随即冲着自己勾了下拇指，指了指远处。

他在让自己离开。

王泥鳅怎肯，伸手去夺那根已缠上他手腕的索引。

郑龙王在水中一个腾挪便漂了出去，身形利落，宛如有股看不见底的力量在托着他悬空。

王泥鳅夺了个空，正要再追，却见他已停稳身形，朝自己再打手语。

只能成功，不可失败。

你的本事比我好吗？

有必成的把握吗？

离开，这是命令。

头顶水光模模糊糊，混沌的江水正不停地冲刷着他的双眼，酸而疼。他看不清楚郑龙王的面容，却能感觉得到他神色肃穆，如一尊漂立水中将一切悉数掌控手中的神明，凛然而巨大，完全不容半分反抗和置疑。

王泥鳅定住了。

他依然想夺，他知道这意味着什么。

但在对面那个熟悉的人威逼之下，他竟无法反抗。就在他愣怔的时候，又一股暗流冲了过来，他被冲得在水中翻了个跟头，正当他极力稳住身形之时，身后突然又多了一股极大的力道，仿佛有人重重推了他一下。他再也控制不住身体，随暗流晃荡着飞漂了出去，等他终于能够再次自控，转头时眼前只剩下一团模模糊糊的人影了，他极力睁大酸痛得几乎就要流泪的眼，眨了一下，再次睁开，眼前已是一片混沌，什么都看不见了。

江口的那头，苏雪至和水会的人已经苦苦等了超过半个小时了。不见他们回来，无论是王泥鳅还是他的两名手下，也不见远处那条炮艇有异动。它依然是老样子，时而在江心移动，时而停下，炫耀着它的威武。

正当她焦心如焚坐立不安，几名水会帮众商议要下水过去探查情况之时，忽然，她的耳中传入一声沉闷而巨大的爆炸之声。

这声音如开金裂石，余音若雷，在江口两岸的对峙山峰之间嗡嗡回荡，震得所有人都是一阵气血沸腾。

苏雪至猛地看去，见对面远处那条炮艇的尾部掀起了一排几丈高的巨大白浪，浪墙砸下来，将正在炮艇尾部的一个人卷下了水，瞬间吞没。

王泥鳅下水去炸炮艇之事，那些一同被困在这里的船家并不知晓。

已经三天了，对面那条炮艇丝毫没有要走的迹象，众人早就怨声载道，不知何时是头，突然发现如此大变，顿时兴奋了起来，呼朋唤伴，翘首观望，议论纷纷。

眼见那炮艇被浪涛给冲得开始在江心胡乱打转，再不复之前的威风，且船尾渐渐下沉，而船头大有翘起之势，原来竟是船身也被刚才那一下不知因何而来的爆炸给炸坏了，后头进水，就要沉下去了，又见艇上的人开始张皇奔跑，大声呼号，入耳之声竟隐隐是日本人的鸟语，这下众人愈发激愤了，大声痛骂东瀛杂种。

吵嚷之时那炮艇越沉越快，最后在江面挣扎了一下，彻底消失不见。

"日本人沉船了！走了！可以走了！"

江口处爆发出了一阵惊天动地似的欢呼之声，不知哪条船上竟还带着爆竹，没片刻，"噼里啪啦"放起了鞭炮。人人喜笑颜开，已被堵了三天的众人争相掉头，沿江岸奔回到自己的船上，数百密密麻麻停泊着的船只开始动弹了。

很快，前头的船争先朝江口顺流而下，当来到那条炮艇沉没的江心附近时，发现还有几人仿佛会水，竟坚持着仍未被江涛吞没，见船来了，本能求生，口中声嘶力竭地喊着"他斯开台"——众人不知这是在喊救命，只幸灾乐祸地指着那几颗在江涛里上下浮动着的人头笑。

一个船夫冲着奋力游来的日人狠狠地"呸"了一声："我看是你妈死了抬！你爹死了抬！你全家死了，一起抬！"

近旁另一船夫的同伴便在三天前那条被炸烂的船里，他恨得牙痒，红着眼，举起手中的船桨，对着一个已经游来伸手要攀上船舷的日人的头狠狠地拍了下去，那日人惨叫一声，脑瓜开瓢，往后仰去，就被一个打来的江浪吞没。船夫这才放声大哭，跪倒在了船底，流着眼泪用力地砰砰叩头，也不知是在拜天，拜地，还是拜水上人自古以来便奉谢着的水中龙王。

堵了三天的船只纷纷顺水而下，拥塞而嘈杂的江口渐渐疏通。

苏雪至和水会的人却依然没等到王泥鳅他们回来，众人沿着江岸喊名字，水性好的纷纷跳下了水。正到处找着，有人兴奋地高声喊了起来："夫人！三当家上来了！三当家在那里！"

随王泥鳅下水的两名手下先找到了，两人平安无事，但王泥鳅却还是不见踪影。两人回忆和他分开前的场景，这才顿悟，红着眼睛说，三当家当时可能是打算自己近距离地引爆龙王炮，将他们给遣走了。

苏雪至不愿相信，片刻前还活生生的一个人真就这样消失了。她在心中盼望着，奇迹能够出现，那个面孔黧黑、粗豪中又带了几分狡黠的精干汉子能平安无事地回来。

随着时间一分一秒流逝，水会众人的神色变得越来越沉重，气氛无比压抑。

她也被心中的难过和绝望之情给压得难以呼吸。就在她失去希望的时候，突然听到说找到了人，一时间狂喜难以言表。

在数百米外的一片江口的乱石滩上，远远地看见了王泥鳅的身影。

苏雪至彻底松了一口气，沉重气氛一扫而空，众人喊着三当家，冲了过去。见王泥鳅全身上下不停地淌着水，跪在乱石滩上，向着江心额头触地，一动不动。看着应是体力消耗过大。近旁，一个最早看见了他的水会之人，欢喜地向同伴讲述着刚才的情景："我在水下找了一会儿，光线太暗了，水也浊，暗流又急，我实在吃不消了，浮上来透口气，忽然就看见几丈外的水上，三当家也冒出了头……"

"三当家真英雄！"

"这是上天保佑！"

"回去了就祭神！"

众人无不兴高采烈，你一言我一语地说着话。

苏雪至却觉得王泥鳅有些不对劲，从兴奋中平缓下了情绪，走到他的身旁问道："三当家，你怎么了？是不是哪里受了伤？"

众人被她的问话提醒了，忙围了上来，七嘴八舌地问他的情况。

苏雪至问完话，见王泥鳅的头颈若有千钧之重。

他动了一下，终于，艰难无比地慢慢抬头。

众人这才看见，他双目赤红，竟在流泪，不但如此，额头应也被膝前地上的乱石给磕绽开来，鲜血不停流淌，沿着他的面容滴落，他却仿佛浑然未觉，目光悲恸至极。

众人大吃一惊。

男儿有泪不轻弹，何况英豪如他，谁见过他这般落泪？

何况这个时候当庆贺才是，他怎失态到了如此的地步？

周围安静了下来，众人望着王泥鳅，不敢发声。

他缓缓地转向苏雪至，哽咽着道："夫人……大当家……大当家他回来了……刚才……他让我走……"

苏雪至的心跳猛地加快，心里涌出了一种不祥的感觉。

王泥鳅语焉不详，但苏雪至却一下就明白了。见他停了下来，她飞快地转头，看了眼身侧的大江。

眼前江水滔滔，一片混浊，哪里还有什么人的踪影？

她扭回脸，直勾勾地盯着王泥鳅，心中怀着那万分之一的侥幸之念，艰难地问："人呢……龙王他人呢？"

王泥鳅闭目，再次睁开眼时，在苏雪至的注目之下，颤抖着声将水下的最后一刻讲了一遍。他的牙关微颤，额角迸着青筋。

"等爆炸过后，我再潜下去，我到处地找他，我找不到他了……夫人，大当家他——他没了！"

这个粗豪汉子说完，再次俯在江边，不停地朝着江心叩首，砰砰作

二九三

响，任自己额上皮破肉绽，鲜血横流，卵石染得斑斑红痕。

苏雪至手脚发冷，整个人无力地软坐了下去，望着江面，潸然泪下。

"大当家！"

水会之人从震惊中回过神，但凡能凫水的纷纷再次跃入江中，在爆炸的江心一带上下往返，努力寻找。

王泥鳅的体力恢复了些，也再次入江，扩大搜寻水域。

日头渐斜，水下光线愈发暗了，几尺之外便是昏黑。

众人出水，沉默着，一个一个相继上了岸。

那样的情况之下，便是真的龙王怕也不能全身而退了，何况肉体凡胎。下去找，不过是不愿接受，心存最后一丝侥幸之念罢了。

众人上来，有的坐在江边默默流泪，有的跪在乱石滩上如孩子般伤心号啕大哭。

王泥鳅脚步蹒跚地来到了苏雪至的身后。他在水中浸泡过久，伤口发白，两手的手掌皮肤也变得发皱。

"夫人，对不起……大当家是替了我，这才没了的……是我没用……"这个强硬的汉子此刻再次哽咽，嗓音哑得无法顺利发声。

苏雪至慢慢地收回了凝落在大江之上的目光，擦去眼角的泪痕。

"三当家不要自责。龙王是个顶天立地的大英雄，他既然回来了，那样的情况之下，不一定是替你，无论是谁，他都会做出那样的决定。他绝不乐意看到你这样。我们要做的，是继续前行，不要辜负了他的心意。"

她在江畔跪了下去，向着那片亘古东流永不枯竭的滚滚波涛，深深地叩首。

"陈英还在等着。我们上路吧。"最后她起了身说道。

王泥鳅抹了把脸，红着眼，扭头朝手下人嘶声吼道："都听到夫人的话了吗？收拾一下，上路！"

船过江口，抵达联络点，一行人终于与陈英顺利会合。

这个夜晚，当周围没了旁人的时候，她终于尽情地流泪，伤心地哭泣。这一刻，她愈发思念起了贺汉渚。

离去和辞别让活着的亲爱之人变得愈发珍贵。她多想立刻就见到他，好确定他是安然无恙的，然后扑到他的怀里，向他倾诉她的悲伤和后悔。

龙王一直记着他们。他从不曾有片刻真正地离开过。

苏雪至如此后悔，后悔之前她分明可以当着龙王的面亲口叫他一声爹。他应当也是非常期待的，然而她却没有。

还有叶云锦……

心里有着对方的两个人，本就该在一起的，难道不是吗？

然而确实不是所有人都能像她和贺汉渚一样幸运。那个孤独的女人，心中保留着的最后一缕记挂，现在也被收走了。

第二天，苏雪至红肿着双眼，压下心中的悲伤和遗憾，踏上了北上的路。

她还不知，在远方，她此行想要赶赴而去的地方，她的所爱之人此刻正陷入了新的困境。

上个月日军败退，正面作战宣告结束。

贺汉渚带着师团拟撤出自己的战区，去往几百公里外的一个县城。那里在战时是大部队的后勤中转点，设有战地医院。师团所携的弹药也消耗殆尽，计划到那里整修，救护随军伤员，补充给养，再与其余几支随后抵达的大部队会合。

但受天气影响，途经的密林道路毁损，行军移动缓慢，缺医少药，许多伤员急需得到安置。他本人一侧腿脚上的伤因疲于奔波久治不愈，虽然没有大碍，但渐渐有些影响行动。军医强烈建议他尽快到达县城接受更好的治疗。他考虑过后，接受了军医的建议。

师团大部队由豹子和几名团长率领，仍按照原计划行军，他则带着一个警卫排和一个营的士兵以及伤情最重的几十名伤员轻装上路。原本一周就能到达，但在半途却出了意外，与一支撤退的日本军队遭遇。

这支日军精锐以不要命的疯狂进攻方式而闻名，战中曾对中国军队造成很大的阻碍，指挥官更是一名狂热战争分子，绰号金刚，对贺汉渚极为仇恨。

按说原本这个时候，这支日军已经退走了，但不知什么缘故，对方竟转到了这里。

对面大约一个团的人数，是贺汉渚这边的三四倍，武器充足，金刚发现是贺汉渚后狂喜，不顾一切咬紧追踪，叫嚣宁可事后剖腹自裁，也要杀死战场上的大敌，复仇雪恨。

敌我悬殊，武器弹药不足，距离极近，随时可能开火，他们还带着几十名无法行动的伤员，想摆脱敌人已不可能。

贺汉渚当机立断，下令让丁春山带着一部分士兵护送伤员迅速上路赶往县城，自己则和剩余的人为他们打掩护，等伤员走后，他们就近撤往附近高地，利用地形掩护，等待后援。

随行的几名军官不约而同立刻站出来，让他去往县城，说自己愿意和剩下的人掩护，拖住后头这股突然冒出来的日军。

贺汉渚拒绝："我毫不怀疑你们对我的忠诚。但他们的目标是我。如果有足够的弹药补给，我会考虑你们的建议。但现在这样，是坚持不了多久的。没拖住的话，两边最后都是死路。我的安排，是最好的法子。"

在场的每一个人都很清楚，他的话是对的。

在一片死寂中，丁春山走了出来。

"我不走。司令你派别人执行护送伤员的任务。"

贺汉渚怒道："这是命令！"

"即便司令你当场枪毙我，我也不会领命！"

官兵用惊诧的目光看着他。

贺汉渚眉头紧皱。

"走之前，我曾向夫人保证过，不离开司令半步。"他迎上了贺汉渚投来的严厉目光，神色平静地说道。

气氛凝住，四周鸦雀无声。

他一顿，迟疑了下，改口："也好。你作战经验丰富，既然坚持，那就留下协同一道掩护吧。所有人，各就各位，准备迎战！"

第十四章

京师，章益玖的办公室里，他的机要秘书匆匆走了进来，递上了一封刚刚收到的电报，说："报告次长，前线战区刚刚发来的紧急电报！请您务必尽快回电指示！"

虽然战事停了，但许多新的事情又冒了出来，需安排调停。

章益玖早上起来忙得连口水都来不及喝，从堆积如山的文件里抬起头问："又怎么了？不是已经停战了？谁又在给我找事？"

他是战时最高指挥部的负责人之一，很多要务都是通过他这里传达下去的。

秘书报了一个名字，是他的人。但章益玖也知其人身在曹营心在汉——不对，应该反过来说，是身在汉营心在曹，此人墙头草两边倒，会看佟国风的脸色行事，现在在战区负责后勤调配。

"又怎么了？"他不耐烦地皱紧眉头。

"三天前，贺汉渚带着几百人，在回往大本营的路上遭遇了那个臭名昭著的金刚，他寡不敌众，退守到了附近的高地——"

"什么？"章益玖吃惊不已，猛地站了起来，打断了他，"这怎么可能！日本人现在怎么可能跑到那里去？"

秘书一顿："这就不清楚了。或许是迷路巧遇？总之贺汉渚的部下闻讯，赶去救援，但缺武器弹药，要求发放。电报发来就是等着您的指令。"

"我去他的！这还等什么！给我回电！要多少，马上给我发放多少！"章益玖急得眼睛都瞪了出来。

"是！我马上回电！"秘书匆匆要走，又被叫住。

"你给我加一句话，警告那个小子。他这回要是对我阳奉阴违，贺汉渚出了什么意外，就算有天王老子给他撑腰，老子也会把他的脑袋给拧下来！"他咬牙切齿，恶狠狠地补了一句。

"明白！"秘书大步而出，打开门，脚步一顿，停了下来。

"你还磨蹭什么？"章益玖大怒。

"次长……"秘书转头，面露为难之色。

章益玖抬头，一怔。

门外站着佟国风。他挥了挥手，后头一排手持长枪的士兵便将办公室的门守住，拦下了秘书。

佟国风对着章益玖笑道："章次长，前段时间你辛苦了，不如放个假。"

他踱步到了办公桌前，拿起桌上的电报，看了一眼。

"现在起，你的事，暂时由我接替，你好好放松一下。"

章益玖沉默着，似乎愣了片刻，忽地面现怒色，反应过来，拍案而起："凭什么？我干得好好的！你有总长的手令？没有就别来我这里撒野！"他指着门口的士兵，"还有这个！佟国风你什么意思？你是把我当犯人了？总长呢，他这是已经回来了？行！我这就去找他！他要是亲口说要撤我的职，我没话说！"

他神情激动，一把推开站在身旁的佟国风，大步朝外走去。

佟国风险些被他推倒，打了个跟跄，他的一个手下箭步上前，扶住了他，随即要去拦章益玖，被他阻止了。

"何必这么激动？"他对着章益玖的背影不紧不慢地道，"总长要过两天才回，是对我传达的口头命令。你要手令，等他回来了，自然会有。但现在……"他脸上依旧带笑，语气却是转冷，"你要是执意不从，那就是公然抗命了。"

章益玖停住，站了片刻，扭过头："好，好，明白了！既然是总长的意思，那我照办就是了！但是你带来的这些人——"他指着门口的士兵，"你别跟我说，这也是总长的意思！我对总长忠心无二，没功劳也有几分苦劳，无缘无故，总长要是这样对我，就不怕人寒心吗？"

"误会误会！"佟国风上来几步笑着解释，"这自然是我的安排，是为你休假期间的安全考虑。你也知道，现在仗虽然打得差不多了，但外头还乱着呢。我是怕你不安全，所以特意替你安排了些人手，好保护你的人身安全。另外，鉴于现在形势，希望你最好不要四处走动……"

"你给我闭嘴吧！"章益玖看起来愈发愤怒了，毫不客气地打断佟国风的话，"你还想限制我的行动自由？别以为我不知道，就是你在总长面前说我的坏话，挑拨离间，针对我，恨不得抓住一切机会打击我！我警告你！"他扫了一眼门口的人，"让我交事，可以！老子操心了这么久，不是到处灭火，就是忙着给人擦屁股，正不想干了！但你要是让我再看到这些人一眼，惹恼我了，到时候一枪崩了，别怪我不给你脸面！"他推搡开挡在门口的士兵，大步而去。

佟国风的手下追出去几步，很快回来。

"他走了！怎么办？要不要强制……"

佟国风脸上笑意彻底消失，略一思索，冷冷道："不必限制他行动了，但盯紧他，提防他搞小动作。"

第二天一早，佟国风就收到了关于章益玖昨天走后的行动报告。

章益玖叫了几个平日关系不错的高官去了一间俱乐部，喝酒跳舞，满腹牢骚。后来大概是醉了，竟当众骂佟国风狐假虎威。同行之人不敢说话，劝他回去，他不放人走，指责别人趋炎附势。他的那些朋友哭笑不得，也怕招来佟国风的猜忌和不满，想送走这个大麻烦。知他之前追求天城的那位唐美人，就怂恿他去，说正好唐小姐的戏院最近新演了一部戏，生意好得不得了，让他去捧个场。从俱乐部出来后，他半醉半醒，真就连夜上了去天城的火车。

"他乘夜车去的，今早七点多到，到的时候人还烂醉，在火车上下不来，是他随从打电话给唐小姐，那个女人去了火车站把他给接走了。"

佟国风听完，冷哼了一声："不只莽夫，还是个酒色之徒。看来是我高看了他。"他沉吟了下，"继续看着点，不能让他与尚义鹏那些人取得联系。只要撑个一周，问题就不大了。"

一辆汽车从天城火车站出来，开到一处带着院落的小楼前停下。

唐小姐下车，叫来两个下人，帮着章益玖的随行一道将呼吸里还能闻到浓烈酒味的人给弄了进去，送到房间。

她将下人打发了，关门后，看了眼躺在床上的章益玖，叫了一声，见他闭目一动不动，醉得还是很厉害。她便到盥洗室里，拧了一块湿毛巾，坐到床边，伸手过去替他擦脸。

擦了几下，章益玖慢慢睁眼，一眨不眨地看着她。

他的眼底虽还泛着宿醉的血丝，但目光却十分清明，醉酒应该是假装的。

唐小姐的手停了一下，但很快继续刚才的动作。

"醒了？"她招呼了一句，收手之时，被章益玖抓住了。

"谢谢。"他低沉着嗓，依然目不转睛地望着她。

唐小姐抽回了手，跟着站了起来，随手将毛巾扔在一旁，说："说吧，什么事？"

章益玖一怔，随即慢慢地坐了起来，揉了揉两边的太阳穴，苦笑："你怎么知道我找你有事？"

"你已经很久没和我联系了。今天一大早，你的人忽然打来电话，说你昨夜喝得醉醺醺，连夜坐火车来找我。"

她双手抱胸，打量了眼坐在床沿边的人，说道："女人，无论她身份高贵还是低微，有时为了达到更吸引对方的目的会采用类似欲擒故纵这样的小手段。而男人很少会这样。越是像你这种有身份有地位的所谓大人物，越没那么多的耐心。支配你们的，往往是这个女人当时给你们带来的冲动之感，而这种冲动通常来得快，去得也快。不再主动联系献过殷勤的女人，就表示他已经对这个女人失去了兴趣。何况这么久了——现在突然喝醉了酒，来找我？章次长，你现在要是二十岁，我大约可以相信。但你我都很清楚，你不是毛头小子了。所以，到底什么事？"

章益玖注视着神色平静的唐小姐，忽然笑了下："女人有时候太聪明，就会变得没趣了。"他摇了摇头，打量周围摆设，"这是你的香闺？接下来的几天，我大概要你收容了。"

唐小姐微不可察地皱了下两道精心描画过的细细的柳叶眉，但语气依然十分客气："章次长，最近戏院有新戏，我有点忙，如果你没事的话，我不便再陪你了。"

"唐小姐，当年王公子的大婚之夜，你不但欺骗，还利用了我，你就不打算向我道个歉？"章益玖忽然说道，笑容也没了。

唐小姐眼睫微微一抖，目光闪过一缕惊惧，但很快她便恢复了原样，却也没立刻开口说什么，只是望着章益玖，神色略带戒备，见他从床上下来了，大约仍带了些残醉的缘故，晃了一下，随即站稳了，盯着她。

"怎么，你很惊讶？惊讶我怎么会知道的？"他哼了一声，见唐小姐还是没开口，便走了过来，绕着她踱了一圈，最后停在她的对面。

"我是事后自己慢慢回过味的。平常我约你，你能推就推，便是出来了也从无主动。那次你却应得意外顺利，而且怎么这么巧，你来了苏雪至就消失了。我再一想，更不对了。你怎可能因为害怕一只老鼠，对我投怀送抱？后来我想明白了。她当时应该就在你的房间里！不巧我上来找你了，你故意把我引住，好给她创造机会离开罢了。可笑我色令智昏，竟还以为你真的对我也有意了，当天晚上人仰马翻，我还记挂着你——"

他猝然停住，盯着一言不发的唐小姐，点了点头："唐小姐，你很厉害，美人计用得得心应手，我被你玩得团团转。你说，像你这样的女人，我怎么敢再不自量力去招惹？说不定哪天被你玩死了，我都还不知道。"

唐小姐面露些微的尴尬之色，避开了章益玖逼视自己的咄咄目光，定了定神，终于道："既然你知道了，事情也过去了这么久，现在你突然来找我，提这个，想干什么？"

"干什么？你说呢？我还能干什么？我能拿你怎么样？是我自找的，我认栽。我这趟来，也不是为了扯旧账。"

唐小姐显然惊讶，又看着他。

他的神色转为严肃："我有事，需要你帮忙。或者说——"他顿了一顿，"不是帮我，是贺汉渚。他有了大麻烦，是事关生死的那种！"

章益玖说完，便留意到唐小姐的神色微变。虽早就熄了那个念头，但此刻见她还是这样的反应，心中忍不住又冷哼了一下，顿了一顿，将事情说了一遍。

唐小姐失色道："需要我做什么？无论什么事，我都可以的！"

她见章益玖又沉吟，仿佛犹豫不决，便道："你知道我为什么敬重贺司令？还记得我的戏院刚开张那天发生的事吗？廖寿霖被仇人枪杀。当时杀手冲了出来朝他开枪，一开始没打死，他胳膊中弹，被手下护着一边逃窜一边开枪回击。当时场面混乱无比，他的手下顺手抓住一个在我戏院里卖水果的小女孩，朝杀手推了过去。那孩子是我从前认识的一个算是前辈的女伶姐妹生的。她年轻的时候红极一时，被一个男人的甜言蜜语打动，动了真情，以为他真会娶她——当然，这是不可能的。男人后来再也没出现，她却已经生下了女儿。再后来，她生病色衰，坏了嗓子，穷困潦倒，找了过来求我，让我收容她的女儿。我就让她在我的场子里卖水果。第二年她病死了，那女孩还不到十岁，被债主看中。她叫我姨，又懂事，我不忍让她也落入火坑，帮她还了债，带了回来，让她继续在戏院里做事，想着将来再给她找个别的出路。我想去把她救出来，但两边都在放枪，我过不去。就在我以为那孩子要死在乱枪下的时候，有人冲了过去，冒着中枪的危险，把她带了出来，留在一个安全的角落，这才走了。那个人，就是贺司令。"

"章次长，你身居高位，前途坦荡，我不知道你为什么要冒着对自己不利的风险来帮贺司令。但我很清楚，我是为了什么。我承认，贺司令刚来天城的时候，我是怀着找靠山的目的接近讨好他的。但在那天之后，在我也明白了他不可能与我有什么进一步的关系之后，我对他就只剩下了发自内心的敬重。我心甘情愿为这样的人效劳，更何况我还欠他一个人情。所以你到底需要我做什么，放心吩咐，我不会坏了你的事。"

章益玖微微动容，慢慢吁出一口气，道："我不是不信你。我知道你可靠，而且，聪明又能干，否则我也不会想到你的。刚才我是忽然又犹豫，把你牵扯进去，会不会对你不好……"

他又看了她一眼，说："你确实是个少见的女人，那我就不瞒你了。我被人监视着，现在你的房子外就有人在盯着。我没法和我的人联系，就算联系了，也会被拦截下来。我想来想去，要找王庭芝，但他不在京师。现在仗打完了，他很快就要出国留学，前几天他被叫去了他太太陈家的一处别邸，还没回来。那些人应该不会特别留意你的，你找个机会出去，尽快见到他，把消息转给他！"

"这是我能想到的唯一一个法子了，试试吧。"他掩饰不住焦虑之色，"越快越好！我怕贺汉渚那边支撑不住，要出大事！"

唐小姐问清王庭芝所在，立刻道："你放心，交给我。我今天去戏院，找个机会出去。"她看了眼对方，又道，"你宿醉，应该不太舒服，就在这里好好休息吧，等我消息。"

她说完去了，走到门口，忽然听到身后传来声音："记住，你自己的安全第一！如果发现不对，那就放弃，千万不要硬来。"

唐小姐停步转头，见章益玖目不转睛望着自己，迟疑了下，朝他走了回来，道："上次骗了你，对不住了。你大人大量，万勿见怪。"

她说完，靠近他，飞快地吻了一下他的下颚，随即转身，撇下错愕的章益玖，转身匆匆而去。

三天后，王孝坤结束在外的巡视，圆满归来，返京之时排场巨大，万人瞩目。欢迎仪式结束后，他屏退左右，独自在办公室里。

片刻后，门口传来叩门声，佟国风走了进来，命人守在外。

他见王孝坤站在窗前，拿着用了多年的楠木老烟斗默默地抽着烟，他等了一会儿，赔着笑搭讪："姐夫，之前洋人公使不是送了你一支新烟斗吗？说是叫海泡石，极其珍贵少见，最适合做烟斗，您怎么不用？"

"不习惯，还是老物件好。"

佟国风感觉他兴致似乎不高，不敢多说，冲着背影奉承了两句，忽然听他问："贺汉渚那边的情况怎么样了？"

"他那边的几百人，应该已被金刚的部队包围在山头上，坚持不了多久了。至于他部下要的弹药，县城库房没了，最后一颗也发完了，只能紧急调运，等送到怎么也得十来天吧。另外我刚收到密电，说他的手下要强行闯军火库，岂有此理！这种军事重地，岂容强人？这是目无军纪，公然违法！附近部队已赶到，帮助维持秩序。有胆敢强闯的，不管多少人，一律以哗变处置，必要时就地正法！"

王孝坤沉默良久，慢慢转过身来。

"听说，章益玖也是你让他放的假？"

"是。我来找您，就是汇报这个事。当时情况紧急，您又不在，一时联系不上，我没办法，只能先这样处置了。"

"你的胆子越来越大了。章益玖这样级别的你都敢擅自动。你的眼里还有我吗？"王孝坤冷哼了一声。

"姐夫，我对您的忠心日月可鉴！章益玖表面忠诚于您，其实和贺汉渚穿一条裤子也不是一天两天了。您和贺汉渚都这样了，他难道看不出来？却为什么至今不和贺汉渚彻底划清界限？还不是因为他等着贺汉渚有天扳倒了你，他好继续做他的高官，发他的大财？就拿这回来说，要不是我动作快，他就已经坏了事！"

"那支日本军队是怎么回事？"

"我收到前方电报，说发现偏离了允许他们走的方向，可能是迷路，也可能是不甘失败，企图负隅顽抗，来个玉石俱焚博名声。姐夫您也知道的，那个金刚，是个彻头彻尾的战争狂……"

"所以你就把金刚引了过去？"

"姐夫，我也是没有办法啊！贺汉渚这个人太危险了。以前的事，他不知道，什么事没有，大家和乐。他既然知道了，咱们还怎么当没事？设身处地，换成是您，您会真的没有芥蒂？上次他虽然救过您，但要不是日本人当时掺了一脚，他会管您死活？现在仗打完了，他活着就是个隐患！等他没了，追封头衔、颁发最高勋章，给他最高的荣誉，他也算是青史留名，求仁得仁，此生无憾了。姐夫，我知道你对他有不一样的感情，但防人之心不可无啊！"

佟国风神色激动，一把摘了帽子，扑通下跪，重重叩头。

王孝坤紧紧地捏着手里的烟斗，良久，他闭了闭目，转过身去。

"出去。"声音听着有些疲惫。

佟国风知这一关过了，从地上爬了起来，拿了帽子正要走，不料已经反锁的办公室大门被人猛地一脚踹开，锁把掉落在地，门扇也重重地撞在了墙上，发出"砰"的一声巨响，震得天花板上的玻璃吊灯嗡嗡作响。

佟国风大怒，等看到大步闯入的那个穿着西装的人，吃了一惊："庭芝？你怎么回来了？你在干什么？"

王庭芝神色铁青，径直闯到了王孝坤的面前。

"立刻下令，马上打开军火库！给他们放行！"他的双眼发红，盯着王孝坤，咬牙切齿一字一句地说道。

办公室的气氛凝固住了。

王孝坤盯着儿子，眼皮不停地抽搐。

佟国风反应了过来，慌忙赶走门口的人，胡乱关门，奔过来挡在了王庭芝的面前。

"庭芝你疯了？你怎么敢这么对你父亲说话？"

"佟国风！"王庭芝转头，"就凭你指使人给日本人引路这一条，用汉奸的罪名枪毙你，也是半点儿都不冤！"

佟国风面露尴尬之色："庭芝你怎么说话呢，好歹我也是你亲舅舅——"

"我没你这样的舅舅！"王庭芝一把推搡开挡住自己的佟国风。

"庭芝！"佟国风却又上前，极力阻挡，"你还年轻，你不知道人心险恶，更不知道上辈子人的事，不要冤枉你的父亲——"

"滚开！我们父子说话，轮得到你一个外人插嘴？"

佟国风顿住了。

"你为什么不开口？你心里有愧是不是？他刚不是说人心险恶吗？"王庭芝点头，指着佟国风，对王孝坤继续道，"不错，人性能恶到何等地步，爹，我从你的身上，看得淋漓尽致！王家人在当年贺家的事里扮演过什么样的不光彩角色，做过什么样的亏心事，我早就猜到了。你分明知道的，四哥他不会再主动找你寻仇了，但是你却还是放任这种人对刚刚下了战场的四哥干出这样的事！不要觉得你是无辜的，被动的！倘若不是你一次次默许放纵，他敢这样肆无忌惮？更荒唐的是，这一切仅仅只是因为你以己度人，你不放心而已！你是人吗？"

"我以我生来所冠的姓氏，为我是你的儿子，感到羞耻！"

王孝坤脸孔涨红，肩膀微微发抖，"啪"的一声，狠狠扇了王庭芝一巴掌。

王庭芝面不改色："王总长，如果你不立刻下令打开军火库放行，我保证，明天的报纸上会登出我亲笔署名的文章，我会向世人昭告，我这个家族当年到底是怎样发的家，而现在同样的事又发生了。我的父亲，这个国家的实际最高统治者，他对一个刚刚浴血奋战过的民族英雄又干了什么样的不可告人的勾当！我相信，不少人应该还是愿意看到这种文章面世的。"

佟国风脸色大变，他毫不怀疑自己的这个外甥真会干出这样的事。他立刻冲到办公桌前，拿起电话，让人立刻分头出去检查，明天要登的所有文章，未经审核一律不许发表。

王庭芝冷眼看着佟国风的举动，冷笑："我的舅舅，你固然一手遮天，但你不会天真到以为全中国的报纸，都能受你掌控吧？"

佟国风不安地看了眼沉默的王孝坤，立刻挂了电话，改口："庭芝，你千万不要冲动！关于贺汉渚现在的事，应该是个大误会。要不这样，你先出去，我跟你爹立刻调查……"

突然，他目光定住。

王庭芝竟从身上掏出一把手枪。

他反应了过来，惊呼："庭芝你干什么？"

王庭芝没再理会他，举枪，顶在了自己的太阳穴上。

"爹，我数到三，如果你一意孤行，那么我就代替王家之人，以死向贺家谢罪。虽然我的死不值一文，但这是我唯一能做得到的事了。"

"我以我的出身和姓氏为耻。"

他语气平静，目光直视着对面的王孝坤，开始数数。

"一。"

"二。"

毫无停顿，他数完了三，接着，手指就要扣下扳机的时候，王孝坤咬着牙，低声喝道："发电报！"

佟国风吓得腿已发软，闻言这才回过神，急忙召进秘书，下令发送电报。

王庭芝慢慢地放下了枪，转身走了出去。

豹子于昨日赶到县城，被告知弹药库空了，因战事已结束，之前便没作补充计划，紧急调配需十来天的时间。

司令身边不过几百人，所携弹药无几，而这支从天而降的日军却似有备而来。他们收到消息追赶上去想要会合救援，发现对方不但人数众多，且武器精良，竟携有两架火力极强的重型机枪，占据住有利位置将他们阻挡在了道上。

部下当中，许多人本就差不多只剩空枪了，急需弹药补给。已经过去七天七夜了，司令那头的境况如何可想而知，就算是一天也耽搁不起。他也正是担心出问题，所以不顾一切地亲自赶了过来。

主管军需的那名刘姓营长客客气气，立刻指示下属以最快的速度将所需的弹药调送过来，为了证明自己所言不虚，甚至主动打开库房。

果然如他所言，偌大的弹药库空得几乎底朝天了，剩下的也都是些破铜烂铁，完全顶不了用。

刘营长解释："这里是军事重地，本来没有上令，是不允许外人进来的。我今天是为你破了例。你看，这就是剩的东西了，你要能用，全部带走！我真不知道会出这样的意外。要是知道，我就早做准备了。"

自然，他这是在做戏。数日前，他收到了来自上头的指令，命他限时将库房里的剩余弹药全部秘密转移。

他一脸的焦急无奈，称自己去盯着调配的事，让手下人招呼着，随即丢下人走了。到了第二天的清早，他在睡梦当中，被一个消息给惊起。

他的副官报告，豹子带着人离开了县城，但并非知难而退，而是直奔他们藏弹药的地方去了。

刘营长表面吃惊，大骂是谁走漏的风声，实则心里却是五味杂陈。

他也清楚这样做不得人心，自己的部下中不少人都知道贺汉渚的名声，恐怕不愿作对。其实就连他自己也觉着这样缺德。但上头的话说得十分露骨了，弹药绝对不能让他们带走。

刘营长当即召集人马赶去阻止。

但为时已晚，等他出县城，贺汉渚的人早就不见了踪影。新的消息说，山下看守的士兵放了几枪就作鸟兽散，已经给他们让了道。

刘营长骂骂咧咧，骑在马上终于赶到了工事附近，知这个时候，库房应当已被占了。就在他心里盘算着怎么向上头交代的时候，意外地远远看见前方路口拉起警戒，像是来了支军队，但不是自己的人，且人数不少。

他一时不知又发生了什么，便停了下来，派人前去打听。很快，手下跑了回来，报出番号，说是紧急赶到的，拦住了贺汉渚的人。

刘营长吃惊。他知道这是佟国风的亲信部队，主官姓方，上个月撤回来的，但驻地远在百公里外，没想到他们竟在这个当口赶到了，他催马过去。到了近前，见那个姓方的正和豹子在说话，称接到消息，因有日军依旧负隅顽抗，不排除计划攻击这里，这片地区临时被划为军事禁区，由自己接管，现在起禁绝通行，要求他们马上掉头离开。

豹子阻止了身后暴怒的官兵，盯着对方："如果不走呢？"

"这是军令，军令如山。照战时特别条例，我有权限处置一切我认为可能有威胁的危险行动。"他话音落下，挥了下手，身后他带来的士兵便在路口架起了一排机关枪，将枪口对准对面。

"怎么，你们还不走？"姓方的沉下了脸。

"你们要过也可以，先回去，我向上头请示，等予以准许了，你们再来！但是……"他的一双三角眼盯了一眼豹子和他身后的官兵，语气转为阴森，"你们要是为难我，那就别怪我不讲情面！"

气氛陡然变得紧张，空气里仿佛有火星子，一点就要着了。

刘营长缩在后，大气也不敢出，手心里捏着一把汗。

突然见豹子朝前迈了一步，厉声喝道："老子既然来了，不拿走东西，除非是躺着出去！"

他话音落下，身后官兵便涌了上来，发出的怒吼之声，几欲震耳。

那姓方的目露惊惧之色，慌忙后退了几步，吼："你们这是公然抗命？再敢上来一步，我就下令开枪了！"

豹子喝道："谁的命令？你敢当众说出名字？贺司令带着兄弟们在前线和日本人玩命，你们这帮混账东西，反而将枪口对准了自己人？"

他猛地扯开衣襟，指着自己的胸膛怒吼："冲我开枪！老子没了，后头的兄弟会跟上，有种就把我们全部打死！否则，别说什么军令了，就算天王老子来了，也休想我们掉头！"

他怒目圆睁，声若绽雷，目光所到之处，无人胆敢与之对视。

姓方的见情况不对，急忙扭头，大声命机枪手准备。

谁知话音未落，豹子突然扑了上来，以迅雷不及掩耳之势，一下将他制服，将他牢牢压在了地上。

姓方的额头一凉，脑门被顶上了一把枪。他这才明白过来，原来对方是醉翁之意不在酒，当着众人的面，他怎肯服输，威胁："你敢开枪？"

现场顿时收声。

豹子那双连着几天几夜已没合眼的双目充血发红。他居高盯着被自己制在地上的人，声音冰冷："叫你的人让开。再不让，老子崩了你。"

姓方的对上他的目光，气焰顿消。他有一种感觉，这个人不是在恐吓。但想到自己接到的命令，又不禁胆寒，他闭着眼，咬牙道："你杀了我吧。就算你在这里运走了东西，你以为路上就没事了？"

豹子额头青筋跳动，盯着姓方的，慢慢地勾动手指。

刘营长冷汗直冒，正想出来怎么打个圆场，就在这时，远处传来一阵疾驰的马蹄之声，他转头，见来了个通信兵，忙跑过去问了两声，顿时大喜，挥着手里刚拿到的电报，高声喊："最新命令！全部人都撤掉，哪里来的回哪里去！弹药按需发放！"

气氛一下就松弛了下来，路阻撤掉，刘营长急忙亲自将人带了进去，豹子等人没做停留，携着弹药和补给当天就动身赶了回去。

这时距离贺汉渚遭遇金刚部队已经过去了半个多月。面对疯狂进攻包围而来的日军，他和身边的几百人利用地形迂回作战，坚持到现在。

当豹子终于赶到，带着部下从外围将金刚的部队围剿歼灭，战斗结束之时，他们已弹尽粮绝了数日。豹子还没来得及松一口气，就获悉了一个不好的消息，贺汉渚腿上的伤有恶化的迹象，下山的时候已无法走路了，而且出现了持续多日的低烧状况。

几天后，贺汉渚被送到了设在县城的那所战地总医院。因为战争刚结束不久，各处临时医院的伤员在接受过初步治疗后还陆陆续续地被送来，所以军医们都还在，其中就有苏雪至从前的同学蒋仲怀。

蒋仲怀和几名军医在为贺汉渚做过检查后，不敢擅作主张，正好军医学校的和校长不久前亲自带着一批医学生奔赴前线，前几天他听说几十公里外的一处临时救治点有位重伤员急需手术，但人无法送来这里，便亲自赶了过去。蒋仲怀赶去，将校长接了回来。

和校长检查得非常仔细，检查完后，没有立刻开口，站在病床前，神色凝重。他身后的其余医生也是一样。病房里的气氛异常沉重。

贺汉渚坐了起来，看了眼众人，最后望向和校长，笑道："怎么了？都不说话？什么情况校长您尽管直说。"

和校长迟疑了下，终于说道："贺司令，你的腿伤拖得太久，没有得到应有的及时治疗，现在发炎严重。唯一救治的法子，是截肢，越快越好。"

病房里的气氛变得更加沉重了。

贺汉渚的目光微微一动，唇边笑意略凝，但很快，他的神色便恢复了自若，道："必须吗？"

和校长微微颔首："是。根据我的经验，再拖下去，不但这条腿保不住，感染还将扩大到全身，最后导致极为严重的后果，比如失去生命。"

"那就截掉它，尽快。我没有任何的问题。"他立刻说道，眼也未眨，仿佛那要从他身上被切除的是和他毫无干系的物件一样，毫不犹豫。

"劳烦校长您了，还有诸位。"最后他朝和校长和周围的军医们道谢，面上依旧带着笑意。

和校长看了他一眼，有些诧异于他竟接受得如此之平静。他怔了一怔，随即用惋惜的目光看了眼他的那条伤腿，点了点头："那么你先好好休息，我们再商量下手术的事。"

和校长他们走了，贺汉渚转头看向门外，见豹子和丁春山还站在那里，神色沉重，他拂了拂手，叫二人自便，见他们还是不走，笑叱："我还没死，你们这是干什么？哭丧？还不滚，该干什么干什么去！"

二人对望一眼，默默离去。

留下照顾他的护士走过来，给他测体温。

这时，有一个腹部缠着绷带的少年士兵怯怯地靠近，脸上满是自责，他到了病房门外，在护士惊讶的目光注视之中跪了下去，用带着哭腔的声音说："司令，都是我不好，是我害了你。要是之前我没用掉那几支药，司令说不定早就已经好了……"他一边说，一边不停地磕头，眼泪流了下来。

贺汉渚让他起来。

那小兵却不听，依然不停地磕头。

贺汉渚突然喝道："你给我起来！"

他的声音很大，十分严厉，那少年吃了一惊，抬起了头。

"男儿膝下有黄金。你活了下来，就是为了到我跟前哭哭啼啼？回去养伤！等痊愈了，将来要是还打仗，你给我冲在前头！"

那小兵呆呆地看了他片刻，忽然朝他又重重地磕了个头，这才从地上爬了起来，大声应是，低头抹着眼泪走了。

护士是位年轻小姐，刚被他那一声怒喝给吓到了，这才反应了过来。

"贺司令，您真的是我见过的最有勇气的人了。我在医院遇到过不少伤员，他们在战场上也不怕死，但如果不幸遇到像您这样的情况，没有不痛苦恐惧的。您是一个真正的英雄，能为您做护理的工作是我的荣幸。"她用由衷崇拜的目光看着贺汉渚。

贺汉渚笑了笑，客气地道了声谢，让她不必守在这里。

病房里最后只剩下了他一人。

贺汉渚的目光落到自己那条伤腿上，注视了片刻，面上笑意消失，取而代之的是深深的疲倦。

他慢慢地躺了下去，闭上了眼睛。

手术定在了第二天的上午，由和校长亲自主刀。他告诉贺汉渚，如果一切顺利，这场手术将在两个小时后完毕。

贺汉渚安静地躺在条件简陋的手术室的床上，闻着空气里浓烈的消毒水味儿，看着穿白大褂的医生在自己的面前忙碌地做着最后的准备。

最后的时刻到来，贺汉渚接受麻醉，一阵困意袭来，在他闭上眼睛前，进入视线里的最后一幕是护士端进来的一把放在盘子里的有着锋利齿刃的锯子。阳光从一侧的窗户里照进来，射在锯上，齿锋闪烁着微微刺目的冷光。

他在失去意识前，脑海里忽然浮现出了临走前的那个晚上，他在月光下背她走路的一幕。朦朦胧胧间，他仿佛又听到了她的声音。她在叫他的名字。那声音缥缈，仿佛来自他梦境的深处，又似乎近在咫尺，就回荡在他的耳边。

是太想她了啊，这个时候竟还幻听到了她的声音。

无边无际的黑暗袭来，他失去了意识。不知道过了多久，当他再次醒来时候，耳边静悄悄的，鼻间也还是那股医院里特有的刺鼻味。

贺汉渚的眼皮子动了下，在片刻的茫然过后便彻底地恢复了意识。

他知道，手术已经结束了。那条接受了手术的腿，大约是麻药还没褪尽的缘故，此刻并不疼痛，只是麻木，没有感觉，和之前一样。但是，却又和以前不一样了。再也不可能一样了。他的心里十分清楚。

当意识到这一点的时候，一股前所未有的沮丧和痛楚的感觉突然如潮水一般从四面八方朝他涌来，顷刻间将他整个人完全吞没了。

他失去了一条腿。

他闭着陡然酸胀的双目，迟迟不想睁开。仿佛只要不睁眼，这已发生在他身上的事就可以永远不用成真。

然而，这是自欺欺人，他的理智提醒他。没关系，他安慰自己。她不会嫌弃他的。曾经他担心自己没有未来，后来他们在一起了，经历了那么多，好不容易走到了今天。他还要陪她一辈子，汉渚谨诺，就像他从前冲动之下对她许下的诺言一样。

活着，回到她的身边，比什么都重要。

睁开眼，好好恢复，然后尽快回去，回到她的身边。她还在遥远的家中，等待自己……

忽然，仿佛有什么轻轻地爬到了他的面上，抚触着他。

很快，他就辨了出来，这是一只女子的手。柔软，温暖，仿佛带着无尽的爱怜，在温柔地抚摸着他脸庞的皮肤。

贺汉渚下意识地皱了皱眉，转头迅速地避开了那只手，随即睁开眼睛，看了过去。

他呆住了，他竟看见了苏雪至。

她穿着雪白的医生大褂，正微微俯身，站在他床边，伸手在碰他的脸。见他不悦地看了过来，便站直身体，收手插进了白大褂的衣兜里，朝他微微一笑，问道："醒了？你感觉怎么样，贺司令？"

贺汉渚一时失了反应，只定定地望着她，片刻后，他惊觉了过来，看了眼四周。这里是战地医院，但是这个时候她怎么可能出现在这里？

见他半晌没有反应，苏雪至不放心，又伸手探到了他的额头，感觉他的体温。

"还是有点低烧啊。"她自言自语，低低地咕哝了一声。

这一次，当这只柔软的手贴到自己额头上，贺汉渚终于确定一切都是真的。

她真的来了这里，然后守在他的身边，让他在苏醒过来之后，睁开眼睛，第一眼，就看到了她。

"你感觉怎么样？"她试完他的体温，正要收手，忽然被他一把抓住了，接着他将她抱住，搂入了怀中。

他抱着她，什么都没做，只是拥抱，紧紧地拥抱。

苏雪至起先一顿，随即柔顺地伏到了他的怀里，任他这样拥着自己，一动不动。

良久，她听到他在耳边说："对不起，以后我再也不能背你了……"

男人的声音低沉而压抑，凝涩无比，带着浓重的歉疚之情。

苏雪至起先一愣，随即明白了过来。她从他的怀里挣脱出来，微微歪着脑袋，端详了下他黑瘦得厉害的脸，抿了抿嘴："贺司令你是傻子吗？你不先看看？"

贺汉渚对上了她投来的视线，起先一阵茫然，忽然他的心头一跳，猛地坐了起来，一把掀开身上的被子。

他盯着自己的双腿，看了片刻，最后慢慢地抬起眼。

"在你手术开始的时候，我带着药赶到了。"

"我们真的很幸运。"

"我爱你，我的贺司令。"

她低语了一句，弯下腰，在他的额前，落下了一记温柔的吻印。

日暮的光从她身后的西窗里静静地射入，令她整个人沐浴在了一片朦胧的暖橘色光晕里，连鬓边落下的几缕细碎的发丝也犹如染了一层金。

贺汉渚这才终于能够好好地看她。

她眼窝微陷，下巴也见尖了。

他情不自禁地抬起手，爱怜地抚了下她的脸庞，"你瘦了不少。来的路上一定吃了不少苦吧？"

苏雪至笑着摇头，说没什么，但是笑着，笑着，她的眼圈忽然微微泛红。她迅速转头，顿了一顿，随即回过脸，又微笑道："你的腿虽然保住了，但刚做完手术，要观察效果，后面几天很关键。你需要配合，好好休息，我们不说话了。"

她扶着贺汉渚的肩，助他躺下。

贺汉渚听话地躺了回去。就在她吩咐他休息，说自己先出去找和校长的时候，他拽住了她的手。

"路上出什么事了？"他仔细地看着她的眼睛。

"你很难过。"他用肯定的语气说道。

苏雪至再也忍不住了，眼眶一红，泪珠夺眶而出。她将路上发生的意外告诉了他，虽然已经极力压抑着感情了，但眼泪不停地落下。

"我想叫他爹，还想告诉他，我为我有像他这样的父亲而感到无比的骄傲。可是他听不到了。"她哽咽着说道。

贺汉渚沉默着，将悲伤的她搂住，让她在自己的怀里尽情地流着泪。

天色渐渐暗了，夕阳收走了它最后的一片余晖。

他慢慢地握紧了她的手，在她的耳畔柔声道："无论龙王在哪里，他一定能听得到的，并且非常欣慰。你相信我。还有——"

他转过脸，看了眼窗外的沉沉暮色，面上柔情褪去，眼底罩了一层淡淡的寒霜。

"时间也差不多了。"他平静地说道。

第十五章

也是一个傍晚，夕光洒在海面之上。在东海的一片海域之上，一条军舰追上并拦截了一艘从南洋满载着货物归来的商船。

武器胁迫之下，商船被迫停止航行，眼睁睁看着军舰靠近。接着，商船很快被迅速登上甲板的日本兵占领了。船上的大副和水手看着全副武装杀气腾腾的日本人，心里未免有些恐慌。他们不明白，这些好几个月前就战败了的东瀛倭鬼怎么还不滚蛋。或者，是他们运气不好，茫茫大海之上，竟正好遇上了一条回往岛国途中的军舰，现在这些战败了的倭鬼要当海盗了？

不过，万幸的是，他们的大老板傅明城就在船上。因为货物重要，他为了能在当地筹措到尽量多的货源，亲自随船去了南洋，在那里奔走联络了几个月，不久之前这才返航。据说大老板和日本人以前有所往来关系不错，有他在，问题应该不大。

而当船上的一些人认了出来，那名最后登上甲板的看起来斯斯文文的日本人好像是木村，他们悬着的心终于又可以再放下几分。虽然诧异于这个在天城有着不错名声的日本医生怎么会出现在这里，但谁都知道，大老板和这个日本医生是朋友，关系很好的那种。

木村双手背后，阴沉着脸，登上了傅氏商船的甲板，在周围众多目光的盯视下走过甲板，进入了舱中。

这条船的船长刚才早已奔进傅明城的舱室，向他报告情况，见他依然低着头继续核对他手头的一叠账目，神色平淡。船长虽然焦急万分，但也不敢再多说，正要出去看看，听到脚步之声，抬起头见人已走到了舱室的门口。

木村站在舱门口，目光阴沉，和平日的样子截然不同，傅明城此刻也终于抬起头。船长知自己不便再留，朝傅明城躬身，随即屏住呼吸，经过脸色阴沉的木村匆匆退了出去。

傅明城放下手里的账目，看向木村，见他盯着自己，并不起身，只摘下眼镜，揉了揉鼻梁，随即直起身体，靠在椅背上。

"你们不是战败了吗？我听说你被召回国了，怎么还没走？这你都能找过来，佩服。"

"你以为你改了电台密码，就能逃得过我布下的天罗地网？"

"失敬！看来我还是小看了你们的监测手段。既然来了，那就坐吧，船上条件简陋，恕我招待不周了。"傅明城的语气轻松，脸上带着笑意。

木村大步走到了他的桌前，啪地将手里的一个档案袋重重地拍在了桌上。

"这可是当初你给我的！"他盯着傅明城，一字一句地说道。

"苏雪至实验室做出来的药，在战场上救着他们的人！而我们——"他抄起桌上的档案袋，狠狠地一把撕开，"照着你给的这东西，集合了全日本最精英的医学专家，花费了巨额的研究经费不说，还有宝贵的时间，最后搞出来的东西根本没用！没用！你令我颜面扫地！你叫我怎么交代？混账！混账！你欺骗我了！"

他再无平日那礼貌温文的模样，咬牙切齿，表情狰狞。

"我就知道，中国人不可靠！枉我和你推心置腹，把你当成朋友，你就是这样对我的？"

傅明城瞥了眼被他从纸袋里撕扯出来的纸张，淡淡道："焉知不是你们所谓的专家无能？否则，相同的实验资料，苏雪至能做出那种无论用何等溢美之词都不足以赞美其伟大的药物，而你们却不能？别忘了，这可是我应你的要求，好不容易才搞来的。如果是假的，当初你们所谓的医学精英团队又为什么认可了？你这是倒打一耙想推卸责任？"

木村显然愤怒至极了，但刚才的那阵发泄过去后，很快就冷静了下来，片刻后，他的喘气声慢慢平息了些，表情也恢复了，"哼"了一声："别再狡辩了！这根本就是完全不同的两种药理！"

他顿了一下，道："这一次的战争，我们虽然失败了……"他说到失败这个词的时候，眼睛里闪过一缕痛苦的光，很快接着道，"但只是一个意外！迟早我们会回来的！关于这一点，我毫不怀疑！至于你，你以为你躲出去几个月，我就只能回日本，拿你没办法了？我告诉你，只要是我盯上的，就算到了天涯海角，他也休想逃脱！"

傅明城"哦"了一声："所以今天你找到了我？你想干什么？"

傅明城语气里那种漫不经心的味道再次激怒了木村，他眯了眯眼，忽然冷笑了起来："傅君，我劝你在我面前不要玩手段，你玩不过我的！"

他环顾了一眼这间装饰豪华的舱室，继续道："你的这条船不错，应该是你父亲在世时置的吧？据说你们傅氏，这样的大船还有五条，常年往返在南洋海面之上，赚利丰厚……"他收回目光，盯着傅明城，"你们傅氏的船，如果在将来的某天，一条接一条，不幸全部被击沉，不说船的价值如何了，光是货主索赔，恐怕就足够让你傅氏破产。这可是令尊传给你的家业，我想傅君你再洒脱，应当也不至于无动于衷吧？"

傅明城遽然变色，笑容消失，怔坐了片刻，猛地拍案而起："木村你又威胁我？我告诉你，我受够了你的威胁！"

木村将他的色厉内荏看在眼中，态度反而缓和了下来，脸上挤出一丝笑意："傅君，原本我想不明白，你为什么要背叛我们的友谊。后来，当我知道了苏雪至竟是女人之后，我想我大约能理解你了，所以我决定谅解你。而且，既然上次你背叛了我，那么说明你和苏雪至的关系现在应该还是不错的。我愿意再给你一次机会，用以修补我们的裂痕。帮我做两件事。"

"第一，以最快的速度，拿到药的真正资料！或者，替我把苏雪至秘密地弄过来，我要带她一起回日本——"见傅明城似要开口，他接着道，"我当然知道，这不是件容易的事，她是贺汉渚的女人，而贺是现在中国最有权力的几个人当中的一个，她自然会受到极为周全的保护。你只需要把她给我从她现在所在的地方诱出来，剩下的，我自己办。怎么样？你考虑一下。"

"你不会以为，你们的政府有能力在海上保护你傅氏的商船？"半晌，见傅明城不说话，木村鼻孔里"哼"了一声，高傲已然尽显，"就凭你们海军那几条传下来的破铜烂铁？"

傅明城沉默了良久，终于抬起头，说道："木村君，你猜得没错，上次那件事，我之所以没有尽力，确实是因为我仰慕她。我早就知道她是女人了，不愿对喜欢的女人做背叛她的事。而你又催促甚急，我怕你会对她不利，所以……"

他停住了。

木村大度地摆了摆手："你们中国有句老话，英雄难过美人关，我能理解。你们还有句话，亡羊补牢，未为迟也。怎么样，你想明白了吗？"

"你放心，我绝不会对她不利的。像她这样的人才，我前所未见。我有很多问题想要和她探讨！我绝对将她奉为上宾！"他的眼里闪烁着兴奋的光，又用强调的语气说道。

傅明城迟疑了下："但是，如果没有足够的理由，即便是我，恐怕也很难能将她骗出来，除非……"他看向木村，"你们在中国不也设立了一个秘密医学研究中心吗？中心里的样本你们是如何处置的，地方在哪里。你给我医学实验室的资料，我用这个做诱饵，或许她才会出来。"

木村看着他，呵呵地笑："傅君，如果我相信你，你又背叛了我呢？听好了，现在不是你和我在谈条件，是我在对你下命令！要么你给我尽快弄来药的秘密，要么你把她带出来！我没时间了！至于什么法子那是你的事！别忘了，现在就在舱外，军舰的炮口在对着你的这条船，茫茫大海，本就是片充满了危险的地方，谁知道，下一刻会发生什么……"

傅明城和木村对视了片刻，从抽屉里取出一只小瓶，托在掌心，慢慢举了起来。

"木村，你看，这是什么？"

木村望去，见瓶中装着白色粉末样的物质。

"什么？"凭直觉，他的心跳突然有所加快。

果然，下一秒，他就从傅明城的口中听到了这样一句话："这就是你苦苦想要得到的那种神奇的药，它要求现配现用，否则会影响药性，所以为了方便路上运输和储存，制成这样的干粉末状，你看清楚了……"

他用手指上下捏住小瓶，在空中晃了几下。

木村的心脏一阵狂跳，睁大眼睛，死死地盯了片刻，眼里射出了贪婪而狂喜的光，迈步就要过去。

傅明城突然喝了一声："站住！"

木村一愣。

"我听说，你的老师横川先生高烧不退，眼看就要不行了。我还听说，他现在最大的愿望是死在他的家乡？他少年离乡，但对故乡深沉的爱至死未消，真是令人感动啊。为了满足他这最后一个愿望，虽然担心海上颠簸，但你们还是遵照他的意思，用军舰将他送回去。应该就是这条吧？"

"出于人道主义，我真的深表同情，但说真的……"他的唇边露出了笑容，"他早该死了！这个利用了中国民众的淳朴和善良才顺利走遍了中国的老间谍，早就该死了！"

木村一愣，反应了过来，勃然大怒，却见傅明城走到了舱室的一道舷窗前，看了眼外面，又看了看手中的药瓶子，抬手——木村心中掠过一阵不祥的预兆，喝道："你要干什么？"

"不过，念在我也吃了他几顿饭，听过几句他的教诲，这瓶本或许可以挽救他生命的珍贵的药，就送他吧，权当是陪葬——"

"住手！"在木村发出的一道撕心裂肺般的吼叫声中，傅明城手臂一扬，药瓶子在空中划出了一道流畅的弧形线，从舷窗里飞了出去。

"药！我的药！"木村狂奔到了舷窗前，半个身体几乎都探了出去。

船体的水线之下，满目海涛。夕阳已落下了海平面，海水晦暗，哪里还有那只小药瓶的踪影？

木村在舷窗前僵了片刻，慢慢转头，怒目而视，眼中喷射出骇人的凶光。

"傅明城！"他牙齿咬得咯咯作响，猛地掏枪，抬了起来。

傅明城却是坦然不惧，坐回到了桌后，看着他。

两人对峙了片刻，木村慢慢地又放下了枪，蓦然扭头，冲着门外大吼："来人！"

没有动静。

他一连吼了好几声，始终不见人进，又见傅明城的唇边噙着冷笑，气定神闲的样子，他心里再次掠过一丝不祥之兆，转身正要去门外察看，却听傅明城悠悠地说："你刚不是探头出去了吗，没看到外头的情况？"

木村僵了一僵，再次奔到舷窗前看了出去，顿时惊呆了。只见附近不知何时，竟又开来了几条军舰，没挂国旗，但舰身标志却是一目了然，是西洋人的军舰，已将他的那条船围了起来。不但如此，几架消防用的水龙正冲着他的军舰疯狂地喷洒着不知是什么的液体，甲板上已湿了，留在舰上的士兵躲着喷射，四处逃窜，狼狈不堪，竟无人开枪反抗。远远地，他好像看见了贺汉渚的身影，他似乎拄着一根拐杖，高高站在一条军舰的甲板船头，和身旁的一个西洋人在谈笑……

一阵风吹来，木村闻到了一股浓烈的汽油味。

他惊呆了，几乎不敢相信，还没反应过来，从外冲进来了几个彪形大汉将他一把牢牢扣住了，迅速地缴了枪。

木村奋力挣扎，口里怒骂不绝。

丁春山发了狠，上前用枪托狠狠地砸了一下他的脑门，一股污血流了出来，木村闷哼一声，一下跪在了地上。

"木村君，你不是个中国通吗，张口闭口你们中国有句古话。那么螳螂捕蝉黄雀在后，这句话我想你应该不会陌生吧？"

半晌，木村慢慢抬起满是血污的头，盯着傅明城："我明白了！你故意泄露了行船方位，设下圈套。还有西洋人做靠山！怪不得……"

"还不是被你逼的……"傅明城长长地叹了口气，"贺司令作保，我分一点股份给那个海军司令——"他语气一转，"实验室在哪里，不说出来，你船上的几百人，还有你那位可敬的、人格高尚的、满心想着回去好死在家乡的横川老师，还没死于金黄葡萄球的感染，恐怕就要先葬身火海了。"

木村面如死灰，坐在地上，紧紧闭着眼睛，半晌，从齿缝里挤出了一句话："我要见苏雪至。否则……否则，我安排在中国的人，就将实验室里的细菌播散出去，到时候……"

他睁开了眼睛，满头的血污，眼里闪着狰狞的光，令人不寒而栗，哪里还有半分从前那个医院院长的仁善模样？

"我去你娘的！！"丁春山一脚将木村踹翻在地。

木村只呵呵冷笑。

这时，舱室的门外走廊上传来皮靴落地发出的踏步之声。

木村抬头，见舱门外走进来了一道身影，是个女子。她穿了件典雅的维多利亚领亚麻原色衬衫，外罩裁剪合体的男士小马甲，格子长裤，脚上是双小羊皮的靴子。大约是为遮阳，头上还戴了一顶带檐边的黑色绅士帽，帽下露出一缕大约是被海风吹得垂落了下来的卷发。

这身打扮若是换成别人难免有不男不女不伦不类之嫌，但在她的身上，一切看起来却都是那么的自然，潇洒利落之余又不失女子自然之美。

"夫人！"丁春山立刻尊敬地叫了她一声，随即快步迎了上去，低声说道，"您当心！这家伙是个疯子，您离他远点！"又戒备地站在了她的身侧。

女子点了点头，一双明眸打量了下还坐在舱室地板上的木村："木村，你要和我说什么？"

"苏雪至！你也在！"

"果然是个圈套！怪我，轻看了你们的狡猾……"木村咬着牙，嗓音嘶哑，仿佛是在自言自语，又发出一阵比哭还难听的古怪笑声，几分绝望，几分自嘲，还有几分浓重的悔恨之意。

苏雪至没接话，神色平静地看着他。

木村闭目，吁了口气，随即睁开眼，从衣兜里掏出一块手帕，擦去染在自己脸面上的污血，又整了整身上刚才因为挣扎而变乱的衣物，理好仪容后，盘起腿，坐直了身体。

"苏雪至，我从前小看了你。"他盯着她，一字一句地说道。

"我又何尝不是一样，木村医生。当年在看到你为周家庄的小女孩输血过量而晕厥过去的时候，我也想不到，你还有着另外一种面目。"

"那么，看在我曾救过那个小女孩的面上，我希望……"他一顿，"不，我恳求你！你能否告诉我，那种神奇的抗生素，到底是怎么回事？你是怎么做出来的？"

木村身体前倾，眼睛圆睁，目光紧紧注视，见她似乎还在打量自己，扯了扯嘴角，惨然一笑："你知道的，我是不可能脱身了，区别只在于怎么死而已。现在我是作为你的同行而恳求你，希望你能为我解答。我是真的极其渴望能够解惑！你们中国人有句话，朝闻道夕可死矣，这就是我现在的愿望。"

傅明城端了一张椅子，朝着苏雪至走来。

丁春山看见了，急忙快步上去，不动声色地拦了下来，低声道："交给我吧，谢谢你考虑周到，傅先生。"

傅明城停步，看着丁春山将椅子搬到了她的身边。

"我可以满足你的求知欲，"苏雪至开口，"告诉我你们医学实验室的所在，我们交换。"

"可以！"木村眼也未眨一下，"君子一言，驷马难追。请你先说。"

苏雪至朝为自己送来椅子的丁春山点了点头，坐在了木村的对面。

傅明城默默看着，顿了一下，慢慢地回到了自己原本的位置上。

苏雪至说道："其实很简单，这种能杀死病原菌而又对人体无毒害的抗生素，一直就存在于大自然之中。泥土、腐尸，甚至我们人类穿过的发霉的皮鞋、坏了的食物……只要有青霉菌滋生的地方，就有可能找到它们的存在。所以它有一个名字，青霉素。先民很早以前因为生活积累的经验，对它应该就已有了无意识的利用，只不过之前一直没有人清楚地意识到它的存在。我所做的工作，不过就是培养它们，并加以提纯而已。"

木村惊诧不已，喃喃："怎么可能……怎么可能……绝症的克星，伟大而神奇的药物……它绝对会成为医学发展史上的一个重大里程碑……"

"天工造化，就是这么神奇而简单。"苏雪至笑了笑。

"我不妨再告诉你吧，青霉素只是抗生素家族中的一员而已，虽然它功效卓著，可以治疗肺炎、脑膜炎、败血症等之前人们束手无策的病症，但也并非万能……"

木村听得如痴如醉，叹息不已："太不可思议了！简直是开创了医学的新纪元！如果我也能参与到这样的医学研究当中会是何等的幸运啊……"

他不停地嗟叹，忽然凝视苏雪至，摇头："还有你！我简直无法说服我自己！你这么年轻，你怎么可能知道得这么多？这不可能啊！"

苏雪至一笑，收了话题："这个世上你不知道的事情多了，不必劳心了。好了！我已应你要求，将药物的秘密全都告诉了你，现在该轮到你履行你的诺言了。告诉我，你们的实验室在哪里？"

只见他从地板上爬了起来，改坐为跪，说道："可惜了，我大约是没法再亲眼看到医学迈入新纪元的盛况了。谢谢你为我解惑，非常感激！"

他说完，朝着苏雪至郑重地叩首表谢，随即又坐了回去，闭上眼睛，双唇紧抿，一动不动，竟是一副入定的模样了。

很显然，他根本就没打算交换的。

丁春山再次大怒："玩这一套？"

他实在是忍不下去，就要再次上去，见苏雪至摇了摇头，她也不气，闲聊似的继续笑道："我本来也没打算你守诺的。不过，劝你一句，别想着拿放毒来威胁谁了。"

木村没有半点反应。

"木村，如果你以为你可以用那个实验室充当威胁去换取什么，那你还是想当然了。这种事，不只是你们会，别人也会，就看道德下限在哪里而已！"

傅明城一怔，望向了她。

苏雪至继续道："你威胁要流毒出去制造生物灾难对吧，那就一起吧！你可以，我也可以！"

木村眼皮跳了下，睁开眼，见她正看着自己，面上依旧含着笑，语气轻松。

"原本呢，像这样的事，是严重违背医学道德的反人类犯罪行为，但既然你做了，我们又何必拿看不着摸不到的所谓道德来束缚了自己的手脚？我听说，你和你的横川老师还是同乡，对吧？"

木村本是一副泰山崩于前不动的淡定模样，当听到这句话的时候，他的眼底掠过了一缕惊疑之色。

"其实有时候，人如果抛弃了所谓的人性和道德，事情也就没那么复杂。"苏雪至脸上笑容陡然消失，神色也随之变得冷漠，"木村，你给我听好了，如果你拒绝交代，那么我也将会做一遍你们做过的事，然后将制造出的你所无法想象的生物武器投放到你们的家乡，随便什么地方，水源、村庄，只要有人的地方，就别想幸免。到时候，你幻想中发生在别国的灾难，不但将在你们的家乡上演，而且我保证，变本加厉。"

木村的两只瞳孔骤然收缩，表情变得僵硬无比。

"至于道德，"苏雪至再次笑了起来，目光笔直地投向对面的木村，"对人，自然要讲人的道德，遵守人的法则。但对于没了人性的种族来说，以牙还牙，以眼还眼，方为最公平的正义。我想，你应该不会怀疑我的实验室和团队的能力。"

木村瞪大一双已然充血发红的眼睛，死死地盯着她，脸上的几条横肌不停地抖动着。那是愤怒至极的表情。

她却不再停留，说完了这最后一句话，便站了起来，转身朝外走去，脚上皮靴随着她迈开的坚定步伐，在舱室的地板上敲击出一下又一下的橐橐之声。是自信，也是无言的轻蔑和傲慢。

丁春山这才终于长长舒了一口气，看着她的背影，目光里充满了骄傲。

这就是他上司的夫人！他是死心塌地崇拜起了她，甚至要盖过对上司的服从和敬重了。

片刻之后，傅明城从舱室里出来。

天此时已暗了下来，远处大海苍茫，她就立在甲板的一道栏杆之后，背对着他。

不远处的日本军舰上的那些浑身已被浇满汽油的士兵一个一个地排着队，双手抱着后脑蹲在甲板上。

海风突然将她头上的帽子掀落，掉在她身后的一片甲板上。

傅明城几乎是下意识地快步上去，弯腰替她捡了起来。

她转头看见了他，立刻迎了过来，问道："说了吗？"

"说了。"他点头。

苏雪至松了口气："那就好！那么，木村就交给你处置了。"

傅明城低头看了眼自己指间的帽子，仔细地拍了下沾在黑色帽檐上的灰尘，这才递了过去。

"谢谢。"苏雪至还沉浸在自己的思绪里，随手接过，笑着道谢，抬手抚了下被海风吹得凌乱的及肩长的卷发。

"至于实验室的处理……"

她沉吟时，身后传来了一道声音："让丁春山跟着一道去。至于医学专业人士，傅老板自己就是了，加上和校长——我想他应该不会拒绝的。

再通知卫生司中央防疫处，让他们也派人同去。"

苏雪至转过头。

贺汉渚不知何时也上了傅氏的这条船，大约是乘小艇来的。

养了差不多两个月，现在他的伤腿已经能够行路了，但还需要借助杖力。见他挂着拐沿着甲板的走道走了过来，她忙朝他走去，扶住他，用外人听不到的声音低声责备："你的腿还不能多走路，你怎么来了？叫你等着的。这边我自己能处理。"

"我知道。我就是过来看一下你。"他看着她，微笑着，低头也用耳语轻声回答，随即抬起头，转向傅明城，神色变得严肃了起来。

"傅老板，你看这样的安排，有问题吗？"

刚才他们低声说话的时候，傅明城微微转过了脸去，此刻露出微笑："很合理。没问题！"

贺汉渚颔首："那就好。这件事就劳烦你了。往后我们继续保持联络。"

他主动地伸出了手。傅明城和他握手。松开后，贺汉渚便不再说话了，挂拐立在一旁，静静地等着苏雪至。

苏雪至和傅明城又交谈了几句关于实验室处理的事，看看差不多了，天也黑了，便道别，随即回到贺汉渚的身旁，扶着他离去。两人上了小艇，回到来时乘的那条舰上。

舰长迎了过来，指着那条日本军舰，问道："贺将军，舰上的那些人，怎么办？"

"该怎么办就怎么办，否则，那场雨岂非白下了。"

舰长笑了，耸了耸肩："明白了。毕竟，在茫茫大海上行船，什么意外都有可能发生，触礁，飓风，暴雨……"

"上帝保佑！我会为他们祈祷的，尤其是那位不幸的想死在家乡的尊者，我希望他们都上天堂！"

舰长眨巴着眼睛，在胸前虔诚地画了个十字架，随即转向苏雪至，彬彬有礼地鞠躬，道："尊贵美丽的夫人，请您和贺将军去休息吧。剩下的事就交给我了。您能乘坐我的女王号，实在是我的莫大荣幸，希望接下来的几天旅程，您能尽情享受。"

苏雪至回到舱室，让贺汉渚过去躺下，她要检查他腿的情况，这时她听到外面的海上传来了一阵鬼哭狼嚎般的惨叫之声。

她转头，透过玻璃舷窗，隐隐见黑色的海面闪烁着跳跃的鲜明火光。她迈步走到窗边，一只大手从后伸了过来，及时地捂住了她的眼睛。

"嘘，别看！你胆小，当心吓到了。"男人温柔的声音在她的耳边响了起来。

苏雪至险些笑了出来。

"我好怕，你要保护我……"她索性做小白兔状，扑进他的怀里，紧紧抱住了他的腰。

他闷闷地笑了起来，震得胸膛都微微起伏，随即一把撒开手里的拐杖，搂着她，一起倒在了床上。

一阵亲昵热吻过后，他的手指拂过她嫣红的唇，用充满了蛊惑的低沉声音邀约着她："你不是要检查我的腿吗？来，你试试，看我是不是已经恢复了力气……"

军舰缓缓移动，在夜色之中北上而去。

他们的下一站，是京师。

几天之后，在那里将举行一场举国瞩目的隆重而盛大的胜利庆祝活动，贺汉渚自然在受邀之列。

这半个月来，若问京师风头最劲的人是谁，到天桥老茶馆里的说书铺前听一会儿就知道了。

最近这些日子，说书人讲得最多也最受欢迎的桥段，几乎全都是与半个月前归京参加胜利庆祝活动的贺苏夫妇有关。

他们讲的是，贺将军和夫人，一个是英俊潇洒，风度翩翩，一个是貌若天仙，才高八斗，英雄美人，人间龙凤。

讲的是，贺将军如何毅勇担当，于国难之时挺身而出，带英雄子弟杀敌报国，后负伤落单，意外被围，遭金刚部队疯狂攻击，纵弹尽粮绝，仍坚守不屈，终援军到来，里应外合，全歼余孽，一个不剩，振奋人心，军中奇迹！

至于夫人，经历更是如同传奇。女扮男装为求学，军医学校胜同袍，研制灵药世无双，奇功还看女英豪。

又说，夫妇昔日出京，而今载誉归来，联袂现身，不但报章大肆报道二人行程，所到之处更是受到极其热烈之欢迎。

尤其夫人，光华灼灼，宛如明星，连抵京当日所穿之衬衫马甲便装，也迅速成了京中众多女子跟风模仿的潮流，诸多女校讲堂视其为偶像，无不争相邀请，以能聆听到她演讲为幸。

说着说着，难免就有好事之人追问二人情史，那说书的也不知打哪做的功课，信誓旦旦称将军与夫人不但出自同地，且两家颇有渊源，沾亲带故，正所谓青梅竹马，水到渠成，天作之合，龙凤呈祥。一时间满堂鼓掌，喝彩不绝。

关于贺苏夫妇之种种，从说书人的口中讲出，难免总是要被夸大几分的，但谁管这些，反正说的人是眉飞色舞，听的人是兴高采烈。

当最后说书人讲，惜行色匆匆，夫妇此行不过停留半月，据说不日便将结束行程回往西南，众人又无不惋惜。

此时座中有人高谈阔论，称贺将军和夫人离京的日子正是明天。旁人忙追问他是如何知晓的，那人便讲，王总长与贺将军渊源极深，总长视将军如同子侄，将军也将总长敬为父执，将军此行结束，拟明日离京，就在今晚，总长出面，于京师大饭店设宴，为贺汉渚夫妇饯行，满京的达官贵人，无不列席。旁人诧异，再追问他是如何知晓的，那人卖弄了一大通，等的就是这一句，遂得意地说，自家有位亲戚有幸就在受邀之列。

今夜的京师大饭店里华灯璀璨，金碧辉煌，乐队奏着太平舞曲，宾客衣冠楚楚，人人面上带笑，将一切的凋敝阴霾仇和恨统统拒之门外，尽情地享受着这再次得来的盛世宴乐。

晚宴是王孝坤出面所办，主客又是贺汉渚夫妇，京师里但凡能有机会入场的，谁人不来？

自王庭芝婚礼后就再没在京师露面的唐小姐今夜也到了，她是受了苏雪至的邀请而来的。唐小姐过去曾是京师和天城两地交际场上的花帜，名气极大，这几年虽淡出交际场，专心做起生意，但艳名犹在。那些自认高贵的夫人太太们自是侧目以对，将她排斥在外，见今夜她入场时，苏雪至却亲自走过去迎接，和她言笑晏晏，众人无不惊讶。

宴会过半，苏雪至寻了个机会将唐小姐单独邀到休息室，坐下后，笑道："从前靠你相助，我才得以顺利脱身。这回的事更是蒙你不惧犯险，奔走传递消息。章次长都告诉我们了。不只是我，烟桥也非常感谢。"

她站了起来，朝唐小姐郑重鞠躬致谢。

唐小姐慌忙跟着站起身，亦躬身回礼，连连辞谢："夫人千万不要折煞我了，我怎敢当你这样的礼。我身在泥淖，无才无德，但好歹是能分善恶，懂得一点有国才有家的道理。能为将军和夫人尽我微薄之力，是我生平从未有过之莫大荣幸。"

苏雪至见她言辞恳切，便就此作罢。

"那我也不虚礼了，祝姐姐你万事胜意，但倘若，日后万一遇到什么为难的事，叫人来传句话便可，烟桥和我必不遗余力。"

她说完，见唐小姐却没反应了，只定定地看着自己，慢慢地，眼底仿佛隐现薄薄一层雾意，不禁不解，迟疑了下，小心地问："怎么了？是我哪里说错了话？要是得罪了你……"

"不不，夫人误会了！"唐小姐摇头，偏过脸，抬手飞快地压了压眼角，随即转过头，凝视她，面上露出微笑。

"不是我奉承，其实很早以前，我就对夫人你很是仰慕，女子做男子之事，当为我辈之楷模。我出身低微，被人轻看，却能得你叫我一声姐姐，于我已是最大的荣光。你放心，有了现成的靠山，往后我若遇到难处，不找你们，我找谁去？"说到最后，她的语气已是带了几分诙谐之意。

两人相视，不约而同笑了起来。

苏雪至喜她聪明直爽，不卑不亢，丝毫没有扭捏作态，和她相处比和那些夫人太太们不知道要舒心多少，心里颇有亲近之感，不想立刻出去，唐小姐更是求之不得，两人便又坐了回去，再闲谈片刻，这时有人前来敲门，却是章益玖到了。

听到允入声，他推开门，朝里望了一眼，见两人在座，先是彬彬有礼地弯腰，随即笑道："两位女士，聊什么呢，这么久也不见出来？等下舞会就开始了，我还少个舞伴。苏女士属于烟桥所有，我就不敢奢望了，不知唐小姐是否愿意屈尊，等下和我跳支舞？"

他说完，注视着唐小姐，等待她的回答。

唐小姐却是没应声，气氛便冷了下去。

见章益玖的神色渐渐转为尴尬，亦似带了几分失落，苏雪至略觉不解，不明白唐小姐何以连这个面子也不给他。

这时，却见她慢慢站了起来，注视着章益玖，道："跳舞免了吧？我也许久没跳，怕生疏了，给你丢脸——"她一顿，"其实我是有些累了，想早些回去休息。不知道章次长等下有没空，能不能送我回去？"

她语气自然，说完含笑望着对方。

章益玖起先一怔，和她四目相对了片刻，忽然明白过来，霎时心中狂喜，极力压着激动，这才没有当着苏雪至的面失态。

他亦注视着唐小姐，极力用平稳的声音道："没问题，我有空，随时都有空——你稍等！我这就去和烟桥道声别，回来我就送你——"

他的定力终究还是不够，极力维持着风度，话音落，朝苏雪至点了点头，拔腿就朝前面走去，看到了贺汉渚。

他的腿伤仍未痊愈，行走还需手杖助力。此刻他正坐在椅中，拐杖放在一旁，和王孝坤和大总统等人在一起谈笑。

每个人的脸上都是相同的表情，充满了笑。

章益玖走得近了些，听见大总统正对王孝坤道："天下何人不识君，可惜，烟桥明日就携夫人出京，下回再见不知会是何日了。原本今晚我是想做东的，后来秘书和我说，王总长已经准备了，那我自然不敢争抢。别的不说，光论亲疏，我就是打八匹马追赶，也不及总长你和烟桥多年的感情啊！我说句老实话，总长你别的我都不羡慕，唯独这一点，着实让我眼红！"

王孝坤看了眼贺汉渚，见他面上含笑，瘦削的脸也露出笑意，指着大总统："你啊，一向有机会就挤对我！"

周围的人适时地发出附和笑声，各种奉承声不断，什么"不是父子，胜似父子"之类的话也说出来了，场面亲近而热闹，一团和气。

章益玖一边在心里嗤笑——都是千年的老狐狸，说句话恐怕都是语带双关，一边上去。

众人见他来了，自然给他让位。

他跟着笑嘻嘻地奉承了两句，朝贺汉渚暗使了个眼色。贺汉渚笑着和人告了声罪，两人走到一旁，听他说等下就要退场，送唐小姐回去，所以来和他提前道个别。说这话的时候，他面上的喜色掩饰不住，溢于言表。

他和唐小姐的事，贺汉渚也是略有所知。现在听他这意思，唐小姐似乎终于接受了他，自然替他高兴，笑着恭喜了一声："好好待她，便是不能走到最后，也要好聚好散。她可是我和雪至的恩人，要是你对不起她，我是拿你没办法的，但我太太的厉害，你是知道的，她要是发狠……"

他停住，拐杖头在地上顿了一顿。

章益玖顿时想起了苏雪至当年验尸的旧事，打了个哆嗦："怎么说话的，有你这样的朋友吗？自己娇妻在侧，我好不容易得她点了头，还没一起呢，你就红口白牙地咒我和她分？"

贺汉渚失笑，忙道歉。

两人玩笑了几句，章益玖神色忽然变得严肃，压低声道："可惜今晚庭芝不在，是个遗憾。我劝过他，让他再等等你，我说以你之胸襟，定不会迁怒于他，但他大约自觉无颜再见你的面了，上月已经出国。"

贺汉渚便沉默了。

章益玖自觉失言，忙想找个话题遮过去，环顾四周，恰看见佟国风似乎正往盥洗室的方向去，身旁跟了好几个作普通打扮的保镖，便努了努嘴，示意贺汉渚看，嗤之以鼻："最近我在办公室都没怎么碰见他了，据说是战时劳累过度，现在身体不好了，不会是要蹬腿了吧。你看他，印堂发黑，面带青气，眼白多，眼仁少，这不就是短命鬼的面相嘛。咦，我以前怎么没留意……"

佟国风今晚本是不想来的，但架不住面子，也怕自己不来再次惹王孝坤不悦。他面上看着和平常没什么两样，实则心神不宁，颇有煎熬之感。

从他知道贺汉渚抵住了来自金刚部队的疯狂围攻，最后脱困，还救回了伤腿，他便度日如年，颇有惶惶不可终日之感。

他在几个便衣亲信的随同下去往盥洗室，回想着刚才贺汉渚投向自己的目光，正走着神，突然听到身后传来"咣当"一声，整个人如被针刺了一下，猛地跳了起来。保镖也如临大敌，立刻将他团团围住，却见是走廊的对面，一个侍者因为太忙，走得急了，和出来的一个同伴迎面相撞，打翻了手里的托盘。

虽虚惊一场，但佟国风的心脏还在扑腾扑腾地跳，额头冷汗直冒。

这段时日，他已不是第一次受到这样的惊吓了。他已接连多日没睡好觉，脾气暴躁。

他的保镖察言观色，小心地道："老爷放心。有总长在，就算借他十个胆，他也不敢造次。"

佟国风闭目一动不动，忽然睁开眼睛，道："回去了。"

他回到大堂和王孝坤交代了一声，又看了眼贺汉渚，见他还在和章益玖说着话，不知说了什么，发出一阵爽朗笑声，引得周围的人纷纷看去，

他便若无其事地走了过去，面上早也恢复常态，笑容满面地招呼："烟桥，很是抱歉，前段时日身体不好，晚上又多喝了两杯，实在是撑不住，我先回了。日后若是无事，记得常携雪至进京，多多往来。"

章益玖面带冷笑，低头点了支烟。

贺汉渚看着他，含笑颔首："走好。"

佟国风也点了点头，随即转身，和边上的人打了招呼，朝外走去。

贺汉渚目送他的背影走出大堂，唇角始终含笑。

章益玖低声道："说起来，我真佩服你。换成是我，就算没法动他，也是绝对做不到能像你这样，笑脸相对……"

贺汉渚笑了笑。

章益玖改口："算了，不说这个，扫兴。那就这样吧，我也走了。你

和小苏等着，哪天说不定，我和唐小姐去看你们……"

饭店的大门外忽然隐隐传来一阵嘈杂声，吸引了他的注意力，他转过头去。

佟国风走到饭店的大门旁，此时街上霓虹闪烁，路人往来。他等在门内，司机迅速将车开来，他在保镖的护持下上了车。汽车没做停留，离开饭店前的辅路，驶上大马路。突然，几乎就在这个同一时刻，马路的对面疾驰来了一辆汽车，那车灯如雪，刺人眼目，冲了过来。司机毫无防备，甚至连方向盘都还来不及打，"砰"的一声巨响，两车猛然相撞，前盖翻起。

车内人被震得东倒西歪。佟国风前倾，重重撞在前座的靠背上，头破血流，头晕眼花。他的左右以及前座的三个保镖知道不妙了，在天旋地转中挣扎着爬起身，掏枪要保护他。但却晚了。

对面那车下来的几人已到近前，前后左右，分工分明，各自一把拉开相应位置的车门，没有半点停顿，伴着"砰砰砰砰"四下几乎是同时发出的如炒豆般清脆的无情枪声，连同司机在内，四人头颅齐齐中弹，当场身亡。

带着体温的污血溅到了佟国风的脸上，他惊恐地扶着座椅，直起身道："你们——"话音未落，左侧胸口一凉，也不觉如何的痛，匕首连根没入，只剩下了一截三寸长的柄。

他睁大眼睛，不可置信般地盯着插在了自己左胸一侧的匕首，慢慢抬起头，这时那人握住匕柄，发力狠狠来回搅了几圈。登时，一种无法用这世上言语来形容的心脏破裂的剧烈痛楚，骤然散发到了他全身的四肢百骸。他发出一道撕心裂肺的惨叫之声，那叫声却也无法持续，刚出喉，便戛然而止，仿佛正爬着坡，才到一半，便落下。最后只剩他徒劳地张嘴，喉咙深处往外冒血，却是什么声音也发不出来了。

"砰"的一声，他的身体一头栽了下去。

那几人迅速回到车上，驾车后退，随即呼啸而去，转眼便消失在了夜色里。

这一切就发生在一个瞬间，等那辆汽车走了，周围的人这才回过魂来，大声尖叫，四散奔逃。

那四道枪声传入礼堂，虽周围嘈杂声重，但也已惊动了外侧的一些人，众人纷纷停了说笑，惊疑不定。

骚动之时，一人疾奔冲入，到了人多的地方，也不管是谁了，惨白着脸，颤着声囔："不好了！佟部长出事了——"

"佟国风，死了！"他声嘶力竭地吼道。

众人面面相觑，无人发声，礼堂那辉煌的穹顶之上只回荡着乐队依然还奏着的欢快舞曲。很快，有人冲了出去。

章益玖一把丢掉烟，也冲了出去。他奔到外面，推开人，见佟国风的汽车歪停在马路边上，车盖扭曲，车头瘪进去了半边，四扇车门大开，车里横七竖八倒着四人，佟国风趴在后座的一扇车门旁，头朝下，挂落在地上。车门，马路牙子，到处都是血，更多的血还在从他的身下汩汩地流出。空气里弥漫着浓烈的血腥味。

章益玖翻正佟国风的身体。他左侧胸口有洞，血肉模糊，情状令人惨不忍睹。他面容痛楚，肌肉扭曲，五官几已变形，却好似还没死透，双眼圆睁，半张着嘴，嘴角冒着血泡，嘴唇微微翕动。

章益玖面露不忍之色，摇头叹息，凑到了佟国风的耳边，耳语："没想到啊没想到。这才叫深藏不露，快意恩仇。他比我想象得还要手辣。你死得不亏，瞑目吧。"

他说完，站了起来，对身后的人下令："赶紧追凶手！"他瞥了眼佟国风，"还有，送医院！"

"章次长，他已经断气了！"有大胆的人上前伸手试探了下鼻息。

"叫你送你就送，那么多废话干什么？"

"是，是。"

礼堂里，片刻前的欢快气氛荡然无存。

在一片的惊慌和混乱里，只有两个人始终没有动。

王孝坤甚至没有从座位上起身，只闭目，犹如入定，脸似蒙了一层泛着青色的阴影。半晌，他睁眼，缓缓地看向遥遥对面的贺汉渚。

贺汉渚拄着拐，穿过身旁如无头苍蝇般惊慌奔走的人，不疾不徐地走到了他的身边，在他左右保镖的戒备之下，在近旁大总统等人的屏息注目之中，轻放拐杖，让它稳稳地靠在了桌沿上，最后朝他伸出手。

王孝坤和他对视着，良久，他终于艰难又僵硬地缓缓伸出了手。

贺汉渚略略握了握，松开。

"我走了。您保重。多谢钱行，我度过了一个愉快的夜晚。"

他语气平静，说完朝王孝坤微微一笑，拿回拐，转身在身后投来的无数道目光的注视之中迈步而去。

唐小姐方才已经走了，苏雪至一个人站在休息室的窗前，双手抱胸，静静地望着外面街景里的绚烂霓虹。她再次听到了敲门声，接着门被推开。

她转过头，见贺汉渚走了进来。

"事情完结了？"她问。

"是。"他简短地应了一声，停在她的面前，一手拄拐，另一只手臂弯曲，示意她挽住自己。

苏雪至走到他的身边，挽住了他的臂膀，一笑："那么，我们走吧，我的贺将军。"

木村醒转，反应迟滞，眼皮翕着缝，突然间一凛，下意识地弹坐起身，却无法动弹，费力挣扎间，发现自己手脚被缚，躺在一张狭长而简陋的高床上，床板没有任何铺设，硌得他后背疼痛。

而在对面还有一个人，是傅明城。

他一身西装，系着整齐的领带，外面却套了件白色医褂，交腿坐在一张椅上，身影沉静，仿佛坐了有些时候了。

他看着他，微微一笑："你醒了？"语气平和，如同从前两人还是朋友往来的时候。

木村勉强撑着精神，侧头和他对视了片刻，眼睛被来自头顶正上方的直照而下的惨白灯光刺得有些难受，再次闭了闭目。

"我还没死……"被用了麻醉剂，木村感到头昏脑涨，手脚麻软，他翕了下嘴，喃喃地发出一道呓语。

"对，你还活着。"傅明城回答他。

"这是哪里……"

木村觉得耳朵里像被蒙上了一层厚厚的牛皮，沉闷无比。除了自己和傅明城的对话声，其余半点声音也听不到，如身处地平之下的深海世界。

"你再看看，应当不会陌生的。"傅明城的语气依然那么平淡。

眼睛终于适应了光线，脑子也清醒了过来，木村再次睁眼。

四方形的房间，白色的墙角泛着灰霉和斑点的墙壁，靠墙是一排因长年累月的潮气侵袭生了锈的铁架，上面摆着各种金属器械和烧杯量瓶。天花板的中间，灯光映射，泛着阴森森的惨光。

他的瞳孔一缩，脑子彻底地清醒了过来。

这里是清和医院的秘密地下室，他从前私下进行一些不便为人所知的医学研究的地方。

"认出来了吧？医院地下室。几个月前，在你转让医院的时候，我通过一个日本人买下了它。毕竟是家医院，若就这么倒了未免可惜。要不是工人改造的时候无意发现，我也不会想到，除了那个医学实验室，就在天城，我眼皮子底下还有这么一个地方。"他说着，从椅子上站了起来，环顾四周，"在你走之前，这里不该留的东西，想必都已清理干净了。不过，从这些剩下来的杂物看，你以前私下在这里做什么可见一斑……"

傅明城收回目光，投向躺在房间正中央的那张高台上的木村。

"你现在身下躺的地方，是解剖台。我记得以前，天城曾有谣言流传，说日本人的医院偷偷干着挖心剜肺放活人血的事。当然了，这和百姓普遍蒙昧，将正常的医学研究行为视同妖魔脱不了干系。但现在反过来想，谣言也未必全部都是胡言乱语……"

木村脸色苍白，打断了他："为什么还不杀了我？"

傅明城没回答，走到墙边的一张桌前，打开上面放着的一只铁皮盒，他仔细地戴好手套和口罩，接着取出药瓶与注射器，熟练地用针头抽取着瓶子里的液体。

地下室里没别的声音了，木村能听到液体被抽进注射器时发出的轻微的吱吱响声。完成后，他转过身，手里持着注射器，走了过来。

木村的心里涌出一阵不祥的预兆："你要干什么？这是什么？"

傅明城停在解剖台旁，依然没有应答。他举起注射器，对着头顶的灯光，屈指弹了弹针管。

木村的视线落在针管里的不明液体上，心里涌出一阵毛骨悚然之感。

"傅明城，这是什么？回答！你必须回答！"

傅明城露在口罩外的一双眼睛，这才沉沉地瞥了他一眼。

"没什么，只是我在你们的医学实验室里找到的一样东西而已，据说是鼠疫病毒。为了达到所谓的研究目的，你们分别用在男人女人甚至是孩童的身上。多少人曾在你们的实验室里受尽非人煎熬痛苦死去，我不清楚，不过现在我倒很有兴趣，想拿来用你试一下，看看以你的体质最后是否能够幸免，还是会像那些被你们称为药人的人一样，求生不能，求死不得，只能眼睁睁看着自己全身瘀斑发绀，淋巴肿胀，吐血甚至吐出内脏，最后才在痛苦里慢慢死去。"他的语气依然平缓，但却透着一股仿佛发自骨髓里的幽幽恨意。

木村的脸色大变，奋力地挣扎着，却是徒劳无功。他喘着粗气，咬牙嘶吼："我既是医生，也是军人，我是为国尽责而已！你可以为了你的国家杀我，我毫无怨言，但你不能这样折辱我！看在我们昔日多年交情的份上，给我一个痛快！"

傅明城盯着不停喘息的木村，突然大笑出声："木村君，你竟然还记得我们昔日多年的交情？在你用阿司匹林杀死家父的时候，你怎么就不念及你我之间的交情了？"

木村犹如被什么重击了一下，猝然停了挣扎。

"现在你是真的健忘，彻底忘记了你做过的事，还是你太过自信，以为我仍不知道我父亲的真正死因？"傅明城慢慢地止住笑，"或者，你认定，你拥有着超人的医学认知，手段太过高明，神不知鬼不觉，是不是？"

木村定定地望着傅明城，脸色灰败无比，声音嘶哑："原来你早就知道了？难怪……你是怎么知道的？"

他顿了一下："苏雪至？难道又是苏雪至？"

"是。如果没有她，我大约真的会被你蒙蔽。杀父之仇，我该不该报？这样对你，是不是你应得？"

"混蛋！"各种绝望的咒骂从木村的嘴里不停地爆出。他终于彻底地失了所有的风度，眼睛瞪得几乎脱眶，四肢拼命挣扎，仿佛一头垂死挣扎的野兽，但却又如何能够挣脱得开。

傅明城的眼角发红，神色却是异常冷漠，稳稳当当将注射器的针头刺入了木村的静脉，接着缓缓地推着压杆，直到针管里的最后一丝液体也被注入血管，拔了针，再不看对方一眼，脱去大褂口罩和手套，迈步走了出去。

他走出黑暗而封闭的地下室，走出医院的大门。

外面阳光明媚，照射在他的皮肤之上，他全身衣下方才收缩了的毛孔，此时仿佛也重新舒展开来。

司机很快将汽车开来，停在了他的面前。

他迎着阳光，闭目，深深地呼吸，仿佛这样便能排去肺腑中的浊气。

胸膛里的那一颗曾接受过手术的心脏跳得有些快。

他仿佛又看到了那日在船上她和良人并肩离去的背影。他抬臂，手掌压在了胸膛的那个部位，停留了片刻，等着心跳恢复平缓，却又不知为何，眼睛忽然有了酸热之感。

"傅先生，上车了。"随从见他立着不动，轻声提醒。

他慢慢地放下了手，睁开眼，微微颔首，随即迎着头顶的艳阳，大步朝前而去。

贺汉渚和苏雪至到了当日的江口。

小半年已经过去了。她经过的时候正当烈夏，现在回来却万物肃杀。但无论季节如何变换，江流却是依旧如它千百年来的惯常模样。人世间，悲和喜，离和聚，生和死，若泥沙沉水，皆化为浪，日日夜夜，奔涌不息。

当日苏雪至一行人随陈英继续北上，王泥鳅和水会的人继续寻找龙王。怀着侥幸之念，他们沿江口往下游继续来回搜寻。虽然已经过去了这么久，现在还是没有放弃。

每一个人的心里其实都很清楚，龙王还能生还的希望太过微茫了。随着时日一天天过去，这种盼头更是彻底破灭。但却没有人肯承认这一点，好似只要不停下寻找的努力，他们就能始终保有着这一份希望。

就在几天之前，一个江口下游的渔人网到了一只陷在淤泥里的草鞋。这是一种用苇草编织的鞋，防滑易干，夏天江上之人常会穿这种鞋履。郑龙王也是如此。那只网上来的草履，当然未必就是龙王当日之履。但从草腐程度来判断，大约就是那段时日沉的水，大小也是相符，所以这些天水会中水性最好的几百名帮众从早到晚一直都在轮流下水，在那一片水域进行不间断的搜寻。

"无论如何，活要见人……"王泥鳅没说完，猝然打住。

他从水里上来不久，衣服虽换了，但头发还是湿的，脸色有些发青。

虽然早就已经有所准备，但此刻，当听到这样的消息，苏雪至还是黯然神伤。周围更是无人开口，陷入了一片缄默。

又是十来个浑身湿漉漉的精壮汉子走了进来，忽见苏雪至和贺汉渚，忙上来拜见。他们也是刚出水的，皮肤冻得发紫，牙齿格格颤抖。

房中燃着火炉，贺汉渚立刻让他们不要多礼，速去烤火取暖。又有人送上了熬好的大桶姜汤。众人陆续喝了几碗，这才喘出了一口气。

和前一拨下水的王泥鳅等人一样，他们也没有什么新的发现。

"我母亲呢？"终于，苏雪至打破缄默问道。

就在那场变故发生之后，叶云锦放下药行和其余的一切事情，也来了这里，第二天她便病倒了，一直病到现在，却是始终不回去。

王泥鳅将二人带到江口之畔。

已是日暮时分，天色灰蒙蒙的，江边雾霾弥漫，水气湿冷。苏雪至远远便见乱石堆旁立着一道身影，是叶云锦。她身后不远之处，则是这些时日一直伴她的红莲。

红莲匆匆来迎，短暂问了路上平安之后，见苏雪至望着前方江边的背影，喃喃道："你们回来就好，回来就好……女掌柜这几个月……"

她说着，眼眶忽然一阵泛红，转过脸用手帕拭了拭眼角。

苏雪至朝前方那道身影走去。

叶云锦布衫黑裙，江风吹动她衣，一身孤瘦，她便如此面对江心立着，红莲走开，苏雪至又走来，她毫无觉察，纹丝不动，犹如只剩下了躯壳，那魂魄已然离她而去。

苏雪至停在了她的身后，心情愈发沉重之时，忽听她沙哑的声音随风飘入了耳中："还是没有发现，是吗？"

"是。"苏雪至轻声应。

"不过，娘你不要过于难过。"她注视着叶云锦的背影，立刻又小心地解释，"不会放弃的。今天天快黑了，暂且结束。三当家让我告诉你，明天继续。这里没有，再寻别的地方，一直寻下去的，直到有了确切结果……"

叶云锦不再发声，定定地望着前方，仿佛再次出了神。

苏雪至循她目光看去。那是不远之外的江口，当日沉舰之处。

已是迟暮了，但江面之上，此刻依然舟舸往来，风中隐隐有两岸纤夫逆水前行而发出的号子之声。

苏雪至静静伴她又立了片刻，觉江风寒冷，怕她冻到了，迈步上前，正要劝她先回，见她双肩微微动了一下，悠悠又道："雪至你晓得吗，那几十年前的事了，我到现在还记得清清楚楚，当日我和龙王相遇的情景。"

"人人都叫他龙王，竟没人知道他的名字。我很想知道。到了后来，好些年后的那个晚上，我才终于问出了他的名字……"她仿佛陷入了某种往事的回忆，摇了摇头。

苏雪至也停了脚步，听到她低低地叹息了一声，仿佛是悲凉的自嘲，又仿佛是满足的轻笑。

她转过了身。

叶云锦的脸色苍白，面容病瘦，但在她的眉眼和唇角边却看不到半分苏雪至原本最为担心的悲苦和哀愁。甚至，她的目光比之从前，看起来反而更加洞明坚毅。

"我没事。你去和三当家说一声，就此打住吧。天气转冷，不适合下水了。弟兄们也是凡胎肉身。他更是个视义气大过天的人，必不愿看到他昔日的弟兄们为他犯这样无谓的险……"她再次停了一下。

"我想，他无论此刻人在哪里，你们的心意，他一定都能见到。"最后，她轻声如此说道。

苏雪至本是来劝她的，此时此刻，控制不住情绪的反而成了自己。她的眼眶发热，含泪叫了叶云锦一声，扑入她的怀里，抱住了她。

叶云锦将头回在自己面前如此感情外露的女儿搂住了，眸底水光闪烁。

红莲在旁不停地抹着眼泪。

片刻后，叶云锦抬眼，见贺汉渚默默地望着这边，轻轻拍了拍怀中女儿的背，柔声道："莫让女婿过于担心。"

"我也该回了。"最后她说道。

命运举着刀剑，对她不曾有过半分宽待，然而却又从不曾将她打倒。

敬佩之余，想到她这一生当中那唯一一种于夜深时分想起或能得到片刻暖心的遥遥守望，终究也是被夺走，苏雪至的心中更是难过。

听到她反而宽慰起了自己，苏雪至只能极力忍泪。

这时，几个水会的人朝着这边飞奔而来，王泥鳅迎去。说了一会儿话，他的面上倏然现出激动之色，立刻转给了贺汉渚。

贺汉渚猛然抬眸，扭头看了眼母女二人，快步走去。

苏雪至泪眼蒙眬中，看到王泥鳅和他匆匆说了些话，他便朝着这边走来。仿若是心有灵犀，忽然，她的心跳得厉害。

"怎么了？"叶云锦问他。

就在片刻之前，得到了一个新的消息。有个道士在几个月前的深夜外出游方归来，于下游几十里外一处大河的荒滩之上偶见一满面是血身受重伤之人。当时正值江汛，那河是条支流，那人或是被江潮冲至这里，潮落之后，那人留在了河滩上。道士见那人鼻息犹存，便带到道观加以救治，现外伤愈合，但那人却始终昏迷不醒。道士前几日再次下山，听说水会发动沿江民户，在寻郑龙王的下落，民众谈及此事，无不哀伤，都说龙王是化为真龙，保佑他们去了，商议要替他立庙。道士立刻想到了自己当时救的那人。虽与郑龙王素昧平生，却也听说过他的侠名，素来敬重，便不顾天晚，当即赶来报讯，要带他们前去辨认。

"现在还不敢肯定，不过，从描述的年纪和身形来看，如无意外，应当就是龙王。"贺汉渚用极力克制的语调说道。

苏雪至被这突如其来的巨大的好消息冲得心脏几乎都骤停了。她反应了过来，转向身旁的叶云锦，见她定定立着，双目发直，忽然身子晃了一下，险些晕倒。两人一下便扶住了她。她很快恢复过来，不顾劝阻，和众人一道赶去，终于于这一夜的深夜时分抵达了位于山中的道观。

道观早已没了香火，一间瓦漏窗残的屋里，一盏油灯，昏黄的灯光映照之下，那人双目紧闭，形容枯槁，人变得几乎脱了形。但众人还是一眼就认了出来，这个幸存的昏迷之人正是郑龙王。

叶云锦慢慢地坐到了床榻之畔，凝视着这张熟悉的脸，伸手轻轻抚过他脸上的几道疤痕，唇角带笑，眼泪却是扑簌簌地落了下来。

女掌柜和他的牵连，水会里的亲近之人了然于心，见状便跟着王泥鳅一道退了出去。

苏雪至为龙王做了初步检查后，和贺汉渚也悄悄地出来，将这难得的如同虚幻的宁静时刻留给了他二人。

破晓时分，苏雪至再次过去，透过虚掩的门，见龙王还是静静地躺着，叶云锦竟也依然和昨夜一样，坐在床边。

她握着他骨节突兀的一只手，凝视着那张劫后余生的沉睡脸容，背影一动不动。片刻后，她慢慢回头，看见了立在门外曙色里的苏雪至，便仔细地替龙王掖了掖被角，将他的手也轻轻放进了被里，随即走了出来。

她的面上带着疲色，但精神却显得很好，甚至倘若不是错觉，苏雪至仿佛在她的眼睛里看到了一种前所未有的心满意足的幸福之感。

"我打算带着他，搬到一个清静的地方。咱们慢慢治疗，等他醒来。我会照顾他，等着他醒来的那一天。"她回过头，用充满柔情的目光看了眼身后那沉眠不醒的人，轻声说道。

在这一天，苏雪至和贺汉渚以及一行的扈从终于回到了省城。

等待他们的自然是各种不可避免的来自各界的接风和庆祝活动。几天后，在诸多嘉奖仪式也结束后，两人第一时间再次去了趟祖父的陵墓。

拜祭过后，两人走在那条小道之上。贺汉渚说自己可以背她了。她瞥了眼他的腿，笑着摇头。

他笑了起来："好吧，既然你不放心，那就以后。咱们来日方长。"

她"嗯"了一声，挽住了他的胳膊。

静静的月光温柔地照着前路，两人慢慢前行。

他问她明天是不是要去城东，说和她一起去。

叶云锦已将一切事都托付给了叶汝川和苏忠，搬到了位于省城东郊山中的一处居所里。在那里，她伴着龙王，苏雪至会定期过去检查状况。

相遇在了最好的年华，他们的往事想必也是如同传奇。然而却是到了现在才以这样的方式得以朝夕相伴。这是幸，还是不幸？

苏雪至想起那日叶云锦凝视着龙王的无限柔情的目光，惆怅之余，更是唏嘘。

贺汉渚握了握她的手："龙王一定能醒来的。"

苏雪至仰头对上了他安慰的目光，点头。

贺汉渚觉她情绪依旧有些不振，想了下，笑道："回去了，我有些玩意儿要送你。"

"是什么？"苏雪至问他。

他不说，非要回了再说，苏雪至被勾出了好奇心。

回到家中，他打开了一只柜子，让她看。

苏雪至走到近前，发现里头还有一口厚重的大木箱，材质应该是老樟木，看着已经上了年头，但靠近依稀还能闻到淡淡的樟香味。

"是什么？"她问。

他笑而不语，示意她自己看。

苏雪至打开箱子，不禁意外。箱外表平平无奇，没想到里头竟装了满箱的金玉器物，还有几幅字画。灯光映照，葳蕤生光。

"这是之前的窖藏里单独保存的一箱东西。归你了。"见她惊讶地看向自己，贺汉渚笑着解释道。

苏雪至小心地取了最上方的几样出来，在手里转了一下，件件精品，或古朴或华美，她不知年代，但毫无疑问都是价值不菲的文玩和宝器。

她看完，将东西放了回去，摇头："我拿来这些干什么？让后人通过它们去感知先人的文明，博物馆才是它们最好的归宿。"

贺汉渚似乎意外于她的这个决定，迟疑不语。

"你是觉着博物馆也不安全？"苏雪至一下就猜到了他的想法。

他应该是不想反驳她，不置可否地笑了笑。

苏雪至当然明白他何以是这样的反应，她一笑。

"我说的，当然不是现在。是将来。"

"将来？"他反问了一句。

"是，将来。有无数英勇的像你，像龙王，像那些不惧牺牲的已牺牲了的人，将来的华夏必将再次崛起，涤荡今日的一切黑暗和耻辱，以复兴的姿态屹立在世界的东方！"

他注视着她，笑容渐渐消失，沉默了片刻，说："雪至，你的这个高尚而美好的愿望，让我想起了我刚和你认识的时候，你和我谈及星空的情景，我在你的眼睛里，总是能看到我原本见不到的光。但是这个国家，它病了，病入膏肓。它真的会有你说的那一天吗？"

苏雪至岂会不知他的内心之忧。

"会的，一定会的。"她用更加肯定的语气说道，"而且，是在我们的有生之年，不久的将来！"

贺汉渚凝视了她片刻，再次笑了。

他颔首："你的话给了我莫大的希望。我愿意相信你。"

他合上了箱盖："那就照你说的，暂且保管，等着那一天的到来。不过，我还有一样东西……"

他看了她一眼，语气一转："我不容许你再次拒绝。"

他走到了她的面前，用专横的口吻说道："闭眼。"

苏雪至冲他"哼"了一声，但最后还是乖乖地照他说的那样，闭上了眼睛。

"到底是什么……"她催问着，忽觉唇上一热，被他吻了一下。

"贺汉渚你讨厌，你骗我——"她不满地睁开眼睛，抱怨之声戛然而止。

他的掌心里，静静地卧着一枚戒指。

素纹暗金，简朴凝重。

苏雪至自然记得它。她的心一跳，抬眼对上了他的凝目，正等着他再给自己戴上，却见他将戒指连同一张他方才不知从哪里掏出来的信一样的纸，轻轻地压在了她的掌心里，随即转身快步走了出去。

苏雪至有些不解，低头展开折起的纸笺，见果然是封信。不长，没头没尾，看着有些突兀，寥寥数语。

"我并未忘记它，你曾将它还我。我想等到最合适的机会，将它再次送出。"

"如今我觉得，我应是可以了。"

"我幼时富贵，少时却遭逢巨变，性情难免转为孤戾，厌世之余，我以复仇为念，至于命运垂爱，更不是我所能想，早有绝此一生之准备。而今想来，我实是大错。命运对我实是垂爱，爱之始，始于当日我在那条船上，你亦同在。"

"我曾不止一次想，假使那日我改了行程，或者，你晚乘了下一班的船，那么而今，我将会是怎样。我料我早已死在了复仇路上，即便侥幸，如今依然活于世，我料我也不会有半分欢情可言。绝不会有。"

最后他写："吾之躯，吾之心，吾之灵魂，吾之一切，愿全部献你，吾深爱之妻。愿你收下，伴我余生。"

"吻你万万遍。"

苏雪至的脸热了，心发烧，扑通扑通地跳。

这真的是那个男人写的？他竟也会说这样的话？她看了好几遍，自己戴上了戒指，随即奔了出去，打开门。

他没走，就站在门庭的台阶之上，背对着她，双手插在裤兜里，微微仰头，似正专心眺月。

"贺汉渚！转身！"她也用命令的语气，冲那男人的背影说道。

他慢吞吞地转过了身，对上她的目光，脸上露出了一缕不自然的神色，轻轻地咳了一声："会不会太肉麻了？我怕我说的时候，你笑我，我就说不下去了……但我发誓，全都是我想让你知道的，所以……"

"你这个——"苏雪至再也绷不住了，为他给自己准备的这个莫大的惊喜。她的眼眶发热，一脚跨出门槛，扑进了他的怀里。

"不肉麻。我喜欢你说的每一句话。很喜欢。"

他笑了，紧紧地抱住了她的身子，低头吻她，就仿佛两人还在热恋当中。很快，体温升高，呼吸灼热，他将她抱了起来，回到屋中。

苏雪至躺在枕上，摇头拒绝他："不行。"

他亲了亲她嫣红的面颊，微喘："怎么了？"

苏雪至咬了咬唇，搂住了他的脖颈，在他耳边低低地道："我大概是……有了。或者说，百分之九十九的可能，肚子里有你小孩啦……我这个月的，还没来，早上起床又想吐，算了算时间，应该就是那天晚上，我们在船上……"

贺汉渚好像僵住了，脸埋在她的发畔，半晌，一动不动，竟没半点的反应。

苏雪至等了一会儿，不高兴了，指头戳了戳他的肩："你什么意思？哦，我知道了！你不喜欢小孩！没关系，我自己生，自己养，不用你这个爹——"

贺汉渚终于从巨大的惊吓里回过神，飞快地从她身上滚了下去，盯着她平坦的小腹，最后伸出手，小心翼翼地摸了摸。

"他……刚才有没有被我压到？"

见他这个样子，苏雪至更不高兴了，推开他的手，侧过身去，给了他后背一捶。

三三九

"以后分房睡。"她淡淡地道。

很快，那只手从后伸了过来，抱住她，又连着换了好几个抱的姿势，最后将她抱到身上，让她趴在了胸膛前。

他这才好像终于满意了，长长地松了一口气。

"别！谁说我不喜欢小孩？只要是你生的，别说小孩，就算是小猴，我也喜欢。"

苏雪至更气了："你说什么？你才是猴！"

她要从他身上下来，又如何挣脱得开他的臂抱。

贺汉渚知道自己说错了话，再三赔罪，见她始终气嘟嘟的，还要赶自己，忽然想到了一件事："明天我们就把好消息告诉你母亲和龙王，他们一定也很高兴。"

苏雪至安静了下来，慢慢地也抱住了他，将脸贴在了他的胸膛上，柔顺地"嗯"了一声。

贺汉渚抱着她，感受着心中那翻腾着的强烈的就要迎接新生命的前所未有的感情，闭目长长地吁了一口气。

人生不如意事，十常八九。但他将做她身着坚甲的执剑勇士，纵然黑夜依然浓重，前路依然未有定数，他必无畏，也无惧。

只因，她在他的身旁。

（正文完）

❧ 渊源有自来

傍晚，江面沉阔，几只鹭鸟静静停在江石之上，用鸟喙梳理着羽毛。

此段江流附近有道闸口，却不复平日船舸往来的繁忙景象，半晌也难见到一两条船过。倒是山脚下江对岸的村庄比平常要热闹很多，炊烟袅袅，田陌间不时有孩童成群奔走嬉闹的声音随风而来，再远些的集镇里还能听到零星的爆竹声。

这是除夕，一年里的最后一天。沿袭千百年来的传统，到了这一天，舟车泊停，旅人归家。吃一顿年夜饭，放几个响炮仗，图的就是一家人一起热热闹闹辞旧迎新。

天快黑，爆竹声变得此起彼伏的时候，江上悠悠驶来了一条船，靠向山麓一侧的岸边，最后停在了一个码头前。几人先下了船，虽都是便衣装扮，但凭着精劲的体型和与常人有着明显区别的矫健身姿，还是不难分辨应当都是警卫。接着，有对青年男女从舱中走了出来。男子黑衣便帽，个头高挺，女子穿了件厚实的过膝棕色大衣，戴顶暖帽，裹得严严实实。

江畔风大，那男子刚出舱便解了自己的围巾，戴在她的颈上。

女子起先拒绝，但男子很是固执，她也只能随他，任他替自己又包上了围巾，笑着摇了摇头，似在取笑他的过分小心。不但如此，男子仿佛担心她摔跤，出舱到岸，不过短短十来步而已，始终伴在她的身旁，一手扶着她的手臂，另一只手护着她的后腰。到了船头，也是他先上岸，再伸手过来，牵住了女子的手，这才带着她稳稳地下了船。

上岸后，距离不远之外，有条上山的石阶。依旧是男子挽了女子的手，两人慢慢登阶而上。

他们到来的消息很快便被山麓下的守卫报了上去。

没片刻，只见半山处匆匆下来了几道身影，当中有个被丫头搀着的作老式打扮的妇人远远看到了他二人，高兴得一把甩开身旁的丫头，扭着两只小脚就要跑下来，看得人心惊胆战。

女子忙示意男子去接。他嘱咐她等自己回来，随即迈步迅速登阶而上，很快便接到了那妇人，笑着唤了声"红姨"。

这对夫妇便是贺汉渚和苏雪至，至于这妇人自然是红莲了。

"不是说姐儿有事要出国吗，怎的又来了这里？"红莲呼哧呼哧喘了两口气，迫不及待地问。

贺汉渚低声解释了一下。

上个月苏雪至临出国前，发现意外有了身孕，考虑过后，推迟了计划，夫妇俩决定一起到这里过年。

红莲"哎呀"一声，差点跳了起来。

"太好了！太好了！我就说呢，这几天怎的总是听到喜鹊飞来在树上叫！原来真有喜事临门了！"

她迫不及待地朝苏雪至奔去。

苏雪至急忙上来。

"不要动！不要动！我下来！我下来接！"红莲摆手。

她一路咚咚咚地跑到了苏雪至的面前，欢天喜地地摸了摸她还完全看不出什么的平坦小腹，打量一眼，叹气道："怎的比上次看到的又瘦了些？平常做事再忙，也要好好吃饭，何况你现在是两个人了！"

苏雪至笑着应好。

"到了怎么不叫人上来通报一声，自己就爬了上来！万一有个磕磕碰碰，那可不是小事！"她扭头高声唤着刚才跟她下来迎人的丫头，命人抬下轿子来接，被苏雪至阻止了。

"我能走。何况，不是还有红姨吗？"她挽住了红莲的胳膊。

红莲笑了，爱怜地点了点她的脑门："那当心些。慢慢地上来。等下你娘知道了，她不知道会有多高兴！"

"龙王最近怎么样了？"

红莲脸上的笑容慢慢消失了，很快又道："还没醒，不过护士每天都有检查，说情况稳定。"

当日那场意外过后，郑龙王被送到了最好的医院，接受最好的救治。在那里治疗了将近半年后，征得医生同意，叶云锦做主转到这个地方继续休养。她也将天德行的事交托给了苏忠和兄长，自己亲自在旁照料。

遗憾的是，快一年了，郑龙王至今还是没能苏醒。

红莲的面上再次露出笑容："放心吧，都会好起来的！你母亲也很好，你不用过于担心。"

"还要多谢红姨。有你也在这里，我才能放心。"

"可别这么说，能帮上点事，我就心满意足了。"

叙话间，一行人已到居所。

山下看不出来，到了半山的位置，能看到一处古祠，祠里香火早已断了，早些年被一个富人买下，在旁改建别苑，用作消夏之所。

这里地方不大，一座小楼，但环境清幽，很适合休养。

叶云锦也在外面等着了。女儿女婿不期而至，令这个于她而言原本平常的除夕多了些欢欣，当得知苏雪至还有了身孕，更是极大的惊喜。

当夜的这顿年夜饭，排场不大，但充满温馨之情。知道女儿和女婿是赶路过来的，叶玉锦又催促他们早些去休息，不必再陪自己和龙王了。

取消出国的工作计划后，苏雪至空闲了不少。她不累，但心疼贺汉渚。他平常是真的太忙了，难得偷个闲，自己若不去休息，他也不会去的。

夜渐渐深了，贺汉渚沉沉睡去，苏雪至却还醒着。

她轻轻拿开贺汉渚搭在自己腰间的手臂，蹑手蹑脚地下了床，穿好衣裳来到楼下。

楼下有间朝江的房间，采光极好，即便是冬天阳光也很充分。这里便是郑龙王的房间，叶云锦住在对面。

将近子夜了，叶云锦却还没去睡，她背对着门，正坐在床畔的椅上，握着郑龙王的手，慢慢地揉捏着。

苏雪至停在虚掩着的门外，默默注视着叶云锦的背影。

她的打扮还是和从前差不多，但却仿佛变了个人，从前眉眼里的凌厉如冰消雪融不复存在。但若以为她消沉脆弱了，那便大错特错了。即便如此刻独处，这沉默的背影里也透着一种宁静的坚定之感。

这样的叶云锦，让苏雪至也感到心境安宁，倍添力量。

她轻轻推开门，走了进去。

叶云锦闻声转头，要起身，苏雪至示意她不用，自己坐到了近旁。

"护士呢？"她低声问。

这里配有四名护士。两个医药，两个护理，日夜轮班，都是受过训练的专业人员。

"小姑娘也很辛苦，今天过年，我叫她们都去休息，不用值班了。我来。"叶云锦继续着手上的动作，看她一眼，笑问，"半夜了，你怎不去睡觉？汉渚呢？"

"他睡着了，我睡不着，就过来，想陪陪龙王的。娘歇一会儿。"

苏雪至接过郑龙王的手，慢慢揉捏，注视着枕上的父亲。

沉睡了一年，他除了消瘦，状态看起来还不错，如同入眠，头发也是刚理过的，根根如若硬刺，和从前的样子差不多，仿佛睡醒了睁开眼睛，就又成了水会的那个龙王。

"我不累。你有了身孕，要多休息才好。"

一阵冷风从开着的窗户里吹了进来，叶云锦怕女儿冷，起身过去关窗。却不知为何停在窗前，望着窗外出起了神。

苏雪至将郑龙王那只骨节硬铮的手轻轻放回到被里，跟了过去。

白天若站这里，不远处山脚下的江景不但尽收眼底，甚至还能听到往来船只过闸的响动。但现在，江面黑漆漆的，对岸村庄的方向依稀能见亮着几个红点，应是为了过年而燃的灯笼。

苏雪至正要唤她，眼前忽然飘过一片白絮一样的东西。又是一片，再一片。

"下雪了！"她不禁低声呼了一下，带了几分小小的惊喜。

"是啊，雪至，雪至……"她听到叶云锦也喃喃地低语了一句，似在回应自己，又似自言自语。

苏雪至第一次听到自己的名字以这样的方式从叶云锦的口中说出，直觉另有所指，忍不住问："娘，你当年怎么给我起了这个名？因为我出生时，正好也下雪吗？"

她问完就后悔了。

叶云锦转过脸，望着仍静静躺着的郑龙王，沉默着。

苏雪至明白了，自己说错了话。

"对不起娘，我就随口一问，你别在意。"她立刻转了话题，"你去休息吧，今晚我睡这里。我也想陪陪龙王，这次走了，下次不知道什么候才能再来。"

叶云锦抬手关了窗。她转过身，望着神色里透着几分不安的女儿，微微一笑。

"没有关系。我知道你在想什么。娘告诉你，就算我会被天谴，死了下十八重地狱，或者可以重来，娘还是会那样选择。你是娘的骄傲，还有……"

她顿了一下，再次转头，望向依然沉睡着的郑龙王。

"还有，他也值得。"她慢慢地说道。

叶云锦嫁入苏家后的第十个年头，她正当花信年华，她那个名义上的丈夫苏明晟却已病入膏肓，一场病就能要了他的命，生子也没有指望。

叶云锦焦虑苏明晟没了后的财产纠纷，苏家宗族里的人更是早就将如意算盘打得噼啪响了。几年前便开始张罗起过继的事。那个时候苏明晟不甘，不肯点头。而现在，大约是他自己也终于认了命，开始摇摆，甚至觍着脸回家，和叶云锦商量起了这件事，叶云锦不答应，他一开始哀叹，后来发火责备叶云锦狠心，就是想害他断子绝孙，将来死了也没人给他进贡香火。

那是腊月，离过年也没多久了，苏明晟刚回家，又为过继的事和她闹得不欢而散，看样子是不会回来过年了。叶云锦在苏忠的陪伴下去到叙府，在店里和账房对完账，天已经黑了，心事重重坐车回往住的地方，半路遇到了王泥鳅一行人，风尘仆仆的样子，看起来好像刚从外地回来。

七八年了，从那夜她自娘家回苏家半道折去见了那人一面回来后，再没有见过对方了。她也不是喜欢纠缠的，人家看不上她，她便不去招惹。但这一回，因为偶遇，她心念一动。

她命马车停下，叫住了已经离开的王泥鳅，问了声大当家的去处。

王泥鳅的命也曾是她救下的，对她自然恭敬无比，立刻告诉她，大当家还在外头，但年前必定会回叙府和兄弟们一起过年。

透过马车的门，叶云锦目送着王泥鳅一行人的身影消失在夜色里。

半个月后，年前的最后一日，苏忠给王泥鳅带了个口信，让王泥鳅告诉郑龙王，入夜去江湾后的太平码头见面，女掌柜寻他有事。

太平码头位于城外，早已废弃，变成了一片乱葬岗，天一黑，周围黑黢黢不见半条人影，偶有行人不得已提着灯匆匆路过，看起来也如鬼火游移，分外瘆人。

那个冬夜漆黑，寒风刺骨，天气是罕见的冷。天刚黑，才回叙府的郑龙王便到了指定的地方，叶云锦却是迟迟不见露面。他并未离开，一直等到三更，才见一道披着斗篷的人影独自穿过乱葬岗，来到了他的面前。

考虑到天冷风寒，郑龙王在水边备了条船，等她来了，可以叫她取暖，也是个便于说事的地方。但他也知她性情高傲，本不期她肯领情。不料开口后，她竟一言不发，先行登船入了舱。她的反常举动令郑龙王倍感意外，但也没有过多表露，跟随入舱点了灯，烧旺舱中暖炉，给她倒了热茶，不敢立刻问她何事，只等她自己开口，不料她接下来的一个举动，是他再次没有想到的。

她去关了他特意留开的一扇舱门。

这面开着的舱门，如同向外的一口井。关了，神佛今夜无眼，世界化作芥子，天地只剩这满舱的跳跃烛火。

叶云锦反扣了舱门，缓缓转过身，目光笔直地落在了身后那人的脸上。

"我需要一个儿子来保住天德行，你帮我。"

言简意赅，没有半点迂回。

她解了斗篷，丢在了一旁。

静默中，那男人被烛火投到舱壁上的黑影如江心里的一块礁岩，纹丝不动。

角色从她说出这句话的那一刻起发生了倒转。她再不是多年前那个曾夜奔于他却被无情拒绝的女子，他也不复是那个水道里叫人闻名便退避三舍的铁血龙王。

静静等待片刻，她再次开了口："你兄弟王泥鳅的命是我救下的。别忘了你当初是怎么许我的。现在我要你还我的恩。"

这个叱咤水道的男人在她的逼视下，终于开了口，然目光躲闪，始终不曾与她对视："我知道你的处境，你放心，你的丈夫若是走了，我会保护你的，不会让你的家财落入他人之手……"

男人的语气极是诚恳，但这却突然激怒了叶云锦。她也不知自己怎会这么轻易就被他的这一句话给惹怒了。

"郑道先！"她不客气地打断了他的承诺，"我是来向你讨债的！我已算好日子，就是这两天，你要还我人情，就照我的话做！"

男人再次归于沉默。

"你是不敢，还是不愿？"

回答她的依然是沉默。

叶云锦慢慢冷笑了起来："我当你还有几分血气，才来找的你，原来是我错看了！什么龙王，不过是蚱蜢里淘将军，泥捏的软蛋。你不愿意，有的是人愿意！"她冷哼了一声，捡起刚解下的斗篷，转身伸臂开门。

船忽然晃了一下，一只手掌压在了那扇她想要打开的舱门之上。她试了试，如被千钧制住，无法开启。

她转脸，微挑眉梢，看向了身后的人。

舱里烛火愈发昏暗，炉火蒸腾的热气里若也多了一缕若有似无的脂粉香，男人的目光被这热香熏得晦暗而凝涩，所落处凤目绛唇，距离是如此之近，他能看到她的睫毛在微微地颤动。

郑龙王注视着叶云锦，用他粗粝得几近坚硬的手慢慢地抽出了还挂在她臂上的斗篷，将她带离了舱门。

这一夜，苏忠和王泥鳅就在附近，两人相隔不远，互相看见对方，又装作看不见，只各自想着法来取暖，好抵御下半夜这一场不期而至的雪。

苏雪至静静地听着。

讲这些往事的时候，叶云锦的语气是平淡的，但苏雪至看到她的眼里有细微的柔和的光，那是她从前未曾发现并看到过的。

"那夜过后，我出来的时候，才发现外面下了不小的雪。在我们那里，冬日一向罕有大雪，大雪过后，往往便是好年成，所以下雪会被视为吉兆。后来你出生了，我想起那一夜，你就是那一夜和雪一起到来的，所以我给你起名雪至，一是盼望你能顺遂长大，二来……"

"不怕你笑话，我能感觉得到，他也是喜欢我的，那个晚上过后，我以为他或许还会来找我的。但是没有，再也没有过了。这么多年，一直到了前一年，他是为了你的事，才和我再次见面。说没有半点怨恨，那是骗人的。这些年来，在我遇到难关，觉得自己或许就要渡不过去的时候，我就想他，他就在我背后看着，我告诉自己，不能叫人小瞧了我，我也不用人出手帮我。就这样我咬着牙，一关关地闯，一难难地过，终于走到今天，把你也养大了。女人的一辈子，能像我这样，我原本觉得也值了，我没有给他轻看我的机会。但我万万没有想到，我好好的，他却这样了……他可是龙王啊！"她一字一句道，闭目一动不动。

苏雪至悄悄握住了她的手。

很快，叶云锦一笑，睁眸，反手握她，又安慰似的轻轻拍了拍她的手背。

"我没事。现在我才完全明白了，他确实是个铁石心肠的人，但他也没有错。你的父亲……"她转脸望向郑龙王，凝视了片刻，低低地叹了口气，"他生来便不是普通的人，有他的责任和要守护的东西。雪至你还记得我从前曾对你说过的吗，要是没有这场意外，我和你父亲的余生也就这样了，他不想把我卷涉进他的事里，我也放不下我经营了大半辈子的东西。但现在不一样了。他需要我，我也没什么放不下了。"

叶云锦来到床边，继续为龙王揉捏手臂。

"等他醒来，身体养好了，我就让他陪我出去游历四方。我这大半辈子都被困在天德行，还没去过外面，不知道外面到底什么样。他要真醒不来，也没关系。他半辈子都在江上飘荡，住在这里，能听到船号子声，还

三四七

有水手过闸的吆喝声，我想他也会喜欢的。"

她声音里的平静和满足，不像是在说谎。

苏雪至望着叶云锦含笑的面容，慢慢地眼眶微微发热。是希望、感动，或还夹杂着多少的遗憾和伤感，她自己也说不清楚。

转过脸，她看见门外静静站了道身影。

是贺汉渚。

叶云锦也看到了他，立刻笑着示意苏雪至回去休息。

苏雪至出来，跟着贺汉渚回往房间。

"刚才我醒来，发现你不见了，就猜你是来陪龙王了。过来的时候，恰好看到你和你母亲在说话，我便一直在外等着，但愿没打扰你们……"他带着她上楼，一边走一边低声解释着，走到楼梯角的时候，苏雪至忽然扑到了他的怀里，双手抱住他的后腰，将脸埋在他的胸前，一动不动。

贺汉渚一怔："你怎么了？"

苏雪至摇头："我没事……就是想抱你……"她的声音含含糊糊，细听仿佛还带着几分哽咽。

贺汉渚感到她抱自己抱得更紧了，迟疑了下，不再发问，便那样立在原地，伸臂将她也抱入了自己的臂中，静静和她相拥。

良久，他温暖而有力的怀抱终于令苏雪至心中的酸楚之感消散了不少。她慢慢地抬起脸，为自己的失态道歉。

"我是想到我母亲和龙王，大半辈子就那样错过了，心里有点难过……"

"没事。"在昏暗的楼梯角里，他吻了吻她的额。

"龙王命硬，九死一生，多少的难关都闯了过来，这次也一样。"

她"嗯"了一声，情绪还是没有完全恢复。

贺汉渚忽然说道："刚才我醒来，发现下雪了。想不想玩雪？"

"现在？"

"对，现在。你的名字应了景！"他含笑看着她。

知道她怀孕后，他就紧张得仿佛她是个琉璃做的人，连多走一步路都要管着。现在居然主动让她去玩雪！

"好！"

"跟我来。"

他握住了她的手，带着她转身走出了小楼，来到外面的一处观景台上。

山中雪比下面要来得大，就这么一会儿的工夫，地上已经积了一层薄薄的霜雪，踩过去，便留下一串浅浅足印。

苏雪至伸出了双手，去接空中落下的雪花。他笑吟吟地看着她。

身后江对面的方向，传来两道砰砰之声。苏雪至不防，吓得哆嗦了一下。紧接着，由远及近，砰砰的炸裂之声此起彼伏，汇聚在一起，震耳欲聋。

是除夕的子夜来临了。

家家户户燃放炮仗，驱邪赶祟，迎福纳吉。

苏雪至笑着又往贺汉渚的怀里钻。他索性用大衣将她整个脑袋包了起来，还帮着捂住了她的耳朵。

那一阵惊天动地的巨响过后，耳边慢慢地恢复了安静，两人正要回房，忽然这时，身后楼里的灯光大亮，仿佛有人来回奔走，一阵喧哗。

苏雪至和贺汉渚对望了一眼，转头奔了回去，迎面就遇到了衣衫还没穿齐的红莲。她一把攥住了贺汉渚的手臂，力气大得连他都难以挣脱开。

"姑爷！姐儿！龙王他……他醒来了！"

苏雪至心跳得厉害，一口气奔到她刚出来的那间病房前，正要冲进去，脚步又生生地刹住了。

她看到叶云锦的面正伏在郑龙王的胸前，似在无声落泪。龙王凝视着她，吃力地试了几下，终于缓缓地抬起一臂，轻轻地抚了下她的头发。

苏雪至潸然泪下。这一次，却是欣喜和幸福的泪。

贺汉渚也来到了她的身后。他们没有进去，悄悄地退了回来，退到一个无人的角落里，两人再次拥在了一起。

余生恨短，流水东逝，分分秒秒，须记珍惜。

余生也苦长，日复一日，有了陪伴，更知丰盈。

雪一片一片地落，无声地沾在他们的头发和肩上。

雪至，雪至。

好时至。

余生路漫漫

"话说天色暗黑了下去，船老大和船夫累了一天，想着赶紧通过前面峡谷然后停下来休息过夜。忽然，峡谷的深处传出了一道古怪的声音。那声音是这样的——呜——呜——呜——"一个老妈子表情神神秘秘，吊着喉，拖着嗓子，音调忽高忽低，对着面前一个仰着脸看着自己的不过四五岁大的男童比画。

"小少爷你听清了吗，就是这种声音！不是风声！是从水底下钻出来的！可吓人了！船上的几个年轻徒弟以前从没遇到过啊，害怕，全都吓得两腿发抖。小少爷你知道那是什么声音？"

不待男童应答，老妈子弯腰逼近他，两只眼睛瞪得滚圆，手朝空中胡乱抓了一下。

"是水鬼！"

男孩眼睛眨了一下，两排长睫动了一动。他一旁的丫头却不知是被老妈子的话还是她本人给吓到，尖叫了一声。

老妈子用眼角投去一道表示对其胆小藐视的斜视，继续比画着。

"这水道哇，古早有三国争霸，平日上水下水，千百年下来，不知翻沉了多少船，淹死了多少的人，最后全都化成水鬼，被镇在了水底下！它们不甘心哪，就趁着月黑风高，全都出来兴风作浪，专门找那些阳气弱的，短命相的，只要把活人拉下去，自己就可以投胎了……"

"老李，你那什么鬼话，也敢在小少爷跟前胡说？"

正当老妈子讲得口沫横飞，忽然传来一道呵斥声。

老妈子扭过头，见是红莲来了，忙直起腰，闭了口，却又觉不甘，于是小声嘀咕："小少爷自己叫我讲故事的嘛——"

"还嘴硬！小少爷让你讲故事，你讲这些作死的？他才多大？要是害他受怕惊了夜，饶不了你！"

老李这才闷头不吭声了。

红莲丢下老妈子，忙上来一把将男童捞进怀里紧紧搂住。

"小心肝，你没吓到吧？"

男童摇头："我不怕。三公和我讲过，江里没水鬼。那种声音叫水啸，是水底的大旋涡的动静。夜深人静的时候，隔着十来里，他们水会里的经验丰富的船夫就能听得到，就好像警示，提醒他们小心路过。"

这孩子开口晚，快三岁的时候还不说话，把他妈给急的，终于放下工作，想着各种法子，折腾来折腾去，老担心他是个小哑巴。后来总算是开了口，他妈这才松了口气，但他平日还是不大乐意说话，于是他妈又愁个不停，怕这孩子智商不行。没想到他现在竟突然说了这么一长串拗口的话，虽然奶声奶气的，但却记得清清楚楚，讲得头头是道，顿时惊呆了身旁的众人。

"我的小心肝！听听，谁说你说不好话的！明明讲得这么好！就是平常咱们不想理人罢了！你娘怎么不在！还有你爹，等下他回来，姨婆就告诉他去！"红莲真的是乐坏了，搂着男童夸个不停。

男童口中的三公就是水会现如今的当家王泥鳅，因他原本排行三，又是郑龙王的结义兄弟，所以男童记事后就尊他为三公。

至于红莲，她平日是不在这里的，这回是年初时来的，就是为了照顾这男童。

老妈子也是兴高采烈，夸个不停："还是小少爷聪明！这就叫真人不露相！看着不爱说话，其实什么都知道！"

男童从红莲的怀抱里拼命地钻出自己的小脑袋："李妈妈，你再讲下去。"

老妈子瞄了眼红莲，讪讪地说："小少爷你刚才不是说那是什么水啸声吗？"

"你讲的故事好听，我还想听。"

老妈子顿时来了劲，朝红莲做了个不关我事的无辜表情，重新开讲："说时迟那时快，正当大家一个一个抖得站不稳腿，船老大不慌不忙走到船头。只见他掏出一面木牌，高高举起，冲着那头大喊一声，龙王在此，水鬼速退！话音刚落，牌子发出一道金灿灿的光，刹那间照亮了半边的江面，眼睛还没眨呢，好家伙，前头水底刚还在闹事的那些什么幽兵鬼，淹死鬼，还有自己想不开跳江死了又后悔的投水鬼，统统全都跑掉了！船老大见动静没了，赶紧收牌，重新张起了帆，摇起了橹，就这样，顺顺利利稳稳当当地过了关。"

"我知道！这个我知道！"那丫头也抢着插了一嘴，"这个龙王可不是水里的龙王，他是水会的郑龙王！大家都说他几年前得道成仙了，真的成了龙王，永远保佑江上的船！木牌就是他老人家的令牌！"

老妈子留到最后要讲的话被小丫头抢走，嘀咕了起来，男孩却目露困惑之色，张了张小嘴巴，似乎想说什么，又忍住了。

"好了好了，"红莲喜滋滋地将男童抱了起来，转身朝里走去，"咱们换衣裳去，等下你爹就要回来了，早点收拾好。"

"姨婆，龙王是不是就是我外祖父啊？"男童将嘴巴凑到红莲的耳边，轻轻发问，"他明明还在。妈妈说，外祖父和外祖母一起去游历祖国的大好河山了，说不定哪天就会回来看我。她们为什么说他变成仙人了？"

"他守了水道那么多年，累了，现在担子交给你三公，大家再也看不到他，但还是想念他，所以就都这么说了。"

男童似懂非懂，却也没再继续追问了。

"你娘，还有小姑和舅舅，他们就要一起回来替你过生日了，高兴不高兴？"

这男童姓贺，名铭恩，正是贺汉渚和苏雪至的儿子。再过几天，就是他五周岁的生日，但是不巧，他的母亲现在却不在家。至于去了哪里，那就说来话长了。

去年，因苏雪至在抗生素研制方面的杰出贡献，在她本人不知情的情况下，她被授予了当年的一个世界医学大奖。彼时消息传来，举国为之沸腾，但最后她并未接受这个奖项，而是给大会发了一封回复信函。在信函中，她表示这项成果的取得非她个人之功，出于某种不便公开的原因她无法详述，所以她不能也不敢接受这样的荣誉。理应被载入荣誉殿堂的，应当是全世界包括过去、现在以及将来的所有和疾病做着不懈斗争的医学从业者们。委员会经过评议，决定尊重她的意愿，同时以全票通过的方式空置了本年度的医学奖，以表达评委会对这项医学成果的最高尊敬和最大的肯定。

虽然当时她没有赴会领奖，但在不久之后，一个国际性的医学大会再次召开。她毫无疑问成为特邀嘉宾，出于医学共享和交流的目的，这一次她没有拒绝，加上贺兰雪经过多年苦读，恰也在这时获得了医学博士学位，即将学成归来。为出席会议，也是为了参加兰雪的毕业典礼，共同见证她人生中的一个有着重要纪念意义的时刻，苏雪至计划出国。

这趟来回需要至少大半年的时间，儿子年幼，不适合同行，贺汉渚也没法抛下事务这么久陪她出国。所以虽是万分不舍，但今年年初，苏雪至还是与和校长等人前往欧洲。两个月前，贺汉渚收到了她确定的归来日程，看船期，她赶在儿子的五岁生日前归家是没有问题的。

这一年来，母亲出国，父亲公事繁忙，也不能时刻陪伴在侧，所以红莲特意又来到了贺家，专门照顾小铭恩。

母亲回来的日子就是这个周末，贺铭恩早就在心里暗暗记得清清楚楚，此刻听到红莲这么问自己，点了点头，一张小脸露出了灿烂笑容："高兴！我很想认识姑姑和舅舅！"

"还有，妈妈回来，要给我和爸爸一起过生日了！"他想了下，又用郑重的语气补充了一句。

说来也是巧，小铭恩的生日，和他父亲贺汉渚是同月同天。

他周岁庆的时候，父亲贺汉渚在家，但当时他还小，自然没记忆。两周岁，三周岁，还有去年四周岁，他有了记忆，但每一次过生日，父亲都是因为不同的原因出门在外，没法赶回来，所以对于这个父亲终于在家可以和他一起过的生日，贺铭恩是非常期盼的。

"对对！你娘回来，给你爹还有小心肝你一起过生日咯！"红莲笑得眼睛都成了一条缝，"走，你爹应该也快回来了，姨婆给你换套衣服，等下你和你爹一起吃晚饭！"

省府办公室，访客前脚刚起身离去，秘书后脚就跟着走了进来，说下一拨原定要见面的已经来了，人都等在等候室里，是否现在就带来。

"是递了封上头有所谓的万民手印请愿信的那帮遗老？"

"是。他们认为让普通学校和普通的高等学校同时自主招收女学生有伤风化，应当恢复旧制，单招男学生，至于女学生自有女学堂可去。还说，即便是在洋人国，也是男女分校，严守防线……"

这群所谓的乡贤为了这事，已是不止一次来烦扰自己了。贺汉渚此前一直不见，后来烦不胜烦，本打算今天叫过来好好说道说道。但现在，他看了眼时间，实在没心情再和那帮人扯嘴皮子，说："取消吧，临时有事。你代我告诉他们去，根据教育局统计的最新数据，仅仅省府直辖下的周围十一个县城里，报名来将家中女孩送去读书求学的家庭就达五千多户，更不用说加上全省其余地方了。不实行新政，凭空哪来的那么多女学堂？他们反对，让他们想法子出钱，多建女学堂，什么时候帮我解决了这个问题，我就全照他们的意思办！"

现在不但省府里，就连下头县城里的许多父母，也逐渐改变思想，开始愿意送女孩去读书了。之所以发生这种改变，苏雪至这些年做的宣传和她本人的榜样力量起了很大的作用。

秘书一愣，随即忍住笑，点头："明白了！卑职这就去回复他们！"

贺汉渚拿起外套，快步走出办公室，直接回了家。

回去的路上，贺汉渚的心情有些低落。

她这一去就是大半年，儿子十分想她。此前当自己告诉他，妈妈能回来为他过生日，难得他兴奋极了，整个人都跳了起来。已经盼望了这么久，现在要是突然告诉他，妈妈要迟些才能回，赶不上他的生日，也不知道他将会是如何的伤心。

至于苏雪至迟归的原因，只能说太不巧了。她回乘的船停经南洋海峡附近的一个岛国，王太后染了重病，国王听说她就在这条船上，亲自等在港口求医。她下船看病，诊断疑似是感染了一种病毒，这种病毒不但有很强的传染性，还有一定的潜伏期。经过询问，果然获悉该地民间也已有了相当数量的民众罹患和王太后类似症状的病，其中就有不少早年出于种种原因而漂洋过海前去谋生的华侨，她当即让船迅速离港，所有已下船的人员则先留下不能返船离开，包括她本人在内。

在她下船的时候，贺兰雪和叶贤齐恰因别的事留在了船上，就这样，他们被迫跟着船先行上路，她则暂时滞留在了当地。

她出国的时候，丁春山和她同行，寸步不离。贺汉渚很快收到消息，焦虑至极，担心她的安全，虽恨不得自己立刻插翅飞去，但鞭长莫及。他十分清楚，在那种地方，傅明城的关系网会比自己更直接，他当即找了傅明城，请他帮忙保护她的周全。上周他陆续得知情况进展，当地的传染病已获得有效控制，她也安然无恙，等待下一班将要停靠过来的轮船，到时搭乘上去，继续踏上返程。

今天他收到确切的消息，苏雪至无论如何也没法在儿子的生日前归来了。

汽车停下，贺汉渚不待司机开门，便立刻自己推开车门下了车。到了儿子的房间外，还没进去，听见了红莲絮絮叨叨的说话声："你年初的裤子现在穿都短了，这套衣裳是裁缝前几天做好刚送来的，难得和你爹一起吃晚饭，小心肝你是今晚就穿呢，还是等到你娘和姑姑他们回来那天再穿？"

"等我娘和姑姑回来穿。"儿子稚嫩的嗓音传来。

贺汉渚停步，透过半开的门望进去，见床上铺着一套小西服，红莲和丫头在一旁忙着。

　　"好，好……那就留着等你娘他们回来穿吧。不得了，你娘过两天回来一看，小心肝趁着她不在家，个头居然噌地一下就拔高了这么多，她不知道会有多高兴哪！"红莲让丫头把新衣裳收起，嘴里继续念叨着。

　　贺铭恩挣脱开了红莲的手。

　　"小心肝，来，姨婆给你穿衣——"

　　"姨婆我自己会穿衣裳了。娘说自己的事情自己做。还有——"贺铭恩的小脸上露出了一缕忸怩之色，"姨婆，你不要再叫我小心肝了好不好？我爹叫我铭恩，我娘叫我小恩。"

　　"胡说！你还这么小，怎么能自己做事？你娘不对，等她回来了，姨婆要和她说！你听话，乖乖地不动！还有，小心肝多好，怎么不能叫？"

　　贺铭恩小胳膊小腿挣扎了几下，可是抗议无效，最后还是像平常一样被红莲给按住，好不容易终于获得解脱，拔腿就朝床边的一堵墙跑去，跑到跟前，一只手举过头顶，小心翼翼地平移过去，和上头做了几道记号的位置比较了一下，随即扭头，笑容灿烂无比："真的！我又长高了！我记着娘的话，都有好好吃饭——"

　　他看见了站在门外的父亲，笑容顿时凝住，叫了声"爹"，随即闭上小嘴，默默地看着贺汉渚。

　　贺汉渚笑着走了进去，朝他招了招手："是吗？个头好像是高了些，就是不知道有没长肉。过来，爹抱一下，掂下沉不沉。"

　　贺铭恩仿佛不怎么情愿，虽依着父亲的话，靠向了他，但却磨磨蹭蹭的。

　　"姑爷今日怎回得这么早？"红莲有点惊喜。

　　"不是说好了，和铭恩一起吃晚饭吗？正好没事了，就早点回。"贺汉渚看了眼儿子说。

　　"太好了。晚饭准备得差不多了，你要是饿了，可以早点吃。"

　　"我不饿，随铭恩吧。"贺汉渚看着半晌还没走到自己跟前的儿子。

　　红莲便又喜滋滋地将小少爷方才说了那么多话的事告诉了他。

　　"咱们家小少爷这么聪明！记性还好！那么一大串拗口的话，亏他都说得清清楚楚！我看大人都没他懂得多讲得好！"红莲起劲地夸个不停。

　　贺汉渚白天能和儿子见面相处的时间非常有限，而晚上等他回家，往往儿子已经睡了。儿子给他的印象就是听话，安静。除了初为人父之时的手忙脚乱，从出生后，儿子几乎就没什么让他操心的地方。等后来确定儿子会说话，更是完全地放了心。有时苏雪至觉得儿子的表达欲望不及同龄小孩，颇为忧虑，他也不以为然，说顺其自然就行，还说自己小时候也不爱讲话，儿子随他而已。

平日"惜字如金"的儿子今天这样不同寻常，贺汉渚便想到刚才他说要把新衣留到他母亲回家过生日那天再穿的情景，想必儿子对那天极是盼望，心里不禁愈发烦恼，口中却笑道："是吗？那说给我听听。"

见父亲的注意力转了，不再要抱自己，贺铭恩暗暗松了口气，立刻停在这个在他眼中是世界上最高大的男人的面前，两只小手在身侧垂得笔直，眼睛看着他衣角，用背书一样的口吻说："三公说，水里没有水鬼，声音是水里的旋涡发出来的。"说完再次闭了口。

"不是这样的啊！小少爷，你刚才明明不是这么说的！快，赶紧的，就照你刚才说的话，原原本本，再讲一遍给你爹听！"

红莲一听，急了，忙提醒，又拉丫头和老李给自己作证，以证明小少爷刚才真的说了很长的一段话，绝不是自己在夸大。

老妈子和小丫头连连点头，极力证明。

贺铭恩悄悄看了眼父亲，见他脸上虽带着笑，也望着自己，但凭孩童那天然的敏感，他觉得父亲对自己说了什么似乎并不是真的感兴趣。

不管红莲再怎么催，贺铭恩就是不再开腔了，站着一动不动。

贺汉渚见儿子不说，加上自己有心事，也就不勉强了，伸手摸了摸他毛茸茸的脑袋，以表对他今天表现的嘉奖。

红莲极是遗憾，为姑爷没能亲耳听小少爷讲那么多话心疼了几秒，又道："姑爷，你最近有没再收到我们小姐的消息？小少爷天天盼着他娘回来给他过生日呢！还有他小姑，舅舅。说起来，我竟也一晃这么多年都没见着我们表少爷了，等他回来，可别认不出我！"

她唏嘘的时候，贺铭恩一直在透过两排长长的睫毛悄悄地看父亲。

贺汉渚没立刻回答，望向儿子，对上了他的目光，问他肚子饿了没。

饭桌旁，父子一大一小相对而坐。

贺汉渚在儿子的面前，正襟危坐。

他的祖父极重言传身教，在他小的时候就是这么教养他的。他不敢自夸如何如何出色，但要说各方面比上不足比下有余，应当不至于是信口开河。现在轮到自己当老子了，他自然想要在儿子的面前表现得最好，不敢过于散漫。

贺铭恩坐在苏雪至请木匠特别打制的一张高腿椅上，自然，身子也是坐得笔直。两人中间的那张椅子是苏雪至的，现在空着。

父子难得一起吃顿正儿八经的晚饭，厨子自然使出浑身解数，桌上摆满了菜。贺汉渚替儿子盛了一碗饭，放到了他的面前。贺铭恩双手接过，还道了谢。

饭桌上悄然无声，只有勺碟偶尔相碰发出的轻微声音。

贺汉渚有些食不知味，吃了一碗，放下筷子。

贺铭恩瞄了眼他的碗，飞快地几口扒完了自己碗里的饭，跟着也要放筷，却被贺汉渚阻了。他给儿子又盛了些饭，让他再吃些："慢慢吃，不用赶，爹晚上没事，不出去，就陪着你。"

他温声说完，还往儿子的碗里夹了一个他爱吃的小鸡腿。

贺铭恩便低头再次开始吃饭。

贺汉渚一直看着儿子，等他又吃完了，问他还要不要，他摇头说饱了。贺汉渚估摸着也差不多了，将儿子带进了自己的书房，抱他坐进椅子里，然后拿出准备好的东西，笑着递了过去。

这是一只盒子，他让儿子自己打开。贺铭恩开了盒子，发现里面是一双鞋跟上带着钝头马刺的小马靴，不禁疑惑地抬起头。

"你去年不是就想学骑马吗？你妈妈不答应，说你太小。今年你又长了一岁，等爹找到了合适的小马，爹带你去。这双马靴就是特意给你做的，到时候你穿着学骑马。高不高兴？"

贺铭恩眼睛顿时发亮，点了点头。

贺汉渚咧嘴一笑，拿出小靴子，蹲了下去，开始替他穿鞋。

"来，穿了走走看，大小合不合适。"

他替儿子穿好靴子。贺铭恩从高高的椅子上滑了下来，踩着脚上的新马靴，在地板来回走了几趟，发出咯噔咯噔的响亮声音。

"大小正好！谢谢爹！"贺铭恩仰起小脸看着父亲，眼睛里闪烁着喜悦的光芒。

贺汉渚笑着再次蹲在了他的面前，看着他的眼睛，说："你既然已经可以学骑小马了，这就说明你长大了，是个男子汉了，是不是？"

贺铭恩用力点头。

"好，那么有件事，爹想告诉你——"当父亲的一顿，用强调的语气重复，"咱们先说好，既然已经是男子汉，那么无论什么事，哪怕是叫自己失望的事，发生了，都不能哭鼻子，对不对？"

贺铭恩又点头："对！"他用响亮的声音应道。

"很好，那爹就说了。"

贺汉渚用自己最平缓的语调说："爹收到一个消息，因为出了一点意外，你妈妈应该是没法和小姑还有舅舅他们一起回来给你过生日了——"

笑容从贺铭恩的脸上渐渐消失。

贺汉渚忙补充："下个月，我保证，下个月，她一定能回来！"

贺铭恩耷拉着小脑袋。

贺汉渚咳了一声，笑容消失，板起了脸："刚才可是已经说好了，不能哭的！"

见儿子还是不吭声，他只好又放缓语调："虽然妈妈回不来，不过，不是还有姑姑和舅舅吗？姑姑虽然以前只看过你的照片，但她非常喜欢你，她很想见你，到时候，她、舅舅还有爹，我们一起为你过生日，也会一样热闹的。"

贺铭恩摇头："我不哭！我没关系的。姑姑和舅舅回来，我也很高兴。"

贺汉渚知道儿子很听话，但没想到这么好哄，颇觉过关之喜，夸他听话，随即问他晚上想做什么，说自己陪他一起。

"爹你有事你去忙，我没关系，我自己会看卡片的！"儿子说道。

苏雪至给儿子准备了许多看图认字的彩色卡片，上面画着各种各样栩栩如生的花鸟鱼虫，还有一些简单的字母或者数字。儿子很喜欢，贺汉渚晚上回家曾不止一次在睡着的儿子枕边看见那些散落的卡片。

"好，那爹就不陪你了。"贺汉渚终于彻底地放了心，叫来了人，让带着儿子出去。

他目送儿子被牵走的小小背影，长长地舒了口气，舒完气，想到连儿子这么小都如此懂事，自己若还失落不已，岂非连小儿也不如？

都等了这么久，再多些天又有何妨？

他自嘲般地摇了摇头，看了眼桌上的未完公事，排除杂念，开台灯坐了下去。

这一忙就是几个钟头，等他抬头发现已快十一点了，人也觉着乏了。他丢下笔，关了台灯，起身走出书房。

妻子的很多育儿理念和贺汉渚其实颇有冲突，就和两人刚认识时的情景一模一样，一开始他还会据理力争几下，后来知道争不过她，便撒手让出大权了。不过，主张让儿子早早独自睡觉的这一点，夫妇二人倒是难得意见相同。

儿子的卧房就在两人卧室的隔壁。苏雪至出国后，贺汉渚就养成了每晚睡前要去看下儿子的习惯。他轻轻地推开了门。和往常一样，红莲她们已各自回房休息，卧室里熄了灯，儿子应该早已睡着。

借着夜晚的余光，贺汉渚蹑手蹑脚地走向床。他仿佛听到了来自床那头的什么轻微的异声，下一刻又消失了。起先他不以为意，以为听错了。他走到床边，开了台灯，望向儿子，发现他蒙在被里睡觉。

儿子在被子下蜷成了小小的一团，一动不动。贺汉渚怕他气闷，抬手拉了拉被头，却发现被子拉不动，好像被他从里面压住了。

贺汉渚再拉，刚拉下来点，露出儿子黑头发的小脑袋的顶，嗖的一下被子又被飞快地拽了回去，再次蒙住了那个小脑袋。贺汉渚终于感觉不对劲了，又试了试，愈发确定儿子醒着。

他终于掀了被，发现儿子趴在枕上，虽然看不见脸，但两只小肩膀却在微微地动着，再一看，好家伙，不但枕头上湿了一片，连被头也潮乎乎的。

等大人都走了，儿子竟一个人藏在房间的被子下偷偷地哭？

贺汉渚又是吃惊，又是意外，抱着儿子软软的小身体，轻而易举便将他翻了过来。

果然，儿子在偷偷地哭鼻子，只不过，现在大概因为自己进来了，他拼命地憋，以至于一张小脸憋得红扑扑的，人都撞气了，还一下一下地抽噎，看着好不可怜。

贺汉渚顿悟。

"你想妈妈了？"他问。

贺铭恩紧紧闭着眼睛，一边抽泣，一边使劲摇头。

贺汉渚觉得心脏都缩了一下，什么严父的形象此刻也全然不顾了，将儿子小小的身子抱进了怀里。

"别哭了！"他一顿，改口，"算了！你想哭就哭，这回没关系，允许你哭。"

她一去就这么久，好不容易终于盼到归来，临了又要推迟归期，别说儿子了，连他都觉得……

唉！一言难尽。

贺铭恩再也忍不住，"哇"的一声哭了出来，一边哭，一边抽泣："呜呜……我想妈妈了……我想她早点回来……"

"你想妈妈，晚上为什么不告诉我？自己一个人躲起来偷偷哭鼻子？"

贺汉渚第一次发现，儿子竟这么偏。

他不说倒也罢了，这么一说，贺铭恩更是抽噎个不停。

"你本来就不喜欢我的……我不想让你更不喜欢我……呜呜……"

贺汉渚目瞪口呆，赶紧又哄，哄了半晌，小人儿总算慢慢地平静了下来。

贺汉渚找出手帕，替儿子擦着脸，越想越气："谁跟你说我不喜欢你的？你告诉爹，爹帮你出气！"

贺铭恩感到自己的脸蛋被他擦得有点疼，想扭头躲开，心里却又舍不得——在贺铭恩的眼里，他的父亲是这个世界上最英俊最伟岸的男人，可是从有记忆以来，父亲就好像从没对自己这么好过。虽然妈妈的怀抱比他香比他软，但贺铭恩却不想从父亲的怀抱里出来。

也不知是脸疼，还是想到了伤心事，小朋友的眼圈又红了。他含着眼泪，抽泣道："呜呜……是妈妈说的……我听见了！"

"你妈妈？"贺汉渚诧异不已。

"她什么时候对你说的？岂有此理！别哭了，赶紧告诉爹！"

他催得急，贺铭恩一时之间却怎么止得住，眼泪鼻涕全都出来了。泪眼蒙眬中，又见父亲一副嫌弃自己的样子，不禁越发伤心，从呜呜哭泣变成了号啕大哭。

贺汉渚从没见儿子这么哭过，这才慌了神，冒着鼻涕沾身的危险将小人儿抱起来，放坐在怀里，一边继续替他擦脸，一边哄。谁知儿子压根不领情，倒似是落到了坏人手里，拼命挣扎，果然眼泪鼻涕糊了他一身。

他也顾不得嫌弃了，只想怎么赶紧把人哄好，偏他越哄，儿子哭得越是伤心，天都要简直要塌下来了。

"哎，怎么了怎么了，小心肝怎么了？"伴着一阵急促的脚步声，红莲推门而入，后头跟着睡眼惺忪的丫头婆子，冷不丁看见贺汉渚也在，小少爷就是在他怀里，一边哭一边挣扎，不禁愣了一下。

很快，红莲反应了过来："姑爷也在？"

她疾步上前，动作熟练地将小人儿从他怀里接走，抱着坐到床边，开始哄。很快，贺铭恩的哭声变小，他停止了哭泣，一下一下地抽噎。

"姑爷，刚才这是怎么了？大半夜的，小少爷哭得这么伤心？"

红莲这才有空，抬头望向贺汉渚问。

丫头忙着打水拧巾，婆子接了，上去擦脸，就剩贺汉渚一个人站着。红莲发问，那个闹事的小家伙，此刻也缩在红莲怀里，用他那双还含着残泪的眼睛偷偷地看着他。

贺汉渚有点尴尬："这个……也没什么，刚才我就问了点事……"

他刚开口，就见小家伙又抽噎了一下，忙打住，改口："就是晚上我告诉他，他妈妈可能没法如期回来给他过生日了，他大概有点难过……"

"什么？小姐回不来了，赶不上生日？"红莲叫了起来。

贺汉渚简单解释了下缘由。

贺铭恩的眼圈一红，泪花又在眼睛里打转转，憋着不掉下来。

红莲叹了口气，没说什么，只抱紧贺铭恩，轻轻拍着他背，对贺汉渚说："也不早了，姑爷你明天还有事吧，你赶紧去休息，小少爷交给我吧，我陪他。"

贺汉渚看了眼儿子。他躲在红莲怀里，一边一下一下地抽噎，一边好似在偷偷看自己。他此前从未如这刻这般感到自己不受欢迎。无可奈何，说了句劳烦，转身走了出去，回到卧室。

刚才那么一折腾，现在后背汗津津的，他打开衣柜，想拿衣服去洗个澡，目光落到了里头挂着的她剩在家的几件衣裳，手一顿，心情忽然变得极是低落。

他立在衣柜前，出神了片刻，这时敲门声响了起来。他过去开门，见是红莲来了，告诉他，他走了后小少爷很快就没事了，也不让她陪着睡觉。他自己躺下去，大概是累了，一下就闭上眼睛睡着了。她过来和他说一声，让他放心。

"谢谢你了，红姨。"贺汉渚松了口气，向她道谢。这大半年，全靠她照应着小家伙。

"说什么呢，和我这么客气。能照顾小少爷，那是我的福气！"红莲说着，视线落在了他沾了片亮闪闪的湿痕的衣襟上，笑了起来。

"是刚才小少爷弄的吧？赶紧换掉，你也好休息了。"

贺汉渚低头看了一眼，也笑了。

红莲走了，贺汉渚收拾心情，冲了个澡，穿上衣服出来。

已是凌晨，他仍没有睡意，在卧室的那张大床上辗转了片刻，心中一阵郁躁，索性又起了身，经过儿子卧室的门口，他屏住呼吸，做贼般地靠了过去，伸手轻轻地推开门，凑过去往里觑了一眼。

卧室里的小夜灯亮着，借着柔和而昏暗的灯色，他看见了儿子那朦朦胧胧的影子。他躺在枕上，闭着眼睛，一动不动，确实就像红莲说的那样，大概是累了，已经睡着了。

贺汉渚在门口默默望了片刻，轻轻地闭上了门。

当他再次回到书房坐下来后，却再也没法专心其中了。

他想着她未定的归期，想着这个时刻，他就在这里想着她，却不知她到底漂在地球的哪一个经纬点上。他的眼前又浮现出今晚儿子抗拒自己缩在红莲怀中泫然欲泣的模样。就连他的身体，这会儿也不想让他好过。这几年他咳喘的老毛病几乎没再发作了，但从前被子弹打穿过骨的那条手臂却来凑热闹，旧伤开始隐隐作痛。

实在是个糟糕至极的日子！

贺汉渚一把推开了摊在面前的文件，往后倒去，仰靠在了椅背上。

他闭目，皱眉揉着自己那条隐隐作痛的胳膊，陷入冥想，忽然，他听到门口发出些许轻微的响动，门慢慢地被人从外推开了一道缝。

竟是儿子来了。他好像有些胆怯，停在门外犹犹豫豫，最后那道门缝里终于探进来了一只小脑袋，当发现父亲就在看着自己，他吓了一跳，但很快他镇定了下来，鼓起勇气完全推开了门。

贺铭恩穿着睡衣，光着脚站门口的地上，两只小脚板相互搓啊搓的，看着皱眉的贺汉渚，小声地说："对不起，爹，你不要生我的气……"

贺汉渚心头一热，立刻起身大步走了过去，将儿子一把抱高，托在了臂上。

"没有生气！"他摇头道。

"真的？"贺铭恩不信。

"是，真的！"贺汉渚点头应道。

"可是……我刚才看见你在皱眉生气……"他咕哝了一声。

"爹的胳膊有点疼，不是在生你的气。"

贺铭恩"呀"了一声，立刻在父亲臂中扭了下身子："爹你胳膊疼，你快放下我。"

贺汉渚没放，抱着儿子转身走到桌前，放他坐在了桌沿上。他脱下自己的外衣，将儿子整个人连同一双小脚都裹住，接着他也坐回到了椅中。父子便面对着面，两人差不多齐平高了。

"本来是很疼，但刚才看见你来了，胳膊就不疼了。"他靠在椅背上，看着儿子微笑道。

贺铭恩睁大眼睛，和父亲对视了片刻，小脸上慢慢地露出了今晚第一缕带了点扭捏的快乐表情。

贺汉渚知道自己不该再问，但真不怪他，怪他那该死的好奇心。

他坐直身体，凑向儿子："铭恩，爹能不能问你一件事？"

"好。"他的儿子立刻点头。

贺汉渚微咳了一下，酝酿好情绪，用最温柔的语调小心地问："铭恩，你告诉爹，你妈妈什么时候对你说，爹不喜欢你？她是怎么说的？你放心，你就偷偷地告诉爹，爹绝不会让她知道的。爹是男人，你也是，这是咱们男人之间的秘密。"

贺汉渚以为儿子会犹豫。毕竟，儿子和她更亲，偏心她，他也是理解的。但万万没想到，话音刚落，儿子说："是妈妈对你说的！我听到了！我就在你们的门外！"

贺汉渚一怔，追问。

伴着儿子那断断续续的讲述，他终于想了起来。

那是去年夏天，儿子刚和他们分房睡不久。因为次日他要去外地一段时间，那个前夜，他想和苏雪至亲热，但儿子却不配合，很晚了还黏着她。

好不容易终于把儿子哄睡着，送回了房间，回房后，贺汉渚关门正要办事，突然又打雷下雨。苏雪至自然更关心儿子，怕儿子被雷电吵醒了害怕，不停地催他。他忍不住抱怨，说儿子是个麻烦蛋。他还说儿子一向睡得像猪，自己有时晚上回来翻着他玩儿都不会醒。她就生气了，说没见过他这样的爹，推开他就去看儿子。结果儿子压根没醒，果然还在睡觉。

等两人回来，他快快地说累，不理她。她哄了一会儿，见他还是气呼呼的，又恼了，骂他小肚鸡肠，专门和儿子过不去。他见状不妙，赶紧放下身段求欢和好，完了后真的累了，抱着她倒头就睡了。

第二天清早醒来，两人发现卧室的门开着一道缝，这才想起，昨夜从隔壁儿子的房间回来后，忘了反锁，应该是被风吹开了，因为窗外雷电交加，便没听到动静。好在没出什么意外，等天亮后，昨夜的拌嘴和恩爱也就成了夫妻二人生活里的一段再寻常不过的日常。

贺汉渚却没想到，就在那个晚上，他和他儿子的妈在亲热的时候，可能儿子就站在门外抹着眼泪。

坐在桌上的贺铭恩控诉："那天晚上打雷下雨，我突然醒了，害怕，想哭，想起妈妈说，你们就在隔壁，叫我醒来就去找你们，我就忍着不哭，去找你们。我推开门，叫了声你们，可是你们不理我，我听见妈妈和你说话。她说以前我还没出生的时候，你自己就说，你不喜欢小孩，嫌小孩麻烦，现在她信了。她还说，你以后要是再说我的坏话，她就真的生气了……"

"红姨说你能说一长串话，记性好，我相信了……"贺汉渚听得目瞪口呆，喃喃地道。

"爹你说什么？"贺铭恩停下来问。

"没什么！"贺汉渚回了神。

贺铭恩想起往事还是伤心，扁了扁嘴："然后我看见你咬妈妈的嘴，妈妈就说不出话了。我怕妈妈会疼。可是妈妈她自己抱住了你，好像又不疼……"

饶他面皮厚如皮甲，此刻也是禁不住暗暗发热，贺汉渚伸手一把捂住儿子的嘴巴："好了！别说了！那是爹喜欢你妈妈，大人在谈心。这么久了，你怎么一直都不说？"

贺铭恩一张小脸大半都被那只手给捂住了，只剩一双乌溜溜的眼睛还露在外，骨碌碌地转动。他呜呜地挣扎，说不出话。

贺汉渚忙松开了手。

贺铭恩透了一口气："那天晚上，我看妈妈她也忘了我，就抱着你，我很伤心，我就一个人回去睡觉了……"

他的眼圈又红了，最后，用着重的语气总结："爹你不喜欢我！我什么都知道！我就是不想说！"

贺汉渚一阵汗颜，忙道："爹喜欢你的，非常喜欢！以前那么说，是因为你还没出生，不知道你有多可爱。你出生后没几天，爹就抱了你。你几个月大的时候，不但朝我吐泡泡，还尿在了我身上，我一点儿都没嫌你脏。第二天一回家，我又抱你。不信，等你妈回来，你自己问她！"

实情是，当时儿子尿在了他身上，他很是嫌弃，赶紧放下小人儿就去换衣服了，虽然这确实没影响他第二天回来继续拿儿子当玩具逗着玩，但嫌脏是事实。等她回来就和她通个气，免得儿子真的去问，露了馅。

可怜贺铭恩哪里知道那么多，信以为真，噙着泪花问："真的吗？"

"真的！我是你爹，怎么可能不喜欢你？"贺汉渚急切点头，就差剖心自证。

"那你为什么对妈妈和对我不一样？"小朋友穷追不舍，打破砂锅问到底。

对着儿子那双纯洁的乌黑眼睛，贺汉渚一时实在不知该怎么解释，正绞尽脑汁，想怎么圆过去，忽听儿子自己开口："我知道，是不是因为爹你第一喜欢的是妈妈，第二才是我？"

贺汉渚点头，一想不对，忙又摇头："不是。"

他看着儿子的眼睛，用温柔而诚挚的语气说："爹像喜欢你妈妈一样地喜欢你，因为你是爹和你妈妈的孩子。懂吗？至于为什么对你和对你妈妈不一样——"

他沉吟了下，说："因为咱们都是男子汉，所以爹对你，是男子汉之间的相处方式。不过，爹知道错了，你还小，不该这样，让你难过了。以后爹会对你更好，像对你妈妈一样地对你，好不好？"

贺铭恩摇头："不用不用！"

贺汉渚一怔："为什么？"

"我要当男子汉！爹你还是对妈妈最好吧，对我第二好就可以了！"

贺汉渚失笑，拍了下儿子的小脑袋，将小人儿从桌边一把抱了起来。

"行，爹记住了，你妈妈第一，你第二。不早了，你要是不伤心了，爹就送你去睡觉。"

贺铭恩乖乖地蜷在父亲的怀里，等他抱自己到了卧室门前，两只小胳膊忽然搂住了他的脖颈，嘴贴到父亲耳边，轻声道："红姨和我说，要是妈妈回来了，你们一起在房间里，叫我早些去睡觉，不要打扰你们。现在妈妈还没回来，今晚我可以睡你和妈妈的床，和爹一起睡吗？"

贺汉渚扭脸，见儿子睁大那双和她极是相似的眼睛，一眨不眨地看着自己，胸间慢慢涌出了无限的爱意。

这是他和她的孩子，他们共同的骨肉。他真的懊悔，自己以前怎的如此粗心。她其实不止一次提醒过他，儿子性格敏感，有些内向，让他平常对待儿子不要过于严厉。但他却总不以为然，觉得男孩就该从小接受严格教养，以此锤炼坚强意志。

就在今夜，他仿佛突生一种醍醐灌顶的感觉。他的儿子已经足够优秀，不需要他这个爹再对他施加压力。

"当然可以了。"他点头。

贺铭恩开心极了。这是母亲离开他之后这大半年来他最为开心的时刻。他紧紧地抱着如山一般伟岸的父亲的脖颈，直到躺在了那张床上，这才撒开了手，听话地闭上了眼睛。

贺汉渚替儿子盖好被子，自己也躺了下去，随即熄灯。过了一会儿，他感到身旁的小人儿还没睡着，闭目问："怎么了？还不睡？"

"爹，我能问你一个问题吗？"

"嗯。"

"你和妈妈为什么会结婚，生了我？"

贺汉渚睁眼，伸手开了床头灯，见儿子睁着眼睛在看自己，笑道：

"因为爹特别喜欢你的妈妈，所以就和她结婚了，生了你。"

贺铭恩今晚是个好奇宝宝，说的话简直比他这一年来在贺汉渚面前说的加起来都要多。他从枕头上一骨碌地爬了起来，趴在父亲身边追问："那你为什么特别喜欢她？你和妈妈是怎么认识的？"

贺汉渚挑了挑眉："小鬼头！问题真多！"

他嘴里嫌弃着儿子，心里却颇是得意，掀开被子，卷起裤腿，指着自己一侧大腿上的那道伤疤说："你妈妈是我的救命恩人。我和她最早是在船上认识的，她救了你爹，这就是印记。"

贺铭恩还是第一次听说这样的事，忍不住惊叹地"哇"了一声。

贺汉渚便将当年的旧事简单地说了一遍，最后道："你妈妈都救了你爹的命了，像你爹这么出色的人，世上难找第二个，你说，爹要是不娶她，不以身相许报恩，这还有天理吗？"

"没！爹你就该娶妈妈！"贺铭恩咯咯地笑，配合着大言不惭的父亲，在被窝里快乐地打着滚。

贺汉渚跟着儿子笑，笑了一会儿，看了眼时间，催儿子赶紧睡觉。

贺铭恩"嗯"了一声，又躺了下去。

贺汉渚正要关灯，忽然，他听到儿子在身后又叫了自己一声。

他转头，便对上了儿子那双明亮的眼睛。他轻声说："我还有一件事，刚才没和爹讲。"

"你说。"贺汉渚柔声道。

"妈妈说，你的生日和我是同一天。可是我一次也没和爹你一起过过。妈妈出去前，答应我说，她要在我们生日前赶回来，给我们过生日。"

贺汉渚一顿："没关系。就算妈妈这回赶不回来，爹也会和你一起过，庆贺你的生日。"

"还有爹的生日！"贺铭恩立刻补充。

"是，还有我的生日。"贺汉渚笑了，摸了摸儿子的头，"睡吧。"

贺铭恩终于感到困了，打了个哈欠，闭上眼睛，慢慢地睡了过去。

下半夜了，窗外不知何时，起了秋风夜雨。

贺汉渚起身关紧窗户，回到了床上，他闭目听着声声催人的秋风秋雨声，还有枕畔儿子发出的呼吸声，回忆和她的种种旧事，如此刻庭院阶前的梧桐夜雨，点点滴滴涌上心头。

最后，一个念头冒了出来。

他知道其实完全不必如此。要是让她知道，她说不定反而会责备他的冲动。但这个念头冒了出来之后，便如同一根藤蔓在他心里迅速地生根、攀张，将他整个人都束住。他无法抑制心里的冲动，那久违了的如当年他刚陷入情感恋爱时的冲动，急切地催他去做事后想起或许会觉愚蠢的举动。

他再也忍不住了，迅速翻身下床，套了件衣裳，再次回到书房，开始安排事情。

天没亮，还在睡梦中的贺铭恩被人轻轻摇醒了。他揉着惺忪睡眼，惊奇地发现，父亲站在床前。

他已穿戴整齐，英姿勃勃，一副就要出远门的样子。

"爹，你要去哪里？"贺铭恩不安地问道。

"想不想和爹一起去接你妈妈？咱们悄悄出发，到时候，吓她一跳！"他的父亲笑着问他。

这正是贺铭恩在心里偷偷想了无数遍却不敢说出来的念头。他懵懵懂懂地知道，要是自己这么说了，就是不懂事，所以他不敢说。

他没有想到，他的父亲，竟会和自己想得一样。

他的双眸发光，惊喜得尖叫了一声，一下就从床上蹦了起来，蹦得老高。

"好！我想去！我想去！爹，我想去！"

贺汉渚被儿子的情绪感染，大笑，笑声中，将儿子的衣物一股脑儿地丢了过去，罩住了儿子的小脑袋。

"赶紧穿衣，穿好了，我们就出发！"

这一天，王宫的一名官员来到了苏雪至在当地的临时寓所，向她转达来自国王的邀请。

"夫人，国王和我们的国民对您无不怀着极大的感激之情。国王听说了船期的消息，派我前来诚挚邀您入住皇宫。您将是我们最为尊贵的客人，您可以在那里等待船至。相信您一定能度过一段愉快的时间。"

苏雪至道谢，婉拒了邀约。送走人后，抱着最后一点侥幸之念问丁春山："确定都问过了吗？最快的船也要在半个月后？"

丁春山知她归心似箭，但运气确实不佳，就在上周刚过去了一班轮船，下一班最快也要在半个月后才能抵达本港。

"您也不用太急，"丁春山安慰她，"只是再多半个月而已，很快就过去了。我看这里风光不错，您正好可以放松一下，游览一番再回也不迟。"

虽然他其实也是归心似箭，但出来都大半年了，早半个月或者晚半个月回去区别也不大。

苏雪至眉头微锁。如果只能半个月后出发，日子铁定是赶不上了。她沉吟了下，又问："货轮呢？最近的货轮是哪一天？走多久能到？"

"货轮？"丁春山一怔。

和以载客为主的邮轮相比，货轮不但船期更长，船上的条件也差。

"是的，货轮！你帮我打听下。"

丁春山匆匆离去，当天回来后，告诉苏雪至，有条钻石号货轮，属于当地的一家船司所有，拟在一周后启航去往中国。

"虽然时间提早了一周，他们得知是您想搭乘回国也表示非常荣幸，但我看了下航程，中途除了大港口，还要停靠数个小港驳货，所以整个航程算下来，和半个月后的邮轮相差无几。"

苏雪至只能作罢："算了，那我们等半个月后的船吧，辛苦你了。"

丁春山说是分内之事。

苏雪至压下心中的失望之情，望了他一眼，带了几分歉然地笑道："你也很想早些回吧？因为我的事，叫你新婚没几个月就跟着出来了。太太怕是要抱怨。"

丁春山登时面皮暗热，忙摆手说没关系，她绝无怨言。

他是去年才结婚的，太太是他老家一户乡绅之家的女儿，应该是很早以前，两家就定了亲。但他原本似乎对这桩婚事并不属意，前几年这边没什么事，他也不大回去，似乎是想解约，但不知怎么没解成，一直拖到了去年，因事被家中叫了回去，随后就传来消息，结婚了。

当时因为突然，苏雪至和贺汉渚没亲自去参加婚礼，但过后补送了贺礼。后来也听人讲，新娘虽然是位老派小家碧玉，但家风端正，其人淑美，在当地颇有盛誉。他结婚后，就在老家连着待了几个月，可见不管之前如何，婚后他对那位小姐应该很是满意，相处也甚为融洽。

直到年后，因为苏雪至要出国，他才匆匆赶了回来。

其实当时苏雪至并不打算让他陪同的，是他自己坚持，主动回来的，说别人陪同他不放心。

和自己与贺汉渚这种老夫老妻不一样，人家新婚燕尔，让人就这么分离了，还这么久，苏雪至想到这个就有几分过意不去。见他这么应，自然也不多说别的了，顺着他的口风继续笑道："那就好。等回去了，这次真放你大假，你回去想待多久就多久。或者干脆你把太太接来最好，正好我也认识一下。"

丁春山只含含糊糊地应着，这时助手来敲门，说钻石号货轮的经理来访。苏雪至将人请进寓所。

当地有许多华侨，据说很多人的家谱最早可以追溯到明朝末年，这位经理也是其中一个，能说一口纯正的中国话。见到苏雪至后，他恭敬地表示，刚听人说了她想搭乘钻石号货轮回国的事，非常巧，船在昨天就已提前满载了，不用等到下周，快的话明后天就能出港，而且因为客户变动，途中原本要经过的一些小港也不作停靠，半个月内就能抵达，所以特意来告知她最新的动态，问她是否愿意搭乘。

"如果您愿意的话，我会吩咐船长，我们将竭尽所能，为夫人提供一段尽量舒适的海上旅程。"

这简直就是柳暗花明又一村！

如果明天就出发，半个月后到港，剩下的路上她再紧赶一下，一切顺利的话，说不定还是有可能赶上生日的。

苏雪至惊喜万分，和丁春山对望了一眼，立刻点头："实在是太好了，我很愿意。非常感谢船司，我会支付我们一行人的费用，路上只要能为我们提供适当的休息场所便可，其余不好再劳烦你们。"

经理笑容满面地说，钻石号的船东也是华人，姓董。

"董氏虽世居海外几百年，但家族子弟代代传习华夏文化，心向中国。董老先生此前一直关注国内局势，对贺将军和夫人的大名早就有所耳闻，十分敬佩。这回获悉夫人载誉归来路过，本想邀入庄园奉为贵宾，又怕素昧平生打扰夫人，所以不敢冒昧。正好，他听说了这事，能替贺将军和夫人尽一份微薄之力，可谓有幸，就请夫人不要见外。"

苏雪至虽在这里停留时间不长，但也知道，这位董老先生是当地一个有名的大富商，拥有着面积数一数二的橡胶园，曾被国王授予过封号，并且非常爱国。几年前国内对日作战，他便捐过一笔巨款，用以资助军费。

对方既这么说，苏雪至也就不再客气，请经理代自己向船东董老先生转达谢意。

果然，隔日钻石号便提早启航了。苏雪至一行人于上午九点在港口上船，一切顺利，货轮随后出港，沿着南洋航线朝东航行而去。

傅明城站在港口岸上的一个角落里，目送船影渐渐出港远去，忽然身后传来一道声音："她就是那位有名的苏女士，贺夫人，刚从欧洲载誉归来的医学教授，也是你特意找我父亲商谈，宁可自己贴钱也希望钻石号能提早出发送人回国的那个乘客？"

傅明城转头。

他身后来了一个女郎，作当地女子的打扮，穿一条长及脚踝的裹肩长裙，海风吹来，裙裾摇曳，婀娜明艳，甚是美丽。

是董家的小姐，董老先生唯一的继承人。

傅明城和董家是老相识，素有生意往来，董小姐这几年一直在帮助其父经营生意，两人自然熟悉。他没搭腔，只朝董小姐微微点了点头，算作打招呼，随即转身，迈步要走。

董小姐的目光从船影上收回，悠悠地道："这位苏女士，莫非就是你的心上人？如果真被我猜中，我劝你还是及早回头。虽然你有钱有势，但她的丈夫可不是一般的人。这个墙角恐怕不大好挖。"

傅明城停步，慢慢转过头。

他的眉皱了起来，诧异而不悦地道："董小姐，我一直以为你是你父亲的最佳代理人，之前的合作也很愉快。我没想到你会说出这样的话。希望你注意言谈尺度。贺氏夫妇不是你可以轻慢的人。我也不认为以我们的关系，你可以在我面前说出这样充满臆测的无礼之言。"

董小姐耳根微红，面露惭色，应该也是在懊悔自己刚才的失言。她也是个爽快之人，很快认错："是我的错，不该这么说话的，我为我的失言，为我对贺氏夫妇以及对你的冒犯而道歉。请原谅。"态度十分诚恳。

傅明城的脸色缓和了些："贺夫人对我曾有莫大之恩，她现在急着回国，我尽己所能促船早发，如此而已。"

董小姐表示明白，随即又笑道："我听说，我父亲不接受你的补助，船未载满就出发了。在商言商，这一趟钻石号是要亏钱的。那么说你欠了我们一个人情，这话应当没错吧？"

她的语气带了点玩味，仿佛玩笑，又好像是认真的。

傅明城摘下眼镜，擦了擦镜片，淡淡道："令尊知道是贺夫人急着搭乘，根本不用我说什么，自己就提出，尽快发船送她，以此来表达他对贺氏夫妇的尊敬。我只是传达了个消息罢了。这算什么欠人情？"

"果然是个精明人，算得这么清楚。"董小姐点头，笑了起来，"这次不算，那几年前我出了大力，帮你在南洋诸地大量购买你要的玉米浆，几乎买空所有的原料。那回说你欠下我的人情，你总不会不认吧？"

傅明城继续擦拭着镜片，说："董小姐，你今天来找我，到底是想谈什么？"

董小姐微笑道："谈合作。"

"这两年，傅氏和董家不是一直有生意往来吗？"

"不！我想要的合作，并不是简单的生意往来，你明白的！"

董小姐直视傅明城抬起来的两道目光。

"我们董家现在面临的困境，你是知道的。我父亲年纪大了，健康状况令我十分忧愁——也谢谢你替他看病，"董小姐说，"他的对手想要我们的命，打着向我求婚两家联姻的名头，实则是想侵吞我董家产业。我拒绝婚事，他们就多方打压，我们的经营陷入困境，橡胶园被迫出让了一部分，船也只剩钻石号这一条了。我不甘心，我需要一个强大的新的合作伙伴，你就是最佳的那个。我希望你能入股董氏，我可以接受你任何形式的投资——"

"等一下！"傅明城打断了董小姐的话。

"你当初主动帮忙，就是为了拿这个来挟恩？"傅明城略有些惊讶。

"是！"董小姐丝毫没有否认的意思，"你到现在为止，还没告诉我你要买那么多的玉米浆到底是干什么用。于我而言，那是一桩根本无利可图甚至赔本的生意，你我都是商人，商人天生逐利，我赔本也全力帮你，我要是说我当时是在做慈善，你也不会相信，是吧？我所图的，就是将来有所回报。"

"董小姐，看来我真的轻看了你。"傅明城看着她，"但是别忘了，就像你自己说的，商人天生逐利。我为什么要冒着投资失败甚至会将自己也带入泥潭的风险和董氏进行这样的合作？人情不一定要用人情来还，从前欠你多少，一分一厘，连本带利，我都可以还你。"

"傅先生，你听我解释！"董小姐语调急促，"确实，我现在急需有人入股，以帮助我共同应对危机，但说实话，也不是没人完全没兴趣。事实上，这两年我陆续收到过不止一次关于愿意投资的表示，但是我对那些人不信任。我看好你，我相信我的眼光。我们如果能够进一步合作，不仅仅只对董氏有益，对你，同样是有利可图的。只要你点个头，我可以带你亲眼去看董氏的橡胶园、咖啡园，那些都是我们最核心也是最好的资产，不到最后，我是无论如何也不会出手的……"

"董小姐，你的描述很吸引人，但抱歉，我没什么兴趣。告辞了。"他戴上了终于擦好的眼镜，迈步离去。

"傅先生！"董小姐再次叫住了他，"抱歉，我知道这样纠缠，是为不齿。但，就算招致你的厌烦，我还是恳切地希望，你能考虑一下我的提议。它真的是桩有利可图的生意，否则，那些人也不会想要抢夺。"

她深深地呼吸了一口气，逼退眼里涌出的微微热意，最后用尽可能平静的声音说："我承认，我对土地和庄园，并没有很深的感情，但我父亲不一样。那是他经营了一辈子的心血。所以，我没法坐视不管，任人宰割。我诚挚地邀请傅先生您先去做个考察，如果看了之后，你仍旧没有兴趣，我保证，我绝不会再试图游说。"

她说完，望着前方的那道背影，屏住呼吸，手指在掌心里捏在了一起，紧张地等着。

仿佛过去了很久。终于，董小姐看见他慢慢地再次转过身，目光落到自己的脸上，停了一停。

"我考虑一下。"傅明城说完，转身去了。

董小姐望着他离去的背影，慢慢地，一张俏面之上露出了欣喜而期待的微微笑意。

日复一日，年复一年，每个人的人生，都在按照原本的轨迹前行着。无声无息。岁月山海，生命里有遗憾，有新的希望，有离别，也有相聚。

贺汉渚带着贺铭恩乘坐一条炮艇顺流而下，这一天，获悉贺兰雪和叶贤齐不日就将到达此地，便和儿子先上了岸，等着接人。

贺铭恩从有记忆开始，就知道自己有一个姑姑。她早年因为受到他妈妈的影响和激励也立志学医，做一个像他妈妈那样的人。从出生到现在，他没见过姑姑，但他闭上眼睛就能在脑海里清晰地浮现出来姑姑的样子，因为姑姑定期会和妈妈通信，贺铭恩早就和姑姑相互交换了照片。她有着大眼睛，红嘴唇，白雪一样的脸蛋。在贺铭恩的眼里，除了妈妈之外，姑姑就是世界上最漂亮的小姐了。

妈妈曾对贺铭恩说，姑姑现在正在追逐梦想的路上，有成功的喜悦，也有挫折的烦恼。姑姑在信中，总是会将她的快乐和烦恼告诉妈妈，有时妈妈就会和贺铭恩分享，将姑姑的信读给他听。就这样，贺铭恩就知道了姑姑在大洋的对岸正在做什么，她为什么而开心，又在为什么而烦恼。姑姑喜欢铭恩，也曾不止一次地在信的末尾特意写一段给他的话，要求妈妈念给他听。姑姑说，她非常想念他们，还有小铭恩。贺铭恩也喜欢着姑姑，盼着她的归来。

现在，这一天终于到来了。

贺铭恩跟着父亲一起等着。父亲起先和他在一起，很快又有当地的人听说了父亲到来的消息，纷纷前来拜访。父亲就出去了，到外面和人简短叙话。他一开始还乖乖坐等，等一会儿，忍不住跑到窗边，趴在上头朝外张望，张望了一会儿，见没动静，又下来。就这样来来回回了好几趟，忽然他听到外面传来了人声和脚步声。接着，一道充满了兴奋之情的好听的女子声音飞进了贺铭恩的耳朵。

"小恩呢？他真的也在？昨晚我就梦见他了，我梦见我抱他，他叫我姑姑！我一高兴，就醒来了！"

贺铭恩抬起头，看见一个年轻女子出现在了视线里。她穿着红色的衣裳，整个人像一团火焰那样明亮和耀眼。她在周围人的陪伴和簇拥下，说说笑笑急匆匆地穿过庭院，朝着这边快步走来。

是姑姑，比照片上的小姐还要漂亮的，真的姑姑！

贺铭恩激动得小心脏都扑腾扑腾地加快了跳动。他飞快地挣脱开照顾自己的丫头，像一阵风一样一下就冲到了门口。

"小恩！真的是你！我是姑姑！我认出你了！你比照片高了些，比照片也更可爱！"姑姑一下就看见了铭恩，惊喜地喊了出来。

贺铭恩认真地想过好几次了，看到姑姑的时候，要大声叫她，以表达自己对姑姑的喜爱之情。但是现在，当真的看到了姑姑，贺铭恩却又一阵害羞，脚步就停在了门边，不好意思再上去。

"小恩！我是姑姑呀！姑姑想死你了！"贺兰雪欢喜地冲到了小侄儿的面前。

"姑姑……"贺铭恩睁大眼睛望着她，紧张得连舌头都要打结了，终于，轻轻地叫了一声。

"小恩！小恩叫我姑姑了！"贺兰雪激动得弯腰蹲了下去，一下就将贺铭恩抱住，紧紧搂着不放。

贺铭恩又是欢喜又是害羞，乖乖地任由姑姑抱自己，一动不动。当听到姑姑问自己，她能不能亲他，他的脸红了，但点了点头。

贺兰雪重重地亲了一下侄儿的小脸蛋，抱着他不放手，不停地感叹怎么会有这么可爱的小孩，直到身后又传来了脚步声。

贺铭恩看见父亲快步走了进来，叫了声"兰雪"。

贺兰雪扭头，看见兄长停在身后，含笑望着自己。

她慢慢地放开了小侄儿，望了他片刻，忽然，叫了声"哥哥"，眼圈一红，朝贺汉渚奔去，到了他的面前，看着仿佛就要扑进兄长的怀里了，最后却又硬生生地止住了脚步。

"哥哥，这些年，你都好吗？"她忍着就要夺眶而出的眼泪，轻声地问道。

贺汉渚什么也没说，只笑着微微颔首，朝妹妹张开了双臂。

"哥哥！"

贺兰雪仿佛一下就回到了从前。她含泪又叫了一声兄长，一下扑进他的怀里，抱住了兄长。

她没再说话，贺汉渚也没开口，只默默地轻拥着妹妹。

周围刚才都还在说说笑笑的人也安静了下来。

贺铭恩有点看不懂这一幕，不太明白这样高兴的时刻姑姑怎么会流眼泪，他好奇地看着。

这时，听到有人在他耳边说道："乖外甥，知道我是谁吗？"

贺铭恩扭头，看见一个青年笑眯眯地望着自己，眼睛都笑得快成了一条缝。他穿着白色西装，梳着大背头，皮鞋擦得锃亮，原本风度潇洒，但冲着自己这么笑，顿时没了气场，看起来倒像是要预备来诱拐小孩似的。

贺铭恩一下就认了出来，是在照片上看过的妈妈的表哥，自己的舅舅。贺铭恩心里油然生出了一种亲近之感。

他喜欢这个笑得眼睛都成了一道缝的舅舅。

"舅舅！"他冲那青年叫了一声。

叶贤齐本还担心小外甥会不会像他父亲一样高冷，拒人于千里之外，自己不好亲近，没想到会是个小甜心，顿时眉开眼笑，"哎"了一声，快步上前，一把将贺铭恩抱了起来。

"乖！走了，舅舅和姑姑给你买了礼物，带你去看礼物喽！"

晚上，家人坐在一起吃了一顿饭。对着贺汉渚，叶贤齐至今还是有些拘束，贺汉渚笑着和他说话，问他这些年在外的情况时，他毕恭毕敬。说到自己已完成学业，侥幸也获得了博士学位，他就差站起来应答了。

贺兰雪暗恨他没用，在桌下暗暗踢了他好几脚，叶贤齐吃痛，却不敢表现出来，龇牙忍着，恰被贺铭恩看见，好奇地问："姑姑，你怎么踢舅舅？"

叶贤齐急忙否认，说她没踢，是外甥误会了。

贺兰雪有些不好意思，收敛了坐正。

贺汉渚看了两人一眼，没说什么。

明早两拨人便暂时分开各自行路。贺汉渚将带着儿子继续行船上路，去接苏雪至，叶贤齐和贺兰雪则先回省城看望阔别多年的老父叶汝川。

因为兴奋，今晚贺铭恩迟迟都没入睡。贺汉渚陪着儿子，等他终于闭上眼睛睡觉了，从房间出来，看见妹妹就站在门外，仿佛在等自己，便问："这么晚了，找我有事？"

贺兰雪点头。

贺汉渚将妹妹领到屋里，问她什么事。

贺兰雪俏脸微热，一时不好开口。

贺汉渚看出了妹妹的忸怩，也早就猜到了她想说什么，却作不知，等了片刻，说："要是没事，那就去休息吧。"他迈步，作势要走。

贺兰雪一急："哥哥我有事！我……"她顿了一顿，"哥哥，我和叶贤齐情投意合……"

话既说了出来，她便也大方了起来，对上兄长投来的目光继续说道："他这个人毛病是不少，但是他很善良，对我很好，和他在一起我感到很开心。这次回国之前，他向我求婚，我答应了。哥哥，我希望你能祝福我们。"

她说完，屏住呼吸看着兄长，只听他道："这么重要的事，他自己为什么不来找我，要你来说？"

"哥哥你误会了！"贺兰雪急忙解释，"他是想自己找你说，征得你的同意，是我不答应的。他看见你就害怕，我怕他紧张说错话，哥哥你不高兴……"

她见兄长看着自己，一急，眼角就红了。

"哥哥，他真的很好，你相信我……"她极力地想要解释。

这时，身后那扇门突然被人推开，叶贤齐走了进来，大声说道："表叔，我是真的喜欢兰雪！若能娶她为妻，是我叶某人的莫大福气。我会爱她，守护她一辈子的，请表叔你放心！"

他话音落下，屋里便安静了下去。

贺汉渚正要开口说话，仿佛还嫌不够热闹，一个小脑袋从门框旁钻了进来。

原来贺铭恩睡不着觉，被这阵动静给招了出来。

他看看贺兰雪，看看叶贤齐，再看看父亲，想着大人教过的亲戚关系，扳着手指想算清楚，却越算越是迷糊，聪明的小脑袋很快就捣成了一团糨糊，忍不住嘟囔："舅舅是我妈妈的表哥，舅舅叫我爹表叔，姑姑是我爹的妹妹，那我姑姑也是舅舅的姑姑，可是舅舅怎么又要和姑姑成亲，要是成了亲，那我到底该怎么叫……"

气氛一下就轻松了起来，贺兰雪和叶贤齐对望忍笑，连贺汉渚的嘴角也微微抽了一抽。他看了眼妹妹，最后走到叶贤齐的面前，什么也没说，拍了拍他的胳膊，点了点头，随即上前抱起了儿子，迈步送他回了房间。

贺铭恩躺在床上，却还迷糊，又向无所不能的父亲发问。

贺汉渚想了下，一本正经地道："这确实是个大问题，问题的根源全在你妈妈，是她以前乱认亲戚惹出的麻烦。等她回来，你问她好了。"

"好了，睡吧，明天还要早起。"他替儿子掖了掖被，笑道。

次日清早，父子继续东行。又过了些天，这日父子乘的炮艇经过岸边的一座千年古城，因急着早日走完水路上岸改乘火车南下去接人，便没做停留。

这段江域水急峰险，炮艇降速，在两岸时不时入耳的隐隐猿啼声中缓速前行。午后，贺汉渚陪儿子上甲板消食。

贺铭恩攀着栏杆，仰头望着岸边那直插青天的险峰，轻声念着他背过的一首古诗："两岸猿声啼不住，轻舟已过万重山。"

"爹，是不是就是这里？"他指着岸峰问道。

贺汉渚点头，看了下前后江段："记得爹说过的和你妈妈第一次遇到的事吗？也是在这一带。"

贺铭恩惊喜地"啊"了一声，左右张望，说："妈妈现在要是也在就好了！妈妈赶不上生日也没关系，我只想能天天看到妈妈，和她在一起——"

"还有爹！爹，妈妈，还有我，我们天天都在一起！"小家伙见父亲看着自己，机灵地打了个补丁。

贺汉渚一笑，大手不客气地搡了下儿子的脑袋。

"快了，我们去等她，很快就能接到她的。"

这时，江的对面出现了一道船影，那是一条载客的普通火轮，正相向开来。慢慢近了，只见对面的甲板和通道上乘客往来走动，十分热闹。

贺汉渚不过瞥了一眼，并无兴趣，见日头很大，怕儿子太热，就叫他和自己一道下去。

"我不热，我想在这里再玩一会儿，行不行？"贺铭恩舍不得就这么下去。这里可是爹和妈妈第一次相遇的地方啊。

贺汉渚见他不想走，便随他了，叫他不要乱跑，自己坐到了一把遮阳椅下陪着他。

他面向着儿子的方向，靠在椅上，将帽覆在了额上，眼半睁半闭着。

对面那条火轮到了近前，双船交错而过，那轮上的各种嘈杂声随着江风飘来，又渐渐消失。

突然，贺汉渚听到儿子喊了一声："妈妈！"

他的心一跳，睁开眼，见儿子激动得跳了起来，冲着自己嚷："爹，我刚才看到妈妈了！她在那条船上！她就在那条船上！是真的！"

他和父亲说完话，一边继续朝着前方那条已经过去还没开远的船大声喊着妈妈，一边沿着栏杆朝着舷梯撒腿跑去。

贺汉渚一把丢开帽子，从椅子上一跃而起，几步并作一步地追上了短腿的儿子，弯腰顺手一把抄起他，挟着飞奔而下，冲到了下层最前方的船头。

"妈妈！她在房间里！她坐在窗边看书！我真的看见了！我看见了！就是妈妈！爹你快去追呀！"

贺铭恩被父亲高高抱起，急得探身出去，手指着那条船，恨不得插翅飞过去才好。

贺汉渚急忙将儿子搂了回来。他看着前方那条渐渐开远了的船，半信半疑之际，突然见那头的船上起了一阵小小的骚动。

一个女子急促地推开挡道的人，沿着船侧的通道朝着船尾飞奔而来。她冲到了船尾的甲板上，眺望着那条和自己相对而去的炮艇，很快，当她看到了站在船头的那正望着这边的一大一小两父子的身影，她的一双眼眸绽放出了不可置信般的欣喜光芒。

她一手紧紧地抓着栏杆，极力探身出去，另一只手用力地挥着，向着对面喊："小恩！烟桥——"

女子的声音被江风吹散，时隐时现。

贺汉渚猛地回头，朝闻声而出的舰长下令："掉头，追上去！"

炮艇停在江心，缓缓地调转方向，随即开足马力，逆流朝着前方的船追去，很快，客轮被拦停，暂时抛锚，船长和乘客不明所以，忐忑不安地看着炮艇靠近。

炮艇上的一个随行迅速上了船，和船长附耳说了几句话，船长这才知道眼前这个身着便衣带着小孩的男子身份，松了口气，忙叫船员驱散闲人。

苏雪至看着贺汉渚牵着儿子的手，在四周无数道好奇的目光注视中，朝着自己走了过来。

"妈妈！妈妈！"贺铭恩实在是等不及了，刚上来，就挣脱开父亲的手，迈开腿朝着母亲奔来。

苏雪至笑着迎了上去，接住了扑入怀中的儿子。她紧紧地抱着儿子软软的小身子，爱怜地亲着他的小脸蛋。

"小心肝，真的是你！你们怎么会在这里的？"

"妈妈，怎么你也叫我小心肝呀。"贺铭恩快乐无比，嘴巴凑到了苏雪至的耳边。

"我很想你，爹也很想你，他就带我出来接你了！妈妈你怎么会在这里？不是说你回不来吗？"

"妈妈想给你过生日，也想给你爹过生日，所以就使劲赶路，今天到了这里……"她和儿子说着见面的悄悄话，一边说，一边抬起头，便对上了一双凝视的目光。

那个男人，他立在甲板之上，身影伟岸，如这岸上雄峰。他一直静静地等着，见她终于抬起头，看到了自己，笑了起来。

"是贺将军！是夫人！"这时，船上有人认出了两人，惊喜地叫了出来。顿时，周围发出一片窃窃私语之声。刚才本已被请走的乘客也闻讯纷纷回来，虽不敢过于靠近，却都挤在一旁，睁大眼睛看着这一幕。

"欢迎回家，我的——"他瞥了眼身后和周围那些赶也赶不走的围观之人，一顿。

"夫人。"

他说完，朝她伸来一只手。

苏雪至莞尔，和他不一样，索性朝周围的人大大方方地点头致意，随即将自己的手放进了他的掌心。

船上发出了一阵欢呼声。

贺汉渚和她十指紧紧相握，另一只手牵住贺铭恩，带着所爱的女人和儿子回到自己的船上，踏上了归家之路。

人生很长，回家的路，也一直就在脚下。

回去的路上，他们多的是时间，可以慢慢叙说相思之苦。

贺汉渚看了眼上船后就牢牢跟着她的儿子，颇觉碍事，想了下，将儿子叫到一旁，低声说："爹想和你妈妈谈心，谈好了，说不定就能给你添个妹妹。你想不想要妹妹？"

贺铭恩眼睛一亮："想要！"

"那后面几天，你自己乖乖地玩，不要打扰爹和你妈妈谈心。"

"好，爹你一定要和妈妈好好谈。"

"还有，这是我们的秘密，不能让你妈妈知道我这么和你说过。"

"我记住了！"

苏雪至见父子俩在角落里嘀嘀咕咕，走过去，狐疑地看了两人一眼："你们在说什么呢？"

贺铭恩摇头，紧紧闭口。

"夫人，你看这大江东去，青峰秀绝，我们去谈心可好？"

苏雪至莫名其妙，看了眼四周，不知道这风光和谈心怎么有了因果关系。

"进去你就知道了。"贺汉渚大笑，挽住她，不由分说地往里而去。

这趟回去的路上，他再拼着老命，努力一把，趁这平日难得的放松机会，说不定就能一举得女，替儿子实现心愿呢，他心情愉快地想。